EL OCÉANO
DE LA
MEMORIA

UNA HISTORIA FAMILIAR HERIDA DE POSGUERRA

PALOMA SAN BASILIO

EL OCÉANO
DE LA
MEMORIA

SUMA
de letras

Primera edición en Estados Unidos: mayo de 2016

© 2016, Paloma San Basilio
© 2016, de la presente edición en castellano para todo el mundo:
Penguin Random House Grupo Editorial, S.A.U.
Travessera de Gràcia, 47-49. 08021 Barcelona
© 2016, de la presente edición en castellano:
Penguin Random House Grupo Editorial USA, LLC.
8950 SW 74th Court, Suite 2010
Miami, FL 33156

Diseño de cubierta: Montse Martín
Fotografías de cubierta: © Suttherstock

Printed in USA by Thomson-Shore

ISBN: 978-1-941999-78-3

Penguin
Random House
Grupo Editorial

A todas las mujeres y hombres que no pudieron elegir sus vidas y a los que hoy día sueñan y luchan por hacerlo a pesar de la cobardía, la intolerancia y el egoísmo de muchos.

Índice de personajes

Custo Monasterio
Alba Livingston
/padres de

        Alba Monasterio Livingston, 1936

        Custo Monasterio Livingston, 1938

        Rocío Monasterio Livingston, 1940

        Lluvia y Mario Monasterio Livingston, 1943

        Santiago Monasterio Livingston, 1946

        Luna Monasterio Livingston, 1949

        Carlos Monasterio Livingston, 1951

Virtudes y Nemesio
/padres de

        Esteban, 1933

Personajes secundarios en Cádiz:

Juana: cocinera
Gregorio: padre de Juana
Amador: hermano de Juana
Enedina: niñera
Virtudes: lavandera, madre de Esteban
Patro: costurera

PACA: empleada de las tías Paula y Marina
RAMIRO: encargado de la tienda de Santiago Belacua
CARMEN: ama de cría
ROSA: ayuda en la casa
MARÍA: enfermera de la tía Paula
JULIÁN: capataz de las bodegas
ALFONSO: novio de Enedina
ÁLVARO IBARRA: pretendiente y amigo de Alba
ELENA: amiga de Rocío y mujer de Custo, su hermano
ELENA LUNA: hija de Custo y Elena, 1964
MARIO: hijo de Custo y Elena, 1968
DOÑA EMILIA: maestra de costura de Gloria en Cádiz

COLOMBIA:

MIGUEL ARANGO: amigo de Mario
DOÑA AMARANTA: madre de Miguel
DON DIOMEDES: padre de Miguel
AMARA: hermana de Miguel
DIO: hermano mayor de Miguel
JAVIER: hombre de confianza de los Arango
ZORRO: guerrillero
PITÓN: guerrillero
MANUELA: guerrillera, novia de Pitón
LOLA: guerrillera
CABALLO (FABIO): comandante de la guerrilla
JAIRO: capataz de la finca de Miguel

Inglaterra:

George: primo lejano de Alba
Tía Margaret: tía lejana de Alba
Elsa: hermana de George

México:

Gloria: madre de Gabriel y abuela de Gabo
Alejandro Laguna: padre adoptivo de Gabriel
Amalia: esposa de Gabriel
Gabo: hijo de Gabriel y Amalia Laguna
Alejandro: hijo de Gabo y Rocío, 1966
Gloria María: hija de Gabo y Rocío, 1972

Dolores: cocinera
Lucha: hija de Dolores
Pascual: capataz
Lupita: mujer de Pascual
Rosalía: hermana de Lupita
Manuel: encargado de los caballos
Pedrito: hijo de Pascual y Lupita
Vicenta: maestra

Prólogo

Me llamo Alba Monasterio Livingston y nací en 1936, en plena guerra. Mi madre me amamantó hasta los tres años y a mi padre le hicieron prisionero por el simple motivo de bautizarme. Lo liberó un anarquista que pensó que tenía derecho a actuar bajo su conciencia. Si el tribunal hubiese estado presidido por otra persona, ninguno de mis hermanos habría nacido y, por lo tanto, esta historia no existiría. Cuando volvió a casa, la barba roja que lucía mi padre dejó claro por qué mi melena era del color del fuego en invierno, pero yo no soy el centro de este relato. Solo quiero contar la verdad de lo que aconteció desde entonces hasta nuestros días. Por qué se callaron tantas cosas y se disfrazaron otras. Quiero dejar limpia la memoria de una familia que con sus luces y sus sombras fue simplemente el reflejo de una época y una sociedad hipócritas, donde nada podía ser como era y había que aparentar lo que dicha sociedad consideraba correcto aunque muchos sentimientos y muchas vidas se perdiesen por el camino.

Tengo esa edad en la que lo cotidiano se olvida y lo lejano emerge como esculpido en la piedra de la memoria. Mi vida ha sido como un río remansado, pero con remolinos inapreciables en la superficie capaces de arrastrarte hasta el fondo si no tenías un asidero al que agarrarte. Tampoco ha importado mucho, el foco de la casa siempre estaba en otra parte. Éramos muchos y los demás hablaban más alto y más rápido que yo, que me veía obligada a dejar mis frases a medias, suspendidas en el aire sin interlocutor alguno.

De aquellos días solo quedamos en el mismo sitio la casa de Cádiz, que ya ni siquiera nos pertenece, las bodegas, Juana y yo, testigos eternos y mudos de las vidas de otros. Nadie permanece junto a nosotras; la mayoría ya no están. Las habitaciones se fueron quedando sordas poco a poco. Algunas antes de tiempo. Otros se fueron lejos, huyendo del pasado y la falta de oxígeno para respirar. Es una casa preciosa pero tiene algo de cárcel. Algo que desde el amor y la seguridad te oprime los pulmones y te adocena las ideas. Espero que sus futuros habitantes consigan liberarla.

En otro tiempo la casa estaba llena de vida, de ruido, de gritos y de música. Mi padre amaba a los clásicos y tenía pasión por la zarzuela que sonaba obscenamente por todas partes para arremolinarse en el patio, el auténtico corazón de nuestras vidas y nuestros sueños. En ese patio celebrábamos los bautizos y las comuniones, rodeados de pilistras, las macetas típicas de los patios del sur, con el sonido del agua como fondo de las conversaciones al caer la tarde. En ese patio recibía mi madre a sus amigas en verano para tomar el té con pastas, reminiscencias inglesas, y examinaba de pies a cabeza a los posibles pretendientes que tenían que pasar el test de aprobación, sin el cual, implacable, se encargaba de alejarlos de sus hijas. Éramos guapas, educadas y sabíamos todo lo que una buena esposa necesita saber. Lo malo es que no todas estábamos dispuestas a serlo.

Hoy aún se conservan las verdes pilistras, con sus hojas largas y brillantes como cuchillos. La fuente sigue sonriendo agua; a veces tengo la sensación de que se burla de todos y que sabía de antemano lo que pasaría, como una Casandra líquida y constante.

Solo he querido explicar a grandes rasgos el porqué de estas páginas y el hecho insólito de que me haya tocado a mí, en calidad de único testigo vital y contra todo pronóstico, dibujar de la manera más veraz y con la mayor riqueza de matices la historia de la familia Monasterio Livingston, mi familia, una familia más de la España atribulada, asustada y herida de la posguerra.

PRIMERA PARTE

Capítulo I

Alba, esta niña tiene fuego en el pelo y en el corazón, y por los ojos le sale la llama verde de las hechiceras.

—Ya estás con tus tonterías, Juana, si solo tiene días.

Alba se reía con los comentarios de Juana. La niña era preciosa a pesar de los tiempos difíciles en los que había nacido. España estaba en medio de una guerra fratricida, y la escasez y el miedo campaban a sus anchas.

Juana tenía la misma edad que su señora, veintiún años. Había entrado en la casa a servir con catorce, de ahí la confianza y el cariño que las dos se tenían. Gregorio, su padre, labrador y con más hijos de los necesarios, apenas podía alimentar a su prole a base del consabido pan duro a remojo, pimiento, tomate y ajo, todo de la huerta, enriquecido con una pizca de aceite. Lo que una familia podía permitirse en el campo andaluz dominado por latifundios y grandes fincas en donde los aparceros disponían de una humilde casa con una sola estancia, la huerta y alguna cabra a la que exprimir las ubres buscando la leche que les servía para hacer quesos y algún que otro dulce. Las gallinas les permitían comer de vez en cuando los huevos que no vendían en el mercado, y a menudo el matrimonio y los cinco rapaces se afanaban en mojar pan y compartir la clara, que suponía un manjar exquisito reservado solo para los domingos.

Juana era la mayor y por tanto tenía que trabajar el doble para ayudar en la casa, recoger espárragos verdes hasta deslomarse o echar unas horas en las casas principales. Desde los ocho años, Juanita corría de un lado para otro procurando alguna ganancia que llevar a su maltrecho hogar. Juana era pequeña y vivaracha, la naturaleza le había regalado una ligera joroba que en nada mermaba su carácter alegre y dispuesto. A los catorce años, la madre de Alba, la Inglesa, como la llamaban en los barrios humildes, se apiadó de la criatura y la metió fija en la casa de la plaza Mina. Juana trabajaba duro pero al menos tenía un buen sitio en el que vivir, comida y veinticinco pesetas que generosamente la Inglesa le pagaba al mes y que volaban para alivio de la casa paterna.

La muchacha era feliz, y además Albita, la niña de la casa, tenía su misma edad y se convirtió en una compañera de juegos, confidencias y risas, cuando sus quehaceres diarios se lo permitían. Juana tenía adoración por esa niña rubia de ojos azules, esbelta y voluntariosa a la que su madre, con exigente educación anglosajona, sometía a clases de mil cosas: inglés, bordado, repostería, piano y equitación. Alba se quejaba pero sabía que era inútil resistirse. Se convertiría en la joven más deseada de la ciudad y eso era garantía de futuro, seguridad económica y reconocimiento social. En un mundo de hombres, las mujeres se medían en función de una buena boda y no de otros méritos ajenos a la vida de matrimonio. Los sentimientos eran algo secundario; en definitiva, eran cosas de pobres. Cuando Alba lloraba en público por algo o suspiraba, la Inglesa le recordaba su condición social y el hecho de que llorar, reír a carcajadas o suspirar eran cosas de pobres y estaban desterradas de la casa de la plaza Mina.

Realmente la Inglesa no era tal, la abuela era hija de un comerciante de extracción humilde, Santiago Belacua, que gracias a sus habilidades en el comercio de ultramar había amasado una considerable fortuna, lo que le permitió entrar a formar parte de la burguesía gaditana. Su espectacular y pelirroja hija pudo así conquistar a uno de los solteros de oro, de ascendencia inglesa y perteneciente a la escasa aristocracia de la Tacita de Plata, Mario Livingston.

Como consecuencia, mi abuela decidió ser más inglesa que nadie y soltaba con alegría frases en el idioma de Shakespeare en versión gaditana que entusiasmaban a mi abuelo Mario. Implantó el té por las tardes y una férrea educación inglesa en todo su dominio, de ahí el apodo, no carente de la consabida guasa del pueblo llano, de «la Inglesa».

El abuelo Mario era una bellísima persona, paciente y cariñoso. Había heredado la bodega familiar, un precioso edificio con estructura de hierro, diseñado por Eiffel. La bodega era el orgullo de la familia y de sus botas salían los mejores caldos para España, el resto de Europa y América. El fino, el oloroso, el *cream* dulce y meloso, el Pedro Ximénez o el *brandy* eran algunas de sus joyas, criadas y mimadas al amor de los vientos, la humedad del mar y las temperaturas únicas de la zona.

De niños gritábamos de alegría cuando alguien proponía una excursión a las bodegas del abuelo. Era maravilloso poder pisar patios de albero, oír el relinchar de los caballos en las cuadras, subirnos a los carros antiguos en los que se transportaba el vino, jugar con los perros bodegueros de una mestiza raza importada de Inglaterra y creada para perseguir los ratones que abundaban entre las botas y, sobre todo, andar por los viñedos, oliendo a miel en septiembre, con la uva rubia guiñándonos un ojo y diciendo con su brillo «cómeme».

La bodega era un mundo apasionante por el que corríamos en libertad y jugábamos al escondite. Hoy no vive sus mejores momentos, pero es algo que permanece en nuestra sangre como el viento de levante o las murallas de Puerta Tierra, principio y fin de una ciudad inexpugnable, indómita, que nunca se ha doblegado, rodeada de agua y luz, brillando como la plata por las mañanas y teñida de rojo por las tardes.

Alba solo tenía un resquicio por el que dejar escapar su niñez, sus ansias de juegos y sus sueños, y ese resquicio se llamaba Juana; y Juana nos contaría una y mil veces las travesuras que mi madre y ella inventaban a escondidas del riguroso control materno.

Digo mi madre porque yo soy esa niña de fuegos diversos que Juana anunció el día 18 de septiembre de 1936, en plena Guerra Civil. Ese año nacieron dos cosas: una buena, yo, y otra mala, la guerra que dejaría un millón de muertos por la torpeza de unos y el fanatismo de otros.

—Juana, no achuches tanto a la niña que la vas a gastar.

—¡Ay, Albita, cuándo has visto tú que el cariño gaste! Más cariño es lo que necesita el mundo y sobre *to* los críos. Si es que entran ganas de comérsela.

—Dicen que si se coge mucho a los bebés se encanijan.

—Será por eso que tú has *salío* tan alta y buena moza, por la falta de brazos de tu madre. El cariño alimenta y sobre todo hace personas felices y sin malas ideas.

—No sigas diciendo tonterías y tráeme agua de limón, anda, que tengo la garganta seca del levante, y si ves a Custo dile que venga, que le echo de menos.

—Ese sí es un hombre, si yo no te quisiera tanto diría que no te lo mereces. No he visto nunca un marido más cariñoso y un médico tan *preocupao* por su gente. De él tendrían que aprender muchos de los que están a tiros por las calles.

Juana siempre tenía la última palabra y era de una sinceridad palmaria, a la que nadie podía oponer argumento alguno. Mi madre se reía de sus cosas pero la respetaba y la quería como a la hermana que no había tenido. Sabía que tenía razón, cuántos besos y abrazos le habían faltado en su niñez.

La casa era un ir y venir de gentes. Personajes ilustres, políticos y gente de la cultura gaditana con frecuencia nos visitaban a la hora del café o del aperitivo, seguramente al calor del buen vino y la compañía amena de mis padres. Mi abuela, a su vez, seguía la tradición familiar de organizar tertulias literarias a las que asistía lo más granado de la intelectualidad, fuera de derechas o izquierdas, aunque en ese tiempo las posturas estaban mucho más radicalizadas.

El talante liberal y abierto de los Livingston se había mezclado con la más tradicional burguesía, representada tanto por comerciantes como por banqueros. A mediados del siglo XVIII, mi antepasado oriundo de la vieja Inglaterra había llegado a la ciudad de Cádiz en busca de aventura y negocio. Pronto fundó una de las bodegas de mayor raigambre y expansión por el viejo y el nuevo continente. El liberal inglés entroncó con una familia de abolengo que poco a poco le haría sentar la cabeza y amainaría sus ímpetus aventureros. Construyeron la preciosa casa en la plaza Mina, en cuyos salones, al igual que en los de la casa de campo de las bodegas familiares, Cecilia Böhl de Faber, que escribía bajo el seudónimo Fernán Caballero, así como Washington Irving deleitaban con veladas literarias que se prolongaban hasta altas horas de la noche.

A veces me imagino viviendo en esa época de descubrimientos y libertades en la que América del Norte se hacía independiente y los caminos se acortaban para aquellos que, como yo, soñaban con vivir, conocer y respirar otros aires y otras ideas. Mi familia era esa extraña mezcla de generosidad, afecto y republicanismo por parte de mi padre, y por la de mi madre, amor al pasado, pasión por las normas y sometimiento a las reglas de una sociedad que se estaba olvidando de que alguna vez fue trasatlántica, libre y amante de puertos vestidos de caoba y perlas. La misma caoba que ahora escondía celosamente sus vidas en forma de hermosos portones brillantes y rojizos. La caoba que les había hecho libres y ahora guardaba sus miedos. La caoba que da color a los vinos que, en la bodega familiar, dormían al frescor del albero rociado en las soleras. Vinos acariciados por el aire que de la mano de la luz atravesaba con suavidad las arpilleras colgadas en los altos ventanales de las fecundas naves.

Mi casa daba la espalda al obispado, lugar imponente que, al trasluz de los visillos de mi cuarto, en la planta superior, me permitía ver desfilar a los niños como muñecos recortables, vestidos con mandiles. Era un colegio gratuito financiado por el obispo y la gente adinerada, y alguien siempre se encargaba de recordarles que solo gracias a la generosidad de la Iglesia les estaba permitido estudiar con igual preparación que a los niños ricos, sin coste alguno para sus maltrechas familias. Eso les obligaba a un agradecimiento de por vida, a no dudar de la misericordia divina e incluso a pensar si entrar en el seminario no sería la mejor manera de agradecer tamaño privilegio. A mí me hacía mucha gracia verles pellizcarse los unos a los otros a escondidas de los curas, durante el recreo, o meterse el dedo en la nariz para hacer pelotillas, eso que mamá nos decía que era lo más repugnante e impropio de unos niños educados. A veces me parecía que ser pobre tenía sus ventajas, podías hacer pelotillas y al salir del colegio corriendo y gritando por las calles como pájaros libres sin que nadie te llamase la atención o te tirase de las orejas.

Mi vida transcurría entre puntillas, biberones y miradas femeninas de arrobamiento. Era la primogénita de una de las más importantes familias de la ciudad. Solo los ojos verdes en una pequeña niña hacían vaticinar complicaciones a las beatas agoreras que venían a visitar a la Inglesa y a tomar el té con pastas de las cinco de la tarde.

—Tu nieta es una preciosidad. Ha salido a ti en todo. Ya puedes tener cuidado, que las cosas están muy raras y después de estos años de desmanes la gente de la calle se ha envalentonado.

—La calle está controlada —decía mi abuela—, yo no tengo ningún miedo. Con Varela todos estamos seguros y en pocos meses todo volverá a ser como antes de la República, ya veréis.

—Dicen que se llevan a la gente a los fosos de la muralla y allí los fusilan.

—Lo peor es que a veces obligan a los que pasan a presenciar los fusilamientos para meterles el miedo en el cuerpo, lo cual me parece de muy mal gusto.

—Eso son habladurías del pueblo, cómo van a hacer una cosa así. —Mi abuela hacía oídos sordos a lo que no le gustaba, y eso de que mataran a la gente no le parecía de buenos católicos.

—El otro día se llevaron al hermano de la costurera, decían que era un anarquista. A casa venía de vez en cuando y era buen chaval. Estos están haciendo las mismas barbaridades que los otros; cualquier excusa es buena para cargarse a alguien.

Mientras mi abuela conversaba con sus amigas intentando armonizar pareceres, Juana iba y venía con más té o con refrescos para aligerar el sofoco de las invitadas, sometidas a la tiranía del decoro y la moda en medio de un calor espantoso, y lejos de las desahogadas vestimentas de la gente de la calle cuyo único objetivo era librarse del calor asfixiante en verano y la humedad fría del invierno.

La casa era un espacio en el que transcurrían vidas paralelas repartidas por sus plantas y habitaciones, únicamente entrelazadas por el patio y su galería circundante. Nuestra casa en la plaza Mina era tan bonita que parecía diseñada por una mano mágica. Su pórtico de mármol limpio, suave y voluptuoso, enmarcaba como espuma blanca las enormes puertas de caoba rojiza traída de la isla de Cuba en esos barcos que habían enriquecido material y culturalmente a tantas familias gaditanas. Cádiz era una isla en medio del océano con acentos de ida y vuelta. De Cádiz salían los barcos y los aventureros para conocer y recorrer el nuevo mundo. Algunos iban en camarotes de lujo, trasladando sus costumbres y placeres sociales a los nuevos palacios flotantes. Otros, hacinados en las bodegas, soñaban con encontrar una vida mejor, una tierra que les matara el hambre y la miseria y les diera un pasaporte al país de los sueños. Por eso en Cádiz había tantas familias con ramas al otro lado del océano. Por eso Cádiz era alegre, mestizo, colorido y generoso. No puedo imaginar haber nacido en un lugar más bello, siempre asomado al mar, flotando en medio de sus aguas, siempre húmedo, salado, y con una luz que te ciega si no la conoces pero que convierte sus calles en auténticas acuarelas.

Las grandes puertas de mi casa se abrían a un zaguán vestido de azulejos verdes, amarillos y azules. El suelo de mármol blanco se interrumpía por una cancela dorada, brillantemente pulida, rematada con una peineta en forma de abanico y a través de cuya transparencia se podía vislumbrar el precioso patio rodeado de cintas verdes a lo largo de su galería, siempre acariciado por el sonido del agua. La fuente había sido un capricho de mi bisabuela, a la que el ruido del agua aplacaba las migrañas frecuentes.

Tengo que confesar que la visión de esa entrada luminosa, evocadora y cálida de nuestra casa era algo que me atrapaba hasta lo más profundo. Tal vez son ese patio y esa fuente lo que me ha mantenido atada, inmóvil y cobardemente protegida durante tanto tiempo. Tal vez tendría que haber cerrado esas puertas de hermética belleza y haber escapado, lejos, oculta en las bodegas de un barco con vocación de libertad, pero no fue así.

Mi padre seguía ocupado con su gran pasión: estudiar, curar y ayudar a los más desfavorecidos. No lo hacía ni siquiera con intención; era su naturaleza, su grandeza humana, a la que le dictaba cuál era su obligación y le daba sentido a su vida. Mi madre seguramente imaginaba otro compañero de viaje, pero no pudo resistirse a sus ojos color uva, su sonrisa de niño travieso y su enorme amor y su capacidad para demostrarlo. Yo les veía juntos tan distintos y tan cerca, tan opuestos y acoplados el uno al otro como la parra salvaje al tronco del árbol. Se miraban y no había nada alrededor que pudiese ensombrecer la forma de quererse, tatuada a base de caricias y necesidad urgente el uno del otro. Su amor les protegía como la enorme montera de cristal nos protegía a todos de la lluvia y el viento, cubriendo nuestro patio.

Capítulo II

La vida en la casa de la plaza Mina se veía invadida por acontecimientos y rumores propios del tiempo convulso en el que mis ojos vieron la luz por primera vez. La calle era un hervidero de historias y dramas familiares tanto en el seno de las familias republicanas como en las partidarias del alzamiento, que ya habían sufrido los latigazos del odio y la violencia hacia los que solo por pensar distinto eran hechos prisioneros y torturados, cuando no víctimas del garrote vil o el tiro en la nuca. Mi padre, republicano y católico, había padecido en carne propia la intolerancia por el simple deseo de bautizarme, aunque al poco tiempo un alma caritativa lo puso en libertad. Todos conocían la generosidad de don Custo a la hora de atender a los más necesitados sin cobrarles un solo céntimo. Su figura era indiscutible, por encima de cualquier ideología o credo. Cuando volvieron los nacionales y Franco se hizo con el poder, se puso una corbata negra que no se quitaría jamás. Tal era su convicción de que un golpe militar no era la mejor manera de solventar los problemas de un pueblo al que unos y otros habían transformado, hasta el punto de que el odio pusiese cara a vecinos y parientes que de pronto se convertían en enemigos de no se sabe bien qué guerra.

El año de mi nacimiento estuvo lleno de episodios que cambiarían la historia. Un hombre pequeño con mirada de acero inició un camino de destrucción en la vieja Europa bajo la bandera de las nuevas juventudes, fanatizadas por su idea de recuperar una supuesta raza aria que excluiría a los que hubiesen nacido fuera de ella. Adolf Hitler, nuestro pequeño hombre, militarizaría territorios y daría comienzo a uno de los más negros episodios de nuestra historia reciente.

Cádiz seguía rodeada de luz y tratando de sobrevivir a los vaivenes de los hombres y las circunstancias. Mi madre contaría más adelante la historia de un joven catedrático apresado mientras impartía clases en un campamento y a quien encarcelaron por rojo. Afortunadamente, un amigo de la infancia, falangista, que no había perdido la memoria, consiguió esconderlo en un baúl y librarlo así del «paseíllo», como llamaban a los fusilamientos. El cuerpo del delito fue trasladado a la casa familiar, en la que se levantó un doble muro que le escondía de miradas ajenas, y a través de un armario empotrado, el hombre salía y entraba a diario para hacer una vida normal siempre dentro de las puertas de su casa. El problema vino cuando la supuesta viuda del fusilado empezó a mostrar su estado de buena esperanza y las lenguas se desataron. Finalmente el catedrático decidió salir para limpiar el buen nombre de su mujer ante el asombro del personal, que dudaban de si era él o un fantasma lo que tenían ante sus ojos. Esta historia por suerte acabó en que le perdonaron la vida, pero le impidieron ejercer su cátedra, lo que le obligó a distintos oficios hasta que decidió dejar Cádiz en busca de tierras con mayor respeto por la libertad de pensamiento.

En medio de estas historias y otras bastante más dramáticas yo crecía rodeada de cariño y mimos. Mi niñera Enedina me sacaba a la plaza frente a nuestra casa, rectangular, preciosa, con sus bancos de hierro y madera, y sus enormes ficus convertidos en árboles de raíces mágicas y hojas brillantes y verdes gracias a la humedad y al sol casi constante de mi ciudad, posada en el océano. Había y hay unos bellísimos quioscos octogonales de cristal y madera rematados por un tejadillo circular en forma de cucurucho del que colgaban filigranas como encajes. Por la noche los globos blancos bañaban de luz la plaza dándole un aire de ensueño, un escenario de cuento, como el que cualquier criatura de dos o tres años podría imaginar.

Cuando apenas mis piececitos eran capaces de dar sus primeros pasos, algo en la casa empezó a cambiar. Mi cuna reposaba en el cuarto de mis padres, de altos techos y grandes balcones a la plaza. Siempre olía a flores recién traídas y la brisa que se filtraba por los visillos me acariciaba como una mano limpia y suave cuidando mis sueños.

Necesito describir con detalle mi pequeño mundo, mi preciosa casa de la plaza Mina, blanca en su fachada y barrocamente decorada en torno a sus miradores acristalados y balcones. Era una casa romántica y femenina, construida por los primeros Livingston para dejar clara su posición social y económica. Para mí, la casa más bonita de Cádiz, la más luminosa y exquisita en sus formas y proporciones, blanca como la espuma. Supongo que sería la envidia de muchos cuando empezó a crecer, coqueta y provocativa, en medio de la plaza.

Constaba de tres plantas, jardín trasero y por supuesto una azotea presidida por la torre-mirador, una joya arquitectónica típica de Cádiz. Ninguna casa que se preciara podía prescindir de ese elemento, aéreo y altivo en su aparente humildad, que hablaba del origen comercial y de ultramar de sus habitantes. A la torre se subía para contemplar el redondo espejo del mar que deslumbraba cada mañana y también para distinguir los barcos propios cuando volvían de sus siempre inciertos viajes en la Carrera de Indias. El velamen diferenciaba cada barco y siempre la llegada era un motivo de celebración para toda la familia, que brindaba con un ambarino oloroso de nuestras bodegas.

La casa constaba de una planta baja a nivel de la plaza presidida por un gran patio central, protegido por una montera de cristal y hierro *art déco*. La galería circundante acogía a menudo mis risas y las de mis hermanos persiguiéndonos los unos a los otros sin importarnos en absoluto las reprimendas de la abuela, que salía de sus dominios en la parte posterior de la casa para decirnos que éramos unos salvajes. Entrando al patio, justo en el lado izquierdo, mi padre tenía su consulta, el despacho, el laboratorio y la salita de espera a la que se accedía directamente desde la plaza por una puerta lateral. El ala derecha la ocupaban la cocina y otras dependencias para orden y organización de la casa, así como un comedor de diario. La gran escalera al fondo ocultaba la salida al jardín trasero, en el que mi abuela cultivaba rosas, jazmines, damas de noche y pelargonios. Una espléndida buganvilla mezclada de fucsia y coral intenso trepaba por la pared, cubriendo una pérgola de madera sobre columnas de mármol que era el lugar favorito de mi madre para leer y alejarse del bullicio casi constante de la casa. La habitación y el baño de los abuelos abrían sus puertas a ese jardín preñado de aromas que mi abuela tanto disfrutaba, tal vez el único resquicio de un tiempo pasado que añoraba a menudo. Jamás la abuela mostraba sus sentimientos, tuvieron que pasar algunas cosas para que todos conociéramos qué se había ocultado durante mucho tiempo en el corazón de esa dama de hierro aparentemente inalterable.

En la planta principal estaban los grandes salones y el comedor de gala presidido por una inmensa mesa de caoba traída de América, que con el tiempo se iría llenando de niñas y niños y de historias que ellos protagonizarían durante más de tres décadas. La luminosa galería nos llevaba por la parte frontal hasta el dormitorio de mis padres, el templo sagrado en el que siempre queríamos entrar y del que se desprendía el aroma de seguridad, amor y armonía que la casa entera respiraba. La segunda planta albergaba un mundo de habitaciones que permanecían en silencio, con las cortinas siempre corridas para evitar el polvo y el calor, y que poco a poco irían encontrando dueño. La azotea abrazaba a la torre-mirador, lugar de encuentros, travesuras y llantos que nadie podía imaginar desde la alegre, frondosa y casi perfecta plaza Mina. La azotea también tenía una pequeña edificación que correspondía a los dormitorios de servicio, así como el lavadero y el tendedero, donde ondeaban sábanas al viento, azuladas de añil y suaves como plumas de ánade. La vida desde la azotea era distinta, podías volar y perderte en esos mares de mil costas con la única compañía de los vientos y la luz cegadora que conseguía borrar el contorno del dolor cuando los pájaros venían a compartirlo contigo.

Capítulo III

Hablando de la azotea y la torre-mirador, ese invierno, recién caída la República, un episodio cambió el discurrir cotidiano de la casa. Yo era muy pequeña para saber qué estaba pasando, pero todo eran cuchicheos y un constante subir y bajar a la azotea que dejaba sentir a las claras una emoción externa en nuestro patio. Un día Juana estaba trajinando y mi madre, a quien el desorden la ponía muy nerviosa, entró en la cocina para preguntar a qué se debía tanto trasiego. Enedina enrojeció como la grana al igual que Virtudes, la lavandera, y Juana se desbordó en un mar de hipidos y lágrimas.

—Vamos a ver, Juana, deja de llorar y dime qué está pasando en esta casa.

—Señora, no pasa *na*, es que estoy con las cosas de mujeres y ya sabe usted que me pongo muy sensible.

—Juana, te conozco desde que tú y yo peinábamos trenzas, así que déjate de historias y dime qué pasa o te mando para el pueblo mañana mismo.

—Señora…, es mi hermano, el Amador.

—¿Qué le pasa a tu hermano? ¿No tenía trabajo y estaba contento?

—Es que el chaval estaba con los rojos y ha *tenío* que salir pitando porque lo querían llevar *pal* castillo, y ya sabe usted lo que pasa después.

—Juana, ¿dónde está Amador?

—En la azotea, señora. —Juana era un mar de lágrimas y se retorcía las manos como si fuesen el trapo de fregar el suelo—. En la torre vigía, señora.

—¿Me estás diciendo que tenemos a un fugitivo en esta casa, con una niña y unos ancianos? Juana, tú estás loca.

—Ay, Albita, se lo pido por el Cristo *Pelúo*, el Amador solo tiene dieciocho años y es más bueno que el pan.

—Vamos a la azotea, y vosotras, Virtudes y Enedina, no digáis ni una palabra de esto a nadie, ni siquiera al señor.

Mi madre y Juana subieron a la azotea, Cádiz era famoso por la facilidad con la que se podían recorrer las calles por el aire, saltando de azotea en azotea y de tejado en tejado. Las torres-miradores eran el clásico distintivo de las familias de comerciantes, ya he hablado de sus banderas ondeando al viento para que los que se encontraban en alta mar avistaran sus casas tras una travesía con final feliz. Me cuentan que en un tiempo llegó a haber trescientas torres, aunque más tarde se prohibiría su construcción y se demolerían muchas. Los ladrones de poca monta hacían su agosto colándose por balcones, ventanas y patios. Sus andanzas tenían nombre y firma y, como mucho, les suponían una noche en el calabozo y poco más. La ciudad y sus gentes respiraban tolerancia y generosidad por sus venas de agua, y los vientos varios se llevaban el rencor y la culpa con la misma facilidad que desplazaban la arena de las playas.

En la azotea, ese día el silencio solo se interrumpía por el graznido de las gaviotas y la música de metal de los campanarios repartidos por calles y plazas. Mi madre, cada vez más preocupada, buscaba a Amador por el lavadero y la torre. Al entrar en la torre, la imagen de casi un niño acurrucado en una esquina entre la pared y el suelo le heló la sangre y le partió el corazón hasta las lágrimas. También ella era madre, y ese chaval había saciado el hambre muchas tardes en la cocina, alegre y bromista, gracias al amor de su hermana. La cara oculta entre las manos, el miedo temblándole en las rodillas y la impotencia joven y perdida entre los dedos crispados y húmedos.

—Amador, levántate, criatura. Ven aquí y no tengas miedo, cuéntame que está pasando.

—No lo sé, doña Alba, la gente *sa* vuelto loca, parece que ha *perdío* el juicio, hasta los amigos del pueblo te miran de otra forma. Vinieron a por nosotros, se llevaron al Mariano, el de Jacinta, y al Floro el de las Salinas. Yo salí corriendo y les di de *lao* porque esa parte me la conozco hasta *dormío*. Solo se me ocurrió venir *p'acá* y esconderme, pero si *usté* quiere me largo por donde he *venío* y que sea lo que Dios quiera. —Amador tenía sus ojos de niño asustado rojos de llorar y transparentes de angustia. Había salido guapo y fuerte, aunque ahora pareciese una fortaleza a punto de derrumbarse.

—No digas más tonterías, tú te quedas aquí, como en tu casa; te escondes en la torre y Juana se ocupará de ti mientras haga falta y las cosas se tranquilicen, si es que vuelve alguna vez la cordura a esta ciudad y su gente. No te muevas por nada del mundo ni te asomes a la azotea a fumar un pitillo. Ya avisaremos en casa para que tus padres estén tranquilos, y no se hable más. Amador, no me importa con quién estás, si con los de antes o los de ahora, esta casa está abierta como el mar y no te hará preguntas que tienes derecho a no contestar. Tranquilízate y descansa, que de vez en cuando te subiremos un vino de la bodega para templarte el espíritu.

Juana seguía dando hipidos y, detrás de las lágrimas, la sonrisa le iluminaba la cara al mismo tiempo que le cogía la mano a su señora y se la besaba veinte veces. Mi madre era así, tenía claro lo que había que hacer y lo hacía sin consideraciones ni discursos dialécticos, que solo le gustaban en conversaciones de hombres distendidas y cómodamente hilvanadas al resguardo del salón elegante y seguro de nuestra casa blanca.

Durante unos meses el inquilino de la torre vivió posiblemente la más cómoda aunque enclaustrada existencia de su vida. El bienestar y la comida asegurada se convirtieron en una especie de limbo, solo alterado por su afán de libertad y su zozobra ante la incertidumbre de qué les habría pasado a sus amigos y de qué manera se estaba perdiendo lo que tan caro había costado, sin que él pudiera hacer nada para remediarlo. Por momentos su juventud y su conciencia le pedían saltar de nuevo por las azoteas y tirarse a la calle, a cara descubierta, para luchar y vencer, o morir luchando. Luego se le aparecía la mirada de sus padres y sus hermanos sin nada que llevarse a la boca y se le hacía un nudo en el estómago que le ataba los pies y la voluntad.

La cosa no iba a ser tan fácil, tener a un fugitivo en esa época era algo que muy pocas personas se atrevían a hacer. El odio, la envidia y la venganza habían transformado a corderos en perros de presa alentados por los nuevos amos, y nadie se libraba del dedo inquisidor. Una noche, mientras estaban los mayores cenando, unas voces alteraron la tranquilidad de la casa. Mi padre se levantó de la mesa para averiguar el origen de esa crispación inesperada.

—¿Qué está pasando, Juana?

—Señor, unos que dicen que quieren registrar la casa; están buscando a alguien. —La voz de Juana era un susurro lastimero que a duras penas conseguía disimular el pánico. Mi padre bajó y se plantó en la puerta con tranquilidad y templanza.

—¿Pasa algo para que vengáis a estas horas a importunar a la gente en su casa?

—Pasa, don Custo, que estamos buscado rebeldes y ninguna casa está libre de sospecha. Son las órdenes que tenemos y hay que cumplirlas.

—Paquito —dijo mi padre dirigiéndose al más joven—, ¿tú te acuerdas cuando saqué a tu madre de una pulmonía que por poco se la lleva al camposanto? Y tú, Manolo, ¿has borrado de la memoria la noche que de madrugada me fui a tu casa para calmar a tu hermano, que en paz descanse, el dolor del cuerpo y a tus padres el del alma?

—Sí, don Custo, pero…

—Aquí no hay pero que valga ni nadie entra por la puerta cazando rojos ni gallinas, la sangre es del mismo color para todos, y la vida y la muerte son daltónicas y no entiende de tintes. No hay huevos ni vergüenza para entrar en mi casa por la fuerza. La próxima vez que os presentéis que sea a cara limpia, de día y sin odio. Mi casa ya sabéis que está abierta si alguien lo necesita. Y si volvéis por aquí que sea sin fusiles, que os convierten en lo que no sois, así que buenas noches y marchad con Dios a ver si guía mejor vuestros pasos.

Los revoltosos se fueron con el rabo entre las piernas ante la contundencia de argumentos de mi padre.

—Juana, eche la llave, que la puerta ya no se abre más esta noche, y tómese una tisana que le vendrá bien.

Lógicamente mi padre subió al comedor y besó a mi madre en la frente. Sabía perfectamente lo de Amador, nada se le escapaba de lo que acontecía en casa, aunque se hacía el tonto para no interferir en las cosas de mamá, que casi siempre eran suyas. El abuelo Mario miraba a mi padre con la admiración que ese hombre, desde el momento en que le había pedido la mano de su hija, había despertado en él.

***

Un día Amador se cansó del encierro y le dijo a Juana que se iba.

—Me voy, hermana, ya no aguanto más, no quiero seguir escondido como un conejo con todo lo que hay que hacer y por todo lo que hay que luchar. Tú puedes seguir aquí, lavándole la suciedad a los ricos y doblando la chepa cada día un poco más, pero yo no puedo soportar cómo se muere la gente de hambre en el campo y cómo trabajan de sol a sol por unas migajas sin derechos ni honra. El trabajo es sagrado, pero deja de serlo cuando es solo sagrado *pal* que recibe los beneficios; las personas también son sagradas pero nadie las respeta, y la justicia con hambre no es justicia sino abuso y esclavitud.

—Ay, Amador, te explicas como si supieras. Yo no entiendo muy bien de qué me hablas pero esta casa ni la toques, que nos ha *dao* la vida más de una vez. No *tos* los ricos son iguales, y si no fuera por mi señora y don Custo a saber dónde estarías ya. Márchate si quieres pero ten *cuidao*, piensa en padre y madre, bastante tienen con dar de comer a tus hermanos, no los hagas sufrir más, Amador.

—Hermana, es que no lo entiendes, es por ellos y todos los que son como ellos que tengo que luchar, para que algún día se acabe esta vida de miseria que nos estruja el alma y embota el cerebro. No te preocupes, Juanita, tendré *cuidao*, y diles que les quiero mucho y que pienso volver.

Amador bajó de la azotea para dar las gracias a mis padres. Mamá le despidió seria pero con un brillo en los ojos que la delataba, y mi padre le dio un fuerte abrazo y algo de dinero por si le hacía falta.

—Adiós, Amador, no creas que no te envidio, pero soy demasiado cobarde. Yo lucho a mi manera con los potingues y el termómetro, pero también lucho. Algún día se acabará esta locura, aunque me temo que ni tú ni yo lo veremos. Cuídate, muchacho, y reza de vez en cuando, nunca está de más, y quién sabe si ese que se hace el sordo tantas veces a ti te escuche.

Era un buen chaval, aunque su idealismo y su osadía le llevarían en el futuro por un camino de dificultades no siempre compensadas. Mientras tanto, las cosas se tranquilizaron de aquella manera y la casa de la plaza Mina acogió mis primeros balbuceos y correrías al mismo tiempo que mis hermanos iban llenando de risas y lloros cada rincón dormido.

La vida continuaba. Carranza era nombrado alcalde de Cádiz y el mundo se quedaba perplejo ante la renuncia de Eduardo VIII de Inglaterra al trono, por amor a una divorciada que no era aceptada en una corte claramente obsoleta y ligeramente hipócrita.

Más tarde se le restituiría al rey Alfonso XIII la ciudadanía española, aunque nunca llegó a reinar ni lo merecía. Alemania y Hitler continuaban su escalada de violencia invadiendo Polonia y anexionándose Austria; era el principio del infierno que luego los ojos atónitos del mundo contemplarían y reconocerían tal vez demasiado tarde. Comenzaron las sanciones contra los judíos ante la pasividad del resto y el nazismo se fue extendiendo como la espuma.

Los alemanes hundieron el *Baleares* en un acto cobarde e indigno, mientras en Cádiz se recibía a los niños que volviendo de un campamento de Mussolini levantaban al horizonte sus manos inocentes y alegres. Uno de los grandes acontecimientos en Cádiz consistió en la despedida de los diez mil legionarios italianos.

El 26 de abril Guernica fue bombardeada. Franco negó la autoría y una página de dolor y muerte sería recordada, para espanto y vergüenza de todos, por Pablo Picasso bastantes años más tarde.

Era el año 1937 y Cádiz se debatía entre la modernidad y la vuelta a las costumbres más recatadas. Mi madre nos contó que estando ella en el cine, a una señora la sancionaron por no saludar la imagen de Franco. La señora decía que no veía la necesidad de saludar a alguien que ni estaba en el cine ni conocía. Nadie entendía tantas absurdas exigencias por parte del nuevo régimen o de quien quería ganar puntos imponiendo consignas de cosecha propia. Al pueblo a veces es difícil hacerle comulgar con las ruedas de molino de la incongruencia. En la playa era obligatorio el uso del albornoz. Mi madre me llevaba al balneario con Enedina para que me diese el sol y a veces me metían en el agua hasta que mis pulmones se desgañitaban primero y empezaban a chapotear después. Enedina se asustaba y le decía a mi madre: «Señora, tenga tiento con la niña que se va a *engollipar*», que era una manera gaditana de decir ahogarse. Yo era tan blanca que apenas podía estar un par de horas en el primer sol de la mañana. Mi madre se ponía un bañador que resaltaba su esbelta figura para admiración del respetable y se sentaba en una gran silla de mimbre a modo de cesto, con alto respaldo techado y reposapiernas. Las playas estaban limitadas a hombres y mujeres alternando los horarios; de hecho, la nuestra era la playa de las mujeres, y por supuesto la gente humilde no pisaba la arena salvo muy de vez en cuando, a última hora de la tarde, en la que las mujeres se bañaban vestidas y con la ropa pegada al cuerpo, lo cual resultaba más sensual y provocador que cualquier otra opción impensable en esa época.

Mis primeros recuerdos aparecen como un tenue paisaje a través de las nubes, sin tener claro su tiempo y veracidad. Tengo una ligera imagen de un quiosco en mitad de la plaza desde el cual salía la música los domingos inundando todo, trepando por los blancos adornos barrocos de la fachada y derramándose por los balcones y las ventanas hasta el patio, después de haber impregnado hasta el corazón de sus habitantes. Papá abría deliberadamente las puertas para que el sonido entrase a raudales y tomaba a mamá de la cintura para dar vueltas y más vueltas.

—Vamos, Alba, baila conmigo, déjate seducir por la música. —Y cerraba los ojos—. La música es la respiración del alma. Nos hace más limpios, mejores, sobre todo si además te llevo en mis brazos.

Papá era así, te soltaba esas perlas y se quedaba tan fresco. Mamá se resistía pero terminaba riendo y dejándose llevar por los brazos fuertes y cálidos de mi padre. La cosa continuaba con mis hermanos y yo queriendo bailar también. Él sería mi mejor maestro de baile, me tomaba con solemnidad por la cintura y yo levantaba mi cara como en volandas para verle mejor. El final de la escena era más risas entre todos, cosquillas y cánticos a voz en cuello, el abuelo Mario feliz y la Inglesa diciendo que había que cerrar los balcones para que no pensasen que era una casa de locos.

Yo imagino la envidia en la calle de lo que se respiraba a través de los visillos de esa familia tan ajena a lo que las buenas maneras aconsejaban. Al poco tiempo de iniciar mis pasos vacilante, con mi abuela mirándose en mis ojos verdes y Enedina sujetándome con cuidado de la mano, la casa se llenó de preparativos para otro acontecimiento que desviaría la atención sobre mí sin apenas darme cuenta. El nacimiento de mi hermano Custo, un niño tan bueno que apenas alteró el devenir de la casa. Yo tenía un hermanito al que acariciaba cuando me dejaban y que me miraba con esos ojos humildes y protectores que ya anticipaban su manera de estar en el mundo. Papá lo contemplaba orgulloso, aunque nunca me hizo sentir menos valorada por ser niña. Seguiría siendo su pequeña mujercita.

Tengo que destacar la importancia de Ene en esa época, tan guapa, con su pelo largo y negro que recogía en una trenza a la que yo me agarraba con ahínco una y otra vez. Ene siempre iba de luto por algún pariente, menos en casa. Mi madre no soportaba el color negro, y menos los velos en la cabeza que la gente de pueblo se empeñaba en llevar día y noche. Tampoco soportaba su afición a dejarse las melenas debajo de los brazos y no afeitarse, porque decía que a su novio le gustaba el vello. Un novio al que finalmente dejaría a fuerza de celoso y dominante. Mamá lo solucionaba con uniformes de manga que ocultaban tanto objeto de amor salvaje. A mí me daba igual porque me seguía pareciendo la más guapa y cariñosa del mundo y le brillaban los ojos cuando me miraba.

Capítulo IV

Alba, mi madre, nació en el año 1915. El abuelo Mario tenía veinticinco años y la abuela dieciocho. El cambio de siglo había sido de todo menos tranquilo. Historias tan románticas y de las mil y una noches como la boda de Anita Delgado, la bailarina del Kursaal, con el marajá de Kapurtala, algo que seguramente alentó a la Inglesa a luchar por el soltero de oro de la ciudad, se mezclaban con acontecimientos como el horror de la Gran Guerra que asolaría Occidente desde el año 1914 hasta 1918, en el que Alemania pediría el armisticio que desembocaría el 28 de junio de 1919 en la firma del Tratado de Versalles.

En Cádiz, los acontecimientos sociales como la presentación de La Niña de los Peines o la llegada de La Bella Otero llenaban de expectación a la alta burguesía, ansiosa de eventos y motivos para aderezar la ligeramente aburrida vida provinciana.

Los Livingston, instalados en la preciosa casa de la plaza Mina, eran el centro de las miradas y las habladurías de la sociedad capitalina. Por supuesto mi abuela sabía que era observada con lupa por las madres y las hijas casaderas a las que había arrebatado la posibilidad de entroncar con el mejor ejemplar de las familias bodegueras gaditanas. La Inglesa vestía sus mejores galas, sacaba brillo a las esmeraldas de sus ojos y, colgada del brazo del abuelo Mario, acudía a todo evento social que aconteciese así como a la misa de los domingos en la catedral, segura de que nadie merecía mejor suerte y de que el amor de su marido era suficiente garantía de la legitimidad que nadie osaría atreverse a dudar.

Creo que su seguridad y capacidad de seducción consiguieron el efecto que habían causado en el abuelo; meterse a la gente en el bolsillo y convertir a las enemigas iniciales en dóciles vasallas.

Sus fiestas, perfectamente preparadas y diseñadas para hacer sentir a los invitados en una nube, así como las deliciosas excursiones a las bodegas con un grupo selecto de elegidos, eran comentadas durante días. Nadie se podía resistir a la cata de los escogidos caldos, al jamón bien cortado y especialmente seleccionado, a las largas veladas de cante y baile con los artistas locales, y tampoco a las tertulias literarias con escritores e intelectuales que se sentían, en las reuniones de los Livingston, libres para expresar sus ideas fueran de la ideología que fueran, y a veces adelantar en exclusiva algún retazo de la obra que tuviesen entre manos para someterlas a juicio entre iguales.

Las bodegas eran el alma de nuestra familia, ese mundo incandescente que iluminaba espacios y conversaciones, gestado con el amor a la tierra, al agua y al viento. La bodega se te metía dentro y pasaba a formar parte de la sangre. El olor al albero húmedo, o la bota vieja y fecunda con su capacidad de generar y amamantar, como una madre, vinos distintos de ámbares y ópalos dorados, un auténtico sol oculto en sus entrañas. Plinio decía que el vino es la sangre de la tierra. Para los Livingston, mi familia, era la sangre que había alimentado su vida desde la vieja Inglaterra hasta este triángulo mágico que formaban los ríos Guadalquivir y Guadalete, El Puerto, Sanlúcar y Jerez. Vinos acunados por la albariza, tierra rica en carbonato de calcio, y por el clima Atlántico meridional con su poniente húmedo y su levante seco. Esta tierra de leyendas mitológicas, de Atlantes y del dios Heracles, tallador de columnas, que hablan del principio y fin de dos mundos. Ese mar océano con temperaturas de dieciocho grados, y en el que aprendí muy pronto a bañarme en invierno y en verano, nos trajo el arte del vino, primero con los fenicios y más tarde con los árabes y sus famosos alambiques, en los que se destilaba el alcohol con fines curativos.

Nuestro vino es de sabor punzante y tiene un toque de terciopelo que lo hace único. El sabor de las botas de exclusivo roble americano, la arquitectura de las bodegas largas y altas, así como la orientación sur o suroeste, y sus ventanas semiocultas tras espesos retales de arpillera, confieren al vino una calidad y exquisitez únicas e incomparables. La naturaleza se alía cómplice para conseguir un resultado mágico que se transmite a través de los tiempos. No puedo dejar

de describir ese mundo que me apasiona y al que pertenez-
co desde niña.

Para mí y mis hermanos ir a las bodegas, correr por
sus venas, jugar al escondite entre la rica vegetación circundante, subirnos a los lujosos carruajes simulando viajes de
ensueño a lugares remotos o quedarnos algún fin de semana a dormir en la gran casa de ventanas acrisoladas y patios
repletos de jazmines y palmeras, era un regalo que apenas podía compararse con cualquier otra diversión.

El almijar era la gran terraza que rodeaba la bodega y
en la que se soleaba la uva. Todas nuestras andanzas estaban
limitadas por el respeto a los trabajos de la bodega y sus gentes, capaces de conseguir los mejores y más pálidos y ligeros
finos, los suaves y secos amontillados o los olorosos, embria-
gadores en su olor y atractivos en su color caoba oscuro.

El abuelo Mario nos lo explicaba todo con entusiasmo y paciencia. Su mirada se hacía transparente cuando nos
hablaba de la flor del vino, ese velo que se formaba en la
superficie del vino de crianza. Nos transmitía amor, pasión,
y nos decía que el vino podía sacar lo mejor del ser humano
en su cultivo, elaboración, paciencia, exigencia y disfrute
tras el trabajo bien hecho y con mimo. En los fríos de noviembre se obtenía el mejor vino. Nada era inútil o casual
en las bodegas, todo tenía un ritual, un desarrollo perfecto
y armónico. Como en la partitura de una sinfonía trazada
por el viento, la madera, los silencios y el amor de quien
la ejecutaba sabiendo que estaba ante un acontecimiento
que acompañaba al hombre a través de los siglos.

El pueblo, por su parte, al margen de nuestro mundo privilegiado, continuaba con su vida bastante menos cómoda

aunque mucho más atractiva. Se hablaba del famoso gitanillo Macandé, quien con ocho años hacía las delicias de los corrillos bailando y cantando. En una ocasión, ante la angustia del personal, el gitanillo desapareció durante tres días. Cuando la gente se temía lo peor, Macandé apareció en una góndola cantando en lo que parece ser fue un viaje de placer que le llevó nada menos que a Algeciras, vaya usted a saber bajo qué circunstancias. Cádiz era así, sorprendente y surrealista. Me contaba la abuela de un loco que en Capuchinos mató con una escopeta al loquero que lo vigilaba. Nadie pudo entender qué hacía un desequilibrado con una escopeta en un manicomio.

Por aquel entonces, San Fernando se convertía en la sede de las Cortes españolas, la República se instauraría en el país vecino y el gran Unamuno, rector de la Universidad de Salamanca, honraría a Cádiz con su presencia.

El escenario por excelencia de nuestra ciudad, el Gran Teatro, acogía a la compañía de María Guerrero y Fernando de Mendoza.

En el año 1915 el rey Alfonso XIII visitó nuestra ciudad y por supuesto nuestras bodegas. Aún se conserva la bota firmada por él, que mi abuelo exhibía con orgullo. Poco sospechaba entonces que su adorada y única hija se enamoraría de un republicano, al que don Mario no pudo sino aceptar ante la paciencia que mostraba con las mujeres de la casa. Romanones y los liberales estaban al frente del gobierno. El foxtrot había ganado la partida al tango, uno de los más dramáticos y sensuales bailes aceptado a duras penas por la sociedad más conservadora.

En Cádiz, el gran Manuel de Falla ensayaba en la plaza San Antonio una de sus obras cumbres, *El amor brujo,* y Margarita Xirgu, la gran dama del teatro, inauguraría la temporada del teatro Falla.

Mi madre crecía al amor y amparo de una casa rica y unas manos expertas que no siempre eran las maternas. Su belleza etérea y su piel transparente la convertían en objeto de admiración entre las amas de cría de las otras casas en sus paseos por la plaza. Tenía todo lo que una niña podía desear salvo una madre cariñosa y tierna, a la que solo preocupaban las apariencias y educarla con el mayor nivel de exigencia posible dada su posición social. La Inglesa había heredado los delirios de grandeza de su padre, cuya fortuna de comerciante sagaz daba a los Belacua la sensación de pertenecer a los elegidos, aunque solo el matrimonio con el abuelo Mario había conseguido introducir a su hija en los círculos sociales. Creo que el abuelo, demasiado ocupado con las bodegas, a duras penas podía compensar la frialdad con la que mi madre crecía y que solo se atenuaba por la compañía de Juana, auténtica amiga y confidente. Ese ambiente le haría desarrollar un carácter melancólico y ensimismado. Supongo que no encontró la felicidad hasta conocer a mi padre, pero ya la semilla de la soledad había crecido en su alma.

Las efemérides eran puntualmente recogidas por el periódico local, el *Diario de Cádiz*, fundado por la familia Joly en 1867 en la calle Mentidero y que sería el más antiguo de España. El diario reflejaba todo lo que pasaba en la ciudad, ya fueran acontecimientos sociales, sucesos o anécdotas tan diversas como el fusilamiento de la espía Mata Hari, el corte de gas y electricidad en que la Gran Guerra sumió a la capital o la muerte de Buffalo Bill. El abuelo recibía puntualmente el periódico y, durante su británico desayuno a base de huevos, té y tostadas con mermelada de naranja, comentaba los acontecimientos con mi abuela, quien siempre quitaba hierro a todo y permanecía impasible ante cualquier acontecimiento que alterase su iluminada y confortable vida. Aun se conservaban en casa los fascículos encuadernados del diario y a mí me parecía fascinante su lectura y la posibilidad de conocer el pasado de mi ciudad y sus gentes.

**

Un día decidí explorar las zonas prohibidas. Ene me había dejado junto a mis muñecas y había bajado a preparar mi almuerzo de las doce; yo apenas contaba con tres años y los lloriqueos de Custo no me dejaban tranquila mientras mis dedos, aún torpes, intentaban jugar con la casa de muñecas que los últimos Reyes me habían traído.

Las escaleras tenían un enorme poder de atracción y la luz que entraba desde la terraza era como la flauta de un mago que me prometía mundos felices. Cuando por fin coroné la cumbre de la escalera, una luminosidad hiriente hizo que me cubriera los ojos con la palma de la mano. Jamás podría haber imaginado una visión tan increíblemente bella. La niña que habitaba en las zonas de penumbra de la casa descubrió algo que la hechizaría de por vida convirtiendo ese espacio nuevo en su sitio favorito.

—¿Y tú qué haces aquí? —Una voz fresca e hiriente me sacó del paraíso y a punto estuvo de hacerme gritar de miedo; pasa a veces cuando uno se arriesga a transitar por espacios desconocidos.

—Yo soy Alba y esta casa es mía. Me estás asustando y se lo voy a decir a Ene para que te castigue.

El niño contemplaba a esa criatura pelirroja y no podía desprenderse del fuego de sus ojos y el desparpajo con el que le hacía frente.

—Tú no eres nadie aquí arriba. Esta es la azotea y aquí manda mi madre, que es la dueña del lavadero, así que ya te puedes ir por donde has venido.

—Eres un descarado, pero yo quiero conocer el lavadero, ¿por qué no me lo enseñas y yo le digo a Ene que no te castigue y te dé de comer?

Estebita, que así se llamaba el niño, perdió su aplomo pensando en la comida que yo le prometía y su estómago le reclamaba desde hacía unas cuantas horas. Virtudes, su madre, apenas le daba una comida al día y lo que podía recabar en las casas a las que acudía diariamente a lavar la ropa.

—Si me prometes darme de comer, te enseño todo lo que hay aquí arriba, pero no se lo digas a tu madre ni a la Inglesa.

—Ya te he dicho que la casa es mía y hago lo que quiero, vamos a ver el lavadero.

Cuando Virtudes vio aparecer a Esteban con la niña cogida de la mano, se llevó las manos a la cabeza. El chaval apenas tenía seis años pero era despierto y con una imaginación a prueba de literatos. Su madre no podía dejarlo en ninguna parte y a menudo el niño iba y venía de una azotea a otra distrayéndose en mirar el cielo y contar tejados.

A veces Esteban se hacía con un papel y un lápiz y dibujaba pájaros y mares con barcos piratas y monstruos marinos a los que ponía nombres. Su capacidad de fabulación solo era equiparable a su espíritu libre e inquieto. Virtudes solo esperaba el momento preciso para pedirle a don Custo que intercediera por el chico para que le aceptasen en el colegio del obispado, pegado pared con pared a la casa de la plaza Mina, y que tenía plazas gratuitas para los más necesitados de pan y conocimiento.

Creo que ese día comencé a pensar que la vida podía ser algo apasionante más allá del patio, la consulta de mi padre y el olor a las flores de la abuela. Esteban me descubrió un mundo que nadie me había contado y que seguramente solo a él pertenecía.

Tanto Ene como mamá permitieron esa relación inocente a sabiendas de que Virtudes vigilaba nuestros juegos y la casa estaba habitada por adultos demasiado ocupados para jugar conmigo.

Un día Estebita empezó a ir al colegio, los buenos oficios de papá dieron sus frutos y mis mañanas se hicieron más aburridas. La azotea había perdido parte de su encanto sin mi amigo inventando rincones e historias donde solo había paredes y ropa tendida, pero para entonces yo ya tenía otra hermana, delicada y rubia como mi madre, inocente y pura como mi padre y con un futuro incierto que nadie hubiese vaticinado. Mi padre, que ponía el nombre a las chicas, la bautizó con el elemento de la naturaleza que acompañó el parto de mi madre, el rocío del amanecer. Rocío se llamó, como mi abuela paterna Rocío Medina, y llenaría la casa de magia, luz y belleza, y yo la amaría profundamente.

Capítulo V

Rocío nació cuando la amenaza del pequeño Führer se había materializado. En casa había una sensación de peligro inminente y papá no tenía muy claro que al final no nos viéramos metidos de lleno en la contienda junto a los alemanes, algo que le producía auténtica repulsión. La Segunda Guerra Mundial asolaba Europa y al parecer Franco ordenaba neutralidad al mismo tiempo que mantenía un difícil equilibrio para no unirse a sus correligionarios afines, Alemania e Italia. Su encuentro en Hendaya dejó claro a Hitler la no participación de España, aún con las heridas sangrantes, en la contienda internacional. No obstante, nuestro país aportaría efectivos mediante la División Azul, lo que contribuiría aún más al aislamiento que sufriríamos por parte de los vencedores. Algunos jóvenes de familias amigas decidieron unirse a esa descabellada odisea con la seguridad de que eran necesarios y la garantía de una muerte segura.

Cádiz permanecía ajena al drama europeo, aunque los submarinos alemanes entraban en la bahía para abastecerse. El pueblo llano, que a todo le pone ripio, contaba cómo unos soldados empinaron más de la cuenta y se dedicaron a repartir viandas a diestro y siniestro por las calles, ante la algarabía del gentío que estaba ahíto de escaseces. El año siguiente sería el llamado «año del hambre», aunque en la casa de la plaza Mina nunca faltó nada y mi padre dejaba abierta la puerta de la consulta para que Juana, que era la que mandaba en la despensa, repartiese lo más esencial a los necesitados. Las calles se llenaban de gente del campo pidiendo caridad por las casas y algunas madres arrastraban a sus hijos de ojos hundidos esperando la misericordia que Dios no tenía.

Continuaban los bailes en el Atlántico, a los que mi madre acudía con mayor desgana sabiendo que el racionamiento, en el que se repartía un cuarto de litro de aceite cada diez días por persona, era la música que se escuchaba en muchos hogares cada jornada.

En medio de la oscuridad se inauguró la primera heladería italiana, lugar de encuentro por las tardes y visita obligada de mis hermanos y mía, con Enedina intentando no perdernos de vista. En una de esas idas, una voz familiar me hizo girar la cabeza. Hacía tiempo que mi amigo había dejado de venir a casa, ya no me traía conchas de nácar de la playa ni restos de algún naufragio milenario, tampoco nadie me hablaba de sueños y del hambre que se pasaba en algunas casas. Virtudes le reprendía para que no me llenase la cabeza de historias y respiró aliviada cuando le aceptaron en el colegio; el niño tenía que entrar en vereda y parece ser que los estudios le tendrían muy atareado y su condición de gratuito no le permitiría andar saltando por los tejados. Los ojos color miel de Estebita se iluminaron al verme; era mi único amigo, sin contar a Álvaro Urquijo, que me perseguía para tirarme de las trenzas y reírse de mis pecas, y gracias a él había descubierto el mundo luminoso y mágico de la azotea.

—Alba, Albita…, hola, Alba, ¿cómo estás?, has crecido mucho y te has puesto muy guapa.

—Tú también has crecido, ¿quieres un helado? Seguro que Ene tiene dinero para ti también. —Mis siete años no me permitían grandes libertades pero algo dentro de mí, impreciso, espeso e intangible, me decía que Estebita no vendría de nuevo a la azotea con su madre.

—Gracias, Alba, pero ya he *merendao.* —El niño mentía por orgullo más que por maldad—. Y me tengo que ir a casa para estudiar y echar una mano a mi madre. Paso casi todos los días por aquí y por el parque Genovés. Si alguna vez le dices a Ene que te lleve, te enseño los árboles más bonitos que puedas ver en tu vida.

—Yo también he empezado el cole, pero no me gusta mucho, era más divertido estar en la azotea contigo observando a los pájaros y adivinando nubes. ¿Sigues dibujando? Quiero que un día me regales un dibujo. ¿Me lo prometes?

—Vale, te lo prometo. —Seguramente habría prometido cualquier cosa con tal de volver a ver esos ojos verdes que desde el rostro inocente de una niña soltaban destellos capaces de arrastrar a cualquier ser al abismo—. Adiós, Alba…, pórtate bien.

No tenía muy claro qué era portarse mal pero supuse que mi amigo tenía que irse y eso era todo.

En casa nos esperaban las tías Marina y Paula y nos habían traído pasteles. Mi madre era amiga de la tía Marina y habían ido juntas al colegio, y así fue como conoció a mi padre. Creo que era la mejor amiga de mi madre y también era guapa y educada como ella, aunque no se había casado. Mi tía solo era feliz leyendo y soñando mundos lejanos, totalmente prohibidos para las señoritas de buena sociedad. Hablaban de un amor imposible que se había perdido en el mar en busca de fortuna, y de tía Marina oteando el horizonte en la torre-mirador esperando la vuelta de un barco de velamen ausente. Todos sabemos la capacidad de fabulación de la gente, y más en una capital de provincias en la que el único destino posible de las niñas educadas y de buena familia era el matrimonio.

Escribía cuentos y siempre eran su regalo de cumpleaños para cada sobrino. Yo adoraba a tía Marina y sus cuentos ocupaban un lugar de honor en la librería de mi habitación.

—Había una vez un bosque lleno de seres encantados y animales que convivían con ellos en paz y armonía. —La tía Marina ponía un énfasis especial cuando nos leía sus cuentos y no podías dejar de escucharla—. Un día la leona los reunió a todos para comunicarles la feliz idea de celebrar un baile de disfraces, durante el cual se premiaría el más imaginativo. Todos estaban emocionados, imaginándose cubiertos de ramas, hojas de palma, flores y rizando sus melenas con pequeñas raíces. La tortuga se quedó un poco ensimismada, era muy difícil para ella encontrar algo que no se escurriera por su resbaladizo caparazón y además tenía la sensación de que, de alguna forma, siempre estaba camuflada. Se fue lentamente, como de costumbre, a su casa, pensando cuál sería la solución para no hacer el ridículo ante tan espectaculares adversarios. Cuando estaba a punto de llegar a su refugio, una enorme tormenta se desató en el bosque. Lógicamente los demás corrieron a guarecerse pero la tortuga no era candidata a ganar una medalla en velocidad, así que se empapó por completo y entró en su casa de hojarascas aún más hundida de ánimo, si eso era posible. Al mirarse en el espejo del salón contempló el más maravilloso espectáculo que hubiera podido imaginar. Su caparazón brillaba cubierto de gotas de lluvia, consiguiendo un efecto de luces, como en un caleidoscopio, que se multiplicaban hasta el infinito. Nuestra amiga se quitó con cuidado el traje de lluvia, lo colgó delicadamente de la rama perchero, junto a la cama de musgo, y durmió con una enorme sonrisa dibujada en su arrugado rostro. Ya tenía su disfraz. El baile fue un éxito, pero aún lo fue más el asombro que el traje de lluvia de nuestra feliz tortuga despertó en todos los habitantes del bosque, quienes no dudaron en aclamarla como ganadora indiscutible.

Este fue el cuento que tía Marina me regaló cuando cumplí cuatro años. Tal vez porque estaba a punto de nacer otro niño, mejor dicho otra niña, en la familia y yo me había convertido en la mayor, así de pronto, y a la que más responsabilidad se le exigía por parte de mi madre, que a veces olvidaba que yo había sido por un tiempo el centro de la casa. ¡Qué poco habían durado las caricias en exclusiva y las miradas de admiración ante mis colores de fuego! Poco a poco los demás me iban robando horas de juego con mi madre y paseos briosos en brazos de Ene para hacer un recado o simplemente comprarme polos de fresa en el heladero ambulante que todos los días paraba en la plaza.

Tía Paula se empeñaba en hacernos dulces de dudosa calidad. Con el tiempo había desarrollado un comportamiento un tanto extraño aunque inofensivo. Su pasión eran los coches, quería conducir a toda costa y mi padre se encargaba de que no le diesen el carné por miedo a algún mal mayor.

Las tías vivían en una casa señorial y oscura perteneciente a los Monasterio. Era la casa materna, en la que se habían criado los tres hermanos, y los grandes salones siempre nos recibían con olor a soledad y ausencias. Los abuelos habían muerto jóvenes, con no muchos años de diferencia, y prácticamente mi padre se había encargado de la educación de sus hermanas.

Una de las veces que mamá nos llevó a visitar a las tías, Paca, la buena mujer que atendía la casa y que había criado a los tres, nos recibió con cara de angustia.

—Paca, ¿qué pasa, algún desvarío de la señorita Paula?

—Ay, señora, vaya usted al salón y mire lo que ha hecho.

Mi madre entró en la salita temiéndose lo peor y al final soltó una carcajada que a duras penas pudo disimular cuando mis tías acudieron a recibirnos. El aparador de caoba que había pasado por más de cinco generaciones estaba completamente pintado de purpurina plateada. A mí me pareció mucho más alegre que antes, pero la tía Marina estaba a punto de echarse a llorar.

—¿Verdad que ha quedado muy bonito? —Los ojos de Paula brillaban de emoción ante su obra de arte—. Estaba tan triste y llevamos tantos años viéndolo del mismo color que he pensado que un cambio le vendría bien.

—Está precioso, Paula. —Mamá le pasaba la mano por el hombro—. ¿Verdad, niños?

—Está mucho más bonito, muy bonito, sí. —Nuestras voces se amontonaban a la hora de celebrar el cambio, y yo pensaba que un poco de purpurina no le habría venido mal al resto de la casa, triste y lóbrega.

La tía Paula era así, hacía cosas raras y todos pensaban que no estaba muy bien de la cabeza. Había un Fotingo antiguo descapotable, también color plata, que era el orgullo de mi padre y había pertenecido a mi abuelo. Era famoso en Cádiz y cuando papá nos paseaba en él, todo el mundo nos miraba y se paraba para contemplar el artefacto que más parecía un Sputnik que un automóvil. La tía Paula soñaba con conducirlo, pero ante la imposibilidad de conseguir el permiso, nos hacía meternos en él, en el garaje, y simular un viaje que a veces nos llevaba media hora o más sin que hubiese manera de escapar de esa aventura única que ella disfrutaba hasta el paroxismo.

Las excursiones a la bodega seguían siendo mi diversión favorita. Ese mundo de olores, vegetación apretada y la espaciosa y confortable casa de campo eran para mí el mejor regalo en la primavera y el otoño. A veces en verano mamá decidía trasladarnos a esa finca cuyos árboles frondosos, traídos algunos de América, aligeraban el calor pegajoso de Cádiz. Mi madre sentía entonces nostalgia de sus ancestros ingleses y leía libros en inglés como una forma virtual de comunicarse con sus orígenes. De vez en cuando los parientes de mi madre venían a Cádiz a disfrutar del sol y el buen vino. Todos me resultaban muy pálidos y estirados, sin contar con que el idioma aún me resultaba extraño y prefería el habla suave y cantarina de la gente de nuestra tierra.

Solo había una excepción a ese rechazo que mis antepasados ingleses me producían, un primo lejano de mamá, George. Tío George era tan maravilloso y de una belleza tan literaria que su sola presencia conseguía convertir cualquier espacio cotidiano en una fiesta. Me cogía en brazos y, girando sobre sus talones, bailaba mientras mis trenzas flotaban en el aire y a mí se me llenaba la vida de risas. Me llamaba su princesa, y disfrutaba enganchando cualquier coche de caballos, *berlina*, *bis a bis* o *manola*, de los que orgullosamente se conservaban en las bodegas, y manejando con habilidad el tronco de caballos cartujanos.

Le encantaba recorrer la finca a galope y, otras veces, llegaba hasta la orilla del mar para refrescar los tobillos de los caballos, que en sus manos se convertían en corderos complacientes. El tío George no trabajaba; la gente bien en Inglaterra no podía dedicarse más que a sus fincas, sus caballos, las cacerías o el comercio, que era la vocación histórica del Viejo Imperio y la que había traído a mis antepasados a Cádiz. Por esa razón las familias gaditanas adineradas cuyo origen estaba en navieros, comerciantes o banqueros mandaban inexorablemente a sus vástagos a Inglaterra como requisito indispensable en su educación, tras cursar sus primeros estudios en el exclusivo colegio San Felipe Neri, y mis hermanos no serían una excepción. Las chicas nos conformaríamos con las clases particulares de inglés y de francés en el colegio.

Mamá se sentía feliz pudiendo recuperar, gracias al tío George, parte de su mundo perdido y escapándose por un tiempo de la angosta y a veces asfixiante vida provinciana. Ahora, en la distancia, entiendo el espíritu de mi madre, adelantado a su tiempo y que a veces me hacía sentirla lejana y ausente.

La vida social seguía limitada para las mujeres que apenas tenían acceso a las chocolaterías, el casino y algún espacio para la música como el café Alhambra, con actuaciones en directo, o el restaurante La Estrella. En otro tiempo, Cádiz había sido un lugar pionero en tantas cosas como la banca, la introducción del café en la península y el comercio de azúcar y tabaco desde Cuba. También había tenido un triste protagonismo en el tráfico de esclavos, origen de algunas fortunas que la Iglesia y la élite de la sociedad permitían. En Cádiz tuvo su primer impulso el capitalismo nacido al socaire de la rica y emprendedora burguesía gaditana. Muchas fortunas engrosaron sus arcas gracias a los préstamos que de forma natural se hacían entre comerciantes. La pérdida de algún barco en la Carrera de Indias era una auténtica tragedia y motivo seguro de deudas. No era tanto el concepto de usura, sino la ley tácita de ayuda entre iguales, en una sociedad creada en parte por buscadores de fortuna. Todo ello creó una ciudad voluptuosa y culta con hasta tres teatros, a la española, a la italiana y a la francesa. Hay un dicho bastante socarrón que habla de cómo mis conciudadanos se hicieron primero comerciantes, luego refinados y finalmente cultos. Lo que estaba claro era que mi «barco anclado en el mar», como llamaban a Cádiz, era una ciudad única y distinta al resto de España y con claros vínculos transoceánicos. Ese espíritu que apasionaba a mi madre y hacía sonreír a mi padre, tan ajeno a aventuras y tan pegado al dolor de las gentes de a pie, a quienes día a día frecuentaba.

Tío George se convirtió en uno de los solteros de oro y presa constante de las señoritas casaderas y de buena familia que ansiaban conocer mundo fuera de la isla. Él se dejaba querer y frecuentaba las casas más distinguidas como muestra de cortesía ante tanta solicitud. También era aficionado a perderse por los bares menos recomendables y sus idas y venidas al barrio del Pópulo eran motivo de cariñosas reprimendas por parte de mi madre, algo que mi padre solucionaba sirviéndole una buena copa de un *cream* de nuestras bodegas, el caldo favorito de tío George, capaz de doblegar voluntades y armonizar discordias pasajeras.

Cuando el tío volvió a Inglaterra, mi madre estaba a punto de dar a luz de nuevo y su humor no era muy agradable, tal vez debido al cansancio por las dos criaturas que dormían en su vientre. Esta vez en casa había dos cunas, exactamente iguales, y Rocío, que ya tenía tres años, había pasado a dormir en mi habitación. Custo, que a era un hombrecito de cinco años, tenía su propia habitación cerca de la de mis padres.

María de la Lluvia y Mario nacieron por ese orden, juntos y separados, iguales y distintos, castaño el niño y morena la niña, una noche en que el cielo descargaba una especie de diluvio que hacía temblar la montera del patio. El ruido del agua al caer era ensordecedor y yo me refugiaba asustada en los brazos de papá, que como siempre era el único que no perdía la calma. Mamá daba gritos desesperados, sería la última vez que daría a luz en casa, y a partir de ese día las cosas nunca volverían a ser iguales.

Capítulo VI

María de la Lluvia y Mario nacieron casi al mismo tiempo, serían el contraluz una del otro, tan distintos y tan una misma cosa; trazarían sus vidas el uno junto al otro y el pelo oscuro de la niña protegería del sol al trigueño dorado de su hermano, y los ojos claros del niño iluminarían de las lagunas oscuras de los de su hermana melliza. María de la Lluvia sería la fuerza y la voluntad y Mario sería la búsqueda, el idealismo y la pureza. Sin ellos saberlo, los dos niños recorrerían juntos un camino incierto y lejano de ríos y selvas. Pero era un día de noviembre de 1943, ambos habían nacido bajo el signo de Escorpio, y la tormenta no ayudaba a calmar los ánimos de mi madre, a la que los hijos y los acontecimientos estaban sobrepasando.

En casa todos estábamos felices. Contemplar a las dos criaturas tan juntas y ya tan dispares era un espectáculo único que los amigos celebraban con continuas visitas y regalos. Las tías Marina y Paula contemplaban las cunas con la emoción de un sentimiento perdido y de difícil recuperación. Apenas tenían veintiocho y treinta años respectivamente, pero para una ciudad del sur en los años cuarenta ya empezaba a ser demasiado tarde, y tanto el matrimonio como la maternidad se convertían en posibilidades remotas. Solo recuerdo a tía Marina cogiendo en sus brazos a esa niña morena que lloraba y cómo, con los nuevos mimos, el llanto cesó en segundos.

—Alba, esta niña es preciosa y tiene los colores del cielo de tormenta con el que ha venido al mundo. Mira, mira cómo agarra mis dedos. Tiene fuerza, Alba, y tendrá coraje, esta niña no es como las demás y, sintiéndolo mucho, no tiene nada de inglesa, es una Monasterio pura. —Marina sonreía pícaramente con el comentario.

—Pues hablará inglés como todos en esta casa y, ya sabes, cuando te aburras, vienes y te la llevas; eso sí, con vuelta y procurando esconder los botes de pintura de Paula, no sea que se le ocurra hacer alguna barbaridad.

Mamá intentaba sonreír a pesar de su agotamiento. Por supuesto, el pecho de mi madre no podía dar alimento para las dos criaturas así que en casa apareció un nuevo elemento extraño y omnipresente: un ama de cría.

Carmen, que así se llamaba, llevaba amamantando niños desde su última maternidad. A veces la falta de leche y otras el rechazo de algunas jóvenes madres a amamantar a las criaturas por no deformarse el pecho obligaban a que el ama de cría, como especie, estuviese bastante valorada. Cobraban buen dinero y había que alimentarlas con generosidad para que no les faltase el preciado líquido. Siempre llevaban un uniforme perfecto, impoluto, y en la plaza y los jardines competían por quién tenía el bebé más rollizo o más almidonado el delantal y el gorro de puntillas que cubría su rodete.

A mí no me gustaba nada esa Carmen presumida y distante, no tenía comparación con la trenza de Ene y la ligera joroba de Juana, mis dos ángeles de la guarda.

Para entonces yo tenía siete años recién cumplidos y esas Navidades estuvieron llenas de pañales, berridos de los mellizos y gente intentando controlarnos a Custo, a Rocío y a mí. La Inglesa se retiraba a sus cuarteles ante ese despliegue de niños al que ella, madre de una sola hija, ni estaba acostumbrada ni quería acostumbrarse. La abuela había dejado atrás su pasado liberal y cosmopolita y se refugiaba en las charlas con sus amigas al caer la tarde y las visitas a la iglesia, especialmente a la catedral de San Bartolomé, adonde nos llevaba más a regañadientes que con ganas. El abuelo Mario, en cambio, disfrutaba viendo aumentar la familia y siempre tenía una palabra amable o una chuchería para regalarnos. Había un acontecimiento que nos subyugaba: ver salir a los seminaristas del seminario colindante vestidos de negro con bandas rojas muy disciplinados y con miradas huidizas.

Decían en Cádiz que cuando salían los seminaristas era señal de que nos visitaba el levante, ese viento tan necesario como temido y que en su mayor esplendor conseguía sostener a una persona sin caerse, con solo su fuerza. Las cabezas se trastornaban un poco y el sonido se convertía en un mantra redundante y cansino. Pero el levante secaba la humedad excesiva y regeneraba las playas, además de conseguir los mejores vinos de nuestra bodega.

Papá estaba preocupado porque mi madre había entrado en un estado de melancolía y ni sus mimos constantes ni el hecho de vernos crecer a todos sanos y felices conseguían mejorar su ánimo. Juana decía que era normal, que muchas veces les pasaba eso a las madres después del parto, y que un cambio de aires era lo mejor en esos casos.

En carnavales la ciudad se transformaba en una fiesta y una provocación constantes. Del barrio de La Viña salían las mejores chirigotas, encargadas, con el más afilado humor gaditano, de hacer una crítica mordaz y caricaturesca de los acontecimientos sociales y políticos. Por la plaza Mina desfilaban comparsas y gentes disfrazadas para algarabía de toda la casa, que abría los balcones disfrutando del espectáculo. Los bailes de disfraces se sucedían en el Casino y el Atlántico, y mi madre consiguió deslumbrar con su traje de época primorosamente cosido por Patro, nuestra costurera. Mamá aceptaba de buen grado los intentos de distracción de mi padre y los piropos de amigos que alababan su figura después de un parto reciente.

—Alba, se me ha ocurrido una idea. —Mi padre miraba a mi madre a la vuelta de uno de los bailes con una copa de *brandy* en la mano—. Siéntate un rato conmigo, la verdad es que tanto baile me tiene un poco aburrido. Este Cádiz no sabe qué hacer para romper sus costuras de agua y se disfraza de todo lo que no ve ni conoce. Aunque tengo que reconocer que si no fuese por los carnavales, la pobre gente no tendría una ventana por la que escapar de su vida de privaciones y calamidades.

—Las fiestas y los disfraces no solucionan los problemas, Custo, solo sirven para esconderlos. La mayor parte de la gente tiene una vida que no quiere ni le gusta, ni siquiera ha podido elegir dónde y cómo vivir.

—Las personas vienen al mundo sin que nadie les pida permiso, tampoco nuestros hijos pidieron nacer, Alba, pero sí pueden hacer algo con sus vidas, intentar ser felices, valorar lo que tienen y buscar oportunidades como han hecho tantos. Nosotros somos seres privilegiados, Alba, y somos una minoría que, a pesar de todo, se está quejando continuamente.

—Dime, qué pueden hacer en una isla como esta, sin fronteras que no sean líquidas, sin horizonte más allá del mar y encima teniendo que sacar adelante hijos, familia, enfermedades. Los carnavales les embotan la cabeza para no pensar, para no darse de bruces con la realidad de su miserable mundo, para que no se den cuenta de que hay otras formas de vida a las que ellos nunca tendrán acceso.

—Alba, no te enfades, no me gusta verte así; comprendo que estés agotada. Por qué no te tomas un oloroso y hablamos con tranquilidad ahora que la casa está en calma. Hace mucho que no estamos solos, como antes, tú y yo, y te echo tanto de menos. —Esta conversación empezaba con una idea—. Sé que estás cansada de los niños, de tantas responsabilidades domésticas, del servicio. Espero que no lo estés de mí. —Papá dejaba asomar su sonrisa traviesa mientras cogía a mi madre de la mano cubierta de encaje—. ¿Por qué no hacemos un viaje? Puedo dejar a Matías en la consulta, ya sé que es muy joven pero es muy listo y aprende rápido, además la gente le adora. Se me ocurre ir a visitar a tus parientes en Inglaterra. Siempre has querido conocer la tierra de tus antepasados y puedo asegurarte que no te defraudará, es una maravilla. —Mamá miraba a mi padre como si un ángel caído del cielo hubiese venido a salvarla del agujero negro en el que estaba sumida.

—Pero, Custo. —Mi madre protestaba—. ¿Y los niños?, es mucho trabajo para el servicio, y la consulta y mis padres, ¿cómo les vamos a dejar solos? Me estás proponiendo cumplir uno de los sueños de mi vida desde que era una niña pero no podemos…, no estaría tranquila, y además no tengo ropa adecuada para el frío. Déjalo, ya se me pasará, ya sabes que el invierno no me gusta y me pone triste, pero cuando vuelvan los días largos y podamos escaparnos a la finca o al mar todo volverá a su sitio.

—No, cariño, todo eso que dices tiene arreglo y encontraremos la solución. También están mis hermanas y nos pueden echar una mano. Vamos a hacer ese viaje. Solo por ver la cara que has puesto cuando te lo he dicho merece la pena. Si quieres nos vamos veinte días, solo veinte días, pero nos vamos y punto. Y ahora dame un beso.

Mis padres siguieron hablando y seguramente recuperando la pasión dormida, porque a la mañana siguiente mamá volvió a sonreír y a dar órdenes de un lado para otro. Había que dejar todo bien organizado, sin un cabo suelto, para que la casa siguiera funcionando como un reloj. Juana estaba feliz, adoraba a mi madre y no le gustaba verla triste y ensombrecida deambulando por las habitaciones.

Lo primero que hizo mi madre fue encargarse ropa para el frío y algún que otro traje de fiesta; más tarde, en su paso por Madrid a Londres terminaría de adquirir los complementos necesarios. Era su primera salida de España al encuentro de la familia Livingston y no estaba dispuesta a dejar nada al azar. Sabía que su elegancia y su belleza eran suficientes cartas de presentación ante la alta sociedad inglesa pero quería demostrar que en el sur de España, en una ciudad milenaria aunque algo lejos de la Europa que marcaba las modas, también había glamour y formas que en nada tendrían que envidiar a sus parientes lejanos.

Mi padre estaba feliz y no regateó en esfuerzos ante el nuevo entusiasmo de mi madre. Disfrutaba yendo de compras con ella y sumergido en un mundo que no le atraía sino por el brillo en los ojos de su joya más preciada. Pocas veces he visto tanta adoración y entrega en un hombre por una mujer. Creo que ese espíritu impregnaba por reflejo nuestras vidas, como el sol cuando se mira en un espejo, rellenando los vacíos que a veces sentíamos en ese mundo ruidoso de cocinas, patios y azoteas en el que éramos como animalillos perdidos y refugiados los unos en los otros, desde nuestras cortas estaturas y juegos inventados a cada instante.

—Por qué no me dejáis a Lluvia. —Tía Marina vino a casa para ofrecerse en todo lo que hiciera falta—. Nosotras la podemos cuidar y así descargamos al servicio un poco, estamos a una calle de aquí y Carmen puede venir a dar el pecho a la niña, tampoco tiene mucho que hacer en todo el día, y puede echar una mano a Enedina y Juana.

—Marina, tú no tienes ni idea de cómo cuidar a un bebé, y además Paula puede tener una de sus ocurrencias extrañas. En todo caso Paca, que os ha criado a los tres, podría ser bastante más útil.

La tía Marina no hacía mucho caso de las impertinencias de mi madre, se había quedado colgada de los ojos de esa niña desde el primer día y estaba dispuesta a luchar por tenerla en sus brazos aunque solo fuese temporalmente. Yo escuchaba la conversación y, sin pensármelo dos veces, me acerqué muy sonriente a tía Marina.

—No os preocupéis, puedo ir de vez en cuando para cuidar a Lluvia. ¿Verdad, tía, que tú quieres que vaya? —No sé por qué me parecía que escapar de la casa de la plaza Mina y sentirme dueña y señora en una casa grande y vacía era una buenísima idea.

—Por supuesto que sí, preciosa, tú también te puedes venir con nosotras, verás lo bien que lo vamos a pasar. A esta casa le sobran niños y a la nuestra le faltan. Con tres ya tienen bastante.

—Está bien, déjame que le consulte a tu hermano, aún queda un tiempo para el viaje. Por cierto, me tienes que decir qué quieres que te traiga de Londres.

—Lo que tú quieras, cualquier antigüedad que encuentres en Portobello, algo que tenga historia o que alguien haya regalado en señal de amor. —Tía Marina decía esto dejando escapar por la ventana una mirada dulce y melancólica.

Marina era un ser maravilloso, cálido, imaginativo y algo atípico; había conseguido que su mundo volase libre más allá de las murallas, como un pájaro al que nadie podría confinar nunca dentro de su jaula. Yo era feliz pensando en sus cuentos narrados al calor de la tarde, en la enorme chimenea del salón. En las meriendas especiales que Paca y tal vez tía Paula harían para mí, y sobre todo ante la posibilidad

de recuperar una cierta calma, sin Ro, Custo y Mario llenándolo todo de gritos, biberones y papillas. Esos días en
casa de las tías marcarían un antes y un después en la vida de
dos niñas distantes en el tiempo y unidas por un destino
tramposo y cruel al que ellas vencerían y pondrían coto más
tarde o más temprano.

Capítulo VII

Mis padres no viajaron ese año de 1944 a Inglaterra. A pesar de que España y más aún Cádiz, gracias a un malabarismo histórico, permanecieron ajenos a la contienda europea, la guerra se recrudecía y duraba más de lo previsto. Alemania había intentado doblegar a la aviación inglesa con la fracasada operación León Marino, liderada por Göring, bombardeando suelo británico. Solo la superioridad de los radares ingleses y la aparición en escena del *Spitfire,* así como sus técnicas de camuflaje consiguieron que Inglaterra y la RAF, Real Fuerza Aérea, salieran victoriosos. Toda esta información así como innumerables anécdotas fueron comentadas por mis padres ante su círculo de amigos a la vuelta de su viaje londinense que, sí realizaron un año más tarde. La neutralidad decretada por el gobierno de Franco hacía muy difícil tener información fidedigna de lo que acontecía en el frente de los aliados, salvo por algún periódico inglés que algunos afortunados conseguían recibir por correo, sobre todo en familias de origen británico como era el caso de la nuestra. Papá seguía los acontecimientos que marcarían un nuevo giro en la historia y respiraba ante el hecho de ver alejarse la amenaza nazi.

Los parientes de mi madre habían sufrido la pérdida de un hermano de tío George, piloto de la RAF, y los ánimos en la casa de Londres hicieron considerar a mis padres más apropiado esperar a que las aguas se tranquilizasen para emprender el viaje. Los trajes de mamá esperaban delicadamente en un armario el momento de ser exhibidos y mi padre decidió que nos fuéramos todos al campo para ver si el aroma cercano de las bodegas, la vegetación y los paseos a caballo ayudaban a mi madre a levantar el espíritu, bastante restablecido por la idea de un viaje que, aunque aplazado, era una promesa cumplida.

Cádiz también sufría transformaciones, aunque algo más domésticas, como la recogida a domicilio de la basura al toque de bocinas, lo que mejoraba la calidad de vida del servicio y las condiciones higiénicas, y a nosotros nos servía de motivo de entretenimiento. En El Cortijo de los Rosales continuaban las actuaciones, nos visitó un cantante famoso de Hispanoamérica que había conquistado los corazones más románticos con sus boleros y maracas; Antonio Machín debutó ante la flor y nata de mi ciudad, incluyendo a mis padres, que vinieron encantados por la simpatía y la cadencia de su música. Otra velada inolvidable sería aquella en la que dos artistas únicos, Manolo Caracol y Lola Flores, ofrecían su espectáculo *Zambra*. Mi madre no era muy aficionada al flamenco pero en casa comentaba la fuerza y el duende que tenía esa criatura, casi una niña, de pelo encrespado y ojos de azabache.

Otro acontecimiento importante fue la recuperación de la Feria de Ganado, suspendida desde el año 1917. Papá decidió que había que celebrarlo por todo lo alto y nos llevó para ver de primera mano el desfile de caballos de pura raza española que tanto le apasionaban. En la casa de la plaza Mina se dio una fiesta con motivo del final de la guerra por la rendición de Alemania. Mi padre no lo comentó nunca, pero siempre tuvo el miedo y la sospecha de que en algún momento Franco se hubiese visto obligado a abandonar nuestra neutralidad para aliarse con sus afines compañeros de viaje. Todos volvíamos a respirar tranquilos; nosotros, los pequeños, más por contagio que por conocimiento.

El comercio de las bodegas restableció su circulación normal, compensando las ingentes pérdidas que la contienda había supuesto para nuestros productos, y las actividades de los astilleros entraron en una etapa de euforia y bonanza.

Cádiz era una isla en el océano y dependía del resto del mundo para su subsistencia, y más siendo una tierra tradicionalmente formada por grandes latifundios con una barata mano de obra y poca afluencia en la circulación de dinero entre la clase media y trabajadora.

Una tarde Ene nos vistió con nuestras mejores galas, había un espectáculo que nadie se podía perder. En la playa de la Victoria se celebrarían al atardecer carreras de caballos. Sería con el mar de fondo y la puesta de sol. Había unas gradas que algunos podríamos ocupar para ver el acontecimiento. Mamá estaba guapísima con un traje blanco con pequeños lunares rojos, de cuello camisero, y un cinturón rojo ciñendo su cintura, a juego con los zapatos y el bolso. Muchos años después yo me pondría ese traje intentando evocar ese momento único con mi madre, preciosa y feliz, su rubia melena al viento bajo una pamela, mi padre orgulloso de tenerla tan cerca y Custo, Ro y yo junto a Enedina, vestidos con unos primorosos trajes en azul celeste, versión niña y niño, que nos convertían en el blanco de todas las miradas. La tarde empezó a caer y el sol a teñirse de naranjas y violetas. De pronto un ruido ensordecedor llegó desde lejos haciéndose cada vez más intenso y excitante, ante nosotros pasaron caballos y jinetes como una exhalación tamizando la escena con una fina película de arena que los cascos de los caballos levantaban a su paso. Era algo maravilloso: la silueta de los caballos al contraluz del ocaso, sus líneas perfectas estirándose en el aire para ganar velocidad y la playa como una nube dorada, iluminada y presidida por un sol herido de fuego y púrpura. Los gritos de entusiasmo salían de todas las gargantas. Ro empezó a llorar, asustada por tanta emoción y tanto ruido, y yo le apreté la mano y le susurré al oído palabras de tranquilidad a las que ella respondió con una preciosa sonrisa detrás de sus lágrimas azules.

Fue un día maravilloso que no olvidaré jamás. Desde entonces, mi afición a montar a caballo por las playas tomó tanta fuerza que se convertiría para mí no solo en una pasión sino en la mejor forma de superar los momentos de tristeza e incertidumbre que me acompañarían durante gran parte de mi vida.

La tarde siguió con el paseo hasta la heladería italiana, las paradas continuas de mis padres para saludar y charlar levemente con vecinos y amigos, y los juegos en nuestra plaza hasta que las farolas empezaron a encenderse y marcaron la hora de volver a casa para los baños consabidos, las cenas y los besos de rigor antes de irnos a dormir. Esa noche me fui feliz a la cama después de una tarde increíble, en la que mis padres habían paseado juntos del brazo y yo había comprobado una vez más que eran los más guapos y que nos querían casi tanto como yo a ellos.

Cádiz empezaba a dormir tranquila, era una ciudad amable y festiva. Amaba mi ciudad, capaz de ser a su vez la más cosmopolita y refinada y la más populachera y divertida. Sus contrastes, su capacidad de convivir con lo diverso y su indómito liberalismo refugiado en el café Apolo, que la convertían en vanguardia del futuro. Cádiz había sobrevivido a lo largo de su historia a epidemias como las del tifus, la fiebre amarilla o la viruela que diezmaron la población. Había resistido asedios tanto por parte de los ingleses como por parte de Napoleón a lo largo de los siglos. Incluso había soportado una matanza por parte de las tropas absolutistas en su emblemática plaza de San Antonio. Capaz de deslumbrar con sus casas-palacios como la de los Mora, Aramburu, Pemán, y también llena de barriadas humildes preñadas de vida en sus patios de vecindad, como las casas del barrio de La Viña con sus carnavales.

Mi ciudad cobijaba a su gente protegiéndola del mar, llenándola de cánticos de ida y vuelta y de árboles viajeros como los grandes *ficus* o los *dragos* que adornaban el parque Genovés y que, al año siguiente, justo cuando mis padres iniciasen el tan deseado viaje a Londres, mi amigo Estebita me enseñaría con la emoción reflejada en sus ojos de niño eterno. Pero esa es otra historia, otra maravillosa historia.

Hasta entonces las bodegas serían el refugio de la familia en espera de que otro otoño y otro invierno llenasen de humedad nuestras sábanas y de oscuridad los pasillos del colegio. Solo a veces, por la tarde, a mi vuelta, y antes de que Ene me llamase para la merienda, me asomaba a los balcones de la galería para ver salir a los niños del obispado. Algunos me miraban y me guiñaban un ojo, a mí me daba vergüenza y me escondía. Pero casi siempre un niño moreno de pelo ondulado y rebelde miraba hacia arriba, se paraba y acercando sus dedos a los labios me mandaba un beso de pájaro. Esteban sabía que teníamos una pequeña e inocente cita cada día. Y nunca faltaría a ella.

Capítulo VIII

Londres recibió a mis padres con una enorme sonrisa un día de primavera frío pero soleado. El aeropuerto de Heathrow era un hervidero de gente que iba y venía en la recién estrenada vida después de la contienda, que había dejado millones de muertos de ambos bandos por el fanatismo de un hombre y la miopía de otros. El país resurgía de los bombardeos con la fuerza que solo la victoria insufla a los vencedores. Mi madre estaba preciosa con su traje sastre de hombros cuadrados en *tweed* color tostado, un chaquetón tres cuartos de visón color avellana de anchas mangas y una blusa de seda en un delicado color azul. Llevaba un sombrero de ala corta sobre su rubia melena y completaba el atuendo con unos guantes de cabritilla y unos zapatos y bolso de piel de Boxcalf en el mismo tono azul de la blusa. Realmente alguien habría pensado que se encontraba ante una estrella de cine, o por lo menos a mí me lo parecía. Mamá nos había enseñado todos los modelos mientras nosotros aplaudíamos de entusiasmo. Habían pasado la noche anterior en Madrid en el hotel Palace, el favorito de mi padre por su cercanía al museo del Prado y su precioso vitral en la cúpula central, lugar único para tomar el té y disfrutar de una suave música tocada para deleite de los huéspedes. Sería también mi hotel favorito en la capital de España, como un pequeño homenaje a todo lo que el diario de mi madre me descubriría más tarde sobre el viaje que cambiaría sus vidas. Papá no dejó nada a la improvisación porque quería que ese viaje fuera algo inolvidable para los dos, como así fue, y hubiera hecho cualquier cosa por conseguirlo.

Después de recoger el numeroso equipaje, mis padres se encontraron con la sonrisa sincera y generosa del tío George, que había acudido a recibirlos.

—Bienvenidos a la bella Albión, espero que disfrutéis de este increíble buen tiempo en Londres. Alba, estás preciosa, cómo voy a presumir de prima española delante de tantas cacatúas inglesas. —Tío George echaba un vistazo al equipaje y bromeaba—. Me encanta saber que vienes a quedarte, Alba, con estas maletas puedes vivir un tiempo con nosotros.

Mi padre se reía de las ocurrencias de George, realmente tenía gran aprecio por ese pariente lejano y divertido de cuyo entusiasmo era difícil no contagiarse.

—George, no seas tan ácido, sabes que no soporto el frío y no estoy acostumbrada, es solo alguna ropa de abrigo y algún traje de noche porque supongo que nos has preparado un buen plan para estos días, ¿o nos vas a fallar como anfitrión? —Mamá se divertía siguiendo el juego de su primo, siempre entre bromas y gestos de cariño.

—Por supuesto, primita, ya puedes preparar tu vestuario para fiestas, veladas teatrales y jornadas a caballo en nuestra finca, que en nada tiene que envidiar a vuestras maravillosas bodegas. Custo, supongo que habrás traído en tu equipaje una buena dosis de paciencia, aunque sé que tú disfrutas con todo y más si Alba es feliz… ¡Aquí nos espera el coche!

Un reluciente Bentley negro con tapicería de cuero color marfil esperaba la llegada de sus nuevos ocupantes y el equipaje. Mi madre, que nos describiría después cada detalle del viaje, nos contaría que por un momento sintió estar rodando una película, y que la cámara la llevaba en volandas por una ciudad increíble y anclada en el tiempo que no le permitía despegar su nariz de cenicienta, deslumbrada y feliz, del cristal de la ventanilla.

Londres aparecía en todo su esplendor, los palacios y las fuentes, las calles de casas alineadas con sus entradas y escaleras, los jardines llenos de flores y repollos morados, el Támesis serpenteando y atravesando la ciudad.

Mamá comprendía ahora su fascinación por esa ciudad desconocida e imaginaria que llevaba en la sangre a través de los siglos y que sentía como propia.

Su asombro aumentaba en el recorrido y ni siquiera las descripciones de tío George o papá, que conocía Londres en profundidad, conseguían distraer su mente ni robar un ápice al ensimismamiento que mi madre vivía en ese instante. Por fin su sueño cumplido, su imaginación dormida y la respuesta a muchas cosas que pugnaban por encontrar espacio en su interior. Londres, la ciudad de las consonantes, se quedaba prendida entre sus dientes y le devolvía un pasado casi inexistente pero que aterrizaba con fuerza en su memoria inundando su espíritu.

El Bentley recorría suavemente la ciudad recreándose en cada tramo para que la cara de mi madre siguiese provocando una sonrisa de ternura y felicidad en sus dos acompañantes. Los barrios se sucedían con personalidad propia hasta llegar a una casa señorial e imponente en Kings Road, con una gran verja de entrada y preciosos jardines, que tío George definió como:

—Esta es nuestra casa y siempre que queráis la vuestra. Espero que os sintáis cómodos a pesar de mi madre. Lady Margaret es una mujer maravillosa, aunque ella no lo sepa y a los demás nos cueste creerlo.

Un mayordomo pulcramente uniformado salió al instante para hacerse cargo del equipaje y dar escuetamente la bienvenida. Mis padres entraron en la casa, que más bien era un pequeño palacete de tres plantas y buhardilla con *Mansardas* al exterior. El interior era cálido y de un gusto acorde con el estatus social de la familia Livingston, amueblado con elegancia y con tapicerías que iban desde los famosos linos ingleses floreados en las zonas de estar hasta los otomanes y terciopelos azules en la zona reservada a las visitas. Las casas inglesas siempre son prolíficas en adornos, cerámicas, grandes arañas de cristal y piezas de decoración que remiten a la fuerte impronta colonial que los ingleses arrastran desde hace siglos.

En el mismo recibidor de la casa encontraron la suave sonrisa de tía Margaret, una mujer de apenas cincuenta y cinco años con la piel y la mirada típica de la familia. Su cara casi sin maquillaje guardaba una belleza que en algún punto recordaba a la de mi madre. Tía Margaret les recibió con un caluroso abrazo, mirando complacida a mi madre y reconociéndose en ella unos años atrás. Tía Margaret había viajado a España, siendo mamá aún muy pequeña, para conocer a sus parientes del sur y las famosas bodegas que tan buenos vinos les suministraban cada año. Por supuesto, la relación entre la Inglesa y ella no había sido muy fluida, mi tía-abuela sentía cierto desconcierto ante una criatura de esmeraldas encendidas en su mirada y modales poco selectos, además de un carácter impetuoso y extrovertido, a miles de kilómetros de la flema inglesa que caracterizaba a la familia y que mi madre conservaba, como si el tiempo no hubiera pasado por las generaciones y el océano no fuese abismo suficiente para borrar la huella grabada a fuego sobre su herencia genética.

Elsa, la hermana pequeña de tío George, había salido pero regresaría pronto, a tiempo de compartir un aperitivo antes del almuerzo.

Mis padres se retiraron a una habitación luminosa y agradable con tonos ligeramente burdeos en las paredes y colcha y tapicería *toile de Jouy*, capaz de reconfortar al ser más exquisito. La estancia tenía un mirador acristalado que daba al pequeño jardín trasero, lo que creaba una atmósfera silenciosa y acogedora lejos de la calle principal, y sobre todo por la contemplación de unos hermosos rododendros en blanco y rosa, además de las consabidas hortensias que crecían como repollos apretados y húmedos. Junto al mirador, una mesa velador y dos butacas francesas animaban a sentarse para descansar del viaje y disfrutar del delicioso plato de frutas y la jarra con zumo de naranja recién exprimido, que no eran sino la mejor forma inglesa de dar la bienvenida y hacerte sentir como en casa, una casa sin torre-mirador y sin Juana, pero a fin de cuentas la casa en la que muchos de sus antepasados habían crecido y que por un tiempo sería también la suya.

Los días empezaron a transcurrir a la velocidad que las actividades, los descubrimientos y la emoción por lo nuevo imprimían. En Cádiz las cosas estaban tranquilas, salvo alguna caída sin importancia y las quejas de la abuela sintiéndose abandonada a pesar de tener al abuelo a su lado, y reclamando atención. Lluvia y yo estábamos felices en casa de las tías, sin tanto control y llenas de mimos por todas partes. Las tías Marina y Paula vivían una maternidad prestada, alegre y de emociones infinitas, y *Huella*, la gata persa, empezó a formar parte de la nueva familia saliendo más a menudo de su escondite para dejarse acariciar por mí mientras ronroneaba pegada a mis piernas.

En Londres mamá lucía sus mejores galas y mi padre se dejaba llevar de un lado a otro. Una tarde tío George les propuso ir al teatro Palacio Victoria, donde había una reposición de *Pigmalión*, la obra de Bernard Shaw, un autor irlandés afincado en Inglaterra. Mi madre sacó de su ropero un traje a media pierna en color verde oliva con un abrigo a juego en dos tonos de verde, más claro en el interior y oscuro por fuera. El collar de perlas que papá le había regalado por su aniversario lanzaba reflejos de nácar sobre su cara, y un ligero casquete de plumas en tono verde pálido completaba una imagen que despertaba la admiración incluso de lo más granado de la sociedad londinense. Las cenas después del teatro eran un momento único para disfrutar de la vida nocturna en lugares a los que los noctámbulos o gentes del espectáculo solían acudir y mi madre se enzarzó en una discusión con sus dos caballeros sobre el machismo de la obra.

—Ese Bernard Shaw es un perfecto machista, su concepto de la mujer y el papel de esta en la sociedad es repugnante.

—Alba, la obra critica más bien lo contrario. Diríamos que de alguna forma es la historia del varón domado. El autor nació en una familia muy humilde y es un hombre reconocido de izquierdas, nunca puede ser una persona de ideas machistas. Él intenta domesticarla y termina pidiendo que vuelva, ¿ves mayor humillación en un personaje tan prepotente como Higgins?

—No quiero leer entre líneas, la insulta de una u otra forma constantemente, habla de la mujer como de un ser inferior y asfixiante y piensa de sí mismo que por el mero hecho de tener educación y un discurso inteligente ya es superior al resto del mundo.

—Ningún hombre se siente superior a ninguna mujer, y más cuando es consciente de que la necesita y es capaz de cualquier cosa por no perderla. —Mi padre hablaba por él, sin duda.

—Pues entonces por qué insiste en que al final le ponga las zapatillas, Eliza debería habérselas tirado a la cara. Lo que no entiendo es cómo se siente atraída y sufre por alguien que la trata tan mal. Hay un punto de masoquismo en algunas mujeres, que prefieren tener un hombre a su lado aunque no las respeten y valoren. Que prefieren lo malo conocido a lo bueno por conocer. No lo entiendo y como mujer me siento humillada. Bastante tenemos que soportar cómo maltratan a las mujeres en España y cómo las engañan una y otra vez mientras ellas aguantan y se dejan la piel para sacar adelante a sus hijos. No creo que este discurso sea el que la sociedad necesita, y más viniendo de un hombre culto y de ascendente intelectual como Bernard Shaw.

—A mí me parece que tiene un humor muy inteligente. —Tío George era todo menos un varón sumiso, y se divertía con la obra y su famoso autor—. ¿Conocéis la anécdota entre él y Churchill? Bernard Shaw lo invitó a uno de sus estrenos con una nota en la que decía: «Venga a ver a un amigo, si es que le queda alguno», a lo que Churchill contestó: «No, iré a la segunda función si es que se representa».

Los tres rieron a carcajadas con la anécdota entre dos hombres de ideologías diferentes y talento similar. La discusión tocó a su fin y mis padres disfrutaron del paseo de vuelta a casa entre las brumas del Támesis y con el paladar aún saboreando los vinos y la cena, rematada con un delicioso *apple crumble,* que no se parecía nada a los tocinos de cielo gaditanos pero que no era menos exquisito.

—Espero que estéis disfrutando de nuestra ciudad. Os aseguro que este tiempo no es muy común en Londres, creo que lo habéis traído en vuestras maletas.

A la mañana siguiente tía Margaret les esperaba para el desayuno, a base de zumo de naranja, huevos, beicon, *pancakes, muffins* ingleses y todo un despliegue de mermeladas caseras para acompañar el té o el café. Los desayunos eran maravillosos, tranquilos y siempre salpicados de una conversación distendida sobre actualidad, las experiencias de la noche anterior o los planes futuros.

—Así que a ti, Alba, no te ha gustado mucho *Pigma-lión*. Yo tampoco tengo ninguna simpatía por el autor, salvo que es vegetariano como yo. Decía que un ser espiritual como él no podía comer cadáveres y estoy de acuerdo. Prefiero leer en la biblioteca a auténticos escritores como William Thackeray, Alfred Tennyson, Edward Bulwer-Lytton o incluso a Charles Dickens. Eso es literatura con mayúsculas, la utilización del idioma para elevar el espíritu, convertir las palabras en arte y pensamiento.

—Mamá, estás hablando del siglo pasado. —Elsa se había incorporado a la conversación, desde sus dieciocho años, y los nombres que su madre apuntaba le parecían prehistóricos—. Te aseguro que en la fiesta del aniversario de la princesa Elizabeth, pocas chicas habían leído a uno solo de esos autores.

—Elsa habla del decimoctavo aniversario de la princesa heredera. Fue el año pasado y, a pesar de los tiempos que vivíamos, se celebró por todo lo alto. Y estoy segura, Elsa, de que todas las señoritas educadas, incluida tú, habéis leído alguno de esos autores, so pena de que los colegios tan caros a los que habéis ido hayan sufrido un cortocircuito educacional por el que habrá que pedir daños y perjuicios.

Papá se había enterado de que en el hotel Royal se reunían los republicanos españoles en el exilio y decidió escapar de tanta vida social para respirar un poco del aire que en España estaba secuestrado, pero que era tan español como el embotellado en las soflamas franquistas.

Mi padre se reunió con ellos varias veces durante el tiempo que estuvo en Londres. Le dolía en el alma ver a esos compatriotas vociferar y defender con impotencia el derecho que nadie les reconocía y al que no estaban dispuestos a renunciar. España no había salido indemne de la Guerra Civil y el resultado era un país pobre y aislado, con algunos de sus hijos desaparecidos y otros desperdigados por países de acogida que no por generosos eran menos extraños.

Las noticias eran claras al respecto, el país ya no volvería a ser una república y, por mucho tiempo, cualquier vía política de diálogo y consenso estaría cerrada. A mi padre le daba cierta envidia la valentía de aquellos hombres y mujeres, pero sabía que su sitio estaba en España, en esa ciudad de plata, rebelde y vital, y sobre todo junto a la mujer que amaba, sus hijos y esa pobre gente que le pedía píldoras y a la que tampoco nadie hacía mucho caso. Cuando volvía a reunirse con mi madre y su otra familia, se quedaba ausente y callado hasta que el tío le ponía una pequeña copa de oloroso en la mano y le obligaba a brindar por lo mejor de la vida, tal vez aquello que por un instante se quedaba prendido de las paredes de una habitación con tonos suaves, sillones confortables y esa sensación de seguridad y bienestar que los aislaba del resto del mundo.

El tío les llevó al lujoso barrio de Mayfair, corazón de la escena artística londinense, famoso por sus galerías de arte y por los sastres a los que acudían gentes de todo el mundo buscando la calidad de su confección

—Aquí está la famosa sastrería de Henry Poole, quien inventó el esmoquin —decía George muy ufano, tal era su veneración por las formas y la apariencia—, y los zapatos John Lobb, no los encontrarás mejores, querido Custo.

—Tu compatriota podía haber inventado algo menos incómodo y, en cuanto a los zapatos, en España tenemos los mejores artesanos del mundo y seguramente bastante más baratos, así que no me das ninguna envidia. —Mi padre se iba siempre por los cerros de Úbeda, lo que ponía a mamá un poco nerviosa, aunque siempre terminaban riéndose de los comentarios tan a pie de calle de un hombre nada dado a lo superfluo y excesivamente formal.

Creo que fueron unos maravillosos días para mis padres que recordarían siempre en un futuro, aunque no con los mismos sentimientos y las mismas sensaciones. El viaje a Londres los unió más aún si era posible, pero dejó en lo más profundo el principio de una herida que terminaría sangrando.

Capítulo IX

Mis padres disfrutaban de su estancia en Londres como de una segunda luna de miel, mamá tenía apenas treinta años y papá, treinta y cinco. Por unos días, lejos de los deberes cotidianos y los quehaceres domésticos, habían recuperado esa pequeña sensación de libertad que su compromiso, aún muy jóvenes, y sus responsabilidades como padres les habían robado prematuramente. Por supuesto que nos echaban de menos, las llamadas a Cádiz para saber cómo iba todo eran diarias, pero el resto del tiempo les pertenecía en un ambiente sugerente y atractivo, difícil de despreciar. Se sumaba la afición de mi padre a los museos y al arte en general. Decidieron dedicar varias mañanas a recorrer los grandes museos como el Británico, un edificio de estilo neoclásico, donde podías disfrutar del arte expoliado y exhibido lejos de su emplazamiento natural.

Era muy difícil convencer a los ingleses de que renunciaran a tesoros que no les pertenecían y sí restaban valor a las colecciones de sus países de origen como Grecia o Egipto, o la increíble colección de arte azteca, en la que se podía disfrutar del famoso «cráneo de cristal».

La visita a la National Gallery para contemplar los Tiziano, Rembrandt o Van Gogh inundaba el espíritu de mi padre, que explicaba entusiasmado a mamá los pormenores y las características de cada pintor y estilo. Ese museo se convirtió en ritual muchas mañanas, a sabiendas de que contemplar tanta belleza solo sería posible en esa ciudad que lograba, como ninguna, aglutinar razas y culturas con una convivencia ejemplar y a la vez compartimentada. Fue de las cosas que más me impactaron en mi viaje a Londres bastantes años después. En las capas bajas de la sociedad la fusión y el mestizaje eran totales, mientras que en la cúspide de la pirámide, el mundo de la aristocracia y la élite cultural y política permanecían inalterables y ajenas, como viviendo en un espacio protegido por un cristal transparente y aislado.

Mi madre descubrió a su pintor favorito en la escuela inglesa paisajista, John Atkinson Grimshaw, pintor de la noche, cuya obra se exhibía en el museo Leeds, un imponente edificio. Retrataba un mundo de brumas y nieblas nocturnas, de calles húmedas espejadas e irreales, e imágenes del muelle y de las zonas marineras con una humanidad casi tangible y al mismo tiempo con una luminosidad mística. La misma imagen cuyos colores cambiaban dependiendo de la hora en el atardecer, el crepúsculo o el amanecer era pintada como en una secuencia viva.

—Custo, es una maravilla, me quedaría ahí engancha-da a ese mundo de luces y brillos irreales, de noches ocres y plata, con esos seres en silueta contra el agua. Es increíble, creo que Joseph Conrad podría haber vivido en esa atmós-fera y haber escrito sus libros en un barco dormido en ese muelle casi fantasma.

Joseph Conrad era uno de los escritores favoritos de mi madre, a quien leía en su inglés perfecto y descriptivo. Posiblemente el contacto constante con el océano en Cádiz y los numerosos relatos de ese autor enamorado del mar eran el maridaje perfecto para una mente con vocación via-jera como la de ella.

—El viernes iremos a la ópera, al Covent Garden, hay una estupenda *Bohéme* que no nos podemos perder. —Tío George lo anunciaba en el desayuno a bombo y platillo, y cuando él proponía un plan, no había nadie capaz de llevar-le la contraria—. No podéis estar en Londres sin asistir a una representación en el Opera Royal House, una de nues-tras joyas. Además a ti, Alba, te encantará ver el mercado de las flores y todo el barrio es una auténtica delicia.

—No sé, lo más difícil será cuando vuelva a casa con la certeza de que todo esto no es un sueño y que me despier-te Juana con algún problema o algún niño con escarlatina.
—Mamá hacía esos comentarios con una dulce sonrisa y al-gún complejo de culpa. Cuando se es madre da la sensación de que todo lo que escape al ámbito de los hijos es secunda-rio, y siempre hay un sentimiento de traición al disfrutar lejos de su presencia.

—Alba, Londres no es Australia y, si a tía Margaret no le importa, de vez en cuando podrías hacer una escapada de una semana. La casa no se va a hundir y me considero capaz de cuidar de los niños y del resto. Te recuerdo que tienen un médico las veinticuatro horas. —Mi padre sacaba a pasear su sonrisa pícara para desarmar las reticencias de mi madre.

—Tampoco nuestra vida es para quejarse, no se puede tener una familia más bonita y una casa más elegante y cómoda que la de la plaza Mina. Además, no cambiaría nuestro cortijo de los viñedos por nada del mundo. —Mi madre besaba a mi padre y se acababan las dudas sobre cuál era el mejor escenario para su felicidad.

Esa tarde tía Margaret tuvo que rendirse ante la aparición de mi madre bajando la escalera más cerca de *Lo que el viento se llevó* que de una noche en la ópera, sin los hermanos Marx. Mamá lucía un precioso traje palabra de honor en tafetán de seda de color palo de rosa. De su ajustada y esbelta cintura salía la falda de capa hasta prácticamente el tobillo; parecía una bailarina a punto de iniciar el vals de su vida. El collar de zafiros y brillantes a juego con los pendientes, pertenecientes a mi abuela, se posaba en su pálido escote con un brillo de noches frías. Por supuesto los guantes de seda, los zapatos de salón y el *clutch* en tonos azul zafiro daban un toque atrevido que hacía destacar aún más la delicadeza del vestido y la fina piel de mi madre. Una pequeña capa de visón negro diamante terminaría de cubrir los hombros desnudos para protegerlos del frío húmedo de Londres en esa época del año.

—Estás realmente preciosa, Alba. —Tía Margaret no regateaba en elogios hacia esa criatura que tanto se parecía a ella y tan lejos estaba de su hija Elsa, indomable y poco interesada en modas y normas sociales. Cómo le hubiese gustado tener una nuera así, y no esas bellezas superficiales y huecas que solían acompañar a su hijo y a las que esperaba no tener que recibir jamás en su casa de manera permanente.

—Lo siento, Custo, pero hoy te vas a quedar sin pareja o tendremos que pelearnos con todos los moscones solteros de nuestro entorno. —Tío George miraba embelesado a mi madre y gastaba bromas a mi padre.

—Alba es mayor de edad y no es fácil de convencer cuando algo no le gusta, así que me temo que no tendrán ningún éxito, y menos contigo y conmigo haciendo de guardia pretoriana.

—Ya está bien, que me estáis poniendo colorada y vais a conseguir que suba a mi habitación y me encierre en ella con un libro para evitar altercados. Por cierto, hoy también veremos un drama de amor y muerte, así que llevo un pañuelo en mi bolso porque seguro que lloro y se me correrá el rímel. Bueno, nos vamos o qué, antes de que me arrepienta.

Efectivamente, mi madre fue la atracción de la noche y tuvo que usar el delicado pañuelo de batista con sus iniciales para no estropear su maquillaje. Mi padre le apretaba la mano y la miraba pensando que no podía haber en el mundo una criatura más maravillosa, y que era muy afortunado por tenerla tan cerca.

Solo quedaban unos días para que finalizase la estancia en Londres y a tío George le pareció una buena idea hacer una escapada a la *manor house* familiar en Cotswolds, más concretamente en Gloucester. La casa de campo familiar era una maravilla, podría haber sido casi un palacio de no ser por su fisonomía rústica, de piedra y paredes tapizadas de hiedra, lo que le daba un aire acogedor y sencillo, aunque sus dimensiones podían albergar a un buen número de invitados.

Estaba rodeada de jardines y árboles que iban entreverando la campiña inglesa hasta conformar un paisaje de película, o mejor de novela, como los que describía Jane Austen y que por su ambiente y romanticismo tanto gustaban a las mujeres de cualquier generación. El interior era alegre y acogedor, rico en telas floreadas y paredes empapeladas, además de contar con una cocina rústica y cálida, en la que cualquiera estaría deseando hacer los típicos postres ingleses como el *eton mess*. La enorme chimenea a buen seguro había servido en otro tiempo de hogar para calentar la casa y también de fuego para cocinar y abastecer al numeroso personal que habitaba en ella, incluyendo la servidumbre.

Las porcelanas inglesas, como las de Crown Staffordshire o Chelsea, adornaban las paredes y se exhibían pulcramente ordenadas en la alacena del comedor así como en dormitorios y corredores. La tamizada luz se filtraba por los grandes ventanales y el entorno parecía un jardín abrazando la casa. Toda la carpintería de madera estaba teñida de un color verde claro que resaltaba entre la piedra y la vegetación. A pesar de la temperatura exterior, la casa estaba caliente y confortable gracias a las numerosas chimeneas encendidas en salones y dormitorios. Realmente era un lugar único y encantador que animaba a un cambio de ropa, un ligero refrigerio y un largo paseo por el campo. Todos se dispusieron a darlo, con vestimenta y calzado más adecuado, y a respirar el aire húmedo y fresco que hacía de ese mediodía en la campiña inglesa, una experiencia inolvidable que mi madre intentaría fijar en la retina durante muchos años.

Las salidas al pueblo para recorrer sus calles y degustar los productos exquisitos de los granjeros en el mercado, las caminatas por el campo y los largos paseos a caballo hicieron a mis padres disfrutar seguramente de momentos inolvidables. Papá era feliz. Siempre había preferido el campo a las ciudades. La paz, las conversaciones al anochecer frente a la chimenea con un *brandy* entre las manos y la estupenda compañía de tío George, lady Margaret y mi madre le hacían sentir tan cómodo y relajado como en nuestra bodega cuando, mientras los niños correteábamos o jugábamos al escondite, ellos compartían un buen jamón, regado con un buen fino, en entretenidas charlas con amigos.

El último día en el campo, antes de volver a Londres, mamá quiso despedirse del paisaje dando un último paseo a caballo. *Mystery*, la yegua inglesa de pura raza, se había portado bastante bien todo el tiempo y su lucero blanco entre los ojos no presagiaba que su carácter fuera a jugar una mala pasada a una experta amazona que había acariciado y refrescado sus cascos después de cada paseo y había sido generosa con las zanahorias que tanto le gustaban.

Los caballos son animales nobles pero, a fin de cuentas, animales, y a veces un simple ruido o tan solo un cambio de viento pueden alterar su paz y la de su jinete. Eso exactamente le pasó a mi madre: el ruido lejano de una máquina en el campo alteró a la yegua, cogiéndola desprevenida. La caída pudo haber sido peor, pero su agilidad y la poca velocidad hicieron que todo se quedara en un susto y una rotura de ligamentos al torcerse el tobillo con el impacto.

A veces las cosas sufren un giro de ciento ochenta grados por un simple contratiempo y lo que era maravilloso deja de serlo en cuestión de segundos. Mamá estaba angustiada y al borde de las lágrimas, pero era evidente que no podía caminar ni debería hacerlo en unos cuantos días. Mi padre intentaba consolarla y quitar hierro al asunto pero la situación no era muy halagüeña. El viaje había sido planificado escrupulosamente y mi padre no podía pensar en quedarse quince o más días en Inglaterra. De vuelta a la casa, el diagnóstico era concluyente. Mi madre no podía viajar. Y nadie sabía muy bien qué hacer.

—Alba, no puedes viajar, tienes una pequeña rotura de ligamentos y tendrás que hacer reposo y estar sin moverte al menos quince días.

—Pero tú sabes que es imposible, cómo vas a viajar solo, y qué vamos a hacer con los niños y con la casa. Es demasiado tiempo fuera de Cádiz.

—Alba, tu marido tiene razón, no hay ningún problema. —Tía Margaret quería calmar los ánimos y tranquilizar a mi madre—. Si quieres yo me quedo contigo, George puede llevar a Custo al aeropuerto y en unos días volverá con nosotras hasta que tú te puedas trasladar a Londres. Aquí estamos muy bien, y así podrás disfrutar más del campo que tanto te gusta.

—Por supuesto, yo me ocupo de tu marido y de venir en un par de días por si necesitáis algo. También puedo acompañarte a Madrid en dos semanas, y Custo te puede recoger para que no tengas que ocuparte del equipaje, solo de tu tobillo.

Mi madre estaba desolada y unas gruesas lágrimas empezaron a deslizarse por sus mejillas hasta prorrumpir en un llanto impotente. No podía ni pensar en dejar solo a mi padre y en qué dirían los niños al ver que ella no volvía. Toda la culpa y el arrepentimiento acumulados durante casi veinte días caían de golpe sobre su cabeza. Solo el reconfortante abrazo de mi padre y su mirada tranquila hicieron poco a poco que sus ánimos se relajaran.

—Alba, todo va a ir bien, los niños están estupendamente y mis hermanas están felices de tener a Albita y a Lluvia con ellas. Dos semanas es muy poco tiempo y se pasarán enseguida; tienes una espléndida biblioteca, así que no podrás aburrirte aunque te lo propongas. Te prometo cuidar de todo y tenerte al tanto de lo que pase en nuestra casa. Por favor, cariño, han sido unos días maravillosos y esto no es más que un pequeño incidente sin importancia. Y no olvides nunca cuánto te quiero y hasta qué punto te echaré de menos.

—Por favor, cuida de que coman bien y que se abriguen por la noche, el relente del mar es muy traicionero, y que Alba y Custo hagan sus deberes. Dile a mi madre que lo siento mucho y que tengo un regalo para ella que encontré en Portobello cuando fui a buscar algo para tus hermanas.

—Alba. —Mi padre se reía—. Todo va a estar bien y llevan veinte días funcionando a la perfección sin nosotros, así que tranquila. Relájate y disfruta.

Mi padre abandonó Gloucester con el corazón encogido, no quería dejar a mi madre, pero no pensaba decírselo a nadie. Era la primera vez que se separaban y en el fondo sentía un ligero sabor agridulce que el tiempo justificaría.

Hizo el viaje taciturno y tratando de enderezar sus emociones. El susto había sido tremendo y no quería ni pensar en la posibilidad de que le hubiera pasado algo a mi madre. Un viaje planificado con el único propósito de levantar su ánimo, había tenido un final brusco que lo había trastocado todo. Pronto volvería a la seguridad de su hogar, a los besos y abrazos de los niños preguntando por los regalos y al día a día de la consulta, pero sentía que entre mi madre y él había demasiada agua, demasiada distancia, y muchas personas extrañas en las que no había tenido más remedio que confiar, pero que en nada se parecían a la fiel Juana y a la siempre dispuesta Enedina.

La llegada a Cádiz consiguió mejorar su ánimo. Estaba seguro de que el bueno de Matías habría atendido la consulta con su habitual diligencia y por fin estaría de nuevo en casa. Amaba profundamente esa tierra y no la habría cambiado por nada del mundo. Su acento, su humildad y su grandeza. Allí estaban sus raíces, y sus vientos, que eran fuertes e imprevisibles, le daban menos miedo que la humedad verde y pegajosa de Inglaterra, que se adhería al cuerpo y al alma. Los vientos gaditanos hacían libres a sus habitantes y uno siempre sabía qué hacer con ellos, al igual que ellos habían sabido a través de los siglos qué hacer con esa tierra única, al sur del mundo.

Capítulo X

El día que mis padres se fueron a Londres, las tías vinieron a buscarnos a Lluvia y a mí. Marina estaba emocionada con el viaje y no paraba de hacer recomendaciones a mi madre para que no se perdiera nada, e incluso que apuntase todo en un diario, como así hizo, para luego contárselo detalladamente. Ese diario me contaría más tarde lo que yo adivinaba, y que ni siquiera remotamente podría haber imaginado, que sobre los profundos sentimientos de mi madre. Tía Marina entendía el discurrir de la vida en términos literarios; lo que no estaba escrito no valía la pena, había que escribir todo para que fuese verdad y permaneciese como testigo indeleble de la aventura de vivir. Por supuesto, mi madre les hizo mil recomendaciones sobre horarios y hábitos. No podíamos perder nuestra rutina en comidas, baños y, sobre todo yo, con el colegio y los estudios.

Por suerte para todos, Carmen, el ama de cría, ya no formaba parte del paisaje, y los biberones y las papillas habían tomado el relevo a la leche materna en la alimentación de los mellizos.

Ene nos preparó una maletita con nuestra ropa, aunque estábamos a una manzana de nuestra casa, y mis padres se despidieron con algo de remordimiento y tristeza. Yo intuía que ese viaje era importante para los dos, y a mí dejar la casa y cambiar de ambiente me parecía algo tan maravilloso y apasionante que me compensaría de la inevitable nostalgia ante su ausencia.

Entrar en la casa de la plaza Candelaria fue como soltar un puñado de mariposas, aladas y libres. La casa era más oscura que la nuestra y, al contrario de aquella, estaba habitada por un silencio que subía por las paredes hasta el techo creando una atmósfera tranquila y suspendida en el tiempo. Todo era orden, pulcritud y muebles brillantes de caoba dormidos en el regazo de la vida, sin que nadie les hiciese partícipes de ninguna emoción que no fuesen las que guardaban en su memoria escondida.

El patio de mármoles y azulejería en añiles y blancos nos acogió con las ganas que el agua tiene del río. Podíamos correr y gritar, tocar cada cosa en un constante descubrimiento, y Paca nos había preparado un bizcocho con un vaso de leche que Lluvia se encargó de esparcir por el suelo y a mí me pareció la mejor merienda en mucho tiempo. La tía Marina me llevó a mi cuarto, recién vestido de sábanas limpias y cubierta mi cama con una colcha de ganchillo, hecha por tía Paula, y que dejaba entrever un fondo rosa pálido entre los dibujos. Una preciosa muñeca me esperaba sobre una silla para dejarse abrazar por mí y prometerme grandes tertulias y tardes de juegos. Lluvia tenía preparada su cama pequeña en el cuarto de tía Marina, junto a la suya. Ni ella ni yo sabíamos en ese momento que esa casa sería durante muchos años su refugio seguro y privilegiado, lejos de la madeja de hermanos que poco a poco iría tejiendo una familia numerosa, de destinos inciertos.

La rutina era la misma todos los días: Paca me llevaba al colegio cada mañana y tía Marina me recogía dando antes un paseo con Lluvia, que disfrutaba del ruido callejero y se distraía con cualquier cosa. Yo salía feliz con esta nueva expectativa de verlas en la puerta esperándome. Después de comer se repetía el ritual, con Paca llevándome de nuevo y las tías y Lluvia yendo a recogerme para dar un paseo más largo. Nunca repetíamos el recorrido, tía Marina odiaba la monotonía y decía que había que descubrir mundos nuevos, seguramente más imaginados que reales. A veces nos llevaban a casa para ver a nuestros abuelos y hermanos, y a Juana y Enedina que nos echaban de menos. Supongo que por un lado también agradecían no tener la responsabilidad de tanto niño, pero lo cierto es que nos querían y nos cuidaban como si fuésemos cosa propia, y nos llenaban, con grandes exclamaciones sobre lo guapas que estábamos, de besos sonoros y de abrazos.

Solo una cosa me entristecía en mi nueva vida, no poder asomarme al mirador para ver salir a los niños y coger al aire el beso volado de Estebita cada tarde. Un día le pedí a tía Marina que nos llevase al parque Genovés, quería ver los árboles traídos de diversas tierras y así explorar otros horizontes.

Al salir del colegio, las tías nos compraron un helado y nos llevaron al famoso parque. A mis nueve años aquel parque me pareció el más bonito del mundo, frondoso, preñado de verdes brillantes, y pegado al mar con el sonido de sus olas bailando constantemente a su lado. Se veía el agua vibrando en la caída de la tarde; a veces era de oro, otras de plata jaspeada de naranjas y violetas, y los barcos se mecían en ella. Los más grandes descansaban a lo lejos, era un bosque de mástiles y quillas blancas. Nos sentamos en un banco frente a una escultura, que a mí me pareció preciosa, de unos niños bajo un paraguas. Tía Marina había escrito una vez un cuento para ellos aunque no podían oír ni hablar. Estaban tan vivos que te apetecía romper su silencio de bronce aunque no pudieran contestarte.

—Qué bien que por fin has venido, ahora te puedo contar todo lo que no sabes de este parque. —La voz de Estebita sonaba como una fuente mientras venía hacia mí, ligero y risueño—. Señorita Marina, ¿no le importa que le enseñe los árboles a Alba? No se preocupen, que la cuidaré mucho, están todos muy cerquita.

Las tías sonreían al ver la ilusión de mi amigo, sabían que era un buen chaval y muchas mañanas también había acompañado a Virtudes, su madre, cuando iba a lavar la ropa a la casa de la plaza Candelaria.

—Mira, Alba, este que parece que tiene dedos y su tronco es como el de una batata es un «drago», lo trajeron los barcos en su Carrera de Indias, como todos. —Mi amigo hablaba desde la autoridad que sus doce años le otorgaban; era mi maestro y mi guardián, y las dos cosas se las tomaba muy en serio—. Este viene de muy lejos, de Nueva Zelanda, de donde son los «kiwis», unos pájaros rarísimos. Algún día quiero conocer ese país que está lleno de islas como Cádiz. Mira qué flores rojas tan bonitas, me gustaría darte una pero no quiero que el guarda me riña. Sabes, soy muy amigo del jardinero que cuida el parque y me lo ha contado todo. Genovés se llamaba el señor que lo diseñó. Estos como campanas son «hibiscos», ¿a que son preciosos?

—¿Y tú por qué quieres saber tantas cosas del parque?, Los parques son para los niños pequeños y los viejos. Es un poco como si las personas se encontrasen en el principio y al final de la vida, ¿no te parece?

—No, Alba, el parque es siempre presente, es vida, es luz y es color, y además tiene música porque el mar le susurra al oído todo el tiempo. Es tan verde y las hojas brillan tanto que ni siquiera de noche está oscuro. Y a mí me gusta porque luego, cuando llego a casa, me acuerdo y lo dibujo. ¡Mira, esto es una «jacarandá»!, también de América, y esta es una yuca que sirve en muchos países para hacer medicinas. Otro día te cuento más, pero quiero enseñarte uno muy especial. —Estebita se puso solemne y mirándome a los ojos, con la miel de los suyos me dijo—: Este es el árbol del Amor. Cuando te sientas sola y quieras hablar conmigo, vienes y nos juntamos en este árbol. Yo te esperaré siempre, ahora eres muy pequeña y no entiendes lo que te digo, pero algún día lo entenderás. Será nuestro secreto, así que no se lo cuentes a nadie, ¿me lo prometes? Venga, vamos donde tus tías para que no se crean que te he secuestrado.

Efectivamente, las tías ya habían venido a buscarnos y se reían cuando yo intentaba contarles de golpe todo lo que mi amigo me había enseñado. Esteban se fue y nosotras volvimos tranquilamente a casa para la hora del baño y la cena. Yo estaba feliz, había visto a mi mejor amigo, había aprendido un montón de cosas y además tenía un secreto, profundo y fresco como una cueva, que me hacía distinta al resto del mundo.

Nos enteramos del accidente de mamá porque mi padre llamó a las tías para que fuesen advirtiendo en la casa de la plaza Mina de que vendría él solo, pero que nadie se alarmase porque no era nada importante. Juana estaba angustiada pensando qué había de verdad en el incidente sin importancia; no le cabía en la cabeza que papá volviese solo. Por fin, cuando mi padre entró por la puerta repartiendo sonrisas, besos, abrazos y regalos se tranquilizaron los ánimos. A mi padre se le saltaban las lágrimas, nos había echado mucho de menos, y ahora entiendo que volver a casa fue para él como regresar de un destierro de jornadas llenas de estímulos y educadas sonrisas pero carentes de auténticos sentimientos. Mi padre era un hombre infinitamente humano, culto y sensible, pero con una profunda sencillez huérfana de ripios innecesarios y frivolidades superfluas. Amaba a mi madre más que a nada en el mundo, no sé si incluso más que a nosotros, pero a veces le costaba entender ese trasfondo inquieto y sin colmar que le robaba la paz y la ternura. Él tenía de sobra con el océano, las murallas, las plazas ligeras de hechuras sólidas y, sobre todo, con su mundo de hijos, medicinas y seres de mirada desvalida y esperanzada que frecuentaban la consulta, en donde él se sentía útil y necesario.

Nuestra nívea casa le recibió cálida y adornada de flores como una novia, desde el jazmín del jardín trasero hasta las buganvillas de la pérgola, pasando por las pilistras como ráfagas de hierba. Papá se dejó caer en el sillón de la salita y empezó a acribillarnos con preguntas de todo tipo. Ro, con sus cinco años, se le sentó en las rodillas mientras Custo a su lado, serio y circunspecto como un hombrecito, le preguntaba que qué le había pasado a mi madre y si no habían castigado a la yegua mala que había osado lastimar a su reina. Los mellizos se reían a carcajadas sin saber muy bien qué estaba pasando, y yo daba besos a mi padre para que supiese que todo estaba bien y que yo le cuidaría en ausencia de mi madre. No sé por qué, siempre había en mí un subyacente instinto protector, una sensación de que yo podría solucionar los problemas del mundo por muy complejos que estos fueran y de que en esa casa nunca pasaría nada malo si yo podía evitarlo. Era la niña preferida de mi padre y le cuidaría siempre contra cualquier tormenta inoportuna. Jamás permitiría que nada ni nadie le hiciese daño, ni a él ni a mis hermanos, aunque eso supusiese sacrificar mi vida y mis sueños por ello. No entiendo cómo una niña tan pequeña podía desarrollar un sentido de la responsabilidad tan fuerte, que me convertía en alguien omnipotente e invulnerable. Mis raíces serían tan sólidas y estarían tan a la vista como las del «drago» que una tarde mi amigo me descubriría y pasaría a formar parte de mi imaginario favorito: los brazos al cielo con los verdes dedos extendidos, siempre buscando la luz del sol, y con el agua escondida en el vientre, a salvo de las sequías que producen el dolor y la soledad.

Volví a mi habitación de la plaza Mina pero Lluvia se quedó, ante los ruegos de mis tías, en la casa de la Candelaria hasta que mamá pudiese volver y estuviera repuesta del todo para ocuparse de los niños y las tareas domésticas. Marina se había encariñado tanto con mi hermana que no podía pensar en volver a perder su sonrisa, sus pucheros y la suavidad de su piel en el baño diario. Nada era igual en su vida desde que mi hermana y yo habíamos llegado, y solo pedía una prórroga para su ternura aplazada de tantos años. Papá se ablandó al ver la insistencia de su hermana y pensó que tal vez era una buena idea no cargar tanto a Enedina. Puso todo su empeño en los días que siguieron a su llegada para que la falta de mi madre se notara lo menos posible, mientras él intentaba sobrellevar su ausencia y la incertidumbre ante su vuelta.

Sería la primera vez que mis padres estarían separados aunque no la última y, por supuesto, me empeñé desde mi corta estatura en que papá no notase el vacío, algo difícil pero que conseguíamos entre todos de vez en cuando.

Mamá llamaba a diario y en su voz se notaban los sentimientos encontrados que la invadían, presididos por un pertinaz complejo de culpa y su deseo de recuperarse lo antes posible para volver a casa y a todo lo que Cádiz significaba para ella, en lo bueno y lo malo, entre lo evidente y lo oculto, entre su inmenso amor por mi padre y su necesidad de extender tímidamente sus alas de nubes y arena.

Capítulo XI

Mi madre contemplaba la campiña a través del cristal. Los días alegres en Londres en compañía de mi padre habían dado paso a una persistente lluvia que había venido a quedarse y que no ayudaba nada a mejorar su ánimo. Los días eran grises y monótonos ante su forzada inmovilidad y tía Margaret no conseguía con su solícita compañía compensar tantas ausencias. Contemplaba a través del gran ventanal circular un paisaje de una triste belleza que contaminaba con lágrimas de agua su mirada azul. Constantemente se arrepentía de la descabellada idea del viaje. Sus sentimientos confusos de pronto se inundaban de claridad a la hora de pensar cuánto tenía y cuánto no estaba dispuesta a perder. La exuberancia de la capital inglesa, su espectacular oferta cultural y teatral, así como el lujo que envolvía la vida de sus parientes lejanos, se veían eclipsados ante la sola imagen de nuestra casa y las miradas interrogantes y añoradas de sus hijos.

Mamá resumía sus sentimientos en un pequeño diario que, siguiendo el consejo de tía Marina, había comenzado el primer día de su accidentado viaje. Gracias a ese diario yo pude penetrar, al cabo de unos años, en la intimidad de sus pensamientos e inquietudes y compartir la minuciosa descripción de sus días en Inglaterra, llenos de momentos felices en su mayor parte y ligeramente nublados en su último tramo. También en ese diario, escrito con letra imprecisa, pude descubrir el desafortunado episodio que mamá tuvo que soportar por culpa del querido tío George.

Los días pasaban en la casa de campo con más lentitud de la deseada. Efectivamente, mi madre se distraía con la abrumadora oferta de la biblioteca familiar, en la que los poemas de T.S. Elliot y Milton serían unos estupendos compañeros de tardes húmedas y brumosas, junto a las conversaciones de tía Margaret y la increíble repostería que preparaban en la cocina y a la que no se podía resistir.

Al cabo de una semana tía Margaret se fue a Londres durante un par de días, tenía asuntos pendientes que no podían esperar por más tiempo. Tío George iba y venía, y decidió quedarse para no dejar sola a su preciosa y postrada prima.

—Alba, no sabes cómo me alegra tenerte entre nosotros. Sé que no es agradable para ti estar sin poder moverte y supongo que echarás de menos a Custo y a los chicos, pero para mí es un regalo inesperado y voy a intentar hacerte más llevadera la situación.

—Gracias, George, yo también he disfrutado mucho de vuestra compañía y Londres es una ciudad maravillosa, pero, sinceramente, estoy deseando volver a casa y abrazar a los niños. Tú no lo entiendes porque no tienes esas responsabilidades y eres un soltero de oro, pero algún día sentarás la cabeza y sabrás de qué te hablo.

—Primita, me cuesta mucho entender que una mujer como tú pueda ser feliz en una ciudad provinciana como Cádiz, y rodeada todo el día de biberones y preocupaciones domésticas. Y más me cuesta creer que no te ahogues de tranquilidad y que no te sientas prisionera en esa empalagosa felicidad conyugal en la que se ha convertido tu vida. Aquí todo late y se mueve, hay pasión, gente que siente, que viaja, que se arriesga con emociones desconocidas; en resumidas cuentas, gente que no tiene miedo. —Tío George decía estas cosas mirando fijamente a mi madre, con una mezcla de enfado y displicencia, mientras se acercaba hasta el punto de rozar su *chaise longue* con sus piernas.

—No sé a qué te refieres, y esta conversación me parece bastante innecesaria, querido primo. No soy un burro al que le tienen que poner la zanahoria delante para que pique. Tú no eres el más indicado para hablar así de mí y de mi forma de vida, bastante más consistente que la tuya, y menos para entrar en mi mundo juzgando e intentando destruirlo todo. —Mi madre trataba de disimular su turbación y su sorpresa ante los derroteros por los que el diálogo estaba transcurriendo. Disfrutaba en compañía de su primo pero había notado a menudo sus ojos clavados en ella, lo que le producía desasosiego en más de una ocasión—. No me conoces, George, y no entiendes nada de lo que tiene que ver con responsabilidad y amor, términos que no están en tu diccionario ni posiblemente lo estarán nunca. La vida es algo más que tener modales exquisitos, saber sostener una copa en la mano y gastar bromas cuando la gente habla de problemas reales, que les atañen, y de cómo enfrentarse a ellos para resolverlos. Tú nunca has tenido que preocuparte por cómo pagar las cuentas o cómo luchar por una idea. Al menos, tu hermano Albert murió por defender lo que creía. Miles de personas han muerto en los últimos años por otra clase de pasión, arriesgando sus vidas, pero por lo que merece la pena, por sus hijos, por sus ideas, por algo tan intangible como la dignidad o la justicia, por intentar mejorar el mundo en el que vivimos. Pero tal vez para ti esa no es la clase de pasión y riesgo que tanto ponderas.

—Ese es un golpe bajo, Alba. Ya sé que no soy un héroe, pero también tengo mis valores y creo que muchos recursos para hacer feliz a una persona, si no durante toda la vida por lo menos durante algún tiempo. Tú podrías comprobarlo si quisieras, y tal vez cambiarías la opinión que tienes sobre mí. Déjame intentarlo al menos.

—Creo que no entiendes nada de lo que te he dicho. —El indudable atractivo de tío George hacía que se tambaleasen sus emociones a pesar de su esfuerzo por parecer segura y fría—. Y lamento que mi maldito accidente y tu inoportuno comportamiento de esta noche hayan conseguido amargar los últimos días de este viaje del que me arrepiento enormemente. Voy a intentar olvidar esta conversación y te pido, si no te importa, que me dejes descansar. Voy a escribir una carta a mi marido, como todos los días.

—Lo siento, y perdona, creo que ha sido una estupidez por mi parte intentar abrirte los ojos a otras formas de vida. No se volverá a repetir. Buenas noches, Alba, y que descanses.

***

Tía Margaret volvió de Londres y se encontró a una persona callada y melancólica que, por supuesto, no hizo ninguna mención a la conversación con su hijo. A los quince días del accidente, Alba decidió volver a España con o sin bastón. No soportaba más la lluvia, la soledad, las extrañas sensaciones que la invadían y la enrarecida atmósfera que se había instalado en el precioso palacete, convertido en cárcel. El médico advirtió a mi madre de que no la convenía viajar tan pronto, pero nadie consiguió prolongar más su estancia en Inglaterra. Decidieron mandar el equipaje aparte; solo quedaba una maleta de las que había llevado en un principio, y así podría viajar tranquila y preocupada únicamente por no apoyar mucho el pie en el suelo hasta su llegada a Madrid, en donde mi padre estaría esperándola para emprender directamente el camino a Cádiz.

El reencuentro de mis padres en el aeropuerto de la capital podría haberse filmado y formar parte de esa escena tantas veces repetida en el cine con las palabras *the end* sobre el último fotograma y con los protagonistas besándose apasionadamente. Habían sido días de dudas, interrogantes y miedos que de un plumazo se convirtieron en certezas, respuestas que no necesitaban explicarse y la tranquilidad de ánimo de saberse en casa, ese sitio que no es otra cosa que el lugar en donde uno ama y es amado, lejos de influencias externas y con la emoción asomando a los ojos después de una involuntaria separación. Supongo que ambos callarían muchas cosas, sobre todo mi madre, que de pronto estalló en un torrente de lágrimas cuyo significado mi padre no podía comprender en su auténtica dimensión. Alba apoyaba el pie con cuidado, pero el dolor había desaparecido y desaparecería también durante todo el recorrido plagado de confidencias y anécdotas ante la inagotable curiosidad de mi madre, que quería saber todo acerca de ese mes largo lejos de nuestra casa. Papá la tranquilizaba y la miraba con una inmensa ternura, y el paisaje amigo que entraba por la ventanilla del tren fue acompañándoles con sus ríos, montañas y sembrados, llenándolos de paz y consiguiendo que mi madre, por fin rendida, recostase su cabeza en el hombro firme y seguro del hombre que jamás le fallaría, pasase lo que pasase.

Cádiz les recibió al anochecer, con una luna colmada de luces de faca reflejándose en la bahía. Era la bienvenida, la luna madre y protectora que les había visto nacer y había alumbrado sus noches dormidas y sus encuentros adolescentes, la misma que había protegido a los fugitivos del odio y había bañado a los amantes, la que había guiado una y otra vez a los barcos del otro lado del mundo, como un faro eterno suspendido en el cielo.

Si el año 1945 había traído el fin de una contienda —que había dejado la nada edificante cifra de casi sesenta millones de muertos, algo que la humanidad tardaría bastante tiempo en olvidar, pero no el suficiente como para no seguir cometiendo errores que encontrarían nuevas víctimas de la miseria, del éxodo o de gobiernos totalitarios—, en Cádiz el nuevo año, 1946, se estrenó con una clara y afortunada consecuencia del famoso viaje a Londres. En febrero nacería Santiago, un niño rubio y risueño de ojos azules en la línea cromática de mi hermana Rocío. La casa se volvió a llenar de biberones y todos estábamos felices con el regalo que mamá nos había traído. Mis casi diez años me daban un lugar de prestigio y responsabilidad en la familia que yo me tomé muy en serio. Después de mi madre y casi al nivel de Juana y Ene, mi autoridad sobre mis hermanos crecía por momentos. Custo no daba un paso sin mí, me llamaba «su nena» y siempre lloraba cuando me perdía de vista. Era un niño bueno y tranquilo, y ya apuntaba un carácter tímido que le otorgaría un lugar callado y secundario en el organigrama familiar pero no menos importante en relación a los acontecimientos futuros. Rocío crecía como una princesa de cuento azul. Sus muñecas y cómo vestirlas con la ropa que guardaba en su pequeño armario eran sus máximas preocupaciones, y Patro, la costurera, le cosía trajecitos con los retales de nuestros vestidos. Tenía una casa de muñecas que los Reyes le habían traído y se pasaba el tiempo cambiando los muebles de sitio y haciendo tertulia con sus habitantes a la hora del té, tal y como había visto hacer a la Inglesa y a mamá muchas tardes.

—Alba, qué vestido me pongo hoy, sabes que vamos a ir al parque y quiero que mi muñeca lleve el mismo traje que yo.

Yo hacía una escena sobre la elección del traje hasta conseguir que una sonrisa de aprobación iluminase su cara. Realmente era un ser mágico que había nacido para la felicidad y nadie tenía la menor duda de que así sería.

Los mellizos tenían su mundo propio a pesar de que, desde el famoso viaje, Lluvia pasaba más tiempo en casa de las tías que en la nuestra. Tía Marina la había semiadoptado y la quería como a la hija que nunca tuvo. Mi hermana era feliz, dueña y señora de un hogar que solo vibraba cuando ella aparecía, y cuyo único objetivo era mimarla y hacerla sentir el centro de todos los afectos. La tía Paula se empeñaba en que fuese con ella al garaje y un día sucedió que su pasión por pintar cosas la había llevado a pintar las paredes con lunares verdes, tal vez intentando reproducir el paisaje de sus viajes imaginarios que le estaba vedado. Lluvia tenía tres años y le parecía muy divertido entrar en un coche varado y tocar el claxon mientras las dos reían a carcajadas viajando por un mundo inventado.

Mario se pasaba el día pegado a mi padre. Le gustaba entrar en la consulta, tocarlo todo y, por supuesto, perseguir a las gallinas del jardín y robar los huevos para comérselos crudos. Posiblemente esa manía ayudó a forjar su físico, fuerte y brioso, capaz de saltar por los parterres y los obstáculos que encontraba a su paso. Tenía un caballo de madera al que espoleaba como él veía hacer a los jinetes en la finca, y junto conmigo era el ojo derecho de mi padre.

La azotea se convirtió en mi lugar de juegos favorito, y aprendí a lavar la ropa con una pequeña tabla estriada que Virtudes me había traído. Estebita la había hecho para mí y yo disfrutaba aprendiendo al lado de su madre, metiendo en un barreño de zinc mis manos suaves con el jabón y el almidón para los trajes de mis muñecas y las muñecas de Ro. De vez en cuando, Virtudes me traía un dibujo de su hijo, me lo daba disimuladamente para que nadie se enterase y yo lo guardaba en mi habitación, bajo mi cama, en un baúl pequeño con tapas de nácar que había pertenecido a mi abuela y me había regalado el día de mi primera comunión, dos años atrás. Ya tenía dos secretos, que solo me pertenecían a mí, y eso me hacía sentir distinta e importante. Quizá ahí comenzó mi afición por esconder a los demás mis sentimientos más profundos, y tal vez en ese momento ya estaba empezando a escribir esta historia y yo no lo sabía.

Capítulo XII

Un día el armario apareció en la galería de la última planta. Entre los dormitorios de los chicos y el de Ro y mío. Tal vez había estado siempre en ese sitio y sencillamente no habíamos reparado en él. Encima, colgado de la pared, estaba el retrato de la abuela en su mejor momento, bella y orgullosa. Lo había encargado mi abuelo para dejar constancia de su espectacular presencia. Era bastante común encargar a los grandes pintores de la época retratos de los dueños de las casas importantes. A mi madre no le gustaban los retratos, pero no podía relegar al desván el de la auténtica dueña de la casa porque la Inglesa se hubiese sentido ofendida.

El armario no era nada especial, de madera oscura, con dos puertas y baldas en su interior que habían aumentado de tres a cuatro. La tapa era muy bonita, de mármol blanco casi puro, y en el centro, sobre un tapete de ganchillo hecho por la abuela, había una pieza de porcelana de Capodimonte que se suponía que teníamos que evitar en nuestros a veces precipitados juegos.

El armario se empezó a llenar poco a poco de zapatos. Había estado vacío y triste y, de pronto, aparecieron parejas de zapatitos de color rosa, azul. Pequeños botines de cordones o bailarinas de charol, blancas y negras, con su lazo zapatero en el empeine, comenzaron a llenar sus rincones y a iluminar su interior inexistente hasta entonces. Mamá decidió que, con tanto niño, los zapatos se heredarían para poder aprovechar los que se nos quedasen pequeños pero que estaban en buen estado. Ene sabía que siempre tendrían que estar limpios y ordenados, y nosotros poco a poco aprendimos a ir al armario buscando el calzado que necesitábamos para cada ocasión, para ir a la playa, al paseo, al cole o de visita y celebraciones. Por supuesto, antes de salir, mi madre nos revisaba minuciosamente, pero el nacimiento de Tiago así como atender a las necesidades de la casa le quitaban tiempo para ocuparse de todas las cosas de nuestro día a día. Ese armario tendría en un futuro vida propia, se amontonarían los pares, ya imposibles de controlar porque éramos muchos, y a menudo las parejas estaban sueltas sin que nadie explicase qué había sido de la pieza ausente, y su estado pasaría de ser pulcro y perfecto a un poco deteriorado. Una de las anécdotas más sonadas fue la de mi hermana Lluvia, el día de su primera comunión. Las lágrimas le caían silenciosas en la ceremonia no tanto por su escepticismo religioso, más tarde desarrollado, como por el terrible dolor de pies que tuvo que sufrir hasta el último «amén».

A la salida mi madre pudo comprobar con espanto que llevaba los dos zapatos del mismo pie; su charol brillante, los calcetines de perlé y el calor habían contribuido a hacer insoportable la ceremonia, hasta el punto de que el desayuno de bollos y chocolate posterior lo hizo descalza y sonriente. Mi hermana ya apuntaba maneras, sería indómita, valiente y alegre, y no se le pondría nada por delante, ni siquiera la tremenda aventura que más tarde tendría que protagonizar.

El año 1946 fue un año para la historia. Lejos de España se desarrollaba el juicio de Núremberg, en el que todos los antiguos amigos del general Franco tendrían que desfilar para someterse a un tribunal que les haría pagar sus crímenes de guerra. Por desgracia, el instigador de tanta locura había aparecido calcinado, supuestamente, aunque correrían muchas leyendas poniendo en duda su veracidad. Había sido una de las páginas más tristes de nuestra era, y el mundo entero intentaba al menos hacer justicia y enseñar al resto de la humanidad lo que nunca debería repetirse bajo ninguna bandera, credo o ideología.

La vida en Cádiz seguía provinciana y pequeña. El hambre era el común denominador de mucha gente, y el general Franco decidió hacer una visita a la ciudad que había sido, primero que todas, domeñada por el alzamiento, gracias al general Varela y el apoyo que desde el pueblo de Barbate prestaron los barcos de la *almadraba,* antigua forma de pescar el atún, para la llegada de tropas a la península. Viendo la necesidad que asomaba a las calles, el general decidió repartir doscientas comidas que, según recogía el *Diario de Cádiz,* consistían en arroz con garbanzos, estofado de carne con patatas, chocolate y pan. Me imagino lo que sería semejante festín para la pobre gente, y se cuenta la anécdota de que a más de uno hubo que socorrer por el atracón. Supongo que el general, con fama de austero, tuvo que sentir en carne propia hasta qué punto nuestra Guerra Civil y la Guerra Mundial habían afectado a la población de un país deprimido moral y físicamente.

A Amador, aquel fugitivo que se refugió en nuestra azotea, le habían detenido junto a otros compañeros por reunirse y fomentar la rebeldía contra el régimen. Por todas partes escuchabas de detenciones y desapariciones de hombres y mujeres que lo único que podían hacer con sus escasos medios era reunirse y hablar del sueño que les habían arrebatado. Pasa a menudo que el sueño no es el mismo para todos, aunque las pesadillas se parezcan bastante.

En Cádiz la vida intentaba abrirse paso entre el dolor y las carencias. El parque Genovés siguió descubriéndome sus tesoros gracias a los encuentros con mi amigo. Había conseguido convencer a Ene de que era mucho más bonito que la plaza, y que además veíamos el mar y podíamos comer cañaíllas, esos caracoles riquísimos de concha en espiral. A nuestra niñera le pareció bien, sobre todo porque así su novio, Alfonso, podía escaparse de vez en cuando para verla y darle un beso furtivo sin que casi nos diéramos cuenta. Para compensar nuestro silencio nos traía caramelos y altramuces fresquitos. A mí me parecía un buen hombre, y me gustaba ver a Enedina con los ojos echando chispas cada vez que le veía. Más tarde le dejaría porque quería controlarla y ella era muy suya.

La primera vez que el luto entró en nuestra casa fue también el momento en que la mirada de la abuela perdió su luz y el verdor de sus pupilas se hizo más gris y opaco. Tenía casi cincuenta años y había sido madre con dieciocho. Por suerte para ella, hasta entonces su vida había sido un camino de rosas, mimada por mi abuelo que la había encumbrado a una posición privilegiada, con una sola hija de la que ocuparse y todos los medios a su alcance para llevar una vida de lujos y caprichos. El abuelo murió prematuramente, con apenas cincuenta y seis años, dejando a mi abuela suspendida en la nada. A mis diez años había asistido a su muerte de esa manera en la que los niños presencian los dramas sin saber muy bien qué está pasando y si el dolor de los adultos es también el suyo. Ya no volvería a recibir sus besos ni sus guiños cómplices. Su apellido se perdería en una estirpe sin varones, y todo Cádiz se volcó en dar el pésame a mi abuela y a mi madre y un último adiós a uno de los hombres más influyentes y respetados. Ya no me contaría más cosas sobre sus amadas bodegas ni me hablaría en el inglés de sus antepasados para que yo lo aprendiese de sus labios. Con él desaparecería una parte importante del mundo de mi infancia y un refugio tranquilo en el que cobijarnos cuando nadie parecía tener mucho tiempo para nosotros.

La vida seguía su curso. Se reabrió el Teatro Roma, aumentando así la oferta cultural junto al Gran Teatro Falla, y los carnavales volvieron a derrochar desde el barrio de La Viña la alegría y el ingenio que convertirían Cádiz en un lugar único en el mundo por su esencia y su forma de enfrentar las calamidades.

Las bodegas restablecieron la actividad comercial menguada durante las distintas contiendas y nuestros caldos gozaban del prestigio y el favor de muchos países a los que se exportaban. *Brit,* nuestro perro bodeguero del cortijo, seguía despidiéndose, cada noche, de sus amos grandes y pequeños, uno por uno. El olor de las bodegas y su luz mágica filtrada por los grandes lienzos de cuerda seguían ejerciendo en nosotros ese poder de ensoñación cada vez que, las primaveras y los veranos, mis padres decidían dejar la casa de la plaza Mina para huir del calor y procurar a su prole un cambio de aires que el médico, es decir mi padre, consideraba tremendamente saludable. Las tías Paula y Marina también venían para estar cerca de Lluvia. Nuestra familia en Inglaterra continuó enviando cariñosas cartas y recibiendo obsequios que mi padre les enviaba de vez en cuando para agradecer una vez más su amable acogida. No puedo dejar de mencionar al adorable tío George, tengo la sensación de que sus múltiples cartas a mi madre pidiendo disculpas por su comportamiento consiguieron hacerla borrar el episodio, porque mis padres siguieron hablando de él con cariño e incluso un año más tarde nos sorprendió con su visita, más encantador, elegante y atractivo que nunca.

SEGUNDA PARTE

Capítulo XIII

Es la una de la madrugada, hace un momento hemos llegado de la gran fiesta y aún me arde la cara con la emoción de las últimas horas. He deseado buenas noches con un abrazo a mis padres y con dos besos a mi abuela que me miraba con orgullo y un nuevo brillo en los ojos. Supongo que se veía reflejada en mí, hace mucho tiempo, el mismo día de su puesta de largo, el mismo día en que sus ojos se posaron en el abuelo Mario para no apartarse jamás. Mi traje en seda y *plumetti* color lavanda ha sido un acierto absoluto, todos me miraban como si de una aparición se tratase. Aun ahora, frente al espejo de mi tocador, contemplo mi cara y siento que algo desconocido está naciendo. No sé definirlo, es una mezcla de rebeldía y ansiedad, ya no seré más una niña; por otra parte tampoco he tenido mucho tiempo para serlo, ser la mayor de ocho hermanos, ¡qué barbaridad, ya somos ocho!, no es tan divertido, porque te hacen responsable y adulta antes de tiempo. —«Alba, ten cuidado con tu hermano que es un trasto». «Por favor, pásale el peine a Rocío, tiene unos pelos imposibles». «¿Te importa cuidar de Mario mientras llevo a Lluvia a casa de las tías?»—. Esas y otras mil recomendaciones. Pero no me importa, adoro a mis hermanos y a mis padres, es solo que me hubiera gustado ser una niña despreocupada y caprichosa un poco más de tiempo. Hoy ya no es posible porque ya tengo dieciocho años.

»Las pequeñas esmeraldas rodeadas de brillantes de mis pendientes me hacen guiños, supongo que me avisan traviesas de las mil cosas maravillosas que me esperan a partir de esta noche. El colgante haciendo juego en mi garganta se mueve al ritmo de mi respiración. Es un precioso regalo de la abuela. Son tan bonitos los trajes de noche... Mamá tiene un gusto exquisito, y el color lavanda junto a las pequeñas piedras de fuego verde son perfectos para mi piel y mi melena rojiza. Realmente estoy muy guapa, no tengo pudor al decirlo; además, este diario que hoy inaugura la nueva etapa de mi vida no lo leerá nadie más que yo. Mi madre también tiene uno, me lo dijo un día. —«Cuando estés triste o tengas dudas y miedos, e incluso cuando seas feliz, escríbelo en un cuaderno que será solo tuyo y esconderá tus secretos. Algún día, cuando al cabo de los años lo leas, sabrás quién eras y te ayudará a saber quién eres»—. Mamá es siempre un tanto misteriosa, y creo que ese es uno de sus mayores encantos, no descubrir del todo a nadie su verdadera esencia.

»Por eso estoy escribiendo todas estas cosas, para que no se me olvide qué sentí el día de mi puesta de largo, con todas las miradas sobre mí, entrando nerviosa en los jardines hasta la pista de baile, con mi padre orgulloso tomándome de la cintura para bailar conmigo el primer baile de mi vida ante la expectante sociedad gaditana. No lo era para nosotros, habíamos bailado mil veces en el salón de nuestra casa con mamá mirándonos y riéndose de las lecciones teatrales que su marido impartía a su niña consentida. Mi padre giraba orgulloso enseñando su preciada joya y yo me dejaba llevar, con la melena ondulada al viento. ¡Me he reído tanto!, creo que el champán de celebración y el cóctel de iniciación se me han subido un poco a la cabeza; ya se me pasará, mañana es domingo y dormiré toda la mañana, soy una señorita y ya nadie me puede dar órdenes.

»Me pregunto qué pasará a partir de ahora, cuál de esos estupendos chicos con los que he bailado conseguirá hacerme sentir algo algún día. Álvaro tal vez, se ha convertido en un apuesto y cariñoso pretendiente y ya no me tira del pelo. La brisa del mar entra por el balcón y me despeja la mente y las ideas. Es una noche preciosa y, solo de vez en cuando, a escondidas, he sacado el pañuelo de encaje de mamá con una A primorosamente bordada, guardado en mi *clutch* para secarme el sudor de tanto baile y alguna pequeña e inoportuna lágrima. Mi pequeño bolso está forrado con la seda lavanda del traje y lleva mis iniciales bordadas en verde suave, *AML*; es tan delicado, lo guardaré siempre como recuerdo de una noche mágica. Menos mal que la polvera de carey pone todo en orden al minuto.

»Me gusta este maquillaje, tan suave, un toque de rímel para resaltar mis ojos, unos polvos traslúcidos de Myrurgia, ¡qué nombre tan evocador!, me los compró mamá este invierno, y un ligero tono rosado en los labios. Es perfecto, no necesito más y nunca usaré otras cosas que me resten veracidad y frescura.

»Sí, realmente ha sido una noche preciosa..., pero él no estaba, ni sus ojos color miel ni sus ondas negras y rebeldes ni su sonrisa..., sencillamente no estaba y a la noche le faltaban estrellas».

***

Esto es lo que escribí en mi diario una noche de primavera del año 1954, el día que cumplí dieciocho años. Habían pasado muchas cosas. Se había dado fin al racionamiento de posguerra, aunque mucha gente seguía rebuscando en los cubos de basura y seguía bebiendo la *granza* o desechos del café mezclado con achicoria, que calentaba los huesos por la mañana a falta de otra cosa. La guerra había dejado mutilados por todas partes, unos de cuerpo y otros de alma. Cuando ibas a cualquier espectáculo te pedían un extra para ayudar al Auxilio Social, una especie de institución dedicada a ayudar a huérfanos, viudas y discapacitados, hijos de la contienda.

La gente se alegraba la vida con los carnavales y chirigotas que volvieron de nuevo en 1949, era mi época favorita. Patro me había hecho unos maravillosos disfraces de mora, mariposa y Pierrot sucesivamente. Por fin en España se empezó a fabricar la penicilina que tantas vidas podía salvar. El teatro seguía siendo refugio de las clases medias y altas, y en el Falla mis padres fueron a ver a una mujer que haría historia en España por su gran personalidad y calidad vocal: Concha Piquer.

—Esa mujer es única, qué presencia escénica y qué voz, a veces es un cuchillo y de pronto se convierte en terciopelo. La música de Quintero, León y Quiroga no ha podido encontrar mejor intérprete. —Mi madre seguía siendo una entusiasta aficionada al teatro y a la lectura y con frecuencia, durante esos años, mi padre y ella hacían escapadas a Madrid para disfrutar de la vida cultural de la capital.

Un día, ese año de 1949, al poco tiempo de los carnavales nos llamaron desde Londres: la tía Margaret había fallecido como consecuencia de una neumonía. Mi madre estaba muy afectada, sentía un gran cariño por la elegante aristócrata, el único auténtico eslabón que la mantenía unida a sus ancestros ingleses. Mamá decidió ir de inmediato al funeral, viajó a Madrid y desde allí tomó un avión al día siguiente de recibir la noticia. Nadie imaginaba hasta qué punto un viaje protocolario pondría su mundo patas arriba. Tía Marina se ofreció a acompañarla pero mi madre pensó que no era necesario y que el viaje sería por pocos días. Mi hermana Lluvia prácticamente vivía con las tías, y no tenía ningún interés en abandonar su reino y volver a casa, lo que hubiera tenido que hacer en el caso de quedarse sola con tía Paula. Efectivamente, mamá volvió a los pocos días. Fue un viaje agotador que acentúo su mirada de cansancio. La familia siguió aumentando y, en diciembre de ese mismo año, nació mi misteriosa y etérea hermana Luna. Papá le puso el nombre al ver una luna llena en el cielo que parecía reflejarse en la piel de la diminuta niña, apoderándose de ella. Luna era tan menuda que a Rocío le encantaba medirla con sus muñecas y jugar con ella a las mamás y a las niñas.

Luna miraba todo con unos ojos que venían de lejos, te clavaba las pupilas y te hacía sentir una sensación extraña y desconocida, aparentemente excesiva para un cuerpo tan pequeño. Desde el principio buscaba la tranquilidad y la intimidad de las zonas menos pobladas de la casa, algo bastante difícil de encontrar, y estableció un extraño vínculo con la Inglesa a pesar de ser una criatura tan opuesta a ella, pero de una innegable fuerza ancestral y magnética.

En 1951 nació Carlos, el más pequeño de mis hermanos. Mis padres decidieron homenajear así, con su nombre, al primer Livingston llegado a la península en el siglo XVIII. Carlos era el polo opuesto de Custo, que había seguido creciendo tranquilo, introvertido y discreto. La personalidad de mi hermano se hizo patente desde el día de su nacimiento. Tardó tantas horas en nacer y fue un parto tan complicado que mi madre estuvo a punto de perder la vida.

Cuando Carlos anunció que venía, mi madre estaba de ocho meses. Las contracciones empezaron de madrugada y hasta el día siguiente por la tarde no apareció la cabecita del niño, después de haber dejado a mamá exhausta y con un pequeño soplo en el corazón, del esfuerzo. Jamás había visto a mi padre en ese estado de desesperación. Era incapaz de concebir la vida sin ella, y creo que el miedo le hizo tomar la decisión de no seguir aumentando una familia ya bastante numerosa y a la que la suerte hasta el momento asistía.

Yo, por mi parte, había pasado todos esos años intentando ser una buena y estudiosa alumna, sobre todo en las especialidades artísticas, que me apasionaban, y no tenía muy claro mi futuro de señorita educada y en espera del mejor postor para casarse. La idea de ir a la universidad era bastante inverosímil si se tenía en cuenta la cantidad de chicos que tendrían prioridad a la hora de elegir una carrera que les permitiera sacar adelante a sus familias. Custo tenía especial afición a los números y seguramente estudiaría perito mercantil o algo parecido. Mario seguía con una infantil curiosidad por la medicina y el laboratorio de mi padre; era el más parecido a él, en carácter, temperamento y sentido del humor. A sus ocho años, las preguntas se amontonaban en su cabeza y ya mostraba una gran capacidad de empatía con el dolor ajeno. Ro tenía una gran preocupación por estar siempre preciosa y hablar a la perfección inglés, así como por desarrollar todas las cualidades y artes necesarias para ser la mejor esposa posible.

Mi mundo favorito se encontraba en las bodegas y en la finca que se extendía a su alrededor. Siempre que podía me escapaba para hacer carreras a caballo con mi alazán portugués *Fuego* y, al llegar al mar, meterme en el agua con él hasta las rodillas. También me gustaba subirme a lomos de *Brisa*, la yegua castaña domada a la española, que te hacía bailar sobre ella con una cadencia típica de la doma andaluza. Esa era una de mis grandes pasiones y, por supuesto, seguir escapándome al parque Genovés.

Antes de mi puesta de largo, durante mis años de paso de la niñez a la adolescencia, el parque al que acudía con Enedina seguía siendo mi mejor cómplice. Allí, Esteban, con sus trece y catorce años, continuaba enseñándome árboles y contándome cosas de artistas y mundos desconocidos para mí.

—¿Sabes quién es Leonardo da Vinci, Alba? Era un genio, sabía pintar como nadie. Hay obras suyas por todo el mundo, sobre todo en Italia, pero además era inventor, construía bicicletas y globos, y alas para volar. Él quería volar, como yo, y casi lo consiguió. Una vez salvó a una persona muy importante a la que querían matar, dejándole sus alas para escaparse, imagínate. Lo malo es que en su época quisieron hacerle daño muchas veces; cuando era muy joven lo empalaron porque decían que era maricón. Por eso a mí no me gusta que se metan con la gente.

—¿Qué es empalar y qué es ser maricón, Esteban? Esa palabra la he oído muchas veces pero nadie me la explica. Dicen que Francisco, el de la lechería de la calle Sagasta, lo es, y yo no le veo nada raro porque conmigo es muy cariñoso y cuando vuelvo del colegio, como sabe que la leche me gusta mucho, porque se lo ha dicho Juana, me da un vasito.

—Alba, ser maricón no es ser nada, es una palabra que la gente se ha inventado para llamar a los que no son como ellos dicen que hay que ser. Y eso es mentira porque se puede ser de muchas formas y todas pueden ser buenas. La gente, cuando no entiende o no quiere entender, pone motes a las cosas, así de un plumazo se las quitan de en medio y no tienen que pensar ni preocuparse. Tú no hagas caso y no les dejes nunca que piensen y decidan por ti. Por eso me gusta el arte, porque es libre y solo depende del talento y la inspiración, y nadie se atreve a decir nada por miedo a hacer el ridículo. Yo voy a ser pintor, no de brocha gorda como mi padre sino de los de los museos, como El Greco. Algún día te llevaré a un sitio para que veas un cuadro de El Greco, aquí en Cádiz, si consigo que me dejen entrar.

—Esteban, yo solo sé que me gusta mucho hablar contigo, nadie me explica las cosas de una manera tan sencilla. Cuando tú me lo dices, lo entiendo todo y además sabes un montón, casi más que los libros del colegio. Me tienes que prometer que siempre serás mi amigo y me seguirás contando historias de gente que no conozco pero me encantaría conocer. ¿Quieres un poco de regaliz?

—Gracias, a mí también me encanta el regaliz. Por supuesto que te seguiré contando historias, siempre que tú quieras. Me gusta estar a tu lado porque eres como el amanecer en la playa, luminoso, suave y lleno de colores. Ya te he dicho que siempre que me necesites estaré…, siempre.

Esta conversación estuvo seguida de otras y tuvo otras anteriores. Me seguía escapando para que Esteban me llenase de sueños y, de vez en cuando, Virtudes lo traía a casa para que mis padres vieran lo buen mozo que era y lo juicioso y listo que había salido, a fin de cuentas fue gracias a la intervención de mis padres que Esteban había podido asistir al colegio del obispado.

—Esteban, te has hecho un buen mozo, ¿qué quieres hacer cuando termines el colegio? —Mi padre miraba asombrado a ese rapaz que él había pellizcado más de una vez en las orejas.

—Me gustaría ser pintor, pero no como mi padre, ser artista de los que ponen sus cuadros en los museos.

—Mire, don Custo, eso es lo que dice porque tiene muchos pájaros en la cabeza. —Virtudes se avergonzaba de las cosas del chico y rápidamente cambiaba de conversación—. Estebita tendrá que trabajar ayudando a su padre o haciendo lo que sea, ya saben ustedes que en casa el dinero no sobra.

—Virtudes, deja al chico que tenga sueños —intervenía mi madre—, no se los mates tan pronto. Siempre puede ganar algo y estudiar al mismo tiempo. ¿Por qué no me traes alguno de tus dibujos, hijo, y así vemos cómo andas de talento?, ¿te parece? El próximo día nos los traes o se los das a tu madre. Anda, ve a merendar con Alba que ya verás también lo guapa que se ha puesto. —Mi madre ignoraba que Esteban ya sabía lo guapa que me había puesto porque me veía cada dos por tres en el parque, pero sobre todo se negaba a robarle a un niño la posibilidad de ser algo que ella no había podido ser, libre de decidir sobre su vida. Yo, por mi parte, jamás habría compartido mi secreto con nadie, y menos con ella. El futuro de Esteban estaba en manos de mis padres y no iba a permitir que nada, sobre todo nuestra amistad, lo truncara.

**

Esteban seguía dibujando incansable en cualquier sitio, en la playa, en el colegio o en el banco de un parque. Su imaginación y su capacidad para plasmar emociones visuales eran únicas. Virtudes llevaba de vez en cuando algún dibujo a casa para que lo vieran mis padres y, ante el evidente talento del niño, mi madre no dudó en pedir a mi padre que siguiera ayudando al chico.

—Mira, Custo, creo que podemos esperar a que termine el bachiller y después intentar que entre en la escuela de San Fernando para que estudie Bellas Artes. Es un crimen no ayudar a un chaval con tanto talento. Ya sé que es caro y que cada vez tenemos menos recursos con tanto niño, pero podría trabajar en las bodegas los días libres y los fines de semana, y así te ahorras un empleado y compensamos una cosa con otra. Es muy sensato y de toda confianza, estoy segura de que no nos defraudará.

—Alba, tienes una especial capacidad para complicarte la vida. Ya sabes que las bodegas no atraviesan su mejor momento. —Mi padre se pasaba la mano por la cabeza, no quería asustar a mi madre pero la economía familiar se estaba resintiendo con el excesivo gasto, y el negocio del vino seguía sufriendo los efectos de la guerra europea. Habían mermado las exportaciones y nadie en la familia sabía cómo encontrar nuevos mercados después de tantos años de garantía y seguridad en el comercio con nuestros vecinos de Europa—. Si quieres veo la posibilidad de encontrar para él un trabajo en Sevilla durante la semana y que trabaje en las bodegas de viernes a domingo. Es mucho esfuerzo pero es la única solución que veo. No te preocupes, que alguna forma encontraremos para que tu Tiziano pueda estudiar. —Y cerraba el acuerdo con un beso que tranquilizaba a mi madre.

Un día Virtudes me trajo un dibujo escondido en la cesta de la ropa, era un mar azul y verde sobre el que, en transparencia, se veía la cara de una niña con su melena ondulada de color caoba al viento. Por supuesto esa niña transparente y con mirada soñadora era yo. Me pareció el dibujo más bonito del mundo, no me cansaba de mirarlo y corrí a guardarlo en el pequeño baúl de mis secretos que había decidido esconder en la torre-mirador, lugar bastante más seguro que debajo de mi cama. Nadie sabría nunca de la existencia de esa caja que se iba llenando de conchas, flores secas, hojas de arbustos exóticos y ahora también de dibujos. Ese día corrí al parque nada más salir del colegio; ya tenía catorce años, en septiembre cumpliría los quince, y a veces me quedaba con las amigas dando un paseo o tomando un helado. Necesitaba mi pequeño espacio lejos de una casa saturada de niños y de tantos gritos y lloros. El armario de los zapatos viejos había aumentado su contenido considerablemente, y veces se amontonaban de tal forma que al abrir sus puertas salían disparados como animalitos prisioneros que necesitasen urgentemente una bocanada de aire. Juana tenía tanto trabajo que no daba abasto. Enedina no sabía a qué niño atender o limpiar. Mi madre, después del nacimiento de Luna, había caído en un estado de melancolía del que ni siquiera el enorme amor de mi padre y el nacimiento de mi hermano Carlos, en el mes de enero, consiguieron hacerla salir. El médico atribuyó la continuidad de ese estado al momento de peligro que había pasado en el parto. Una nueva chica venía todos los días a casa para ayudar en las tareas. Se llamaba Rosa y era muy bonita y algo casquivana, pero buena gente y trabajadora.

—Ay, Juana, no sé cómo puedes con todo; si yo tuviera que cocinar para tanta gente me volvería loca. Y no sé cómo el señor Custo puede mantener una casa con tantas bocas, a veces me da pena verle trabajar tanto y encima ir corriendo a ayudar en cuanto le llaman para una urgencia.

—Mira, Rosa, tú haz lo que tienes que hacer y no te preocupes de nada, que esta casa sale adelante como yo me llamo Juana, y si un día me quedo sin cobrar tampoco me importa, que ya me han *pagao* con creces durante más de veinte años. Tú no sabes lo que esta familia ha hecho por mí y por más gente; así que tú al tajo, ya verás cómo la señora se repone enseguida del parto, de eso ya me encargo yo, que la estoy atiborrando de caldos de gallina.

Mamá recuperó el ánimo poco a poco, no sé si por los caldos de gallina de Juana o por su fuerte naturaleza, aunque aún le quedaba por superar una dura prueba.

**

—Es precioso el dibujo que me has hecho, porque soy yo la niña que se esconde en el mar, ¿a que sí?, y no me digas que no porque no te voy a creer.

—Sabes que nunca te miento, Alba, pues claro que eres tú, quién si no. No hay una chica tan bonita en todo Cádiz, ni en el mundo entero.

—No me hagas reír, mira que eres exagerado. A que no me enseñas dónde pintas todas esas cosas, porque supongo que tienes un lugar secreto para pintar y que nadie te moleste. Mi sitio secreto es la torre-mirador, allí nunca sube nadie, ¿te acuerdas cuando nos vimos la primera vez en la azotea?

—Claro que me acuerdo, nada de lo que tiene que ver contigo se me olvida, ni cuando me invitaste a un helado y te dije que no de la vergüenza que me daba. Se me ocurre una idea. Mañana coges tu bicicleta y dices que te vas de excursión con tus amigas, yo te espero en Puerta Tierra y te llevo a mi escondite, ¿quieres? Eso sí, trae algo de merendar porque nos va a llevar por lo menos tres horas y así se creen lo de la excursión. Tengo preparada para ti una sorpresa.

—No sé si podré hacerlo, me da un poco de miedo. Si se entera mi madre se va a poner hecha una furia. Si quieres me esperas a la hora de la salida, si ves que en media hora no llego es que no he podido y te vas, ¿de acuerdo?

—Vendrás, Alba, porque tu alma necesita cosas que solo yo te puedo enseñar y sabes que jamás te haría daño. Te espero mañana.

Por supuesto no fui capaz de dormir en toda la noche. Esteban conseguía mover en mí sentimientos que no podía definir ni explicar pero que lograban convertir el mundo, cuando nos encontrábamos, en un lugar distinto, luminoso y mucho mejor. Después, cuando nos separábamos, miles de mariposas revoloteaban por mi cabeza al punto de atrapar mi melena y llevarme volando a cielos desconocidos, infinitos y cálidos. La vida sin ese chico de pelo rebelde y ojos de ámbar no tenía el más mínimo sentido, y la casa de la plaza Mina se había convertido para mí en una cárcel amada y posesiva de la que tenía necesidad de escapar. Solo la mirada y las palabras de Esteban me ayudaban a hacerlo.

Al día siguiente llené mi cartera de libros y de bocadillos pequeños que Juana me preparó para la supuesta excursión. Mamá estaba más animada y pensaba dar un paseo por la playa con Carlos y Luna, el aire del mar era bueno para los niños y también para ella. Rosa les acompañaría, y seguramente su parloteo distraería a mi madre y le arrancaría alguna que otra carcajada. Mi adorado padre estaba cada vez más ocupado, a pesar de la enorme ayuda del fiel Matías, y yo a menudo echaba de menos los tiempos en los que teníamos largas conversaciones que me ayudaban a entender mejor la vida. Creo que sin ese equipaje me hubiese sido mucho más difícil soportar todas las duras experiencias que acontecerían en mis años posteriores a la adolescencia.

Esteban estaba esperándome en Puerta Tierra, con un pantalón azul marino y una camisa blanca; resplandecía en la distancia como el príncipe de un cuento al pie de las murallas del castillo.

Su sonrisa segura era una clara muestra de hasta qué punto estaba convencido de que no faltaría a nuestra cita. Mi uniforme no era la indumentaria más adecuada para una excursión pero no había otra posibilidad, así que me dediqué a pedalear hasta su encuentro con un cierto cosquilleo en el estómago.

—Buena chica, sabía que vendrías, y espero que esa cartera lleve un par de jugosos bocadillos. Venga, vámonos, tú sígueme tranquila. —Esteban se reía de mi miedo y la felicidad que le salía a borbotones acabó contagiándome, hasta el punto de no darme cuenta de que ese día estaba inaugurando mi derecho a transgredir las normas y buscar mi pequeña cuota de felicidad. Esas normas seguirían formando parte de mi vida pero solo en apariencia, por lo menos por un tiempo, antes de que alguien decidiera romper la cadena de libertad de mi bicicleta.

Iniciamos el camino en paralelo al mar; atrás se fue quedando la playa de la Victoria y el lujoso hotel Playa, escenario de fiestas y eventos capitalinos. La arena era una lengua interminable y estrecha que nos unía al resto de los pueblos como nidos de palomas a lo lejos. Esteban pedaleaba y la fuerza de sus brazos, la joven musculatura de sus piernas y su pasión daban a la bicicleta un impulso como de dios adolescente sobre un Pegaso de hierro al que nada ni nadie sería capaz de dominar. Yo le seguía imantada por su brío y seguridad, tenía la sensación de que nada podría pasarme junto a ese chico hermoso y puro, y que nadie se atrevería a herirme mientras él estuviese cerca. Intentaba seguir su ritmo pero mi experiencia con los pedales se limitaba a algún que otro paseo por el centro de Cádiz y carreras en las bodegas con los chicos de los trabajadores.

—Ja, ja... Así no llegaremos nunca, cómo se ve que no sales de Puerta Tierra. Dale con más ganas, verás qué gusto cuando te dé el viento en la cara. —Esteban se paraba de vez en cuando para contemplar mi evidente esfuerzo y mi impostada dignidad de señorita bien a la que el hijo de la lavandera no podía humillar. Su sonrisa tierna y triunfal conseguían al minuto romper mis absurdas barreras y que me entregara a la causa con mayor ahínco todavía.

El pedaleo tomó velocidad y poco a poco el viento, el olor a mar y la sensación de huida culpable empezaron a entrarme por los poros con una plenitud e intensidad desconocidas. Por fin era libre, por fin era yo sin nada más que un maravilloso amigo que me ayudaba a desplegar mis alas. Por fin la isla no era mi cárcel ni el límite de mis horizontes y emociones.

Cádiz era una isla, llena a su vez de islas. Era un lugar seductor que te atrapaba suavemente con sus brazos de piedra y agua, sus plazas frondosas y sus calles estrechas, para no dejarte salir, aunque ella no te lo decía y tú no podías sospecharlo.

Gades era tan bella, siempre mirando al mar, a punto de zarpar en un viaje engañoso, pero nunca soltaba amarras y, mientras, te mantenía bailando, adormecida sobre el agua con promesas que no cumplía. Ya no había Carrera de Indias, ya no había viajes de ida y vuelta, y los astilleros languidecían con una supervivencia agónica de la que el Estado les rescataría un año más tarde para no dejar a más gente en la miseria. Pero ahora no, ahora Gades no podía atraparme, me había escapado de sus brazos y Esteban me guiaba hacia un lugar desconocido, siempre junto al mar. De vez en cuando parábamos para contemplar el vuelo de las gaviotas o el brillo del sol sobre el agua. Los dos amábamos esa tierra y siempre tendríamos una cadena invisible atada a sus murallas, sus plazas de casas asomadas y señoriales, sus carnavales y la chispa de su gente.

Seguimos pedaleando hasta que las marismas empezaron a cambiar el paisaje, el olor se hizo más fuerte y las montañas de sal, como bloques de hielo, aparecieron ante nosotros, tintadas con el color de la tarde.

—Ya hemos llegado, ¿a que no conocías las salinas? Es uno de mis sitios favoritos, de pequeño me dejaba caer desde lo alto y me llenaba de sal los pantalones. Lo que más me gusta es que el color siempre es distinto, depende si es por la mañana, por la tarde o por la noche. Son como un lienzo blanco que tú puedes pintar con el tono que quieras. En las noches de luna brillan como plata azulada y al ponerse el sol se cubren de naranjas y violetas.

Esteban me mostraba orgulloso su descubrimiento, y era tal su entusiasmo que conseguía hacerme sentir lo que él sentía y creer lo que él creía. A mí me pareció algo mágico pero no acababa de entender dónde se escondía mi amigo para pintar a resguardo de miradas ajenas.

Esteban fue andando con la bicicleta en la mano hacia una pequeña caseta con techo de tejas rotas y paredes desconchadas. Daba la sensación de que en algún momento había sido útil para alguien y ahora estaba abandonada.

—Cierra los ojos y no los abras hasta que te diga. —Esteban dejó apoyadas las bicicletas en la pared trasera y me tomó de la mano para entrar en la pequeña edificación. Sentí el frescor y la humedad del recinto y un suave escalofrío me avisó de que quizá estaba dando demasiados pasos por un terreno resbaladizo y desconocido para mí—. Venga, ya puedes abrir los ojos.

Al abrirlos, la sensación de peligro desapareció como por arte de magia. Necesitaba gritar, gritar fuerte y llorar, llorar sin saber por qué ante el espectáculo que apareció frente a mí en forma de muros pintados y mundos que solo de una imaginación como la de mi amigo podían haber salido. Era tanta la belleza, la riqueza de matices, que mis ojos daban vueltas llorando y riendo para atrapar todo lo que no quería que se me olvidase el resto de mi vida. Una pared era una playa, con un mar en azules, turquesas y platas. En mitad del muro había un ventanuco que Esteban había integrado como parte del mural y a través del cual se divisaba un mar que continuaba mágicamente fundido con el que lo rodeaba. La naturaleza real se mimetizaba con la creada por los pinceles de Esteban en un todo continuo armonioso y sublime. Realmente te entraban ganas de bañarte en ese mar tranquilo y amigo. Una nueva dimensión aparecía ante mí de ese océano, que había contemplado tantas veces, y ahora me parecía nuevo y maravilloso. Esteban me miraba con los ojos húmedos y la sonrisa en los labios mientras yo seguía contemplando aquella pequeña obra de arte. Como un joven Leonardo, mi amigo había conseguido transformar la realidad hasta convertirla en un mundo habitable y cálido, fuera del feísmo de sus muros iniciales. La otra pared era una reproducción en pequeño de nuestro parque, nuestros árboles y especies, aquellos que sirvieron de cómplices en nuestros primeros encuentros.

Todos los ejemplares y las flores estaban allí representados con la estatua del centro de la placita, y cada una tenía al pie su nombre y su origen. Era una increíble lección de botánica que Esteban había reproducido fielmente con las explicaciones que el jardinero del parque Genovés le había ido transmitiendo cada día.

La insaciable curiosidad de Esteban había plasmado, en ese mural, una lección magistral digna de cualquier estudioso botánico. El realismo de su vegetación, que casi podías tocar, contrastaba con el irrealismo mágico del muro anterior. Los dos mundos de Esteban: el que volaba sin red y el que le tenía con los pies atados a la tierra, al día a día, a su familia y a las necesidades acuciantes, a las que él estaba dispuesto a poner fin de una u otra forma. Sus alas de Ícaro surcando el aire y su talón de Aquiles, que no era otro que su condición humilde y el dolor de los suyos. La otra pared estaba cubierta por una tela de arpillera y me imaginé que aún estaba a medio hacer y por eso no quería enseñármela.

—Ahora cierra los ojos otra vez y no los abras hasta que yo te diga. Esta es la sorpresa que te prometí, Alba. —Cerré los ojos dócilmente mientras él quitaba la tela de saco en varios tirones—. Ya puedes abrirlos.

No era posible, no podía ser, era una puñalada trapera y yo aún no estaba lista, no había venido preparada para lo que estaba contemplando. Una azotea, de paredes encaladas, me contemplaba con la torre-mirador recortada en el horizonte del cielo. Los demás tejados y azoteas se reproducían al fondo con un preciso punto de fuga, hasta perderse. En la parte delantera del cuadro, ocupando el centro geométrico, una niña de ojos verdes y melena caoba agitada por el viento me daba la bienvenida, me sonreía con dulzura, con su traje de verano blanco y un pequeño volante en las mangas que también el aire se encargaba de mecer. Esa niña era yo, un tiempo atrás, no sabría decir cuándo, pero me miraba desde el fondo de su corazón para que la reconociera, para que a mi vez me mirase en ella y no la volviese a dejar nunca, en esa azotea, sola y olvidada, aunque su sonrisa feliz y tranquila me decía que no me asustase, que no me preocupase porque todo iba a estar bien y la mía, la nuestra, sería una historia con final feliz, a pesar de lo que sucediese más tarde.

—No llores, Alba, no quiero que llores. Si lo sé no te traigo, pensé que te iba a gustar mucho, no que te pondrías triste. Sabes que lo último que quiero es hacerte daño. No tienes más que ver que he estado pintando todos estos años para saber que lo único que me importa en la vida sois el mar y tú. Esto no te lo quería haber dicho pero ya está, como a lo mejor no quieres que nos veamos más, ya lo sabes. —Esteban se había quedado serio y asustado, temía que su osadía le pasara factura y que tuviera que pagar un precio demasiado alto, perderme.

—Perdona, Esteban, soy una tonta y no sé por qué lloro. Todo es tan bonito, tan increíble, que me he emocionado sin saber por qué y… mi retrato. Estoy tan dulce, tan pequeña, no sé, me acuerdo de cuando nos conocimos en esa azotea, de lo feliz que era entonces con mamá y mi padre queriéndose tanto y toda la casa para correr y jugar… Y la música, entonces siempre había música en casa, y me daban tantos besos. Y un día apareciste tú y me encantaba jugar contigo y quería ir al parque para que me contases esas cosas que solo tú sabes contar. Quería que fueras mi amigo y no me daba cuenta de nada. Cuando me mirabas se me revolvía algo aquí dentro, cerca del corazón, y en el estómago, pero yo creía que era solo la felicidad de tener a alguien que siempre cuidaría de mí y que me divertiría con sus bromas. Lo siento, Esteban, me duele algo y no sé qué es, me duele lo que siento, lo que me dices y lo ciega que he estado todo este tiempo. No quiero lastimarte, eres mi amigo, mi único amigo, te lo prometo y no quiero dejar de verte, sería como si me faltase el aire, como si a la casa de la plaza Mina le cortasen la torre. Quiero que me cuentes cosas y ver tus dibujos y seguir soñando contigo, pero tú sabes que algún día se terminará todo esto. Tú te irás a alguna parte y yo tendré que elegir un novio entre los hijos de las familias bien de Cádiz. No quiero ni pensarlo porque todos me parecen insustanciales y no me gusta ninguno. Prefiero quedarme soltera a tener que casarme con alguien a quien no quiera. No voy a llorar más, te lo prometo. No te pongas triste, Esteban, eres un chico maravilloso y el mejor pintor que he visto en mi vida, y nadie puede decir lo contrario. Vas a llevar tus cuadros por el mundo y el mundo se pondrá a tus pies, estoy tan segura como que me llamo Alba, y no se te olvide que eres algo muy importante también para mí, tal vez demasiado. Vamos a merendar, que se nos va a hacer tarde. He traído bocadillos de mortadela, queso y salchichón, ¿cuál quieres?

—Déjalo, Alba, no tengo apetito... Si quieres nos sentamos en el saliente que hay junto a la puerta y así ves el mar de verdad, no el que yo he pintado. Solo te pido que cuando volvamos a Cádiz no le digas a nadie lo que has visto. Te dejaré en Puerta Tierra para que no nos vean juntos. Nunca más volveré a hacerte llorar, solo quiero verte feliz, aunque no sea conmigo.

Volvimos en silencio, pedaleando lentamente. Supongo que no queríamos llegar ni despedirnos, teníamos la sensación de que nada iba a ser igual desde esa tarde y así fue, nada volvió a ser igual porque ese día yo crecí de golpe y Cádiz me pareció un lugar extraño y oscuro que me volvía a engullir con sus tentáculos de historia y agua. Nunca había conocido la libertad hasta ese día, y cuando crucé Puerta Tierra y me despedí de Esteban con la mano, su mirada triste se me clavó en el alma hasta el punto de que me entraron ganas de volverme y gritarle que no se fuera, que seguía queriendo ver sus pinturas y mi cara atrapada en sus pinceles, igual que a mí me había atrapado solo con mirarme, muchos años atrás. Pero no me volví y las calles me fagocitaron, devolviéndome mi figura reflejada en los ventanales. Sabía que no podía escapar de mí misma por mucho que intentase pedalear más fuerte para que el viento secase mis lágrimas.

Capítulo XIV

Por supuesto Esteban y yo nos volvimos a ver. Yo me escapaba al parque Genovés y él estableció un lenguaje de signos con sus pinturas que decía dónde nos veríamos. Virtudes me traía las acuarelas y me las daba sin que nadie se diese cuenta. Estaba asustada, su hijo no era el mismo y su mirada perdida en mis dibujos le hablaban de un sueño imposible para él y de nefastas consecuencias para su trabajo en la casa de la familia Monasterio. Sabía que algo pasaba, pero tenía adoración por su hijo y jamás le habría negado nada, aunque intuía que se estaba metiendo en arenas movedizas de las que ella, a pesar de su amor, no podría liberarlo. Conocía a doña Alba madre y tenía claro que la amistad entre los chicos tenía una línea divisoria marcada de antemano que no se podría traspasar. Los dibujos de Esteban le delatarían a pesar de esconder un lenguaje que solo nosotros entendíamos. A veces era un bosque en el que el número de árboles indicaba la hora y el lugar de nuestro encuentro, a veces una playa con arena y olas que significaba que iríamos al último rincón de la playa, cerca de San Fernando; en otros dibujos había una montaña blanca sobre campos encharcados y significaba que nuestro encuentro sería en las salinas. Durante los años siguientes, por lo menos una vez a la semana nos encontrábamos para seguir compartiendo, ingenuos, ese intercambio de sentimientos y emociones que nacieron aquella tarde junto a los murales que me habían deslumbrado y me habían mostrado la auténtica dimensión de ese chico, aun adolescente, que solo soñaba con dos cosas, el mar y yo, yo y el mar, como protagonistas absolutos de sus lienzos y de su futuro, a pesar de las dificultades que él sabía que nos saldrían al paso.

Cádiz seguía su vida cultural y la muerte del general Varela, el autor material del levantamiento, junto a las tropas del general Franco, dividió a la ciudad entre sentimientos de alivio y de tristeza. Para unos era el salvador y para otros el traidor a la República. La historia nunca tiene el mismo relato para todos. Churchill, el gran estadista inglés, premio Nobel, articulista y artífice de la paz entre las potencias de la guerra europea, ganaba las elecciones por mayoría. España estaba lejos del sistema democrático que gobernaba en los países vecinos, aunque las relaciones internacionales se normalizaron hasta el punto de que Estados Unidos nos prestó dinero para mejorar nuestra débil economía.

En el barrio del Pópulo, Cela presentó una lectura de su obra cumbre, *La colmena*, con la asistencia de toda la intelectualidad gaditana. Mi padre resaltaría el tono grandilocuente del escritor que tanto le impresionó, así como su fina ironía. Le llamó la atención el hecho de que Cela, contradiciéndose de su literatura, dijese que los escritores no debían entrar en política, algo que muchos otros, como el gaditano Alberti, pensaban que era una cobardía de intelectuales cómodos con el régimen. Tal vez la tradición marxista de nuestra ciudad, de la que hacía gala el famoso triángulo de los bares y tabernas La Marina, La Puerta del Sol y Los Leones, hacía de una buena parte de sus ciudadanos, gente menos proclive a la adulación del gobierno militar.

Hay que reconocer un esfuerzo por parte de Franco de mejorar la calidad de vida de la gente, acabando con las cartillas de racionamiento e impulsando el desarrollo agrícola e industrial. Era un militar duro y, a su manera, se preocupaba por el pueblo, pero no tenía ninguna intención de aceptar otras ideas que no fueran las suyas, castigando cualquier intento por parte de grupos que aún hacían una labor de resistencia clandestina. En uno de esos grupos estaba Amador, aquel chico idealista que una vez se refugió en nuestra azotea al amparo de mi querida Juana y que no había podido resistir el calor de la sangre.

A Amador lo metieron en la cárcel junto a otros compañeros de partido, y ni mi padre ni nadie consiguió que lo liberaran. Juana iba a la cárcel a verle y a llevarle comida y, en casa, se deshacía en llanto al pensar cuál sería la suerte de su hermano.

Cádiz siempre deparaba alguna sorpresa o anécdota que todos comentaban en los corrillos y tras las *casapuertas*. En una ocasión fue la aparición de un violín, que un paisano había cambiado por algo, y que resultó ser nada

menos que un Stradivarius. Un milagro hizo que no terminase en cualquier hoguera de las que la gente humilde encendía para quitarse la humedad y el frío en invierno.

Las carreras de caballos continuaron celebrándose en
la playa de la Victoria y mamá de vez en cuando se ponía
sus preciosos trajes para ir con mi padre, mis hermanos y
yo. Era un espectáculo que me encantaba. El brillo del agua,
la puesta de sol y el velo que se formaba con la arena que los
cascos despedían conseguían una imagen única entre los gritos y aplausos de la gente. En una ocasión conseguí que me
dejaran participar en la carrera. Por supuesto era la única
chica y mi padre, a pesar de mis diecisiete años, me defendió
argumentando que mi experiencia como amazona desde
muy pequeña era suficiente aval para que me dejasen participar. *Fuego*, mi alazán, estaba tan eufórico como yo, y mis
hermanos gritaban desde las gradas:

—Vamos, Alba, vamos, tú puedes.

Quedé en quinta posición, así que todos estaban orgullosos de mí, aunque algunas amigas de mi abuela consideraron improcedente que una señorita compitiese como
una loca con los caballeros. Creo que fue uno de los mejores días de mi vida.

Esteban me miraba desde un lugar recóndito; había
conseguido entrar en Bellas Artes y se escapaba los fines de
semana y algún día festivo para verme. Su siguiente sorpresa fue un retrato mío galopando con la melena al viento,
recortada contra el atardecer del horizonte y el reflejo del
sol en el agua. Es mi retrato favorito. Tuve que mentir en
casa y decir que me lo había hecho una compañera del colegio para poder enmarcarlo. Desde entonces está colgado en

la pared de mi dormitorio y nunca se ha separado de mí. Es el más claro e insolente testigo de que todo lo que viví fue cierto, y no producto de una imaginación adolescente necesitada de emociones hasta el punto de inventarlas. El cuadro está ahí, frente a mi cama, y me recuerda que algún día fui libre y valiente, y que solo tengo que mirarlo para saber que puedo volver a serlo.

Un día, uno de los dibujos traía olas de espuma y retazos de mar y arena. Había seis conchas en un ángulo que significaban que a las seis nos encontraríamos en la playa, al final de la lengua de tierra. Era verano y el calor bañaba los poros de la piel de una pegajosidad típica del viento del sur.

—Juana, me voy a dar una vuelta. Si pregunta alguien por mí le dices que volveré para la hora de la cena; a lo mejor vamos al cine.

—Ten *cuidao,* mi niña, que estás hecha una pollita preciosa y hay mucho gavilán suelto. Por qué no me dices dónde encontrarte por si tu padre se preocupa y quiere ir a por ti. Ya sabes lo contento que está con su coche nuevo y reluciente. Es la atracción de Cádiz cuando lo saca para llevaros a las bodegas.

Rosa oía esta conversación y ponía los ojos en blanco. Ella era muy joven y notaba que su señorita tenía un nuevo rubor en las mejillas.

Efectivamente, mi padre se había comprado un Seat 1400, recién salido de la fábrica de Barcelona. No tenía nada que ver con el Fotingo color plata descapotable que seguía durmiendo su sueño eterno en el garaje de las tías y al que Paula se empeñaba en subir a Lluvia para pasear un día sí y otro también. El Seat era precioso, de morro insolente y suave, tremendamente cómodo y amplio en su interior y de un negro reluciente como el charol. Papá estaba muy orgulloso de él y de vez en cuando todos nos montábamos para hacer pequeños viajes a Jerez, e incluso a Sevilla para comer junto al río y pasear por el parque de María Luisa y la calle Sierpes. Recuerdo una pastelería en la que siempre merendábamos, se llamaba Ochoa, y tenía los batidos y los bollos más ricos que he comido en mi vida. A Sevilla iban mis padres para hacer algunas compras o disfrutar de la feria, con nuestros troncos de caballos y nuestros coches conservados primorosamente en las bodegas. Aquellos años con mis padres y hermanos danzando de un sitio para otro fueron únicos, como una instantánea a la que de vez en cuando recurro para recordar que hubo un tiempo en el que creíamos ser felices y que nada, más allá de nuestras vidas en la plaza Mina, podía llevar el nombre de felicidad.

—Juana, no te preocupes, que ya soy mayorcita y esto es Cádiz, no Nueva York. A la hora de la cena estoy aquí, dame un beso que hace mucho que no me mimas. —Yo cogía a Juana por la espalda y le hacía arrumacos, besando su ligera joroba, que ella agradecía muerta de risa. Era la complicidad de mi casi segunda madre, una criatura con una generosidad sin límites y que solo en nuestra casa, a pesar del trabajo extenuante, encontraba la paz y la seguridad necesarias para seguir luchando.

La bicicleta corría por la carretera paralela al mar y mis brazos y piernas, ya más musculados y con un ligero bronceado, me hacían sentir como una princesa salvaje y libre al encuentro del paraíso.

Por fin, a lo lejos la figura de Esteban con su camisa blanca remangada y su bicicleta apoyada en el pretil, junto a la arena, destacaba con el reflejo del sol, solitaria y rotunda. Los años habían cincelado un hombre de veinte años con un atractivo irresistible. Su poder emanaba no tanto de su increíble aspecto sino de su corazón, apasionado y puro, de su sonrisa aún adolescente y sincera y sobre todo de su enorme ternura en contraposición a su fuerza. Cada vez que nos encontrábamos, el brillo de sus ojos delataba lo que sus sentimientos no se molestaban en ocultar.

—Qué guapa estás, Alba, me encanta ese traje color verde agua. Hace juego con tus ojos, y más ahora que te estás poniendo morena. ¿Te han dicho algo en tu casa por salir?

—Eres un caso, siempre me dices que estoy guapa, da igual lo que me ponga. Un día vendré vestida de monja y dirás lo mismo. —Yo coqueteaba con él sin proponérmelo—. Pues sabes una cosa, tú también estás muy guapo y no necesitas cambiarte de ropa, con tu camisa blanca, así por las buenas. No creo que a nadie le siente tan bien una camisa como a ti. No te preocupes, le he dicho a Juana que a lo mejor voy al cine y Ene está bastante ocupada con mis hermanos. ¿Cómo vas con los estudios? Supongo que es difícil hacer Bellas Artes, y más teniendo que trabajar.

—No pasa nada, puedo hacerlo y lo haré. A veces me faltan horas, sobre todo por tener que estudiar en Sevilla, y me siento un poco solo, pero el trabajo es cómodo porque me dan cama y comida y así solo tengo que preocuparme de los materiales. Tus padres son muy generosos y sin ellos no habría podido hacer lo que hago. Además, con solo pensar que te veré el fin de semana ya es suficiente para que los días pasen volando. Cuando cojo los pinceles y el carboncillo y empiezo a dibujar y a pintar, no te lo puedo explicar, Alba, es como si volase, como si levantase los pies de la tierra para ver un mundo que nadie puede ver desde abajo. Como Dalí, un pintor catalán que pinta cielos y relojes y animales y sobre todo a una mujer, Gala, su mujer que es su musa, como tú para mí. Pintar es hacerle un agujero a la pared del espacio y meterte en otro universo desconocido mucho más rico y sorprendente. La mano se mueve sola y sabe qué tiene que hacer, y cuando ella dibuja y pinta te conecta con tus sentimientos más profundos hasta la emoción y el éxtasis. No sé si me entiendes, si te aburro con mis tonterías me lo dices y hablamos de otra cosa. Estoy teniendo tantas experiencias que puedo estar horas contándote historias sin cansarme. Sobre todo porque tú me entiendes, y además solo quiero compartirlas contigo.

—Es fantástico lo que me cuentas, ojalá yo pudiese sentir lo mismo. Me alegro tanto por ti, Esteban, tienes mucho talento y te mereces todo lo bueno que te pase. Algún día estarás en París o Nueva York y yo iré a ver tus cuadros expuestos y le diré a todo el mundo muy orgullosa que soy tu amiga.

—Tú no eres mi amiga, eres la persona más importante del mundo para mí, y no vendrás a ver mis cuadros porque los pintaré contigo a mi lado, sea donde sea.

—Venga, no empieces con tus cosas, sabes que eso no va a pasar, y además tú conocerás chicas preciosas, modelos que querrán estar contigo. ¿Quién no quiere conocer a alguien tan guapo y tan famoso como tú? Déjate de historias y vamos a dar un paseo por la arena, me encanta andar descalza y la marea está bajando. Hoy no he traído merienda para que no sospechara Juana, así que si quieres podemos dejar aquí las bicis y enterrar los zapatos, yo lo hago siempre cuando quiero andar descalza y tener las manos libres para coger conchas y cristales pulidos.

—Ya sé que no quieres hablar de nosotros, pero yo sé que algún día tú y yo estaremos juntos para siempre, y si no al tiempo. ¿A que no me coges?, corre, corre que pareces una señorita remilgada.

Esteban se reía de mis carreras y salía a tal velocidad que era imposible pillarlo; yo me acercaba a la orilla para pisar arena dura y ganar rapidez sin que se me arremolinara a los tobillos.

—Bueno, ya no corro más porque está claro que te perdería de vista en un minuto. Vamos a chapotear por la orilla, como tú haces con tus caballos.

—Está bien, pero a ver cómo te portas, que no me fío nada de ti.

Tenía razón en no fiarme, Esteban empezó a salpicarme y emprendimos una batalla para ver quién salpicaba más. Entre carcajadas y carreras, los dos estábamos tan mojados como dos pollos en la cazuela.

—Tú haz lo que quieras pero yo me voy a bañar, así que date la vuelta o cierra los ojos mientras me quito los pantalones y la camisa. Cuando esté dentro, te aviso para que los abras.

—Estás loco, como pase alguien nos la jugamos. Haz el favor de portarte bien si no quieres que me enfade.

Me tuve que tapar la cara porque Esteban ya se estaba desnudando y corría a meterse en el agua con un griterío más propio de un niño que de un chaval de veinte años.

—No sabes lo que te pierdes, está fantástica. Ya puedes quitarte las manos de la cara, que se te van a quedar pegadas. Mira, ahora cierro los ojos y tú te metes. Es una sensación única, como cuando éramos niños, solo el agua. No hay nadie, Alba, solos tú y yo…, me doy la vuelta hasta que me avises.

No sé por qué, pero fui incapaz de resistirme a la llamada de Esteban. Casi con lágrimas dejé el vestido en la arena y corrí, corrí al agua libre y feliz, bebiendo mis lágrimas y las del mar en una carrera que ya no tendría marcha atrás. En una carrera hacia el cielo de los lienzos pintados de Esteban, conmigo en medio del agua, como la imagen del muro de la casita, como la imagen que desde pequeños se había apoderado de nosotros, aquel día en la azotea.

Me sumergí en el fondo del océano, salí a la superficie como una sirena de escamas y perlas y nadé, nadé hacia el sol intentando tocarlo con las manos. Estaba tan lejos que por más que nadaba solo conseguía alejarme de él, hasta que unos brazos suaves me atraparon por la cintura y me abrazaron como nadie me había abrazado nunca, como nadie más me abrazaría jamás. Por fin podía tocar la piel amada sin miedo, sin violencia, casi fundidos en un solo cuerpo rodeados de agua, naciendo de nuevo en un parto único e indoloro. Un parto de amor y vida, hacia la superficie de oxígeno y sal.

Esteban me miraba y lloraba mientras me cubría de besos, y yo sentía cómo se desbordaban en mí todas las caricias, todos los abrazos, todas las imágenes queridas tantas veces repetidas en mis días y mis noches sin quererlo. Ya era demasiado tarde para la mentira y la huida, ya nada podría hacerme mirar a otra parte y nadie sería capaz de cambiar el paisaje de mis sentimientos. Esteban y yo, yo y Esteban, y algo alrededor llamado mundo pero al que ya no pertenecíamos. Sordo, sin voces, con imágenes desenfocadas y solo una mirada de ámbar reflejándose en unas esmeraldas y fundiéndose en ellas, como él mezclaba los colores en su paleta al pintarlos.

—Alba, te quiero tanto. Ya sé que no querías que esto pasase, pero el agua es así, todo lo diluye y lo envuelve y me ha quitado el miedo, miedo a abrazarte, a besarte y a decirte que quiero estar contigo el resto de mi vida, que solo tienes que decir que sí, que cuando termine la carrera te vendrás conmigo a Francia, a París, con otros pintores, y luego a Nueva York, que prometo cuidarte y hacerte la persona más feliz del mundo. Prométemelo, Alba, aquí ante el mar, las nubes, la arena y todo lo que ha formado parte de nosotros desde que nacimos; no necesitamos más testigos.

—Esteban. —Yo acariciaba su pelo, sus labios, besaba sus ojos amados—. No me importa lo que pase, solo sé que te quiero mucho, que te he querido desde la primera vez que te vi. Que no podría soportar mi vida si tú no existieras porque todo lo que tocas es mágico y haces habitable el sitio más miserable, como la casita de las salinas. Claro que quiero estar a tu lado, da igual dónde sea, te limpiaré los pinceles, o haré la comida, aprenderé a cocinar y podrás pintarme tantas veces como quieras. Esteban, yo sí tengo miedo, de que esto solo sea un espejismo y tengamos que separarnos algún día y tengas que irte solo a París y a Nueva York porque yo no tenga el valor de acompañarte. Abrázame muy fuerte, hasta que me falte la respiración y se me quite la angustia. Así…, ya estoy mejor, ahora nada conmigo hacia el fondo, quiero verte debajo del agua, como si fuéramos peces y pudiéramos nadar hasta la otra orilla del océano. Quién sabe si al salir otra vez a la superficie nos encontraremos con la estatua de la Libertad extendiéndonos sus manos.

Capítulo XV

Ese otoño la Inglesa cayó enferma. Aún no había cumplido los sesenta y todos pensábamos que duraría eternamente. La abuela empezó a sentirse mal el año anterior; tal vez el desánimo de mi madre y la sensación de que no había dado suficiente cariño a esa criatura comenzaron a hacer mella en su fortaleza. Prácticamente había dejado de reunirse con sus amigas y solo la compañía de Luna, a la que cuidaba y mimaba con un sentimiento nuevo y hasta entonces desconocido incluso para ella, conseguía hacerla sonreír. Le hablaba, aunque ella apenas la entendía desde sus casi cinco años; mi hermana le acariciaba la mano y le decía que no se preocupase, que ella estaba para cuidarla y para que no se muriera nunca. Había una extraña conexión entre esa niña de piel de nata y esa mujer que había tenido la fuerza de un viento de levante y el orgullo de una palmera, aunque ambas cosas la estaban abandonando en ese momento de su existencia. A veces, a mi vuelta del colegio, escuchaba salir un murmullo de su habitación y al acercarme me la encontraba llorando, casi en silencio y con la mirada fija en el jardín que tanto había alimentado su soledad. Porque, en el fondo, la Inglesa siempre había estado sola desde la muerte del abuelo. Sola con sus recuerdos, sus momentos de gloria, sus conquistas en una sociedad que la había marginado en un principio y adorado más tarde. La maternidad había sido un accidente para ella, una consecuencia y una exhibición más de su poder ante los que contemplaban en mi madre a la niña perfecta y deseada por cualquier familia. Era su venganza, una venganza alta, rubia, elegante, con unos enormes ojos azules, con una perfección inglesa que podría haber salido de cualquier maravilloso retratista de la aristocracia londinense. Eso era mi madre, su trofeo robado por un hombre que nada tenía que ver con su ideal de marido, al que encima jamás había podido perdonar su bondad, su generosidad y una capacidad de amar de la que ella carecía. La abuela lloraba por todas esas cosas y alguna más que nunca sabríamos, porque se fueron con ella un día de invierno, frío y húmedo, del año 1954, justo el invierno siguiente a mi espectacular puesta de largo. Todos nos sentimos extraños sin la abuela ocupando las habitaciones del fondo de la casa. No había sido una abuela especialmente maternal y cariñosa pero había dejado una fuerte impronta en cada rincón de la casa y en cada uno de sus habitantes. Mi madre lloró su pérdida y su ausencia vino a descubrir hasta qué punto había marcado su vida como una presencia constante y necesaria a pesar de sus carencias. Ese fue el año del regreso de los prisioneros de la División Azul, ese contingente de voluntarios españoles que bajo el mando de Agustín Muñoz Grandes había ido a luchar contra el ejército ruso en la Segunda Guerra Mundial, apoyando así la operación Barbarroja iniciada por Hitler contra la Unión Soviética. Era una forma de contentar al Führer, que instaba a Franco a alinearse junto al eje en la guerra y, al mismo tiempo, una especie de venganza por la injerencia de los comunistas rusos en España que tanto habían tenido que ver con nuestra terrible Guerra Civil, radicalizando con su influencia al Frente Popular durante la República. Casi cincuenta mil hombres tuvieron que sufrir la dureza de una lucha y una climatología que, una vez más, favoreció al ejército ruso. Muchos murieron, otros cayeron mutilados y heridos, y mientras los prisioneros alemanes o italianos fueron liberados a los cinco años, los españoles tuvieron que soportar el cautiverio de los campos de concentración soviéticos, los gulags, hasta la muerte de Stalin, doce años después. Su llegada al puerto de Barcelona en un barco de la Cruz Roja fue un acontecimiento doloroso por todo el sufrimiento que los supervivientes habían padecido y por la desesperación de las familias al ver que sus seres queridos no llegaban en el barco. Más tarde se desplazarían en tren a sus ciudades de origen, en las que familias y amigos les recibían como a héroes. Mi padre siempre pensó que mandar a esos chicos valerosos a Rusia era como mandarlos al precipicio y nunca entendió cómo nuestro gobierno lo permitió, usándolos como chivos expiatorios para calmar su conciencia y la insaciable sed nazi. Estos episodios son una muestra más de lo innecesarias que son las luchas por el poder de líderes y países bajo la excusa de ideologías que solo siembran la destrucción a su paso.

· Mi padre comentaba todos estos acontecimientos con auténtica tristeza e impotencia en nuestra salita de estar, asomada a la plaza, ajena a tanta miseria y dolor. También en Cádiz y en Sevilla las familias fueron a recibirlos, y yo acompañé a una amiga del colegio para recibir a su hermano, un chico fuerte que volvía con la mirada ausente.

—El ser humano nunca aprenderá. La historia del hombre se escribe con sangre, intolerancia y fanatismo. Formas de ceguera que nublan la mente y no dejan pensar ni mirar hacia otra parte que no sea la de la propia razón o creencia. El fanatismo y el radicalismo trajeron la guerra a España y, una vez más, al mundo que paradójicamente llamamos civilizado. Cuánto dolor y sufrimiento en vano. Para que al final Alemania esté más empobrecida que nunca y tenga que pagar por el oprobio de sus terribles campos de concentración. Y nosotros recibiendo como héroes a esa pobre gente que nuestro gobierno llevó al matadero por no desairar a Hitler, el verdugo de Europa.

—Papá, si todos adivináramos el futuro, la vida sería mucho más fácil. No está tan claro en algunos momentos de la historia quién se está equivocando. Muchos de esos soldados, alemanes o españoles, da igual, piensan que tienen que dar su vida por una causa justa. A veces es un líder con capacidad de convicción quien les arrastra al abismo, pero, otras veces, alguien les convence para luchar y terminan siendo héroes, con una medalla en el pecho. Todos tenemos nuestra cuota de responsabilidad, y cuando ya han pasado las cosas es cuando se evalúan los errores y los aciertos, que casi siempre están del lado del que gana.

Así hablaba mi hermano Custo. Con sus dieciséis años era un chico lleno de juicio y buenos sentimientos. Mi padre le miraba orgulloso, sabiendo que ese chaval meticuloso y responsable sería en el futuro un pilar en el que apoyarse cuando le faltaran las fuerzas para timonear el barco familiar. A mi hermano le encantaban los números, quería estudiar administración y ser profesor mercantil, y soñaba con hacerse cargo, en pocos años, de la empresa familiar, aliviando así la carga a nuestros padres que veían cómo cada vez los ingresos eran más escasos.

Al poco tiempo, España por fin fue admitida en las Naciones Unidas y el cerco de aislamiento se hizo cada vez más débil por parte de nuestros vecinos europeos. Parecía que la modernidad estaba entrando en nuestras vidas y prueba de ello fue la aparición de un curioso coche llamado Biscúter, que empezó a verse circular por las estrechas calles de Cádiz. Era un coche pequeño y muy divertido que solo tenía un problema: no tenía marcha atrás, por lo que de vez en cuando te encontrabas a sus sufridos propietarios teniendo que empujar el vehículo para aparcarlo debidamente. España era eso en aquel tiempo, una caja de sorpresas que te salían al paso, no siempre con fundamento, pero nos hacía sentir que íbamos sobre ruedas viajando al futuro.

En el pueblo de Vejer, una de las localidades más bellas de Cádiz a la que nuestro padre nos llevaba tras casi tres horas de viaje, ubicada en una montaña con unas empinadas cuestas, las mujeres, desde el tiempo de los moros, vestían un curioso atuendo consistente en dos faldas largas, una de las cuales se levantaban hacia arriba para cubrirse en su totalidad dejando simplemente un ojo al descubierto.

Por supuesto nunca las vimos en Cádiz, pero el periódico de la ciudad publicó una fotografía con motivo de su prohibición. Al parecer, los delincuentes aprovechaban el atuendo para escapar de la Guardia Civil después de sus fechorías y las autoridades decidieron cortar por lo sano.

Ese año, una chirigota cantaba sus coplas disfrazados sus componentes como *las cobijadas*, que así era como se denominaban a las mujeres que vestían con esas típicas ropas.

Mi hermana Rocío había cumplido unos preciosos catorce años y no paraba de hablar sobre su futuro y todo lo que quería hacer cuando tuviese una casa propia y encontrase un príncipe azul. Compartíamos habitación, y a mí me llenaba de ternura ver cómo poco a poco se convertía en un calco de mi madre, esbelta y rubia. El armario de los zapatos viejos empezó a cambiar su fisonomía llenándose de sandalias, deportivas y variedades que la moda imponía o que el cambio de estación exigía. A partir de mi puesta de largo, mis zapatos pasaron a habitar el ropero enorme que había en nuestra habitación. Los demás seguían abriendo sus puertas para encontrar algo confortable y del tamaño apropiado a su edad y estatura. Los míos ya no dormirían más en el corredor, y solo los últimos pares estaban sirviendo para que Rocío, que era bastante más alta que yo, pudiera esperar a su puesta de largo y abandonar el cofre secreto de nuestras cotidianas vidas para trasladar sus zapatos de cenicienta a nuestro ropero compartido.

El armario seguía siendo el testigo mudo de todo lo que pasaba en nuestra casa y el retrato de mi abuela seguía presidiendo su existencia con un halo protector. El día que su vientre se vaciase de zapatos diversos posiblemente sería el día en que nuestra casa perdiese su razón de ser, y la abuela jamás habría permitido semejante cosa de haber podido vivir eternamente.

El gran comedor de la planta baja, junto a la cocina, era el lugar de comidas y cenas familiares. A veces comíamos todos juntos con mi padre y mi madre presidiendo, en el comedor principal, y por la noche los pequeños cenaban antes en el comedor de diario y mis padres y los mayores en la elegante mesa de caoba del comedor de la primera planta. Aún sonrío al recordar las barbaridades que mis hermanos y yo hacíamos cuando no nos gustaba la comida. Había un entrante debajo de la mesa, junto a la cocina, que era donde escondíamos lo que no nos queríamos comer para que el plato se viese limpio y vacío. *Sombra*, nuestra gata, hija de *Huella*, la gata de las tías, se encargaba de repasar más tarde el almacén y no dejar ni unas migajas delatoras.

La pobre Juana decía que qué barbaridad, que cómo se ensuciaba la mesa, y nos reñía sin mucha convicción. No quiero imaginarme lo que habría pasado de haber sabido el destino de algunos de sus suculentos platos.

Mi padre había conseguido que soltasen a Amador gracias a su autoridad como hombre de bien y Juana respiró feliz y tranquila. Creo que más tarde Amador se fue a Francia para unirse a las organizaciones marxistas que se habían refugiado al otro lado de la frontera. Juana se llevó un gran disgusto pero sabía que su hermano jamás renunciaría a sus ideas, costara lo que le costase.

***

Al año siguiente de mi presentación en sociedad, al volver de mis escapadas clandestinas, la cara de Juana me advirtió de que algo estaba pasando. Subí a mi cuarto para cambiarme de ropa y rescaté de la torre-mirador mi caja de madreperla para esconder el último dibujo de Esteban. Era una representación de Nueva York, la ciudad de los rascacielos, y junto a la orilla, con los edificios como telón de fondo, un chico y una chica se miraban mientras dejaban sus pies colgando y sumergidos dentro del agua. Por supuesto éramos él y yo y la visión a la que jamás estaba dispuesto a renunciar: su sueño de vivir conmigo en la Gran Manzana.

La acaricié y la besé antes de guardarla y estaba a punto de esconder la caja cuando oí los pasos de mi madre con su taconeo y brío característicos. Guardé corriendo mi tesoro debajo de la cama y corrí al tocador para cepillarme distraídamente el pelo.

—Hola, hija, ¿cómo estás? —Mi madre se acercó y me dio un beso en la cabeza—. Hace mucho tiempo que no hablamos, ya no me cuentas nada de tus cosas, ¿es que ya no confías en tu madre?

—Qué ideas tienes, mamá, por supuesto que sí, lo que pasa es que no tengo nada especial que decirte y mi vida es bastante monótona: salir con las amigas, ir a mis clases particulares... No sé, tal vez me habría gustado estudiar alguna carrera. A veces siento un poco de asfixia en esta ciudad rodeada de murallas.

—Sabes que a tu padre y a mí nos encantaría pero es muy difícil dar carrera a tantos hijos, y más teniendo en cuenta que en Cádiz solo tenemos la facultad de Medicina. A lo mejor te apetecería ir a Inglaterra para perfeccionar tu inglés. Si quieres hablo con tu tío George, seguro que está encantado.

—No. —El corazón me dio un vuelco—. Tal vez en un par de años. No te preocupes, estoy bien y no quiero separarme de vosotros y mis hermanos, sería muy difícil para mí vivir fuera de esta casa, de momento.

—Alba, tarde o temprano te irás, eres una chica preciosa y tienes un montón de pretendientes, así que en cuanto te decidas por uno, volarás como todas hemos hecho alguna vez.

—No siento ningún interés por nadie. Salvo Álvaro que es un gran amigo, todos me parecen unos mequetrefes cuando los comparo con papá, y ni siquiera saben bailar como él. Qué suerte tuviste tú, mamá, conocer a alguien maravilloso, enamorarte y recorrer juntos toda una vida. Ojalá a mí me pasase lo mismo y pudiese compartir mis días con alguien a quien quisiera de verdad.

—Las cosas no son así de sencillas. —La cara de mi madre se ensombreció por un instante—. No todo es como en las películas, y siempre hay una parte de ti que tiene que sacrificarse para que algo funcione. La vida de pareja y de familia es siempre difícil y hay que luchar cada minuto para que no se rompa, por muy enamorada que estés de la persona que un día elegiste.

—Es que yo no puedo pensar en vivir y tener hijos con nadie a quien no quiera o admire, alguien que no me haga sentir que estoy viva y que el camino que emprendamos juntos, por muy difícil que sea, merecerá la pena. —Estaba a punto de echarme a llorar cuando mi madre se acercó a mí y, sujetándome de los hombros, me miró con sus ojos azules.

—Alguien como Esteban, ¿verdad, hija?

—Mamá, qué estás diciendo. No sé de qué me hablas. —El temblor de mis palabras me delataba aún más que las lágrimas que empezaron a caer por mis mejillas.

—Alba, soy tu madre, y a una madre no se le escapan las cosas que atañen a sus hijos. Hace mucho tiempo que lo sospechaba, tus salidas y tus excursiones semanales, tu mirada de ensoñación y tus silencios cuando estamos todos juntos. Luego, tus amigas me decían que no querías salir con ellas y a la pobre Virtudes se le cayó uno de sus dibujos de la cesta de la ropa. No voy a preguntarte qué está pasando, solo quiero que sepas que te entiendo y sé lo que es sentir algo por alguien imposible, pero también quiero que sepas que tienes que acabar con esas salidas por mucho que te duela. Eres la heredera de una de las familias más importantes de Cádiz y tienes responsabilidades que asumir con tus padres, con tus hermanos, con las bodegas, con todos los que durante siglos construyeron un nombre y representaron lo mejor de nuestra sociedad, sin olvidar tu ascendencia aristocrática por parte de mi familia en Inglaterra. Sería un problema para todos y no ayudarías nada a labrar el futuro de tus hermanas. Además, Esteban es un pájaro libre, un artista, y debe volar lejos, sin ataduras. La familia es algo maravilloso pero ata. Ata, Alba, y corta las alas de los que quieren emprender el vuelo, no le hagas eso si realmente le quieres. Hablaré con Virtudes para que tome cartas en el asunto.

—Por favor, mamá, no hagas nada que pueda perjudicar a Esteban y su familia, yo dejaré de verle y él se irá a París en cuanto termine Bellas Artes. No tengas miedo, es muy bueno y lo entenderá todo. La que no entiende nada soy yo, nada de lo que me dices, y por qué me tendré que sacrificar por lo que otros hicieron y de lo que no tengo la culpa. Cuando me trajiste al mundo podías haberme dicho que además de ser una criatura mimada y rodeada de lujos y regalos, en el mismo lote venía la absoluta prohibición de ser feliz. Y ahora, si no te importa, me gustaría acostarme, estoy un poco cansada.

Mi madre me abrazó con un inmenso cariño y, sin mirarme a los ojos, seguramente no podía, salió de mi habitación, dejándome sola en medio de un paisaje en el que ya nunca me sentiría a salvo.

Capítulo XVI

Después de la conversación con mi madre, mi mundo se desmoronó como un castillo de naipes. Virtudes no me traía los dibujos de Esteban y rehusaba hablar conmigo. Juana le había contado sucintamente lo que había pasado, y la mujer tenía pánico a que mi madre la despidiese y por las otras casas a las que acudía corriera el rumor de que era desleal e ingrata con quien le estaba dando de comer. Me acercaba a la azotea para saber algo de Esteban y ella me decía que estaba muy bien y que tenía que estudiar mucho si quería terminar el próximo año. Podía leer en sus ojos la tristeza y la comprensión que sentía hacia mis sentimientos, pero no podía decirme nada sin pensar que estaba traicionando a mi madre y comprometiendo su posición en la casa.

Me sentía deshabitada, con una inmensa sensación de vacío. Era como si el espacio de mi alma se hubiese ahuecado y cubierto con paredes lisas donde antes había sentimientos y emociones que lo llenaban todo. La sensación de que los días no tenían rumbo ni mi vida sentido era total. Intentaba hacer cualquier cosa por no pensar en lo que me estaba pasando, pero todo lo que hacía, lo hacía sin mí, solo con movimientos de autómata y sin vida. Mi padre sabía lo que estaba pasando y de alguna manera intentaba recuperar a su niña perdida en un bosque solitario y oscuro. Se acordaba de nuestros días felices, bailando o haciendo bromas, y de la cantidad de veces que yo asomaba mi cabeza llena de rizos por la puerta de su consulta para que me subiera en brazos y me llenara de besos, sin importar quién estuviera.

—Alba, ¿quieres que hablemos? —Papa tenía entre sus manos un libro de Ortega y Gasset, que había fallecido ese año junto a personas tan ilustres como Einstein y Fleming—. ¿O prefieres que demos un paseo a las bodegas? Tengo que ir para ver qué pasa con *Brit*, está muy viejito y dicen que está un poco cojo.

—Como quieras, papá. Si quieres te acompaño y de paso les doy zanahorias a *Fuego* y *Brisa,* ¡hace mucho que no los veo y los echo tanto de menos!

Mi padre sacó el reluciente Seat y, sin decir nada a nadie, emprendimos el camino de la finca. Contemplar los campos verdes y las marismas fue como recuperar el aliento. Los sembrados de vides nos recibían con sus tonos acres y verdes claros. Era el paisaje de mi infancia, el de toda la familia que durante siglos había mimado y cuidado la propiedad, casi más que sus vidas. Esa espléndida edificación en mitad de los cultivos había sido nuestro lugar de juegos y carreras, nuestro estilo de vida privilegiado gracias a nuestros valiosos vinos, codiciados por tantos países. Había sido el lugar de sombras protectoras y sonidos de agua en sus fuentes y paseos, bajo el cobijo de los árboles. Y ahora, de alguna forma, tenía la sensación de que era parte de esa cárcel que me aprisionaba en su belleza engañosa y me robaba mi derecho a la felicidad.

Brit nos salió al paso con una ligera cojera. Mi padre se agachó para tantear sus finos huesos y saber cuál era el problema. La raza bodeguera es tan ágil e inquieta que salta sin control por todo lo que se le pone por delante sin medir las consecuencias. El perro nos lamía y se retorcía de placer al ver de nuevo a sus amos. Le cogí en brazos para tranquilizarle y entramos en la casa. Era tan bonita y espaciosa que hacía palidecer a la de la plaza Mina. Aquí se respiraba aire por todas partes, la vegetación se asomaba por ventanas y miradores y las puertas abiertas siempre te ofrecían una visión de las imponentes bodegas tan queridas.

Mi padre decidió encender la chimenea para templar un poco la habitación y pidió a Julián, nuestro capataz, que le trajera un oloroso, y a mí un Pedro Ximénez dulce y cremoso, a fin de cuentas yo ya era una señorita y quería compartir conmigo por primera vez algunos de nuestros tesoros. Los tesoros que habían llevado nuestro nombre por todo el mundo y que nos había marcado a fuego, no sé si siempre para bien.

—Alba, tu madre me ha contado lo que te pasa. Quiero que sepas que te entiendo y no puedo verte sufrir. Sabes que siempre has sido y serás mi princesa, y daría cualquier cosa por devolverte la sonrisa y esa luz que siempre me ha iluminado y que se ha apagado desde hace un tiempo. Quizá tú no lo comprendas, pero tu madre y yo hicimos un pacto el día que decidimos unir nuestras vidas. Era un pacto de amor, sinceridad y respeto. Solo sobre esos pilares se puede sostener una vida en común, y más tratando de sacar adelante una familia numerosa en la que el equilibrio debe primar para que no se desmorone lo que se ha ido construyendo día a día. A veces no es fácil, tu madre y yo somos muy distintos y tú lo sabes. Ella es muy pragmática y yo soy un soñador, pero nos queremos y nos hemos amado siempre, desde el día en que se me ocurrió decirle que se le había caído el lazo del pelo y me miró con cara de «Te voy a matar, pero no puedo».

—No lo entiendo, papá, nunca he entendido esa relación en la que casi siempre tú pones mucho más. Adoro a mamá, pero a veces parece de hielo, como si no tuviera sentimientos, sobre todo desde hace unos años. Ha cambiado y se ha vuelto tan distante que hasta me cuesta reconocer en ella a la madre cariñosa y alegre que me dormía en sus brazos y no quería separarse de mí, ni dejar que nadie me peinara. Tú lo sabes tan bien como yo y supongo que sufres, aunque no nos lo digas nunca. Tengo la sensación de que algo se ha roto en vuestras vidas y en nuestra casa.

—Hija, uno va cambiando, y cuando las cosas se ponen más difíciles, el carácter sufre altibajos sin importancia. No juzgues así a tu madre, criar ocho hijos no es fácil, y a veces creo que Cádiz y la vida de provincias la matan un poco, por no hablar de la pérdida de tu abuelo primero y tu abuela después; ya sabes eran muy importante para todos y más aún para ella. Pero no hemos venido a hablar de nosotros, sino de ti. No me parece justo que tengas que sacrificarte por el qué dirán o por tus hermanas. Ni siquiera por tu madre y su aristocrática familia, y menos por mí. Pero no puedo luchar contra ella, no puedo traicionar nuestro pacto. Solo quiero que sepas que te apoyo y que intentaré ayudarte de la forma que pueda sin prometerte ningún resultado, solo te pido un poco de tiempo. Y ahora sonríe y vamos a brindar, quiero brindar por primera vez con mi princesa. Ese sabor que vas a probar es el sabor del tiempo, del viento y de todos los siglos en los que los hombres lucharon por sobrevivir y encontrar el sentido de la vida que tú terminarás encontrando. No importa el tiempo que pase, Alba, créeme, no importa; lo importante es encontrarlo y tú lo conseguirás, hija mía, estoy seguro.

Mi padre y yo seguimos hablando de mil cosas como en los viejos tiempos, dio las instrucciones para curar a *Brit* y volvimos en nuestro flamante coche mientras la tarde caía y los campos se caldeaban con púrpuras y naranjas. No sé por qué, pero la conversación con mi padre me curó ligeramente la herida, como a *Brit*. Mi padre tenía la cualidad de curarlo todo y en mi interior una decisión cobró fuerza a medida que nos acercábamos a Cádiz. No me separaría de Esteban y lucharía por él, contra viento y marea. Lo primero que haría sería buscarle, encontrarle de nuevo y decírselo, mirarme otra vez en sus ojos y prometerle que, pasase lo que pasase, nunca nada nos separaría.

***

Esa tarde, al volver, la casa empezó a respirar otra vez como antes. El olor a jazmines y galán de noche inundó mi habitación y me senté de nuevo en mi tocador para acariciar mi reflejo con una sonrisa que jamás desaparecería de mi cara mientras Esteban siguiera queriéndome. Esa noche, por primera vez en muchos días, volví a soñar tranquila y segura después de mirar los dibujos de mi caja de madreperla y mi retrato colgado en la pared.

Lo primero que intenté fue buscar a Esteban en el parque Genovés; acudí dos veces a nuestra hora habitual, pero no obtuve ningún resultado. Otro viernes, sin importarme demasiado, cogí mi bicicleta y me escapé a la playa, al lugar de nuestros baños escondidos y nuestras charlas interminables llenas de futuros. Estaba dispuesta a encontrarme con Esteban aun a riesgo de que me descubrieran.

Esteban no volvió a nuestros sitios secretos. Las semanas pasaban y empezaba a desesperarme, no podía creer que él hubiera tirado tan pronto la toalla y no intentase buscarme de algún modo. Virtudes seguía viniendo a casa, calladamente, y nunca me traía dibujos cifrados. Sabía que estaba a punto de acabar sus estudios y no se quedaría en Cádiz, más aún después de saber que no podríamos estar juntos, pero no acababa de entender que no hiciera lo posible por comunicarse conmigo.

Uno de los últimos viernes del verano decidí acercarme a las salinas; estaban bastante lejos y nunca me había atrevido a ir sola, pero era el último reducto que me quedaba para encontrar a Esteban. Si no estaba allí, al menos contemplaría sus dibujos y sería como estar con él, con la parte mágica y sensible de Esteban que tanto me gustaba. Sería como decirle adiós sin pronunciar palabras y, en último caso, le dejaría una nota en algún rincón de la pared para que supiese cuánto le echaba de menos y cuánto le quería y le querría siempre. Eran las seis de la tarde y la luz de septiembre empezaba a hacer los días más cortos y nostálgicos. Siempre siento que la llegada de septiembre es el fin de algo, algo fresco, alegre y lleno de esas promesas que nacen en un verano en el que te gustaría quedarte más tiempo.

Pedaleé con una fuerza desesperada, como de último recurso; la tarde se iba poniendo roja y el cielo desprendía un fuego que aún encendía más mi necesidad de verle y encontrarlo por fin. Las montañas de sal aparecieron al fondo como nieve suspendida en el aire. Rotundas, casi azules con el color de la melancolía. Por fin la casita apareció a lo lejos, inerte e inanimada, casi oculta por la fuerza del sol que también se despedía.

El corazón se me salió del pecho al ver la bici de Esteban, que me contemplaba en la distancia tratando de calmarme, de decirme que él estaba allí, como siempre, esperándome, pintando sus muros y mirándome a los ojos a través del mar.

Me bajé corriendo y dejé tirada mi bicicleta sin ningún cuidado, solo quería correr, llegar y ver de nuevo sus ojos, sus rizos rebeldes y su sonrisa. Entré como una exhalación en la caseta, a tiempo de ver a Esteban besando mis labios en la pared fría. Acariciando mi pelo imaginario, de espaldas al sol que entraba por el ventanuco, en medio de su mar.

—Esteban, Esteban… Estoy aquí, abrázame otra vez, necesito que me hables, que me mires y que me beses para saber que existes, que siempre existirás, que no te has ido de mi lado ni volverás a dejarme sola.

Esteban me miraba, primero como si no pudiese creer lo que veía. Se acercó a mí, sonreía, me envolvía entre sus brazos y me juraba miles de cosas, cosas ininteligibles que solo él y yo entendíamos y que se repetirían en mis oídos a través de su voz amada cuando ya no estuviésemos juntos. Era tal la furia, la necesidad del otro y el goce de sentirnos otra vez juntos, que el tiempo se detuvo. Se paró en un reloj sin manecillas y en el vuelo de un ave suspendido en el aire, sin moverse. El sol frenó su ciclo natural y detuvo su ocaso. Las paredes desaparecieron para dejarnos desnudos y libres en medio de las marismas, protegidos por las grandes montañas blancas como pirámides de cristal y sal. Esteban entró en mí como el agua penetra en las grietas de las rocas y en los surcos de la arena, suave, fuerte, mansamente, como si ese siempre hubiera sido su sitio y yo estuviera ahí para ofrecérselo. Nos amamos y nos besamos hasta que el sol continuó su ciclo y la luna empezó a brillar en lo alto.

Esteban me miraba reteniendo el momento con sus ojos y yo acariciaba su cara con dedos nuevos que habían descubierto la capacidad de tocar y fundirse en el otro bajo un mismo cielo. Nuestras vidas tal vez se separarían, pero nada podría romper el hechizo de aquel momento grabado a viento y sal en nuestra memoria.

—Alba, no quiero separarme de ti. Creía que me moría al no poder verte. Dentro de un mes me iré a París y te esperaré para que vengas conmigo. Mi madre me ha contado todo y quiero que sepas que haré lo que me digas, que lo entenderé. Si me pides que no vuelva a verte ni escribirte, solo necesito que me lo pidas y lo haré; lo haré por ti, para que no sufras por mi culpa. Pero si no me lo pides, te esperaré toda la vida y pintaré mil veces tu retrato para que todo el mundo sepa lo hermosa que eres y encuentres mi rastro en cualquier parte. Ya lo sabes, Alba, siempre estaré esperándote. Y ahora vámonos, no quiero que vayas sola, te acompañaré hasta Puerta Tierra, que ya está anocheciendo... ¿Estás bien?... ¿Me lo prometes?

—Sí, Esteban, no te preocupes, estoy bien. Ha sido el momento más extraño y maravilloso de mi vida y me alegro de haberlo vivido contigo. Te quiero mucho, tanto que me cuesta respirar. Tienes razón, se está haciendo de noche, volvamos a Cádiz, aunque para mí las salinas serán mi eterna ciudad encantada y tú mi más guapo, tierno y apasionado príncipe.

Capítulo XVII

No volví a ver a Esteban. El invierno de ese año, 1956, se echó encima, los días se acortaron y la humedad empezó a invadirlo todo. Sabía por Virtudes que había terminado el último año con muy buenos resultados y que un profesor le había recomendado a un amigo en París para que siguiera ahondando en su formación y le sirviera de guía en su nueva y apasionante andadura. En algún momento sentí miedo, de París, de su nueva vida, de todo lo que aparecería ante sus ojos convirtiendo nuestro pequeño mundo de encuentros furtivos y limitaciones en algo insignificante y sin sentido. Mis días pasaban con el único aliciente de escaparme a las bodegas y galopar con *Fuego* y *Brisa*, seguida a corta distancia de la nueva camada de *Brit*, nuestro inquieto bodeguero, que se había recuperado después del percance. Papá intentaba pasar conmigo más tiempo y me comentaba cosas que leía o conocía y que sucedían más allá de nuestras murallas. Estaba feliz porque le habían concedido el premio Nobel a nuestro Juan Ramón Jiménez. También me contó la triste historia de Marga, una criatura muy joven que frecuentaba la casa del escritor y su mujer, y a la que un amor imposible por el poeta había llevado al suicidio. Mi padre me leyó algunos poemas que Juan Ramón, impotente, le había dedicado después de su muerte. No sé por qué, todo eran historias de amor a mi alrededor. Un día Ro vino corriendo a mi encuentro para contarme que una actriz de cine muy famosa, Grace Kelly, pasaría en un barco procedente de América por Cádiz y Algeciras. Rocío estaba emocionada porque le parecía la historia de amor más increíble que nadie pudiera imaginar.

—Alba, dicen que es guapísima y en el periódico hay fotos suyas en el barco, solo sale para tomar el sol y bañarse en la piscina de cubierta, y ha recibido a las autoridades que han ido a visitarla vestida con un traje precioso. Será la princesa de Mónaco y llegará a su nuevo país para encontrarse con Rainiero, su futuro marido, que se ha enamorado de ella como un loco. ¿No te parece increíble? Cómo me gustaría que alguien viniese para casarse conmigo y me llevase a través del océano a otro país lejano.

Ro estaba emocionadísima y no podía imaginar, a sus dieciséis años, que algo parecido le pasaría al poco tiempo, haciendo realidad una visión que para ella era el colmo del romanticismo. Me encantaba pasar el tiempo con esa criatura soñadora y dulce, aunque a veces sentía miedo de que algo pudiese quebrar el cristal de su inocencia y hacerle daño.

En casa apareció un aparato bastante feo que emitía imágenes borrosas y que era lo más avanzado en tecnología: un televisor, y creo que en Cádiz fuimos de los primeros en tener uno. Fue un regalo que le hizo a mi padre un paciente agradecido y muy rico que quiso sorprenderle con ese artefacto novedoso.

Se acercaban las Navidades del año 1957 y a mí me parecieron las más tristes de mi vida. No estaba la abuela, mi madre seguía en un estado de pasiva indiferencia y solo la presencia de Mario y Lluvia, que ya tenían catorce años y empezaban a ser dos personitas traviesas y parlanchinas, y el cariño de las tías Marina y Paula conseguían llenar de afecto nuestra casa. Mi padre se deshacía para que todos tuviéramos los mejores Reyes. A Mario le trajeron, entre otras cosas, un fonendo, para que se fuese entrenando en una de sus grandes pasiones, la medicina. Lluvia recibió su primera bicicleta y daba saltos de alegría porque por fin podría ir con Mario, que la tenía desde hacía dos años, y sus amigos a correr por las calles y hacer excursiones. Al contrario de Ro, Lluvia no tenía el menor interés en trajes y lazos, y menos en cuentos de hadas con príncipes incluidos. Era valiente, salvaje y divertida, le encantaba subirse a los árboles y se saltaba las normas con tanta naturalidad que nadie podía enfadarse, y menos intentar corregirla. La fragilidad de Mario, tan idealista y firme en sus convicciones, con sus rizos trigueños y su cuerpo atlético, contrastaba con la seguridad y el carácter de su melliza, morena y de ojos oscuros y profundos.

Eran complementarios y se adoraban de tal forma que lo primero que hacía Mario por las mañanas era ir a casa de las tías para recoger a Lluvia e ir juntos al colegio. A mi hermana, la educación en libertad de nuestras tías le había dado una seguridad e independencia que a los que habíamos crecido bajo la vigilancia materna nos faltaba. Mario admiraba ese carácter rebelde y confiado en su hermana y le hablaba de sus sueños de mejorar el mundo con la medicina, como nuestro padre, pero yendo un poco más lejos, a países de necesidad y pobreza, a los que podrían ir juntos, Lluvia como enfermera y él convertido en flamante doctor. Realmente representaban el mejor espíritu de la familia, en contraposición con mi hermano Santiago, el vivo espejo de tío George, que junto a Ro remitían, al menos físicamente, a la rama inglesa tan arraigada en mi madre.

Tiago era un niño seductor y poco responsable, con bastante tendencia a holgazanear y escaparse del colegio a las primeras de cambio, ante la preocupación de mi padre y la permisividad de mi madre que, curiosamente, tenía con él la paciencia y predilección que no había mostrado por los demás. Quiero creer que la constante amenaza de peligro e inconsciencia de Tiago generaban en ella una necesidad de protección que aparentemente los otros no necesitábamos, o al menos así lo creía. Tiago volvía a casa después de pelearse con los niños del barrio, a quienes despreciaba y a los que siempre restregaba por las narices la posición y el nombre de nuestra familia. A sus once años aún no estaba muy claro a qué se dedicaría si conseguía aprobar alguna asignatura, asunto que a él no le importaba mucho porque había decidido desde pequeño que heredaría las bodegas. A mi madre esa aspiración de seguir la tradición familiar le llenaba de orgullo en lo más profundo y hacía ojos ciegos ante la evidente falta de responsabilidad que mi hermano siempre demostraba.

Su sonrisa irresistible, sus ojos azul cielo y su porte aristocrático eran suficiente salvoconducto para que todo lo demás se le perdonase con facilidad. Ese año los Reyes trajeron a mi hermano una cría de *Brisa*, la yegua española, que en poco tiempo él podría montar para recorrer el cortijo a su antojo.

Yo había pedido a los Reyes algo que sorprendió mucho a mis padres y en otro momento jamás se me habría ocurrido pedir: un viaje a Londres para pasar una temporada, perfeccionar mi inglés y escapar del mar, que antes necesitaba como el campo a la lluvia y ahora me ahogaba con solo contemplarlo a mi alrededor.

Necesitaba salir, huir de mi encierro, dejar el patio y la fuente, desaparecer de la ciudad y olvidar el parque Genovés, las salinas y la lengua de mar y arena de mis momentos felices. Además tenía un plan urdido en mis horas de soledad e insomnio. Tal vez en Londres podría comunicarme con Esteban, al que llevaba más de un año sin ver, sin testigos ni controles familiares. Daría a Virtudes mi dirección y a los tíos George y Elsa no les extrañaría que mis amigos y amigas me escribiesen cartas de vez en cuando. Solo esa posibilidad convirtió mi viaje y los preparativos en un estímulo esperanzador. Por supuesto, el invierno sería duro en el clima lluvioso de Inglaterra, pero yo me volcaría en mis clases y en aprovechar la generosa hospitalidad de mi familia.

Tengo la sensación de que mamá sintió un alivio cuando se lo propuse, a bocajarro, una noche durante la cena. Mis padres se miraron algo confusos pero rápidamente esgrimí una cadena de argumentos que convencieron por completo a los dos de que era una excelente idea. Mi madre organizó mi vestuario e incluso Patro, la costurera, arregló para mí algunas de las prendas de abrigo que mi madre había usado en sus dos viajes años atrás. La economía estaba bastante más apretada, habíamos tenido que prescindir de Rosa, y no tenía mucho sentido gastar dinero para comprar ropa que apenas usaría dos o tres meses.

***

Realmente no fueron dos o tres meses. Londres fue una sorpresa inesperada y una inyección de oxígeno. Por primera vez, a mis casi veintidós años, me sentía libre y dueña de mi vida. En el avión que me llevaba a Inglaterra, intentaba tranquilizarme y apostar por mi nueva aventura lejos de mis padres y mis hermanos.

Una sensación de soledad me invadía por momentos, y la incertidumbre de si estaría haciendo lo correcto o, por el contrario, era una locura no quitarme a Esteban de la cabeza y pensar que en Londres las cosas serían más fáciles para nosotros. Las nubes amenazaban tormenta y el avión se movía, aumentando mi sensación de inestabilidad; era mi primer vuelo y no podía evitar sentir un poco de miedo.

Las verjas de Kings Road se abrieron dando paso a un espléndido jardín con un sendero pespunteado de árboles que dejaban ver al fondo el espectacular edificio que era la vivienda de mi familia y sería mi hogar en los próximos meses. Tía Elsa y tío George habían venido a recibirme con unas flores que mostraban a las claras su interés por que me sintiera como en casa y no me dejase influir por el tiempo, que en el mes de enero en nada se parecía al de Cádiz, bastante más luminoso y apacible.

—Alba... —Elsa, que ya había formado una familia aunque seguía manteniendo su espíritu independiente, me cogió de las manos con cariño—. Ya nos habían dicho que estabas muy guapa, y es verdad. Queremos que te sientas como en casa, que tengas total libertad para hacer lo que te plazca. Ya te hemos reservado espacio en una academia en Wimbledon para que empieces tus clases la próxima semana, no está muy lejos y es una zona preciosa con unos increíbles parques llenos de ciervos. Ahora sube a tu habitación y ponte cómoda, esperamos que te guste, y tanto George como yo, el tiempo libre que me dejen mis hijos, intentaremos enseñarte Londres y hacer de tu estancia entre nosotros la experiencia más agradable posible. Ya verás como te divertirás, estoy segura. Si te parece, en una hora nos tomaremos un té para que no eches de menos el calor del sol.

—Gracias, tía, sois muy amables. La casa es preciosa y también tengo muchas ganas de conocer vuestra *manor house*, en los Cotswolds. Mamá me ha dicho que es una maravilla. Sobre todo no os preocupéis por mí, estoy encantada de haber venido y cada vez tengo más claro que ha sido la mejor idea en mucho tiempo. Subiré a ponerme cómoda. ¡Ah!, y muchas gracias a los dos por las flores.

Efectivamente, mis primeros días en Londres no me dejaron mucho tiempo para pensar. Visitamos museos, compramos flores en el Covent Garden y dimos grandes paseos por los parques londinenses. El domingo, por especial recomendación de mi madre, pedí que me llevaran a Portobello. Me pareció fascinante. Todo lo que aparecía ante mis ojos tenía una historia detrás, lo que le añadía un nuevo valor. Tal vez algunos de mis tesoros escondidos en la torre-mirador saliesen a la luz algún día para que alguien que pensara lo mismo que yo en aquel momento los acariciase entre sus manos. Me regalaron un grabado precioso en el que un perro parecido a *Brit* bebía en la orilla de un río. Fueron unos días increíbles en los que el cariño de mi familia y la ilusión por recibir pronto alguna carta hacían que las horas volaran casi sin darme cuenta. Por las noches descansaba en una cálida y confortable habitación, con un gran ventanal que daba al jardín, mientras mi dibujo favorito me contemplaba desde un aparador en el que ordenadamente guardé mis cosas.

Mis clases empezaron al lunes siguiente en un ambiente de chicas educadas, en su mayoría procedentes de Francia, Italia y otros países. Al terminar las clases nos paseábamos por el Village de Wimbledon, lleno de lugares para tomar café y repostería, tiendas de flores y frutas y también establecimientos para comprar ropa y complementos.

Mi sensación de libertad y de pertenecer al mundo de otra clase de adultos era tan increíble que sinceramente durante los dos primeros meses, apenas eché en falta la vida que había dejado atrás en Cádiz. La primera carta llegó a la semana de mi llegada y no era de quien yo esperaba sino de mis padres, diciéndome cuánto me echaban de menos, y también de algunas amigas que me pedían impacientes un relato pormenorizado de mis actividades en Inglaterra.

Una ligera inquietud tomaba cuerpo ante el miedo de que la nueva vida de Esteban y las dificultades de nuestra relación le hubiesen hecho desistir de nuestros sueños y promesas. Además, no sé por qué, pensaba en su enorme atractivo, del que él no era consciente, y en la posibilidad de que chicas preciosas le estuvieran ayudando a olvidarse de mí.

Tío George notaba mi nerviosismo pero no quería invadir mi intimidad con preguntas indiscretas. Él a su vez era bastante reservado y apenas dejaba entrever sus emociones. Siempre disfrazaba sus sentimientos con bromas que jamás nos dejaban adivinar qué había detrás de su máscara perfecta y de sus múltiples salidas y entradas, que habían bajado bastante el ritmo en los últimos años. Ya no era el soltero de oro frívolo e irresponsable cuyo único objetivo era divertirse y dejarse querer por todo el mundo. Estaba claro que el tiempo nos estaba cambiando a todos.

Por fin, al cabo de varias semanas, el correo por la mañana me devolvió la sonrisa. Mis manos impacientes cogieron el sobre, sin remite, salvo el pequeño dibujo de una gaviota. La prueba inequívoca de que por fin Esteban volvía a formar parte de mi vida.

Capítulo XVIII

Mi querida y pelirroja Alba, no sabes la felicidad que sentí cuando mi madre me envió tu dirección en Londres, casi me estalla el pecho de alegría. Tenía tanto miedo a no saber nada más de ti. Conociéndote, sé que tu viaje a casa de tus tíos tiene, entre otros fines, encontrar la posibilidad de que podamos comunicarnos sin problemas. Al final de esta carta te envío la dirección para que puedas escribirme cuando quieras, esperaré impaciente tus cartas. La gaviota como único remitente te evitará complicaciones, y siempre será nuestro talismán y un pequeño recuerdo de los días que compartimos junto al mar. Imagínate, nunca pensamos que una gaviota sería la mensajera cómplice que nos mantendría unidos en medio de la distancia y las dificultades. No quiero que creas, ni por lo más remoto, que no has estado presente en mi memoria constantemente desde que nos separamos la última vez en la caseta de las salinas. Siempre me acompañas, Alba, y te he pintado mil veces y de mil formas, como te prometí. No veo el momento de tenerte junto a mí, aquí en París, en esta ciudad maravillosa y única. Te enseñaría tantas cosas y te llevaría por todas sus calles y por la orilla del río. La Rive Gauche, como llaman a la orilla izquierda del Sena, está llena de cafés y sitios donde los intelectuales y los artistas se reúnen. Muchos músicos tocan sus instrumentos en la misma calle, de forma magistral, a cambio de unas monedas. Vivo en una pequeña buhardilla en Montmartre, la comparto con un compañero de Bellas Artes, es muy pequeña y hace bastante frío pero es lo que podemos pagar. Por las tardes ayudo a un pintor con sus trabajos y hago algunas copias que vendo en la plaza y me ayudan a subsistir. No sabes cuánto estoy aprendiendo; esta ciudad es un hervidero de talento y sueños a partes iguales. Todos buscamos lo imposible, ser reconocidos y poder vivir de la pintura. El maestro, al que he venido recomendado por mi profesor, me está enseñando a ser yo mismo, a no tenerle miedo al lienzo. «Si no le temes a la pintura, no le temerás a la vida», me dice, y creo que tiene razón porque cada vez tengo más claro que esto es lo que quiero hacer, pintar, pintar y estar contigo.

»Aquí todo es posible, hay un montón de corrientes pictóricas y todas son admitidas, las normas solamente están marcadas por el talento y nunca creerías las manifestaciones tan revolucionarias del arte que se exhiben en las galerías o incluso en las calles. Nuestros compatriotas Pablo Picasso y Salvador Dalí son venerados por los jóvenes pintores y también Juan Gris, un pintor de los años cuarenta que desarrolló el cubismo, una forma distinta de interpretar la realidad. No quiero aburrirte con mi entusiasmo, contándote cosas que a lo mejor no entiendes pero que sin duda comprenderías si pudieras verlas. Por eso quiero que vengas, para compartirlas contigo. Hay un pintor que me encanta de una corriente neodadaísta, se llama Klein y pinta unos azules tan puros que parecen sacados de nuestro cielo de Cádiz. Hay un cuadro de él que me encantaría regalarte, se llama *Globos azules* y es un cielo azul salpicado de globos en un tono azul intenso. Lamentablemente de momento no puedo comprártelo, pero algún día, cuando gane mucho dinero, te lo regalaré y si no te haré uno parecido.

»Alba, estoy viviendo cosas y emociones tan increíbles que me cuesta explicártelas. Parece que hace un siglo que dejé nuestra tierra con un nudo en la garganta por separarme de mi familia y, sobre todo, porque pensaba que cuanto más lejos me marchase más difícil sería poder mirarme de nuevo en tus ojos y acariciar tu pelo y despertarte la sonrisa con mis tonterías. Ahora ya no siento el nudo en la garganta, me siento feliz, libre, y más sabiendo que tú estás en alguna parte esperando mis cartas y contándome tus sentimientos. Aquí hay muchos compatriotas, exiliados, que no están de acuerdo con lo que pasa ahora en España y sueñan con reinstaurar la República algún día. Se reúnen y hablan de su tierra con tanto amor y dolor que se te parte el alma. En Francia no están muy contentos con los acontecimientos que han cambiado el curso de la vida en nuestro país, no entienden que la palabra "democracia" prácticamente haya desaparecido de nuestro diccionario y acogen a los exiliados como patriotas valientes.

»Dice mi maestro que tengo talento y que llegaré lejos, ojalá sea así para poder darte todo lo que te mereces y que tu familia no se avergüence de mí. Pero para eso te necesito, Alba, necesito saber que estarás a mi lado, no importa el tiempo que pase ni los años que tengamos, siempre te estaré esperando, no lo olvides nunca. Te quiero con todo mi corazón, con el mismo corazón que se enamoró de ti la primera vez que vi tu cara, con tu mano haciendo de visera para soportar la luz mientras las gaviotas volaban sobre el cielo de Gades.

Esteban».

**

Esta primera carta de amor se me grabaría para el resto de mi vida en la memoria junto con los borrones en la tinta que mis lágrimas iban provocando. No podía ser más feliz al ver que todos mis temores se disipaban en un instante, tal era la demostración de amor por parte de Esteban. Su capacidad de entusiasmo ante su nueva vida llena de descubrimientos solo era equiparable a su constancia en nuestro recuerdo y a su afán por proyectar un futuro conmigo. Sería muy difícil encontrar a nadie ni ligeramente parecido a esa criatura única, apasionada, fiel y sensible.

Mis días estaban marcados por las actividades que me ocupaban gran parte de la mañana, las salidas que hacía con tío George y tía Elsa, que tras la muerte de su madre se había trasladado a vivir con su marido y sus hijos a la inmensa casa materna, y sobre todo por el momento de recibir esas cartas que eran como un maná para mi espíritu. Tío

George sonreía ante mi ansiedad cada vez que llegaba el correo. El ambiguo remite no despertaba en él ninguna suspicacia, dando por sentado que algún pretendiente bastante interesado me asediaba sin inconveniente por mi parte.

En vacaciones, por fin, conocí la preciosa propiedad en el campo. La casa era muy cálida, llena de telas floreadas y cerámicas inglesas por anaqueles y paredes. Me encantaba tumbarme a leer en el mismo sofá que mi madre había utilizado para su recuperación del percance con el caballo, junto al *bay-window* que me permitía contemplar los jardines y la campiña inglesa a lo lejos. Qué poco sospechaba yo entonces que en esa habitación mi madre había sufrido la nada sutil provocación de su primo lejano. La actitud de mi tío era tan solícita y cariñosa que en ningún momento podría hacer dudar de su lealtad y respeto por mi familia. Yo agradecía su hospitalidad y me sentía tan cómoda y libre con mi nueva situación que me hubiese quedado más tiempo, feliz, recibiendo las cartas de Esteban, de no haber sido porque en Cádiz dos acontecimientos me reclamaban. Rocío anunciaba su puesta de largo y me necesitaba con urgencia y papá tuvo un amago de infarto que le obligó a estar más tranquilo y quieto de lo habitual. Mi madre me pedía ayuda y yo no encontraba ningún motivo suficientemente sólido para demorar mi estancia en Londres.

Sinceramente, dejé Londres con una inmensa sensación de tristeza. Había pasado unos meses maravillosos y de alguna forma intuía que mis días de libertad habían finalizado, y otra vez las responsabilidades familiares y la imposibilidad de comunicarme con Esteban iban a ser el denominador común de mi vida en Cádiz.

Mis tíos me despidieron con enorme pesar. La casa se había quedado muy vacía tras la muerte de su madre y las visitas a Cádiz se habían distanciado mucho en los últimos tiempos. George me hizo un precioso regalo, era un pequeño bolso que mi madre se había dejado olvidado en su primera visita a Londres en compañía de mi padre y que ella había echado mucho de menos al llegar a casa. Ahora entiendo que tal vez la premura de su regreso le había obligado a hacer el equipaje con demasiada rapidez. También soy consciente del valor que ese objeto debía de tener para tío George.

**

A mi llegada a casa todos estaban tan contentos de verme que mis pensamientos egoístas se esfumaron. Los mellizos ya tenían quince años y habían dado un estirón en esos meses. Carlos ya tenía siete años y Luna nueve. Tiago era casi un hombrecito de trece años y se abrazó a mí sin dejarme respirar, mientras los demás reclamaban su turno.

Mi madre conservaba su belleza aunque noté un gran cansancio en su mirada que antes no había. Cuando me acerqué a la salita para ver a mi padre, se me cayó el alma a los pies. Aquel hombre erguido y fuerte de eterna sonrisa y ojos de color uva estaba tranquilo y disminuido en un sillón. Su sonrisa apareció suavemente y sus ojos se humedecieron al verme con una emoción sin límites.

—Ven aquí, Alba, qué guapa estás y cómo te he echado de menos. Esta casa sin ti no es lo mismo, al menos para mí, e intuyo que también para los demás. Tu madre está muy cansada y yo, ya ves, en cuanto me dejas solo hago alguna barrabasada. Pero ya estoy bien, no ha sido nada más que un susto, te lo dice el mejor médico de Cádiz, que ya sabes que soy yo. —Mi padre intentaba quitar hierro al asunto gastando bromas que a duras penas conseguían disimular su debilidad—. Una buena berza de Juana y unos cuantos besos tuyos, y como nuevo. Pero no hablemos más de mí, que no merece la pena. Cuéntame de Londres, de tus tíos, tus estudios de inglés, supongo que ya hablarás perfectamente y con mejor acento que tu padre, que parece un inglés pasado por agua. Qué tonto soy, supongo que estarás agotada del viaje; anda, cámbiate y toma algo. Tía Marina te ha traído piononos para que tengas algo muy gaditano a tu llegada, y ya me irás contando tu aventura inglesa. —Cuando estaba dispuesta a dejar la salita después de darle un montón de besos, la voz de mi padre me retuvo—. Alba, me alegro mucho de tenerte otra vez en casa, y ayuda a tu madre, que está muy cansada, pero sobre todo…, perdónala.

Las últimas palabras de mi padre me llenaron de ternura, de la ternura de un hombre que era capaz de amar por encima de todas las cosas, incluso por encima de sus hijos, a la mujer a quien había entregado su vida hacía veinticinco años. También me hicieron pensar a qué se refería exactamente cuando me pedía que la perdonase. Yo no era quién para perdonar a mi madre porque durante muchos años ella nos había dado todo lo que podía y tal vez algo más que nosotros no sabíamos.

Los preparativos para la puesta de largo de Rocío estaban en todo su apogeo. El vestido que había elegido tenía un suave color azul Soraya, que se había puesto de moda a raíz de la visita a España del Sha de Persia y su esposa Soraya, de una belleza increíble.

En medio de los preparativos, saltó la noticia del tesoro de alhajas del siglo VII y VIII antes de Cristo que apareció en Sanlúcar de Barrameda. Cádiz era así, tenía tanta historia a su espalda que podías encontrarte cosas sorprendentes en sus aguas o enterradas en alguna parte.

A Ro le habría encantado lucir alguna de esas joyas, pero se conformó con un precioso aderezo de gargantilla y pendientes de zafiros con oro blanco y rodeados de pequeñas perlas. Era el regalo de mis padres y no podía estar más guapa con su vestido azul de escote en barco, sus joyas y una melena rubia ondulada que le daba un aire de princesa de cuento. El mismo día, algunas amigas suyas también celebrarían su primer baile y Elena, la mejor amiga de mi hermana, estaba feliz porque esa noche formalizaría su relación con mi hermano Custo, que estaba como un flan. Eran una pareja perfecta y se acoplaban como anillo al dedo. Ambos eran formales, tímidos, cálidos y tremendamente honestos, y en casa mis padres estaban encantados con la idea de que su hijo, que ya tenía veinte años, terminase la carrera y formase una familia.

De todos los hermanos solo Luna y Carlos permanecieron en casa, los demás acudieron a la fiesta aunque a las diez de la noche mamá les ordenó volver a casa. No querían perderse el primer baile de su preciosa hermana con mi padre, bastante más recuperado, que hizo un esfuerzo por estar a la altura y bailó como en sus buenos tiempos. Los jardines del exclusivo Club Náutico eran un ascua de luz y la orquesta acompañaba el deambular de las jóvenes debutantes y sus parejas con los ritmos típicos de la época, sobre todo temas latinos, tipo Antonio Machín, y de los grandes grupos americanos que empezaban a hacer furor entre la gente joven. Cádiz volvía a vivir sus buenos momentos. La hija del embajador de Estados Unidos fue elegida Reina de los Carnavales y el embajador y su familia disfrutaron enormemente de la hospitalidad gaditana. En Cádiz se había recibido con todos los honores a las tropas que volvían del Sáhara tras la batalla de Sidi Ifni. Nuestros soldados eran aplaudidos como héroes. Muchos se habían quedado enterrados en tierra marroquí.

Se hablaba con entusiasmo de la enorme obra arquitectónica que uniría Cádiz con la península, gracias a un larguísimo puente sobre la bahía desde Puntales a Matagorda. Sería una obra de gran envergadura, ya que el puente tendría diecisiete metros de anchura y tendría que ser levadizo para que permitiera la navegación.

Tendrían que pasar diez años para que Cádiz perdiera su condición de isla y contemplase el puente que facilitaría los accesos, a veces imposibles, a la capital. Todas estas cosas sucedían el año en que Rocío celebró su primera gran fiesta y conoció a su príncipe azul.

Ro bailaba y reía feliz, era su fiesta, la culminación de su cuento de hadas. Ya era mayor y podría salir y entrar a su antojo y ponerse los trajes de mi madre, que le sentaban como un guante. La noche avanzaba y las debutantes disfrutaban de la fiesta con sus parejas favoritas. Custo y Elena ya no se separaron en toda la velada y mi padre contemplaba entusiasmado, junto a mi madre, la imagen de sus hijos mayores formando parte de la vida social de la ciudad.

Supongo que le vendrían a la memoria sus años de noviazgo y adivinaría en sus hijos emociones e imágenes vividas por ellos algún tiempo atrás. Pronto cumpliría cincuenta años y casi no se había dado cuenta de la velocidad a la que pasaban los días. Su pasión por el trabajo, la lectura, sus sueños republicanos y el amor por su mujer habían sido sus grandes señas de identidad durante gran parte de su vida. Su espíritu rebelde y progresista se había adormecido en parte. Dar de comer a tanta descendencia era de por sí tarea titánica, y también veía cómo poco a poco la gente iba restañando sus heridas y tratando de salir adelante en medio de las mejoras en la calidad de vida que España, aunque amordazada, estaba experimentando. Al poco tiempo veríamos cómo Fidel Castro junto al Che Guevara entraban en Cuba para implantar un régimen comunista del que la isla caribeña no se libraría en mucho tiempo. Mi padre no era amigo de ideologías que rescataban al pueblo de un amo para entregarlo a otro. Esa noche Custo se olvidó de los problemas del mundo. Solo tenía tiempo para ser feliz y miraba a su hija como si fuese una reproducción de mi madre veinte años atrás.

En uno de esos bailes a Ro se le acercó un chico moreno, guapo, de ojos como brasas negras, que muy educadamente le pidió que le concediera el honor del siguiente baile. Hacía bastante rato que Gabo, así se llamaba el desconocido, había contemplado a Rocío, apoyado en la barra del Club Náutico mientras charlaba con otros asistentes a la fiesta. Estaba claro en su mirada que su intención era abordar a la que él consideraba la criatura más perfecta y dulce que había conocido jamás. Mi hermana bailó con él durante bastante rato y todo parecía indicar por su charla animada y su sonrisa que el desconocido no la había dejado indiferente.

Mis padres quisieron averiguar quién era el guapo pretendiente. Mi madre no estaba dispuesta a que su hija desairase a los estupendos hijos de sus amigas a cambio de un desconocido de origen incierto. Rocío era su gran obra, la más parecida a ella, al menos en apariencia, y no iba a entregársela al primer seductor que pasara por su lado.

—Es un mexicano con muchísimo dinero. Al parecer el origen de su familia se remonta a Cádiz. Ha venido para conocer la ciudad, de la que tanto le ha hablado su abuela. Creo que está buscando una casa para comprar y poder instalarse aquí por temporadas. Nos ha dicho que su negocio en México son las bebidas y los refrescos, y que además tiene una inmensa hacienda en un lugar llamado Querétaro, al norte de la Ciudad de México, y quiere comprar caballos españoles para criar la raza en sus terrenos.

Naturalmente esta información llegó a oídos de mi madre a través de una de sus mejores y más indiscretas amigas de la infancia, y volvió a respirar tranquila pensando que no había por qué alarmarse y que era natural dejar a Rocío disfrutar en plenitud de su primer baile. La verdad es que hacían una estupenda pareja.

Capítulo XIX

Gabriel empezó a visitar la casa de la plaza Mina. Estaba impresionado por la estética isabelina y neoclásica de las casas que circundaban la plaza, como el edificio en el que nació el gran músico Manuel de Falla. Había oído hablar de las famosas Cortes de Cádiz, en las que sus compatriotas habían tenido amplia representación, localizadas en el corazón de la iglesia San Felipe Neri. Contempló hipnotizado el gran monumento en su honor levantado en la plaza de España por López Otero y Aniceto Marinas. Gabo recorría las calles como si las conociese. Le emocionaba imaginar a sus antepasados deambulando por ellas, gente de todo el continente americano luchando por sus derechos y resistiendo al sitio francés de manera heroica. La tradición liberal de la ciudad le atraía como símbolo de lo que tanta gente en el mundo e incluso en su país no había podido todavía conseguir, justicia social e igualdad para los ciudadanos ante la ley. Las cosas habían cambiado y a esas alturas México disfrutaba de una democracia que en España brillaba por su ausencia. Amaba su país, fuerte, rico en cultura y tradiciones y de una belleza monumental y étnica únicas en el mundo, pero se sentía español a pesar de haberse criado a miles de kilómetros. Desde que había tenido uso de razón, los relatos de su abuela le hacían conocer Cádiz como la palma de la mano. Se había prometido volver a esa ciudad que tanto dolor había causado a Gloria, que así se llamaba su abuela, en su propia piel. Sus padres intentaban apartar a Gabo de España, hacer que se sintiera feliz con su privilegiada posición y en un país que le había dado todo. Pero Gloria le había metido el veneno en el cuerpo hablándole del mar, del horizonte infinito de Cádiz, de sus placitas y sus carnavales y de su música y su gente, y él no había podido escapar al hechizo. El pasado humillante y triste de Gloria no había conseguido borrar ni un milímetro el amor que sentía por su Tacita de Plata. La añoranza y la tristeza habían sido sus compañeras de viaje durante todos los años que pasaron desde que un señorito sin escrúpulos le pagó un pasaje para que, a escondidas y con la vergüenza grabada en sus dieciocho años, cogiera a su niño recién nacido para marcharse a otras tierras, lejos de los suyos, de su océano, de la luz de su ventanuco cada mañana, cuando oía a su padre salir a pescar y en la cocina de carbón su madre preparaba el puchero.

Gloria había llorado lágrimas de vergüenza, soledad y miedo durante la travesía. No tenía nada que la esperase en esa parte desconocida del mundo y apenas contaba con unas pesetas que su verdugo había metido en el bolsillo de su falda y con las que difícilmente podrían sobrevivir ella y el crío. Al cabo de unos días, como si Dios escuchase sus súplicas, la fortuna acudió en ayuda de la pobre niña y su criatura. Un matrimonio, que viajaba en los camarotes de lujo, oyó llorar al recién nacido; ellos no tenían hijos y el llanto de un niño encogió el corazón de la mujer, que rápidamente quiso saber qué pasaba. Gloria intentaba dar de mamar a su hijo, pero tal vez el hambre y la tristeza estaban mermando su leche y el niño tenía hambre. El matrimonio se apiadó de Gloria y durante toda la travesía hizo lo posible para que no le faltase de nada. A su llegada a México, Gloria y el niño se fueron a vivir a la hacienda de sus benefactores en Querétaro, donde ella ayudaría en las tareas domésticas. Fue así como el niño pudo crecer rodeado de cariño, gracias a la bondad de esas personas que providencialmente habían decidido tomar el mismo barco en el que su madre y él escondían el miedo ante un futuro oscuro y la humillación a la que gente sin código moral somete a quienes se interponen en su camino.

Esta era la verdadera historia sobre el origen gaditano de Gabo, de antepasados nada aristocráticos y sí de gente que se dejaba la piel en el mar y la vida en un hogar miserable pero no por ello menos digno.

Por supuesto todo esto era algo que nadie sabría y que él se encargaría de ocultar. Ahora solo quería disfrutar de su viaje, conseguir a la criatura más deseada de la sociedad gaditana y vengar a su abuela comprando la más lujosa casa-palacio que pudieran ofrecerle.

La casa apareció ante sus ojos, señorial y noble, de delicada arquitectura isabelina y puertas de caoba. Era una estupenda mansión en la plaza Candelaria, justo frente a la de las tías, que Gabriel no solo compraría sin agobio sino que estaba dispuesto a convertir en la casa más distinguida y lujosa de la ciudad. Una herencia complicada había mantenido la casa cerrada durante muchos años. Atrás quedaba la casita de La Caleta en la que su abuela había nacido. Gabo se paseaba por Cádiz haciéndolo suyo. En la distancia, contemplaba el lugar en el que su abuela había sufrido el rechazo y la vergüenza y que era apenas reconocible. La Caleta, antiguo barrio de pescadores junto al puerto y cerca del más acomodado barrio de La Viña, había estado sembrado de casuchas con patio trasero para las gallinas y dos habitaciones como mucho, en las que una familia tenía que hacinarse, conviviendo unos con otros de la mejor manera posible. La mayoría de las chicas que servían en las casas de la burguesía salía de ese barrio o de los cortijos en el campo en los que sus padres trabajaban como braceros. Esas muchachas, sin saber leer ni escribir, estaban expuestas a las arbitrariedades de los amos, que no siempre hacían uso de la conmiseración y la decencia como monedas de cambio. La mayor parte de las veces, los deslices se solucionaban con manos inexpertas o con algún casamiento pactado para que el honor de la casa no sufriese menoscabo. Gabriel lloraba de rabia contemplando desde lejos el lugar en el que, por referencias de su abuela, debió estar el hogar del que tuvo que salir y el puerto en el que una tarde embarcó hacia un destino desconocido, que la suerte convirtió en bienestar y cariño para ella y el niño. Sentía en lo más profundo haber llegado tarde, tarde para resarcir a su abuela, para devolverla elegante y con fortuna a la ciudad que la había expulsado de su seno. Hubiese sido feliz llevándola por las calles en un coche de caballos y abriendo las puertas de caoba de la preciosa casa solamente para ella. Adoraba a su abuela, con toda su alma. Hacía suyas sus heridas y sus lágrimas y solo tenía un objetivo en su vida, vengar su dolor y compensarla del olvido y la miseria. Esa casa sería el principio, no pararía hasta que todos admirasen su interior y sobre todo a su más preciado tesoro, esa casi niña de ojos azules a la que pensaba hacer dueña de sus sueños y a la que no renunciaría jamás, costase el tiempo que costase conquistarla.

Las visitas a la casa de la plaza Mina se sucedían día tras día. Ya nadie dudaba en Cádiz del futuro enlace y la buena boda que la hija de los Monasterio Livingston estaba a punto de hacer. En una sociedad marcada por el comercio con América, la posibilidad de conquistar a un rico indiano era una de las más deseadas por las familias con hijas casaderas. Las fortunas se habían desvanecido con el tiempo y una inyección de las antiguas colonias era la única forma de recuperar el relumbrón y el estatus perdidos.

A los tres meses del encuentro en el baile del Náutico, Gabo apareció en nuestra casa elegantemente vestido, previo anuncio de que deseaba, si era posible, reunirse con mis padres. Por supuesto todos sabíamos el motivo de la visita, y sobre todo Ro.

—Hermanita, estoy como un flan; imagínate, yo en un barco hacia México, ¿te acuerdas cuántas veces he soñado con una boda así? Gabo es un ser maravilloso y me llena de detalles y muestras de cariño, pero me da un poco de miedo, Alba, hay algo escondido en su mirada. A veces se queda ensimismado y no sé cuál es el motivo, enseguida se le pasa y aparece otra vez su maravillosa sonrisa pero, no sé, cuando nos vayamos estaré tan lejos de todos, de ti, de mamá. Podrías acompañarnos, México es un país maravilloso, estoy leyendo todo lo que cae en mis manos y estoy segura de que te encantaría, ¿por qué no lo piensas?

—Ro, tienes unas cosas, cómo voy a ir de carabina contigo. No tienes que preocuparte por nada, Gabo es un caballero y te adora, solo que tal vez eche de menos a su familia en unos momentos tan importantes. Tú ponte guapa para esta tarde y sigue preparando tu ajuar, seguramente allí no encontrarás manteles y sábanas bordadas tan bonitas como las que hacen aquí las monjas. Y no te preocupes, que algún día iré a visitarte cuando vea que la cosa en casa está tranquila y papá totalmente recuperado.

—Gracias, hermanita, eres un ángel. No sé qué haríamos sin ti, siempre tienes la calma necesaria y la palabra precisa para tranquilizarnos a todos. Espero que pronto encuentres a la persona que te mereces, Alba.

—Tú no te preocupes por mí, de eso ya me encargo yo, ¿vale? Dame un abrazo y disfruta de este día tan importante en tu vida.

La tarde era bastante calurosa para el mes de septiembre, y mi madre cubrió la montera del patio para que el agua de la fuente refrescase el ambiente de cara a la reunión. Juana había preparado bizcocho y habían comprado dulces típicos gaditanos con los que querían obsequiar a Gabo. A las siete en punto sonó el timbre de la casa y Enedina abrió la puerta para dejar entrar a un Gabriel moreno y atractivo enfundado en un ligero y elegante traje de lino color arena, y una camisa blanca de delicada tela que le daba un aire aún más ultramarino. Parecía un personaje escapado de alguna película, orgulloso y seguro de su atractivo y hacienda. Tras los saludos formales, mi padre le ofreció un oloroso de nuestras bodegas que él paladeó con calma y placer.

—Queridos doña Alba y don Custo, lo primero que quiero agradecerles es su generosa hospitalidad para conmigo durante todo este tiempo. Como ustedes saben, la memoria de mis antepasados y el amor por los caballos españoles fueron en un principio el motivo de mi visita a Cádiz. Estoy doblemente feliz no solo por haber conocido esta ciudad milenaria sino sobre todo por haber descubierto a la criatura más maravillosa que jamás en el inicio de mi viaje pude imaginar.

—Estimado Gabriel —respondió mi padre—, para nosotros es un gusto contar con tu compañía. Además el origen viajero de la familia se ha visto alimentado con tus relatos sobre tu tierra americana y la descripción de esa hacienda que algún día me encantaría visitar, ya conoces nuestro cortijo y sabes de la afición por los caballos que nos une.

—Rocío es un ángel, ustedes bien lo saben, y para mí sería un honor que me permitiesen hacerla feliz, eso sí, en una tierra lejana, pero no desconocida porque México es un trocito de España y nuestras costumbres y formas de vida son heredadas de las españolas. Mi intención es, si les parece bien, dejar en manos de Rocío las obras y puesta a punto de nuestra nueva casa y yo embarcarme con los caballos hacia México e intentar preparar la hacienda como ella se merece para nuestra llegada. Marzo me parecería el mes idóneo para el enlace, y así pasaríamos un tiempo entre ustedes para luego embarcar rumbo a Querétaro. Sé que Rocío tiene una vieja y especial ilusión por hacer el viaje en barco.

—Ya vemos que lo tienes todo muy pensado y que estás dispuesto a llevarte a nuestra niña. —Mi madre le hablaba con cordialidad pero con un poco de recelo, no le hacía ninguna ilusión dejar marchar a su hija favorita a tierras tan lejanas como desconocidas e inseguras—. Nos gustaría saber cuál es la clase de vida que le espera a Rocío. Es una chica muy bien educada, como habrás podido observar, perfectamente preparada para llevar un hogar pero, al mismo tiempo, muy niña y demasiado inocente, tendrás que mimarla y protegerla para que no se sienta perdida lejos de su ambiente habitual. Te advierto que tiene muchos pretendientes, aunque la última palabra por supuesto la tiene ella.

—Doña Alba, creo que conozco a Rocío más de lo que usted piensa y nada estaría más lejos de mi intención que hacerla sentir sola e infeliz. Mis padres la recibirán como a una hija… y mi abuela también vive con nosotros. Somos una familia unida y tradicional, y si hay algo que yo no permitiría es que alguien haga sufrir a una criatura de dieciocho años. —La cara de Gabo se ensombreció con el recuerdo de su abuela—. Espero que Rocío me acepte y empezar con los preparativos lo antes posible.

—Me parece bien, Gabo, y me gusta todo lo que me dices, así que creo que lo mejor es llamar a mi hija para ver qué opina y así poder disfrutar del bizcocho que ha preparado Juana y el mejor oloroso del mundo.

Mi hermana bajó las escaleras como una exhalación a la llamada de mi padre y, cuando vio a Gabo, se quedó muda. No podía imaginar que ese hombre atractivo, fuerte y extraño, con una sensualidad ineludible a pesar de su control y frialdad aparente, que ese orgulloso mexicano fuese a pretender su mano y fuese solo para ella el resto de su vida.

—Hola, Gabo, buenas tardes. Hace bastante calor, ¿verdad? Bueno, creo que en tu tierra también, por lo que he leído, y además que hay épocas donde llueve a cántaros; debe ser preciosa y exuberante.

—Rocío, este caballero ha venido a algo más que a hablar del tiempo. Quiere proponerte una cosa que nadie más que tú puede decidir aceptar o no. Nosotros, por nuestra parte, daremos el visto bueno a lo que tú decidas. Adelante, Gabriel, cuéntale a Rocío el motivo de tu visita.

—Rocío, quiero pedirte que te cases conmigo, como muy tarde en seis meses, cuando la casa de la Candelaria esté lista. Solo necesito que tú me digas que sí, eso es todo, y es lo que más deseo en el mundo.

Mi hermana se quedó sin habla ante tan breve y contundente discurso. Había ensayado mil respuestas e imaginado cientos de veces esa situación y ahora no sabía qué decir o, mejor dicho, cómo decir que sí, que era lo único que quería y soñaba en su vida.

—Bueno, la verdad es que no me lo esperaba —mintió—, pero creo que no voy a pensarlo mucho. Por supuesto que quiero casarme contigo, Gabo, cuando tú quieras. —Y corrió a abrazarlo ante el asombro de mis padres.

Gabo, una vez deshecho el impetuoso abrazo, sacó ceremoniosamente un pequeño estuche del bolsillo de su holgada chaqueta para ponerlo en manos de Rocío. Mi hermana lo abrió ansiosa y se encontró con un espléndido solitario sobre oro blanco con un brillo que habría iluminado la sala incluso con las luces apagadas.

—Gabo…, es precioso, te ha debido de costar una fortuna. Me dará pánico llevarlo a algún sitio. —Los ojos de mi hermana contemplaban atónitos la joya—. Pero gracias por todo lo que estás haciendo por mí. Creo que voy a ser la mujer más feliz del mundo a tu lado.

—Juana, trae el bizcocho, por favor.

Mi padre cambió de tercio y la conversación se distendió y alborotó cuando todos bajamos a celebrar el acontecimiento y abandonamos la galería superior, desde donde habíamos contemplado la escena, y los pequeños empezaron a corretear y a comerse todos los piononos.

Era un día muy importante para mi hermana, caliente y con el levante envolviéndonos. Una ligera y sana envidia me hablaba de por qué el destino me estaba robando momentos así y cuándo podría abrazar a la persona amada bajo la misma montera de nuestro patio.

Capítulo XX

Gabo embarcó a la semana siguiente con sus ejemplares de pura raza española, incluida *Brisa*, nuestra yegua castaña «cordón corrido» en su preciosa cara, que mi padre le había regalado y de la que me despedí con lágrimas en los ojos. Mi mundo se iba despoblando de seres queridos y yo permanecía inmóvil, varada en Cádiz como un barco al que sus tripulantes hubiesen abandonado poco a poco. Mi correspondencia con Esteban había quedado interrumpida a mi vuelta a España. Le envié una carta pidiendo que me escribiera a la dirección de las bodegas, único lugar seguro para recibir su correspondencia. Yo me escapaba a la finca siempre que podía buscando la paz y la tranquilidad que mi alma necesitaba, y disfrutaba leyendo sus cartas con la privacidad y el deleite que en otro sitio hubiese sido imposible conseguir. Virtudes seguía viniendo a casa pero yo no quería comprometerla sabiendo lo necesitada que estaba de su trabajo. Alguna vez le preguntaba por su hijo distraídamente sin mostrar mucho interés y a ella se le iluminaban los ojos hablándome de sus progresos y de cómo en un corto plazo de tiempo había conseguido un sitio de respeto entre sus colegas, hasta el punto de preparar su primera exposición colectiva. A mí se me llenaba el corazón de orgullo y amor por ese chico noble y luchador, y por las noches intentaba visualizar su imagen y su piel adorada en nuestros días juntos, amándonos al pie de las salinas, únicos testigos silenciosos y níveos como grandes colosos defendiéndonos del resto del mundo.

Ro y mi madre emprendieron una desenfrenada actividad en la casa nueva. Se pintaron algunas paredes y otras se empapelaron con el estilo que mi madre había visto en Inglaterra y que daba tanta calidez a las casas en los dormitorios. Los muebles fueron entrando en maderas nobles y fuertes, dormitorios Luis XV y telas alegres y refrescantes para combatir el calor estival y compensar los días cortos del invierno. Gabriel le había recomendado a mi madre no reparar en gastos para conseguir la casa más elegante y lujosa de la capital. Quería deslumbrar a todos el día de su inauguración, la semana anterior a la boda. Las cristalerías de La Granja en copas y lámparas daban un aire mágico y luminoso al comedor, presidido por una gran mesa oval capaz de acoger a más de veinte comensales. Gabo quería que se convirtiera en una especie de centro social y cultural, como nuestra casa años atrás. Las vajillas llegaron desde Inglaterra como regalo de boda de mis tíos, y mi madre decidió adornar las comidas cotidianas con una vajilla de La Cartuja, la fábrica sevillana que daba tanto color y calidez a sus trabajos y había presidido nuestra mesa durante años en las más importantes efemérides.

El patio central fue embellecido por azulejos en tonos azules, dorados y verdes, y, por supuesto, mamá mandó instalar una fuente de mármol blanco para refrescar y acompañar con su música al feliz matrimonio en las tarde-noches gaditanas.

No tengo claro quién estaba disfrutando más con la preciosa casa. Los trabajadores especializados entraban y salían de ella para asombro y curiosidad del vecindario, que veía cómo escayolistas, pintores y decoradores iban dando forma a la que sería la casa más bonita y de mejor gusto de la ciudad.

Rocío despidió a Gabo con lágrimas y sacándole la promesa de volver cuanto antes. Su príncipe azul la dejaba flotando en una nube, con un diamante en su mano y una casa por amueblar mucho más grande de lo que ella necesitaba. Las promesas y las imágenes que Gabo había introducido en la tierna cabeza de mi hermana la mantenían en una constante y contagiosa felicidad y yo ayudaba a alimentar esas sensaciones que a mí me estaban prohibidas. Poco podíamos imaginar los tonos grises que la acuarela de su vida futura iría descubriendo tras el color de las primeras pinceladas.

Septiembre daría paso al otoño con sus días acortándose lentamente. La humedad entraba en las casas para quedarse y el armario de los zapatos viejos veía cómo la dueña de algunos de ellos no solo no renovaba los suyos sino que estaba a punto de volar lejos para siempre. El armario seguía siendo un testigo mudo de todo lo que pasaba, abría y cerraba sus puertas generosamente y los niños siempre encontraban algo a la medida de sus necesidades. Por desgracia, todos íbamos creciendo y ya solo Tiago, Luna y Carlos acudían a sus brazos buscando ayuda para ir a la playa, estar en casa o salir al paseo debidamente calzados. Atrás quedaban los días en que apenas se podían cerrar sus puertas por el desorden y abundancia de sus habitantes. Las cosas, como las personas, también tienen fecha de caducidad y a veces las invade la nostalgia de cuando eran necesarias.

Mi fecha de caducidad llegó después de mi cumpleaños, en septiembre, el día que, tras su tierna y apasionada felicitación, las cartas de Esteban dejaron de llegar. Me sentía de pronto vacía e inútil, sin entender el inexplicable cese de su correspondencia. En las bodegas me aseguraban que nada había llegado y Virtudes ya no venía a lavar la ropa, por lo que no podía preguntarle por su hijo. La última carta de Esteban me anunciaba su deseo de que su madre dejase de trabajar para los demás y viviese del dinero que él le mandaba gracias a la venta de sus cuadros.

Empecé a desesperarme ante la falta de noticias. Yo le escribía intentando obtener una respuesta, hasta que dejé de hacerlo. Tal vez lo hice demasiado pronto y me faltó fe y confianza en la fuerza de nuestro amor y nuestras promesas. Quizá el cansancio ante los preparativos de la boda de mi hermana, que habían invadido la casa como una tempestad sin puertas, el sentirme siempre al margen de la felicidad y sustentando la de los demás, sin que a nadie le importase mi vida ni mis sentimientos, todo ello me hizo caer en una apatía de la que apenas salía para escapar a la finca y galopar con *Fuego*.

Me sentía abandonada y con mis sentimientos rotos como una copa de cristal en mil pedazos. París, pensaba, estaba haciendo mella en el fogoso corazón de Esteban, y seguramente yo me habría convertido en una desdibujada imagen en la distancia, solo reverdecida por un soplo de vida capturado en un lienzo. En eso había quedado mi amor de las salinas y mi duende de las azoteas y parques. Mi padre me miraba triste y no hacía preguntas. Creo que su corazón se debilitaba por días y no tenía fuerzas para luchar con todo lo que aún dependía de él, empezando por mi madre y siguiendo por la consulta y nuestra cada vez más ajustada economía. En algún momento yo me sentaba en sus piernas y le besaba en las mejillas como él había hecho tantas veces en mi niñez, con besos pequeños y seguidos que conseguían despertar por un momento el brillo de sus ojos. Siempre tuve la sensación en esos meses de que mi padre estaba midiendo sus fuerzas para estar en la primera boda de una hija suya y poder abrazar a mi madre, como tantas veces en la época de sus bailes en el salón de nuestra casa con las ventanas abiertas.

De vez en cuando me escapaba a las salinas buscando una señal que me devolviera la presencia de Esteban, la certeza de que no había sido un sueño y de que en cualquier momento sus ojos color miel y su sonrisa me devolverían la mía. Pero nada de eso sucedía, las pirámides de sal húmedas e hirientes provocaban mis lágrimas y solo al entrar en la casita y ver las pinturas de Esteban era capaz de recuperar el aliento suspendido y aliviar el dolor acumulado por su ausencia. Los frescos seguían ahí, perdiendo poco a poco el color y la luz, como un reflejo de nuestro amor difuminándose en la distancia. Me negaba a creer que nada de lo que veían mis ojos fuera verdad, y sí una burla de la vida a una niña estúpida y mimada que creía poder alcanzar la luna con sus manos y atrapar el fulgor del ocaso en su pelo.

Mi carita sonriente me miraba tratando una vez más de decirme que no me preocupara, que todo estaría bien en un tiempo no muy lejano, que todo volvería a ser como antes y Esteban me devolvería la vida entre sus brazos fuertes y cálidos.

La niña me miraba y desde el fondo de sus ojos de agua me decía que tuviese fe, que esperase, que nada estaba perdido y que los pinceles de Esteban habían capturado una historia de amor que nada ni nadie podría borrar ni destruir jamás. Yo besaba mis mejillas de cal y me prometía a mí misma no renunciar ni darme por vencida pasase lo que pasase. Al irme volvía a mirar mi retrato y descubría en él una sensación de tranquilidad y esperanza que seguramente serían el reflejo de mis deseos escondidos.

***

—Alba, estoy hecha un lío, necesito tu ayuda para decidir cómo quiero mi traje de novia. Tú tienes un gusto maravilloso y yo quiero algo clásico pero con un toque de modernidad, no sé si me entiendes. Sobre todo lo que necesito es estar bellísima, como una princesa. Mamá dice que de seda salvaje, pero a mí me gustaría algo más romántico, de encaje o algo así, ¿tú qué dices?

—Ro, estarás preciosa con lo que te pongas, así que creo que lo mejor es que decidas tú misma. Si te parece vamos a mirar telas y te las pones encima para ver con cuál te sientes mejor, eso no falla nunca. Piensa que es un día muy importante para ti, pero que sobre todo te tienes que sentir cómoda además de guapa, no soporto esos trajes impostados en los que las novias parecen atrapadas y con los que apenas pueden moverse. Creo que el encaje sería perfecto para ti y, en vez de velo, yo llevaría una mantilla blanca de *blonda*, estaría preciosa cayendo sobre tu melena rubia o sobre un moño bajo.

—Tienes razón, creo que sería el traje más romántico y distinto a los de todas las novias. Mañana sin falta me acompañas para ver las telas y elegir. No sé qué haría sin ti, hermanita, eres la persona más maravillosa del mundo. Sé que soy muy pesada pero, sinceramente, no sé cómo aún no buscas un novio con la de pretendientes que tienes y has tenido. Algún día me contarás tus secretos, porque seguro que los tienes, ¿verdad?

—Rocío, no hay ningún secreto, es solo que aún no tengo claro si quiero casarme, y menos con quién. A veces, cuando veo historias como la de Fabiola, la española que será reina de Bélgica, me pregunto cómo consiguen siendo príncipes y con tanta responsabilidad encima imponer sus sentimientos por encima de la opinión de los demás.

Efectivamente, el rey Balduino de Bélgica se había enamorado de una española y estaba dispuesto a casarse con ella. Era una época en la que los enlaces de la realeza copaban toda la atención de la gente, a falta de grandes acontecimientos en sus vidas. Recuerdo, cuando el por entonces príncipe Juan Carlos, cobijado bajo el ala de Franco, se había comprometido con Sofía de Grecia, una princesa serena de ojos preciosos y sonrisa cálida. Los cuentos de hadas existían en la vida real, aunque nunca sabríamos si de puertas para dentro las hadas también usaban su varita mágica para conseguir que el zapato de cristal no saltase en mil pedazos.

Rocío se decidió finalmente por un traje de encaje con manga francesa hasta el codo y escote de barco hacia los hombros. Las ondas del *guipur* se posaban sobre ella acariciando su piel. La falda se alejaba de su cintura y caía abriendo en abanico sobre un forro de seda. La espalda en forma de uve estilizaba su figura hasta abrirse en pliegues, creando una cola parecida a la de un pavo real y apoyada en el suelo. Era un traje de princesa, como ella había querido, y el brillo en sus ojos durante las pruebas reflejaba la emoción que le producía verse en el espejo.

Yo habría dado cualquier cosa por protegerla, por conseguir la foto fija de su felicidad e ilusión en ese momento, y habría sido capaz de arañar a quien osase destruir un milímetro de su genuina inocencia. Rocío era un ser de una tremenda pureza, incapaz de un pensamiento torcido o un acto innoble. Había nacido para ser querida y mimada y convertir a alguien en la persona más feliz del mundo, siempre que fuese digna de ella. Gabriel era un hombre afortunado y como ave de presa había sabido buscar en medio de una isla la joya más preciada y deseada por todos. Lo que no estaba tan claro es si su corazón atormentado sería capaz de hacerla feliz.

Capítulo XXI

El invierno se hizo corto ante los múltiples preparativos. La futura casa de mi hermana iba tomando forma y se estaba convirtiendo en el hogar perfecto para acoger a la joven pareja. Los regalos llegaban por todas partes, mi padre era un hombre tremendamente querido y mucha gente agradecida quería así demostrar su respeto y cariño. Los Livingston representaban a una de las familias más importantes de Cádiz y todos pugnaban por hacer el mejor y más exquisito obsequio a la futura novia. Recuerdo la salita de nuestro primer piso en la plaza Mina, lugar de nuestros juegos, llena de cajas conteniendo el ajuar que mi madre había encargado para Rocío. Ni en años podrían acabarse los juegos de sábanas de hilo del Nilo y batista suave para los días de calor. Los embozos lucían primorosos bordados y entredós con las iniciales de los novios, y las mantelerías de hilo bordadas y festoneadas de vainicas y *filtirés* habrían hecho palidecer a más de una de las exhibidas por las mesas más exigentes. Tía Marina hizo un regalo muy especial: sábanas de seda; las había visto en alguna película y su instinto romántico no se resistió a encargarlas para la noche de bodas de los novios. Los juegos de porcelana de Sèvres o los cristales de Bohemia, famosos por su pureza y sonoridad, así como las bandejas de plata, entraban por la casa ante la algarabía de los pequeños que querían verlo todo y la emoción de Rocío que creía ser la auténtica protagonista de un cuento de hadas. Tía Paula decidió regalarle el juego de café de plata que había pertenecido a la familia Monasterio durante años. Se lo hizo llegar a Ro con una tarjetita dibujada por ella en la que decía: «Querida sobrina, espero que disfrutes de este maravilloso recuerdo de familia con muchas tardes de amor junto a Gabriel. Me encantará que te lo lleves a México antes de que me dé un día por pintarlo de verde. Te quiere, tu tía Paula».

A finales de enero llegó Gabo, más seductor que nunca, si eso era posible. Traía un regalo de sus padres, Amalia y Gabriel, que lamentaban no poder asistir a la boda ante la imposibilidad de dejar sola a doña Gloria, la abuela de Gabriel, con una delicada salud a sus más de sesenta años. Le enviaron a mis padres una carta de agradecimiento por el trato dispensado a su hijo y manifestaban su deseo de recibir pronto a Rocío en la hacienda, además de esperar que el regalo para la novia fuera de su agrado. Gabriel llegó con su coche desde Madrid, donde había comprado todo lo necesario para su atuendo en la ceremonia. Era tremendamente práctico y tenía muy claro lo que quería y cómo lo quería, actitud que daba a mi hermana una enorme tranquilidad y seguridad de cara a su nueva vida. Siempre se sentiría protegida y cuidada junto a ese hombre de ojos misteriosos como la noche. Gabriel vino a casa la misma tarde de su llegada, estaba impaciente por ver a Rocío. Sus sentimientos se mezclaban y luchaban desde distintas emociones y en algún momento, al reencontrarse con mi hermana y ver su entrega e inocencia, una sombra de duda nubló su pensamiento sobre si esa boda era lo más conveniente o terminaría actuando en contra de sus objetivos iniciales.

—Rocío, no sabes cómo te he echado de menos. —Una sonrisa sincera se dibujó de nuevo en su cara—. He tenido que trabajar duro en la hacienda para que todo esté como tú te mereces a nuestra llegada. *Brisa* está feliz con tanto campo para ella sola y con la compañía de los potros y los sementales: aunque ya se va haciendo viejita, tal vez cuando tú llegues tenga alguna sorpresa. Mis padres están deseando conocerte y también mi abuela. Lástima que se vayan a perder nuestra boda, les he prometido viajar a México antes de que lleguen las lluvias, que son bastante insistentes en nuestro verano. Ten, este es el regalo de mis padres, espero que te guste. —Gabo sacó un delicado estuche de su chaqueta que puso en manos de mi hermana como si de un tesoro se tratase.

—Gabo, ¡¡por Dios!! Es precioso, ¡¡nunca he visto nada igual!! —El estuche contenía un conjunto de pendientes y sortija de unas luminosas y perfectas perlas australianas enmarcadas por dos brillantes de una talla increíble. El resplandor de los brillantes competía con el blanco puro e irisado de las perlas, y el resultado era un set de una belleza y delicadeza únicas que, sin duda alguna, armonizarían con la piel y los rasgos de mi hermana—. Me lo pondré el día de nuestra boda, y tus padres podrán ver en las fotografías cómo me sientan y lo orgullosa que estaré de llevarlo. No sé, soy tan feliz que a veces tengo miedo de que ocurra algo y me saque de este sueño.

—Nada te hará salir de ese sueño mientras yo pueda evitarlo. —Las palabras salían de la boca de Gabo con absoluta convicción, si bien, nada más pronunciarlas, sintió que estaba traicionando demasiado pronto la memoria de Gloria, su abuela querida, a la que alguien, mucho tiempo atrás, había robado sus sueños y convertido su vida en una auténtica pesadilla.

El mes anterior a la boda fue un mes de celebraciones y festejos a los que los novios eran invitados constantemente y que en algún momento colmaban la paciencia de Gabriel, bastante reservado y tranquilo. El traje de Rocío había resultado precioso y mi hermana se hizo la prueba definitiva con el peinado, la mantilla de blonda blanca, los pendientes y la sortija regalo de sus futuros suegros y el collar de perlas que mi padre había regalado a mamá y que en su garganta destacaba más que nunca.

Una semana antes del enlace, la casa de la plaza Candelaria abrió sus puertas para dar una gran fiesta de inauguración y agradecer a todos los amigos e invitados los generosos regalos. Mi hermana ejerció de anfitriona con un delicado traje de satén color vainilla por debajo de la rodilla y recogido en la parte de atrás con unos graciosos pliegues. Su melena rubia brillaba con ondas que le caían hacia un lado y ocultaban coquetamente parte de su rostro. La casa era un ascua de luz y la música sonó hasta altas horas de la noche. Gabriel estaba fascinado con el trabajo que mi madre y mi hermana habían hecho para convertir un lugar frío y sin vida en un palacio junto al mar. Yo intenté disimular mi apatía bailando con todos los galanes que una y otra vez insistían en cortejarme y hacer gala de sus mejores trucos de seducción. Solamente Álvaro Ibarra conseguía sacarme alguna sonrisa cómplice cuando veía mi falta de interés por los acontecimientos sociales.

—Alba, estás preciosa, como siempre. No sé cuándo conseguiremos alguno de nosotros que te vistas de novia. Aunque si no quieres pasar por el rito habitual, yo también tengo propuestas interesantes y más actuales para compartir la vida con un chica rebelde como tú.

—Álvaro, no me hagas reír. Sabes que si pensara en elegir a alguien entre lo más granado de las familias de Cádiz, ese serías tú, entre otras razones para que me saques de aquí y me enseñes tus tierras del norte. Creo que son increíbles y que además allí la que manda es el *ama,* como llamáis vosotros a la matriarca de la familia. No soporto este mundo machista de señoritos ociosos y niñas almidonadas a la espera del mejor postor.

—Eres un poco cruel, también las hay que se enamoran y encuentran al hombre de su vida para compartirla, si no mira a tu hermana Rocío y a tu hermano Custo, que pronto se casará con Elena. Tu problema es otro, querida amiga. No te conformas con la realidad; con tu apariencia conformista, que engaña a todos menos a mí, llevas en el fondo de tu alma la esencia de una rebelde, quieres cambiar las reglas de forma pasiva, esa es tu forma de rebeldía y sueñas con encontrar un mundo donde la hipocresía y los convencionalismos den paso a auténticos sentimientos y a la ausencia de diferencias y prejuicios sociales. Y ese mundo de momento no existe, o no en nuestra tierra. Tú tendrías que haber ido a la universidad y haber viajado para escapar de este confortable espejismo pero, no sé por qué, no te atreves a hacerlo. Es como si algo o alguien te mantuviese atada a esta isla, como si algas invisibles se te hubiesen enredado en los tobillos y no te dejasen salir a la superficie.

—Solo tú me entiendes y solo contigo puedo hablar de temas que la mayor parte de la gente elude. Nadie habla de los sentimientos profundos, de la vida que se mueve a nuestro alrededor sin que nosotros nos paremos un segundo a contemplarla para saber si nos gusta cómo es o si se podría cambiar. La guerra nos ha embotado el cerebro, y el miedo y la miseria le han quitado a nuestra gente la capacidad de luchar. El mundo ahí fuera se mueve, evoluciona y nosotros permanecemos aislados y dormidos tratando de sobrevivir unos y de conservar nuestro paraíso otros. Pero te estoy aburriendo con esta conversación tan trascendente en medio del «Baile de la Rosa».

Álvaro se reía y en el fondo estaba totalmente de acuerdo conmigo, pero era chico y tenía que cuidar de los negocios familiares que, desde que sus antepasados bilbaínos se instalaron en Cádiz como comerciantes, habían crecido enormemente. Era una de las familias de banqueros que habían proliferado al abrigo de las grandes transacciones de los últimos siglos y Álvaro estaba abocado a seguir la tradición familiar, aunque él tenía un espíritu libre que sería difícil atrapar en el despacho de una entidad bancaria.

Éramos amigos desde la infancia. Sus padres y los míos salían juntos con frecuencia y siempre acudía a mis fiestas de cumpleaños, a pesar de que cuando éramos pequeños disfrutaba tirándome del pelo y llamándome «zanahoria». Ahora nuestra amistad se había estrechado y se había convertido en un solícito acompañante. Los dos disfrutábamos enormemente escapándonos al cortijo para montar a caballo y correr compitiendo a galope hasta el mar. Álvaro también era habitual en las carreras de caballos de la playa, pero lo que más rabia le daba era ver que la chica femenina y dulce que era yo le ganaba irremisiblemente. Yo sabía que para él era difícil nuestra amistad porque desde muy jóvenes me había confesado su deseo de comprometerse conmigo, pero era leal y jamás intentaba traspasar la línea que yo le había marcado y que habíamos sellado con un abrazo varios años atrás.

***

El 28 de febrero de 1959 la catedral se vistió de fiesta para la boda de Rocío y Gabo. Todo el exterior y el interior de la iglesia estaba cuajado de flores blancas que el novio había ordenado traer y una alfombra roja unía el borde de la calzada con el interior del templo. Mi hermana llegó con mi padre y mi madre en uno de nuestros antiguos coches de caballos tirado por un tronco de cartujanos, enjaezados a la española, con las crines trenzadas con cintas de raso blanco. Todos se agolpaban para ver la ceremonia, caritas humildes y asombradas detrás de las vallas protectoras, y dentro los invitados estaban deseosos de ver a Rocío convertida en princesa de un cuento de Disney. Mi hermana bajó del coche bella como una diosa y con la sonrisa dulce y brillante que asomaba a su cara cuando estaba feliz por algo, y ese día estaba increíblemente feliz. Dentro de la iglesia, junto al altar, Gabriel esperaba orgulloso y elegantemente vestido. Su cara era un poema cuando vio venir por el pasillo central a la novia. Era mucho más de lo que en sus mejores sueños había imaginado, se sintió afortunado y las lágrimas asomaron a sus ojos aún encendidos por un fuego extraño.

Mis padres se miraban emocionados y por un instante quise descubrir en su mirada el amor de otro tiempo y el reconocimiento de que seguían siendo importantes el uno para el otro, a pesar de que ya no se lo dijeran y de las señales que las huellas del tiempo y la vida iban dejando en ellos.

Rocío y Gabriel se fueron un mes más tarde. Mi hermana estaba ilusionada con el viaje pero también sentía un dolor profundo al dejarnos a todos, su vida, nuestra casa, su pequeño mundo, que se iría haciendo minúsculo cuando el barco que la llevaría a México se alejase.

La casa de la plaza Mina se quedó sorda y sin habla, tal había sido el ruido que había soportado en los últimos meses, y mi madre se entristeció al ver partir a su niña siempre alegre y cariñosa y saber que tardaría mucho tiempo en volver a escuchar su risa. Gabriel contrató a una sobrina de Juana y a su marido para que cuidasen la casa en su ausencia y siguiesen llenando el jardín de flores; no tenía claro cuándo volverían a Cádiz pero todo debería estar como si alguien estuviese siempre a punto de venir.

La vida en la ciudad recobraba para nosotros su pulso lento y húmedo, el viento nos traía de vez en cuando alguna carta de Rocío. Las cartas familiares contaban con todo detalle la travesía y poco a poco su contenido se hizo más escueto aunque hacían hincapié en que todo estaba bien.

Nunca podríamos haber leído entre líneas si era feliz pero todo hacía pensar que así era. Es la ventaja de estar lejos, las cartas pierden color con el mar y el sol y cuando llegan son solo un ligero reflejo de lo que eran cuando fueron escritas. Únicamente si somos capaces de interpretar los espacios en blanco podemos tener el sentido completo de lo que alguien quiso decir y no pudo o no quiso decir. Pronto empezarían a llegar las mías. Rocío y yo habíamos compartido habitación y complicidades y mi hermana tenía auténtica necesidad de contarme lo que no podía compartir con el resto de la familia.

En el teatro Falla se estrenó *La Atlántida*, obra de Falla dirigida por Ernesto Halffter, inspirada en la famosa leyenda de la ciudad que muchos sitúan frente a nuestras costas. El autor había recibido la inspiración para componer la obra en Sancti Petri, uno de los lugares más bellos del litoral gaditano. Mis padres y yo asistimos junto con Custo y Elena, que estaban a punto de anunciar su compromiso. Habían esperado a que la tormenta de la boda pasase y en aguas más calmadas comunicar a mis padres que querían contraer matrimonio al año siguiente. Custo terminaría la carrera y ya llevaba dos años trabajando entre otras cosas en la administración de la bodega. Su meticulosidad y honradez daban a mi padre una enorme tranquilidad sabiendo que el negocio familiar estaba en buenas manos. Yo poco a poco me había ido ocupando de que en las bodegas todo estuviese en orden, no solo la calidad de los vinos, en lo que me había convertido en una experta, sino en la relación con los trabajadores y en el mantenimiento del cortijo y las instalaciones. Un día la ciudad se alborotó por completo ante un acontecimiento único. Una obra de nuestro insigne escritor gaditano José María Pemán se iba a llevar al cine. *La viudita naviera* era el título y estaba ambientada en el Cádiz del comercio de Indias. Por supuesto todos los habitantes de mi ciudad, tan dados al espectáculo y la chirigota, querían salir en la película, por lo que tuvieron que poner orden y hacer una selección de figurantes para que no se abarrotasen las calles.

En el Cortijo de los Rosales del parque Genovés actuaron por primera vez Los Cinco Latinos, uno de los grupos de más éxito en América Latina. Por supuesto yo necesitaba volver a mi parque favorito, y la voz de la solista, Estela Raval, de una calidad increíble, y canciones como *Quiéreme siempre,* consiguieron despertar en mí recuerdos y emociones que casi había olvidado. Cuando terminó la actuación, busqué una excusa para alejarme de todos y encontrar un lugar solitario que cobijase mi tristeza y donde poder llorar en silencio.

Custo y Elena se casaron dos años más tarde, por supuesto la ceremonia tuvo el bajo perfil que los novios preferían, una iglesia pequeña, unos invitados cercanos y un viaje de novios a París que los dos disfrutaron enormemente. El amor de esos niños había crecido hacía mucho tiempo, eran el uno para el otro y compartirían su vida con la tranquilidad y consistencia que nace cuando se tiene la absoluta certeza sobre lo que se quiere en la vida y con quién recorrer el camino, siempre de la mano, siempre juntos, fundidos en la fuerza y la ductilidad, como el mar y la roca.

Capítulo XXII

México

La travesía comenzó tranquila y con buena mar. Rocío y Gabriel disfrutaban del mejor camarote del barco, con un amplio dormitorio, una salita con una terraza abierta al mar y un baño más propio de un hotel de cinco estrellas que de un palacio flotante. El viaje sería largo y mi hermana ansiaba poder conocer con mayor profundidad a ese hombre que como un dios mitológico había surgido del otro lado del océano para secuestrar su corazón y alejarlo de su querida tierra y la seguridad de la casa materna. Antes de partir, la noche de bodas, en su recién estrenada mansión, Gabriel había tenido un comportamiento extraño, trataba a Rocío con delicadeza y cariño aunque su actitud cambió de repente sin aparente explicación. Se encontraron por fin a solas en el dormitorio exquisitamente preparado para ellos con un ramillete de jazmines en la mesilla de noche, que impregnaría el primer encuentro con el aroma típico y cálido de la ciudad más al sur del viejo mundo. Una botella de champán y dos delicadas copas anunciaban el íntimo brindis de los recién casados en su primera experiencia como marido y mujer.

Rocío estaba emocionada y nerviosa al mismo tiempo. Mi madre la había aleccionado sobre el acto que sellaría su unión, la dificultad de una primera vez y la importancia de que la experiencia fuera grata y marcase un camino de entendimiento vital para cualquier pareja.

Cuando Gabriel contempló a mi hermana en la penumbra de la habitación, su primer instinto fue abrazarla hasta que le faltase el aliento, pero algo en su interior le hizo recordar que las cosas no debían ser tan fáciles para una jovencita mimada por una sociedad que, en cambio, podía ser tremendamente cruel con los que no eran de los suyos. Era el momento de marcar las diferencias sobre quién mandaría en un futuro y quién tendría que obedecer sin rechistar.

—Rocío, desnúdate. —La voz de Gabo era autoritaria y fría—. No quiero tener mi primera experiencia contigo con un trozo de tela en medio.

—Gabo, qué estás diciendo. —Mi hermana no sabía qué hacer ni cómo interpretar la insólita exigencia del que ya era su esposo—. Sabes que nunca he estado con nadie, me da mucha vergüenza presentarme así. Ya sabes cómo soy, me has visto en traje de baño un montón de veces.

—No tiene nada que ver, a partir de ahora soy tu marido y tengo derecho a exigirte lo que me apetezca. No quiero tener una mojigata por esposa y, además, tengo derecho a saber cómo es la persona en la que he invertido tanto dinero.

—Lo siento mucho, Gabriel. —Mi hermana estaba a punto de echarse a llorar—. Me estás partiendo el corazón y me temo que esta noche dormiré en otra habitación hasta que cambies de idea. Yo me he casado con un hombre pero también con un caballero, o eso es lo que me parecías hasta ahora. Puedes brindar a tu salud y espero que los jazmines con su olor te despejen la cabeza. Buenas noches, Gabo.

Rocío se marchó tragándose las lágrimas y buscando un lugar donde tranquilizar su ánimo y asimilar la decepción que el comportamiento de su reciente marido le había provocado. La casa le pareció extraña, un decorado sin sentido, como el escenario de una pesadilla. No la sentía como propia, y ahora comprendía por qué a menudo un miedo desconocido enturbiaba sus días de ilusión y felicidad por la maravillosa aventura en que se había convertido su vida.

Gabriel se quedó solo, odiándose por herir a una criatura como Rocío y sorprendido ante la digna y tajante reacción de ella. Sintió asco de sí mismo y se fustigó por su inoportuno comportamiento, por cómo su resentimiento le había traicionado. Pasó un buen rato pensando en cómo enderezar la situación y poder responder al impulso que se había abierto paso desde que Rocío apareció, en la penumbra a la luz de las velas, con un vaporoso camisón que la cubría con la delicadeza y pureza de una virgen. Gabriel era un seductor experto y consiguió, a base de pedir mil perdones y dar otros tantos razonamientos sobre sus nervios y las costumbres de su tierra, derribar las resistencias de mi hermana. Rocío aceptó las súplicas y, aunque algo se había quedado clavado en su alma, aceptó las caricias del hombre al que había prometido amar y al que no pensaba renunciar por nada del mundo.

Durante la travesía, Gabriel desplegó todo su arsenal de frases galantes y caricias envolventes. Realmente estaba empezando a amar a esa casi niña de piel de nácar y solo a veces su rostro se oscurecía con el pensamiento que lo había embarcado rumbo a España casi un año antes. Rocío le miraba y, con todo el amor del que era capaz, se acercaba para transmitirle sus sentimientos hasta conseguir que la sombra desapareciera de su rostro. Mi hermana estaba madurando por días y pronto fue consciente de que lo que había imaginado como un viaje de cuento, sería más bien una carrera de obstáculos y dificultades que, si bien aún afloraban de forma incipiente, la hacían vislumbrar etapas todavía más difíciles. Lucharía por su matrimonio, aprendería a sortear las dificultades y encontraría la forma de borrar para siempre esa expresión gris que nublaba como un velo déspota la cara de su marido. Aprendería las costumbres de su nueva patria, cómo cocinar sus comidas y tararear sus canciones, conquistaría el corazón de su nueva familia y de quienes trabajasen en la hacienda y llenaría los patios de niños morenos y rubios como ángeles. Nadie, ni siquiera en su casa, conocía su auténtica personalidad y su enorme capacidad para navegar, por muy desconocidas y turbulentas que las aguas se presentasen. Atrás quedaba la casa de muñecas y la cesta llena de lazos para el pelo. Podía asegurar que todos estarían orgullosos de ella, una auténtica Monasterio Livingston.

La travesía siguió tranquila y con buena mar, solo al décimo día se desató una tormenta que mantuvo a la tripulación ajetreada y al pasaje bastante diezmado por los mareos y los vómitos típicos de una mar revuelta que a veces hacía presagiar alguna tragedia. La tripulación intentaba calmar el ánimo de los pasajeros y mi hermana y Gabriel permanecieron en su camarote esperando a que la tempestad amainase.

—Me tienes bastante sorprendido, Rocío, nunca pensé que tras tu aspecto frágil y delicado había una mujer fuerte, capaz de soportar situaciones difíciles como las que estamos viviendo en este momento. Ya me lo demostraste en nuestra atribulada noche de bodas. Espero haber corregido la impresión que te produje con mi desafortunada conducta. No soy tan tranquilo como aparento, Ro, y espero que puedas adaptarte a mis cambios de ánimo y a una nueva vida y costumbres que en nada se parecen a las tuyas. Las cosas en la hacienda no son nada fáciles y los días se hacen largos, con la única preocupación del estado del campo, la salud de los animales y una vida social reducida al trato con los trabajadores, gente humilde que en nada te recordarán a tus amigos del Club Náutico. No quiero asustarte, solo prevenirte para que estés preparada, tal vez tuve que contarte antes con detalle cuál sería nuestra vida en México y quizá habrías cambiado de opinión sobre nosotros. —Parecía como si Gabriel disfrutase torturando a mi hermana y presentándole un panorama capaz de echar por tierra las mejores expectativas.

—Soy frágil y delicada en mi aspecto, Gabo, pero no soy una niña tonta y mimada. Vale que hasta hace poco mi vida ha sido un camino de rosas y mis únicas preocupaciones eran elegir un bonito vestido, cuidar a mis hermanos pequeños para que Enedina no se agobiase y aprender los quehaceres propios de una futura ama de casa. Tú también podías haber esperado a que fuese más madura y, no sé por qué, estabas impaciente por hacerme tu esposa, pero yo he visto a mi padre luchar para salvar vidas y he crecido en una posguerra con el hambre, la miseria y el odio a mi alrededor, cosa que tú no has conocido. No te preocupes por mí, te quiero y aprenderé a ser la mujer que tú necesitas. Te apoyaré en todo lo que pueda y espero ganarme el cariño de tu familia y el respeto de tu gente. No olvides que corre sangre inglesa, italiana y española por mis venas; la vida nunca fue fácil para los que vinieron antes y se arriesgaron en el mar para hacer fortuna, y te aseguro que no viajaban en camarotes de lujo como nosotros hoy. Solo te pido que me des tiempo y amor, y que cuando esa sombra que a veces veo en tu mirada asome, me dejes borrarla hasta conseguir que desaparezca del todo de nuestras vidas.

Gabriel no sabía cómo encajar la fortaleza y el sentido común de una mujer a la que él había juzgado precipitadamente y con la que había pensado en algún momento que le sería fácil llevar a cabo su plan de odio y venganza. A veces se asomaba a cubierta y se quedaba ensimismado contemplando el batir de las aguas. Las mismas aguas que habían arropado a su abuela Gloria cincuenta años atrás en su humillante y dolorosa huida, con un niño de pecho en los brazos y otro mar salado de lágrimas como única compañía. Cómo le habría gustado hacer ese recorrido con ella a bordo, en el mejor camarote y con todas las atenciones que le faltaron aquellos miserables días. Aún no sabía qué reacción tendría Gloria al conocer a Rocío. No había querido explicarle mucho sobre el origen de su esposa y temía hacerle daño al recordarle su Cádiz natal, tan lejano y tan añorado. Gloria había sido feliz a su modo, volcada en su hijo y en agradecer infinitamente a la familia Laguna no solo el que hubieran adoptado al niño, sino haberle devuelto la dignidad con una vida aún mejor de la que ella habría podido disfrutar en la casita de pescadores de su padre. Jamás una palabra de resentimiento salió de sus labios. Gabo solo adivinaba el profundo dolor de su abuela en sus ojos, siempre tristes, en las evocaciones constantes de su tierra, sus costumbres y su mar de plata bruñida por el sol, y en la historia que su padre por fin le apuntó un día y que Gloria le desvelaría más tarde. Hacía dos años de aquello y la confesión le hizo entender el porqué de la mirada de su abuela y su recogimiento, siempre en sus habitaciones, cosiendo prendas para los hijos de los aparceros y sintiendo en su fuero interno que junto a ellos debiera haber estado su sitio, y no como dueña y señora de una casa que estaba por encima de su educación y mérito.

Los días siguieron apacibles después de la tormenta. A medida que el barco se acercaba a las costas de América la temperatura se hizo más cálida y Rocío disfrutaba tomando el sol en la piscina de cubierta, como su admirada Grace Kelly en el viaje que la llevó a Mónaco. Su esbelta silueta era la admiración de todos, que no hacían sino deslizar comentarios a Gabo sobre la suerte de tener una esposa tan bella y amable. Por las noches eran invitados a cenar en la mesa del capitán y disfrutaban de las atracciones y los bailes que amenizaban el crucero y hacían la travesía más llevadera.

Por fin, el capitán llamó la atención de los pasajeros para que no se perdieran la llegada a Veracruz, la ciudad fundada por Hernán Cortes en los inicios del siglo XVI y puerto de entrada de los españoles a México. También la ciudad había recibido años atrás a los muchos exiliados de la guerra que habían visto el avance de las tropas nacionales y se habían embarcado en el buque *Sinaia,* fletado por el servicio de Evacuación de Republicanos Españoles. Ya el general Lázaro Cárdenas, por un acuerdo entre el gobierno mexicano y el gobierno republicano, había recibido en 1937 a quinientos niños españoles, que serían conocidos más tarde como los niños de Morelia, y en 1939 Veracruz abrió las puertas al resto de la emigración republicana.

La colonia española en México reuniría a más de veinte mil refugiados republicanos. Así de generoso había sido el país del Águila una y mil veces para con nuestro pueblo, y con la misma generosidad recibiría a mi hermana en bien distintas circunstancias.

Veracruz era una ciudad netamente colonial y llena de riqueza arquitectónica y encanto. Cuando desembarcaron en el puerto, Rocío descubrió el carácter alegre de los veracruzanos y su abundancia de colorido, viniendo de una España a la que la religión y la guerra había reducido casi al blanco y negro con matices. Le sorprendió el cromatismo valiente y variado de sus casas, atuendos y adornos, que devolvieron a Rocío su habitual sonrisa. En cuanto sus pies se posaron en tierra mexicana, supo cuánto iba a amar ese país, cómo se le iba metiendo en la piel desde el primer minuto en que empezó a oír su música y ver a sus gentes de rasgos tan distintos, de bronce y luna. Los niñitos de ojos achinados colgaban hábilmente de la espalda de sus madres merced a un curioso atado que les cruzaba el pecho. Las trenzas largas y negras de las indígenas y el increíble mestizaje por todas partes se le quedaron grabados en la retina como un cuadro rico y fresco recién pintado por un mago.

Le cautivaron la proliferación de flores naturales y algunas imitando las originales en papel o madera; el Zócalo con sus artesanías en cestas; las faldas y las blusas blancas de volantes, los trajes típicos que tanto recordaban a los trajes de gitana del sur de España. Le llamaron la atención los adornos para el pelo hechos con cintas de colores que las veracruzanas usaban mezclados con flores; las joyas en plata, turquesas y amatistas; la cerámica de mil tonos, decorada a veces por niñas de no más de diez años rodeadas de botes y pinceles de colores que ellas manejaban con seguridad y maestría sin que en ningún momento los tonos chocasen entre sí. Todo ello atraía la curiosidad de mi hermana, que tenía la sensación de formar parte de una fiesta popular que en nada tenía que envidiar a los carnavales de su querido Cádiz.

El tañido de las campanas volvió a la realidad a Rocío. Gabriel la observaba emocionado al ver cómo de sus ojos azules escapaban unas tibias y silenciosas lágrimas, humedeciendo su sonrisa de asombro ante ese mundo que, desde el primer instante, la había embrujado y que no dudaría en hacer suyo para siempre.

Gabriel ordenó enviar la mayor parte del equipaje y los regalos de boda a la hacienda. Quería que fuesen por delante y así ellos, más ligeros, podrían disfrutar del recorrido hasta Querétaro, otra preciosa ciudad colonial de la que la hacienda distaba tan solo veinte kilómetros, pasando por supuesto por la capital, una de las ciudades más pobladas del mundo y con mil rincones y rutas interesantes. Gabriel se sentía orgulloso de su México natal, no solo por cómo había devuelto la vida a su familia, sino porque realmente era un gran país y quería enseñar a Rocío todos los tesoros que hacían de él un lugar único y maravilloso.

Lo primero que hicieron fue disfrutar de una deliciosa margarita, bebida típica preparada a base de tequila, jugo de lima y un sirope que le da el dulzor que la sal en el borde del vaso equilibra. Era su primer brindis en tierra mexicana y la deliciosa bebida, con hielo picado, alivió el calor que desde hacía días acompañaba a los viajeros. Rocío nos contaba en sus cartas lo deliciosa que era esa bebida y lo traicionera en su inocente apariencia. Pasaron su primera noche en tierras mexicanas en un precioso hotel colonial con jardines y fuentes que remitían a las haciendas españolas, pero con las habitaciones decoradas con preciosos muebles, enriquecidos con pan de oro y tonos suaves en verde y añil. Los grandes espejos coloniales adornaban las paredes y daban una enorme amplitud a la estancia. Las cerámicas adornaban las alacenas y un jarrón presidía la mesa del saloncito repleto de alcatraces, la flor mexicana representada en mil pinturas y muebles, además de adornar las fuentes, y que daban la bienvenida al visitante con una calidez inusual. Una gran chimenea presidía el dormitorio, tremendamente útil para calentar las frescas noches del invierno veracruzano, cuyo origen provenía de la humedad del mar y las lluvias fuertes de la temporada.

Todo era de un gusto increíble y de una gran verdad al mismo tiempo, telas nobles tejidas en telar, maderas talladas por manos artesanas llenas de amor al trabajo y cerámica cocida en los hornos de las distintas regiones. La primera cena en el restaurante que les recomendaron fue deliciosa. Mi hermana saboreó los platos típicos veracruzanos y descubrió algo que le entusiasmó: el guacamole, hecho a base de aguacate, lima, tomate y cebolla morada. Solo era el aperitivo de lo que le quedaba por conocer de la especiada, exótica y variada comida mexicana. Esa primera noche en Veracruz sería uno de los mejores recuerdos de su vida, y Gabriel estaba encantador y feliz de ver a su esposa descubrir y disfrutar tanto de su tierra querida. La música que salía por todas partes hizo el resto, y los alcatraces fueron testigos de lo que posiblemente fue la primera noche de amor con mayúsculas en la vida de mi hermana. Sería un recuerdo al que volvería a menudo en los duros días que aún le quedaban por vivir.

Capítulo XXIII

Los días siguientes a la llegada superaron con creces las expectativas de mi hermana. El país era de una fuerza y exuberancia desbordantes. Había en cada rincón signos evidentes de una cultura y una raza milenaria que no había conseguido ser extinguida por los conquistadores. Era una raza dominante incluso en pleno siglo xx, y mi hermana sintió una profunda admiración por un pueblo que había sobrevivido a través de los siglos a cualquier intento colonizador. México habría pertenecido a la Corona española pero ni las costumbres ni la fisonomía en los rasgos de la mayoría de la población habían pertenecido a nadie sino a los propios mexicanos. Por todas partes cantidades ingentes de personas iban de un lado a otro, caminando o en coches cuyos remolques rebosaban de hombres, mujeres y críos. Todos parecían felices en su precariedad y a la vuelta de cualquier esquina hornillos humeantes ofrecían toda clase de comidas de fuertes aromas y seguramente intenso sabor. La gente comía los tamales, una especie de tortilla que envolvía cualquier clase de ingrediente como carnitas, cebolletas o aguacate, y dulces y bollería de lo más apetecible. Las casas pasaban de la más lujosa hacienda con grandes vallas y vegetación, a casi improvisadas chabolitas a las que las lluvias torrenciales castigarían más de la cuenta. Ante su vista apareció por fin la inmensa Ciudad de México, cuna del mayor talento que Hispanoamérica había exportado a todo el mundo. Escritores, músicos, pintores, actores y cineastas habían conseguido un lugar de honor en el arte universal. Gabriel llevó a mi hermana a un lujoso hotel en la parte más residencial de la ciudad. El hotel tenía la fuerza, rotundidad y colorido de la nueva arquitectura mexicana. Arquitectos como Barragán o pintores como Frida Khalo o Diego Rivera impresionaron a Rocío por la expresividad casi violenta de su pintura. El hotel era monumental, con grandes espacios barridos por los típicos tonos mexicanos como el rosa chicle, el morado o el amarillo. En sus zonas de paso y distribución había grandes piezas de cerámica talaverana, una herencia española, o enormes y artísticos centros de flores daban a cada estancia un atractivo y vistosidad que contrastaban con la sobriedad de nuestra tierra. La música salía por todas partes y por la noche, después de una romántica cena en San Ángel, Gabo llevó a mi hermana a la plaza Garibaldi para disfrutar de los cientos de mariachis que allí se ofrecían para ser contratados sobre la marcha y amenizar cualquier evento.

San Ángel era la parte más colonial de la ciudad. La gran actriz María Félix tenía una casa en dicho barrio y por todas partes aparecían placitas llenas de pintores exponiendo sus obras, o casas con grandes patios en cuyo centro las fuentes, adornadas de frutas y verduras, daban frescor a los visitantes que se ensimismaban con la artesanía en cristal o plata expuesta por todos los corredores circundantes. Rocío no podía creer cómo los mexicanos aprovechaban cualquier elemento o rincón para crear algo mágico y sugerente. Tal vez ahora creía entender lo que había en el fondo de los ojos de Gabriel. Miles de años de cultura, sabiduría y misterio.

Compraron un montón de cosas para la casa, joyas para ella, para Luna, Lluvia, para mí y para mi madre, y también piezas de madera tallada con pan de oro como las que se veían en las iglesias en España, que la habían impresionado. La cultura religiosa de herencia española había sido asimilada por el colorido y la vistosidad del arte popular mexicano creando piezas bellísimas. Todo para cuando pudiesen volver a España.

Gabriel quiso que mi hermana conociese la historia de su país y la llevó al museo antropológico, en el que se exhibía una maqueta de lo que había sido la ciudad blanca de Tenochtitlán, fundada por los aztecas en medio de un lago. Era blanca porque estaba construida con el sillar de las canteras que rodeaban el lago y, según le explicaba Gabo, en cada casa había un estandarte hecho de plumas de ave de colores que eran el distintivo de cada familia, un poco como las banderas que ondeaban en Cádiz desde las torres-mirador para ser divisadas por los propietarios.

Un día mi hermana se encontró viajando por una carretera polvorienta que desembocó en un espectáculo capaz de dejar sin habla al más experto viajero. Ante su mirada aparecieron las grandes pirámides de Teotihuacán. Una ciudad monumental cuyo origen data del año 200 antes de Cristo. Las pirámides eran «el lugar en el que los hombres se hacen dioses», según la leyenda, y al que los grandes caciques acudían para preguntar sobre qué decisiones tomar en asuntos importantes para el pueblo. Las más destacadas eran la pirámide de la Luna y la del Sol. Rocío y Gabriel las subieron a pesar de la dificultad de sus estrechas y altas escaleras. Mi hermana se quitó los zapatos y contempló desde su altura la grandiosa y perfectamente diseñada ciudad arqueológica, con sus avenidas y monumentos. Caía la tarde y el embrujo del lugar junto a las palabras mágicas y misteriosas que el mexicano vertía en sus oídos consiguieron transportarla a otro tiempo, miles de años atrás.

—Rocío, mira la luna, esa luna tiene la marca de los antiguos guerreros. Si te fijas bien, hay una sombra que asemeja la figura de un conejo mirando hacia arriba. Solo los aztecas fueron capaces de llegar a la luna cuando lanzaron al animal al infinito y terminaron con una discusión sobre quién era más valiente y merecía ser el jefe. Mi pueblo era sabio mucho antes que el vuestro. Tenía un calendario perfecto en el que se podían ver los ciclos de la humanidad. Eran salvajes y sanguinarios por un lado y sabios y artistas por otro. Supongo que todos los mexicanos llevamos esa dualidad con la que tenemos que vivir.

Ese comentario desconcertó a Rocío, que quizá encontraba en esa sencilla explicación el conflicto interior que a veces adivinaba en el hombre con el que había subido a la cima de ese monumento que casi te permitía tocar las estrellas.

—Tienes un país maravilloso, no me extraña que te sientas orgulloso de él. Me duele pensar que todo este mundo fuese destruido por mis antepasados. Pero la historia está llena de la incomprensión e indiferencia de los invasores por las riquezas de pueblos sometidos, a los que ni siquiera se preocupan por conocer.

—De occidente llegó la serpiente emplumada. La leyenda decía que el hombre blanco vendría a nuestra tierra como un dios, y ese dios blanco llegó para destruirnos. Pero a cambio un mexicano ha ido a las tierras del sur de Europa para traerse a una princesa. —Gabo cambió de conversación de un plumazo y en una pirueta galante besó a mi hermana con el cielo por único testigo. Era una ceremonia de iniciación que bajo una romántica apariencia sellaba una unión con fuego para lo bueno y para lo malo. Ellos se hicieron dioses al conjuro de las pirámides y al bajar despacio, con las sombras cayendo sobre la noche, la luna de los aztecas contempló a mi hermana, dándole la bienvenida al país del Sol y el Águila, de la lluvia torrencial, de la pasión y la calma, como esa quietud en la mirada humilde y tranquila de sus gentes, en la profundidad de sus ojos de obsidiana y en su sonrisa constante que casi nunca dejaba adivinar sus pensamientos.

Esa noche, en la lujosa habitación del hotel, Gabriel preparó unas margaritas que sirvieran para bautizar, en la piscina privada de la suite, el primer baño de amantes de su vida. Todo hacía prometer un futuro feliz. Las caricias y los besos se entremezclaban con el susurro de las aves y el chorro de agua que caía sobre la superficie oscura de la alberca. El reflejo de la luna de los aztecas en el agua, iluminando apenas el abrazo de piel de los dos cuerpos, proyectaba en la ondulada superficie la extraña sonrisa de la liebre, bendiciendo la escena desde la distancia de los siglos y el misterio sin descubrir del hombre en la inmensidad del universo.

***

La partida hacia Querétaro despertó en mi hermana una sensación de fin de una etapa y principio de lo que, terminado el hechizo, sería el día a día de su vida de casada. Le hubiese gustado alargar ese viaje eternamente, tener a Gabo siempre cerca para poder controlar sus cambios de humor y suavizarlos con caricias de amor entregadas y certeras. Había una inquietud flotando en los movimientos para recoger el equipaje y el temor de que, tal vez hasta ahora, todo había sido el ensayo engañoso de la auténtica representación, a la que se enfrentaría en el momento en que traspasase el portón de entrada a Lagunalinda, la hacienda que sería su hogar para siempre.

A medida que la proximidad de la hacienda se hacía patente, el carácter de Gabriel experimentaba un cambio sutil que mi hermana no sabía interpretar. Tal vez el nerviosismo ante el encuentro con sus padres y las dudas sobre si Rocío les parecería demasiado delicada para una vida en el campo. Quizá la preocupación por la marcha de las cosas y tener que enfrentarse de nuevo al negocio de bebidas familiar, del que prácticamente se había desconectado durante más de dos meses. Ro también pensaba en el temor de su marido ante la posibilidad de que la casa y todo lo que en ella había no fuese suficiente para hacerla feliz. Por supuesto esos pensamientos no anidaban en su cabeza, se había enamorado de ese país y disfrutaría conociéndolo y formando parte de él, así como de la familia de Gabo, que a buen seguro la recibiría con los brazos abiertos.

Querétaro era una ciudad preciosa, colonial y llena de plazas y edificios de arquitectura de inspiración española. Sus iglesias y la arboleda de ficus entrelazados por sus copas, trajeron al corazón de Rocío el recuerdo de su Cádiz natal y los grandes ficus del parque Genovés. Cuánto echaba de menos su pequeña ciudad y el mar, sobre todo el mar. La nube pasó ligeramente por su cara y Gabo apretó su mano.

—¿Estás bien, Rocío, no te gusta mi ciudad?

—Sí, sí, Gabriel, es preciosa, lo que pasa es que ¡me recuerda tanto a Cádiz y sus plazas! No te preocupes, así cuando vengamos no sentiré que estoy tan lejos de España. ¡Mira!, mazorcas de maíz, me encantan desde que las comí en Veracruz. Para un momento, que vamos a comprar para llevar a la hacienda. ¿No te importa?

Rocío era una niña y disfrutaba tanto o más de las pequeñas cosas que de las grandes. Por supuesto Gabriel se paró solícito para dar el capricho a su joven esposa. Ya tendría tiempo de acostumbrarse a la vida monótona del campo, al que apenas llegarían en media hora.

El enorme cartel del portón rezaba con letras de hierro: «Lagunalinda» Era la finca más grande del estado, un latifundio que los Laguna habían pasado de padres a hijos desde hacía más de cien años. La propiedad era rica en pastos y sobre todo la gran laguna, auténtico corazón de la hacienda, garantizaba el agua necesaria para animales y cultivos. Emprendieron el camino hacia la casa grande por una carretera amplia festoneada de inmensos árboles a derecha e izquierda. Había reses por todas partes disfrutando de los ricos pastos y, más adelante, un magnífico *haras* acogía a los caballos que con tanto amor criaba Gabriel. Los potrillos estaban junto a sus madres y los sementales, en otra zona, ramoneaban y disfrutaban de la anchura de su vallado. De pronto, un relincho familiar hizo volver la cabeza a mi hermana. Su expresión de felicidad fue inmensa al descubrir a *Brisa*, nuestra querida yegua, que acudía al galope hacia el coche en el que viajaban sus amos. Rocío se bajó corriendo, con lágrimas en los ojos, para acariciar a su preciosa amiga. Se había puesto más fuerte del trabajo continuo y en su vientre se vislumbraba la pequeña sorpresa a la que Gabriel había hecho mención meses atrás. Las promesas de volver a montarla delicadamente salieron a borbotones de los labios de mi hermana, que por fin se despidió de ella para continuar camino hasta la edificación principal que les esperaba a lo lejos.

La construción principal era una preciosa casa de ventanales enmarcados con guirnaldas de colores y postigos de madera, y buganvillas, arboledas y grandes macetones de barro con flores esperaban a su futura dueña. Mi hermana nos contaría después su asombro ante tanta belleza y majestuosidad. Las haciendas del campo mexicano eran sencillas pero con grandes espacios comunicados. En los enormes porches las chimeneas calentaban las noches de invierno, y un inmenso horno de barro presuponía panes y asados deliciosos.

Ya en la puerta de la gran casa, algunos empleados habían acudido con el sonido del coche para recibir el equipaje y ofrecer sus servicios a los recién llegados. Al entrar en el zaguán de suelos de barro cocido, el frescor y el olor a flores dieron la bienvenida a Rocío mientras un hombre y una mujer de mediana edad se acercaban solícitos, con una cálida sonrisa, para fundirse las mujeres en un abrazo y los hombres en un apretón de manos con golpes en la espalda.

—Supongo que no hace falta que te diga que estos son mis padres, Amalia y Gabriel. Padres, esta es Rocío. No la atosiguéis demasiado, el viaje ha sido bastante largo.

—Por favor, Gabriel, no seas tan soso. Estoy feliz de estar aquí, tenía muchas ganas de conocerlos y de darles las gracias personalmente por mi maravilloso regalo de bodas. Traemos fotografías para que vean cómo me quedaban de bonitos.

—La verdad, hijo, es que nos habías dicho cómo era Rocío de linda pero te quedaste corto. —El padre de Gabo contemplaba con admiración a su nuera—. Es una dama preciosa, lástima que la vayas a encerrar en este rincón perdido.

—No hagas caso, mi niña, esto no es ni rincón ni está perdido. Yo llevo toda mi vida aquí, desde que conocí a Gabriel y me casé con él, más o menos a tu edad, y estoy feliz. La vida es muy tranquila y agradable y nosotros nos encargaremos de que te sientas bien en nuestra casa, mejor dicho, en la tuya.

—Siempre podréis hacer algunas escapadas a Querétaro o incluso al DF, cuando os queráis quitar el polvo y el olor a campo.

—Me encanta el campo. —Mi hermana se sentía abrumada por tanta humildad—. Yo también disfruto mucho en el cortijo que tenemos en España y tampoco la vida en Cádiz es tan divertida, lo más bonito que tiene mi ciudad es el mar. Pero creo que aquí hay unas playas preciosas, así que de vez en cuando le diré a Gabo que me lleve.

—Rocío, quiero que conozcas a mi abuela. Se encuentra en sus habitaciones porque está muy delicada de salud, así que iremos para darle un abrazo. Más tarde, cuando te pongas cómoda y descanses un poco, te enseñaré el resto de la casa y te presentaré a las personas que trabajan en la hacienda.

Las habitaciones de Gloria estaban en otra ala del edificio, eran tranquilas y se asomaban a un patio para su uso exclusivo. Gabriel golpeó levemente la puerta con los nudillos.

—Abuela, ¿puedo entrar?, soy Gabo. Ya estamos aquí y vengo con Rocío, para que la conozcas.

—Adelante, hijo, ven a darme un abrazo. —Fueron las palabras pronunciadas por una suave voz desde dentro de la habitación.

La puerta se abrió para descubrir una estancia sencilla, presidida por un aparador muestra de la rica artesanía mexicana, lleno de retratos y figuras de barro decoradas. En un lado, un pequeño altar con flores frescas cobijaba a la Virgen madre con un Niño en brazos. El olor a lavanda impregnaba el aire de calidez. En medio de la habitación, junto a las puertas que daban al patio, estaba Gloria, sentada en una cómoda butaca al lado de una mesa camilla en la que descansaba un costurero abierto y con la costura interrumpida, seguramente por nuestra visita. Gabriel abrazó emocionado a su abuela y después tomó a Rocío de la mano para acercarla a la butaca. Gloria la miraba con los ojos color aceituna más bellos y transparentes que Rocío había visto en su vida.

—Abuela, esta es Rocío, te la he traído de Cádiz, la tierra de tu alma. Así es como si hubieses vuelto un poco. Habla como tú, con tu mismo acento, y tiene la luz de tu sol en el pelo y el sonido de tu mar en su risa.

Gloria no podía quitar sus ojos de Rocío. Sus labios temblaban de emoción y gruesas lágrimas empezaron a deslizarse por sus mejillas. Veía en esa criatura a su Cádiz, a su playa de La Caleta, podía escuchar la música del levante contra los postigos y la humedad del viento sur sobre los árboles. Olía el aroma a jazmines y galán de noche que envolvían la nocturnidad de las calles tranquilas y angostas en las que siempre algún cante se escapaba por las ventanas.

Veía su humilde casa de pescadores y a su madre preparando la berza y cosiendo hasta altas horas de la noche. Podía visualizar su pelo negro iluminado con jazmines que de vuelta del trabajo arrancaba para adornarse, en sus paseos por el muelle con las amigas. Recordaba el sonido de sus risas inocentes y también el día en que un malnacido se la arrancó de cuajo. Todo eso y más venía a su memoria al contemplar a esa criatura de porcelana tan distinta a ella misma.

—Ven aquí, hija, dale un beso a esta vieja y háblame para que pueda escuchar otra vez las voces de mi tierra después de tanto tiempo. A mí me gustaba cantar tanguillos, ¿sabes? Decían que no los cantaba mal…A lo mejor algún día podemos volver a cantarlos juntas.

Capítulo XXIV

El encuentro de Rocío con Gloria dejó una huella indeleble en su corazón. Ahora comprendía muchas cosas, ya no le quedaba ninguna duda sobre el origen de la profunda tristeza que los ojos de Gabriel atesoraban en el rincón más oculto. Gloria era ese camino hacia el dolor, hacia el viaje sin retorno que ella, por razones que se le escapaban, había emprendido algún día. Era la nostalgia de una tierra que, a fuerza de imágenes dibujadas con precisión en la memoria de la anciana, se había metido en el alma de su nieto. Imágenes que él apenas reconocía en su búsqueda pero que podía imaginar con mayor fuerza y realismo que si las hubiese encontrado. El Cádiz de Gabriel era el de su abuela, mil veces contado, no era el de Rocío ni tampoco importaba demasiado. Gabriel no buscaba la verdad sino la emoción arrancada de golpe a una muchacha de dieciocho años. La emoción que permanecía intacta en el olor aprendido de memoria y que él podía respirar a través del tiempo, en el ajetreo del puerto y la dársena, apenas una sombra de lo que fuera en otra época, y sobre todo en la música de la gente al saludarse y pararse en mitad de una calle. Como si el tiempo no existiese y fuese marcado únicamente al ritmo de las palabras y el acento de los habitantes de una tierra que había decidido comerse parte de las sílabas al hablar, y sustituirlas por el dulce sonido del mar y la viveza de los vientos. Rocío entendió de un plumazo qué es lo que Gabo había ido a buscar a Cádiz y por qué aquella noche, bailando a la luz de los jardines y las estrellas, había decidido que ella sería el mejor regalo que podía encontrar para ofrecerle a Gloria, en bandeja de plata, como una ofrenda o sacrificio tantos años aplazados.

Rocío sintió una mezcla de miedo y ternura por lo que sus ojos habían contemplado. Ya tenía claro cuál era su misión en Lagunalinda. Lo que no percibía era, culminada la ofrenda, cuál sería su día a día junto a Gabriel y si su relación tendría la posibilidad de discurrir en los cauces naturales de comprensión y afecto propios de una joven pareja.

—Rocío, si quieres te muestro nuestras habitaciones para que te instales y te sientas a gusto. Hay un dormitorio grande y decorado especialmente para ti, una pequeña salita para cuando quieras estar tranquila, sin que nadie te moleste, y también otro pequeño dormitorio, por si yo tengo que viajar en algún momento y volver tarde por la noche. Yo dormiré en él para no despertarte y por la mañana nos encontraremos en el desayuno. Creo que es lo más cómodo para los dos. A veces los negocios en la ciudad o los problemas en el campo me obligarán a quedarme hasta tarde, o tal vez pasar la noche fuera de casa, y no quiero que te preocupes por mí.

Estas palabras cayeron sobre mi hermana como un jarro de agua fría. Al parecer Gabriel entraría y saldría a su antojo, condenando a su mujer a una ignorante soledad. De pronto todo ese lugar magnífico se había convertido en una cárcel de la que difícilmente podría salir y en la que la compañía de su joven y atractivo esposo le sería tan cara como la de su familia al otro lado del océano.

—Gabo, no es necesario que duermas en otra habitación si llegas tarde, yo te estaré esperando si es que no puedo acompañarte, que es lo que me gustaría. Por otra parte, mi sueño es profundo como el de una marmota y no me molestarás en absoluto cuando llegues. Sinceramente, pensaba que siempre nos despertaríamos juntos para darnos un beso y empezar la jornada el uno al lado del otro, al menos eso es lo que siempre han hecho mis padres. —Rocío soltaba esta parrafada rápida y con un deje de ansiedad y duda sobre el auténtico objetivo de esa extraña distribución que irremisiblemente crearía paredes invisibles en su relación.

—Querida, estás en una hacienda en México. Las cosas aquí son distintas y las costumbres también. Créeme, solo pienso en tu comodidad y en nada más. Verás cómo te irás acostumbrando a nuestra forma de vida y terminarás agradeciendo tener un espacio propio. Cuando estés lista, me avisas para que conozcas a las personas que se ocupan de la casa y la hacienda. Ponte cómoda, recuerda que estás en el campo.

Rocío empezó a sacar sus cosas mientras le temblaban las manos. Sentía que todo el viaje había sido un espejismo y que la recomendación de su esposo sobre su futura convivencia, así como el hecho de recordarle constantemente que estaba en el campo, implicaba olvidarse de sus sueños de novia adolescente en los que ya no sería más la protagonista de un cuento de hadas.

Al cabo de un par de horas y de dar muchas vueltas sobre el atuendo adecuado para la ocasión, Rocío optó por una falda de vuelo con flores y una blusa sin mangas, metida de hombros, así como por unas alpargatas de esparto a juego con los colores de la falda. Se cepilló el pelo para quitarle el polvo de los últimos kilómetros; habían viajado en un precioso Chevrolet Bel Air descapotable que un empleado había llevado hasta Veracruz a la espera de la flamante pareja. Se recogió su melena con una graciosa cola de caballo que le daba un aire aún más aniñado, si era posible.

Gabo no pudo sino admirar la belleza de su esposa, bajo cualquier aspecto o circunstancia, y cogiéndola de la mano la llevó a través de un enorme patio a las dependencias en las que vivían y trabajaban parte de los empleados que se ocupaban de la casa grande y las labores del campo.

Al entrar en las zonas humildes y aseadas del servicio, Rocío contempló las caras sonrientes y de rasgos étnicos marcados que tanto la habían impactado desde su llegada.

—Mira, Rocío, esta es Dolores. Lleva mucho tiempo con nosotros y es una excelente cocinera, jamás podrás encontrar mejores platos de la cocina mexicana que los que ella prepara. Este es Pascual, el capataz de la hacienda. Siempre que necesites algo o quieras dar un paseo a caballo se lo pides a él o a Manuel, nuestro hombre para todo. —Gabo se dirigió a un hombre joven de mirada noble—. Ambos tienen toda nuestra confianza. Aquí tienes a Lupita, la mujer de Pascual, como ves siempre tiene la sonrisa en los labios y se ocupa de la limpieza de la casa junto con Rosalía, su hermana, que cuida nuestra ropa y cose de maravilla.

Gabriel mostraba orgulloso a su gente. Estaba claro que para él eran su familia y el aprecio mutuo se podía palpar en las miles de veces que todos asentían con la cabeza y agradecían al amo los cumplidos. Rocío les iba dando la mano y prometiéndoles con su mirada que nada cambiaría con su presencia sino al revés, ella estaba dispuesta a cuidarlos y pondría todo su empeño en ello.

—Rocío, te presento a Lucha. Ella es la que se ocupa de que todo en la casa esté perfecto y funcione a las mil maravillas. Es hija de Dolores y se ha criado en la hacienda con nosotros. Si necesitas algo no dudes en pedírselo, nunca te defraudará.

Los ojos de Rocío se vieron atravesados por los de una muchacha de tez aceitunada e indudable belleza, que la contemplaba desde una distancia nada servil. Su atuendo típico con blusa blanca de volantes y cintas atadas a la cintura, y trenzadas en su negra y brillante melena, dejaban a las claras el esmero con que esa hija de la tierra había cuidado su aspecto para estar a la altura, e incluso eclipsar a esa niña frágil y blanca que desentonaba con los colores y forma de vida de Lagunalinda. Ella pertenecía a la hacienda, se había criado entre sus patios y había disfrutado de un lugar de privilegio junto a Gabriel, en sus juegos y galopadas a caballo. Ella conocía cada rincón de la casa y también cada rincón del corazón de su amigo y no estaba dispuesta a ceder ni un milímetro de poder por el hecho de que una señorita española viniese, quién sabe por qué motivo, a llenar un espacio que no estaba vacío.

De pronto todos se quedaron callados ante el frío y escueto saludo que Lucha dedicó a su nueva señora. Rocío sintió una punzada en el pecho y recogió el guante sin saber muy bien de quién o qué tenía que protegerse.

—Encantada, Lucha, qué bonitas las cintas de tu pelo. Espero que me enseñes los secretos de la casa, aunque tú seguirás ocupándote de las cosas más importantes. Quiero que todos ustedes sepan que nada va a cambiar con mi presencia. Veo que cada uno sabe muy bien cuál es su cometido y confío en que seguirán ocupándose de ello como hasta ahora. Intentaré que mi estancia sirva para aportar frescura y solo haré cambios en pequeñas cosas que me permitan mostrarles algunas costumbres de mi tierra que seguramente les encantará conocer. Muchas gracias por su cordial recibimiento, y ahora les dejamos para no interrumpir más sus quehaceres. —Mientras se iban alejando, Rocío siguió comentando con Gabo—. Qué gente tan estupenda y tan amable, espero que no se asusten de mi piel tan pálida y no crean que voy a poner todo patas arriba por el mero hecho de ser extranjera. Intentaré poco a poco introducir algunas cosas y algunos platos que te gustaron cuando los probaste en mi casa de Cádiz, si no te importa. Por cierto, qué guapa es Lucha, supongo que pronto encontrará un buen marido que la llene de hijos. —Cuando dejaron atrás el patio, Rocío tomó el brazo de un Gabriel visiblemente incómodo.

—Lucha es muy especial, no será tan fácil que encuentre el tipo de hombre que ella busca. A veces es un poco seria pero pronto se le pasará, cuando vea que tú no interfieres en su hacer diario. Ten en cuenta que es hija de padre desconocido y siempre ha vivido en la hacienda, mimada y querida, no se adaptará a otra forma de vida miserable y dura.

—Es bastante lógico, pero no quiero entender por tus palabras que me convertiré en un adorno más en esta casa. Soy tu esposa y creo que el orden jerárquico debiera empezar por tu abuela, tu madre y yo. Tenemos que dejar claro muy sutilmente que en esta casa nadie, fuera de nuestra familia, puede decidir qué hacer si no es bajo el criterio de la dueña de la casa, en este caso tu madre y yo, como tu esposa. Ya sé que cuando me pediste en matrimonio no buscabas un ama de llaves, pero supongo que sí querías una mujer para compartir tu vida en todos los ámbitos, para enriquecerla y para mejorarla si es posible, y eso es lo que intentaré hacer, Gabo, a pesar de las dificultades.

—Rocío, aquí todo está bien y funciona y ha funcionado perfectamente desde antes de que tú vinieras. Deja las cosas como están y no interrumpas el trabajo de Lucha en el cuidado de la hacienda. Estás en México y no en Cádiz, las cosas aquí son diferentes y no puede girar todo nuestro mundo en torno a los caprichos de una niña de diecinueve años. Hazme caso, no te faltará nada pero aquí yo decido lo que hay que hacer y cómo.

—Creo que esas no fueron las palabras que dijiste a mi padre cuando le pedías mi mano. Espero que recapacites y pienses que no has hecho un viaje tan largo para dejar las cosas como están. Tienes algo dentro que aún no conozco, pero algún día me abrirás de verdad tu corazón y yo te ayudaré a sacarlo. Si no te importa, pediré que me ensillen a *Brisa* y daré un paseo por la finca hasta la hora de la cena.

Rocío estaba a punto de llorar pero respiró hondo y se tragó las lágrimas. Las cosas no serían fáciles pero ella no estaba dispuesta a dejarse aplastar como un insecto. Averiguaría el porqué del cambio de Gabriel, el porqué de su boda, de sus artes para engañar a todos, y descubriría qué había entre esa morena insolente y su marido. Lucharía como una leona por su felicidad, pero si no conseguía ser feliz en tierras mexicanas, no dudaría en tomar un barco de vuelta a España. Cualquier cosa menos repetir la triste y vencida imagen de la abuela Gloria en una habitación rodeada de ángeles y objetos muertos como su pasado.

Capítulo XXV

Rocío buscó entre su ropa el traje corto de montar con la chaquetilla ligera, que había traído primorosamente envuelto en su equipaje. Los zajones, las botas camperas y su silla campera jerezana habían venido en el baúl que traía los aparejos de *Brisa* desde España. Se miró al espejo y se reconoció en la figura que tantas veces había recorrido el cortijo y paseado airosa por la feria de Jerez. Salió deprisa en busca de las caballerizas para poder abrazar a su yegua y recuperar algo de la ternura y el cariño que se habían quedado enredados en los corredores de la casa grande. A su paso, una sombra emergió desde uno de los salones. Lucha parecía espiarla y no estaba dispuesta a perderse ninguno de sus movimientos.

—¿Necesita algo, señora Rocío?

—Lucha, me has asustado. Tendré que aprenderme los caminos de las cuadras y el campo y supongo que sabré hacerlo sola, muchas gracias de todos modos.

—La cena estará lista en poco más de una hora y a los amos no les gusta esperar.

—Supongo que cuando dices los amos también me incluyes a mí, aunque es un término que no me gusta que nadie utilice en mi presencia y, efectivamente, tampoco me gusta esperar ni que me digan lo que tengo que hacer. Buenas tardes, Lucha.

La indignación crecía por momentos en mi hermana. No estaba acostumbrada a que le dieran órdenes y menos en su propia casa. Esa mexicana insolente no sabía bien con quién estaba tratando pero pronto lo descubriría. Pasó por la cocina para coger un par de zanahorias y salió en busca de su yegua. Todo estaba muy cerca en la hacienda, apenas unos patios y jardines separaban las dependencias, y el canto de los gallos junto al relinchar de los caballos formaban una inequívoca música de fondo. A punto de entrar en las caballerizas, el hombre joven y de aspecto amable que Gabo le había presentado en su primer encuentro con el personal al servicio de la hacienda, se acercó solícito en su ayuda.

—Señora Rocío, soy Manuel, ¿se acuerda?, ayudo al señor Pascual y junto con él me ocupo de los caballos. Ya vi cómo acariciaba a *Brisa* cuando llegaron y estoy convencido de que su yegua se pondrá muy alegre cuando la vea. Si no le importa, me dice cómo quiere que le ensille la castaña y así siempre que quiera salir la tendrá a su gusto. Es usted muy bonita, si me permite que se lo diga, el amo Gabriel estará más feliz teniéndola en la hacienda.

—Muchas gracias, Manuel, si me dices dónde está la silla vaquera lo podemos hacer juntos. No quiero apretarle mucho la cincha porque veo que está preñada y no me gustaría que estuviese incómoda. Daré un ligero paseo al paso y tal vez con un trote corto a la española que no le haga trabajar mucho. Vamos, estoy deseando abrazarla.

Brisa estaba en su *box* con la cama de paja limpia y abundante y, no bien sintió la presencia de Rocío, empezó a relinchar mientras su ama la acariciaba y le hablaba para tranquilizarla. A Ro le vinieron de golpe las imágenes familiares de su tierra. Las zanahorias duraron un santiamén en su mano y los susurros se mezclaban con las caricias y las lágrimas que se escapaban a traición de los azules ojos de mi hermana. Manuel notó el inmenso cariño que esos dos seres se tenían e interpretó las lágrimas de su nueva señora como un sentimiento de emoción después de tantos meses separada de la yegua. Poco podía adivinar ese hombre solícito y humilde que esa princesa de carne y hueso era, en ese momento y en ese lugar idílico, una persona tremendamente desgraciada.

Rocío montó a *Brisa* a horcajadas con un dominio que dejaron a Manuel mudo de asombro. Qué estampa tan bella la rubia amazona sobre la yegua española saliendo al paso, elegante y tranquilamente, para descubrir los campos y respirar el oxígeno que le estaba faltando por momentos.

Rocío estimuló ligeramente a su montura con una vara de árbol que había cogido con habilidad junto a las cuadras. Sabía que la madera suave era la mejor manera de dirigir los pasos de una yegua muy bien domada.

Los campos se extendían ante su vista. Grandes superficies de pastos donde el ganado se encontraba relajado y bien alimentado. Vallados hechos con troncos de madera en los que algunos trabajadores se ocupaban, intentando reparar los que estaban dañados. A su paso los hombres se quitaban el sombrero de ala ancha para saludarla con respeto y a Rocío le produjo una enorme ternura su actitud responsable y seria. Mi hermana me iba describiendo con detalle su vida en Lagunalinda, en unas cartas en las que también me hacía partícipe de su tristeza y los motivos de ella.

A lo lejos, al pie de una loma, una gran arboleda hacía de hábitat natural para las aves que encontraban alimento y bebida en la cercana laguna. Decidió aventurarse con una suave galopada, la yegua tenía ganas también de estirarse y los caminos de arena eran muy cómodos para sus cascos. La tarde era templada y el sol iniciaba su caída en el horizonte. En la distancia, Rocío contempló el maravilloso espectáculo que justificaba por sí mismo el nombre de la hacienda. Una enorme y tranquila laguna, como un espejo, reinaba en medio de las praderas. Era inmensa y clara, con una belleza cristalina solo alterada por las garzas que de vez en cuando rompían la superficie para beber agua o pescar algún pez al vuelo. La temperatura era tan suave que apenas había diferencia entre la piel y el aire. Rocío contemplaba la imagen hipnotizada por su armonía y equilibrio. Ningún mal de alma permanecería inalterable ante esa visión de paz y bonanza en estado puro. Rocío desmontó y cogió a su yegua de las riendas para acercarla a la orilla y dejarla beber a gusto. *Brisa* conocía la laguna y se sentía feliz de poder entrar en sus aguas. Metía los cascos buscando el frescor de la tarde y empujaba con su cabeza a Rocío, quizá animándola también a probar el placer del agua en los tobillos. Se quitó los «botos» divertida, nadie podía verla y no quería perderse el único momento de felicidad que había entrado en su vida desde su llegada al rancho. Miró al cielo y rogó en la distancia para que todo volviese a ser de nuevo como aquella noche en Veracruz, embriagada por los brazos de Gabriel y emocionada ante lo que ella creía, en ese momento, que sería el denominador común de sus noches de casada. De pronto sintió ganas de llorar y gritar a quien pudiese oírla, necesitaba desahogarse y encontrar respuesta para su lamento, aunque fuese en el cielo de la tarde.

Ese atardecer, junto a esa laguna, se juró que jamás dejaría que nada ni nadie le arrebatara su derecho a la felicidad. Supo entonces que lucharía para sacar adelante su proyecto de vida junto a Gabriel y pondría en ello todo su amor y todo su esfuerzo, pero no lo haría a costa de ella misma. Recordaba a su madre, siempre mimada por un hombre que la eligió muy joven y que desde entonces solo había tenido un objetivo en su vida, hacerla feliz. Admiraba tanto a ese hombre honesto y generoso, de puertas abiertas, tan distinto de aquel que tal vez apresuradamente ella había elegido. Se humedeció la cara con el agua fresca para borrar la nostalgia y se puso los «botos» de nuevo, y luego subió a lomos de *Brisa* para volver a casa a punto para la cena. La niña traviesa que aún habitaba en ella sonreía al pensar que tal vez alguien le riñese por su tardanza.

Rocío llegó a tiempo para cambiarse y acudir al comedor con uno de sus trajes de verano color melocotón cubierto por el rebozo turquesa que Gabriel le había regalado en San Ángel. Era un salón enorme presidido por una enorme chimenea de piedra. Sobre la chimenea, un gran espejo enmarcado en madera decorada con pan de oro reflejaba el delicado centro de flores que en la mesa servía de adorno para los comensales. La vajilla típica talaverana tenía la peculiaridad de que cada plato era distinto y único, y las copas de vidrio soplado azules daban al conjunto una rústica y a la vez refinada calidez.

—Rocío, espero que hayas encontrado todo a tu gusto en tus habitaciones. La colcha es de manta de telar y los encajes que la adornan son de artesanas de la zona. Como ves, el trabajo no es tan fino como el de las mantelerías y sábanas que traes en tu ajuar pero son muy suaves al tacto, y te protegerán del frescor de la noche. Gabriel dice que eres «friolenta» y que también en Cádiz las noches son más frescas que el día. —Amalia tenía una dulzura en su forma de hablar que rápidamente cautivó a Rocío, quien adivinaba que en ella tendría siempre una aliada discreta y cariñosa.

—Tu marido estará a punto de llegar. No puede dejar de inspeccionar la hacienda en cuanto llega de un largo viaje. —Su suegro trataba de justificar la tardanza de su hijo—. A veces creo que se preocupa demasiado por las cosas, yo intento ayudarle pero él piensa que ya he trabajado bastante y es ahora su turno de vigilar que todo marche como es debido. Me han dicho que has estado dando una vuelta por el campo, ¿qué te ha parecido, hija mía? —Gabriel padre esperaba ansioso recibir las primeras impresiones de Rocío tras su recorrido por la finca. Estaba orgulloso de su hacienda, a la que había dedicado toda su vida y en donde su madre y él habían encontrado un hogar y una razón de existir muchos años atrás.

—Es un lugar maravilloso, entiendo que se sientan tan orgullosos de Lagunalinda. Los pastos, las grandes extensiones en las que se pierde la vista, la arboleda al pie de la suave ladera y sobre todo la laguna. Cuando aparece a lo lejos piensas que es un espejismo hasta que te acercas y contemplas sus aguas y el reflejo del cielo en ellas. Es mágico, nunca había visto algo así…

—Y tú y tu yegua os habéis metido dentro hasta las rodillas. —Gabo acababa de entrar en la estancia y su sonrisa burlona no dejaba claro si la ocurrencia de su mujercita le había gustado o todo lo contrario—. Rocío, tienes que ser más prudente, aún no conoces los peligros que esta tierra esconde, hay culebras y las aguas no son tan inofensivas como parecen. La próxima vez iré yo contigo para que me obedezcas.

—Prefiero pensar que vendrás conmigo para acompañarme y cuidarme. Bienvenido, Gabo, me encantaría que me dieras un beso. Hace unas cuantas horas que no nos vemos y te he echado de menos. Supongo que a tus padres no les molestará. —Amalia y Gabriel padre se miraron sonrientes y sorprendidos, y Gabo se acercó a Rocío para darle un beso galante y enterrar así el primer hacha de guerra de su nueva vida. Estaba claro, y así lo pensaron también los demás, que Rocío era todo menos una niña pacata y de fácil manejo.

Tras la cena, que transcurrió en un ambiente cordial y distendido y en la que Ro se dejó enamorar por los platos típicos y las famosas tortillas de trigo y maíz en sustitución del pan, todos brindaron con las margaritas, que Gabriel padre preparó, por el joven matrimonio y su recién estrenada vida en su nueva casa mexicana.

Rocío y Gabo se retiraron a sus habitaciones no sin antes dar un beso a Gloria, que habitualmente cenaba un poco de fruta en su dormitorio. La anciana acarició la cara de mi hermana y besó a su nieto deseándoles las buenas noches y arrancando la promesa a Rocío de que iría a visitarla al día siguiente.

Esa primera noche propició el mágico reencuentro de los novios, que se amaron hasta el amanecer y en la que solo se deshizo la gran cama del dormitorio como único testigo de que una fuerza desconocida había echado raíces en el corazón de los amantes. Siguieron explorando sus sensaciones y descubriendo nuevos centímetros de piel aún escondida. Rocío aprendía rápido porque solo hay algo en el mundo que hace a un ser humano adentrarse en paisajes desconocidos y misteriosos sin miedo al abismo y ese algo se llama AMOR. A poca distancia, unos ojos brillaban como cuchillos aguantando el llanto en mitad de las sombras.

Capítulo XXVI

La mañana amaneció perezosa y fresca. A través de las puertas entraba una brisa que hacía bailar las cortinas y dejaba entrever las buganvillas del patio. La luz del sol despertaba en el barro cocido del suelo un brillo que el aceite, con el que a menudo se enriquecía, atrapaba con facilidad. De vez en cuando unos anchos listones de madera cortaban la simetría perfecta de las baldosas, que manos artesanales expertas habían colocado en sentido diagonal a las paredes. Rocío entreabrió los ojos y dejó que la tenue luz fuese descubriendo los contornos de la habitación ante su vista. La cama aparecía ordenada en el lado opuesto y su mano encontró al tacto solamente la sábana del lecho medio vacío. Por supuesto echó de menos una caricia tibia como bienvenida a la mañana, pero cuando vio su reloj en la mesilla descubrió que ya eran más de las diez. Una sonrisa tranquilizó su ánimo, el campo madrugaba y la gente que se ocupaba de él también. Gabriel habría salido a horas tempranas intentando no hacer ruido para no alterar su profundo sueño. Quizá había contemplado la placidez con la que su mujer dormía y, además de admirar su inmaculada belleza, habría sentido una punzada de culpa al darse cuenta de con qué facilidad sucumbía a sus encantos. Seguramente era cosa de familia, pensó para sus adentros.

Rocío se dio una ducha caliente y abundante mientras divisaba la extensión de los campos que se asomaban por una ventana circular, justo en la parte alta de la ducha. Eligió ponerse un pantalón al tobillo y una blusa de cuadros con manga corta suficientemente cómoda para dedicar toda la mañana a familiarizarse con las dependencias y mil rincones de la casa y las construcciones aledañas.

Salió feliz intentando recordar el camino de la cocina, aunque Lupita le salió solícitamente al paso advirtiéndole de que el desayuno ya estaba esperándola en el pequeño comedor del patio central. La temperatura de esas tierras permite la vida al aire libre durante casi todo el año, solo las temporadas calientes o las fuertes lluvias animan a cobijarse en los porches, y en las noches de invierno, encender la magnífica chimenea exterior decorada con morados y amarillos. Si hay algo que diferencia las haciendas mexicanas de las españolas es la proliferación del color y las piezas artesanales por todas partes. En la gran sala de estar, la batea de madera repleta de bolas de colores de vidrio soplado creaba un efecto mágico de luces y espejos. También por todas partes abundaban los grandes velones de cristal o de peltre, un elemento parecido al estaño muy común en las casas mexicanas y que se puede utilizar para servir comida o adornar paredes enmarcando espejos. Rocío agradeció a Lupita su ofrecimiento y cuando llegó al comedor no pudo dar crédito de lo que para los mexicanos suponía la palabra desayuno. Jugos de frutas, como ellos dicen, platos con dulces y panes caseros y unos suculentos huevos rancheros capaces de levantar a un muerto. El café humeante y la leche componían el resto, además de pequeños recipientes, para enriquecer los huevos y frijoles que los acompañaban, con salsas que no habrían resistido muchos paladares a fuer de picantes.

—Pero, Lupita, no puedo comerme todo esto, es para un batallón. En España tomamos café con leche y alguna tostada con mantequilla. Eso es todo.

—Sí, señora Rocío, pero como es tan tarde, le hemos preparado un almuerzo por si se levantaba con apetito. Coma no más lo que guste. Además el campo y los paseos despiertan las ganas de comer, ya verá como le sienta bien. Me dijo la señora Dolores que le dijese si estaban de su gusto los huevos o los prefiere revueltos para otra vez.

—Gracias, Lupita. —Rocío se reía con las cosas de la muchacha—. Dile que está perfecto y que veré lo que soy capaz de comer. También adviértele que no se ofenda si no me como todo. ¿Sabes dónde están los demás habitantes de la casa?

—La señora Amalia ha salido con el señor Gabriel a Querétaro. Me pidieron que les disculpara y que le atendiera para que usted se sienta en su casa. Volverán para la comida. Y su señor esposo está en el campo con Pascual, viendo qué ha pasado con una vaca mal parida. Me dijo que no se preocupara, que tardaría «tantito». Y ahora me disculpa, voy a ocuparme de su equipaje con Rosalía.

—Gracias, Lupita, eres muy amable.

—Y usted muy linda, señora Rocío, su pelo es como hebras de oro.

—Tú también eres muy bonita. Te puedes marchar cuando quieras.

Lupita se fue riéndose como siempre y tan diligente como había aparecido. La sonrisa en el rostro de Rocío delataba lo a gusto que se sentía en una casa tan hermosa y en la que todos los que trabajaban parecían tener como único objetivo la comodidad y el placer de los amos.

Se dispuso a dar buena cuenta del desayuno, descubriendo en cada bocado el enorme apetito que tenía acumulado desde la cena de la noche anterior. Todo estaba tan rico que reconoció que con unas cuantas semanas desayunando así, nada de lo que traía en sus maletas le serviría. Por supuesto fue muy prudente con las salsas porque solo el olor indicaba que eran dinamita para un paladar poco acostumbrado al picante. Ya se acostumbraría poco a poco. Cuánto se acordaba de sus padres y sus hermanos y de lo que disfrutarían en ese país tan fascinante. Siempre que vivimos un momento único, echamos de menos no poder compartirlo con las personas que queremos.

Inició su recorrido dando unas cuantas vueltas por los corredores de la casa. Por suerte no tuvo que encontrarse con la silueta amenazante de Lucha. Toda la distribución era de un sencillo y práctico diseño. Las formas cuadradas, como en los cortijos españoles, partían de una edificación central con su enorme y precioso patio enmarcado por soportales.

Otros patios laterales comunicaban la casa con las dependencias de los empleados por una parte y, por otra, con las cocinas y estancias dedicadas a los quehaceres domésticos. Las habitaciones nobles y los dormitorios se asomaban al patio central, pero a su vez, tanto la parte frontal como la parte trasera se extendían en grandes porches cubiertos de teja y paredes rústicas, cubiertas de vegetación algunas y pintadas de colores otras. Tanto en el interior como en patios y porches las chimeneas generosas y profundas daban una sensación de confort y recogimiento proclive a las charlas, reuniones y cenas que serían frecuentes, dado el estatus de la familia Laguna.

Rocío siguió investigando hasta que de pronto se topó con la puerta entreabierta de la habitación de Gloria. Por un momento dudó qué hacer, por un lado sentía ternura y curiosidad por la anciana y, por otro, una pequeña alarma en su interior le advertía de un peligro anónimo que no acertaba a comprender.

—Lucha, estás ahí. —La voz de la anciana salía débil del dormitorio.

—No, doña Gloria, soy yo, Rocío. —Rocío abrió un poco la puerta para encontrarse con la sonrisa de la abuela, pulcramente aseada y sentada en su sillón de costumbre.

—Cuánto me alegro de que hayas venido, acércate, coge esa silla y siéntate, así podemos charlar y yo te puedo preguntar cosas de nuestra tierra. Rocío, mi niña, antes que nada quiero que sepas que Gabo es muy bueno, algo huraño a veces pero con un corazón de oro. No sé por qué siempre tiene una sombra que aparece en su mirada y no le deja ser feliz del todo, es como un resentimiento. Yo sé que sufre por mí, porque no pudo devolverme lo que yo había perdido, mi vida en nuestra tierra del mar. Las cosas son a veces muy injustas, algún día sabrás por qué no he vuelto. Pero siempre le digo que he sido muy feliz aquí en la hacienda, pudiendo criar a su padre sano y rodeado de cariño. La familia Laguna se convirtió en nuestra familia. Nunca he conocido a nadie con tanta bondad y generosidad. Aquí, como en nuestra tierra, hay gente maravillosa que no debe pagar por los pecados de otros. No quiero aburrirte con mis historias, ¡mi reina! Dime, ¿cómo está el barrio de La Viña? ¿Sigue tan bonito? ¿Y el puerto con tanto ajetreo? Desde allí salían los carnavales. Cómo me gustaba coser los trajes de las comparsas y oír sus chirigotas metiéndose con todo bicho viviente. Y la iglesia de la Palma, con su pórtico barroco. A esa iglesia íbamos los domingos a misa de diez, después mis padres nos daban un paseo por La Caleta y a casa. No teníamos casi para comer, y eso que mi padre era el que mejor *pescao* traía. Salía muy temprano y antes de llegar a casa se lo quitaban de las manos. Detrás de la casa había un patio, donde mi madre tendía la ropa, lleno de macetas con geranios y también estaba el gallinero. Las gallinas nos daban huevos para los domingos y, de vez en cuando, mi madre hacía tocinos de cielo. No teníamos mucho pero éramos felices, más que muchos ricos que presumían de tenerlo todo. —Gloria dejó su animada charla por un instante al ver la confusión en los ojos de mi hermana—. Ya veo que Gabriel no te ha contado nada. No quiere que te llene la cabeza de historias y tiene razón. Nada podrá devolverme aquellos días y, gracias a Dios, conseguí hacerme una vida nueva en esta tierra que María Santísima proteja. Pero cuéntame algo de ti, que no te dejo hablar.

Rocío estaba muda y pálida ante la catarata de preguntas y respuestas que Gloria se hacía a sí misma. Gabriel no le había hablado nunca del origen humilde de su abuela. Ella conocía muy bien ese barrio y podía imaginar la vida de los pescadores a principios de siglo a tenor de las dificultades que Juana, Virtudes o Patro tenían para que en sus casas no faltase algo que comer. No entendía la falta de confianza en ella de su esposo y estaba ofendida por ello. Nada habría cambiado de haberlo sabido. Había crecido viendo cómo su padre trataba y respetaba de igual forma a ricos y pobres. Sentía una gran compasión por la anciana y notaba el dolor grabado a fuego en su corazón. Era un dolor intangible y que nada ni nadie podría jamás borrar. Estaba hecho de tiempo, de ausencias, de distancia, de culpa y también de odio, aunque este último se escondiese entre los pliegues del perdón y el agradecimiento con los que se había tejido el minúsculo entramado de su felicidad.

—Gloria, es increíble cómo se acuerda de todo, cuánto quiere a nuestra tierra a pesar del tiempo que hace que se marchó. Claro que está el barrio de La Viña, y la iglesia de la Palma, pero me temo que ha cambiado mucho y usted no lo reconocería. Y los carnavales siguen haciendo reír a la gente con sus bromas. Son muy famosos en toda España. —Ro intentaba responder a todas sus preguntas—. En Puerta Tierra se han edificado muchos bloques de edificios y se va a levantar un puente para llegar a Cádiz y que sea más fácil salir y entrar. Hay muchos coches y obras de teatro, y ya no ponen horas en las playas para que se bañen hombres y mujeres por separado. Lo importante, Gloria, es que sigue siendo una ciudad preciosa, con jazmines y flores por todas partes, y el mar continúa iluminando con luz de plata sus calles y azoteas. Si usted quiere podíamos llevarla Gabo y yo para que volviera a pisar la tierra que tanto añora.

—Rocío, ya soy muy vieja y, además, seguramente el Cádiz que yo conocí no se parece nada al tuyo. Solo necesitaba desahogarme un poco y oír tu acento cuando me hablas, porque si cierro los ojos parece que sigo allí paseándome por el puerto mientras mis amigas me cuentan chismes y yo me río. En aquel tiempo yo era muy alegre y me gustaba cantar y bailar. Desde entonces no he vuelto a hacerlo, pero hay tantas cosas que no he vuelto a hacer que ya ni me acuerdo de ellas, por eso quiero que tú me las recuerdes, Rocío, para ver si es verdad que fui feliz alguna vez.

Rocío acarició la suave mejilla de Gloria mientras unas dulces lágrimas resbalaban por ellas. No sabía qué había detrás de esa historia, ni siquiera estaba segura de si al adentrarse en la vida de esa mujer de ojos color oliva encontraría algo inesperado que le robase el sueño, pero ella estaba dispuesta a que la anciana volviese a sentir en su piel el viento de levante y en su corazón cansado el sonido de las olas contra la arena.

Capítulo XXVII

Cuando Gabo volvió del campo, supo por Lucha que Rocío había pasado gran parte de la mañana en la habitación de Gloria. No entendía por qué su mujer se empeñaba en cansar a la anciana con su conversación, y sobre todo no sabía si era conveniente que esa relación fuera a más y se estrecharan los lazos entre ellas. Era consciente de que no había sido sincero con su esposa. Estaba seguro de que, de haber sabido la verdad, Rocío no habría aceptado casarse con él. Se arrepentía de haber iniciado un camino que, sin querer y en contra de sus planes, le estaba complicando la vida. Posiblemente en ningún momento había sopesado el alcance de sus actos. Se había movido por impulsos irracionales, por odio y necesidad de venganza acumulados desde que tuvo uso de razón y conoció el motivo de la tristeza en los ojos de su abuela, pero también había demostrado un auténtico desconocimiento del alma humana, incluida la suya.

—Buenos días, Rocío, espero que hayas descansado bien. Siento haberme ido sin decirte nada pero el trabajo en el campo no puede esperar y tú estabas dormida.

—No pasa nada, Gabo. —Rocío se acercó solícita para dar un beso de buenos días a su esposo, pero su gesto de cariño tropezó con un seco rechazo por su parte—. ¿Hay algún problema?, ¿por qué estás tan poco cariñoso esta mañana?..., anoche no estabas así.

—No tiene nada que ver con lo que pasó anoche, Rocío. Sé que has estado bastante rato con la abuela Gloria y no sé si sabes lo delicada que está. No creo que sea bueno que la atosigues con tus conversaciones. Ella busca compañía y cariño pero luego acusa el cansancio. Gloria es muy importante para mí y no podría soportar que le pasase algo. La próxima vez, si no te importa, puedes visitarla para darle los buenos días y dejarla con sus labores, que la distraen pero no la fatigan.

—Sí, Gabo, ya sé que Gloria es muy importante para ti y todos los de esta hacienda. No sé quién te habrá dicho que he estado visitándola un rato esta mañana, pero puedo suponerlo. No sé por qué me siento espiada en mi propia casa, es como si siempre alguien estuviese acechando para ver qué hago y dónde voy. Espero que acabes con esa situación que no tiene ningún sentido, a no ser que tú mismo hayas dado instrucciones para que así sea.

—No digas tonterías, Rocío, cómo voy a poner a alguien para que te vigile en nuestra propia casa. Es solo que el servicio va y viene y piensa que es su obligación contarme lo que haces, no quieren que me preocupe por ti.

—Seguramente todo sería mucho más fácil si no tuvieras secretos conmigo. Adoras a tu abuela pero en los meses que hace que nos conocemos jamás me has hablado de ella. No quiero pensar que te avergonzabas de sus orígenes humildes, porque me decepcionarías, y tampoco que pensases que a mí me hubiese importado conocer en qué barrio de Cádiz nació y creció hasta que vino a México. Tampoco entiendo por qué no la llevaste nunca para que pisase su tierra tan amada. Algún día, cuando tú lo decidas, espero ganarme tu confianza y derribar tus muros lo suficiente para poder conocerte de verdad y saber qué hay en el fondo de tu alma, que no te deja ser feliz ni a mí tampoco.

—No hay nada que debas saber que ya no sepas, y si no te hablé de mi abuela fue por no aburrirte con historias que nada tienen que ver contigo. Solo te pido que te comportes con respeto hacia mí y hacia esta casa y no te dediques a meter las narices en donde no eres bienvenida.

—Voy a intentar olvidar tus palabras, Gabo, de la misma manera que lucharé por nosotros a pesar de tu actitud distante y de tu absurdo secretismo. Solo así sentiré que tiene sentido mi presencia aquí, y no me pidas que no vaya a ver a tu abuela porque creo que soy la única persona que puede darle algo de lo que le ha faltado en todos estos años. Alguien que la escuche, sin miedo, y le permita liberar su espíritu arrinconado en esa habitación saturada de sombras y fantasmas. Si quieres que almorcemos juntos me buscas, voy a dar unas zanahorias a *Brisa*.

Rocío estaba a punto de gritar, la actitud de Gabo era tan distante y fría que apenas podía reconocer en él al hombre apasionado y cálido que la noche anterior se le había entregado en cuerpo y alma consiguiendo, con sus caricias y besos, transportarla hasta los cuernos de la luna. Intuía quién le había ido con la historia a su marido, al igual que sabía quién vigilaba todos sus movimientos con obsesión enfermiza. Gloria era víctima una vez más de un hijo que no quería enfrentarse a su dolor removiendo un pasado triste que le incluía, y de su nieto que, por el contrario, se empeñaba en alimentarlo. No entendía nada de lo que en esa casa, de apariencia tranquila, impedía el fluido natural y necesario del aire entre sus paredes. Solo las flores parecían tener la luz, el calor y el alimento necesarios para crecer en una exuberancia sin límites para su belleza.

Ro se encaminó a las cuadras, no sin antes coger unas buenas zanahorias del saco que había hecho comprar para almacenarlo en el guadarnés, donde se conservaban las monturas y los aparejos limpios y ordenados. Manuel estaba concentrado en su trabajo cuando notó que la mujer rubia se le acercaba. Le gustaba su porte y su dulzura, tan distinta del trato que estaba acostumbrado a recibir de Lucha. Qué se habría creído esa india pretenciosa.

—Hola, Manuel, cómo estás. Es una maravilla cómo tienes las monturas de cuidadas y ordenadas. Ojalá en nuestro cortijo las tuvieran así.

—Muchas gracias, señora Rocío, es usted muy amable. Solo hago lo que es mi obligación y me gusta mi trabajo, además los amos son muy buenos y yo debo de cumplirles.

—Voy a dar estas zanahorias a mi yegua, si no te importa me la preparas para darle un poco de cuerda en el prado.

—Cómo no, señora Rocío, espéreme tantito y se la traigo, se pondrá muy contenta porque le encantan las zanahorias.

Rocío había dejado viajar sus ojos hacia la línea del campo. Estaba muy triste después de su encuentro con Gabo, y contemplar la naturaleza siempre la había ayudado a superar los malos momentos, por suerte muy pocos hasta su recién estrenada vida de casada. De pronto un ruido a su espalda la hizo temer que algún animal se hubiese escapado del cercado. Giró la cabeza y, para su sorpresa, detrás del portón de las cuadras, una cabecita morena y con los pelos bastante de punta la miraba con un par de ojos enormes y negros como el carbón. El niño debía tener unos diez años y su carita de susto delataba un miedo cerval a verse descubierto, espiando a la nueva ama.

—Hola, no te asustes, ¿cómo te llamas? Anda, ven, dame la mano como los caballeros. —La sonrisa blanca y tranquila del niño cautivó a mi hermana, que rápidamente se acercó para verlo de cerca.

—Me llamo Pedrito, para servirla, y soy el hijo de Lupita y Pascual, los que trabajan en la hacienda. Solo quería ver a los caballos, pero ya mismo me estaba yendo.

—Pedrito, encantada de conocerte. Tus papás deben estar muy orgullosos de tener un chico tan guapo. ¿Quieres acompañarme a ver a mi yegua? Mira, le pensaba dar estas zanahorias, si quieres yo le doy una y tú le das otra, ¿vale?

—¿No le incomoda que esté aquí con usted? No quiero que mis papás me riñan luego, luego.

—No te preocupes, Pedrito, yo me encargo de que no te riñan. Si quieres puedes venir conmigo todos los días a ver a *Brisa*, ¿no vas al colegio?

—Ni modo, señora, está muy lejos la escuela y no tengo quien me lleve, así que a veces el señor Gabriel me enseña las letras y los números. Cuando tiene tiempo.

—Vaya, vaya. Creo que vamos a tener que arreglar eso. Es muy importante que estudies para cuando seas mayor, así que ya encontraremos una solución. ¿Hay muchos niños en Lagunalinda?

—No, señora, cinco nomás, pero yo soy el mayor. —El pequeño afirmaba esto último con orgullo.

—Está bien, Pedrito, espero verte y me encantará que me enseñes los secretos de la hacienda y los animalitos que seguramente abundarán por el campo y tú debes conocer muy bien.

—Cómo no, cuando guste, señora Rocío, cuando guste.

El niño se quedó enamorado de su nueva señora y Rocío regresó a la casa con el ánimo más confortado después del encuentro con él. Tenía buena práctica con tantos hermanos pequeños en su casa, y adoraba a los niños. Sus pasos se encaminaron hacia el porche trasero para sentarse un rato en los sillones de *equipal*, típicos en México, hechos a base de piel y cortezas entrelazadas, disfrutando del mediodía.

Cuando estaba a punto de traspasar el umbral del patio interior, un susurro apagado la hizo detenerse. Entre las columnas del corredor pudo descubrir a Gabo, de espaldas al portón de entrada a la casa. Unos brazos se enredaban en su cuello y él intentaba desprenderse de ellos. La voz de la otra persona empezó a subir de tono y Rocío se refugió nerviosa tras la puerta. Los brazos morenos pertenecían a Lucha, que intentaba conseguir que Gabriel la abrazara y empezaba a enfadarse perdiendo el control. Finalmente Gabo, alterado, logró zafarse del yugo y, después de dirigir unas airadas palabras a la muchacha, se alejó del porche hacia el campo abierto.

Rocío estaba temblando aunque consiguió escapar de su escondite sin soltar un grito de dolor y humillación. Corrió a refugiarse en su cuarto y lloró, lloró durante horas. Se negaba a aceptar lo que sus ojos habían contemplado. Cómo había podido dejarse engañar de semejante forma. Cómo le había sido tan difícil adivinar que detrás de la mirada de Gabo había un mundo de mentiras, de intenciones aviesas y de crueldad. Por qué teniendo a su amante tan cerca había ido a buscarla, precisamente a ella, tan lejos. Qué extraña y perversa mente podría haber fraguado algo tan terrible y qué haría con su vida a partir de ese momento. De pronto se sintió profundamente sola en esa tierra extraña y sin ninguna persona a quien recurrir y en quien confiar, ya que por supuesto en sus cartas a mis padres no podría hacer ninguna mención a su dolorosa situación. Solo en las cartas que yo recibía dejaba constancia de que la vida de mi hermana en México no era un camino de rosas. A mí se me partía el corazón con las humillaciones que estaba soportando por parte de un falso príncipe azul al que yo hubiese estrangulado de buena gana. Rocío me pedía encarecidamente que no contase nada en casa, temía que el corazón de nuestro padre no lo resistiera y mi madre se volviese loca de indignación y angustia. Quién, que hubiese presenciado su boda de cuento de hadas, podría imaginar en qué habían desembocado los acontecimientos. Nadie sabría nada en absoluto. Ella se había metido sola en la boca del lobo, porque eso era ahora Gabriel para ella, un lobo seductor y maligno con piel de cordero. Encontraría una salida, si es que la había en alguna parte. Hablaría con Gloria para saber la auténtica verdad de todo, ella se lo contaría, lo había leído en sus ojos.

Rocío intentó dominar sus emociones durante los siguientes días. Por suerte para ella, Gabo se instaló definitivamente en su pequeño dormitorio. Algo se había roto entre los dos. Gabriel sabía que se había equivocado pero no tenía el valor de remediarlo. Adivinaba el sufrimiento profundo que su conducta estaba causando en esa criatura víctima de su sinrazón, pero no podía deshacer el camino. Sentía una brutal atracción por Lucha y además la morena no cedería su sitio fácilmente, pero los ojos azules de Rocío se clavaban en su alma como dos arroyos limpios y tristes, cada vez más parecidos a los de la abuela Gloria. Él prefería olvidar en los brazos de la mestiza y seguir hundiéndose cada vez más en el abismo. Ya no tenía valor ni siquiera para acercarse al dormitorio de la anciana por miedo a que los fantasmas, que aún habitaban junto a ella desde aquella maldita tarde en Cádiz, le saliesen al paso reconociéndole como uno de los suyos, otro desalmado más. Las mismas sombras riéndose a carcajadas en su cara, por la burla macabra que la vida le estaba gastando, haciéndole pagar de nuevo con la misma moneda, en un círculo maldito.

Tercera parte

Capítulo XXVIII

Papá nos dejó un día 20 de diciembre de 1962, un año después de la boda de Custo y Elena y tres años después de la boda de Rocío y Gabo. Rocío había decidido no acudir a la boda de nuestro hermano y su mejor amiga para no evidenciar la infelicidad que su matrimonio fallido le estaba creando. Por suerte para él, papá murió sin saber lo difíciles que estos años estaban siendo para mi hermana, empeñada en arreglar su matrimonio a pesar de mis múltiples intentos para que volviera a casa. Nuestro padre jamás pensaba en sí mismo. No se cuidaba lo necesario y una pulmonía le produjo una insuficiencia respiratoria que su débil corazón no pudo soportar. Se fue cuando pensaba que todo estaba en orden; Rocío felizmente casada, o al menos él así lo creía, y Custo, el niño responsable y honrado, haciéndose cargo de las cuentas del negocio familiar. Seguramente le habría gustado vivir mucho más tiempo, compartir la adolescencia de los pequeños, pasear conmigo por el cortijo, tratando de llenar mi inviolable vacío, e intentar atar corto a mi hermano Santiago, que se escapaba por días del camino que él siempre nos había marcado con su ejemplo. Hubiese sido feliz conociendo a sus nietos, reflejo y prolongación de sus padres, correteando por el patio y la azotea. Pero sobre todo hubiera dado cualquier cosa por no dejar sola y casi huérfana a mi madre. Papá era el corazón inmenso e inabarcable de la familia, era el eje, como una fuente siempre manando, de la casa de la plaza Mina. Lo había sido durante años. Era esa ancla sujeta firmemente a la arena del tiempo. Lo que unía y acercaba. La piel que abría sus poros con la permeabilidad de las hojas a la lluvia, al dolor ajeno, y era capaz de hacer germinar bajo su calor el amor necesario para curarlo. La casa estaba callada y hueca como una bóveda vacía creciendo por días y dejándonos solos, diminutos bajo su techo. La ciudad entera lloró la ausencia de un hombre bueno, sin patria ni bandera que no fuese la generosidad, y su enorme capacidad de ayudar a quien lo necesitaba. De una humildad invisible y de una dignidad que no se podía tocar porque viajaba adherida a su esencia. Nunca conocí ni posiblemente conoceré un ser humano tan rotundo, tan frágil y fuerte al mismo tiempo. Volando siempre, pero sujetando el hilo de las cometas que vivíamos alrededor para que siempre tuviésemos un lugar al que volver.

Rocío lo supo un día después, no había podido despedirse ni volvería a verlo nunca. Su dolor era un dolor de millas lejanas e impotencia. Podía imaginar la desolación de mi madre y sus hermanos. Mamá cayó en un estado de desamparo y pérdida que ninguno de nosotros podía aliviar ni un milímetro. Ella era aparentemente el capitán del barco, pero todos sabíamos que el casco de la nave que conseguía mantenernos a flote era mi padre. Él se dejaba manejar y se ocupaba del estado de las aguas y de que nada pudiese alterar el rumbo.

Se celebraron muchas misas, a pesar de que mi padre era creyente pero no practicante asiduo. Él decía que entre él y Dios no hacían falta intermediarios y que si tenía que decirle algo que tal vez no le gustase oír, prefería decírselo en privado y sin testigos con sotana.

Mi padre había visto ganar la batalla al comunismo en la isla de Cuba. Había leído en su *Diario de Cádiz* que el futuro rey de España se casaba en Grecia con una princesa dulce y sencilla y había seguido usando su corbata negra, que ya no se quitaría nunca porque se iría de este mundo sin ver la vuelta de la República. Aún en las calles gaditanas estaba el eco de aquella matanza que un rey absolutista y despiadado había ordenado en los inicios del siglo xix contra las gentes que salieron para celebrar el final del trienio absolutista y la aceptación, por parte del monarca, de la Constitución que en esas mismas calles se había aprobado. No tenía Cádiz muy buen recuerdo de la monarquía. Había sido la ciudad que resistió el sitio francés sin rendirse nunca, mientras el país entero había sido entregado traidoramente por su rey al invasor.

Se sintió orgulloso al saber que Cádiz tendría un pabellón en la Feria Iberoamericana de Sevilla, es lo menos que esta ciudad milenaria y eje de culturas se merecía, nos decía emocionado.

Llegó a ver las fotografías de una de sus actrices favoritas muerta de forma triste y misteriosa: Marilyn Monroe; él también las prefería rubias. Siempre decía que era la rubia más bella y triste que había pasado por el cine. Le apenó también la muerte repentina, poco sospechaba él que moriría de la misma forma, del gran matador Juan Belmonte. Había disfrutado mucho con su arte en el coso de Jerez y El Puerto, y también había compartido algunas veladas con el diestro. Lo lamentó enormemente por su viuda y sus tres hijos. Era un gran aficionado a la fiesta. Decía que era el escenario en el que mejor se representaba la lucha por la vida y que el amor del torero por el toro era tal que solo teniéndolo cerca podía saciarlo, aunque después tuviese que elegir entre su muerte y la suya.

Él tenía la curiosa idea de que el torero era la parte femenina, una especie de mantis religiosa, mientras el toro la masculinidad en su representación más antigua y mitológica.

Mi padre era así, un creador de mundos y un intérprete único de los ya existentes. Por eso le hubiese gustado ver el inicio de la construcción del puente que uniría su ciudad con la península más fluidamente y también ver los jardines tan bonitos que estaban poniendo en Puerta Tierra. Amaba su ciudad y todo lo que desprendía: su olor, su luz, su alegría callejera y la amabilidad de su gente.

En nuestra casa había otro huérfano callado y discreto; Matías, su fiel ayudante, al que había acogido como un hijo apenas iniciados sus estudios de medicina. Matías venía de una familia republicana y antigua, y encontró en mi padre al consejero y guía del que, solo compartiendo su presencia, podía aprender lo que la universidad era incapaz de enseñarle. Matías estaba secreta y platónicamente enamorado de mi hermana Rocío, o al menos a mí me lo parecía. Siempre encontraba la manera de saludarla o sonreír a su paso, acudiendo solícito cuando mi hermana buscaba a nuestro padre. Matías dejó de acudir a la consulta cuando faltó el maestro y en la expresión de su cara se dibujó una enorme soledad cargada de tristeza el día que enterramos a mi padre.

Mis hermanos Lluvia y Mario se refugiaron en sus estudios. Mario empezó a pasar largas horas en el laboratorio de nuestro padre y juró seguir su estela como médico especialmente volcado en los más necesitados. Lluvia seguía en casa de las tías y conducía el Fotingo plateado con gran asombro de las gentes, que la veían pasar con sus gafas de sol y un pañuelo en la cabeza. Para tía Paula y tía Marina, la muerte de su hermano fue como volver a quedarse huérfanas muchos años después. Estaban tan unidos los tres, y se sentían tan protegidas por el abrazo extenso de mi padre, que apenas podían soportar su ausencia. Tía Paula entró en una especie de trance que no hizo sino acentuar su desvarío, hasta el punto de hacer temer a toda la familia que hiciese una barbaridad irremediable. Fue necesario contratar una enfermera que la vigilase día y noche para que Lluvia y Marina pudiesen descansar y ocuparse de las cosas del día a día. Lluvia seguía con sus estudios de enfermera y, juntos, Mario y ella a menudo se ocupaban de los enfermos o de las ancianas y los niños necesitados en los barrios más humildes.

Una nueva presencia se había hecho habitual en nuestra casa, se llamaba Miguel Arango y era compañero de Mario. De familia oriunda de Cádiz en tercera generación, había llegado a la ciudad desde Colombia para cursar sus estudios de medicina. Se alojaba en casa de unos parientes, pero desde el primer día Mario y él establecieron una sincera amistad, hasta el punto de que era raro ver a mi hermano sin su amigo y a los dos sin Lluvia. Eran un trío maravilloso y alegre, una especie de tres mosqueteros que tenían una concepción idealista del mundo y una absoluta fe en que, con su ilusión y entrega, ellos serían capaces de mejorarlo. Lluvia disfrutaba más con sus dos guardianes cómplices que con cualquier amiga o pretendiente, que siempre se sentían excluidos del grupo. Sencillamente no había sitio para nadie más. El aire que corría entre ellos era el que necesitaban para vivir. Juntos se iban a las fiestas, juntos se escapaban a las bodegas para montar a caballo y juntos se sentaban en torno a la mesa del laboratorio de papá, para profundizar en sus estudios y enzarzarse en conversaciones eternas sobre lo divino y humano.

Lluvia se había hecho una preciosa mujer, morena con ojos oscuros y hondos. Tenía el carácter alegre y ocurrente de papá y la decisión y la valentía de los Livingston. Mario había desarrollado una complexión atlética, con su pelo castaño que se había dejado más largo de lo común, y con una personalidad apasionada, contagiosa y soñadora. Era un auténtico líder y el pilar de los tres, pero su liderazgo emanaba de su fuerza moral; no le interesaba el poder si no era para mejorar el mundo, y pensaba que las ideas se habían estancado o habían derivado en radicalismos carentes de alma. Sus ideas progresistas le acercaban a los contenidos socialistas pero tenía muy claro que el poder, de la naturaleza que fuera, tendía a desembocar en totalitarismo.

—No podemos seguir mirando a otra parte mientras los gobiernos no hacen nada. Mientras la gente se siga muriendo de hambre y las enfermedades arraiguen en los más desfavorecidos por la falta de higiene y las pésimas condiciones de vida. Las guerras las desatan unos pocos desde sus despachos, pero los que se quedan por el camino y sufren las consecuencias son el resto de las personas que no saben ni entienden por qué y cómo empezó todo y por qué son ellos las víctimas. Hay barrios en Cádiz en los que todos los miembros de una familia viven en una sola habitación. Los niños andan por la calle mal vestidos y sucios y ¿qué hacemos nosotros?, darles una limosna y seguir andando hacia nuestras limpias y confortables casas. Dormimos en camas blandas y vestimos las mejores ropas, sin pensar ni un solo minuto en que a pocos metros hay quien solo tiene un pantalón roto y una camisa sucia para cubrirse cada día. Las iglesias están llenas de gente bien alimentada rezando por sus almas y el altar reluce con pan de oro e imágenes dolientes que alguien ha regalado y con cuyo dinero se podría alimentar a todos los niños de la provincia. Qué clase de conciencia es esa, de qué estamos hechos para que nos acostumbremos con tanta facilidad a la miseria ajena y nos comportemos de forma tan cobarde y conformista.

—Mario, no te pongas así, tienes razón pero piensa en todo lo que se ha hecho para mejorar la calidad de vida de la gente. Lo que pasa es que es insuficiente y lento el progreso. Tendrías que venir a mi país, a las zonas rurales, se te caería el alma a los pies. Allí la gente se tiene que meter en la droga para comer y vivir, que es una forma de morirse.

Los gobiernos son corruptos en su mayoría y a los opositores o los matan o los encarcelan. Tenemos uno de los países más ricos y bellos del mundo y los «gamines», nuestros niños, se drogan con pegamento para soportar la miseria o roban relojes por las calles de Bogotá. Para eso estamos nosotros aquí, para hacer algo en nuestra medida, para eso estoy yo aquí, Mario, para estudiar hasta que me duela el cuerpo y luego volver a mi tierra, a los Montes de María, y curarles las heridas de la piel, y si puedo las del alma.

—Me parece muy bien esta conversación. —Lluvia ponía sosiego y orden—. Pero mañana tenemos un examen y no estamos estudiando nada. Voy a la cocina para ver si nos dan algo de merendar y así os alegráis un poco el espíritu, ¿qué os parece?

Esas eran las tardes de estudio de mis hermanos y Miguel, después salían a dar una vuelta o a tomarse un helado y se despedían cada uno en dirección a sus respectivos destinos hasta el día siguiente. Lluvia a casa de las tías, Miguel a casa de sus parientes y Mario volvía a casa pensativo y cabizbajo; entraba en el laboratorio de papá y se despedía de él en silencio, diciendo cuánto le echaba de menos y dándole las gracias por el privilegio de haber tenido un padre como él, un maestro y un guía.

Yo lo veía llegar y antes de la cena me sentaba con él en el patio, en silencio; sabíamos todo el uno del otro sin necesidad de decir una palabra. La fuente nos acompañaba con su melodía de cuerdas y mamá salía de su cuarto, desnudo de afectos, para bajar junto a nosotros y acompañar nuestro silencio con sus lágrimas. Era imposible encontrar ninguna imagen de tristeza y vacío mayor que la de mi madre en los tiempos que siguieron a la muerte de mi padre.

Santiago nunca estaba en casa. A sus diecisiete años había decidido seguir en dirección opuesta los pasos de nuestro progenitor. Frecuentaba los peores antros y a los peores compañeros de andanzas y, a pesar de su enorme simpatía y don de gentes, permanecía inmune al dolor. No era suyo, solo nuestro, y nuestra casa un lugar al que acudir para dejarse caer rendido en la cama o comer algo en la cocina pese al enfado y las reprimendas de Juana y Enedina, que le recriminaban la falta de respeto y consideración hacia la pena que la casa derramaba por los cuatro costados. Ni siquiera la predilección que mi madre había sentido siempre por él ablandaba su egoísmo e indiferencia.

Mamá se hundía en su noche oscura y él ni siquiera intentaba poner un poco de luz en su vida; solo un beso fugaz y con prisa devolvía a mi madre la emoción por ese hijo, tan suyo y tan distinto, de imperdonable comportamiento. Había sido criado en la abundancia y el privilegio. Solo tenía que mover un dedo para que el mundo girase alrededor de su esbelta figura, y sus ojos azules conseguían con una mirada lo que a otros les costaba conseguir toda una vida.

Mi padre había sentido una honda preocupación por ese hijo al que quería pero al que no comprendía y apenas conocía. Cualquier intento de acercamiento terminaba con una broma absurda o un «no te preocupes, papá, volveré pronto». Una mentira más, como otras muchas sobre los estudios, los amigos o el dinero, que desaparecía de sus manos como un caramelo en la boca de un niño.

Luna se movía como una presencia etérea, de otro mundo. Había conseguido convertirse en un ser transparente como su piel, y su refugio era la habitación de la abuela. Se había instalado en ella lejos de los cuartos de los demás hermanos. Cuando cumplió doce años decidió trasladarse a la habitación de la Inglesa tras compartir habitación con el pequeño Carlos, al que cuidaba como una mamá. Carlos se sintió un poco abandonado pero había en ella la necesidad de crear su privado y misterioso mundo. Creo que, a pesar de sus años, le había afectado mucho la muerte de la Inglesa. Desde el principio se había establecido una relación sectaria entre ellas dos, de la que los demás estábamos excluidos. Esa complicidad chocaba enormemente viendo a dos seres tan distintos. Desde el principio a Luna le atrajo esa exuberancia marchita de la abuela. El poder de sus ojos verdes rodeados de dureza como el de la veta de esmeralda incrustada en la roca. Pasaban muchas horas juntas y la Inglesa sentía que volvía a ser importante para alguien, una vez perdida su posición social con tanto esfuerzo conquistada. Mi hermana, a sus catorce años, repartía su tiempo entre los estudios, de los que se ocupaba meticulosamente, y las constantes escapadas a la playa. Le encantaba esa independencia que vivir en la planta baja, al fondo del patio y a pie de calle, le otorgaba. Su hora favorita junto al mar era el atardecer. Después de la merienda y una vez terminados sus deberes se escapaba al mar atraída por un extraño magnetismo. Tal vez eran los espíritus de sus abuelos maternos de origen inglés y genovés que habían llegado por el mar y bullían en su sangre con una fuerza superior a ella. La Inglesa le contaba historias, que por su edad mi hermana generalmente no comprendía, sobre la Carrera de Indias y el almacén, en la calle Ancha, con el que su padre había hecho fortuna y en el que se exhibía todo lo que los barcos traían en sus bodegas y él podía vender. La ciudad entera sabía que si quería algo, solo en el almacén de los Belacua se podría encontrar. Era una forma de poder no muy aristocrática, pero poder al cabo. Los nobles necesitaban a los comerciantes casi tanto como estos últimos a ellos. Si el origen de la fortuna era la venta de esclavos poco importaba. El dinero tiene la facultad de no dejar huella cuando manos hábiles lo manejan. La riqueza encuentra amigos con facilidad y los demás miran a otra parte.

Carlos, con apenas doce años, apuntaba maneras en literatura e historia. Había heredado la vena escritora de tía Marina y nos sorprendía a todos constantemente con sus descripciones e imaginación desbordante. Quizá él debería haber escrito esta historia, pero era demasiado joven y se habría perdido gran parte del relato. No había conocido los mejores años de nuestra casa de la plaza Mina y ahora contemplaba, desde la distancia que su mirada de escritor le confería, el desmoronamiento de una familia que se había quedado sin timón y sin ancla. El patio seguía haciéndonos girar a su alrededor. La montera nos seguía protegiendo del sol y la lluvia, pero las habitaciones se cerraban sobre sí mismas ocultando sentimientos y secretos que la fuente no podía compartir.

El armario de la primera planta apenas recibía visitas. Solo Luna y Carlos se acercaban de vez en cuando para buscar un par de zapatos que les sirviera y no tener que comprar más de lo necesario. Los pequeños pares se iban quedando en sus entrañas, callados y olvidados, porque nadie se atrevía a sacarlos y deshacerse de ellos. Nadie quería ver el armario vacío con sus oquedades desiertas de gritos, risas y arena. Solo el armario seguía siendo fiel al espíritu de la casa. Nos mantenía unidos a pesar de todo, porque nuestros pies intercambiables, sin él, no habrían podido seguir su camino. Y porque todos sabíamos que era el camino de baldosas amarillas que enlazaba nuestras pequeñas vidas y nuestros sueños, como el hilo invisible unía las bolas de un collar. Pero a los mayores, cuando a veces a escondidas abríamos sus puertas, nos entraba una enorme tristeza.

Las habitaciones de la consulta de papá se remodelaron para convertir la salita de espera y el despacho en un pequeño apartamento con salida a la plaza. A mí se me partía el alma viendo entrar muebles nuevos y salir los que durante años habían rodeado a mi héroe, incluyendo el sillón en el que tantas veces yo me sentaba en sus rodillas cuando era una niña, e incluso no hacía tanto tiempo. Ahí se instaló tío George cuando volvió unos meses más tarde para dar consuelo a la familia y en especial para servir de apoyo a nuestra madre, por la que siempre había sentido una extraña debilidad. Había acudido en cuanto supo de la muerte de papá y había permanecido unos días con nosotros sirviendo de gran ayuda. Solo el laboratorio continuó intacto. Mario pasaba muchas horas en él, intentando recuperar el espíritu de nuestro padre y compartiendo tardes de estudio con Lluvia y Miguel, su inseparable compañero y apoyo en los meses que sucedieron.

Nunca supe nada más de Esteban. Su recuerdo seguía intacto hasta el punto de poder contar los poros de su piel en mis noches de insomnio. Me negaba a sacarlo de mi vida, no quería borrar su imagen igual que, poco a poco, se estaban borrando las de la pequeña caseta de las salinas. Sabía que, estuviese donde estuviese, yo seguiría formando parte de él. Me lo había dicho con sus ojos, nunca le pedí una promesa, y yo le había creído y seguía creyéndole.

En ese tiempo, Álvaro Ibarra fue mi gran amigo y mi soporte cuando todos a mi alrededor buscaban el suyo en mí. El problema es que yo solo tenía dos hombros y una vida truncada de la que habían desaparecido las dos personas más importantes y que más amor incondicional me habían dado. Las dos únicas personas a las que yo realmente había importado, salvo mi amigo que ahora venía cada día para decirme con su presencia que no estaba sola. Que aguantara y no me viniera abajo, que él estaba ahí para sujetarme cuando sintiese flaquear las piernas, aunque supiese que jamás podría ocupar el lugar de ninguno de ellos. En el fondo de su corazón, tenía la esperanza de que, sus imágenes se fuesen desenfocando en la distancia y que él pudiera entonces tomar el primer plano de algún fotograma en la película de mi vida.

Capítulo XXIX

Tras la muerte de papá, permanecí flotando en un estado de anestesia emocional. Cádiz no era igual, yo no era la misma, nada se parecía ligeramente a lo que yo recordaba que había sido mi vida. La ciudad seguía latiendo y los acontecimientos continuaban su devenir. Nos movíamos entre la modernidad y el inmovilismo. De pronto venían grandes artistas como la gran Lola Membrives, que hizo su despedida de la escena en nuestra ciudad. Su padre había tenido una peluquería en nuestra misma plaza. De pronto las autoridades decidían prohibir el uso de los pantalones cortos por considerarlos indecentes. Lluvia se indignaba porque le encantaba usarlos. Mamá asistió a la representación de *La Favorita*, en los cursos de verano. Creo que fue su primera salida después de la muerte de papá. Seguía siendo preciosa pero su luz se había apagado y no parecía querer encenderse por ningún motivo o sentimiento. Mi apoyo constante era su único asidero para no derrumbarse del todo. Juntas hacíamos las listas de la compra, visitábamos las bodegas y, tras mucho insistir, conseguí que viniese conmigo a dar grandes paseos hasta el final de la playa. Era uno de mis sitios favoritos por muchas razones que mamá no podía imaginar y nunca sabría nadie. El viento secaba sus lágrimas cuando, sentadas en la arena, contemplábamos el atardecer. Me hablaba de mi padre de una manera obsesiva e irracional, y siempre había palabras duras sobre ella misma que yo pensaba inmerecidas. Mi madre era un ser hermético, le costaba abrir su corazón y mostrar sus sentimientos. Habitaba una zona oculta en su interior que mantenía cerrada a cal y canto, a resguardo de las miradas ajenas. Hablábamos de mis hermanos, de cuánto echaba de menos a Rocío y cómo lamentaba no haberla tenido cerca en días tan duros. Pero se tranquilizaba pensándola feliz en su nueva vida. Las cartas que le escribía Rocío jamás reflejaban la realidad de su situación, parecían dictadas por un guionista de novelas con protagonistas alegres y sin problemas. Mamá tardaría mucho tiempo en conocer la realidad sobre la vida de su princesa.

Tío George se volvió a Inglaterra. Siempre ponía un tono alegre y despreocupado en casa, aunque sus tiempos de soltero encantador y libertino habían pasado a la historia. Mamá agradecía, y yo creo que en el fondo necesitaba, su compañía, pero se preocupaba por las habladurías.

Tras la muerte de mi padre me di cuenta de hasta qué punto su presencia era un escudo protector. Con él, nuestra casa y nuestra familia eran intocables; sin él, éramos tremendamente vulnerables. Empezaron a correr rumores sobre nuestra posible ruina; durante mucho tiempo la situación privilegiada de la que disfrutábamos había despertado, a partes iguales, admiraciones y envidias que antes permanecían agazapadas tras las casa-puertas y ahora salían a la calle con descaro. El comportamiento de mi hermano Santiago no hacía sino acentuar la opinión generalizada de que sin mi padre, la casa no tenía la estructura moral de antaño. Tampoco mi madre se libraba de las habladurías: «¿Qué hace ese primo inglés visitando tan a menudo a la familia? Por cierto, el parecido que tiene con Tiago es sorprendente». Se había levantado la veda de la familia Monasterio-Livingston y mi madre asistía impotente a las miradas huidizas y al alejamiento de los que antes hacían cola para visitar nuestra casa y nuestras bodegas. Por supuesto yo no me quedaba al margen. Una niña tan guapa que parecía que se iba a comer el mundo y ahí estaba, soltera y a punto de que se me pasase el arroz, como decían en el argot vulgar las vecindonas. «Ha esperado tanto que se va a quedar para vestir santos, qué se habrá creído la niña Alba».

En casa nadie sacaba a colación los comentarios que corrían por la calle. Juana y Enedina se peleaban en la plaza con las lenguaraces y venían a casa como si no hubiese pasado nada. Las tías sufrían en propia carne el dolor de ver a su familia víctima de tantas habladurías sin sentido, y tía Paula se recluyó en su casa, de la que se negaba a salir porque decía que había muchos ladrones que querían robarle su coche del garaje y no estaba dispuesta. Su mente desvariaba pero yo intuía en ella una inteligencia por encima de la media, que utilizaba para disfrazar las situaciones desagradables y echar balones fuera cuando algo no le gustaba.

Lluvia no daba importancia a los comentarios y se reía libre, segura de que nadie nos haría daño si nosotros no les dejábamos, ignorando los dardos envenenados que sutilmente nos lanzaban algunos conocidos. Mario estaba a punto de terminar la carrera y tenía claro cuál sería su futuro: se marcharía a Colombia con Miguel para dedicarse a la medicina rural y además odiaba el ambiente mezquino y enrarecido que se respiraba por todas partes. El mundo se seguía moviendo, habían matado a Kennedy un 22 de noviembre de 1963. Era el presidente de Estados Unidos y uno de los grandes líderes de Occidente. En nuestro país, el Caudillo celebraba por todo lo alto los años de paz continuada que mi hermano traducía en años de dictadura perpetua, de voces apagadas con miles de españoles en el exilio y una Constitución pisoteada.

Sencillamente a Mario le dolía España, y su espíritu gaditano y liberal se rebelaba contra todo lo que consideraba un retroceso en la lucha y la conquista de las libertades. El indulto general concedido el 1 de abril de 1964, no contaba para los que tuviesen ideas distintas al Caudillo y quisieran manifestarlas, porque ese mismo mes se detenía en todo el país a miembros del Partido Comunista en la clandestinidad.

Mario, Miguel y Lluvia conocieron emocionados el paso de Martin Luther King por Madrid, camino del Vaticano. Su lucha por los derechos civiles de los negros le había convertido ante el mundo en un auténtico revolucionario, y sus logros demostraron lo que un hombre solo es capaz de hacer cuando lucha por sus ideales y cuando la búsqueda de la justicia es el motor y la ilusión el combustible. En Cádiz, las mejoras sociales seguían en términos de repartir comidas y meriendas a los pobres por la cofradía de Las Angustias, conocida por el Caminito. Lo que Mario se preguntaba indignado es quién les daría de comer el resto del año.

Un día vinieron a casa a última hora de la tarde para avisarnos de que Santiago estaba en la comisaría. Se había metido en una pelea barriobajera y un hombre había resultado herido de gravedad. Por lo visto habían ido a una taberna para beber y jugar a las cartas. Mi hermano no llevaba dinero para pagar la timba y el hombre se le había encarado llamándole «señorito», por lo que Santiago y sus amigos la emprendieron a golpes con él y al parecer las heridas eran más de las necesarias.

—Mamá, no te preocupes. —Yo intentaba tranquilizar a mi madre—. Llamaré a Custo e irá a buscarlo a la comisaría, seguramente serán cosas de chicos y no creo que sea tan grave como dice el guardia.

—Alba, no sé qué está pasando, pero desde que tu padre nos dejó todo parece que se me viene encima. No sé qué hacer con tu hermano y tengo aún que dedicarles tiempo a Luna y a Carlos, se han quedado sin padre y mi obligación es que no noten tanto su ausencia. Estoy sobrepasada y lo que antes parecía tan fácil ahora se me hace cuesta arriba. Qué va a decir la gente cuando se entere. Cómo va a quedar el nombre de la familia si Santiago sigue con este comportamiento.

—Mamá, no te preocupes. Saldremos adelante como siempre y Santiago entrará en razón, es muy inmaduro, ya lo sabes, y siempre tiene a alguien al retortero, aprovechándose de él y riéndole las gracias, eso es todo. Y sobre lo que diga la gente, hace mucho tiempo que ha dejado de importarme. Cuando las cosas no van bien es cuando se conoce a los verdaderos amigos, y parece ser que no teníamos tantos como creíamos, sobre todo ahora que las bodegas no están abiertas todo el día para dar de beber a todo el mundo. Siempre hemos estado en boca de la gente de la calle: nuestra preciosa casa, tú, la más guapa y elegante de la ciudad, y papá, porque nadie podía reprocharle nada y además a él le importaba un pimiento lo que los demás decían. Él actuaba desde su conciencia y defendía sus ideas sin miedo ni cobardías, y nosotros vamos a seguir igual. No tenemos nada de que avergonzarnos y en todas las familias hay problemas. Voy a llamar a Custo para que vaya a sacar a Santiago de la cárcel lo antes posible.

Mi hermano se llevó las manos a la cabeza pero salió corriendo para intentar sacar a Tiago cuanto antes, llevarlo a casa y hacerse responsable de la situación y sus consecuencias. Tardaron más de dos horas. No querían dejar salir a mi hermano hasta que no supiesen cómo estaba el hombre de sus heridas. Custo les convenció argumentando que, bajo su responsabilidad, Santiago no saldría de casa y que acto seguido iría al hospital para hacerse cargo de la situación.

Mi madre estaba desesperada, se sentía culpable de haber malcriado en exceso a ese niño que le despertaba un amor incondicional y al que siempre había protegido demasiado. Desde pequeño, miraba sus rizos dorados y le parecía el príncipe más guapo de todos los reinos. Tiago lo sabía y abusaba. El espacio de mi madre le pertenecía y sabía que papá jamás intentaría arrebatárselo.

Cuando mis hermanos entraron por la puerta, el aspecto desaliñado y huidizo de mi hermano despertó en mí un desprecio desconocido. Me pareció indigno, indigno de mi madre que tanto amor le había dado, más que a ninguno, más que a nuestra casa de patio tranquilo y puro, más que a nuestro padre, el mejor padre y el mejor ejemplo de ética y respeto. Santiago no era digno ni siquiera de mí, que había sacrificado mi vida por todos ellos. La pregunta era ¿por qué yo tenía que pensar en los demás y no a la inversa? ¿Por qué en cambio no importaba que mi hermano menor llegase a casa en ese estado? Todo seguiría igual, Custo le defendería ante la víctima y si había que pagar algo, ya estaba la anémica fortuna familiar para cubrirlo. Mi madre empezaría a vender tierras de la finca y eso sería todo. Una indignación me crecía dentro por momentos ante una situación que yo consideraba injusta.

—Hijo, se puede saber qué ha pasado.

—Nada, mamá, dijo que yo era un señorito de mierda y no consiento que nadie me insulte de semejante forma.

—También le puedes explicar a tu madre dónde estabas, con quién estabas y qué estabas haciendo antes de que te insultaran. —Custo mantenía la calma pero miraba a Tiago con dureza intentando que no manipulase la situación ante mi madre.

—Había ido con unos amigos a tomar algo y a jugar un poco a las cartas. Tengo derecho a divertirme.

—A lo que no tienes derecho es a dejar tus estudios y a juntarte con lo peor de cada casa. —Mi enfado crecía por momentos—. Y menos derecho tienes a buscar antros en los que jugarte el dinero que no tienes y a exponerte a que te partan la cara cuando no pagues. Pero sobre todo, Santiago, ni tu madre ni esta casa, y menos la memoria de tu padre, merecemos que te pases el día sin dar un palo al agua, gastando el dinero de la familia y permitiendo, con motivos sobrados, que todo el mundo hable de los Monasterio. La próxima vez te quedas en la cárcel porque yo me voy a encargar de que así sea.

—Ya salió Doña Perfecta. ¿Qué quieres, que mi vida sea como la tuya?, mejor te metes en un convento y punto. Cuál es tu maravillosa vida, estar en casa, pasear por la playa y escaparte a las bodegas para montar a caballo con ese amigo, Álvaro..., a saber qué hacéis tanto tiempo en la finca.

No entiendo qué pasó por mi cabeza pero la bofetada que a mi hermano le había faltado en la pelea se la di yo con mi propia mano. Era demasiada humillación tener que ser cuestionada y calumniada por él, sin que nadie saliese en mi defensa. Nada más hacerlo me arrepentí, pero ya era demasiado tarde. Ese día descubriría que mi querido y encantador hermano Santiago tenía un fondo oscuro y perverso que yo jamás habría podido sospechar, y que tal vez esos demonios eran los que poco a poco le estaban llevando al precipicio.

—Alba, lo siento, no quería hacerte daño. —Mi hermano estaba arrepentido de sus palabras y los demás me miraban atónitos ante mi inusual reacción. Se suponía que yo era la que siempre mantenía la calma y más en momentos como ese. Por primera vez en mucho tiempo se dieron cuenta de que yo también tenía sentimientos.

—Alba, tranquilízate. —Custo intentaba enderezar las cosas—. Ya he hablado con Santiago y me ha prometido que no volverá a pasar. Tendré que acercarme al hospital para ver en qué estado está ese hombre. Espero que la cosa no se complique y que al final se reduzca a lo de siempre, dinero para callar la boca. Por cierto, mamá. —Custo se puso especialmente serio—. Estoy comprobando las cuentas de las bodegas, las cosas están muy mal. He esperado todo lo que he podido para decírtelo pero dado tu comportamiento, Santiago, creo que es bueno que todos tengáis una idea clara de la situación. No hay beneficios y sí muchas deudas. Se nota la merma de los ingresos de papá y somos muchas bocas para alimentar. Yo, por suerte, tengo más trabajo y no dependo del negocio familiar pero, si seguimos así, tendremos que vender parte de la finca o pedir una hipoteca que podamos pagar con los beneficios que consigamos. Pero me temo que habrá que reducir gastos y tal vez quitar algún empleado, por mucho que nos duela. Si queréis este fin de semana venimos Elena y yo a comer y hablamos tranquilamente de qué soluciones buscamos. Ahora, Tiago, dúchate y come algo caliente, yo me ocupo de ese hombre.

Santiago se abrazó a mi madre mientras Juana se secaba las lágrimas, que se le habían escapado, con el delantal. Me abracé a los dos y, con los brazos entrelazados, nos juramos salir adelante juntos, pasase lo que pasase. Juana sonreía y se retorcía las manos, quería con locura a mi madre, a su compañera de juegos cuando casi eran unas niñas, y nos adoraba a todos los hermanos por igual. La casa estaba tranquila cuando Mario y Lluvia llegaron. Los pequeños estaban haciendo sus deberes en la salita de arriba, y Carlos siempre intentaba cuidar de su hermana a pesar de tener me-

nos años que ella. La fuente consiguió atenuar con su sonido la tensión y la sensación de incertidumbre y soledad que
habían entrado por la puerta sin aviso previo para quedarse por algún tiempo. La luna se asomó por la montera para
recordarnos que seguía estando ahí, como siempre.

Capítulo XXX

México

La lucha de mi hermana por reconstruir su vida tan lejos de casa continuaba. No había encontrado grandes vías de solución y aún no sabía que el ser que más quería en el mundo, en poco tiempo, no estaría nunca más para ayudarla.

—Rocío, ya te he dicho que entre Lucha y yo no hay nada. —Los ojos de Gabo echaban chispas, no quería disculparse ni mostrar debilidad, pero debía aclarar las cosas—. No te voy a negar que ha habido algo, es normal en México que el patrón tenga relaciones con empleadas y más si se han criado juntos, como es el caso. Pero eso es todo. No sé qué tengo que hacer para convencerte.

—No necesitas explicarme nada, Gabo, lo que vieron mis ojos fue suficientemente explícito. Lo que no entiendo es por qué, por qué buscar a alguien tan lejos cuando lo que necesitabas lo tenías aquí, a tu lado. Por qué engañarme con promesas de felicidad a sabiendas de que no estabas dispuesto a cumplirlas. No sé qué hay dentro de ti, para mí eres un desconocido, alguien en quien confié y a quien entregué mi cariño y mis sueños para que los destrozases sin misericordia ni motivo alguno. ¿Qué te he hecho, Gabo? ¿Qué te hemos hecho mi familia y yo para que te comportes de esta forma? No puedo ni siquiera hablar de ello con nadie, y menos con mis amigas o hermanos. Mi padre tiene el corazón débil y esto podría matarlo.

—Lo siento, tienes razón, debí contarte lo de Lucha. Pero ya se terminó, solo que ella no lo entiende y no lo acepta. Sé que no te estoy dando la clase de vida que te ofrecí, pero intento ganarle la partida a mis fantasmas, créeme. Te pido un poco de tiempo, Rocío, solo tiempo.

—Creo que el tiempo difícilmente puede borrar el engaño y la falsedad que hay en ti. Solo esperaré el necesario para saber qué hacer con mi vida y cómo enfrentarme a una situación tan inesperada y triste para mí.

Rocío había llorado a solas en su habitación después de contemplar la escena entre su marido y la mexicana. No sabía muy bien qué determinación tomar. Estaba sola y a miles de kilómetros de las personas que podían aconsejarla y darle su apoyo. Durante algunos días su relación con Gabriel fue inexistente. Gabo había vuelto a sus demonios. Doña Amelia veía lo que pasaba entre su hijo y su nuera y sentía lástima por esa niña que había llenado el equipaje de ilusiones y se había topado con una realidad bastante distinta de la que ella imaginaba. Como buena madre no desconocía los escarceos de su hijo con Lucha y, aunque no le gustaban, en ningún momento se había atrevido a censurarlos abiertamente. Dolores, a su vez, adoraba a su hija y se sentía tan orgullosa de ella que jamás le reprochaba su conducta. Era un mundo machista y poco importaba la opinión de las mujeres, por muy madres que fueran. Amelia veía a Rocío deambular por la casa como alma en pena y de vez en cuando la animaba a que la acompañase de compras a la ciudad. Rocío revivía disfrutando de Querétaro, que por cierto era una ciudad preciosa. En esos momentos se olvidaba de su situación, volvía a ser feliz como una niña, viendo las artesanías o comiendo las mazorcas de maíz que tanto le habían gustado desde su llegada.

Pasaba sus días montando a caballo y por las mañanas haciendo una visita a Gloria, con la que se había encariñado y con la que podía recordar costumbres y anécdotas de su tierra querida, a la que cada vez echaba más de menos. Gloria se llenaba de alegría cuando la veía entrar en su alcoba. Entonces una nueva juventud asomaba a sus ojos de oliva.

También decidió hacer algo por los niños de Lagunalinda, no entendía que los críos anduviesen todo el día de un lado para otro y mal alimentados, mientras sus padres se afanaban con el trabajo de la hacienda. Decidió buscar una escuelita. La más cercana estaba a más de media hora de coche, era humilde pero parecía limpia y ordenada. La maestra, doña Vicenta, era una mujer de mediana edad, afable y tranquila.

Su desesperación ante la falta de formación de los niños en el campo era equiparable a su impotencia para poder solucionarlo. Cuando Rocío se acercó para hablar con ella, vio el cielo abierto. Por fin alguien se ocupaba de algo más que del ganado. Estaba dispuesta a empezar de cero con ellos aunque tuviesen distintas edades. Rocío acordó con ella una cantidad por los cinco niños así como una parte para que tuvieran un almuerzo decente entre las clases. Era una manera de descargar a las madres y asegurarse de que los niños tendrían por lo menos una buena comida al día. A doña Vicenta le pareció una buenísima idea, encargaría la comida en un colmado cercano y estaría recién hecha y sería abundante. El siguiente paso fue convencer a Manuel de que cada día acercase a los niños a la escuelita en la camioneta a primera hora de la mañana. Por la tarde Rocío se encargaría de recogerlos y dejarlos con sus familias. Los niños no estaban muy contentos al principio por su pérdida de libertad. La mayor parte de la mañana la pasaban correteando, persiguiendo animales y ayudando en las tareas domésticas. Pero a los pocos días cambiaron de opinión. La rica y abundante comida así como el trato cariñoso y alegre de la maestra, que por fin veía cumplir uno de sus sueños imposibles, les hacían desear cada mañana subirse a la camioneta con Manuel, que les animaba el camino cantando rancheras y haciendo bromas. Sus padres estaban felices y no sabían cómo agradecer a la nueva señora tanto cariño y tanta generosidad. Los críos volvían resplandecientes y contando a sus padres, que no habían tenido en su infancia la misma suerte, todo lo que la maestra les enseñaba. Algunas madres decidieron aprender de sus niños y sobre todo dieron gracias al cielo de que ellos tuviesen la oportunidad que a ellos nadie les había dado.

Gabriel veía la labor que su mujer hacía en la hacienda y notaba crecer en su interior la admiración y el cariño por esa criatura única que no solo no se achicaba ante las dificultades sino que, por el contrario, maduraba y crecía, llenándolo todo de una nueva luz que jamás había existido antes.

—Rocío, no se lo tengas en cuenta. —Gloria le acariciaba la mano—. Es un buen chico pero tiene mucho dolor dentro. No quería que te arrepintieses de la idea de casarte con él. Quizá te consideró más niña e inmadura. No sabía bien el tesoro que se estaba llevando. Deja que pase el tiempo y se le borre de la cabeza esa atracción por Lucha. Ella tiene algo misterioso y siempre ha querido a Gabo para ella sola aunque sabía que no era posible. También aquí hay una mala costumbre de tratar a las mujeres como animales, y de vez en cuando alguna se rebela y marca su sitio. Un día te contaré por qué me fui de Cádiz para no volver. Nunca he querido hablar de ello, solo con Gabo. Y por supuesto con los Laguna, que nos acogieron con tanta generosidad. Mi hijo no ha querido remover el pasado, ni yo enturbiar su niñez y adolescencia con mis lamentos. Mi nieto dice que es una cobardía de su padre pero yo no pienso igual. Creo que él se merecía ser feliz, sin más preguntas, por lo menos hasta tener una edad en la que la verdad no le fuese tan cruda. Tenía tres personas que lo adoraban, los Laguna que le dieron un apellido y yo, su madre, que solo vivía para él. Cuando le conté a Gabo la verdad, que en parte su padre le había anticipado, empezó a alimentar un odio que no es bueno. Nunca debimos contarle nada, pero ya era tarde y además él preguntaba con una curiosidad enfermiza. Era un muchacho lleno de coraje y pasión, siempre le molestaron las injusticias y ahora él no se da cuenta de que está cometiendo una imperdonable. Dale tiempo, mi niña, dale tiempo.

—Gloria, si no fuera por usted me volvería loca. Por lo menos, cuando la oigo hablar es como si el viento de levante me trajese el acento y el eco de las voces que tanto echo de menos. Mi madre se parece mucho a mí aunque es más reservada. Es tan guapa que parece una estrella de cine. Pero mi padre es el hombre más bueno que conozco. Tiene la chispa de los gaditanos y siempre le quita hierro a todo. Estaban tan felices el día de nuestra boda que parecían unos recién casados. Mi madre llevaba un tiempo melancólica, desde que nació mi hermano Santiago, que es el más trasto de todos. Papá la quiere tanto que no puede pensar en su vida sin ella. En mi casa hay un patio con una fuente, y un jardín en la parte de atrás. Qué pena que no pueda verlo, Gloria, porque está lleno de jazmines, buganvillas, galán de noche y rosas. El olor de los jazmines lo impregna todo y usted podría hacerse una moña de capullos como los que me cuenta que le gustaba ponerse detrás de la oreja. El aroma del galán entra por las ventanas de nuestros dormitorios en verano cuando las dejamos abiertas. Y desde nuestra azotea se ve el mar todo alrededor, ese mar al que salía a pescar su padre.

Estas y otras cosas eran las que llenaban las conversaciones de las dos mujeres. Sus recuerdos, sus mundos perdidos por razones bien distintas pero que las unía en la soledad y las devolvía a la lejanía de su paisaje amado y sus seres queridos. Por muy distintos que parezcan los caminos, los sentimientos que habitan en ellos se parecen como dos gotas de agua cuando lo que alguien tiene en su corazón y en su memoria es la nostalgia, la ausencia de lo propio, el dolor del sueño truncado y la impotencia ante un destino injusto que nadie pudo o quiso cambiar. Se suavizará solo con el paso del tiempo y la necesidad de hacer de la vida un espacio habitable, aunque no sea el que tú habrías elegido.

Rocío intentaba despertarse con una pequeña esperanza cada día a pesar de la profunda tristeza que la invadía. De vez en cuando, Gabo se acercaba para mirarla e intentar acortar la distancia que los separaba. Su lucha interna no le dejaba reposo y su capacidad para arreglar una situación a la que nunca pensó enfrentarse era nula. Admiraba a Rocío muy a su pesar. Esa niña le estaba dando lecciones de una dignidad que él jamás había conocido. Sabía que amaba a Rocío en lo más profundo de su corazón, lo supo desde el minuto en el que apareció ante sus ojos. Nunca supuso hasta qué punto sus planes se caerían por la borda de un barco rumbo a México. Se había concedido una tregua para la felicidad y el placer. Pero la tregua le había amarrado más aún a su víctima. La memoria de Gloria permaneció toda la travesía arrinconada en alguna parte entre el mar y el cielo, pero no volvería a pasar. No podía permitírselo sin sentir vergüenza al mirarla a la cara cada día. A Gloria nadie le había dado la oportunidad de ser feliz. Cádiz había seguido igual tras su marcha. Ajeno y brillando en las fiestas de los burgueses acomodados, con su doble moral oculta tras las ricas telas y las luces encendidas de sus bellas mansiones. Nadie pedía cuentas sobre la honestidad y la ética de un individuo para darle entrada en los círculos sociales, siempre que su posición económica fuese holgada y sus trapos sucios se escapasen por la puerta de servicio.

Padres amantísimos buscando el mejor partido para sus hijas, sin pensar en las hijas ajenas y en qué pasaría si las suyas recibiesen el trato que ellos dispensaban a escondidas a las que no tenían ni posición ni crédito para defenderse. Una sociedad que daba por bueno lo que le venía en gana y jamás cuestionaba a sus hijos predilectos, aunque no fuesen merecedores de serlo. En el campo, los hijos naturales nacían sin preguntas, con casa y comida muchas veces, pero sin nombre ni respeto social. Hijos anónimos de madres solteras a las que nadie aceptaba sin crítica o repudia.

Los sentimientos de Rocío por Gabriel eran encontrados. Sentía el rechazo hacia un extraño con quien se había casado y del que solo sus ojos, con ese irresistible color noche, le eran familiares. Cuando el Gabriel que ella amaba se acercaba, algo que al cabo de un tiempo empezó a suceder, Rocío volvía a caer en sus brazos. Lo que se había despertado en ella era difícil de apagar. Volver a sentirlo cerca, acariciándola y amándola desesperadamente, la transportaba de nuevo al paraíso que había descubierto y al que ansiaba volver una y otra vez. Bebía su aliento, respiraba su olor a campo y puestas de sol y ella le devolvía las caricias aprendidas sobre su cuerpo.

A veces se repetía a sí misma que todo era una broma pesada y que alguien soltaría una enorme carcajada para devolverla a los días de amor y caricias, maravillosamente monótonos de felicidad y sin esos cambios en Gabriel, que la arrojaban al infierno y a la oscuridad de su mirada.

***

Lucha seguía haciendo su trabajo en la hacienda, supervisando todo e incluso dando órdenes contradictorias a las que Rocío impartía, ya fuese en la cocina o en las dependencias de los trabajadores. Una tarde, cuando volvía de dejar a los niños en sus casas, la mestiza se le acercó con la mirada altiva y sin guardar las formas de respeto que la nueva señora merecía. Rocío se disponía a entrar en la casa grande cuando Lucha le salió al paso.

—Rocío, si me permite, quisiera hablar con usted.

—Adelante, Lucha, cuéntame.

—Veo que usted se preocupa por nuestros niños y solo quería decirle, para su tranquilidad, que las familias saben cómo educar a sus hijos sin que nadie tenga que cambiar los hábitos. Manuel tiene mucho que hacer a primera hora de la mañana y no puede permitirse robar tiempo de sus quehaceres para llevar a los niños a la escuela. Solo le pediría que deje en mis manos el funcionamiento de la hacienda. Pascual y yo nos hemos ocupado durante años de que las cosas estén en orden y no hay por qué removerlo todo. Usted es extranjera y no conoce esta tierra ni sus costumbres. Le pediría que se ocupase de disfrutar su nueva vida y tal vez ir a la ciudad más a menudo. Ya supongo que lo que encontrará allí no le parecerá a su altura, comparado con España, pero es lo que tenemos. Ahora, si no le importa, seguiré con mis labores. Con su permiso.

—Sí, Lucha, sí me importa. En primer lugar lamento que aborrezcas mi presencia. Yo no tengo nada contra ti, pero soy la esposa del heredero de la hacienda y eso me otorga un lugar al que me debo y en el que no voy a permitir que nadie me diga lo que tengo que hacer. Los niños estaban descuidados y sin futuro, y considero mi obligación hacer algo por ellos para mejorar sus expectativas de vida. Ya sé que todo estaba muy bien antes de mi llegada, pero estoy aquí para algo más que dar paseos a caballo. Les he cogido cariño a esos críos y a sus familias y me siento responsable de ellos. Ojalá tú hubieras podido tener una educación adecuada. Eres una mujer guapa y valerosa y podrías haber tenido tu propio negocio, no sé, quizá trabajar en la ciudad y no enterrar tus mejores años en un lugar sin futuro.

—No me hable de mi futuro. —Lucha desató su rabia acumulada. Sus ojos eran dos puñales a punto de clavarse en su presa—. Qué sabe usted de nuestras vidas, de lo que para la gente del campo en este país es importante. Esta casa es mi casa, aquí me crié junto a mi madre y nadie decidió apartarme ni mandarme a ninguna escuela para construir sueños en mi cabeza que se romperían al chocar con la realidad. Una mujer no vale nada si no es para tener hijos y preparar los frijoles y el arroz cada día. Yo era feliz, no necesitaba nada más. Tenía todo lo que quería y a quien quería, hasta que usted llegó y me robó mi espacio, llenando cada patio y cada rincón con su cara inocente y su melena rubia. Pero esta tierra es morena, hecha de sangre y fuego, mucho más antigua que la suya y con una cultura que sus antepasados destruyeron sin piedad ni respeto. Esta tierra es fuerte y la raza de su gente es eterna. Nosotros amamos, vivimos y morimos de otra forma y él lo sabe, por eso no lo tendrá nunca para usted.

—Lucha, esta conversación no va a seguir y yo me encargaré de decirle a mi marido que le busque un buen lugar para vivir, lejos de esta casa que le hace tanto daño. Gabriel es mi marido y nunca podrá tenerlo. Lo que ha habido entre usted y él pertenece al pasado, y yo soy su presente y su futuro. Él vino a buscarme porque necesitaba una mujer para compartir su vida y esa mujer no era usted, Lucha, lo siento. Aléjese de aquí o se volverá loca. No voy a recordarle más cuál es su sitio en Lagunalinda y cuál es el mío.

—Eso es lo que usted quisiera, que me marchase para siempre, que me separase de él y desapareciese de su vida, pero esta es mi casa, más que la suya, y yo la única mujer que le conoce y puede hacerle feliz. A mí me buscó por amor y a usted por venganza, esa es la diferencia.

—Buenas noches, Lucha. —Rocío dio media vuelta y buscó la intimidad de su cuarto. Necesitaba huir de esa mujer, de esos ojos encendidos de odio y sobre todo de las últimas palabras que ella no entendía y que le habían taladrado el cerebro. Esa era la palabra que había estado buscando todo este tiempo y no le salía al paso: venganza.

Capítulo XXXI

La noticia de la muerte de nuestro padre golpeó como una maza el ánimo de Rocío. Tampoco ayudó a mejorar las cosas en la hacienda. Mi hermana se sentía culpable por no haber estado a su lado en los últimos momentos. Y por no decir la verdad a su familia, salvo a mí, en sus cartas sobre su situación con Gabo, y por no confiar en ellos y buscar su apoyo. De nada habían servido las engañosas y almibaradas cartas. Su padre se había ido, quizá tranquilo, pensando que todo estaba en orden y sus hijos felices. Ya había sentido no acudir a la boda de su hermano Custo con su mejor amiga. Habían compartido tantas cosas desde niñas, juegos, ilusiones... Aún podía recordar la escena de ellas dos tumbadas en la azotea para ver caer las Perseidas en la noche y pedir un deseo. El de Elena seguramente se había cumplido, pero el suyo se había disuelto como un azucarillo en el agua. Ya no podría besar a su padre nunca más, ni sentarse en sus rodillas para que le dijera lo bonita que era y cómo se parecía a su madre cuando él la conoció. No volvería a entrar en su consulta para lanzarle un beso al aire y guiñar un ojo a los pacientes que esperaban para ser atendidos. Tantos recuerdos dormidos se acumularon en su memoria. Su infancia, su adolescencia breve y truncada antes de tiempo y, sobre todo, el recuerdo de alguien amigo, fiel y cálido, justamente lo que no había encontrado en Gabriel, y ahora, con la terrible noticia, se hacía más evidente.

Los días empezaron a pasar como en un estado insomne, sin pulso. Doña Vicenta, la maestra, notaba el brillo apagado de su nueva amiga y pensaba que el mal de su alma debía de ser muy profundo para opacar la luz que esa criatura derrochaba a raudales.

Rocío se refugió en las charlas con Gloria. La anciana comprendía como nadie el dolor que iba creciendo cada día en el corazón de mi hermana. Ella se había separado de sus padres a la fuerza, casi a la misma edad que Rocío de los suyos, y no había podido acompañarlos en su último aliento. Abrazaba a su niña del sur, mientras unas tibias y tímidas lágrimas resbalaban por sus mejillas.

—Gloria, lo que aún no logro entender es por qué nunca volvió a Cádiz. Su posición económica se lo habría permitido. No entiendo cómo los Laguna no la animaron a hacerlo para que su hijo conociera a sus abuelos y pisase la misma arena de la playa que usted había pisado. Habría podido ir a pescar con su padre y, seguramente, para ellos volver a tener a la familia unida hubiese sido el mejor antídoto contra la vejez y la fatiga de los años.

—No, mi niña, yo no podía volver, jamás habría vuelto. El barrio de La Viña ya no sería nunca más mi barrio, me habrían señalado con el dedo y habría llenado de vergüenza a mis padres y a mis hermanos. Nadie sabe lo que pasó y yo no era quién para contarlo. Si hay que creer a alguien siempre es al poderoso. El humilde es un ladrón, un ser que busca en el sitio que no le pertenece y un amoral depravado siempre sujeto a sospecha. Volver habría sido doblemente doloroso para ellos y para mí. No tenía derecho a dejarle a mi hijo esa herencia, ese recuerdo de una ciudad que me había dado todo para quitármelo después. Es mejor así, Rocío, hazme caso, el dolor desde la distancia se hace más tenue, se difumina cuando los rostros amados solo están en nuestra memoria, con los contornos suavizados por la niebla del tiempo.

—Gloria, no sé cómo ha podido resistir todos estos años con ese sentimiento de pérdida y desarraigo. Algún día espero ser digna de conocer esa historia que la ha marcado de por vida. La historia que la ha mantenido atada a esta casa, a sus gentes tan distintas a las nuestras y a este sillón del que no quiere separarse. Me hubiese gustado tanto tomarla del brazo y pasear por la Alameda, la plaza San Francisco y el mercado. Han abierto una heladería italiana con unos helados riquísimos, seguro que le encantaría probarlos. Ya me la estoy imaginando.

—Eres una niña, Rocío. —Gloria se reía pensando en las dos comiendo helados, tan diferentes y tan iguales, porque nada iguala más a las personas que la tristeza—. Ojalá no pierdas nunca esa inocencia, que nadie te arranque tus mañanas del alma. No les des la oportunidad, y si ves que alguien te acecha, corre, corre hasta que estés lejos de su alcance y no pueda olerte ni encontrar tu rastro. Como yo hice hace muchos años.

El tiempo transcurría lento y esquivo. Las cosas con Gabo seguían con ese discurrir entre la cumbre y la sima, la luz y la oscuridad, sin que nada pudiese estabilizar la zozobra en el mar de las emociones de la pareja. Los niños eran la única alegría que Rocío encontraba en sus días, una maternidad que ella deseaba pero aparcaba hábilmente hasta no saber cómo sería el futuro junto a su marido, si es que había algún futuro posible.

Brisa correteaba junto a su potro, que ya tenía tres años, y había nacido tordo, con un andar ligero y airoso. Comía zanahorias de la mano de su dueña y arrimaba su cara en busca de caricias. Los tres se adentraban en los terrenos cabalgando y dejándose besar por el aire de la mañana. En época de calor, Rocío esperaba para salir al campo a que el sol se pusiera en el ocaso. Entonces se acercaban a la laguna y bañaban sus extremidades en el agua suave y cálida que el astro rey había templado durante el día.

Rocío cantaba los aires de su tierra y llenaba los pulmones del oxígeno que necesitaba para no perder la respiración de vuelta a la casa grande. El agua se espejeaba y bailaba en círculos cuando decidía adentrarse en ella y nadar un rato. Era un lugar tranquilo y solitario, solo las aves y el ganado se acercaban buscando el frescor y saciar su sed. Las labores del rancho estaban en las dependencias y cercados próximos a la casa. De vez en cuando, algún animal se hacía el remolón y se quedaba varado en la orilla. Solo entonces Pascual, el capataz, buscaba a caballo al animal rebelde para hacerlo regresar a los establos, donde pasaba la noche al resguardo.

Lo que Rocío no sospechaba es que, en la distancia, un jinete contemplaba a escondidas la escena de los caballos y la amazona bañándose en la laguna. Rocío quitaba la montura de su yegua y la sujetaba solo con las riendas para que no se adentrase peligrosamente y retozara en la orilla con el potrillo. Esos momentos, junto a la recogida de los niños en la escuelita y la conversaciones con Gloria, iban llenando los días, que pasaban sin apenas notar el cambio de unas mañanas de otras. Siempre tan iguales y con la única angustia de ver si el estado de ánimo de Gabriel se normalizaba para poder así disfrutar de una auténtica vida de casados, sin amenazas imprevisibles.

No habían vuelto a viajar a la capital de México, ni siquiera habían recorrido los lugares que había descubierto en los libros de viajes antes de salir de España y por los que anhelaba perderse. Era un gran país, rico en diversidad y con una fuerza brutal que lo hacía inmune a cualquier influencia exterior. Tenía razón Lucha cuando hablaba de una raza indomable y mágica, con el cobre en su piel, el negro en sus ojos y el ébano en su pelo, pero llena de color en su corazón y de música en sus gargantas. La música vivía en cada átomo de aire que los mexicanos respiraban. Salía por sus ventanas y sus calles, y era normal oír a los trabajadores cantando rancheras mientras faenaban, para hacer la tarea más llevadera. «Hablenme montes y valles, grítenme piedras del campo», estas y otras canciones llenaban sus gargantas. Amaba esa tierra que no la estaba tratando con excesivo cariño, pero veía la dulzura en sus gentes y el constante agradecimiento hacia cualquier gesto que ella les dedicaba. Daban mucho a cambio de tan poco, por eso los amos se habían acostumbrado a tenerles siempre a su disposición sin importar horario ni tiempo.

Era un pueblo que se rebelaba en lo esencial pero se sometía en lo superfluo. Llamaba al equívoco de pensar en ellos como gente dócil y fácil de domeñar. Nada más lejos, ellos sabían que su fuerza residía en lo que los demás no veían pero seguía estando ahí, a pesar de los siglos y las humillaciones. En sus colores, en su relación y complicidad con los materiales nobles, salidos de la tierra, en sus comidas especiadas, no aptas para estómagos frágiles y de una enorme variedad e imaginación, y también en su música, en la fuerza de sus voces e instrumentos capaces con su sola presencia de emocionar hasta las lágrimas. Siempre sus canciones hablando de amor, de pérdida, de desdicha y añoranza de su tierra querida, de sus campos y de su cielo alto e inmenso como el águila, el animal que los representa, o la serpiente, que aparece en todos sus restos arqueológicos, siempre en movimiento cuando el sol la ilumina y siempre sosteniendo las tradiciones con su sabiduría eterna.

Todas esas cosas y más hacían que la admiración de Rocío por esa tierra creciese constantemente. Qué fácil le sería amarla si ella a su vez le concediera el privilegio de un amor sin reservas. Eso es lo que ella soñaba conseguir algún día, confiaba en que no muy lejano. Su paciencia y su capacidad para luchar se estaban poniendo a prueba más allá de lo que hubiese imaginado, pero también sabía que se agotarían algún día, que no se quedaría eternamente soportando el maltrato. Sabía que en su Cádiz podría rehacer su vida, junto a los suyos, junto a ese mar que tanto añoraba, antes de que fuese demasiado tarde para escapar del hechizo que México y Gabriel ejercían sobre ella. Antes de que su vida se convirtiese en un sillón aparcado junto a un patio y una mesa de costura y de que sus ojos se quedasen sin lágrimas, como los de Gloria, marchita de dolor y miedo. No dejaría que esa historia se repitiera, correría como ella le había dicho, hasta que nadie pudiese seguir sus huellas, esta vez acortando la distancia, por el aire.

Capítulo XXXII

Las habladurías en torno a que nuestra economía hacía aguas, aunque no nos sorprendió, era algo que ya intuíamos y que papá se había esforzado en ocultar, nos hizo tomar conciencia de que las cosas estaban cambiando y que nosotros tendríamos que cambiar con ellas. Quizás saber cuál era la situación familiar hizo mella en el ya débil corazón de nuestro padre, nunca lo sabremos, pero la duda pesaba sobre todos nosotros como una losa.

Santiago pareció haber aprendido la lección, al menos durante un tiempo. Daba la sensación de que se estaba alejando de las malas compañías e intentaba retomar sus estudios con mayor o menor fortuna. Mario había terminado la carrera y Lluvia llevaba un año trabajando como enfermera en un centro de mujeres sin medios para sacar adelante una maternidad no siempre deseada o una grave enfermedad.

Su espíritu alegre y optimista era un bálsamo para el dolor de tantas madres a las que la sociedad marginaba o daba pocas oportunidades de salir adelante. Su salario era exiguo pero le ayudaba con sus gastos, aliviando así la carga familiar.

Una semana más tarde del episodio desafortunado de Santiago, Elena y Custo se reunieron con nosotros para la comida del sábado. Juana se esmeró con un menú delicioso y con la ilusión de ver a todos los hermanos juntos de nuevo, a excepción de Rocío. Realmente se la echaba de menos.

Todos disfrutaron del aperitivo en el jardín trasero de la abuela. Un buen jamón delicadamente cortado y un buen fino de las bodegas familiares eran suficiente antídoto contra los problemas y las ausencias, aunque había una cuyo vacío nada era capaz de llenar, la de mi padre. Tras la comida distendida que intentaba ser alegre, como antaño cuando nos quitábamos la palabra unos a otros, nos dispusimos a tomar el café y los dulces de La Camelia, que Elena y Custo habían traído, en la agradable protección del patio. Los sillones de mimbre eran buenos para conversaciones y confidencias sin prisa. Custo tomó la palabra, con su tono pausado de costumbre.

—Querida familia, primero las buenas noticias: Elena y yo vamos a ser padres, así que tú, mamá, serás por fin abuela y vosotros, queridos hermanos, tíos. No lo hemos querido decir hasta estar seguros porque Elena ya sufrió una pérdida el año pasado.

Las exclamaciones de júbilo y los gritos de los pequeños y los mayores se podían oír en Puerto Real. Estábamos felices y agradecidos. Por fin una buena noticia entraba en nuestra casa después de tanto tiempo de tristeza. Mamá empezó a llorar sin saber por qué. Se mezclaban en ella los sentimientos de felicidad y de pena al saber que mi padre no vería la carita de su primer nieto. Todos corrieron a abrazar a los futuros padres. Elena estaba abrumada por tantas muestras de cariño, y al minuto nos dimos cuenta de por qué estaba tan guapa y su cara estaba más rellena y con ese brillo especial de las futuras madres. Era una chica estupenda y nuestra familia se sentía feliz teniéndola cerca. También era como tener un poco de Rocío entre nosotros, dada su gran amistad desde pequeñas.

—Es una noticia maravillosa. —Lluvia estaba contentísima—. ¿Me dejarás que esté presente en el parto?, me encanta ver nacer a un niño y más a mi sobrino. Será un momento único y no me lo quiero perder por nada del mundo.

—Por supuesto, hermanita. Siempre que no cojas al bebé y te lo lleves a dar un paseo en el Fotingo —que realmente era un Amilcar del año 1928 rebautizado— por la bahía, te dejaremos ayudar en el parto.

—¿Qué nombre le vais a poner? Yo quiero que si es niña se llame Luna, como yo, es un nombre precioso y seguro que nace de noche y con luna llena como la del día que yo nací. —Luna vaticinaba así cómo sería el nacimiento de nuestro primer sobrino—. ¿Verdad, mamá?

Juana y Enedina no dejaban de dar palmadas y besos a Elena. Creo que realmente echaban de menos un pequeño correteando por la casa y enredándolo todo. Tía Marina había venido a comer con nosotros. Por supuesto, tía Paula seguía sin salir de casa, al cuidado de la enfermera, y su deterioro preocupaba a toda la familia y en especial a Lluvia. Las dos habían sido unas madres para ella y no podía soportar la idea de perderla también. Cuando las aguas volvieron a su cauce, después de la infinita dosis de alegría que había invadido la casa, Custo se puso un poco más serio. Quería hablar de la situación de la bodega y pensaba que era bueno tener a toda la familia al tanto de los problemas para buscar soluciones juntos.

—Madre y hermanos, creo que ya suponéis que las cosas en las bodegas no están como antes. El mercado va cambiando y cada vez es más difícil sacar adelante un negocio familiar con un concepto artesanal como el nuestro. He pensado en varias soluciones y quiero someter a vuestro criterio cuál os parece más conveniente. Una solución que no me convence mucho sería pedir una hipoteca al banco e intentar relanzar el negocio para aumentar la rentabilidad, pero con la carga de tener que pagar capital e intereses. Otra opción sería meter un socio capitalista que lógicamente querrá tener la mayoría para proteger su inversión, con lo cual perderíamos el control del negocio, los trabajadores y la calidad de nuestros productos. Otra fórmula sería vender parte de la finca. Son muchas hectáreas y buenas tierras, además creo que hay una parte de la finca urbanizable, por lo que he podido investigar en el ayuntamiento. Eso nos daría liquidez y margen hasta ver si conseguimos reflotar las bodegas. Tal vez sería bueno contratar un gerente que conozca el mercado y sepa comercializar mejor los productos. Hay que adaptarse a los nuevos tiempos o nos quedaremos por el camino.

El planteamiento de Custo era claro y razonable, todos nos mirábamos sin tomar una iniciativa. No estábamos acostumbrados a tener que decidir, y menos en una situación límite como aquella y sin vuelta atrás.

—Custo, no sé qué decirte. —Mi madre era de pronto una figura pequeña y desamparada—. Nunca pensé en este escenario y tampoco sé muy bien el alcance de las propuestas que haces. Sobre la hipoteca no quiero ni pensarlo; cómo pagaríamos después los intereses, sería tanto como perder nuestro patrimonio. Meter a alguien desconocido y ponernos en sus manos sin capacidad de decisión, me parece un suicidio. La tercera vía parece la más conveniente, aunque se me parta el corazón al vender tierras que han pertenecido a la familia durante siglos. ¿Qué margen tendríamos con la venta para sostener el negocio y seguir manteniendo la casa con desahogo?

—Creo que si encontramos un buen comprador, y es cierto que son tierras urbanizables, podríamos vivir con holgura y mantener las bodegas. Aún quedarían muchas tierras y el cortijo. Además no son hectáreas de vides, sino de forraje y barbecho que casi nunca se han trabajado. Solo dime qué quieres que haga y me pongo a trabajar en ello. Cuanto más pronto mejor, antes de que las deudas sigan creciendo.

—Custo... —Mi madre no tardó mucho tiempo en recobrar la compostura—. Tu hijo tiene que nacer viendo a su abuela con la cabeza muy alta y sin escaseces, así que haz lo que tengas que hacer y se acabó. No quiero que la noticia de que voy a ser abuela se vea empañada por la pérdida de un trozo de tierra.

Nuestra madre tenía un nudo en el pecho que no permitió que escapase por sus preciosos ojos. Una sonrisa triste pero determinada asomó a sus labios. Quería que supiésemos que no se rendía, que todo estaba bien, que no nos doblegarían los problemas y que esa casa seguiría adelante como siempre lo había hecho, porque por encima de todo estaba el amor que nos unía y hacía más fuertes. Seguramente nuestro padre estaría orgulloso, en alguna parte, viendo cómo su mujer y sus hijos se enfrentaban a la vida salvaguardando lo más importante.

Al poco rato Mario pidió la palabra. Era un día de sorpresas y en el que se estaban tomando decisiones importantes para todos, y él había tomado la suya.

—Me alegra ver que la familia cabalga de nuevo y me siento orgulloso de formar parte de ella. Creo que vender parte de la finca no es algo tan dramático. Al menos nosotros tenemos recursos con los que salir adelante, la mayor parte de la gente no tiene esa opción. Quiero que sepáis que lo que voy a plantear ha sido muy meditado. No quiero parecer ingrato por lo que voy a deciros, pero espero que me entendáis y respetéis mi decisión. Voy a marcharme a Colombia. Miguel y su familia tienen una clínica en la costa y me han ofrecido trabajar con ellos. Están investigando sobre enfermedades tropicales y además hacen una magnífica labor con la medicina rural. Es lo que he soñado durante toda mi vida, seguir los pasos de papá, salir de España, poder investigar y ayudar a los más necesitados. Pensaba irme este verano pero, después de vuestra buena nueva, Custo y Elena, no me perdonaría no estar en el nacimiento de mi primer sobrino, así que dejaré mi viaje justo para después del parto, tal vez en otoño o después de las Navidades. Eso es todo, y me gustaría contar con vuestro apoyo.

Nos quedamos de piedra. Era evidente para todos la profunda amistad que Miguel y Mario se profesaban, pero también sabíamos lo peligroso que era el país hermano en muchas zonas. No dudábamos del atractivo que para un chico joven e idealista suponía conocer un país bello y rico que además hablaba nuestro mismo idioma. También teníamos claro que la familia Arango era una familia tradicional, como la nuestra, incluso con raíces gaditanas, y recibiría a Mario con los brazos abiertos. Pero era una merma más en la familia, otro miembro que se desprendía del tronco para ir a miles de kilómetros de distancia. Estaba claro que América estaba robándonos ramas poco a poco en un viaje de ida y vuelta iniciado hacía mucho tiempo.

—Mario, ¿lo has pensado bien? —Intentaba frenar el vuelo de otro pájaro como había frenado el mío, sentía la sensación de que el peso cada vez estaba más sobre mis hombros. Cuánto tardaría Lluvia en tomar el mismo rumbo, estando los tres tan unidos—. Es un mal momento, ya ves lo que Custo nos ha contado y las decisiones que hay que tomar. También aquí hay gente necesitada de personas como tú. Mira el trabajo tan increíble que está haciendo Lluvia. El campo andaluz se muere de hambre, Mario, y esta es nuestra tierra. Tu tierra.

—Alba, la tierra es de todos, no existe el tú y yo o el ellos y nosotros. Cualquier lugar del mundo es bueno para trabajar, y con Miguel puedo seguir investigando y buscando soluciones. ¿Qué quieres que haga aquí? No hay dinero para el laboratorio, este país no invierte en investigación, solo en bases militares y pantanos y, además, nadie mejor que Custo puede asesorar a mamá en temas económicos. No solamente dejaré de ser una carga para vosotros, sino que estoy convencido de que podré mandar algún dinero y echar una mano; tal vez pueda vender nuestros vinos en

Colombia. Trabajaré lo que haga falta. No quiero discutir, es una decisión tomada y solo quiero compartirla con mi familia, que me entienda, me apoye y me desee suerte.

Sentí envidia, una sana e inmensa envidia por ese chico valiente que buscaba sus sueños y luchaba por ellos. Ese bello ejemplar humano que pensaba que el mundo podía ser un lugar mejor y él estaba convencido de poder lograrlo. Él era mi héroe, que no enterraba sus deseos en la arena de la playa o en una caja con tapas de nácar en algún rincón de la torre-mirador. La persona que yo podía haber sido y a la que le habían nacido raíces y hiedra en sus pies para atraparla, anclada a la tierra, como el enorme ficus de la Alameda de Apodaca. ¡Cuánto admiré a Mario ese día!, casi tanto como a mi padre. Era su viva imagen y su amor por sus ideas no le ataba al suelo como el de mi madre había amarrado a mi padre, sino que le hacía libre para viajar y posarse donde el corazón fuera capaz de llevarle.

No había mucho más que hablar, a todos se nos llenaron los ojos de lágrimas y Lluvia, que ya tenía noticia de su ida, se abalanzó sobre él para abrazarlo y desearle todo lo mejor del mundo. Siempre contaría con su apoyo porque eran dos almas gemelas que bañaban sus emociones y sus sueños en las mismas aguas oceánicas. Las mismas que los unirían con América.

Capítulo XXXIII

El verano pasó cálido y húmedo, con más sur que levante, y unos maravillosos días de playa que Luna y Carlos disfrutaban hasta altas horas de la tarde. Luna se había convertido en una adolescente de especial atractivo. Su aura misteriosa y su tez pálida le daban un encanto diferente a todas las chicas de su edad, más preocupadas por coqueteos y modas que por la lectura y la soledad, que a mi hermana llenaban lo suficiente como para no echar de menos nada más. Su complicidad con Carlos era increíble. Ambos tenían pasión por la lectura, compartían libros y conversaciones sobre lo que estaban leyendo, sobre las tramas y los personajes, y hablaban con entusiasmo acerca de cómo la literatura había, tantas veces, cambiado la vida de las personas. Carlos tenía una oyente de lujo para sus relatos y Luna, con un gran criterio de lectora empedernida, le daba su opinión aplaudiendo o criticando los escritos. Luna tenía dieciséis años y Carlos catorce, pero en muchos aspectos este último ejercía de protector cuando, al caer la tarde, mi hermana pequeña le pedía que la acompañase a la orilla del mar para ver un fenómeno que la fascinaba: el sol ocultándose en el ocaso y la luna, aún pálida, emergiendo del lado contrario. Era un momento mágico que los dos disfrutaban. Luna observaba hipnotizada y Carlos escribía historias sobre la persecución de la luna y el sol, condenados a habitar un mismo universo sin poder abrazarse nunca. La luna tomaba la luz de su fuego, como una caricia lejana y fría. Sabía que no tenía luz propia y que el sol se la prestaba para dotarla de una inigualable belleza. Era su forma de abrazarla en la distancia, su particular forma de amarla. Como a los seres vivos y al planeta, el amor del sol solo era un amor cálido a millones de kilómetros, porque la gran paradoja del sol era que no podría nunca acercarse a quien amase si no quería destruirlo. Esas cosas y otras muchas llenaban la cabeza de Carlos para luego escribirlas meticulosamente en su cuaderno de historias y pensamientos para desarrollar algún día.

Elena tenía cada vez su tripa más abultada y todo parecía indicar que en septiembre nacería la futura criatura. El mismo mes de mi nacimiento. Si era niño se llamaría Custo, como su padre y su abuelo, sería un pequeño homenaje; y si era niña se llamaría Elena Luna, así todos contentos y ella decidiría cómo querría que la llamasen en un futuro.

Yo seguía escapándome al cortijo. No sé por qué, estar en él me creaba un vínculo amable con el pasado, me veía con mi padre hablando en la biblioteca o en cualquiera de las grandes reuniones que se celebraban cuando todos éramos felices y el mundo nos parecía el mejor lugar habitable. También seguía esperando que las cartas de Esteban volviesen otra vez a llenar mis días de emociones e imágenes queridas. Seguía sin comprender por qué se había cortado el hilo que unía nuestros sueños. Ante mi insistencia, Julián, apenado, me decía que no habían vuelto a llegar más cartas. Me preguntaba dónde y con quién estaría el amor de mi vida, y si había decidido olvidarme. No me cabía en la cabeza semejante posibilidad porque para mí él era una presencia constante y viva, no un simple recuerdo. Creía en él, confiaba en él y sabía que lo que los dos sentíamos no era algo que pudiese desaparecer fácilmente. Estaba tan arraigado en mí como mi respiración, y no podía dejar de respirar ni lo intentaría. Hay muchas formas de morir y dejar de creer es una de las más sutiles pero tal vez la más letal.

Las hectáreas que Custo vendió de la finca eran las más cercanas a la playa. Lógicamente las zonas urbanas buscaban la proximidad al preciado tesoro y en mis paseos a caballo pude observar el acotamiento de las parcelas y el movimiento de tierras para las nuevas construcciones. Al principio, la visión de las máquinas me impactó de tal forma que la sentí como una violación inmisericorde de mi vida, mis entrañas y el alma de mis antepasados. Perforaciones, vaciados y vegetación arrancada de la sangre de la tierra. Era algo que jamás había imaginado en el futuro paisaje de nuestra familia.

¡Cómo se pierde la perspectiva de la realidad cuando al nacer te encuentras alrededor un mundo perfecto y lleno de privilegios, que por supuesto crees que te pertenecen solo a ti, por el mero hecho de haber nacido en un determinado lugar! Solo cuando las circunstancias te obligan a cambiar la mirada eres consciente de cuánto tenías, sin haber hecho nada para merecerlo, y de cuán efímero es lo que se tiene, en oposición a lo que se consigue. Todas esas cosas pensaba en mis galopadas con *Tomillo,* mi nuevo caballo tras la muerte de *Fuego,* cuando para llegar a la playa tenía que bordear la alambrada de lo que antes eran nuestras tierras. Qué extrañas me parecían ahora las otras vidas, las que siempre me habían rodeado como actores de un reparto en el que nunca se intercambiarían los papeles. Nada más lejos, los papeles son tan intercambiables como las manzanas de un cesto y todo eso es importante aprenderlo, antes de que te des cuenta de que tu rol, no tu esencia, ha pasado a manos de otro.

Los preparativos para el nacimiento nos tenían a todos ocupados como si un ejército de pronto se hubiese puesto en marcha para que el nuevo miembro de la familia sonriese nada más abrir sus ojos. Tía Marina sacó de un armario el traje de cristianar más bonito que yo había visto en mi vida. Lo había guardado por si ella tenía hijos alguna vez y había pasado de madres a hijos en su familia como un tesoro.

—Toma, Elena. Este traje es una joya de cuatro generaciones. Lo tenía guardado desde hace tiempo, tal vez por cariño, porque hace muchos años que mis posibilidades de ser madre se esfumaron. Creo que mi hermano estaría orgulloso de que nuestro primer nieto o nieta, porque yo también me considero su abuela, lo lleve el día del bautizo. Es lo mejor que tengo para darte y lo hago con todo el cariño que os tengo, tanto a ti como a mi sobrino Custo. Estaré muy orgullosa de que otro Monasterio lo luzca.

—Muchas gracias, tía, es precioso. —Elena estaba emocionada. Adoraba a esa familia que era casi la suya desde muy niña y cuando vio el delicado vestido de batista, entredós y puntillas, entre sus manos, se puso a llorar—. Eres una mujer maravillosa, yo también me siento muy orgullosa de formar parte de vuestra familia y de que siempre me hayáis tratado como a una hija más. Sé que este niño traerá a esta casa la alegría que tanta falta hace y el patio se volverá a hacer eco de sus risas, como cuando vine la primera vez.

Mamá y yo la mirábamos agradecidas y con un inmenso cariño. Esa niña siempre había sido un regalo, desde sus juegos con Rocío hasta el apoyo incondicional que nos estaba brindando en los malos momentos.

—Alba, solo os pido que de vez en cuando me dejéis asomarme al armario de la galería para seguir buscando los zapatos de la familia, será la mejor forma de continuar el vínculo invisible de vuestros pasos.

Estas y otras muchas eran las conversaciones que discurrían por los corredores, sobre la habitación del bebé y la celebración del bautizo, que decidimos hacer en casa, en la intimidad del patio, con solo las dos familias. Y otras miles de cosas que surgen cuando va a nacer una criatura en la que todos tienen puestas sus esperanzas.

Efectivamente, Elena Luna nació una noche de luna llena en el mes de septiembre de 1964. Nuestro padre, siguiendo su costumbre, la habría bautizado con el nombre del círculo de plata, y la niña, porque fue una niña, nació tranquila y queda, inundándonos a todos de una paz que veníamos necesitando hacía mucho tiempo. Era, he aquí la sorpresa, pelirroja de ojos verdes. La tercera generación de hechiceras de la familia. Menos mal que la Santa Inquisición había desaparecido hacía tiempo, porque si no ella y yo habríamos sido marcadas sin remedio.

Elena estaba feliz, le encantaban las pelirrojas y, siempre que venía a casa cuando era pequeña junto a Rocío, le gustaba enredar sus dedos en mis rizos con grandes exclamaciones.

Por fin una criatura había unido pasado, presente y la mejor promesa de futuro. La casa bailaba otra vez. La música volvió a entrar por los balcones para recorrerlo todo, y el invierno se hizo verano con el calor que esa niña desprendía por todos sus poros y despertaba con su sola presencia. La gente dejó de ocuparse de nosotros. La casa de la plaza Mina volvía a brillar. Nuestra economía saneada nos devolvía al lugar de privilegio que a nosotros ya no nos importaba, pero que para los demás era sinónimo de que se había cerrado la veda. Elena Luna nos hacía invulnerables y sobre todo nos hacía inmensamente felices.

Esas Navidades fueron maravillosas. Santiago estaba bastante tranquilo, continuando con sus estudios atrasados, y Mario y Lluvia disfrutaban del poco tiempo que les quedaba de estar juntos. Conseguimos que tía Paula viniera a nuestra casa a pesar del gran deterioro que se había producido en ella, y Juana preparó una cena exquisita para luego marcharse con su familia, al igual que Enedina. Las dos se negaban a dejarnos solos, pero todos las convencimos argumentando que sobreviviríamos al intento y que ellas también merecían ser felices con sus respectivas familias. Ene por fin estaba a punto de casarse con su segundo y paciente novio, y tendríamos que irnos acostumbrando a su ausencia. Nos había dado más de lo que se le puede pedir a un ser humano, en cariño, trabajo y tiempo. Nunca podríamos agradecérselo lo suficiente.

Elena Luna crecía feliz y la leche materna le sentaba tan bien que su madre se negó a empezar con los biberones. Decía que no tenía otra cosa mejor que hacer y que quería disfrutar de esa niña antes de que un Paris cualquiera la raptase, esperábamos que sin provocar ninguna guerra.

El día 15 de enero Mario tomó el Talgo recién inaugurado, que comunicaba Cádiz con Madrid en ocho horas, para después tomar un avión rumbo a Bogotá. Viajaba ligero de equipaje, pues las altas temperaturas en la costa colombiana no hacían necesario llevar ropa de abrigo. Llevaba la maleta llena de sueños, ideales y libros de medicina. Estaba feliz de reencontrarse con su gran amigo y conocer a su familia, para la que mi madre había preparado una preciosa mantelería bordada por las monjas en agradecimiento por recibir a nuestro hermano.

Todos fuimos a despedirle a la estación, incluida la pequeña y recién estrenada sobrina. Mario era un chico cariñoso y carismático al que ineludiblemente todos echaríamos de menos. Ojalá sus sueños se viesen realizados y su afán de saber y descubrir encontrase nuevos cauces.

Ese año volvió a nacer con una ausencia más entre las paredes de nuestra casa. Otra habitación semivacía. Santiago se quedaba solo en el dormitorio común, con sus fantasmas y sin un hermano amigo para ayudarle a luchar contra ellos. Otra figura paterna desaparecía de su vida sin darle tiempo a fortalecer su musculatura emocional, tan enormemente frágil.

El nuevo año amaneció con ganas de cambios. Las cosas que pasaban fuera de nuestras fronteras empezaban a llegarnos casi al mismo tiempo que surgían en países de nuestro entorno. En España se inauguró la primera central nuclear, en Guadalajara, y los teléfonos de Cádiz pasaron de cinco a seis cifras. El 24 de enero de 1965 moriría Winston Churchill, figura clave en la Segunda Guerra Mundial y uno de los más importantes estadistas del siglo xx. Desde la misma Inglaterra nos llegaría la revolución musical en forma de cuatro muchachos melenudos que conmocionarían Madrid con su primera visita: los Beatles. Por supuesto mi tierra se haría eco de su fama con una comparsa que los imitaría en los carnavales con el típico humor gaditano. Se harían famosos bajo el nombre de Los Beatles de Cádiz, recorriendo toda la península.

Mis hermanos y yo asistimos en el cortijo de Los Rosales al concierto de un grupo español que había salido tras la estela de los grupos ingleses. Eran los Brincos y nos encantaron. Sus canciones se hicieron muy populares porque además eran muy atractivos y todos cantaban y tocaban algún instrumento.

El fútbol seguía ocupando y desocupando a la población que vivía un tiempo nuevo aunque con principios viejos. Los coches de fabricación española como Seat o Renault circulaban por las carreteras y los grandes camiones Pegaso y Barreiros, de fabricación nacional, cubrían prácticamente el mapa transportando mercancías. El tren Talgo, en el que Mario había partido rumbo a su nueva vida, también era una creación española que se extendería por todo el mundo. España se sentía crecer y renacer de las cenizas y la sensación de que estábamos más cerca de Europa nos llenaba de optimismo, a pesar de que nunca en esos años imaginamos el camino que aún nos quedaba por recorrer hasta equipararnos a los demás vecinos europeos, que nos seguían mirando por encima del hombro. Nosotros continuábamos disfrutando de nuestra preciosa niña y de la nueva tranquilidad económica que la venta de nuestros terrenos nos había traído. Tío George llegó en la primavera para conocer a nuestra sobrina y comprobar en persona cómo estaba el ánimo de su prima favorita. Mi madre agradecía su compañía y apoyo, pero siempre le producía una cierta incomodidad la inevitable atracción que, a pesar de la distancia que ella se empeñaba en poner, nuestro pariente le despertaba, dando lugar a habladurías y miradas furtivas. El verano metió sus garras de fuego y viento en nuestras vidas y las sorpresas siguieron visitando nuestra, solo por algún tiempo, tranquila casa.

Capítulo XXXIV

México

Las hojas del calendario de Rocío seguían cayendo sin que la situación experimentase cambio alguno. Habían pasado más de cinco años desde su llagada a Lagunalinda y Gabriel continuaba siendo su referencia incierta, una mezcla de ángel y demonio que estaba acabando con sus nervios y que convertía sus sentimientos en una montaña rusa de la que tenía que escapar si no quería volverse loca. Ella había advertido a Lucha de la locura que su situación podía provocarle y, de alguna forma, esa amenaza pendía sobre las dos gracias al péndulo emocional de Gabriel.

Una mañana, Rocío sintió que estaba al borde de sus fuerzas y que los tiempos para intentar reconstruir su matrimonio se habían agotado. Ya no conseguía encontrar la paz en ninguna parte, la hermosa hacienda se estaba convirtiendo para ella en una despiadada reclusión. *Brisa* ya no estaba y los paseos con *Deseado,* su hijo, a la laguna apenas servían para encontrar un poco de cariño en las caricias de su nuevo caballo. El noble animal parecía adivinar la tristeza de su ama y se empeñaba en retozar y hacer mil carantoñas para que su ángel guardián recuperara la sonrisa. La laguna se había convertido para ella en un lugar de una estancada y acotada belleza. Solo las puestas de sol conseguían, con su reflejo sobre la quietud del agua, devolver algo de calor a su ánimo. Entonces, al abrigo de los atardeceres, soñaba con que algún día esa pesadilla, que aún se le hacía incomprensible, acabaría.

La incógnita se despejaría al día siguiente, en una de sus visitas a Gloria en busca del consuelo que esa mirada y ese acento amigo le producían. Rocío llegó a la habitación con el semblante tatuado de tristeza. No sabía cómo poner fin a esa situación y Gloria era una mujer sabia que había aprendido de su propio sufrimiento y tal vez podría aconsejarla o al menos aliviar su angustia.

—Buenos días, mi niña… ¿Has visto cómo están echando flores las glicinias en mi patio? Me gusta ese arbusto porque sus raíces crecen fuertes y agarradas a los muros, pero sus flores y hojas vuelan separadas con unos colores únicos, entre el lavanda y el verde suave y luminoso. Pero tú no has venido aquí para hablar de la glicinia, ¿verdad? Rocío, cada vez tu mirada es más triste y tu luz se va apagando poco a poco. Tu belleza no puede marchitarse porque para ello habría que correr las cortinas del cielo, pero algo se te va muriendo por dentro y quiero que me lo cuentes. A lo mejor una vieja como yo pueda ayudarte.

—Gracias, Gloria, usted no sabe el consuelo que significa para mi poder visitarla cada día, oír su voz y sentir la suave caricia de su mano en la mía. Solo esos momentos, mis paseos a caballo y bañarme en la laguna consiguen aliviar el peso que llevo dentro. No sé qué hacer y no entiendo lo que su nieto tiene en el alma, que no le deja ser feliz y está matándome día a día. Cuando se iluminan sus ojos, es el hombre más maravilloso del mundo y mi amor por él crece con la fuerza de un monte en llamas. Cuando se oscurece su mirada, no le conozco y me da miedo. Miedo de lo que veo y de lo que no puedo ver en su interior, pero siento. No puedo aguantar más, Gloria, tengo que encontrar una solución o me volveré loca. Y luego está esa mujer, tan bella y con tanto poder extraño. Me vigila, me acecha y creo que me maldice. No sé qué pensar, Gabo me dice que todo ha terminado entre ellos pero no estoy segura de que así sea. No estoy segura de nada, y creo que no es sano que ella esté merodeando por la casa y dando órdenes a la gente a mis espaldas.

—Rocío, el alma de los hombres no es como la nuestra. Tú no puedes vivir así porque enfermarías como Lucha ha enfermado de amor y odio. Ellos pueden seguir viviendo sin enfrentarse a sus miedos y a sus fantasmas. Su poder sobre la especie les da el privilegio de no tener que elegir y seguir viviendo cada día con el costal cargado de medias verdades y problemas sin resolver. Nadie les va a pedir cuentas, y cuando sean conscientes, su vida habrá sido una enorme mentira porque habrán elegido el camino más fácil, no enfrentarse a sus errores para aprender y empezar de nuevo. Gabo tiene odio; él dice que es por mí, pero yo creo que solo soy una excusa para odiar y no odiarse a sí mismo.

Él sabe que es nieto de un miserable y una pobre chica hija de pescadores y eso no le gusta, le hace sentirse culpable de lo que pasó. En el fondo se avergüenza de sus orígenes mezclados de miseria y vileza. Tú eres la víctima y yo soy la excusa. Su padre no nació con odio, sabía de dónde venía y dio gracias al cielo por haber encontrado un hogar y unos padrinos maravillosos. Pero él ha nacido Laguna, y es rico y guapo. Lo tiene todo y no lo aprecia. Cuando las necesidades están cubiertas el hombre busca justificar su existencia en cosas ajenas a él. El poder, el reconocimiento o la dignidad. Ya no tiene que ocuparse de qué comer o bajo qué techo cobijarse, ahora tiene el privilegio de poder ocuparse de lo intangible, la dignidad entre otras cosas.

—Doña Gloria, todo eso lo entiendo y ahora lo veo con más claridad. El sentido común de sus palabras contrasta con la ignorancia de la gente que ha viajado y leído libros pero que no ha aprendido a interpretarlos. No sé si soy digna de ello. Pero me gustaría conocer su historia, compartirla y escucharla de sus labios, tal vez así me sea más fácil entender la actitud de Gabriel y el origen de sus sentimientos.

—Mi niña, he tenido tanto tiempo para pensar que he llegado a la conclusión de que el mundo cabe en la palma de la mano y los sentimientos en la punta de nuestros dedos. Solo pasa que a veces nos engañamos y cambiamos el nombre de las cosas, y eso nos hace confundir los caminos y perder el rumbo. Por supuesto que quiero contarte mi historia, Rocío, no te va a gustar porque es triste y dura como el pedernal, pero quizá así entiendas de dónde sale ese odio que tu marido lleva alimentando todos estos años.

»Como ya te conté, mi padre era pescador, el mejor de la bahía. Todas las mañanas temprano cogía su barquilla, las gusanas y los aparejos para llegar antes que nadie al punto de la mar donde él sabía encontrar el mejor pescado. En casa éramos cuatro hermanos y yo la mayor. Mi madre se rompía los dedos de zurcir y la cabeza inventando la manera de darnos de comer a todos. Yo era una niña feliz; tenía lo más importante, un hogar, un patio con flores y gallinas y unos padres que me querían y se respetaban. Fui creciendo con el color del olivo en mis ojos, mi cuerpo empezaba a espigarse y a regalarme formas y cadencias que me hacían bonita, y yo me sentía orgullosa. Salía con las vecinas a pasear cuando las labores de la casa me lo permitían y de vez en cuando echaba unas horas en alguna casa para ayudar a la economía familiar. Mis amigas y yo nos paseábamos por la Alameda o la calle Ancha para ver en los escaparates de los comercios, las cosas que no podíamos comprar pero sí mirar, y soñábamos con que algún día serían nuestras. Esa fue mi perdición.

»En la calle Ancha había un almacén, muy grande. Tenía de todo y los dueños se habían hecho de oro con el comercio. Al parecer, el origen de su fortuna no era tan transparente como el cristal de sus escaparates. Los antepasados habían llegado a Cádiz para abrir un humilde colmado en el barrio de La Viña. Dicen que su fortuna no era ajena al contrabando y la trata de esclavos. El caso es que, ante la riqueza que entraba por sus puertas, sus antepasados se mudaron al centro de la ciudad, una zona comercial y de más alto nivel. Allí el padre del entonces dueño había conseguido amasar un gran capital. Era el proveedor de la clase alta y consiguió formar parte de la burguesía gaditana. Ya no se codeaban con sus vecinos de La Viña y eran aceptados en los mejores salones y los círculos de la alta sociedad. Su fortuna se multiplicó al convertirse en prestamista de los otros comerciantes que habían perdido algún barco y necesitaban refuerzos, o simplemente algún noble al que le gustaba vivir por encima de sus posibilidades y el dinero prestado a altos intereses sacaba de algún apuro. Desde el interior de los grandes almacenes cualquiera podía ver el trajín de la calle y la gente paseando, aunque desde la calle era muy difícil saber qué pasaba detrás de tanta mercancía acumulada en sus vitrinas. Estoy segura de que los ojos que se clavaron en mí fueron los que motivaron que un día mi padre me trajese la feliz noticia.

»—Gloria, los dueños de los grandes almacenes de la calle Ancha necesitan una chica para que limpie después del cierre. Me lo ha dicho la cocinera cuando le he llevado el pescado esta mañana. Me ha dicho que sus señores se han enterado de que tengo una hija muy responsable que echa horas. Allí tendrías una buena paga y te dejaría libre el resto del día para ayudar a tu madre y seguir aprendiendo a coser, escribir y las cuatro reglas. Tu madre y yo no queremos que seas una ignorante como nosotros, y con el sueldo también te podrás comprar los libros y hacer algún regalo de vez en cuando a doña Emilia.

»Doña Emilia era la maestra que me enseñaba gratis, a cambio de las sabrosas *acedías* que mi padre le llevaba de vez en cuando.

»En mi casa vimos el cielo abierto, entraría un sueldo más y yo podría seguir estudiando lo elemental para mejorar en la vida. Era un buen trabajo y sus dueños muy respetados. Mi madre se puso manos a la obra para coserme unos mandiles que me sirviesen. Quería que su hija fuese decentemente vestida sin estropear los cuatro trapos que componían mi vestuario.

»El primer lunes por la tarde mi padre me acompañó para hablar con el encargado y que supiese que yo tenía una familia que miraba por mí. El hombre me dijo que todo estaba bien y que me adelantaría el sueldo del primer mes, que ya me podía quedar esa tarde y empezar con la limpieza en una hora, al cierre de la tienda. Mi padre me miró orgulloso y le dijo al encargado:

»—Sé que la dejo en buenas manos, cuídemela bien porque es la niña de mis ojos. Adiós, Gloria, cuando termines te vienes corriendo a casa, que no se te haga muy tarde. Tu madre y yo te esperaremos para que cenes algo. Estoy muy orgulloso de ti, hija mía. Ya sabes cuánto te queremos.

»—Adiós, padre, vaya usted tranquilo que no soy una niña y sé cómo cuidarme. Le prometo que en cuanto termine me voy para La Viña. Yo también les quiero mucho.

»Me metí en el almacén feliz de poder ayudar en mi casa y de que alguien hubiese confiado en mí sin apenas conocerme. Las puertas se cerraban a las ocho y yo me puse a la faena con el brío de mis años y la nueva ilusión guardada en el bolsillo de mi mandil. En dos horas había dejado todo como una patena. La llave del almacén debería dejarla escondida en unos macetones con pequeños naranjos que adornaban la entrada. Cuando bajé por la calle Ancha, aún se veía un ajetreo de gente camino a sus casas, por lo que no sentí ningún miedo ni sensación de soledad. Mis pies eran dos alas que me llevaban volando a mi casa para contar a mi familia los pormenores de mi primer día de trabajo. Yo tenía diecisiete años y toda la vida por delante. El potaje que mi madre tenía en la lumbre a la espera de mi llegada me supo a mi nombre. Había trabajado mucho y rápido y estaba hambrienta. No notaba el cansancio y la fatiga, tan contenta estaba de sentirme útil y de ver el brillo de orgullo en los ojos de mis padres. Ese día caí muerta en el camastro que compartía con mis dos hermanos pequeños. No tuve sueños, solo la paz y la tranquilidad de que las cosas podían mejorar por fin para nosotros. Qué lejos estaba de la realidad que nos despertaría un año más tarde sin darnos tiempo ni siquiera a abrir los ojos para acostumbrarnos a la oscuridad que llenaría nuestras vidas.

Capítulo XXXV

Rocío escuchaba atentamente a la anciana con una inmensa ternura a medida que el relato de su vida y la de sus padres y sus hermanos iba tomando forma, y sentía crecer la admiración por el mérito de una familia, en las antípodas de la suya pero no con menos orgullo y capacidad para ser felices. Ya en su fuero interno podía vislumbrar la tempestad que sobre Gloria y su vida se estaba avecinando. Con un nudo en la garganta, continuó escuchando esa historia que había marcado durante años a la humilde familia.

—Los días pasaban y una nueva vida se abría ante mis ojos al contemplar las preciosas cosas que en el almacén se exhibían, y la elegancia y la educación de la gente que lo frecuentaba y de la que yo, desde mi casi invisible posición, intentaba aprender modales y gestos. El mundo era maravilloso y yo estaba dispuesta a dejarme enamorar por él y también a demostrarle que con aprendizaje y esfuerzo, yo tendría derecho a encontrar mi sitio.

»Con mi sueldo, la pobreza de nuestra casa se suavizó. Mi madre no tenía que zurcir tanto y en el almacén a veces me permitían conseguir ropa a precio de compra para mí y mi familia. Mis amigas me envidiaban y se alegraban de mi suerte. Me salieron algunos pretendientes que aún no me atraían lo suficiente pero que me permitían pensar que mi príncipe azul aparecería pronto. Cuando cumplí los dieciocho años, me eligieron Reina del Carnaval de mi barrio, que era el corazón de los carnavales. Yo no podía creerme lo que me estaba pasando. En un año había pasado de ser casi una niña a ser una bonita mujer a la que todos admiraban. Mi madre me hizo un traje para que subiera en la carroza como una princesa. Era un vestido humilde pero de un bonito color verde agua que resaltaba el color de mi piel y me sentaba como un guante. Mi único adorno eran las flores que mi padre cortó del patio de nuestra casa y que encendían mi cara con el rojo de los geranios y el blanco de los jazmines.

»Creo que la noche del desfile fue el día más feliz de mi vida. Todos me miraban y reconocían que la chica del barrio de pescadores eclipsaba a la rica heredera que había sido proclamada reina de las fiestas. Tan solo una dama de honor de la reina, una pelirroja de inmensos ojos verdes, podía equipararse a lo bonita que yo estaba con el sencillo traje cosido por mi madre. La belleza sale del alma y no hay que adornarla mucho, para que nada la esconda.

»Al terminar el desfile, el baile de mi barrio era un bulle bulle de gente. Era el más jaranero y fiestero y todos los chicos de buenas familias se dejaban caer por él en busca del desahogo que en sus barrios no encontraban. Ante mi sorpresa, los dueños de los almacenes se acercaron para disfrutar del ambiente. Yo me sentí cohibida al principio. Apenas había cruzado unas palabras con el matrimonio, que solía pasarse por el almacén para supervisar las compras y vigilar a los empleados en su atención al público. Mi padre se acercó a saludarles y darles una y mil veces las gracias por el trato que me dispensaban y por la gran ayuda que ello suponía para la familia.

»Entonces vi sus ojos, los vi por primera vez. Había reparado en mi jefe en pocas ocasiones, siempre atareada y corriendo de un lado a otro para dejar la tienda *escamondá,* como decimos en Cádiz a lo que está muy limpio. Pero esa noche por primera vez noté unos ojos que me taladraban hasta desnudar mi cuerpo con su mirada. Mi precioso traje color verde había desaparecido de pronto. Mi instinto era buscar algo que me tapase o, mejor dicho, que me ocultase de esos puñales obscenos que no hubiera querido sentir sobre mí nunca más. Mi padre no se daba cuenta, tan alegre estaba y tan agradecido a ese hombre. Ella miraba a su marido y la tensión de su cara dejaba entrever hasta qué punto era consciente de lo que esa mirada podía significar. Doña Sagrario tomó del brazo a su esposo y educadamente se despidió de nosotros, dejándonos a mi padre con la sensación de haber cumplido con la obligación de ser agradecido y a mí con un miedo nuevo agazapado en la inocente piel de mis dieciocho años.

»Esa noche me fui a dormir sin acordarme del desfile y lo feliz que me había sentido, subida en la carroza con mi traje nuevo. Me sentía sucia y mancillada, con una amenaza desconocida que me acompañaría al día siguiente al volver a mi trabajo. Por supuesto nunca le dije nada a padre y madre, no quería preocuparles por algo que no dejaba de ser una sensación intangible. Los días siguientes no marcaron ninguna diferencia aparente. Todo estaba en su sitio y yo recuperaba la tranquilidad poco a poco. Mi trabajo en los almacenes recibía el visto bueno del encargado, que celebraba mi esmero y pulcritud.

»Una tarde, antes de que llegara la hora de echar el cierre, don Santiago, que así se llamaba el dueño, se acercó a ver cómo andaban las cosas y a retirar el dinero de la caja. Yo notaba cómo entre paño y bola de la conversación con don Ramiro, el encargado, no me quitaba la vista de encima. Otra vez el miedo atenazaba mis brazos, que se empeñaban en limpiar con ahínco lo que ya estaba limpio pero me mantenía alejada de la insistente mirada. Esa tarde, al salir de la tienda y dejar la llave en el escondite, las manos me temblaban. De camino a casa, mis dudas sobre la conveniencia de contar mis impresiones a mi padre crecían. Por una parte temía que no me creyese y por otra que reaccionase enfrentándose a la persona que nos estaba dando de comer. Nos hacía tanta falta mi sueldo que no podía pensar en privar de él a mi familia y volver a las estrecheces. Decidí callar mi angustia hasta no tener la certeza de que mis sospechas no eran infundadas. No había necesidad de crear alarma, y no tendría más remedio que aprender a defenderme de esa y otras situaciones que sin duda me saldrían al paso.

»La primavera encendió aún más el fuego de la vida, la tierra nacía de nuevo y con ella los colores, los olores y la emoción de ver acercarse el calor del verano y alejarse el frío y la humedad del invierno. Una tarde, cuando llegué a la tienda, don Ramiro no estaba, había tenido que salir a supervisar un encargo y solo quedaba el chico que atendía el mostrador y alguien que consiguió acelerar el latido de mi corazón con solo su educado e insidioso saludo.

»—Buenas tardes, Gloria, qué guapa vienes hoy, seguro que te han echado más de un piropo por la calle. —Don Santiago intentaba ser amable conmigo, lo que no conseguía tranquilizarme lo más mínimo—. Si quieres puedes empezar por la trastienda y cuando eche el cierre y me marche, limpias mi despacho, aunque he de reconocer que lo tienes muy limpio. Te voy a tener que subir el sueldo por lo bien que te portas. Espero que siga siendo así.

»—Muchas gracias, don Santiago, pero solo cumplo con mi obligación. Y le agradezco mucho su ofrecimiento pero llevo muy pocos meses con ustedes y me siento bien pagada. Tal vez el año que viene, si usted lo considera conveniente.

»Yo tenía las piernas temblando y notaba cómo me faltaba el aire para respirar. No quería interpretar mal las palabras de mi jefe pero no entendía a qué venía tanto adorno, y menos una subida de sueldo claramente prematura.

»Me dirigí al almacén, en la trastienda, con el único objetivo de no volver a sentir su voz meliflua y sus ojos clavados como cuchillos en mi cuerpo y mi cara. En algún momento, Rocío, pensé en salir corriendo con cualquier excusa, pero mis pies se paralizaron y mi voluntad no tenía fuerzas para tomar la decisión que habría cambiado mi vida.

»Al poco rato oí como don Santiago despedía al dependiente con la justificación de que él tenía papeles que arreglar y le decía que él cerraría la tienda. Faltaba media hora para el cierre y no parecía que ningún parroquiano apareciese con compras de última hora. La tienda tenía una gran aceptación entre las señoras de alcurnia que pasaban allí largas horas eligiendo telas, sobre todo por las mañanas y después de la siesta.

»Cuando oí el sonido de la puerta al cerrarse, supe que lo que yo temía desde hacía tiempo estaba a punto de producirse. No había nadie más en el almacén, salvo don Santiago y yo. La voz sedosa me hizo saber que ya estaba libre el despacho por si quería limpiarlo antes de asear el frente de la tienda, donde mi verdugo se entretenía colocando la mercancía pausadamente. Al salir de la trastienda para entrar en el despacho vi que el cartel de «cerrado» había sido colgado con antelación en la puerta principal. El miedo se iba apoderando de mí hasta el punto de impedirme pensar en una salida que hubiese sido imposible. Intenté concentrarme en la limpieza de la mesa y las estanterías llenas de libros y documentos. La luz era tenue porque solo entraba por un patio interior, y el silencio hacía evidente que mis gritos, en caso de que me saliesen de la garganta, apenas se oirían en alguna parte. Lo primero que hice por instinto fue abrir la ventana en busca de aire. Encendí las tres lámparas que iluminaban la estancia intentando en vano disipar las sombras. De repente mis temores tomaron cuerpo, oí a mi espalda el sonido de la puerta cerrándose despacio y su mirada clavada en mi espalda como una faca de luna.

»—Estás muy guapa, Gloria, demasiado para estar limpiando tiendas y casas. Tú te mereces algo más, alguien que te cuide y ponga el mundo a tus pies.

»—Estoy muy contenta con lo que tengo, don Santiago, no necesito que nadie me trate de ninguna manera y menos a cambio de quién sabe qué favores.

»—Ya veo que además eres orgullosa y decente, eso te convierte en un bocado mucho más apetitoso. Yo que tú tendría cuidado, porque hay bastante desaprensivo dispuesto a aprovecharse de una muchacha como tú, inocente y pobre.

»—No se preocupe por mí, sé cuidarme, y si no mi padre me cuidará también. La pobreza no es una deshonra ni moneda de cambio para que alguien piense que puede comprarte. La gente humilde sabe dónde tiene los pies y a veces es más difícil conseguir que vendan su libertad o su alma, que es lo único que tienen.

»—Yo no te hablo de comprarte, Gloria, te hablo de cuidarte y protegerte a ti y a tu familia. —Don Santiago se iba acercando a mí lentamente sin poder disimular el deseo que le salía por los ojos. Sus manos temblaban nerviosas de codicia animal y a duras penas podía seguir hablando sin que el resuello le faltase.

»—No necesito que nadie me cuide ni me proteja, y menos usted. Ahora le ruego que me deje salir si no quiere que empiece a pedir socorro y me escuchen por el patio. Es usted repugnante y la gente que le deja formar parte de su círculo debería saber lo indigno que es de ello. Si no me deja salir ahora mismo, yo me encargaré de que todo el mundo sepa la verdad de su poca hombría.

»—Tú no vas a decir nada a nadie, niña. —Don Santiago cerró la ventana de un golpe y afianzó las contraventanas para que nadie escuchara lo que estaba dispuesto a perpetrar en ese momento. La luz se hizo más tenue, lo que de alguna forma me ayudó a desdibujar su repulsivo rostro antes de que se abalanzase sobre mí—. Si no quieres que le pase algo a tu familia más vale que te calles y hagas más fáciles las cosas. Nadie te creería y tendríais que salir de Cádiz sin un destino y con una mano delante y otra detrás. Supongo que no quieres ver así a tus padres y hermanos.

»Mientras me hablaba, yo sentía su aliento sobre mi cara y su jadeo en mis oídos. Me desnudó con furia, me besó por todo el cuerpo mientras chillaba llamándome las peores cosas que se le pueden decir a una mujer. Me golpeó hasta hacerme daño mientras mancillaba mi cuerpo en un continuo despliegue de vejaciones que jamás se borrarán de mi cabeza. Mis lágrimas le excitaban al punto de que me obligué a dejar de llorar para que el suplicio terminara. No puedo describir lo que fueron esas interminables horas hasta que vio saciado su brutal apetito.

»Cuando decidió terminar con la fiesta, ahíto de gula, se apoyó en la mesa de su despacho sin aire, intentando componer su maltrecha e indecente figura. Yo era apenas un guiñapo en el suelo, desnuda, dolorida y manchada por dentro y por fuera. Dejé de sentir, dejé de llorar y, en ese instante, me pareció ser no una sino miles de mujeres, humilladas, abusadas y despreciadas en cualquier lugar del mundo, por la violencia de las guerras, de la carne, de las sociedades que permiten constantemente escenas como esa sin castigo ni justicia. Por las miles de niñas y mujeres inmoladas en el mundo por el mero hecho de serlo. Mujeres que nunca tuvieron una elección, como yo no la había tenido aquella maldita tarde, y para las que además cualquier redención, en el caso de haberla, sería tan inútil como seguir viviendo.

»La puerta se cerró otra vez, mi verdugo cobarde e indigno había huido del lugar de su infamia. Estaba seguro de que sus palabras estarían clavadas en mi cerebro a fuego. Si yo decía algo, cualquier cosa podría pasarle a mi familia y yo no lo permitiría. Se estaba muriendo la tarde y yo con ella. Apenas podía sostenerme sobre mis piernas y andar después de la brutal violación. Poco a poco fui recuperando la conciencia de lo que me había pasado y mi cabeza empezó a buscar la manera de salir de allí cuanto antes y tratar de buscar una mentira piadosa, que me permitiese no volver nunca más a ese infierno. Mis sueños estaban rotos pero no arrojaría ni un ápice de mi inmundicia sobre los míos, aunque me costase la vida.

»Cogí mi mandil de trabajo, que estaba hecho jirones, y con él me sequé el miserable y apestoso líquido que cubría mi cuerpo. Intenté lavarme por dentro y por fuera, hasta las entrañas. Toda yo me sentía como un cubo de basura del que no se pueden quitar los restos si no es a golpe de estropajo. Me puse mis ropas de calle, peiné mi pelo como pude, sin mirarme al espejo del lavabo, tanta vergüenza sentía de encontrarme con mi rostro y reconocerme en otra cara, en otros ojos y en otra piel que ya nada tuviesen que ver con la mía.

»Salí de la tienda sin siquiera cerrar la puerta, tratando de que mis pasos me llevasen a casa por las calles más oscuras, sin traicionarme. Notaba todas las miradas puestas en mí, como si la ciudad fuese otra y los personajes que transitaban por ella, actores de una comedia en la que todas las miradas acusadoras y las sonrisas torcidas me tenían a mí como objetivo. Cuando llegué a mi barrio, las lágrimas inundaban mi cara. Ya nada sería igual, ya nunca me sentiría protegida en ninguna parte. Ya no podría mirar a mis vecinos con la cabeza alta y la sonrisa limpia. Mi casa, a lo lejos, me enseñaba luces por sus ventanas. Cómo podría entrar en ella, cómo podría mirar a mi madre a la cara y dormir junto a mis hermanos sintiéndome como una apestada ultrajada.

»Sería interminable describirte todo lo que fue pasando por mi cabeza en ese momento y sobre todo sería imposible encontrar nombre para los sentimientos desconocidos que brotaban de mi alma sin que yo pudiese reconocerlos. Por suerte para mí, mis hermanos dormían y mi padre había salido a dar una vuelta por la barca y ver si todo estaba en orden. Mi madre me miró a los ojos. Yo era su hija, y jamás una madre deja de ver en el fondo del alma de un hijo la angustia o el miedo, no importa lo que el hijo haga por disfrazarlo.

»—Qué te ha pasado, Gloria, ¿qué tienes en la cara, te has caído?, ¿por qué vienes tan tarde? Hija, a ti te ha *pasao* algo, cuéntamelo, soy tu madre, y digas lo que digas nada va a cambiar las cosas y el amor que te tengo. Cuéntamelo antes de que venga tu padre y se alarme, Glorita.

»Me desmoroné en sus brazos, no podía más de dolor, de rabia, de vergüenza, de miedo. Lloré, lloré ríos y mares abrazada a su cuerpo, abandonada como una niña en sus brazos. Sin consuelo, con un llanto de siglos, con el llanto de todas las mujeres del mundo que se habían quedado sin lágrimas para llorar, con los ojos secos mirando al vacío en el que alguien decidió convertir sus vidas.

»Le conté todo, cada sospecha, cada hora de angustia durante meses. Mi madre me apretaba las manos y sujetaba las lágrimas en sus ojos. Me miraba con la piedad y ternura que solo una madre sabe encontrar en la mirada. Nos abrazamos con la promesa firme de guardar el secreto y buscar una salida. Ella cuidaría de mí y se encargaría de que nadie supiese nada, de que nadie me hiciese más daño, porque nada es lo que alguien puede hacer contra ti si tú no le dejas, si tú pones en medio una montaña de cariño tan alta como las salinas. Mi madre acarició mi pelo y mi cara como cuando era niña, porque para ella seguiría siendo su niña. Me llevó a dormir a su cama y me tapó con el mismo cuidado y mimo con el que cuidaba sus geranios. Le diría a padre que estaba con fiebre y que ya no iría más a trabajar a la tienda porque ya no necesitaban a nadie, y además no tenían buenos modos. Eso sería todo, la vida empezaría de nuevo al amanecer del día y yo seguiría siendo la chica más bonita de La Viña, porque mi familia me quería y porque no se puede apagar la luz del sol cuando brilla.

Capítulo XXXVI

Rocío escuchaba el relato de Gloria con un nudo de indignación en el estómago y otro de impotencia en la garganta. Lo peor es que tenía la sospecha de que aún no había llegado al fondo del pozo en el que la historia habitaba y en el que ella se adentraba con cada palabra y cada hecho que la anciana iba desgranando. Algo desconocido pugnaba por salir de su memoria. Ahora comprendía el aislamiento voluntario de la mujer, su huida del mundo que tanto daño le había hecho. Lo que le sorprendía aún más era no descubrir ni una gota de odio o rabia en sus palabras, solo tristeza, una inmensa tristeza tan grande como el océano que las separaba de su querida tierra.

—Gloria, cómo pudo seguir viviendo en su barrio, entre su gente, sin partirse en dos.

—Mi niña, tú no sabes lo que es capaz de soportar un ser humano para seguir viviendo, para no perder la esperanza de otra vida. Eso te sostiene al borde del precipicio sin que te dejes caer en un vuelo sin cielo. Eso hice yo, alejarme del borde y buscar el remanso del río.

»Esa noche —la anciana continuó con la historia—, cuando padre llegó a casa pude oír una queda discusión entre madre y él. Seguramente le costaba entender que dejara un trabajo que nos estaba viniendo tan bien para no pasar tantas necesidades. Al final pude oír a mi padre tranquilizando a mi madre y, sin pedir más explicaciones, dar por buena la decisión. Juntos habían tenido cuatro hijos y juntos habían conseguido un hogar humilde y lleno de cariño y dignidad. Lo que mi madre decía era ley para un hombre que la había visto dejarse los ojos en la costura y hacer una buena berza con casi nada.

»Los días siguientes fueron un suplicio para mí. No me atrevía a salir de casa por miedo a que la gente leyera la vergüenza en mi cara. Mi madre fue a decir que no volvería al trabajo porque me habían cogido en un taller de aprendiza. No era una mentira, porque mi maestra de corte me pidió que le echase una mano con los preparativos del carnaval del año siguiente y otros encargos. Pasaba el tiempo en mi casa, cuidando las flores del patio y cosiendo. Ya había aprendido a hacer patrones y no se me daba mal el corte. Mis padres me llenaban de cariño pero se preocupaban al ver perdida mi alegría. Las amigas me buscaban y siempre encontraba la excusa del mucho trabajo con la costura o tener que cuidar de mis hermanos más chicos.

»Ya en el otoño las formas de mi cuerpo delataban lo que yo había intuido desde el primer momento: me había quedado preñada, de la forma más indeseable y del ser más repulsivo. La naturaleza consigue el milagro de nacer entre la escoria y crear la flor más bella y limpia en medio del fango. Así nacería mi hijo, del lugar más miserable pero con la estima que yo estaba dispuesta a darle y los besos que consiguieran borrar de su memoria cualquier huella de infamia. Los meses pasaban, mis pechos se habían hinchado y mi vientre se abultaba de una forma difícil de disimular. Cuando mi padre se enteró de lo que le habían hecho a su hija estuvo a punto de volverse loco. Quería coger un cuchillo y matar al cerdo en plena calle, delante de todo el mundo, para vengar la honra de una niña inocente. Solo las palabras de cordura de madre y mías consiguieron calmarlo. Tenía tres hijos más, algunos pequeños, y no podía arriesgar su suerte. Poco podría hacer para defenderse. Nadie le creería, era solo un pescador y la hija demasiado guapa, y a saber si no habría provocado con su descaro el abuso. Esas serían las consideraciones de las autoridades, que siempre tenían dos varas de medir y las usaban dependiendo del nivel social de cada individuo.

»Mi madre decidió mandarme a Huelva, a un cortijo en el que mi tía vivía y del que su marido era capataz. Era un sitio tranquilo y yo podría echar una mano y tener a mi hijo sin que nadie más lo supiese. Hice un hatillo y dejé mi casa con los ojos anegados en lágrimas. Fueron los meses más tristes de mi vida; el cariño de mis tíos no era suficiente antídoto para mi pena y mi sensación de soledad y abandono. ¡Qué sería de mí y de mi hijo, adónde iríamos sin tener que sufrir el escarnio de los demás y el descrédito de mi familia! Qué lugar del mundo tendría un sitio para que pudiésemos empezar de nuevo, lejos de todo, de mis recuerdos, de mis paseos por la Alameda oliendo a jazmines, del calor de la berza de madre y la alegría de mis hermanos con sus travesuras. ¿Por qué el destino se había cebado conmigo y qué culpa tenía la criatura de nacer en una tierra injusta y cruel con los desfavorecidos? Estas consideraciones me rompían el alma cada día.

»Una mañana me desperté empapada en sangre y con un dolor nuevo. Temí lo peor, perder al niño y quedarme aún más sola con mi angustia. La comadrona me dijo que tenía que reposar y cuidar de la criatura si quería que naciera, supongo que adivinaba por experiencia mi situación. Cuando oí las palabras de la mujer, sentí una opresión en el pecho y un miedo brutal ante la idea de perder a mi hijo. Me prometí que ese niño nacería, que yo le cuidaría como oro en paño, que daría fin de una vez a mis lamentos para dar paso a una nueva Gloria, valiente y segura de encontrar un camino y hacer feliz a esa criatura que luchaba por agarrarse a mis entrañas.

»Gabriel nació precioso y lleno de vida. Su piel aceituna destacaba en sus manitas y en los hoyos de su cara. Estaba brotando la primavera y, con ella, mi hijo y yo nacíamos también, juntos y dichosos. Padre y madre vinieron a conocer a su nieto y sus lágrimas de emoción y felicidad se fundieron con las mías en un abrazo cálido y agradecido.

»—Gloria, tú tranquila, que sacaremos a esta hermosura adelante. No le va a faltar cariño y gente que luche por él. Te lo prometo. Mañana mismo voy a ver a ese infame para que por lo menos tenga la vergüenza de ayudar en la manutención del niño. La honra no te la puede devolver, aunque para mí la sigues teniendo intacta, pero por lo menos que tenga la hombría de dar al rapaz una vida sin estrecheces. Ya verás cómo todo se arregla.

»Yo estuve a punto de pedirle que no fuera, no necesitábamos nada de ese hombre, pero me contuve pensando en poder darle al menos a mi hijo los estudios y el alimento que a nosotros nos había faltado.

»Mi padre se presentó en los almacenes un día al caer la tarde y tras comprobar que don Santiago estaba solo. Cuando mi verdugo vio la cara de mi padre se le nubló la vista, suponiendo que algo pasaba.

»—Buenas tardes, don Santiago, aunque el don le sobra por todas partes. Supongo que usted sabe de qué vengo a hablarle. Si por mí fuera le rajaba aquí mismo, pero soy decente, al contrario que usted, y para mí, mi familia es lo primero.

»—No sé de qué me habla, ni tengo por qué consentir ese lenguaje y menos sus amenazas. Salga ahora mismo de la tienda si no quiere que llame a los civiles.

»—No se altere tanto, ya sé que usted es un hombre de bien y también querrá proteger a su familia y a esa hija tan guapa que tiene a punto de encontrar un buen marido. Lo que usted hizo con mi hija, tendría que salir publicado en los periódicos, pero yo me conformo con que demuestre si le queda algo de humanidad y ayude a Gloria con la manutención de su hijo. —El hombre se descompuso—. Porque usted ha tenido un hijo de esa violación salvaje que perpetró sobre ella. Ha nacido un niño, don Santiago, y solo le pido que nos ayude a sacarlo adelante.

»El comerciante no daba crédito a lo que mi padre le acababa de confesar. Jamás pensó en su locura, que las consecuencias de su tropelía le iban a pasar factura a los nueve meses justos. Había borrado de su memoria el incidente y no había querido saber nada más sobre mí o mi familia. Su vida continuó con la misma hipocresía y falsedad de la que estaba hecha.

»Pero lo que estaba oyendo le caía como un jarro de agua fría y una amenaza para las pretensiones de buscar el mejor partido de Cádiz para su preciosa hija. Gastaba su fortuna en comprar reinados de fiesta, en hacer obras de caridad que le redimieran de su miserable y oculto comportamiento, y su mujer organizaba lujosas fiestas, para que su bella hija brillase como ninguna otra. Eran casas de hombres adinerados pero sin ningún gusto, salvo para exhibir su dinero burdamente. Yo había limpiado más de una, llena de adornos y figuras que dificultaban la limpieza sin lograr un milímetro de elegancia.

»Por supuesto, lo primero que intentó fue negar su participación en la fechoría recurriendo a insultos sobre mi persona que mi padre cortó de cuajo. Se tenía que atar la rabia para no golpear a ese pelele que cada vez sentía más miedo ante un hombre mucho más fuerte y cargado de razón. Viendo su vida peligrar en un descuido, decidió hacer una oferta que volvería a cambiar en este caso nuestras vidas, la de mi hijo y la mía.

»—Está bien, está bien, no se altere. Sigo diciendo que yo nada he tenido que ver con ese niño, pero sé que es usted un buen hombre y quiero demostrarle hasta qué punto quiero ayudar a mejorar la situación de su hija. Le daré un dinero suficiente para que durante los primeros años pueda mantener al niño, después tendrá que trabajar, es hacendosa y sabrá hacerlo, pero con la condición de que se marche de Cádiz, a América, ella y el niño. Les pagaré los pasajes para que se embarquen. Hay barcos que salen dos días a la semana para México, por la noche. Nadie tendrá que verles y nadie tendrá que saber nada de lo que usted y yo hemos hablado esta noche. Esta es mi oferta y creo que bastante generosa, de lo contrario su familia y usted sufrirán las consecuencias de haber intentado destruir mi reputación y todo lo que nos ha costado a mí y a mi familia construir durante siglos. Esa es su única salida, y tiene dos días para pensarlo. Y ahora ¡fuera de mi vista!

»Mi padre salió de allí con el orgullo pisoteado y la certeza de que nada cabía esperar de un hombre capaz de tal crueldad y una cobardía sin límites. No pensaba consultarme sobre la oferta y zanjaría el tema con el razonamiento de que él con la pesca, y yo viviendo en otro pueblo cercano y trabajando, sacaríamos al niño adelante. Cuando vinieron a Huelva para vernos y abrazar a su nieto, conseguí averiguar cómo había ido el encuentro entre esos dos hombres de tan diferente catadura. Las amenazas veladas y la promesa de miseria hicieron mella en mi ánimo. No pondría en peligro a mi familia. Yo sabía de lo que ese hombre era capaz, había experimentado su falta de escrúpulos de cerca y sufrido su brutalidad en mi propia carne. Decidí convencerle de que era la mejor solución para todos.

»—Padre, he tenido mucho tiempo de pensar durante estos meses. Mi hijo me ha dado fuerzas para enfrentarme al futuro sin miedo. Antes no tenía nada más que la deshonra y el asco, ahora le tengo a él y sé que conseguiré salir adelante. Ya había pensado en la posibilidad de marcharme a las Américas. Todos dicen que es una tierra muy rica y generosa, de una belleza única, y que tiene unos enormes brazos para acoger a quien esté dispuesto a trabajar en ella y a aprender a amarla. Yo quiero conocer esa tierra prometida, padre; aquí solo hay hambre y miseria. No quiero que mi hijo se deje la vida en el mar o tenga que sufrir que alguien le señale con el dedo cuando vaya por el barrio. Nos iremos, padre, y pronto os mandaré dinero y os mandaré billetes para que vengáis a vernos al otro lado de este mar que nos ha dado la vida. Los gaditanos somos aventureros y emprendedores, siempre ha habido viajes de ida y vuelta entre España y América y nosotros tenemos la oportunidad de probar fortuna, como tantos otros, sin ser más ni menos.

»—Hija mía. —Mi padre se derrumbaba de pesar ante la idea de perdernos a los dos. Se sentía impotente e inútil para sacar adelante a su familia, y bien sabe Dios que lo intentaba cada día—. Cómo os vais a marchar así, tú y un niño tan pequeño. Si os pasase algo no me lo perdonaría y tu madre se morirá de la pena de no verte y no poder abrazar a su nieto. Gloria, esto es una locura. Saldremos adelante, ya lo verás, pero no quiero que te vayas tan lejos a un mundo desconocido, lleno de peligros.

»—Padre, yo vivía feliz y confiada, me sentía segura en Cádiz, protegida por la mar y sus murallas, al cobijo de nuestra casa. Jamás habría sentido miedo en la isla. Pero la isla ha sido para mí el peor de los mundos precisamente porque creía conocerlo y no pensaba que me acechaba ningún peligro. Qué más cosas pueden pasarme, padre. He conocido lo peor que una mujer puede sufrir sobre su cuerpo y su alma. Ya no tengo miedo. Solo quiero salir de este encierro, volver a pisar la calle y respirar el aire sin que una amenaza constante planee sobre mi hijo y mi familia. Padre, dile que sí, cómprame el pasaje y venís a por nosotros antes de que caiga la noche y zarpe el barco. No quiero que nadie me vea y os martiricen con intrigas. Para mi barrio estoy muerta. Me he ido a probar fortuna y eso será todo, así de sencillo. Y tú, madre, no llores, tu hija va a ser feliz, mucho más que aquí, con sus ojos persiguiéndome constantemente. Ya verás, pronto te mandaré para el pasaje y así conocerás mundo. Dame un beso grande, dadme un abrazo los dos hasta que nos duelan los huesos, y no os olvidéis nunca de cuánto os quiero. Vuestro cariño y comprensión me acompañarán siempre y cuando recuerde vuestras miradas jamás me sentiré sola.

»Una noche mi hijo y yo embarcamos en silencio y con los ojos inundados de lágrimas. Di un abrazo a mis hermanos y a mis padres con el presentimiento de que seguramente no volveríamos a vernos nunca. Don Santiago podría dormir tranquilo y su hermosa hija conquistar el mejor partido de la comarca, sin que yo o nadie echásemos a perder su maravilloso futuro construido sobre una ignominia. Ella nunca lo sabría, porque yo jamás volvería para decírselo.

»Lo demás es historia y ya lo sabes. La divina providencia puso en nuestro camino a los seres más buenos que jamás he conocido. El matrimonio Laguna nos salvó a mí y a mi hijo de quién sabe qué sufrimientos desconocidos. Yo los bendeciré hasta que me muera, que supongo será pronto, mi niña.

—Doña Gloria, ¿cómo se llamaba el hombre que fue capaz de hacerle semejante aberración, el dueño del almacén de la calle Ancha? —Rocío tenía una extraña expresión que se había ido dibujando en su cara a medida que la historia avanzaba—. ¿Se acuerda de su nombre, abuela?

—Jamás se me olvidará el nombre del señor don Santiago Belacua. Por muchos años que viva, siempre me quedará memoria para recordarlo, y bien que me gustaría que no fuera así. Pero… ¿Qué te pasa, Rocío? ¿Qué tienes, por qué lloras? No te vayas, mi niña, siento haberte alterado con mi historia… Rocío.

Capítulo XXXVII

Cádiz saludaba al verano con el descaro de los días calurosos y las playas llenas de bañistas y paseantes. España estaba en plena efervescencia sesentera. Las modas y la música nos traían desde el exterior el cambio que no estaba permitido en el pensamiento: formas nuevas de vida, sin ideología, compatibles con la censura. Las faldas se acortaron y los cabellos crecieron. Las chicas bailábamos solas y los cardados hicieron crecer nuestras cabezas hasta el infinito. En las playas, unos preciosos gorros de baño inundaban todo de margaritas y flores diversas de colores, como si a todas nos hubiesen salido jardines flotantes con la primavera. Estaba claro que el mundo quería huir del blanco y negro y olvidar la depresión que las guerras nos habían dejado por todas partes.

En casa todos parecíamos disfrutar de una tranquila y feliz normalidad. Elena Luna nos hacía reír con sus mofletes hinchados y mamá volvía a sonreír ante la experiencia de tener su primera nieta. De Colombia nos llegaban noticias entusiastas por parte de Mario. Le fascinaba el país, que describía con el mismo lujo de detalles que nuestros conquistadores en sus crónicas. El paisaje era bello y exuberante, de un verdor intenso como el de las esmeraldas dormidas en sus entrañas. La gente era amable y educada y la música le apasionaba. Nos hablaba de un ritmo típico y desconocido en nuestra tierra: el vallenato, una tonada contagiosa que le había enamorado. La familia de Miguel le trataba como a un hijo más, y desde su llegada se había puesto manos a la obra para ayudar en la consulta, las visitas a los poblados y continuar con su trabajo de laboratorio que tanto le apasionaba.

Todos respirábamos tranquilos sabiendo a nuestro hermano sano, feliz y en buenas manos. Por fin estaba cumpliendo su sueño. Lo mismo pensaban de Rocío, ajenos por completo al infierno que para ella estaban suponiendo todos estos años desde su matrimonio. Mi madre notaba un tono extraño en sus cartas. Ro no hablaba en profundidad de nada y siempre había un aire de aparente felicidad, que nada tenía que ver con el lenguaje fluido y entusiasta de mi hermana. Tampoco entendían por qué aún no había tenido hijos, ni yo intentaría aclarárselo, tan enamorada como estaba y teniendo una vida tan agradable y tranquila.

Todas estas cosas eran el discurrir diario, solo alterado a finales del verano por algo que ya esperábamos hacía tiempo.

Una mañana, tía Paula se despertó con un discurso recurrente que nadie entendíamos. El verano había sido especialmente caluroso y, a pesar de los intentos de Marina y

Lluvia, la tía no había querido moverse de su habitación ni buscar el frescor del patio por las tardes.

—Marina, me gustaría que llamases a Alba y a los chicos, hace tiempo que no los veo, y dile a Paca, si no te importa, que haga mis dulces favoritos para merendar, pero con mi receta, no con la suya.

—Está bien, hermanita, ahora le digo a Lluvia que les avise. Me alegra mucho verte tan animada y con ganas de reuniones familiares, ellos también van a estar felices.

—No te preocupes, tía. —Marina había ido a la habitación de Lluvia para contarle la conversación con su hermana—. Es una buena señal que quiera salir del claustro. Iré a ver qué idea se le ha metido en la cabeza y, si es necesario, me quedaré en casa hoy. Voy a llamar al hospital diciendo que me ha surgido un contratiempo y aviso a Custo y a mi madre, no podemos desaprovechar las ganas de la tía de reunirnos a todos. Tal vez así se anime a salir y consigamos que deje su encierro voluntario.

Al caer la tarde, nos acercamos a casa de las tías. Se estaba de maravilla en el patio, hacía un día precioso y el atardecer era agradable y tibio. Paca puso una mesa primorosa con el mejor mantel y la mejor vajilla de merienda. El bizcocho y el brazo de gitano tenían un aspecto de lo más apetecible; todos conocíamos lo buena repostera que era la fiel mujer.

Tía Paula estaba sentada en su sillón favorito de mimbre. Se había puesto un traje de batista con pequeñas flores en tonos pálidos que le daba un increíble aire juvenil. Tenía una dulce sonrisa y su piel era tan suave y rosada que apenas reflejaba los años y las señales de una mente que no siempre funcionaba de forma lógica. Siempre había sido un ser de otro mundo, cariñosa y alegre.

—No podéis imaginar la emoción que siento al teneros cerca, como en los viejos tiempos, y ver que esta familia, por mucho que pase y otros quieran, sigue estando unida. Esta nueva niña nos ha traído vida y felicidad. Mi hermano hubiese estado encantado de ser abuelo y poder abrazarla. Esto significa que hay mucho futuro por delante, aunque yo no voy a vivir mucho tiempo para verlo. Sabéis una cosa, ahora que estamos todos reunidos, tengo que confesaros algo, aunque seguro que ya lo habréis descubierto durante todos estos años. Con el tiempo, me he dado cuenta de que no pinto muy bien. Como mucho, cuando me empeño en cambiar las cosas con mi purpurina consigo un poco más de alegría, pero los muebles se quedan bastante peor de lo que estaban. —La tía se reía como una niña traviesa confesando sus travesuras—. Los dulces me salen bastante mejor, pero también reconozco que no tengo mucha paciencia para la cocina y a veces os he obligado a comer unos engrudos que válgame Dios. —Empezó a reírse y todos nos contagiamos recordando cuántas veces habíamos ido disimuladamente a la basura para no tener que comerlos.

Nuestras miradas mostraban el asombro y la ternura que esa mujer única nos despertaba. Siempre supe que la supuesta locura de Paula era una manera de disfrazar la realidad y adaptarla a su mundo ideal e imaginario. Nadie había vivido con más coherencia y autenticidad. La gente vive una vida que a veces no le gusta pero es incapaz de enfrentarse a ella y cambiarla, prefiere vivir engañándose y engañando con comportamientos individuales y colectivos basados en apariencias, ignorando sus auténticos sentimientos.

—También quiero daros las gracias por todos los viajes que hemos compartido. Ya sé que subir a un automóvil para no ir a ninguna parte no siempre es divertido, pero nunca conseguí sacarme el carné de conducir. Supongo que tenían miedo de que fuese embistiendo peatones a diestro y siniestro, aunque también creo que la mano de vuestro padre tuvo algo que ver en ello. Lo que sí creo es que los lunares verdes que pinté en las paredes y el suelo nos hicieron más amenas las excursiones y nos obligaban a despertar la imaginación, que es el gran refugio de los seres humanos para escapar de un mundo bastante mediocre. Ya he asumido que jamás lo voy a sacar del garaje conmigo al volante, y quién sabe si el mundo que habría recorrido con él, ahí fuera, me habría gustado ni la mitad del que yo había inventado entre cuatro paredes invisibles. Por supuesto, Lluvia, ese coche es para ti. Cuando te veo salir, con la melena al viento, tengo la sensación de que soy yo misma y de que nadie ha podido impedirme conducir, porque tú lo haces y yo también a través de ti.

Todos teníamos un nudo en la garganta. Por supuesto, la tía Paula jamás había estado mal de la cabeza. Era la loca más cuerda que yo había conocido y sus palabras, dichas con su eterna y traviesa sonrisa, sonaban a despedida. Tal vez quería tranquilizarnos a todos y que supiésemos que había sido feliz a su manera y que se iría como había vivido, burlándose de la muerte como se había burlado de la vida.

—Bueno, querida familia, creo que ya va siendo hora de que me retire a descansar, ha sido un día maravilloso pero un poco ajetreado. Dadme un abrazo y dejadme sostener a Elenita un momento entre mis brazos, quiero saber qué se siente aunque solo sea por una vez.

Todos nos despedimos de ella con un prolongado abrazo. Nos tenía acostumbrados a las sorpresas y aún no teníamos claro el alcance de la que nos había preparado para ese día. Elena Luna se quedó dormida en sus brazos, tal era la paz que Paula despedía. Cuando nos fuimos retirando, Lluvia y Marina la subieron a su dormitorio. María, la enfermera que la cuidaba en los últimos tiempos, la ayudó a meterse en la cama mientras la animaba a tomar sus medicinas con un vaso de agua. La placidez de su rostro y el guiño cómplice que nos dedicó en su adiós eran la prueba evidente de que había decidido prácticamente todo en su vida y que se sabía dueña y señora de su voluntad y sus elecciones.

Tía Paula durmió como un bebé esa noche, con un sueño tranquilo y profundo que no se separaría de ella. Su rostro por la mañana reflejaba la misma bondad y dulzura de siempre, solo que su corazón había dejado de latir.

Fue muy triste para todos saber que ella y sus inofensivas locuras no volverían a formar parte de nuestras vidas. Pero fue una inmensa lección de humildad y sabiduría. María nos avisó de que tía Paula ya no respiraba con una enorme tristeza, se había encariñado con esa mujer tan especial y única. Decidió quedarse unos días en la casa para ayudar en todo lo necesario. Todos intentamos arropar a Marina para que la ausencia no fuera tan honda. Habían compartido toda la vida y habían sabido disfrutar con una gran elegancia de cada cosa y de cada porción de felicidad que su existencia les había regalado.

Lluvia fue un pilar fundamental para Paca y nuestra tía, y también *Huella II,* hija de la primitiva *Huella,* una preciosa gata persa hermana de *Sombra,* que, como su madre, no se separaba de su ama con ese instinto que los animales tienen para saber cuándo a sus amigos les invade la tristeza y los necesitan. Mi hermana siguió desplegando amor, energía y ganas de vivir en una casa donde la vida se estaba haciendo de rogar más de lo necesario.

Todo Cádiz se volcó con los Monasterio. Era una persona muy querida y respetada. Había sido la segunda gran pérdida en poco tiempo y mi madre acusó la ausencia de la que también había considerado una hermana. No había muchas personas en quien poder confiar y una vez más la soledad se le hizo hondamente presente.

Por suerte la niña nos llenaba de alegría. Cada vez que Elena la traía a casa, Juana rejuvenecía al tener una criatura en sus brazos y poder cuidarla.

Aún no nos había dado tiempo de comunicárselo a mis hermanos, todo había sido tan de repente e inesperado, cuando llegó una carta de Rocío diferente a todas las demás. En sus palabras, esta vez sinceras, volvimos a reconocer a mi hermana, aunque hubiéramos preferido que el contenido hubiese sido bien distinto. Aun así, el invierno no había traído todas las tormentas que se adivinaban, amenazantes, en el cielo.

Capítulo XXXVIII

México

Gabo, explícame qué está pasando. Por qué Rocío lleva tres días encerrada en su cuarto sin querer salir y apenas come lo que Dolores le sube en las *charolas*. —Don Gabriel echaba chispas por los ojos, era un hombre bueno y honesto al que su hijo, excesivamente mimado, había dejado de lado hacía un tiempo—. No te reconozco, hijo mío. Pensábamos que por fin había desaparecido de tu vida esa infelicidad que te viene acompañando los últimos años sin ningún motivo. No es propio de esta casa y esta familia tratar a las personas que vienen de fuera con tan malos modos. Tendrás una buena razón para hacer lo que estás haciendo, aunque no creo que haya nada que justifique tu comportamiento con tu esposa.

—Padre, tú no entiendes ni has querido entender nunca que las cosas no se pueden dejar pasar, que las ofensas a tu familia no pueden quedar impunes si quieres mirarte a los ojos y no ver la imagen de un cobarde. Rocío está aquí no por amor ni porque yo necesitase buscar una esposa en un lugar tan lejano y ajeno a nuestras costumbres. Rocío está en esta casa por venganza.

—Qué estás diciendo, Gabo, ¿qué tiene que ver una criatura inocente y buena con la venganza? Qué veneno se te ha metido en el alma para que digas una cosa así, hijo mío. Dime que no es cierto, que un Laguna es incapaz de cometer un acto tan inmoral como el que tú estás insinuando.

—Padre, nada es más inmoral que violar a una chica de dieciocho años y mandarla al otro lado del mundo, con una criatura en brazos y sin destino. Tú no entiendes lo que la abuela ha tenido que sufrir todos estos años. Su silencio, su vida truncada, su soledad, su dolor profundo porque un malnacido decidiera poner sus execrables ojos en ella. Tú no eres un Laguna, padre; tú eres hijo de don Santiago Belacua, y ¿sabes cuál es el cuarto apellido de mi querida esposa? Belacua. Tú eres hijo de su bisabuelo y yo estoy aquí para vengar a tu madre en la propia sangre de su verdugo. Quiero que esa respetada y orgullosa familia sufra en su seno el dolor y la vejación que sufrió mi abuela. Quiero que vean marchitarse a su flor más preciada, como tu madre se ha ido marchitando cada día durante todos estos años. Quiero justicia, padre. No entiendo tu cobardía, ni tu manera de aceptar las ofensas sin plantarles batalla. No estoy hecho de tu misma pasta y no podría vivir tranquilo sin haber pagado a la familia Belacua con la misma moneda con la que ellos nos pagaron a nosotros aquella tarde en Cádiz, profanando el cuerpo de una niña inocente y limpia, que ha tenido que vivir con esa mancha el resto de su vida.

—Hijo mío. —Don Gabriel había escuchado atónito las palabras de su hijo y había sentido una profunda tristeza—. Siento una enorme pena por ti. Veo que durante estos años no has aprendido nada de tu madre, de mí y menos de tu abuela. ¿Has visto en ella alguna vez un atisbo de rencor?, ¿de deseos de venganza? ¿Has siquiera sentido alguna vez en sus palabras la ira y el odio? Gabo, yo soy un Laguna, no importa si en alguna parte mi sangre lleva restos de ese hombre. Tampoco él era puro y en sus venas seguramente correría sangre de gente de bien. No importa de dónde vienes, lo importante es adónde llegas y qué haces a partir de entonces con tu vida y tu legado. La venganza nunca es justa porque es hija del odio y el odio, no puede generar justicia sino más odio y más injusticia aún. Justicia es haber encontrado a los seres más generosos de la tierra para cuidarnos a mi madre y a mí. Justicia es haber crecido rodeado de amor y bienestar cuando nos querían malviviendo. Justicia es que tu abuela haya podido vivir feliz y tranquila con un hogar y comodidades que jamás habría soñado en su casa de pescadores. Y más aún, ver a ese hijo por el que había dado todo criarse tranquila y dignamente sin que nada le faltase. No has aprendido nada, hijo mío, y menos de ella, de su humildad y su generosidad, palabras que nada tienen que ver con el odio y la venganza. Yo no quise un infierno para mi madre, ya había tenido el suyo. Quise el amor y el respeto que merecía. Tampoco lo quisimos para ti. Hoy puedes ir por el mundo con la cabeza bien alta y sin pedir ni deber favores a nadie, hijo, esa es la mayor justicia posible para compensar lo que le pasó a tu abuela, que no se te olvide que es mi madre. Y ahora tú vuelves a mancillar su nombre, vuelves a traerle el dolor del que ya se había olvidado. No sé quién te ha metido ese veneno en el cuerpo. He pasado por alto tus escarceos con Lucha porque pensé que eran necesidades de hombre y cosas de juventud. Pero esa mujer tiene un espíritu oscuro y turbio, y no te hace bien escuchar sus palabras de rencor hacia todo lo que no es mexicano. Tiene el mismo deseo de venganza que tú por lo que su padre les hizo a ella y a su madre, que las abandonó, pero tú no puedes beber de la misma agua emponzoñada. Qué pena que la vida que a base de trabajo le ha dado Dolores tampoco le haya servido para estar agradecida y contenta de su suerte. Gabo, no quiero seguir con esta desafortunada conversación. Espero que pidas perdón a Rocío por tu imperdonable conducta. Ya nada tiene remedio y tú tendrás que vivir el resto de tu vida con esta barbaridad sobre tu conciencia. Si rectificas, tal vez algún día consigas redimir la culpa. Ahora vete, hijo mío, necesito estar solo.

Gabo salió con lágrimas en los ojos y sintiéndose el hombre más ruin del mundo. Su padre tenía razón y ahora veía hasta qué punto su conducta, cargada de soberbia, era inaceptable. Había perdido el cariño de su padre y quién sabe si el de su abuela cuando se enterara de lo que había hecho con la estúpida excusa de vengarla. Perdería a Rocío, a la que amaba, para siempre, y sobre todo sentía un inmenso desprecio por sí mismo. Odiaba al hombre que había ultrajado a Gloria a sus dieciocho años y él estaba haciendo lo mismo con Rocío, solo que en vez de utilizar la violencia había usado la seducción y las malas artes para abusar de ella. Hay muchas formas de maltrato, no por más elaborado y sutil un maltrato es menor que otro. En uno se usa la fuerza bruta y en otro la manipulación y la incertidumbre de la persona maltratada, que no sabe con qué cara de la moneda amor-odio se encontrará cada día, y vive con la falsa esperanza de que la crueldad deje paso al menos a la misericordia.

Gabo fue consciente de pronto de lo perverso de su comportamiento y cuánto le había atormentado desde que conoció a Rocío. Su indudable atracción por ella y las órdenes que el animal sin piedad, que había crecido en su interior, le daba para maltratarla y no dejarse atrapar por sus ojos azules. También reconocía en las palabras de su padre el daño que Lucha le había hecho metiendo sus sentimientos racistas y de revancha en su cabeza. Se daba cuenta de que era demasiado tarde para reparar sus errores, aunque lo intentaría con todas sus fuerzas.

***

—Buenos días, Gloria, siento haberme marchado el otro día sin darle una explicación. Pero no pude soportar conocer la verdad de lo que ya mi mente venía imaginando desde hacía tiempo.

—No tienes nada por lo que pedirme perdón, Rocío. Tú no tienes la culpa de nada, hija mía, en todas las familias hay desalmados y no van a pagar justos por pecadores. Mi nieto me ha contado todo. No se puede perdonar lo que te ha hecho, lo que nos ha hecho a todos. Está muy apenado por ello y me da tristeza verlo tan hundido. Lo peor es que solo lo hacía para vengarme a mí, cuando yo no necesito ninguna venganza, y menos en una criatura tan buena y bonita como tú.

»No quiero que sientas que lo que hizo un antepasado tuyo, al que ni siquiera conociste, tiene nada que ver contigo. Perdónalo, Rocío, como yo le perdoné hace mucho tiempo. Tu abuela seguramente nunca supo la condición de su padre. El mundo está lleno de padres amantísimos que son capaces fuera de su casa de las mayores crueldades, y en esos tiempos los señoritos tapaban sus vergüenzas con facilidad. Ella luchaba por conseguir una buena posición, como todas las niñas casaderas. Jamás pudo sospechar que, para conseguirla, su querido padre sería capaz de cualquier cosa. Solo te pido que nos perdones, pero sobre todo que perdones a Gabo, yo sé que él te quiere y está arrepentido, pero también comprenderé que no lo hagas.

—Gloria, ya nada importa. Nunca más podría vivir en esta casa y bajo el mismo techo que él después de saber cómo me ha utilizado y engañado. Mañana me vuelvo a España, a mi casa. Buscaré la paz que me está faltando y el perdón por algo de lo que yo no soy culpable, pero que está en mi sangre. Solo quería despedirme de usted. Darle las gracias por todo el cariño que he recibido de su parte y decirle que es usted una mujer maravillosa de la que he aprendido mucho y a la que nunca olvidaré.

—Adiós, hija mía, siento que te vayas. Ya no podré volver a Cádiz a través de tu mirada ni podré charlar contigo cada mañana. Pero también tienes derecho a buscar la felicidad, y ahora no la encontrarás en estos patios. Te quiero mucho, mi niña. Busca tu camino, perdónanos y no mires hacia atrás, recuerda que el sendero está siempre delante de tus ojos.

Rocío y Gloria se fundieron en un fuerte abrazo y mezclaron por última vez sus lágrimas. Era lo único que mi hermana echaría de menos en Cádiz, a Gloria y a *Deseado*, del que se despidió con un último paseo por la laguna. Los niños y la maestra dijeron adiós a Rocío con canciones y unos pañuelos con sus nombres que habían cosido para ella. Manuel, Pascual, Dolores, Rosalía y Lupita se despidieron de su señora con lágrimas de tristeza. Había sido buena y cariñosa y sus vidas eran mejores ahora que a su llegada. Los padres de Gabo la despidieron con un enorme cariño y con un silencioso ruego para que les perdonase a ellos y a su hijo. No podían creer lo que estaba pasando y se sentían culpables al no haber podido educar a su hijo sin ese orgullo mal entendido que le estaba arruinando la vida. Rocío apenas cruzó unas palabras con Gabo. Rogó que le mandasen su ajuar por barco a Cádiz y le devolvió los regalos de boda que había recibido de él y de sus padres.

—Rocío, lo siento en el alma. Por favor, perdóname si puedes. Sé que lo que te he hecho es vergonzoso, pero quiero que sepas que siempre estaré aquí esperándote, por si algún día me perdonas, pase el tiempo que pase.

—Adiós, Gabriel, nada de lo que se construye sobre una mentira puede sostenerse mucho tiempo. Ya te he perdonado, eso es todo, pero no me pidas nada más. —Aún sentía el dolor en su pecho por las veces en que se había rendido a su seducción y que ahora le parecían parte de una cruel burla—. Te deseo lo mejor, espero que algún día encuentres la paz que te falta y destierres la oscuridad de tu corazón; tus padres y tu abuela se lo merecen. Dile a Manuel que prepare el coche para llevarme a la ciudad y que cargue mi equipaje, en pocas horas tomaré el avión de vuelta a España… Adiós, Gabo, buena suerte.

Rocío salió de Lagunalinda sintiéndose liberada de un enorme peso. En una última mirada pudo ver, semioculta, la figura de Lucha. La imaginaba triunfante ante la huida de su enemiga. Solo sintió por ella auténtica lástima.

Mi hermana contemplaba el cielo desde el interior del avión, rodeada de nubes. Unas tibias lágrimas bañaban su rostro y una dulce sonrisa iluminaba su cara. Pronto estaría en su casa de la plaza Mina. Se acarició el vientre y notó ya su incipiente volumen. Era feliz, tenía lo más maravilloso que una mujer puede desear. Un hijo que nacería al cabo de cinco meses y sería gaditano.

Capítulo XXXIX

Rocío llegó justo antes de la Navidad del año 1965. Después de leer su carta, mi madre entendió todos sus mensajes anteriores con un evidente intento por su parte de maquillar la realidad. Mi hermana no era feliz, quizá no lo había sido nunca desde su partida y ella no había sabido leer entre líneas su infelicidad. De cualquier manera, esperaba que solo fuese una riña de enamorados, pero por lo pronto todos estábamos entusiasmados de volver a verla. La habíamos echado tanto de menos que nos parecía increíble volver a abrazarla y contemplar sus ojos. Por fin podríamos hacer juntas el duelo por la muerte de nuestro padre y de la tía Paula. Volveríamos a gastar bromas y a contarnos nuestros más profundos secretos, como antes cuando en nuestra casa se abrían las ventanas para que la vida entrase y saliese y todo eran risas y sueños por cumplir, cuando nuestro patio se hacía eco de todo lo que palpitaba por cada rincón y el armario de zapatos viejos seguía siendo el punto de referencia imprescindible en nuestros calendarios.

Mamá dio las órdenes convenientes para que la casa de la plaza Candelaria brillara como un jaspe. Su auténtica dueña volvía para disfrutarla y darle alma, y seguramente Gabo se uniría a Rocío más adelante.

Era un día nublado, amenazando lluvia, más propio del norte que del sur del continente. Todos estábamos en la estación, nerviosos y frágiles. El tren hizo su entrada en el andén con el traqueteo emocionante de costumbre, y cuando su música cesó, Ro bajó impaciente, más guapa que nunca, y a punto estuvo de tropezar traicionada por su necesidad de abrazarnos. Los años de sufrimiento habían dibujado en su rostro una madurez distinta. Mi madre la envolvió en sus brazos, y yo, y Custo y Elena. Éramos un amasijo de abrazos, besos y lágrimas. El dique se rompió y Rocío lloró hasta que sus ojos se calmaron. Nos sorprendió lo escaso de su equipaje, pero no era el momento de preguntas, había que ceder todo el espacio para las palabras atropelladas, las miradas, las sonrisas húmedas y la felicidad que convierte el encuentro con un ser querido en el único lugar donde no hay que averiguar nada, solo sentir, tocar e iniciar el camino de vuelta a casa.

Juana salió a recibir a Rocío, su niña. Todo eran exclamaciones y parabienes sobre lo guapa y cambiada que estaba y cuánto la habíamos echado de menos.

—Cariño. —Mi madre estrenaba una nueva felicidad—. Estás tan bonita, yo creo que has engordado algo, que por cierto, te hacía buena falta. Tenemos preparada la cena que a ti te gusta, una buena sopa de picadillo y unas *acedías* recién traídas del mercado esta mañana, ya ves que el tiempo está un poco raro y hace fresco. Después, si quieres te acompañamos a la Candelaria. Lo tenemos todo a punto para tu llegada, hasta con flores, ya verás cómo reluce tu casa. Al otro lado de la plaza, en cambio, la de las tías se ha quedado dormida tras la muerte de Paula.

—Gracias, madre, no podéis imaginaros lo que supone para mí estar aquí, en el lugar de siempre, con vosotros, contigo, Juana. Cada centímetro de este patio estaba en mis recuerdos día a día. Os quiero tanto… y os necesito tanto. No, mamá, no voy a ir a la casa de la Candelaria. No voy a volver a pisar esa casa jamás. Tampoco voy a volver a México y espero no tener que ver nunca más a Gabriel Laguna. Quiero recuperar mi habitación, mis cosas, mis sueños, mi vida, mi paz. Mañana os contaré todo tranquilamente, no quiero que os preocupéis, estoy tan feliz que apenas puedo creer que esta imagen, añorada mil veces, sea real. Estoy bien, ya nada puede pasarnos a mí… y a mi hijo.

—Rocío, qué estás diciendo. —Yo presentía que mi hermana había escapado de una pesadilla. Estaba a salvo, en casa, rodeada de cariño, y además… traía un niño en sus entrañas—. Tu vida no era un cuento de hadas, ¿verdad? No tienes que contarnos nada ahora, estarás cansada del viaje y supongo que necesitas recuperarte de algo muy duro que has tenido que soportar durante todos estos años. Sabes, eso de ser tía se me está dando muy bien, así que prepárate para que te quite al bebé de las manos constantemente.

—Prefiero no entrar en detalles porque hay circunstancias que quisiera olvidar y no creo que sacarlas a la luz ayuden en esta etapa de nuestra vida. Lo importante es que estamos juntos otra vez y que esta casa sigue siendo el lugar más bonito y acogedor del mundo. Sencillamente, las cosas entre Gabriel y yo no han ido todo lo bien que esperaba y creo que será mejor criar a mi hijo en un ambiente más equilibrado y seguro. Mañana os contaré algo sobre México, que por otra parte es un país maravilloso y del que he aprendido mucho. También echaba en falta el mar, nuestro mar, esa bandeja de plata sobre la que Cádiz se posa como una joya única y de la que no quiero separarme.

—Rocío, no cuentes lo que no quieras. —Era mamá quien hablaba—. Lo importante es que estás aquí con nosotros, y lo único que tendremos que hacer es buscar alguna excusa que justifique tu venida hasta que se acostumbren a verte otra vez. Quizá el hecho de que el niño nazca en España, no sé, cualquier cosa. Ya lo veremos. La verdad es que en estos momentos lo que menos me preocupa es lo que piensen los demás.

Mi madre estaba tan feliz de tener a Rocío cerca y saber que volvería a ser abuela, que poco le importaban los detalles, supongo que sentía lástima por la tremenda decepción que su hija había sufrido y quizá alguna culpa por dejarla marchar tan joven e inexperta con un casi desconocido. La vida le estaba demostrando cada día que lo que ella había considerado en otro tiempo necesario, como una buena boda y una protección masculina, no eran garantía de felicidad.

—Gracias, madre, sé que todo será distinto, que todos somos distintos. Han pasado demasiadas cosas, pero también habremos aprendido algo. Ya no tendré que actuar ante la sociedad como una flor dispuesta a que le corten el tallo, sino como una madre orgullosa y responsable que te regalará el milagro de tener un nieto en casa. —Los ojos de mi hermana brillaban con una luz nueva—. Me puedo instalar en mi dormitorio antiguo —nada podía hacerme más feliz— y poner la cuna del bebé entre las dos para cuidarlo por las noches, ¿no te importa hermanita? También Elena Luna, a la que estoy deseando conocer, tendrá alguien con quien jugar. Y ahora, ¿se puede saber dónde está esa suculenta comida que Juana ha preparado?, acabo de recuperar el apetito. Luego, si no os importa, me iré a dormir y a disfrutar de estar en casa de nuevo y del aire del mar entrando por el balcón. Siento mucho lo de la tía Paula, era un ser mágico y siempre ponía en nuestras vidas un punto de imaginación y locura que nos transportaba al mundo de nuestra infancia, del que muchas veces no me hubiese gustado salir.

Los días siguientes continuaron llenos de reencuentros y abrazos. Los pequeños que ya no lo eran tanto, Tiago tenía diecinueve años, Luna diecisiete y Carlos era un inteligente y tranquilo adolescente de catorce años que soñaba con viajar por el mundo, y los tres estaban felices de recuperar a su hermana dulce y cariñosa. Elena se pasaba el día en nuestra casa conversando con su vieja amiga y con Elenita en brazos. Supongo que en sus muchos ratos de confidencias mi hermana le contaría algo más sobre el motivo de su separación, lo que por razones que entonces yo no comprendía no quería comentar en familia. Lluvia estaba feliz de saber que sería tía otra vez y podría ayudar en el parto. La casa volvió a respirar esa energía alegre y contagiosa que había desaparecido con la muerte de mi padre. Creo que mi madre recuperó las ganas de vivir. Sabía lo necesaria que era para Rocío en ese momento y la idea de acunar a un bebé entre sus brazos la devolvía a una maternidad olvidada.

Las Navidades fueron maravillosas, la casa se llenó de amigos y las noticias tranquilizadoras de Mario desde Colombia hicieron que a su ausencia no hubiese que añadir la incertidumbre por saberlo lejos y en un país desconocido.

Cádiz nos regaló un invierno suave y más cálido de lo normal, y en abril nació un Aries moreno y de ojos inmensos que atraparon el cielo de los de su madre como un imán. Rocío estaba feliz con su hijo, del que no se separaba ni de día ni de noche. A veces una tristeza inundaba su rostro. Miraba al niño y se acordaba de Gabo, al que se parecía enormemente. El recuerdo de los últimos días y el terrible descubrimiento la llenaban de dolor y espanto, pero rápidamente la sonrisa del niño disipaba las nubes del horizonte y devolvía el calor y la felicidad a su vida.

Las cartas de Gabo empezaron a llegar al poco tiempo. No había llamadas y sí unas cartas que al principio fueron llegando de forma intermitente y después aumentando en asiduidad. Rocío las recogía y las tiraba a la basura, sin abrir. Nadie se atrevía a preguntar ni menos a abrirlas para conocer su contenido. Mi hermana sentía una punzada en el estómago cada vez que un sobre llegaba a sus manos, pero su determinación era mucho más fuerte que cualquier rescoldo de sentimientos pasados. Aún quedaban imágenes de la primera felicidad en su memoria. Tenía la sensación de que jamás volvería a amar a nadie. Ahora los únicos objetivos de su vida eran su pequeño y enterrar todo el drama sufrido por Gloria y el descubrimiento de llevar en sus venas sangre de un hombre sin escrúpulos, su bisabuelo. No podía hacer partícipe a su madre, ni por asomo, de la triste historia; era vulnerable emocionalmente y ya había tenido episodios depresivos en el pasado que el repentino conocimiento de la verdad podrían reverdecer. Alba madre estaba feliz con su nieto y su hija iluminándolo todo cada día.

Rocío de vez en cuando salía conmigo a recorrer nuestros lugares favoritos y también hacíamos alguna que otra excursión al cortijo. Nada era igual, las máquinas habían desbrozado parte de nuestra finca y *Brisa* no estaba.

—Alba, no me cuentas nada de ti, ¿me puedes explicar por qué la chica más bonita de la ciudad está soltera y sin grandes emociones en su vida?

—Es muy fácil, hermanita, soy bastante independiente, no me veo en la piel de una esposa sumisa y provinciana de por vida. Tú tenías una aventura maravillosa, has conocido mundo y has podido disfrutar de la pasión de la persona elegida, aunque luego las cosas no han sido como esperabas. Yo no he podido, me enamoré de un sueño que se esfumó en cuanto me desperté o, mejor dicho, me despertaron. No puedo conformarme con un sitio cómodo y seguro a ras de suelo, cuando he volado por el cielo y andado por las nubes. Antes éramos una de las familias de referencia, Rocío, y eso significaba ser fiel a los apellidos y la posición social, o por lo menos así lo entendía nuestra madre. Y yo no tuve valor para cambiar las reglas.

—Querida hermana, no me hables de apellidos ni de posiciones sociales. Todo es una mentira, y lo peor es que nosotros sustentamos y alimentamos la mentira. Nadie sabe lo que hay detrás de cada apellido, solo seres humanos, con sus debilidades, miserias, fortalezas y grandezas. No hay diferencia entre ricos y pobres, solo que unos disfrazan y ocultan sus comportamientos, con la connivencia de los de su misma clase, y los otros no pueden hacerlo. No entiendo cómo nuestra madre puso esa injusta carga sobre tus hombros. Mírame a mí, casada con un indiano rico y guapo y del que he tenido que escapar para no volverme loca. No, Alba, no vuelvas a renunciar a tu vida, porque hay muchas maneras de vivir y solo son válidas las que nacen del sentimiento auténtico y la convicción profunda de cuál es el camino que quieres andar y con quién. Todo lo demás son trampas que nos ponemos para no ser realmente como somos y sí como los demás quieren que seamos. Todo es una cobardía, hermana, y tú siempre fuiste muy valiente, muy valiente.

Rocío había madurado muy deprisa. Poco a poco fue descargando en mí la auténtica historia de su matrimonio que en parte ya me había adelantado en sus cartas. Ya no era esa criatura que creía en cuentos de hadas y buscaba en su ropero el traje para el baile y los zapatos de cristal. Alguien había matado parte de su espíritu. Pero la mayoría permanecía intacto, y ella y nosotros nos encargaríamos de alimentarlo y protegerlo.

El nuevo año llegó pletórico, marcado por grandes acontecimientos. Se pondría la primera piedra del puente sobre la bahía. Cádiz tendría por fin dos brazos que lo unirían al continente y la ceremonia estuvo presidida por todas las autoridades políticas y religiosas. Cada vez estábamos más cerca de los demás, yo no tenía muy claro si eso me gustaba o me hacía sentir que mi Tacita de Plata dejaría de pertenecer a los gaditanos. Había sido insobornable e inalcanzable durante siglos y a mí me gustaba esa unicidad que nos hacía distintos frente al mundo. Pero mi ciudad seguía teniendo ese latido propio que a mí me apasionaba. Como ejemplo, el de una buena señora que se dedicaba a cazar palomas en la plaza de España para luego echarlas al puchero. Lo que un ama de casa no inventara para dar de comer a su familia... Mientras, las secuelas de la guerra seguían apareciendo. En Palomares, en la zona de Almería, aparecieron bombas atómicas, por lo menos estas no habían causado víctimas y se pudieron desactivar. Por fin las mujeres teníamos acceso a la carrera judicial, habíamos conseguido el voto en el año 1933 pero no podíamos hacer casi nada sin permiso del marido. Una noticia en el *Diario de Cádiz* me llamó la atención. Había una prisión con un solo prisionero. Se llamaba Spandau y en ella estaba recluido un dirigente nazi, Rudolf Hess. Era increíble pensar que un hombre que había asesinado a tanta gente, viviera confinado y víctima de sí mismo, en una cárcel, que suponía para los gobiernos un altísimo coste, como si de un palacio se tratase, guardado y protegido como una perversa y repulsiva joya de la que nadie sabe cómo desprenderse ni a quién regalar. La vida está llena de contradicciones y paradojas y a veces el tiempo es el gran vengador de las acciones del hombre. El mismo tiempo que haría posible que el corazón de alguien, como fuente de vida, pudiera habitar en otro ser humano. Veríamos ese milagro al año siguiente, en 1967. Lo que nunca sabremos es si los sentimientos estarán incluidos en el trasplante. Lo que yo no sabía entonces era en qué lugar escondido se habían quedado los míos.

Capítulo XL

Alejandro vino al mundo en el mes de abril del año 1966. Mi hermana decidió llamar al niño con el mismo nombre de la persona que había rescatado a Gloria y a su bebé de la miseria, adoptando al niño más tarde y haciéndole heredero de toda su fortuna. Alejandro Laguna tendría un sitio de honor en la familia Monasterio. Era todo lo que mi familia podía hacer para compensar una vileza y agradecer a un alma caritativa haber librado a la joven de un futuro de penalidades. Alejandro llegó con una fuerza y una mirada que eran un calco de su padre. Llevaba en la sangre y en la piel la fusión de dos mundos, dispares y bellos. En él se aunarían los aventureros ingleses y gaditanos y lo misterioso de la serpiente emplumada. Volaría poderoso como el águila y tendría muchos brazos para arrullarlo y protegerlo, aunque quizá le faltase el más necesario, el de un padre cariñoso y sabio que le diese buenos consejos para enfrentarse a la vida.

Elena Luna ya había empezado a andar y quería coger al niño con sus bracitos. Se reía junto a la cuna y acariciaba su pelo, a veces con excesivo entusiasmo. Los dos niños tendrían destinos distintos pero estarían unidos por un vínculo más fuerte que la distancia. Esa primavera nos llenó de emociones y nos hizo olvidar tiempos peores. Rocío aún tenía el alma encogida ante el hecho de haber dado a luz sin Gabo. El padre del niño seguía mandando cartas que siempre tenían como destino final la papelera. Mi hermana no quería ni por lo más remoto que se enterase de que había sido padre. Tenía miedo de que eso despertara en él la necesidad de hacerse cargo de la situación, sin que los sentimientos de mi hermana ni los suyos contasen en absoluto, y nadie en casa estaba dispuesto a permitirlo.

En septiembre cumplí treinta años. Mi fiesta de cumpleaños volvió a reunir a toda la familia y a los amigos más cercanos en nuestra casa de la plaza Mina. Las puertas se abrieron y una enorme tarta con treinta velas hizo su entrada. Todos se habían puesto de acuerdo para que mi treintena no pasase desapercibida. Atrás quedaban otras celebraciones como mi puesta de largo o la boda de mi hermana. Eran otros tiempos pero teníamos nuevos motivos para dar gracias a la vida. En esta ocasión, mi precioso traje blanco por encima de la rodilla rendía tributo a la última moda que Mary Quant había impuesto desde Inglaterra. Las faldas se acortaban bastantes centímetros dejando asomar el inicio del muslo, el talle desaparecía o se marcaba bajo el pecho y las piernas crecían por arte de magia, creando una estética eternamente adolescente. Las fiestas en las casas nada tenían que ver con el antiguo glamour de orquestas en vivo y piezas clásicas interpretadas por músicos vestidos de esmoquin y vocalistas de voz almibarada. El rey de nuestros guateques, que así se llamaban las reuniones en las casas para jóvenes modernos y libertinos, era el tocadiscos. La música de Sudamérica había sido desplazada por la anglosajona y las chicas no teníamos que esperar a que nos sacasen a bailar porque podíamos bailar solas y sueltas como aves del paraíso. Los vaqueros habían invadido nuestros armarios y ceñido nuestros cuerpos con un provocativo intento de equipararnos al modelo masculino de poder. Nuestras piernas por fin se separaban sin que nadie nos acusase de falta de recato. Lo mejor de todo era la sensación de libertad. Nadie podía criticarte por salir sola con un chico hasta la playa o por llevar el famoso biquini, que te permitía tostar la mayor parte de tu anatomía sin esas marcas terribles arriba y abajo. Mi fiesta por mis treinta años, el 18 de septiembre, fue estupenda. Mi hermana bailaba otra vez como una adolescente y su tristeza parecía abandonarla por fin. Tenía toda la vida por delante y ya pensaría cómo encauzar su futuro cuando el pequeño creciese un poco más.

Por supuesto la mayor parte de mis amigas venían acompañadas de sus maridos. Era impensable no estar casada con treinta años y, si bien el calificativo de solterona había desaparecido con la generación de mis tías Paula y Marina, las miradas y los comentarios en voz baja seguían apuntando a un cierto fracaso por parte de las que aún permanecíamos solteras, ya fuera por voluntad propia o ajena. Yo, no obstante, tenía la sensación de que el tiempo se portaba mejor conmigo que con mis amigas casadas. Las obligaciones, la casa, los hijos, y quizá estar siempre con la misma persona, habían envejecido a la mayoría antes de tiempo, o por lo menos yo las veía sin esa ilusión que brillaba en sus miradas cuando aún pensaban que esa vida sería la mejor opción para ellas.

—Te lo digo en serio, Alba, estás guapísima y junto a tus amigas pareces la hermana pequeña. —Álvaro, mi fiel amigo, me había invitado a subir a la azotea para contemplar el plenilunio—. Sigues siendo la chica más bonita, por eso quería traerte aquí, para ver tu cara iluminada por esta luna de plata que cuelga del cielo esta noche.

—Eres un caso, siempre dándome ánimos y diciéndome cosas bonitas. La vida es injusta, con la pareja tan estupenda que hacemos los dos. Porque tú también estás igual que cuando éramos adolescentes. ¿Te acuerdas de aquella vez que me regalaste una moña de jazmines en la Alameda y yo te la devolví porque decía que una chica decente no aceptaba flores nada más que de su novio? Ja, ja, tenía quince estúpidos años y tú diecisiete. ¿Y el día que me pillaste por la espalda en el mar y me hiciste una ahogadilla que por poco me convierte en sirena?… Creo que por culpa de eso te odié durante mucho tiempo. Todo el mundo se reía de mí, tosiendo indignada y con el pelo revuelto. Tú te partías de risa y empezaste a correr para que no te alcanzara mi ira.

—Lo que sí recuerdo es aquella tarde que corriste las carreras de caballos en la playa. Estabas tan bonita, con tu melena al viento. Llena de vida y valiente como ninguna otra. Yo te contemplaba y aplaudía desde las gradas pero tú mirabas a otra parte buscando quién sabe qué mirada. Alguna vez me vas a contar la verdad. Por qué tú y yo no podemos estar juntos, sin que algo o alguien se interponga. Ya sé que soy tu mejor amigo, Alba, pero tengo dentro de mí tantos sueños y tantas emociones que me gustaría compartir contigo... No sé quién será, pero tiene que ser alguien único y maravilloso para que una chica como tú decida dejar su corazón cerrado en los mejores años de su vida.

—Álvaro, esta azotea es una representación exacta de lo que yo soy. Está abierta a los vientos, contempla el mejor paisaje posible con el mar rodeándola como un vestido de fiesta. Disfruta de los pájaros, del tañido de las campanas. Se deja acariciar por el sol, y la ropa tendida baila con ella un vals eterno de blancos y azules. No necesita casi nada, está desnuda con la torre-mirador guardando sus secretos. Pero se ha quedado aquí, prendida de una imagen y limitada por sus muros, que no la dejan escapar. A lo mejor tiene miedo a salir volando y descubrir que el mar no es tan inofensivo como parece en la distancia y que el viento sopla demasiado fuerte y puede dejarla encallada en el puerto equivocado y sin rumbo. A veces las personas somos así, como esta azotea, estamos a punto de iniciar un viaje y encontramos cualquier excusa para no hacerlo; no había pasaje, hace mal tiempo para embarcar o sencillamente lo haremos más tarde. Siento una profunda admiración por tanta gente que durante siglos ponían su vida en manos de la suerte y dejaban la seguridad de su hogar en busca de fortuna o aventuras. Las cosas son ahora distintas, nuestra vida es demasiado cómoda y difiere de la de aquellos hombres y mujeres, que no tenían nada que perder y todo por ganar. A mí esta isla me ha hecho cobarde, cuando ha parido valientes a mansalva en sus entrañas.

—Sigo pensando que conmigo podrías intentarlo. Pero no quiero aburrirte con mi eterno discurso y menos esta noche. Vamos a bailar y a tomar un buen vino de tus bodegas, nos hemos puesto muy trascendentales.

Abajo la fiesta seguía muy animada, yo diría que en exceso para algunos. No sé cómo, mi hermano Tiago había traído a la fiesta a alguno de sus nada recomendables amigos, era el problema de dejar las puertas abiertas. Uno de ellos había molestado a una de mis invitadas y se había iniciado una discusión que terminó cuando mamá y Custo le pidieron a mi hermano que se llevara a sus amigos a otro sitio y que, por favor, no bebiese más. También era el año de su veinte aniversario, aunque no habían añadido a su cabeza una pizca de sentido común.

La fiesta acabó a altas horas de la noche, momento en el que todos decidimos reunirnos en la playa para el que sería posiblemente el último baño del verano a la luz de la luna.

Mis hermanas y yo corrimos a ponernos los bañadores. La más entusiasmada era Luna, a la que el mar en sus últimas horas atraía especialmente. Continuaba siendo una chica distinta, pálida y misteriosa, como un gato siamés en medio de una perrera. Su mundo no tenía nada en común con el de los demás, solo Carlos, nuestro hermano pequeño, conseguía penetrar en el tesoro oculto de sus emociones, más cercanas a las historias que leía constantemente que a la vida que giraba a su alrededor.

Nos bañamos, nadamos, hicimos carreras y volvimos a reír con la naturalidad y la falta de pudor con la que reíamos cuando éramos niños. Creo que fue un final de fiesta perfecto. La noche era cálida y la luna, como un faro luminoso en medio de la oscuridad, dejaba al descubierto nuestros maquillajes arruinados y la felicidad que solo sumergiéndote en el mar eres capaz de conseguir.

Algún beso furtivo y alguna que otra broma subían el tono del baño inicialmente inocente para convertirlo en un juego más, pero un juego adulto de chicos y chicas en la flor de la vida y sin la timidez y la inseguridad de la adolescencia. Nos tumbamos en la arena para seguir disfrutando de la noche hasta que el cansancio y el sueño, además de las copas, fueron haciendo mella y empezamos a despedirnos para regresar a casa. Una vez más di las gracias a todos por sus regalos y su compañía, y nos dispusimos a volver tranquilamente, comentando las incidencias de la velada.

El episodio de Tiago había pasado a un segundo plano hasta el momento en que descubrimos que no aparecía por ninguna parte. Mi madre estaba preocupada, se sentía culpable por haberle tratado tan duramente; era un chico muy frágil y tal vez se había visto rechazado por todos, por lo que decidió no regresar esa noche. Pensamos que habría buscado refugio en casa de alguno de sus amigos y todos nos fuimos retirando, no sin una cierta sensación de inquietud. Mi madre no consiguió dormir en toda la noche y a la mañana siguiente nos la encontramos recostada en el sillón de mimbre junto a la fuente.

—Vuestro hermano no ha venido y estoy preocupada. Creo que fui demasiado brusca con él, a fin de cuentas era una fiesta y siempre hay alguien que se excede un poco. A lo mejor no debimos darle tanta importancia. Es demasiado joven e inexperto y se deja convencer con facilidad por los que saben cómo enredarlo.

—Vamos, mamá. —Yo estaba indignada de pensar que, una vez más, mi hermano mimado e irresponsable había intentado arruinar mi fiesta—. Tiago es todo menos inocente. Lo que pasa es que le importa un bledo el resto de la humanidad, incluidas nosotras. Desde que murió papá no hay forma de que siente la cabeza. Está demasiado seguro de que con su encanto y su capacidad de seducción siempre le perdonaremos todo y su vida seguirá como si tal cosa, a la espera de la próxima irresponsabilidad. No puedes protegerlo eternamente, mamá, no le haces ningún favor. Es un chico afortunado, guapo, educado y con un montón de gente que le quiere, pero él se empeña en estropearlo todo y en crear problemas en vez de resolverlos. Con veinte años ya es hora de que piense en su futuro, en qué hacer, de qué vivir, cómo ayudar a su familia, que bastantes problemas tiene para que él siga disfrutando de una vida privilegiada. Mamá, tienes que hablar con él, ponerle límites y que sienta que, si no cambia el rumbo, perderá todo lo que tiene y no se ha ganado, empezando por nuestro cariño y respeto. En especial el tuyo.

—Hija, tienes toda la razón, pero ahora quiero saber dónde está, si le ha pasado algo. Es muy raro que aún no haya dado señales de vida. Voy a esperar al mediodía y si no ha vuelto llamaré a la policía. Tú no vas a ir a buscarle a casa de sus amigotes y no le quiero decir nada a Custo, se enfadaría y me echaría a mí la culpa por consentirle todo. Dile a Juana que me prepare un café con leche caliente, me he quedado helada en este patio.

Tiago no apareció ese día ni al siguiente, ni al otro. Mi madre llamó a la policía y les pidió que fueran discretos. Custo, al enterarse, montó en cólera y se fue a los barrios poco recomendables donde vivían algunos de sus compañeros de juergas. Por supuesto no sabían nada, y si lo sabían no querían hablar. Mi hermano les amenazó de mil maneras y alguno de ellos le contestó con malos modos, mofándose de él, de nuestra familia y afeando las habladurías que todo el mundo conocía sobre mi madre, mi tío, mi hermana sin marido, nuestros problemas económicos, etcétera.

Al cuarto día, cuando la búsqueda no había dado resultado alguno y todos nos temíamos lo peor, recibimos una llamada de las bodegas. Mi hermano había aparecido en el almacén del cortijo en no muy buen estado. Convenía que fuéramos a recogerlo lo antes posible, y mejor con una ambulancia.

Tiago había sobrepasado los límites, jugándose la vida. Una vida que nosotros no entendíamos por qué valoraba en tan poco, hasta el punto de ponerse en peligro, de destruirse y de sembrar el dolor y el escándalo en una familia ya bastante castigada en los últimos tiempos. Solo él sabía qué se escondía en su corazón, detrás de su sonrisa fresca y burlona, detrás de sus ojos azules y de sus rubias hondas cayendo por la frente. Qué había detrás de sus abrazos despreocupados y sus «os quiero a todos» antes de salir de casa. Dónde guardaba la zona oscura, que sin lugar a dudas habitaba en su alma atrapada y camuflada por su aparente resplandor.

Capítulo XLI

En la bodega se arremolinaban algunos trabajadores que ofrecían su ayuda o simplemente habían acudido al saber que mi hermano había sido encontrado en mal estado. Sí, tengo que reconocer el cariño que nuestra gente demostraba constantemente por nuestra familia a pesar de los problemas por los que las bodegas habían pasado.

Lluvia llamó a su hospital y al llegar al cortijo vimos que la ambulancia ya estaba en la puerta esperando para entrar y comprobar cuál era la situación. Custo, Lluvia, Carlos, que se había empeñado en venir, y yo nos bajamos del coche como una exhalación y entramos en el edificio donde el capataz, que era quien había encontrado a Tiago, nos esperaba. En el almacén se veía todo revuelto y tirado por el suelo, sin duda alguna los que habían agredido a Santiago no se andaban con miramientos. Al fondo de la habitación, sentado en el suelo y apoyado a duras penas contra la pared, había un muñeco de trapo, desarticulado y manchado de sangre por todas partes. Yo no pude evitar soltar un grito de horror cuando vi en qué estado se encontraba mi pobre hermano. Lluvia y el personal de la ambulancia se acercaron con cuidado para tenderlo en una camilla y llevarlo lo más rápidamente posible al hospital. Santiago apenas podía ver a través de sus ojos hinchados, y de sus labios solo salía un leve sollozo que lo convertía en un niño indefenso y herido. Sus ropas estaban manchadas y desgarradas y no supimos hasta más tarde cuál era la gravedad de sus heridas y si podría salvar la vida. El mundo se desmoronaba a nuestro alrededor una vez más. Las paredes de nuestra vida se agrietaban despiadadamente dejándonos desnudos e impotentes, y yo me preguntaba hasta cuándo y por qué. Era muy difícil entender qué clase de personas podían haber causado tal destrozo en un chico de apenas veinte años. Cuánto odio y escarnio sin sentido en un chaval que, como mucho, habría gastado una broma y poco más. Evidentemente, aquellos desalmados debían ser matones para hacer un trabajo tan brutal y del que, con toda probabilidad, mi hermano no podría salir con vida.

Intentamos rebajar la gravedad de los hechos al hablar con mi madre, pero solo el tono nervioso de nuestra voz nos delataba. Mamá gritaba al otro lado del teléfono. Mientras Luna intentaba calmarla, quería saber qué le habían hecho a su príncipe y por qué. Santiago consiguió mejorar su aspecto en el hospital una vez lavado y atendido con mimo por Lluvia y sus compañeros de trabajo. Le dieron calmantes para aliviarle el dolor y que durmiese hasta que se pudiesen valorar los daños y las posibilidades que había de que volviese a casa sano y salvo. Los golpes habían afectado a las costillas, el hombro y parte del hígado, sin contar las contusiones por todo el cuerpo y la rotura de un tobillo. Custo llamó a la policía para que averiguasen quién había sido capaz de semejante atrocidad. No podíamos permitirnos que gente así anduviese por nuestras calles sin identificación ni castigo.

En un principio intentamos quitar hierro al asunto y decir que la causa de su estado se debía a la caída de un caballo al galope, pero en un lugar pequeño las noticias corren como la pólvora y nadie nos habría creído. Mi madre se quedó petrificada junto a la cama de Santiago, lloraba con amargura al comprobar el estado en que se encontraba. Arrimó un sillón para coger su mano y no soltarla hasta saber que todo iría bien y que su hijo predilecto estaba fuera de peligro. La noche fue larga, y en un momento a mi hermano empezó a faltarle el aire. Mi madre, desesperada, veía cómo su hijo se le iba entre los dedos. Todos pensábamos que Tiago no despertaría al día siguiente. Creo que esa noche rezó las plegarias que había dejado de rezar hacía mucho tiempo. Tal vez alguien decidió escucharla allá arriba, y junto al cariño y el buen hacer del personal sanitario consiguieron que Santiago volviese a respirar con dificultad.

Los días siguientes fueron cruciales. Tiago se debatía entre la vida y la muerte y todos a su alrededor hacíamos lo que estaba en nuestras manos para inclinar la balanza del lado de la vida.

La policía no consiguió llegar a los maleantes. Después de peinar los barrios más peligrosos e interrogar a sus compañeros de parranda, la única conclusión que sacaron es que Santiago había seguido tomando copas en compañía de sus amigos y había recalado en una timba a altas horas de la madrugada. Se conoce que, en su estado, alguien decidió hacerle trampas para que pagase una cantidad desorbitada que el chico no llevaba encima. Nadie decía saber qué fue lo que sucedió después, o nadie estaba dispuesto a contarlo y comprometerse por miedo a recibir una visita desagradable por parte de los autores. Al parecer, la cosa había terminado con unos matones intentando cobrar la deuda y, a falta de dinero, obligando a Tiago a llevarles al cortijo para que les entregara todo lo que de valor hubiera en la caja fuerte. De nada sirvieron las reiteradas afirmaciones por parte de mi hermano de que allí no encontrarían más que papeles y vino. Le arrastraron a la finca y, cuando comprobaron que era cierto y que no había nada que llevarse, le quitaron su reloj y una cadena y la emprendieron a patadas con él. Era la venganza contra el señorito que jugaba a tahúr y les hacía perder el tiempo. El estado en el que dejaron a mi hermano era tan lamentable que temieron haberse pasado de la raya. No había ni rastro de ellos, si es que aún estaban en la ciudad. Sus amigos habían puesto pies en Polvorosa cuando el dinero se terminó y vieron a Tiago con problemas. Que se las apañase como pudiese, para eso era rico y tenía influencias. Ellos eran unos muertos de hambre que bastante hacían con sacar al chico a divertirse.

Santiago pasó casi tres días en estado de seminconsciencia. Los fármacos le hacían permanecer tranquilo la mayor parte del tiempo, aunque de vez en cuando se despertaba y llamaba a mi madre. Por supuesto, la mano de mi madre estaba siempre apretando la suya. Tenía que volver, tenía que recuperarse y todo iría bien. Entraría en razón, y tal vez un viaje o mandarle a estudiar a otra ciudad, lejos de las malas influencias, le ayudaría a olvidar el terrible percance. Todas estas cosas pensaba mi madre, negándose por completo a otra posibilidad.

Dicen que la fuerza de amar mueve montañas y yo así lo creí cuando, a los tres días, mi hermano empezó a sentirse mejor, se despertó y trató de sonreír. Los dolores aún debían de ser muy fuertes pero él quería devolvernos una sonrisa, su sonrisa despreocupada y pícara, que nos hiciera pensar que estaba bien y todo pasaría más pronto que tarde. Por supuesto sus huesos estaban inmovilizados, pero el peligro había pasado y con tiempo, descanso y rehabilitación recuperaría su movilidad anterior sin que ningún órgano principal hubiese sufrido daño alguno. Era milagroso y todos llorábamos de emoción, después de haberle visto como un guiñapo, ante la perspectiva de tenerlo en casa otra vez con vida.

**

Tiago fue dado de alta a las dos semanas. Nunca le había parecido tan bonita ni tan cálida nuestra casa. Llegaba como un mutilado de guerra lleno de heridas que se curarían; habría que saber si las otras heridas, las del alma, se curarían también con tanta facilidad. Su vida tendría que cambiar por fuerza y para eso era imprescindible que ahora, sin huidas, se enfrentase a sí mismo y descubriese qué había detrás de la máscara. Qué extraña voz en su interior le pedía una y otra vez ir en contra de su propio beneficio y de todos los que le queríamos, en un viaje sin retorno y quién sabe con qué final. El final del que había podido librarse milagrosamente en esta ocasión pero que, sin duda, estaría agazapado en alguna parte, al acecho y esperando una nueva equivocación para definitivamente echar sus zarpas sobre el príncipe de ojos azules y corazón de espuma.

Mi hermano se recuperaba lentamente. Mi madre decidió que se instalara en el apartamento que había sido antes la consulta de mi padre para que no tuviera que subir escaleras. La habitación tenía una salita que daba a la plaza y se pasaba las horas mirando el ir y venir de los gaditanos, ajenos a lo que podía pasarle por la cabeza a un chico después de una experiencia traumática como la suya. Los mimos de Juana y todos nosotros ayudaron a mejorar su ánimo, y la sonrisa de Alejandro le hizo reconciliarse con un mundo que en el fondo siempre le había parecido hostil.

No acababa de entender qué podía haber pasado para que Gabo se estuviese perdiendo la sonrisa de su hijo, pero respetaba el silencio de Rocío y pensaba que si él llevaba tantos años escondiendo sus sentimientos, su hermana bien podía tener derecho a guardar los suyos.

A principios de diciembre Santiago estaba recuperando su movilidad y mamá le sugirió dar un pequeño paseo por la plaza. Llevaba dos meses encerrado y tampoco era bueno para él tanto aislamiento. Mi hermano se negaba a salir de casa. Sentía una profunda vergüenza y un enorme rechazo por el resto de las personas que no fuesen su familia. Mi madre quería llegar al fondo de la cuestión y saber qué es lo que había conducido a su hijo a esa autodestrucción.

—Santiago, creo que es el momento de que hablemos con el corazón en la mano. Ya sé que no siempre te he dedicado la atención que necesitabas, incluso después de tu nacimiento. El estado depresivo en el que me sumí no me dejó darte el cariño que debía, pero tú sabes lo importante que eres para mí y creo que te lo he demostrado con creces. Sé que tú adorabas a tu padre y hubieses necesitado tenerlo como guía y referente durante todos estos años, pero él ya no está y no se sentiría muy feliz al saber que tú y yo no somos capaces de hablarnos con sinceridad y sacar a la luz todo lo que te hace tanto daño y te está arruinando la vida. Eres un ser maravilloso, tocado por la varita mágica. Todo el mundo te adora y podrías haber hecho lo que hubieras querido. Es más, aún puedes hacerlo y encontrar un camino.

—Mamá, no tienes que pedirme disculpas y menos sentirte responsable de mis tonterías. Has hecho todo lo que estaba en tu mano por sacar a esta familia adelante y no está siendo nada fácil. Tampoco yo estoy ayudando mucho, pero no sabes lo difícil que es cumplir las expectativas de tanta gente. —Santiago hablaba con lágrimas en los ojos y una emoción reprimida durante demasiado tiempo—. Mi padre era el ser más maravilloso que he conocido. Custo es el hijo perfecto, sensato, responsable y honesto. Qué papel me quedaba a mí, tan listo, tan atractivo. Un encantador de serpientes es lo que soy, un funambulista que anda por el aire y poco más. Me he sentido solo, muy solo, madre. Siempre había alguien de quien ocuparse antes que yo; mis hermanos nacían, a veces de dos en dos, y en esta casa había muchas habitaciones pero pocos brazos. Cuando empecé a crecer nadie se daba cuenta de que las mangas de las chaquetas se me estaban quedando cortas, y solo gracias al armario de la galería conseguía encontrar un calzado adecuado. Empecé a buscar fuera la admiración y la atención que no encontraba entre estos muros. Pero yo era demasiado frágil e inocente, me llenaban la cabeza de historias y bulos. Me decían que yo era el mejor pero que nadie en mi casa se daba cuenta, y luego está tío George…

—¿Qué pasa con tío George, hijo? —Mi madre sintió un golpe como si las piedras ostioneras de La Caleta se le hubiesen caído encima.

—Qué va a pasar, mamá, que todo el mundo dice que soy igual que él, que muchos dudan de que mi padre sea mi padre y no mi tío. No sabes lo que es vivir con eso año tras año sin poder defenderte, sin poder apagar las voces que difaman y siembran la duda. Esa duda que te persigue constantemente por la espalda y que acaba siendo también la tuya. Dime la verdad, mamá, por favor, necesito saberlo o me volveré loco. —Tiago empezó a llorar como un niño y mi madre le rodeó con sus brazos.

—Santiago, no voy a reprocharte ni una palabra de las que acabas de decir. No tengo tiempo ni ganas para ello. Lo único que me duele es que no hayas tenido el valor y la confianza para habérmelo dicho antes. Todos estos años de sufrimiento que has pasado habrían desaparecido de un plumazo con solo hacerme esa pregunta. Hijo, no importa lo que digan ni quién lo diga. Yo soy tu madre y jamás te diría una mentira. Tu padre es y ha sido ese ser único al que tú adorabas. Yo lo amaba profundamente. Tienes que creerme y vivir feliz y tranquilo. Tío George solo ha intentado acompañar mi soledad y que nos sintiésemos más protegidos cuando lo necesitábamos. Es cierto que te pareces a él, en el físico y también en el carácter. La genética es así y de pronto juega con nosotros, recuperando una imagen de alguien que ni siquiera es un pariente cercano. Algo de inglesa tengo que tener en mi sangre, y seguramente tú también, pero no se te olvide que el cincuenta por ciento de tu sangre es Monasterio. Nunca te olvides de ello. Y ahora prométeme que te vas a cuidar, alejando falsos fantasmas de tu cabeza y sintiéndote seguro en tu piel. No importa lo que la gente piense, tú lo sabes y eso es lo importante, y ahora dame un abrazo y vamos a pensar en el futuro.

La larga y sincera charla con mi madre, al menos en lo que a Tiago concernía, y de la que todos éramos ajenos, consiguió la dicha de devolver la luz a la mirada de mi hermano. Mi madre decidió en ese momento dejar a un lado los nubarrones de su alma, lo verdaderamente importante era la recuperación de su hijo y para ello necesitaba un cielo despejado. Esa conversación entre una madre y un hijo marcó un antes y un después en la vida de Santiago y en las nuestras. La recuperación fue más rápida de lo que pensábamos y las Navidades, que estaban cerca, nos iban a servir para tomar algunas decisiones. Tío George vino a pasarlas con nosotros y él, mi madre y mi hermano tuvieron más de una conversación que disiparía todavía más las dudas que Tiago había albergado durante gran parte de su vida. El día de Nochebuena, tras una opípara cena llena de biberones y niños con insomnio, Santiago nos comunicó que después de Reyes se marcharía a Inglaterra con el tío George para reanudar allí sus estudios. Fue una maravillosa decisión que suponía un homenaje al viaje que nuestros antepasados habían emprendido siglos atrás, solo que esta vez sería en dirección contraria. Un descendiente de aquellos aventureros volvía a Inglaterra, buscando su camino, también cargado de esperanza.

Comenzaba un nuevo año en el que por fin un hombre viviría con el corazón de otro, gracias al doctor Christiaan Barnard. En Ciudad del Cabo, una mujer fallecida en un accidente devolvería la esperanza de vivir a un enfermo terminal. El mundo asistía atónito a un nuevo milagro, esta vez de manos de la ciencia, la nueva religión. La armada francesa atracada en el puerto de Cádiz nos obsequió con unos cuantos marineros que, seguramente bajo los efectos de nuestro vino, empezaron a ofender a las parroquianas. No se acordaban de cómo mi ciudad había hecho frente a sus antepasados y se vieron sorprendidos por los gaditanos, que los despacharon con cajas destempladas, ayudados por los mandos españoles y franceses que sentían un cierto bochorno ante la actitud de sus compatriotas. Mi Gades seguía repartiendo tesoros a sus gentes y de nuevo duros antiguos, de 1870, aparecieron en la calle Cuba. La plaza de toros se cerró con el intento por parte de las autoridades de encontrar una empresa privada que se hiciese cargo de su mantenimiento.

El *Diario de Cádiz* cumpliría cien años. Ese periódico había entrado en mi casa, y en la de todos, cada día de mi vida, y la imagen de mi padre hojeándolo durante el desayuno, antes de entrar en su consulta, estaba tan viva en mi memoria como la primera vez que, con mi dedito señalando las líneas, intenté leer una noticia ante su orgullosa mirada.

Ese año los bodegueros ganaríamos una gran batalla al conseguir que el término *sherry* fuese únicamente reconocido para los vinos españoles. Estábamos cansados de que en

Inglaterra se le diese esa dominación a cualquier vino de cualquier país.

El poeta Dámaso Alonso, de la Generación del 27, y con cuyos versos mi padre se emocionaba al preguntar a Dios por el millón de muertes innecesarias de nuestra Guerra Civil, «¿temes que se te sequen los grandes rosales del día, las tristes azucenas de la noche?», abriría nuestros cursos de verano. Cinco años después de la guerra, había publicado *Los hijos de la ira* y defendido en la universidad y en sus artículos posturas avanzadas con una inteligencia que el régimen no se atrevía a censurar. El también escritor y periodista Azorín moría con noventa y tres años de edad.

Había dejado de escribir más de diez años atrás en un acto de coherencia porque consideraba que su obra estaba completa. Mi padre hablaba de ello sacando la conclusión de que el escritor, y el ser humano en general, debe tener la honestidad de no dar respuestas cuando siente que no las tiene.

En contraposición, y dentro del apartado de los «Ecos de sociedad», el Sha de Persia se coronaría emperador en una fastuosa ceremonia junto a su espectacular mujer, Farah Diba. En medio de una gran exhibición de insensibilidad por el hambre de su gente, afirmó que Irán sería una de las naciones más avanzadas. Costaba creer la verdad de una afirmación tan grandilocuente viendo su desmedida exhibición de riqueza, frente a la miseria de la mayor parte de su pueblo.

El movimiento comunista seguía haciéndose presente con convocatorias de escaso éxito y siempre reprimidas por la Guardia Civil. Me preguntaba, cuando leía la noticia en el periódico, si Amador, ya maduro, sería el cabecilla en alguna de ellas intentando sacar adelante su desesperada lucha.

Los estudiantes en Madrid se reunían clandestinamente y la consecuencia sería la separación de sus cátedras de profesores que les apoyaban, como Aranguren o Tierno Galván. Franco conseguiría avanzar en nuestras relaciones con el resto del mundo, estableciendo líneas de navegación entre Rusia y España, y consiguiendo un tratado con el Mercado Común para reducir los impuestos aduaneros a nuestros productos, aunque el comercio de nuestros caldos seguía mermado.

El mundo se iba acercando mientras los movimientos sociales y políticos dejaban imágenes como la de Che Guevara, uno de los héroes de la Revolución cubana, abatido por el ejército boliviano. Una enorme manifestación en Estados Unidos pedía la retirada de las tropas americanas de Vietnam, una guerra que estaba destrozando a ambos países y que parecía no acabar nunca.

En mi ciudad, la Virgen del Rosario era nombrada alcaldesa perpetua y patrona de los gaditanos. La Virgen Madre seguía alimentando la esperanza y la necesidad de consuelo y cariño en la gente que, con una fe ciega, creía que esa figura pequeña y frágil sería capaz de atemperar las injusticias y los disparates que por todas partes el ser humano sembraba con especial habilidad y ahínco.

Yo hacía mucho que no entraba en una iglesia pero, no sé por qué, sentí la necesidad de refugiarme en ella, mirarla a los ojos y tratar de sacar de su imagen de niña la promesa de que todo iba a estar bien en la casa de la plaza Mina y que, tal vez algún día, el peso de mi corazón, cincelado de recuerdos y carencias, encontraría salida para volar lejos, aligerando así su lastre.

CUARTA PARTE

Capítulo XLII

Colombia

Mientras ocurrían todos estos acontecimientos en nuestra familia, al otro lado del océano nuestro hermano Mario vivía su propia odisea.

Cartagena de Indias recibió a Mario con una humedad de tierra hembra. Había sido sembrada durante siglos por hombres de otros confines que la fecundaron en diversas oleadas hasta poblarla con pieles de trigo, unas veces, y pieles nocturnas, otras. No era un paisaje indiferente y dócil. El mar, los ríos, los lagos y la vegetación exuberante y rebelde anunciaban vidas de igual y libre albedrío, y Mario supo desde el primer instante que se quedaría atrapado en ese nuevo mundo para siempre. La ciudad amurallada era testigo de luchas desiguales y esquivas. No era fácil llegar a un continente y apresarlo con la excusa de unos reyes lejanos y pálidos, cuando la libertad y el oro corrían a raudales iluminando de forma natural la vida de sus gentes. Ese mismo oro que atraía las miradas codiciosas del conquistador y que tan útil era a los nuevos amos para mantener guerras y contiendas, que en nada atañían al canto de los pájaros y a la dignidad altiva de la *ceiba*, bella y generosa de sonidos en sus entrañas.

Mario se asombró de la diversidad que la impronta colonial había pintado en sus habitantes. La piel esclava se adornaba en mil matices y las calles de la vieja ciudad, preñadas de música, anunciaban ya la riqueza cromática que sería el denominador común en las tierras de la región de Sucre. Tierras que él recorrería palmo a palmo y en las que sería acogido con calidez por la familia de Miguel.

Mario descendió del avión con el cansancio de un viaje largo y la emoción de descubrir un mundo nuevo, además del deseo de volver a reencontrarse con su querido amigo de andanzas universitarias. El agotamiento dejó paso a la alegría cuando vio a Miguel, esperándole risueño e impaciente.

—Mario, amigo, qué gusto verte de nuevo. Bienvenido a tierra caliente. —La sonrisa franca y emocionada del amigo era signo evidente del afecto que sentía por su compañero de estudios en la ya lejana Cádiz—. Espero que no te agobies con el calor y la humedad que tenemos por estos pagos, ya ves que la naturaleza es generosa con nosotros pero nos hace sudar por tanto privilegio. Para compensar, tenemos mil variedades de frutas jugosas y sabrosas. Si quieres, entramos en la ciudad amurallada para que la conozcas y después de comer algo emprendemos el camino a casa tranquilamente, así disfrutas del paisaje y te vas acostumbrando a tu nueva tierra. Ojalá te guste, Mario. Mi familia y yo solo queremos que te sientas como en casa y te enamores de este rincón del mundo.

—Estoy fascinado. —Mi hermano era sincero al tranquilizar a su amigo—. Sí es cierto que el calor es fuerte, pero ya conoces nuestros vientos y lo que el levante castiga a los gaditanos. Me acostumbraré, sé a lo que vengo y por qué vengo... —Los ojos de Miguel delataban la existencia de un sentimiento profundo y escondido—. Y nada hará ingrata mi estancia entre vosotros. Al contrario, estoy deseando ver y conocer esta ciudad y esta tierra de promesas para mis antepasados y también para mí. Las cosas en España están complicadas y cada vez la sensación de un país amordazado hacía más urgente mi necesidad de escapar.

—Vamos a recoger tu equipaje y a cargarlo en la camioneta. Javier es mi hombre de confianza y se ocupará de todo mientras te refrescas en algún lugar *chévere* de la vieja Cartagena, ya verás cómo te recuerda a tu querido Cádiz.

Efectivamente, Cartagena era una réplica de España bañada por el mar Caribe. Tomaba el nombre de los habitantes que poblaron sus islas con fama de violentos guerreros y que tal vez solo intentaban defender su territorio del invasor. Era un mar cálido y también ventoso. La humedad líquida se esparcía por sus calles sembradas de balcones y artesonados de madera. Las plazas y los portones tenían, a diferencia de la península, un colorido provocativo y anárquico que hablaba de nostalgias transoceánicas vestidas con la riqueza de una naturaleza generosa en amarillos, violetas, rojos, naranjas y toda la variedad que se ofrecía, virgen, en el plumaje de pájaros, frutos y árboles. Aguas de mil tonos en un baile de lagos y mares convertían esta tierra colombiana en un lugar único.

Frente a la austeridad de las casas españolas, únicamente violada en el sur por los vestigios árabes en mosaicos y artesonados, el color era, en el nuevo mundo, expresión precisa del carácter y la forma de vida marcados por el mestizaje. Los ritmos caribeños, como el bambuco o la cumbia, invadían las calles, ya de por sí ruidosas gracias al griterío vocinglero de sus gentes y a sus medios de transporte a motor o tirados por caballos repicando con sus cascos en el empedrado antiguo.

Mario disfrutaba de la expresividad costeña, de esa vida que se derramaba desde el interior de las casas a las calles estrechas, trasminadas de olores. Ya tendría tiempo de conocer los diferentes sones y su origen. Aún le quedaba mucho por aprender y descubrir, aunque desde el primer instante se sintió atrapado y enredado por las raíces aéreas de los árboles y la belleza del camino, puro presagio de emociones que ni él mismo podía intuir en aquel momento.

Tras degustar por primera vez las arepas típicas colombianas y los tostones de plátano maduro, acompañando a un exquisito arroz con coco, emprendieron el viaje en dirección a Corozal, una pequeña población situada a los pies de los Montes de María, en la sabana costeña. El camino siguió regalando a Mario todo un despliegue de frutas y flores capaces de alimentar y adornar a toda una población que, debido al clima caliente, apenas necesitaba mucho más para sobrevivir. La precariedad de recursos le encogían el corazón, incluso comparándola con la pobreza que en España se veía por todas partes. Las humildes chozas se alzaban a ambos lados de la carretera. Casitas de barro cubiertas con hojas de palma para escurrir el aguacero y pintadas de colores alegres, que albergaban familias con niños casi desnudos, y adultos tumbados en hamacas tejidas y colgadas en el techo o los árboles. Esas piezas ligeras eran a veces el único lugar de descanso al frescor del aire que, entrando y saliendo por el entramado, permitían, a la sombra, sobrellevar el calor, a veces asfixiante, que reinaba por todas partes. Eran en su mayoría gente de piel oscura con unos enormes ojos y dientes de luna llena. Tranquilos y felices, sin esperar nada mejor de la vida. Fundidos con la naturaleza y lejos de su lugar de origen del que unas manos, hechas de brutalidad y codicia, los habían arrancado hacía mucho tiempo.

El agua fluía por todas partes. No era de extrañar que por cada tramo frutas exóticas fuesen ofrecidas al viajero, tentadoras y dulces, como creadas por la mano de Afrodita, guanábana, mango, papaya. Todas y cada una entregaban el paraíso en su color, olor y textura. Realmente el universo había compensado a esa tierra con la abundancia y la riqueza que negaba a otras.

Las fincas se alineaban a ambos lados de la carretera, descubriendo una de las grandes fuentes de riqueza de la zona: el ganado, cebús blancos de orejas gachas y cuerpos enjutos pastaban mansamente por todas partes. En otros predios, el tabaco y la caña de azúcar eran signos de importantes vías de negocio, que también habían enriquecido a sus dueños a través del comercio marítimo. Era una tierra tan rica en oro y plata, que con razón había sido la novia deseada por hombres llegados de diversos países, en sucesivas etapas, no solo para comerciar sino para quedarse y fundirse con su sangre mezclada de acentos. Hombres que pronto encontrarían acomodo entre la gente abierta y desprejuiciada que los acogía.

De los esclavos traídos de África en las barrigas insalubres de los barcos esclaveros, algunos, los más fuertes, escaparían a las montañas. Auténticos cimarrones fornidos y heridos en el alma, sin ley y libres de amo, que se regarían por el país hasta llegar al eje cafetero de Risaralda. Allí crearían sus pequeñas poblaciones, junto al río, en las que a fuerza de machete y rabia no permitirían a blanco alguno intromisión ni mando. Sus hembras seguían los pasos del hombre, que se hacía dueño de ellas y que solo en justa lid se las cedería al adversario más fuerte y más guapo, es decir, más valiente. Sus hijos recibirían un pequeño machete, como regalo, a edad lo suficientemente temprana para saber que ese sería su único pasaporte a la libertad y la supervivencia, que tendrían que caminar pegado a él, sujeto a su cintura, y solo protegidos por el poncho como preciada prenda, junto con los pantalones, para vestir sus días y sus noches.

Así enamoró Colombia a mi hermano, alimentando su alma y su mirada de mil historias y leyendas que su amigo iba desgranando en el recorrido hacia su nuevo hogar y su nueva familia. El mejor escenario para sus afectos y el lugar perfecto para que el peligro esperase agazapado la llegada de un nuevo espíritu sediento de aventura.

Corozal era una pequeña población cercana a otra de mayor importancia, Sincelejo. En alguna medida recordó a Mario algunos barrios de casas bajas en los alrededores de la ciudad antigua de Cádiz. Mario en sus cartas describía cada paso con tal riqueza de matices que a mí me parecía estar viviendo con él su aventura. La familia Arango era respetada y querida en la región no solo por sus tierras ganaderas y de cultivo, que habían pasado de padres a hijos, sino por la generosidad de trato con los trabajadores y el constante cuidado que tanto don Diomedes, también médico y padre de Miguel, como él mismo dedicaban a los habitantes de la zona, evitando epidemias, contagios y ejerciendo un estricto control en la salud de los niños y las madres sin recursos.

Después de un largo recorrido, por fin Mario empezó a conocer su nuevo espacio vital, de calles empolvadas con arbitrario diseño. Por todas partes árboles y flores iban adornando el camino en un intento de vestir de belleza las edificaciones a veces no tan bonitas. Miguel se sentía feliz mostrando al amigo su tierra amada, aunque era consciente del contraste que para él supondría comparar su nueva vida con la dejada atrás, en España. Poco sabía de la necesidad de Mario de respirar nuevos aires y de hasta qué punto mi hermano estaba seguro de no echar nada de menos, salvo a su familia. La sensación de vida desperdiciada y ociosa era mucho menos soportable que el calor húmedo o la posible falta de comodidades. Se adaptaría y disfrutaría de todo lo que esa tierra hermosa estaba ansiosa por ofrecerle. La satisfacción moral de saberse útil y valioso para los demás paliaría la sombra de nostalgia que a buen seguro se haría presente de vez en cuando. Y el afecto que desde hacía tiempo sentía por su amigo sería suficiente alimento para su alma.

La casa de Miguel era una casa amplia y típica de las zonas calientes; podría haber sido la casa de verano de cualquier familia acomodada en su Cádiz natal. Espacios abiertos, patio trasero, árboles y plantas exuberantes en los jardines y algún que otro perro ladrando al paso de extraños por la vereda. Los padres de Miguel, así como Amara, su hermana menor, salieron a su encuentro con la felicidad en sus caras y el enorme deseo de abrazar a ese chico voluntarioso del que Miguel tanto les había hablado. Doña Amaranta tenía cerca de cincuenta años, aunque su piel tersa y poco expuesta al sol le daban un aire aniñado y fresco. Su porte distinguido hablaba de antepasados venidos de España y de noble cuna. Su voz era cálida y acogedora como el ámbar y enseguida quiso abrazar a Mario. Don Diomedes tenía el color de la tierra en la que su madre le había fecundado, sus ojos oscuros remitían a otros tiempos plagados de noches y luchas. Cuando Mario encontró esa mirada, una punzada le atravesó la memoria reconociendo en ella la de su padre, cargada de determinación, nobleza y generosidad.

La fuerza de los dos hombres al abrazarse selló el presentimiento de que un nuevo hijo había, por fin, encontrado a ese nuevo padre que tanta falta le había estado haciendo en los últimos tiempos.

¿Cómo es posible el milagro de que dos seres humanos, con el simple hecho de mirarse y reconocerse el uno en el otro, puedan, sin necesidad de palabras, explicar todo lo que subyace en lo más profundo del alma? Don Diomedes sabía de Mario, de don Custo, de una familia huérfana y sin guía, en medio de aguas antes mansas y ahora arremolinadas y traicioneras. Sabía de qué estaba hecho el corazón de ese chico hermoso y puro, de su dolor por una España quebrada y herida, y sabía también lo que había ido a buscar y en lo que empeñaría su esfuerzo y su vida si era necesario.

Su equipaje volaba de unas manos a otras. Ya en el interior, otras manos calladas le ofrecieron un fresco y apetecible jugo de papaya para compensar el calor del camino. La algarabía de los pájaros en los árboles le dieron la bienvenida. Le llamó la atención el amplio espacio central de la casa con un precioso piano de cola en una esquina. La gran mesa de caoba y el escritorio de palisandro bajo la ventana, lleno de libros y papeles, le presagiaron comidas familiares, música al caer la tarde y largas tertulias entre sus habitantes. Podía perfectamente haber sido la suya y respiraba lo que hacía tiempo había dejado de respirarse en la blanca casa de la plaza Mina. Se le saltaron las lágrimas recordando los tiempos vividos, cuando su padre aún conseguía el milagro diario de alimentar, sostener y entrelazar una familia. Cuando la música entraba por todos los rincones mezclándose con los olores de las flores del jardín trasero y los suculentos platos que Juana preparaba en la cocina. Su mirada se perdió por un instante en un sentimiento lejano e infinito y solo la voz de Miguel, preguntándole si prefería descansar antes de la cena, consiguió devolverlo al presente. Se alegraba de haber emprendido el viaje a esta nueva vida, ya que la anterior estaba transitada de recuerdos de los que necesitaba desprenderse. Esa nueva tierra sería su mejor aliada en dicho intento.

Mario agradeció las muestras de cariño, se quedó impresionado con la belleza y dulzura de Amara, tan parecida a su hermano, y una vez recuperado el ánimo, se retiró a su habitación para ordenar sus cosas y cambiarse de ropa antes de la cena. Ni por asomo pensaba perderse un minuto de compartir con Miguel y la familia Arango sus sensaciones e ilusiones de cara a su nuevo trabajo en el laboratorio. Quería saberlo todo, preguntarlo todo, llenarse de sueños, volver a creer en algo y en alguien. Había en su habitación una gran cómoda coronada por un espejo que le devolvió la imagen de un niño, asustado y frágil, pero lleno de esperanza. Se miró a los ojos, regalándose una sonrisa, se sintió tranquilo y seguro de haber llegado a la tierra prometida, aunque aún no supiese intuir la diversidad y el alcance de sus promesas.

Capítulo XLIII

Con su lengua de trapo, Elena Luna se empeñaba en coger a Alejandro en brazos para darle el biberón. Elena se reía y disfrutaba viendo a su hija con esa adoración por el niño de ojos de ébano que su mejor amiga había traído al mundo. Alba madre volvía a sonreír contemplando sus risas y las correrías torpes de su nieta por toda la casa. Por momentos, todo parecía estar en su sitio, a no ser por esa mirada triste y hermética que había convertido a Rocío en una criatura distinta. Tiago se había tomado muy en serio sus estudios y tío George le auguraba un fantástico porvenir en la diplomacia. Seguía teniendo esa enorme facilidad para meterse a la gente en el bolsillo y su aspecto inglés, mezclado con su carácter rotundamente gaditano, le conferían un atractivo al que pocos podían sustraerse. Su inglés de colegio español había mejorado sustancialmente dando paso a un acento *british* que en nada tenía que envidiar al de nuestros parientes y su círculo de amistades, del que ya era el centro. Mamá se sentía tranquila, invadida por una nueva calma que solo se veía empañada por el carácter reservado y esquivo del que Rocío hacía gala, lejos de la niña alegre y luminosa en la que ella se había visto tantas veces reflejada. Intentaba por todos los medios saber qué había pasado para que su hija decidiese volver a Cádiz y abandonar a su marido, pero era totalmente inútil cualquier intento para que mi hermana se sincerase y aliviase el peso que anidaba en su alma. Era un tema tabú, nadie conseguía sacar palabra alguna en ninguna dirección. Las cartas seguían llegando y siendo arrojadas a la basura sin ser leídas. Cada vez que llegaba el correo, Alba madre intentaba que su hija al menos leyese alguna, algo a lo que Rocío con rabia contenida y un profundo dolor se negaba. El tiempo pasado en Lagunalinda había sido el más triste de su corta vida, solo quería olvidar y alejar las imágenes de humillación y desamor que había tenido que soportar. Su sueño adolescente había sido pisoteado y maltratado con un odio y una frialdad que jamás pudo pensar que ser humano alguno fuese capaz de generar. No sabía por qué ella había sido la víctima elegida para vengar una tragedia de la que no era en absoluto culpable y sí, en todo caso, otra víctima. Solo el recuerdo de Gloria, de sus ojos de oliva y su dulzura, conseguía abrir un espacio cálido y luminoso en medio de la oscuridad de su estrenada vida de casada.

Mi hermana se sentía plena con el solo hecho de tener a Alejandro en sus brazos. Jamás pisaba la preciosa e inanimada casa de la plaza Candelaria, ni por supuesto nombraba a Gabo. Cuando visitaba a tía Marina sentía tristeza al ver la suya bella e inerte al otro lado, pero jamás atravesaba sus puertas. Era como si no hubiese existido nunca, ni siquiera en sus primeros momentos mágicos, cuando todo era lo más parecido a un cuento de hadas del que ella había sido protagonista absoluta.

—Rocío, hay una carta para ti, es de México pero no es de Gabo. —Cuando llegó el correo y vi la carta, no sé por qué tuve un presentimiento. Sabía que mi hermana no querría leer nada procedente de México, pero esa carta desprendía un olor distinto, ni el sobre ni el remite eran los habituales.

—Alba, te he dicho que no me interesa nada que tenga que ver con México. Me da igual de quién sea la carta, tírala a la basura y punto.

—Rocío, el remite es de una tal Vicenta, ¿sabes quién es? —Mi hermana cambió la expresión de su cara como si un calambre hubiese despertado su anestesiada memoria.

—Dámela, era la maestra de la escuelita a la que iban los niños, una buena mujer y una buena amiga. Me extraña mucho que haya decidido escribirme, supongo que tiene razones poderosas para hacerlo.

Las manos de Rocío temblaban intentando abrir la carta. Una urgencia nueva la obligaba a romper el sobre intuyendo que algo grave había pasado.

«Mi estimada Rocío: ante todo le pido disculpas por el atrevimiento que me he tomado a la hora de escribir esta carta. Sé muy bien que su estancia entre nosotros no fue muy placentera y mire que lo siento porque usted es un ser humano maravilloso que no se merece el trato injusto del que fue víctima. No quiero dejar de expresarle hasta qué punto los niños y yo la extrañamos, sobre todo ellos. Es usted un ángel y nadie antes se había preocupado por esas criaturas como usted hizo. Para su tranquilidad, debo decirle que los niños siguen viniendo a la escuela y son muy responsables y aplicados. A los señores Laguna les veo poco, pero están tristes y estoy segura de que también la echan de menos. Don Gabo anda como alma que lleva el diablo, se ve que no es feliz, ese hombre no tiene paz. Ojalá la encuentre algún día, porque sé que es bueno pero está equivocado y algo le come por dentro. Bueno, no quiero abusar de su tiempo que ya abusé bastante con mi plática. Solo que ha pasado algo que creo usted debe saber. La señora Gloria se fue con el Niño Dios. Yo creo que estaba muy cansada y muy triste desde su marcha, dicen que no tenía apetito y que lloraba a menudo. Incluso había dejado de coser y solo se quedaba mirando un lugar a lo lejos. Sé que usted le tenía mucho aprecio y le dio alegría el tiempo que estuvo en la hacienda recordando con ella su tierra allá en España. Ella pasó a mejor vida apenas hace un mes. Pero un tiempo atrás, me hizo llegar con Lupita la carta que ahora le mando en este sobre. Creo que la escribió ella misma porque la letra del enunciado está muy temblona. Lupita me rogó que no dijera nada a nadie, que doña Gloria le había pedido que me la entregara y si a ella le pasaba algo se la hiciese llegar a usted. Doña Gloria fue muy buena con todos a pesar de que había sufrido mucho y yo me he sentido en la obligación de cumplir su deseo. Aquí está la carta, espero que la lea con todo cariño y usted reciba el mío y el de los niños. Le mando mis respetos y le pido disculpas una vez más por mi atrevimiento. Cuídese mucho porque personas como usted no abundan, y ojalá encuentre la felicidad que se merece.

Atentamente,

Vicenta».

Los ojos de mi hermana se cubrieron de lágrimas. La humildad y la ternura de la carta la habían conmovido y la noticia de la muerte de Gloria, ese gran ser humano que había encontrado en Querétaro, se le clavó en el corazón como un nuevo zarpazo de la vida, que seguía llevándose a seres únicos y necesarios para mejorar el mundo. De pronto, todo se agolpó en su memoria, sus ilusiones truncadas, las conversaciones y las risas junto a la anciana y la terrible verdad a la que tuvo que enfrentarse y que arrojaba todos sus sueños por el suelo, además de despertarle asco y vergüenza.

Rocío derramó lágrimas fuertes y convulsas durante mucho tiempo. El dique de su tristeza se rompió para dar paso al dolor, al desgarro profundo que no había podido sentir pero que estaba dentro, en alguna parte, agazapado y escondido de las miradas, de la imagen del espejo en el que la niña no se había vuelto a mirar y oculto en el cajón de los lazos para el pelo que nunca más serían anudados. Cuando se parte en dos tu vida, cuando te reconoces en la víctima inocente de una burla y no tienes vergüenza de llorar y gritar hasta el cansancio, hay una gratitud del alma que por fin se siente aliviada y libre, para dejarse llevar por lo que ha estado latiendo en cada milímetro de ella con un latido silencioso y constante, que te negabas a reconocer.

Ese era el dolor de mi hermana con la carta de Vicenta, caída en el suelo, y el otro sobre pequeño y tibio entre las manos.

—Rocío, cariño, ven aquí, déjame que te abrace. —Intentaba consolar a mi hermana inútilmente—. No hace falta que me cuentes nada, solo llora, llora hasta que se te acaben las lágrimas, por el tiempo pasado, por tantas cosas que no hemos hablado y se nos han quedado dentro, dormidas. Déjame que te acaricie como cuando eras pequeña y me preguntabas que qué traje te ponías, ya verás cómo todo pasa. Estoy segura de que volverá a ser como antes...

—Alba, es que tú no sabes todo lo que he pasado durante estos años. Mi vida con Gabriel, el desengaño, el maltrato, tan solo puedes intuirlo con lo que te escribí. No acabaría nunca de contarte y no podrías creer las cosas tan horribles que no he querido que supierais ni tú ni mamá, para no hundirla más aún. Todo era una cruel mentira, un engaño perverso y planificado para hacernos daño, a nuestra familia, a nuestra sociedad y sobre todo a mí. He sido la víctima inocente de algo que pasó hace tiempo y de lo que ni tú ni yo somos culpables. Solo el odio enconado y oscuro es capaz de convertir a un ser maravilloso en un verdugo, frío y meticuloso, y eso es exactamente en lo que se convirtió Gabo, mi príncipe azul, el gran amor de mi vida.

Rocío seguía llorando de manera convulsa mientras la descripción del terrible episodio obviado en sus cartas, que habría llenado de vergüenza a nuestra familia, y no por ignorado y oculto menos indigno, despertaba en mí la sensación de haber sustentado mi plácida existencia sobre los cimientos de un gran fraude moral que iría inevitablemente asociado a nuestros apellidos por el resto de nuestras vidas. Sería inútil buscar en esa humilde casa de pescadores rota, o lo que quedase de ella, una compensación. Nada sería suficiente para resarcir a una niña inocente del repugnante comportamiento de alguien de nuestra misma sangre, a quien muchos creían de una moralidad y valía intachables. Todo lo que Rocío me contaba en sus cartas era una nimiedad en comparación con el cruel relato que acababa de conocer.

De repente, la imagen de Esteban apareció ante mí, agrandada y ennoblecida por el tiempo. Él no era digno de una Monasterio Livingston y yo tenía que guardar las formas y mantener alto el nombre familiar para no perjudicar el futuro de mis hermanos. Mi familia enfangada por un desaprensivo, guardando un secreto que nos hacía miserables ante mis ojos. De repente, supe que era yo la que no era digna de Esteban, de su mirada, de su pureza, ni siquiera de su madre, Virtudes, que había venido durante tantos años a casa a lavar nuestra ropa pero no podía lavar nuestra vergüenza. Cómo habrían cambiado las cosas de haberlo sabido antes, de habernos tenido que enfrentar a la verdad de lo que realmente era el origen de nuestra familia, con sus luces y sus sombras, valientemente, con la única cosa que nos mejora como seres humanos, la verdad y su reconocimiento sin paños calientes. Qué sacrificio tan inútil el mío y qué injusto me pareció tener que renunciar al amor de mi vida para tener que preservar la foto fija de un falso cuadro de familia.

Mi hermana seguía bañada en lágrimas y una vez más opté por olvidar mis sentimientos para acariciar su melena rubia, como había hecho tantas veces; esta vez intentando consolar a mi princesa de ojos azules. Tendría aún que enfrentarse al contenido de la carta que Gloria había decidido escribir como un acto de amor y de despedida hacia la única persona que había puesto un punto luminoso en los últimos años de su vida.

Capítulo XLIV

Querida niña: Espero que al recibo de la presente carta tus heridas se hayan suavizado, si bien curarlas del todo te tomará su tiempo. Antes que nada perdona la torpeza de mi letra, no he practicado mucho todos estos años. Ni siquiera recuerdo cuándo escribí mi última carta, fue hace tanto tiempo, creo que cuando me comunicaron la muerte de mi madre. Después no escribí más, no podía expresar mi tristeza con palabras.

»Supongo que no tienes mucho interés en saber nada de esta tierra que tan mal e injustamente te ha tratado y lo entiendo. Solo quiero contarte, a pesar de todo, cómo te llegó a querer la gente de Lagunalinda, empezando por esta pobre mujer que hoy te escribe para turbar tu paz. Todos te respetan y te echan mucho de menos, especialmente Pedrito. Creo que nadie se había ocupado de verdad de ellos hasta que tú viniste. El ángel de ojos azules, como él te llama. Te cuento, querida niña, que sigue muy juicioso, ayudando a su padre y estudiando. Él dice que te lo prometió y te tiene que cumplir. La promesa de un niño, ese es su valor, el que muchas veces no tiene la promesa de un adulto. Querida Rocío, no sé el tiempo que Dios me tendrá en este mundo, ya creo que viví demasiado o a lo mejor es que la vida se me está haciendo muy larga. Como tú sabes, nada fue fácil para mí desde el principio. Yo era una criatura feliz a la que le rompieron los sueños mientras soñaba, pero no me gusta ser desagradecida y reconozco que mi suerte al encontrar al matrimonio Laguna en mi camino compensó la amargura de verme arrancada de mis raíces a la fuerza. Luego mi patrona la Virgen del Rosario ha querido acompañarme para ser mi amiga y mi guía.

»Como digo, no sé el tiempo que me queda y me temo que no hay mucho más que pueda esperar de mis días. No te negaré que me habría gustado irme de este mundo viendo feliz a mi nieto, contigo, y pudiendo mirar a los ojos a mi bisnieto. Sí, Rocío, soy madre y como mujer difícilmente se me escapan el brillo de los ojos y la hinchazón del pecho de otra mujer que espera un hijo. Lo supe desde el primer instante y saber que no te ibas sola me daba un poco más de consuelo. Sé que huías de un amor fracasado y también entiendo que no quisieras ver nacer a tu hijo en esta hacienda y sí refugiada y protegida junto a las personas que te quieren.

Solo te ruego una cosa, mi niña; Gabriel, mi hijo, y doña Amalia no se merecen permanecer ajenos a esa criatura. Son personas de bien y muy buenas, siempre me han cuidado y atendido. De Gabo no sé si hablarte, está como alma que lleva el diablo y no ha vuelto a ser el mismo. Se siente culpable y se avergüenza de lo que te hizo. Ha llorado en mis brazos muchas veces, como cuando era niño, y sé que te ama con locura. Jamás en sus planes sospechó tropezar con el mayor obstáculo, tú, un ser maravilloso que le ha enseñado que la ira ciega, el rencor envenena y la venganza destruye. Ya sé que nunca podrás perdonarle, no sé por qué ese nieto mío decidió vengar un agravio que no le correspondía y en la persona menos indicada, pero los corazones jóvenes son así, no encuentran riendas que los sujeten. Anda por la hacienda como un fantasma y no hace sino acariciar a *Deseado*, tu caballo, a mí me parece que intenta llegar hasta ti con las caricias. Lucha ya no está. Se fue buscando otro rumbo más de acuerdo con sus ambiciones y sus cualidades. Su madre lo siente pero está más tranquila, todos lo estamos, porque se estaba muriendo por dentro de una enfermedad contagiosa.

»En fin, Rocío, voy a dar esta carta a Lupita para que en caso de pasarme algo te la haga llegar por medio de Vicenta, sé que erais buenas amigas. No sé si te llegará el olor pero la he rociado con el agua de las flores del patio para que las sientas cuando la abras. Perdona si he abusado de tu paciencia pero a la gente mayor no le queda mucho tiempo para decir lo que siente.

»Solo te ruego que si el niño o la niña está en este mundo, se lo hagas saber a Amalia y a Gabriel, será para ellos el mayor regalo, un nieto, y la mejor forma de compensar su bondad infinita, un heredero para la hacienda y alguien en quien mirarse en el último tramo de su vida. Es la voluntad de una anciana que te quiere y desea lo mejor para ti.

El cielo te lo agradecerá y tú también me darás las gracias cuando pasen unos años. Cuídate mucho, mi niña, mira ese mar de plata de nuestra tierra por mí y sonríe para que el levante me traiga tu sonrisa.

Tuya siempre

Gloria».

Estas eran las palabras que Gloria escribía a mi hermana, palabras llenas de ternura, humildad y sabiduría. Era una gran mujer y yo sentí que, como parte de la familia que le había destrozado la vida, tal vez cumplir sus deseos era la única forma de compensación tardía. Alejandro podía estar orgulloso de su bisabuela, y sus abuelos se merecían con creces alguien que siguiese cuidando de su hacienda. Además había que perpetuar el recuerdo de los Laguna, auténticos artífices de una digna vida para Gloria, su hijo Gabriel y sus descendientes. La carta de Gloria encontró acomodo en el corazón de Rocío. Era una decisión difícil y que iba a cambiar el curso de las cosas, pero ella sabía que no podría negarse al último deseo de una mujer a la que la vida no le había permitido cumplir muchos más. Ese niño era sangre de su sangre y también de la nuestra, por partida doble. Rescatar la parte más noble de esa triste historia era una forma de borrar o minimizar lo que era motivo de dolor y vergüenza para Rocío y para mí. Nadie más sabría el resto, no era necesario clavar de nuevo el aguijón en nuestra madre. A los hermanos tampoco les ayudaría ni serviría de mucho saber que su bisabuelo era un ser abyecto y sin escrúpulos. Ya por sus venas apenas corría su sangre y nunca habíamos guardado un especial cariño por su leyenda, ponderada por unos y denostada por otros.

—Rocío, no te preocupes, tranquilízate, y vamos a pensar la mejor forma de actuar. Por supuesto pienso que Gloria tiene razón y no puedes privar a Alejandro del cariño de sus abuelos, ni de poder disfrutar su herencia en México. Sécate esas lágrimas, que tienes los ojos como dos tomates. Con más calma vemos qué puedes hacer, seguro que hay una solución, y la encontraremos.

—Gracias, Alba, como siempre tú al pie del cañón, suavizando las cosas y poniendo el hombro cuando hace falta, no sé qué sería de mí en este momento si no te tuviera a mi lado. No es fácil guardar un secreto como este, y menos actuar de la forma correcta sin provocar un cataclismo. Está claro que en cuanto Gabriel lo sepa, vendrá para conocer a su hijo y no sé cómo podré mirarle a los ojos sin odiarle por todo lo que me hizo.

—Da tiempo al tiempo, él está arrepentido y por lo que veo vive perdido y atormentado, pero es el padre de Alejandro y tampoco tienes derecho a privar a tu hijo de un padre. Lleva más de un año escribiendo cartas que van directamente a la papelera, Rocío. Esto no es una riña de adolescentes. Es el hombre que elegiste para casarte y, sobre todo, es el nieto de Gloria y el padre de un niño que es el centro de tu vida, y no te gustaría que el día de mañana, mirándote a los ojos, ese niño te hiciera culpable de su infelicidad. Ya hay suficientes víctimas por el camino, y recuerda que fueron víctimas de alguien de nuestra familia. No sigamos haciendo y haciéndonos daño, hermanita. Venga, ponte unas sandalias y vamos a dar un paseo por la playa.

A mí siempre se me aclaran las ideas cuando mis pies están en contacto con la arena y mi mirada descansa en el agua, además hace un día precioso.

Rocío y yo dimos un gran paseo ese día de primavera. El verano de 1967 se estaba adelantando y los niños crecían demasiado rápido. Había un aire de nostalgia en el ambiente, por todo lo perdido, por las ausencias. Lluvia echaba de menos a Mario, eran una misma cosa y mi hermana andaba como si le faltase algo. La tía Marina era consciente e intentaba consolarla con un viaje al nuevo continente que ambas podrían hacer en vacaciones y que nunca acababa de concretarse. Lluvia se centraba en su trabajo, le faltaban horas para correr de un lado a otro ayudando a quien la necesitaba y dándose en cuerpo y alma a los enfermos del hospital. A veces me recordaba tanto a papá que no podía dejar de acordarme de su capacidad sin límites y la huella que su conducta había dejado en nuestra familia.

Luna seguía en su mundo insondable, leyendo y escapándose al anochecer a la playa con una atracción magnética similar a la que la luna ejerce en nuestro planeta, y sin la cual tal vez viajaríamos por el universo sin rumbo alguno. Así la luna atraía a mi hermana fundiéndose con su nombre en un lazo místico e incomprensible para los demás. Seguía viviendo en la habitación de la Inglesa y aún conservaba sus cosas sobre el tocador. Luna había entrado en la habitación de la abuela como en un templo. Mamá había decidido mantenerla limpia e intacta como cuando la abuela vivía, supongo que para no notar tanto su ausencia. Los vestidos del armario se guardaron delicadamente en un baúl a los pies de la cama para que Luna colocase los suyos, pero no quiso tocar los cajones de la cómoda y el tocador con el resto de sus pertenencias. Había repartido sus joyas en vida y mi hermana pequeña eligió unos pendientes con un colgante de aguamarinas que no se quitaba nunca. Luna disfrutaba abriendo una y otra vez los cajones y haciendo suyos los secretos que la abuela no había compartido jamás. Seguramente a través de sus cosas la conoció mejor que nadie. Debajo de la almohada siempre ponía algún pañuelo pequeño y delicado que la Inglesa solía llevar en la mano. Mi hermana decía que olía al agua de rosas que ella usaba para limpiar su cara cada noche y así sentía que aún estaba cerca. Era extraño el vínculo que entre ellas se había establecido. Dos seres distintos y unidos por una singularidad que las apartaba de los otros. Solamente Carlos, nuestro hermano pequeño, conseguía arrancar a Luna de su espacio mágico. Juntos leían y comentaban historias y teorías hasta altas horas de la noche. Juntos reían con un humor que también los unía y los separaba del resto. Contemplaban la vida de los demás desde una atalaya inalcanzable en la que se sentían cómodos sin hacer mal a nadie. Solo que, a veces, me hubiera gustado tener un pequeño resquicio por el que asomarme a sus vidas, y por el que intentar introducir algo de la mía. Cuando hay muchos hermanos en una casa, con frecuencia hay uniones naturales y alianzas que se crean sin poder evitarse. Y también aparecen distancias que nos convierten a unos y otros en grandes desconocidos. Mis padres se amaban, no tengo ninguna duda al respecto, y empezaron a concebir muchos hijos a los que era muy difícil seguir de cerca en cada minuto de sus vidas. A veces teníamos la sensación de estar solos en medio de una multitud en la que había que sobrevivir de la mejor manera posible. Juana y Ene hacían su trabajo multiplicando manos y besos, pero las figuras de mi madre y mi padre se difuminaban en un mundo de responsabilidades y dificultades que no siempre eran el mejor escenario para confidencias y charlas entre padres e hijos. También había una sensación culpable de que nunca les preguntábamos a nuestros padres cómo se sentían y si podíamos ayudarles de alguna forma. No sé si fue ese sentimiento el que me condenó a estar siempre dispuesta a ayudar y echar una mano a mis hermanos, silenciosamente, de manera casi invisible, pero estando ahí incluso a costa de mí misma. Son roles que nos adjudican y nosotros aceptamos sin preguntas, a lo mejor porque hemos nacido para él y en él somos más útiles que en cualquier otra parte. Lo malo es que los demás se acostumbran a ello y se convierte en una obligación de la que nadie imagina que te gustaría escapar.

Rocío y yo habíamos estado siempre tremendamente cerca, compartiendo habitación y confidencias, y yo estaría a su lado en la difícil decisión de guiar su vida y la de su hijo en cualquier dirección.

***

El teléfono de Lagunalinda sonó una mañana. El cambio de horario hacía imposible comunicarse con México en el mismo momento del día. La voz suave y alegre de Lupita respondió y casi no pudo creer lo que escuchaban sus oídos nada menos que desde España. Un acento inconfundible le hizo saber que era su señora Rocío la que llamaba desde el otro lado del océano.

—Hola, Lupita, ¿cómo estás?, supongo que tan guapa como siempre. ¿Sabes quién soy?

—Cómo no, pues la señora Rocío. Qué alegría escucharla de nuevo, señora, ¿cómo ha estado? Aquí se la recuerda mucho. No sé si sabe que la señora Gloria murió, la Virgen de Guadalupe de seguro la estará cuidando en el cielo. Nos dio mucha pena porque siempre había sido muy buena con todos. Pero ya la estoy distrayendo, supongo que quiere hablar con el señorito Gabriel, espéreme tantito que le aviso.

—Gracias, Lupita, ya me contó la maestra Vicenta de la muerte de doña Gloria. Yo también lo he sentido mucho, pero con quien quiero hablar es con doña Amalia si está disponible.

—Claro que sí, señora Rocío, verá que se va a poner muy contenta cuando la escuche, ahorita mismo la aviso. Cuídese, señora, y vuelva pronto. Su caballo está muy bonito y Pedrito ya lo monta de vez en cuando. Hasta más luego, señora Rocío.

—Rocío, qué bueno saber de ti, ¿cómo estás hija? —La voz de doña Amalia sonaba emocionada y sorprendida, era la última persona que esperaba encontrar al otro lado del teléfono—. No sabes la alegría que supone para mí tu llamada, y más en estos momentos. No sé si sabes que Gloria ya no está con nosotros, sentimos mucho su falta, nos ha dejado un inmenso vacío. Para mi marido la pérdida de su madre ha sido un fuerte golpe. Pero estoy preocupadísima con Gabo, está destrozado y ya no sabemos cómo buscarle consuelo, tal vez si tú volvieras… Pero no quiero apremiarte con mis deseos después de todo lo que pasaste en esta casa.

—No se disculpe, doña Amalia, usted no tiene la culpa de nada y tanto su marido como usted fueron muy cariñosos conmigo. Sé por Vicenta de la muerte de la señora Gloria. Por fin encontró descanso y es por esa razón que les estoy llamando. Gloria me escribió pidiéndome un último deseo al que jamás podría negarme. Me suplicó que les dijese que… tienen un nieto precioso, ella supo adivinarlo cuando me vio por última vez. Tiene más de un año y está fuerte, sano y lleno de vida, se parece mucho a su padre… Se llama Alejandro, me pareció justo ponerle ese nombre en agradecimiento a los Laguna…

Capítulo XLV

La luz rompió la oscuridad de la noche en la casa de la plaza Candelaria. Alguien había violado su impoluta mortandad. La casa permanecía cerrada y sin vida desde la vuelta de Rocío a Cádiz. Antes de ello mi madre la visitaba con frecuencia para comprobar que todo estaría en orden en caso de que sus dueños vinieran de México. Un hermoso ramo de flores recibió a mi hermana al despertar en nuestra casa a la mañana siguiente, junto a una caja de bombones con lazada lila de La Camelia. La tarjeta del ramo solo llevaba escrita la palabra «Perdóname» y la firma de Gabriel. La de la caja de bombones dirigida a mi madre era más explícita: «Con mi afecto y respeto, siempre a sus pies», y firmaba Gabriel Laguna.

Rocío supo que Gabo estaba en Cádiz, lo esperaba desde la conversación telefónica con sus suegros en primavera. El deseo de ambos de conocer a su nieto podía tocarse con las manos a través del hilo telefónico y la distancia. No llegaron más cartas de Gabo. Hasta el punto de provocar extrañeza en mi hermana, que no comprendía muy bien las señales. ¿Gabriel se habría cansado de no recibir respuestas? O tal vez saber que se le había ocultado el nacimiento de su hijo le había herido en lo más profundo y prefería borrar a Rocío y todo lo relacionado con ella de su vida. Mi hermana, por su parte, intentaba llevar una existencia normal y tranquila: paseaba con Alejandro, cuidaba personalmente de él y salía muy de vez en cuando con amigos de la adolescencia, aunque casi siempre su confidente era Elena, su mejor amiga y ahora cuñada. Juntas iban a la playa con los niños y recordaban tiempos mejores. Elena estaba embarazada de nuevo, era muy feliz junto a Custo, ese chico siempre dispuesto a sostener el pabellón familiar y a apuntalar a mi madre de manera humilde y discreta.

La primera reacción de mi hermana ante el precioso ramo de flores fue de sorpresa, seguida de un pánico atroz ante la llegada de lo inevitable, aquello que tarde o temprano aparecería ante sus ojos sin respuestas suficientes para pasar página y continuar hacia delante. Tenía miedo a enfrentarse a Gabo, a sí misma, a volver a reverdecer las sensaciones dormidas u olvidadas, a visualizar las escenas que aún flotaban en su memoria y que le proporcionaban un dolor terrible y también, por qué no, miedo a volver a mirarse en esos ojos y descubrir que aún quedaban rescoldos sin apagar del fuego antiguo.

Gabriel no apareció a lo largo de la mañana. Decidió pasear por ese Cádiz que le pertenecía en parte. El barrio de

La Viña, La Caleta, la zona en la que antiguamente había estado ubicada la casa de su abuela, y también los bellos rincones que había recorrido junto a Rocío. No había pasado una buena noche, la casa se le caía encima y le parecía ahora el escenario de una comedia absurda y sin sentido. Jamás habría comprado una casa tan ostentosa solo para vivir junto a la mujer que amaba. Recordó su noche de bodas antes de salir rumbo a México, el desafortunado episodio que estuvo a punto de dar al traste con sus planes y que con tanta generosidad había tenido que soportar su recién estrenada esposa.

Contemplaba la ciudad sin poder sustraerse a su belleza. Ya no eran rencor y deseo de venganza lo que sentía y lo que le empujaba a recorrerla casi con violencia. Era una honda tristeza que habitaba en su interior y la sensación de lo inútil y mezquino que había sido su primer contacto con una ciudad que solo estaba allí para ofrecerle luz, historia, leyenda y vivencias de gente de otros mundos, que también con su esfuerzo buscaron una mejor forma de vida. Eso era Cádiz, hecha de tiempo, de mar, de vientos y cincelada por hombres de cuerpo y alma no muy distintos a él mismo.

Era septiembre, a primera hora de la tarde, y ya no arañaba el sol y el calor del verano. La luz se hacía tibia y suave y la plaza Mina se vestía de una misteriosa y pacífica belleza, momento que Rocío aprovechaba para pasear a Alejandro. Había estado pensando todo el día qué hacer, cómo afrontar el hecho de tener a Gabo cerca, y cuándo este decidiría acercarse por fin a la casa. Rocío jugaba con Alejandro, que ya daba sus primeros pasos con un ímpetu excesivo en un niño tan pequeño, al que nada se le ponía por delante. Juana disfrutaba de nuevo con un pequeño en la casa y solía vigilar al crío en sus correrías por la plaza. Gabriel contemplaba la escena desde lejos y sus ojos se humedecieron al ver por primera vez a su hijo de la mano de su madre. El niño era un calco de él mismo, con su pelo negro y ensortijado, y Rocío seguía siendo sencillamente preciosa. Qué estupidez y qué soberbia habían sido capaces de privarle de semejante felicidad. Cómo el ser humano puede dejarse cegar hasta el punto de perder lo más importante de su vida a cambio de un abismo de soledad y tristeza. Rocío se reía con los balbuceos de Alejandro y no fue consciente, hasta tenerlo muy cerca, de la presencia de Gabo.

—Buenas tardes, Rocío, ¿cómo estás?... Tan linda como siempre, y sobre todo te veo feliz con el niño. Alejandro no puede negar que es hijo mío, aunque si supiese sobre mi comportamiento seguramente lo haría. No tengo palabras para decirte cuánto lamento todo lo que te hice, ni creo que tú quieras oírlas. —Gabriel intentaba hablar desde la calma pero todo salía a borbotones, incontenible, como si hubiese estado esperando ese momento durante años—. Entenderé todo lo que me digas y cualquier decisión que tomes será sagrada para mí. Sí te ruego que me dejes abrazar a mi hijo e intentar que poco a poco me conozca y sepa que soy su padre. Hazlo por Gloria si no quieres hacerlo por él. Te prometo que no te importunaré, vendré a verlo cuando tú me digas y el tiempo que tú quieras. No tengo nada mejor que hacer en la vida, y los días no cuentan para mí, solo en función de ver y abrazar a Alejandro y poder hablarle más adelante de su bisabuela, y de cuánto le habría gustado conocerle.

Rocío permanecía muda, paralizada ante la imagen de un hombre que en nada tenía que ver con el que había dejado en Querétaro. Era alguien vencido, humillado por sí mismo, suplicante, y con una nobleza que dejaba aflorar su auténtica esencia y le hacía tremendamente parecido a Gloria. La misma mirada cálida, la misma sonrisa luminosa y la misma tristeza. Su resistencia cedió, como madre, ante las palabras de Gabo. No tenía derecho a privarle de nada y menos de lo que con tanto respeto y cautela le estaba pidiendo. Ya vería cómo manejar la situación y los tiempos, y cómo explicar a la sociedad y a los amigos que Gabriel viviría solo en la enorme casa mientras ella seguiría con el niño en la casa materna. Esas consideraciones eran un mal menor y carecían en esos momentos de importancia, era su vida y la vida de su hijo, y nada ni nadie tenía derecho a poner las normas, salvo ellos mismos y su conciencia.

—Hola, Gabriel, buenas tardes. Gracias por las flores… Eran muy bonitas pero no tenías que haberte molestado. Como comprenderás, harían falta muchas flores para compensar tu miserable comportamiento conmigo. —Las palabras de Rocío dejaban adivinar su dolor aún vivo—. Pero ese no es el tema en este momento. Quiero que sepas que sentí mucho la muerte de Gloria, era una mujer maravillosa, buena y valiente. Aprendí mucho de ella, todos deberíamos aprender de ella, de su generosidad, su falta de rencor, su gratitud ante lo bueno que la vida le había deparado y su capacidad de perdonar, si no olvidar, lo malo que también le había traído. Te aseguro que solo por ella estás aquí. Al contrario que tú, no guiaré mis pasos con deseos de venganza ni odio. Gloria y Alejandro no se merecen tal cosa. Como ves, es un niño precioso y clavadito a ti. Crece sano y feliz, y si su padre está cerca para aumentar su felicidad, cuidarle y protegerle, no seré yo quien lo impida. Puedes verlo cuando quieras, y también puedes venir a casa y saludar a mi madre y a mis hermanos. También la tía Marina me pregunta siempre por ti. No te preocupes, nadie sabe nada de lo que pasó, salvo mi hermana Alba, y solo piensan en una riña de matrimonio y un capricho pasajero de su niña mimada. Eso es todo lo que puedo ofrecerte y creo que es bastante más de lo que te mereces.

De esta manera zanjó mi hermana la cuestión sobre las visitas de Gabriel a su hijo, dejando clara su posición respecto a él y la imposibilidad de cualquier otro planteamiento de futuro a su lado.

Gabriel vino a casa para saludar a mi madre, y a mí me impresionó el cambio de aspecto de un hombre orgulloso y seguro de sí mismo, transformado en alguien callado y tímido, y a quien mi hermana trataba con absoluta frialdad.

Las visitas de Gabo se normalizaron a lo largo del otoño. Ese año apenas celebré mi cumpleaños. No tenía mucho que celebrar. Todo seguía con una aparente y tensa normalidad. El recuerdo de Esteban era tan borroso que apenas podía distinguir su mirada en medio de la niebla. Seguía siendo el amor de mi vida, ese recuerdo intacto que formaba parte de mí, no importaba qué cosas fuesen pasando alrededor. Mi diario quedó interrumpido cuando recibí su última carta y no supe nada más de él. No tenía nada que contarle a sus páginas. Ya no había secretos entre nosotros, solo frustración y nostalgia por lo que pudo haber sido. Por suerte, la casa de las salinas permanecía en pie, desdibujada y con colores empalidecidos, pero era lo único que me quedaba de él. Por supuesto la imagen de la niña que yo había sido y él había captado desde su mirada de amor había dado paso a una chica de más de treinta años que no acababa de entender qué había sucedido y que seguía sin encontrar su lugar en el mundo, a pesar de formar parte constantemente del lugar en el mundo de los otros. Tal vez cuando cada cual encontrase su sitio ella podría intentar buscar el suyo. Esperaba y deseaba que no fuese demasiado tarde.

Mi hermana vivía en un mar de dudas y preguntándose cómo sería el futuro para el niño y su padre. Alejandro sonreía cada vez que le veía aparecer con regalos y chucherías. Era el hombre que siempre llegaba para darle lo que le gustaba y además se fue acostumbrando a decir la palabra «papá» cuando le cogía en sus brazos. Gabriel recobraba poco a poco el brillo en la mirada y solo vivía para el momento en que se juntaba con el niño para pasear o llevarle a comer un helado. Mi hermana se fue habituando a su presencia y empezó a sentirse más tranquila al comprobar que no había cambio alguno en su conducta. Era un padre ansioso por abrazar a su hijo, mirando de soslayo a la mujer que se había entregado en el pasado a él y que ahora estaba lejos y, posiblemente, perdida para siempre. Seguía enamorado de Rocío, le parecía la criatura más bonita y dulce del mundo, y pasaban largas horas charlando y comentando los progresos del niño, como un joven matrimonio cualquiera. El pasado era terreno que no pisaban y mi hermana tan solo le preguntaba sobre la hacienda, los niños y cómo se encontraban sus padres, Amalia y Gabriel. Tampoco Lucha estaba en sus conversaciones. No era momento. Había entre ellos un pacto tácito que tenía que ver con empezar de cero, andando el camino, con paso lento, y que este les llevase al mejor destino posible para los tres.

Capítulo XLVI

Las hojas del calendario fueron cayendo, con ese deslizarse lento que el ritmo de la vida adquiere en las pequeñas capitales de provincia donde apenas pasan cosas, y las que pasan se sobredimensionan llenando un espacio desproporcionado en las conversaciones de la gente. Todos hablaban y no ocultaban lo extraño de la relación de mi hermana con Gabriel, pero nadie se atrevía a preguntar y menos a sacar el tema con nuestra familia. Las aguas anteriormente enfangadas y turbias dejaron paso a otras cristalinas y tranquilas en las que Rocío y Gabo se veían reflejados volviéndose a enamorar poco a poco de esa imagen, y cada vez más unidos por un vínculo incuestionable que era Alejandro. Las visitas de mi hermana y el niño, e incluso de algunos de nosotros, a la casa de la plaza Candelaria empezaron a ser frecuentes, y en vísperas de

Navidades, una tarde en que el niño había salido de paseo con mi madre y con Juana al parque Genovés, mi hermana fue a ver a Gabriel y no regresó a casa hasta el día siguiente. Algo se estaba acomodando entre ellos, mansamente y sin apuros. La constancia de Gabo unida a sus muestras continuas de cariño acabaron por derribar las defensas de desconfianza y miedo que mi hermana había levantado para protegerse. Fue un invierno, como ya he dicho, de una tensa calma, en el que empezaban a aparecer en nuestro país focos de resistencia al régimen, alimentados por revueltas parecidas en otras capitales de Europa. La eclosión económica y social en España permitieron poco a poco encontrar espacio para la búsqueda de libertades. El hambre seguía acosando a la gente del campo, como a la familia de Juana, pero ya los hijos de la guerra, en las ciudades, habían podido salir adelante y educar a los suyos en un país sin contiendas, con heridas incurables que no cicatrizarían en mucho tiempo y con un conformismo aparente que no lo era en las capas profundas de la sociedad. En Madrid, los universitarios se manifestaban cada dos por tres y las facultades permanecían cerradas días y días, mientras intentaban aplacar los disturbios. Por supuesto la televisión no se hacía eco de las revueltas o daba una ligera y sesgada información al respecto, pero los periódicos que aún nos llegaban a casa desde Inglaterra, así como los comentarios bajo cuerda de algunos amigos de mis hermanos, que estudiaban en Madrid, nos mantenían al día sobre lo que estaba pasando. Del campus en el que se encontraban la facultad de Derecho y la de Filosofía y Letras, una frente a la otra, salían manifestaciones que recorrían la Ciudad Universitaria hacia la plaza de Cuatro Caminos y que constantemente eran disueltas por los famosos «grises», policías a caballo que perseguían a los estudiantes y lanzaban de vez en cuando gases lacrimógenos. Los estudiantes hacían asambleas en el Paraninfo de la facultad y los intelectuales alimentaban las revueltas con consignas contra el régimen y a favor de la vuelta a la democracia que Franco tenía secuestrada. La mayor parte de la gente no quería saber nada de enfrentamientos porque aún tenían vivos y dolorosos recuerdos del último, pero los jóvenes tienen esa ventaja, no son prisioneros de la memoria. Revistas como *Triunfo*, llena de artículos de ideólogos como Bertrand Russell, eran el bebedero de los jóvenes ansiosos de líderes que saciasen su sed de idealismo. En Madrid, el teatro abría tímidamente sus puertas a autores casi malditos como Sartre. En mi ciudad se seguían representando las obras de José María Pemán, un gran escritor afín al régimen. Las obras de Ibsen o Valle Inclán, con una enorme carga de crítica social, se representaban en la capital. Un actor y director de enorme talento, Adolfo Marsillach, consiguió que el personaje de Carlota Corday se subiera al escenario de un teatro nacional para representar el *Marat-Sade* en 1968. Fue un acontecimiento cultural y social que hizo creer a muchos que la apertura total estaba a las puertas, y con ella la democracia soñada que otros países de nuestro entorno disfrutaban. El pensamiento de Eric Fromm o los libros de Herman Hesse entraban en nuestra casa, junto con la revista mencionada, de la mano de mi hermano Carlos, nuestro escritor en ciernes. Descubrir a Fromm en ese momento fue de las mejores cosas de mi vida.

Era emocionante cómo Carlos compartía el contenido de su pensamiento con Luna, Lluvia y conmigo en encendidas charlas que casi siempre discurrían en el antiguo despacho de papá y en el laboratorio, para que nuestra madre no se viese alterada con tensiones que en esa época no tenía ningún interés en compartir. Para ella, todo daba igual, las cosas eran como eran y no había mucho más por hacer, o tal vez sintiese que no le concernían. Sus luchas era otras, y algunas ya lejanas. Nunca se quiso enfrentar a sus verdaderos sentimientos, el porqué de su estado depresivo tras el nacimiento de Tiago. Jamás quiso reconocer hasta qué punto esa vida de provincias no la llenaba, y menos cómo la figura de tío George había conseguido alterarla, creando en ella emociones distintas a las que había sentido con mi padre.

Solo quería ver crecer a sus nietos sanos y felices y a sus hijos en armonía, buscando cada uno su propio camino. El día a día de nuestra ciudad colmaba sus inquietudes cotidianas. Había decidido reducir su espacio emocional e intelectual voluntariamente y no quería profundizar en lo que pasaba más allá para no oír el ruido de sables. Sabíamos que echaba tremendamente de menos a Santiago y al tío George, que ahora no visitaba Cádiz porque ocupaba gran parte de su tiempo en cuidar y apoyar a nuestro hermano. Tal vez era su mejor manera de ayudar a mamá y demostrarle su cariño.

Celebramos la Nochebuena de 1967 en la casa de la plaza Candelaria, que volvía a recuperar su antiguo esplendor, esta vez sincero, sin mancha. Sus habitantes hacían que todo recobrase la vida y el brillo que habían perdido durante sus años de olvido. Era realmente una casa preciosa y Gabriel encargó un inmenso árbol de Navidad que presidió la entrada como claro símbolo de que algo sólido y magnífico estaba, por fin, ocupando el corazón de la vivienda. Los regalos de los niños fueron llenando la base del árbol y Rocío decidió que, al final de las fiestas, el árbol se plantaría en el jardín trasero como homenaje a lo que dos personas son capaces de superar cuando sentimientos profundos y nobles se abren paso en medio de las dificultades.

Su primera noche juntos, después de tanto tiempo, en nada recordó a la frustrada noche de bodas. Se encontraron de nuevo con un sentimiento virgen que les traspasaba. Volvieron a mirarse el uno al otro y se enredaron por fin, sin sombra alguna, en la desnudez de sus cuerpos. Se amaron como en una primera vez y todo lo transcurrido anteriormente se difumino, desapareciendo en el fuego de sus besos. Ya nada volvería a enturbiar su dicha y el futuro entrelazado de sus vidas.

Una vez más, alguien se iba, y los abrazos y la enorme distancia hacían más difícil la partida. Rocío, Gabriel y Alejandro partieron para México el día 15 de enero. De nuevo el armario de los zapatos viejos se vaciaba de sus últimos habitantes. Los zapatitos de Alex ya no volverían a ocupar sus yermos estantes y las risas no volverían a escaparse por el patio y los rincones que habían vuelto a vibrar con su eco. Yo tenía la sensación de que todos se iban y yo siempre me quedaba. Que sus vidas pasaban por mi lado, mientras en la mía todo permanecía inalterable y estático. Vivía de las emociones de unos y otros, los perdía, los veía marchar y notaba su hueco en el espacio antes ocupado. A veces me daba la impresión de formar parte de un conjunto pictórico del que poco a poco iban desapareciendo las figuras. El cuadro permanecía inmutable, pero las personas ya no estaban, solo quedaban sus lugares vacíos que te permitían ver lo que antes ocultaba su presencia. Era una extraña broma que en ningún momento contemplaba la posibilidad de que un día la figura que desapareciese fuera la mía. Hice la firme promesa a mi hermana de ir a visitarlos lo antes posible. Poco podía sospechar yo que los acontecimientos de ese año no solo no lo permitirían, sino que, una vez más, vendrían a sacudir la densa placidez que se había instalado en nuestra casa.

***

Efectivamente, el año 1968 fue todo menos tranquilo. Carlos quería marcharse a estudiar fuera de España. La sangre le bullía con la sensación de estarse perdiendo algo. El mundo se movía, la gente pensaba y decía lo que pensaba y él estaba allí, en una isla rodeado de agua y conformismo. Sus inquietudes intelectuales le pedían correr, salir y escapar a lugares donde el futuro para las próximas generaciones se bruñía. Los años sesenta eran años de ruptura, creatividad, valentía, y él no quería perdérselo ni seguir leyendo libros y vegetando entre algodones, rodeado de una mentalidad provinciana y en una ciudad que había perdido gran parte de su carácter aventurero y progresista. Ese año tendría que ingresar en la universidad y decidió que París y la famosa y prestigiosa universidad de la Sorbona serían el mejor escenario para sus búsquedas y sueños. Mi madre no quería ni pensar en ello, ya habían volado bastantes pájaros del nido y París le parecía una ciudad demasiado peligrosa para un chaval idealista e impulsivo, pero demasiado protegido y con ninguna experiencia en el arte de andar por la vida.

El empecinamiento de Carlos y el recuerdo de lo que papá nos inculcó fueron decisivos. Enfocar nuestra vida siguiendo nuestras vocaciones sin importar las dificultades y el lucro, sino la satisfacción personal y la coherencia entre lo que somos y lo que queremos ser, eran argumentos de mi padre que inclinaban la balanza a favor de la marcha de Carlos. Nuestra economía no atravesaba su mejor momento aunque la venta de las tierras nos había dado una tregua. Carlos pidió un voto de confianza a nuestra madre prometiéndole que trabajaría, si hacía falta, para poder estudiar en París. Prepararía sus cosas y se marcharía en febrero para mejorar su francés, que había sido idioma obligatorio en el colegio. Aprendería a cogerle el pulso a la ciudad y encontraría algún trabajo de cara al verano hasta empezar el curso en septiembre, con la mejor preparación posible. Solo la idea de poder estudiar a los clásicos como Voltaire, Émile Zola o Saint-Exupéry le llenaba el corazón de dicha y la cabeza de pájaros.

La primera parte del año transcurrió entre la emoción por las noticias de Rocío y la necesidad de aceptar que otro nuevo miembro de la familia nos había dejado. Cádiz seguía siendo la ciudad mágica e insólita en la que pasaban cosas milagrosas. El nacimiento de una niña, salvada del vientre de su madre tras morir en un atropello, conmovió a todo el mundo. Pero, sin lugar a dudas, la historia más descabellada fue la de un gaditano que había permanecido oculto en su casa desde el 18 de julio de 1936. Treinta y un años perdidos sin salir al exterior por miedo a la persecución de la que eran víctimas los miembros de la CNT (la Confederación Nacional del Trabajo), el sindicato de los trabajadores al que él pertenecía. Había sido taquillero en el Teatro de las Cortes y escribía artículos en el periódico que era órgano del sindicato. Juan, que así se llamaba el sujeto, se emocionó al ver lo bonito que estaba San Fernando y pidió que no le sacasen fotos argumentando que él no era el Cordobés. Esas cosas podían suceder en mi ciudad y no extrañaban a nadie, pero yo no podía imaginar lo que puede pasar por la cabeza de un hombre al descubrir que le han robado treinta años de su vida por un autoexilio que nadie ayudó a dar por finalizado. Solo, en su casita blanca de la calle García de la Herrán, junto a un huerto y un descampado. Cuánto tiempo para pensar y más para escribir, y sobre todo para que alguien escriba su historia.

A nadie se le pasaría por la cabeza un festejo taurino en el patio de un manicomio salvo a mis paisanos. Un improvisado ruedo acogió a las becerras y toreros locales amenizaron al respetable, que puedo imaginar su satisfacción al comprobar que ellos no eran los únicos locos de la ciudad. Lo pintoresco y lo anecdótico convivían sin traumas en nuestra cultura popular. Un condimento perfecto para cocinar unos carnavales llenos de humor e ingenio en los que no se dejaba títere con cabeza.

Nuestro aislamiento estaba más cerca de terminarse gracias al puente que se construía para unir Cádiz y Puerto Real y que se inauguraría al año siguiente. Cádiz continuaba creciendo en zonas nuevas, como la barriada de la Paz, con vistas a la bahía. Los gaditanos veíamos modernizarse nuestra ciudad al margen del resto del mundo, plagado de guerras y enfrentamientos que parecían no acabar nunca. Estados Unidos combatía en Vietnam en una guerra infinita y devastadora para los americanos y los vietnamitas y cada vez más impopular. El *Diario de Cádiz* era mi principal fuente de información desde la época de mi padre, y yo me bebía sus páginas intentando abarcar el mundo entre mis dedos. Los sueños de libertad de Checoslovaquia se vieron truncados con la aparición de los tanques rusos y el fusilamiento de jóvenes que, a pecho descubierto, intentaban frenar el avance. La invasión rusa mostraba ante el mundo que la fuerza del comunismo no iba a permitir rebelión alguna y que nadie podía abandonar su redil sin trágicas consecuencias. El mundo contemplaba las escenas, desde la distancia de los televisores, con dolor e impotencia. La impotencia del débil al que nadie escucha en medio del ruido de las armas.

También la Ciudad de México, la nueva patria de Rocío y Alejandro, se había convertido en un sangriento escenario cuando diez mil personas que acudían a un mitin, entre ellos estudiantes, fueron dispersados por la fuerza con varias decenas de muertos y heridos. El mundo no era un sitio para sueños y libertades y pobre del que, como Martin Luther King, empezase un discurso intentando compartir los suyos, porque podría terminar como él, con un tiro en la cabeza. Bonita y noble manera de acabar con los que sueñan, como si un simple deseo fuese más peligroso para la sociedad que una bala.

En nuestro país nacía mientras tanto el hijo de Juan Carlos y Sofía de Grecia, el príncipe Felipe, un niño al que llenaron de nombres y responsabilidades, rubio y de ojos azules, como tienen que ser los príncipes.

En mayo empezaron a arder las calles de París con Daniel Cohn-Bendit a la cabeza de las protestas. El Barrio Latino fue el campo de batalla en lo que quedaría para la historia como el Mayo del 68. Los estudiantes ocuparon la universidad y el Odeón, el teatro nacional francés, símbolo del gaullismo. Lo peor es que nuestro hermano Carlos estaba allí, asustado y solo pero con una excitación nueva en su pecho adolescente, haciéndole sentir que por fin formaba parte de algo grande, que había muchos como él que no se conformaban, aunque hablasen en otro idioma y no tuviesen muy claro qué camino tomar después.

Capítulo XLVII

Colombia

Te voy a hacer una casa en el aire, solamente *pa* que vivas tú». —Era la voz de Jairo, el capataz de la finca de Miguel, en los Montes de María, rompiendo la noche caliente con ese típico vallenato de don Rafael Escalona, autor de música popular. La vida de Mario discurría por caminos de yuca, tabaco y agua. Era el paisaje que acogía su nueva y emocionante vida. El corazón de esos montes ya estaba latiendo junto al suyo de tal forma que la sabana era ya parte de su piel. El Caribe tiene ese envolver que lo impregna todo como la pegajosidad de su atmósfera. Te puede enamorar, o por el contrario asfixiarte entre sus dedos líquidos y cálidos, pero nunca te dejará indiferente. Es una elección de vida entre la luz y la oscuridad, la humedad o la sequedad, el sonido o el silencio. Así se sintieron los españoles que llegaron para fundar Santa Marta, primera ciudad de América del Sur, y más tarde Cartagena, la segunda. Don Rodrigo de Bastidas y un puñado de extremeños llegaron a ese paraíso en el que se escuchan las aves y se oye crecer la hierba. El río Magdalena les guio como una senda de agua rica y animosa hasta el interior. Felipe II ordenó reorganizar las poblaciones y fundar asentamientos de jornada en jornada. De la Torre y Miranda se encargarían de ello, abriendo paso a golpe de machete y luchando contra los insectos y las culebras que sembraban el camino. Más tarde, los ingleses pondrían sitio a Cartagena y a los barcos españoles con la ayuda de sus famosos piratas, con «patente de corso», un título dudosamente lícito que solo disfrazaba de legitimidad ante el Imperio lo que era sencilla y llanamente un saqueo de las riquezas descubiertas y saqueadas a los indígenas por la Corona de España. Empecé a leer todo sobre Colombia. Era mi manera de estar más cerca de Mario y entender su hechizo. Esa tierra llena de riquezas y encantos era el nuevo hogar de mi hermano, el lugar en el que había encontrado todo lo que un ser humano necesitaba y en Cádiz le faltaba. La familia de Miguel acogió a Mario como un hijo más. Para doña Amaranta era alguien a quien cuidar y mimar hasta lo indecible, a falta del hijo mayor ausente gran parte del año. Mario tenía la capacidad de seducción que tienen los inocentes, los que piensan que aún se puede hacer algo para mejorar el mundo. La amistad de mi hermano y Miguel se había acrecentado, mes a mes, en la convivencia diaria y en las largas jornadas en las aldeas, visitando a los enfermos. Mario era un ser de luz y Miguel hacía ya tiempo, desde sus días universitarios, que se había dejado cegar por ella, igual que Lluvia. En aquella época ya lejana, la relación de los dos amigos tenía la intensidad y la complicidad que en la adolescencia pueden tener las uniones de muchachos con sueños comunes y caracteres parecidos. A los dos les encantaba gastar bromas pero también se ponían muy serios cuando de su futuro y la manera de meterle los dedos a la vida se trataba. La distancia no había hecho sino aumentar la nostalgia de los días compartidos y acrecentar la necesidad de estar juntos, fundirse en un abrazo y volver a mezclar sus sonrisas. Mario no se hacía preguntas al respecto, aunque Lluvia le sacaba el tema a menudo. Para él no había respuestas necesarias, solo sentimientos puros y profundos.

Las jornadas en Corozal transcurrían entre el laboratorio, las visitas a las poblaciones y la búsqueda de plantas medicinales, abundantes por esas tierras. A veces la oscuridad se echaba encima en medio de la sabana y decidían quedarse en la finca, escuchando la respiración de la noche o bien reunidos con Jairo, el capataz y algunos trabajadores, escuchando sus canciones, salidas del alma. Al tambor se unía a veces el sonido del acordeón, o el «senú» y las maracas. Instrumentos mestizos para sentimientos mestizos. La música forma parte consustancial del colombiano. Música para celebrar, para llorar, para tomar aguardiente y para enamorar. La voz de Jairo tenía el tono agudo que requieren las canciones del pueblo y, a veces, alguna mulata de las que trabajaban en la hacienda se lanzaba al ruedo para contonear su cuerpo al sonar de la caña en la cumbia.

Era muy difícil escapar al embrujo, aunque Mario estaba entrenado en su Cádiz natal a dejarse llevar por los cantes y las palmas espontáneas de la gente del pueblo.

—Mario, no sabes lo feliz que soy de tenerte en mi tierra. Mi familia te adora y espera que te sientas como en casa. —Estas eran las palabras de Miguel, protegido por la oscuridad de la noche y meciéndose en la galería de la gran casona mientras saboreaban un tinto, como llaman al café fuerte y aromático de Colombia.

—Pues no te puedes imaginar lo que estar en tu país está significando para mí, mi mundo está patas arriba. Creo que jamás pude soñar encontrar un lugar donde todo se diera como por arte de magia, con tanta generosidad. No sé cómo agradeceros a ti y a tu familia el cariño que me estáis demostrando cada día. Poder trabajar contigo y tu padre en el laboratorio, ayudar a esa pobre gente olvidada. Solo por ver la sonrisa de esos niños y las caras de agradecimiento cada vez que les llevamos medicinas o curamos una herida, vale la pena vivir. Por primera vez en mucho tiempo siento que estoy vivo, que sirvo para algo y que por lo menos este espacio que me dejáis compartir es mejor gracias a que estamos luchando por mejorarlo día a día. Todo ello sin contar con el enorme embrujo de esta tierra, la calidez de sus gentes, su paisaje fértil y rico y la emoción cuando la mirada se pierde en el infinito de sus valles y montañas. Miguel, nunca podré agradecerte lo suficiente el que me invitaras a venir, contar con tu amistad ha sido de lo mejor que me ha pasado en la vida y solo deseo que esto que estoy viviendo no termine nunca. —Los ojos de Mario se humedecían añorantes al recordar todo lo que había perdido, pero una dulce sonrisa asomaba ante la seguridad de lo que a cambio estaba ganando junto a ese amigo que el destino, providencialmente, había puesto en su camino.

—Mario, terminará cuando tú quieras que termine, yo no veo ni entiendo otra forma de vivir ni a alguien mejor que tú para compartir todo lo que tengo. —Miguel miraba al horizonte oscuro de la noche antes de dar el paso del que podía arrepentirse el resto de su vida—. No sé si estás preparado para lo que voy a decirte, ni siquiera sé si yo lo estoy, Mario, pero mi vida sin ti no tendría sentido. Sé que es algo extraño de entender y tal vez de aceptar, pero fue así desde el primer día que nos conocimos en la facultad. Fue una atracción que ni yo mismo entendía, que ni siquiera hubiera sospechado. Fue creciendo, Mario. Al principio intenté pensar que nos unían muchas cosas, como a todos los adolescentes, la amistad, los ideales o las aficiones. Pero era algo más, algo que me hacía desear estar contigo de una forma que en nada tenía que ver con el deseo de ver a tu maravillosa hermana. Nunca quise preguntarme nada ni hablar de ello con nadie. Dejé Cádiz y una parte de mí se desgarró, quedándose varada en la bahía. Eso es todo, Mario, no importa lo que tú decidas hacer con esta historia que te estoy contando. Sea lo que sea lo aceptaré, pero no me gustaría perder nunca tu amistad, hermano, esto es todo.

Mario congeló su respiración el tiempo suficiente para coger la mano de Miguel y, sin decir nada, posar en ella un cálido beso que sellaría su amor de por vida. Un amor que había nacido lentamente y de la única manera que puede nacer un sentimiento, desde la sinceridad, la admiración, el tiempo y la entrega. Un amor que nadie podría destruir y que sabría salir adelante en medio de las dificultades que por descontado tendría que enfrentar el resto de su andadura, pero que siempre contaría con la complicidad de la sabana y los seres que habitan en ella, misteriosos, inaprensibles, escondidos, pero siempre dispuestos a acoger silenciosamente a los que se refugian en ella. La luna menguante había sido testigo de una promesa y de la comunión sin límites de dos seres mágicos que, con su sola presencia y con la belleza de sus sentimientos, habían iluminado la oscuridad de la noche colombiana.

Esa noche dio paso a muchas más, y durante años los amigos mantuvieron sus vidas entrelazadas con el consentimiento tácito de unos padres a los que no había que contar nada, porque hacía tiempo que sabían o intuían el sentir de su hijo. Cuando unos padres tienen el valor y la voluntad de mirar a los ojos a un hijo y abismarse en sus aguas más profundas, pocas cosas hay que explicarles que ellos no hayan podido adivinar. Cuando el amor por ellos y el respeto por su diversidad y elección de vida priman por encima de prejuicios, miedos o imposiciones sociales, no hay preguntas, solo respuestas que contribuyen a la felicidad del ser que han traído al mundo sin pedirlo, y al que están dispuestos a proteger sin límites. Las dificultades de la vida vienen solas, sin que nadie las invite a la fiesta, acechantes a la vuelta del camino, y es ahí donde una vez más se ponen a prueba los sentimientos que se daban por seguros, cuando el enemigo espera, camuflado, entre los matorrales de la montaña.

***

—Levanta las manos. —Mario miró al frente y vio a un soldado, casi un niño, apuntando con un fusil. Observó a su alrededor y se vio rodeado de uniformes con el mismo fusil en las manos—. Vas a venir con nosotros, así que camina.

Mario había decidido por la mañana salir temprano para evitar el calor y poder buscar hierbas y arbustos medicinales. Miguel aún continuaba dormido y no quiso despertarle. Volvería pronto para tomar un buen desayuno juntos y empezar la jornada. La zona estaba dentro de los límites de la finca y no hacía pensar en peligro alguno.

Colombia había celebrado ese año elecciones legislativas y el presidente Carlos Lleras Restrepo propició una gran reforma constitucional, alargando a cuatro años los mandatos y no a dos. Fueron difíciles las negociaciones entre todos los partidos, sobre todo las que atañían a una mayor descentralización. La llegada de refugiados españoles tras la Guerra Civil, incluyendo a algunos jesuitas como el padre Rubalcaba o el padre Laín, expandió la corriente religiosa enmarcada dentro del movimiento llamado Teología de la Liberación, pensamiento con tintes marxistas que entendía el cristianismo como una lucha para defender a los más débiles frente a los abusos y que se extendió por toda Sudamérica. Esta situación fue el origen de varios grupos guerrilleros como el PRT, Partido Revolucionario de los Trabajadores. El pensamiento de Marcuse con su famosa frase «Seamos realistas, pidamos lo imposible» era la consigna de lucha.

Lamentablemente, la calidad de vida de los aparceros en las fincas y los grandes latifundios, en general, dejaba mucho que desear. No todos los terratenientes tenían por su gente la generosidad y el respeto que el padre de Miguel y sus antepasados acostumbraban. Por desgracia, las armas no hacían por mejorar la situación y a menudo la propia población civil era víctima de estos grupos guerrilleros, simplemente por el hecho de asistir al ejército en trabajos de apoyo, lo que a ojos de la guerrilla les convertía en enemigos del pueblo. Una de sus formas de financiación era a través de los secuestros de gente adinerada bajo amenaza de muerte. En escasas ocasiones habían llegado a las tierras de los Arango, pero seguramente tenían noticias de la llegada del español y pensaron que era la presa perfecta para no extorsionar directamente a una familia querida por el pueblo que hacía el bien a cambio de respeto por sus tierras y sus miembros.

—No hace falta que las levante. Mira, estoy desarmado, solo llevo una pequeña navaja para cortar algunas hierbas, si quieres te la doy. Solo te pido, por favor, que bajes el arma. Estás temblando y no me gustaría que se te escapase un tiro que seguro no quieres disparar. —Mi hermano miraba a los ojos asustados de ese chico de apenas dieciocho años, e intentaba mantener la sangre fría como único recurso para controlar una situación que jamás habría imaginado—. Diles a tus compañeros que hagan lo mismo y vamos a donde tú quieras.

Las palabras de mi hermano consiguieron rebajar la tensión del grupo, que emprendió la marcha con Mario totalmente desprotegido, vestido solo con un pantalón de campaña a media pierna y una camisa, y despojado de su navaja, en dirección a lo desconocido. Perdiéndose en el vientre de los Montes de María.

Colombia le había regalado todo lo que su imaginación desde niño había sido capaz de imaginar, un trabajo apasionante, un padre que ya no tenía, una calidad de vida rica en sabores y olores, especialmente creada para los sentidos.

También le había regalado lo más importante: un gran amor del que se alimentaba cada minuto del día. Y de pronto todo eso desaparecía de cuajo de su horizonte, sin previo aviso, cuando menos podía sospecharlo. Esa tierra mágica le estaba arrebatando todo y seguramente se burlaba de él, en su osadía, en su prepotencia de español conquistador de mares ajenos. Quizá era la venganza por tanto dolor pretérito. Ahora sabría lo que significa que una tierra te devore sin piedad y sentir el aliento de la muerte y el odio en la nuca. Su familia no tendría el dinero que sus secuestradores pedirían por el rescate y, en caso de tenerlo, quizá su sed de sangre no se vería suficientemente saciada. Solo le quedaba esperar, sentir cada paso sobre el camino, pisar con tiento, oler, respirar y disfrutar una vez más de la exuberante naturaleza, que esta vez no le protegería y sí lo retendría en sus entrañas, de las que quizá no podría escapar nunca.

Capítulo XLVIII

Ese día, de nuevo, el sonido del teléfono reverberó en los cristales de la galería. Era una tarde cualquiera en un otoño cualquiera. Había celebrado mi cumpleaños, treinta y dos, con una pequeña reunión en las bodegas. Seguía siendo el lugar favorito para mis escapadas en busca de una necesaria y reconfortante soledad. *Brit* ya no estaba, pero había dejado descendencia con una preciosa camada de bodegueros que se me subían por las piernas cada vez que me veían aparecer, buscando mis caricias. Era todo lo que me quedaba de los días felices, de las conversaciones con papá y de mis paseos a caballo, disfrutando del color de los viñedos y de su recogida al final del verano. El cortijo era lo único que aún permanecía en plenitud, con una belleza tatuada y eterna. Los vinos me contemplaban desde el cristal de sus colores y el olor del albero me remontaba a mi infancia, cuando recorríamos todo con la curiosidad en las manos, queriendo tocar las botas y acariciar las uvas que se secaban al sol. El sol dejaba caer su filtrada luz en el interior de las bodegas, y a mí me reconfortaba esa mezcla de calidez y frescor que se respiraba a cada paso. Los bloques de apartamentos y una pequeña hilera de chalets familiares habían venido a ocupar lo que antes era campo agreste, lindante con la playa. Por supuesto no era lo mismo, pero a mí me bastaba y sobraba con la tierra que aún conservábamos, el cortijo y los viñedos circundantes. Sabía que no podía esperar mucho de la vida porque la vida se me había escurrido entre los sueños hacía mucho tiempo, pero de alguna forma me sentía en paz con mi alma.

Amaba Cádiz, sus calles, su luz, mi preciosa casa que no sé cuánto tiempo podríamos mantener, y amaba a mi familia a pesar de que cada día me sentía más sola en medio de ella. Solo la tía Marina y Lluvia conseguían hacerme sentir que aún había alguien para compartir, para recordar, para no romper del todo los vínculos con lo que habíamos sido, con el recuerdo de esa niña pelirroja querida y mimada, sentada en las rodillas del hombre más maravilloso del mundo. ¿Por qué no pude quedarme en esa imagen, en ese instante mágico, abrazada a él, dejándome acariciar por la sonrisa de mi madre, cuando aún sonreía y reía a carcajadas con nuestras ocurrencias? ¿Por qué había sido imposible permanecer en ese mundo que mi padre y yo fabricábamos para nosotros? La gente pasaba por la plaza. Yo la veía a través de la ventana, mientras escuchaba las historias que él me contaba, y pensaba que jamás podrían imaginar lo feliz que podía llegar a ser una niña, cuando tenía todo lo más importante alrededor. Pero el tiempo es implacable y no perdona a nadie, no se apiada, ni siquiera es capaz de dejar que alguien con pocos palmos de altura pueda atraparlo en su mano, como un pájaro, para soltarlo a su capricho en el momento en el que ella decida que crecer merece la pena, y que ser mayor también puede ser una maravillosa aventura. Todos estos pensamientos entraban y salían de mi cabeza libre y ligeramente, como las nubes que se desplazan en el cielo suaves y líquidas empujadas por un viento lejano y travieso. El sonido del teléfono consiguió arrancarme de mis recuerdos.

—Lluvia, Lluvia, eres tú. —La voz de Miguel al otro lado del Atlántico sonaba tensa y precipitada.

—Sí, soy yo, ¿quién llama?, ¿eres Miguel? Qué gusto oírte después de tanto tiempo. —Mi hermana pasaba cada vez más tiempo en nuestra casa intentando, con su carácter alegre, mejorar el ánimo de nuestra madre—. Cuéntame cómo está todo por Colombia... Y Mario, ¿está contigo?

—No, Lluvia, Mario no está conmigo. Ha pasado algo terrible, menos mal que has sido tú quien ha cogido el teléfono. —Miguel no acertaba con sus palabras, cuanto más quería suavizar las cosas más las empeoraba.

—¿Qué le ha pasado a Mario, Miguel? Por favor, dime que está bien. —Mi hermana temblaba con el auricular en la mano imaginando lo peor.

—Sí, Lluvia, creemos que está bien... —Miguel no sabía cómo comunicarle a mi hermana la noticia—. Pero ha sido víctima de un secuestro por parte de la guerrilla. Llevamos dos días intentando hablar con él y no sabía cómo decíroslo sin que tu madre se angustiase.

—No puede ser verdad, Miguel, ¿qué sentido tiene? Él es español y mi familia no tiene ninguna fortuna, si es un rescate lo que pretenden, ¿sabéis al menos donde está y si está bien? ¿Habéis podido hablar con él?

—Aún no sabemos nada, Lluvia, tan solo que salió de mañana temprano buscando plantas medicinales. Seguramente estaban vigilando, esperando el momento. Suena absurdo pero creen que por ser español y amigo mío tiene dinero suficiente para pedir un rescate. Mi familia está destrozada, quieren a tu hermano como a un hijo, y te aseguro que haremos lo posible por rescatarlo, pero no podemos hacerlo con el ejército. Nos han dicho que si recurrimos al ejército…, tal vez no lo veamos nunca más. Solo podemos esperar instrucciones. Ellos son quienes se ponen en contacto y nos dicen qué debemos hacer, pero creo que teníais que saber lo que está pasando y juntos tratar de buscar un solución. Nosotros haremos lo que haga falta e intentaremos encontrar alguna conexión que al menos nos diga cómo se encuentra y dónde está, aunque la guerrilla tiene miles de escondites en las montañas y nadie se atreve a entrar en ellos. No sé si tal vez tu hermano Custo debería venir. Estos episodios nunca se sabe cuánto duran y menos cómo terminan. Confío en la buena reputación de mi familia y en el cariño que la gente de los poblados nos tiene, incluyendo a Mario, que solo se ha ocupado de la gente necesitada desde que ha llegado a esta tierra. —Miguel no sabía cómo tranquilizar a mi hermana—. Lluvia, quiero que sepas lo importante que es Miguel para mí y hasta qué punto estoy dispuesto a jugarme la vida para encontrarlo.

—Gracias, Miguel, no tengo ninguna duda al respecto.
—Mi hermana se encontraba en estado de shock por la noticia. Su cabeza intentaba, a gran velocidad, encontrar un camino para liberar a Mario—. No te sientas culpable, mi hermano ha ido voluntariamente a tu país y por sus cartas creo que estaba más feliz que en toda su vida. Déjame que digiera la noticia. No quiero alarmar a los demás. En cuanto encuentre una solución te llamaré y veremos qué se puede hacer ante una situación como esta. Estoy segura de que conseguiremos liberarlo, Miguel. Yo lo conseguiré, no lo dudes, y no vas a estar solo en esto. Confía en mí, te mando un abrazo enorme para ti y tu familia y… gracias por todo.

—Ojalá sea así, Lluvia. Te mando todo mi cariño, siento lo que está pasando y espero tus noticias.

**

Mi hermana se refugió en su habitación para dar rienda suelta a sus nervios y a su angustia. Las lágrimas le caían desbordadas ante la posibilidad de perder a su hermano más querido. Siempre habían sido una misma cosa. Desde el primer día de sus vidas. Nadie conocía mejor a Mario que Lluvia, y viceversa. Ella había adivinado desde el principio el sentimiento que unía a los dos amigos y estaba dispuesta a protegerlos de todo y de todos. Nadie les haría daño jamás, si ella podía evitarlo. Cuando Mario se marchó, fue como si una parte de ella hubiese sido arrancada sin anestesia. En más de una ocasión le habían entrado ganas de salir corriendo junto a sus dos talismanes. Le encantaba la aventura y no tenía miedo de casi nada. Había visto el dolor muy de cerca, en el hospital, o en las casas de demasiada gente, como para temer a la muerte. La vida era mucho más dura. Solo el cariño y el agradecimiento que sentía por tía Marina, su segunda madre, y la fragilidad que veía en la nuestra habían servido de freno para sus deseos de escapar. No sé por qué, Lluvia creía que su protección era vital para todos nosotros. La naturaleza le había regalado una fuerza y un entusiasmo únicos y contagiosos. Nada parecía abatirla y realmente creo que era la más parecida a nuestro padre. Plantaba cara a los problemas con la segura convicción de encontrar la manera de resolverlos.

Cuando escuché el llanto de mi hermana, entré en su habitación para saber qué estaba pasando. Había entre Rocío, Lluvia y yo una complicidad, cincelada a través de los años, que nos hacía transparentes las unas a las otras. Seguramente guardábamos nuestros sentimientos más íntimos para nosotras, pero siempre estábamos dispuestas a servirnos de apoyo ante las dificultades, igual que reíamos a carcajadas cuando a alguna se le ocurría cualquier historia o disparate. Esa unión implícita nos entrelazaba en lo más profundo. Rocío me había contado el terrible secreto de la familia y ambas habíamos decidido callar. Mi historia de amor estaba en el aire cada vez que hablábamos de romances y devaneos pero ninguna sabía la verdad, al igual que Lluvia no había compartido con nosotras la sospecha del sentimiento que veía crecer por días entre Mario y Miguel. No importaba cuánto supiésemos las unas de las otras, siempre estábamos dispuestas a respaldar cualquier decisión. Y por supuesto, esa tarde, cuando Lluvia fue capaz de contarme la dramática situación en la que se encontraba nuestro hermano, también estuve de acuerdo en la decisión que había tomado.

—Alba, no podemos decirle nada a nuestra madre, la hundiríamos más de lo que ya está, y de nada serviría hacer partícipes de la noticia a Rocío, que está en México, a Tiago en Inglaterra y a Carlos, estrenando su nueva y convulsa vida en París. Se lo contaremos a Luna porque no nos perdonaría que la dejásemos fuera de esto, y por supuesto a Custo, aunque le comunicaremos la decisión que tomemos sin otra opción. Custo tiene su sitio aquí con su familia, ya tiene dos niños, y cuida de nuestra madre, que se siente segura teniéndole a su lado. Yo me marcharé a Colombia con la excusa de pasar una temporada con nuestro hermano y conocer esa tierra maravillosa. Pediré permiso en el hospital. Intentaré hablar con nuestra embajada en Bogotá para ver si ellos pueden hacer algo, aunque me temo que la vía diplomática no sirva para nada así que tendré que encontrar una solución para liberar a Mario. Lo cierto es que no tenemos muchos recursos; no sé cuánto pedirán y si la solución es el dinero y tendremos un final feliz, pero si hay que vender la casa o las bodegas lo haremos. Solo te pido que mantengas la calma, yo te tendré al tanto y, si todo se complica, siempre habrá tiempo de contárselo a los demás.

—Esperemos que no, hermanita. No sé por qué, estoy segura de que tendremos de nuevo a Mario entre nosotros.

Sus lágrimas habían dejado paso a una sonrisa esperanzada y al firme propósito de viajar lo antes posible y conocer sobre el terreno la gravedad de los hechos. En ese momento sentí una gran admiración por esa hermana que tenía el valor que a mí me había faltado y me prometí imitarla en la primera ocasión que se me presentase en la vida. Confiaba en tener alguna que otra oportunidad y que no fuese demasiado tarde. Se lo debía a la niña de la azotea, con su melena pelirroja al viento, con su traje blanco y su mirada de agua.

Capítulo XLIX

Colombia

El grupo compacto fue abandonando la sabana para dejarse engullir por la espesa y brumosa vegetación al pie de los montes. Eran veintiún hombres, algunos casi niños, llevando en el centro a mi hermano con las manos libres y el corazón encogido. Habían saltado sobre él como gatos asustados y hambrientos. La serenidad en la actitud de Mario les había tranquilizado en alguna medida, si es que eso era posible para sus almas atormentadas. No tenía aspecto de intentar una huida a todas luces imposible. Las trochas del camino, surcadas por heridas de agua, hacían más difícil la caminata. Ellos tenían prisa, querían llegar pronto al campamento una vez cumplidas las órdenes de los jefes, y dejar al prisionero en lugar seguro, lejos de cualquier poblado o carretera. Mario decidió centrar su atención en el paisaje, en el sonido de las aves, tan frecuentes en un territorio lacustre y rico en alimento para su supervivencia. La belleza de una naturaleza exuberante le aliviaba la mirada y templaba el miedo. Miedo a no saber qué pasaría, a no saber qué nivel de crueldad podían tener sus captores. Miedo a no volver a ver a ningún a ser querido, al dolor de su madre ante su posible desaparición. Miedo a no poder mirarse más en los ojos de Miguel y, sobre todo, miedo a no tener el valor suficiente para aguantar lo que el destino le tenía preparado.

Caminaron durante horas por terrenos cada vez más abruptos y escondidos. De vez en cuando atravesaban pequeños poblados aparentemente desiertos con el solo vestigio de vida en sus jardines, bellos y abandonados. El silencio era el único vínculo entre sus captores y él mismo. Nadie hablaba, ninguno preguntaba o intentaba saber algo sobre si el prisionero, nada ducho en semejantes caminatas, podía aguantar el ritmo o estaba exhausto. Solo la fortaleza física de mi hermano consiguió resistir la primera prueba de lo que sería su día a día a partir de entonces. Andar, andar sin descanso de un lugar a otro, de una guarida a otra, siempre intentando esquivar y despistar a quienes probablemente estaban buscándole. Solo la compañía de las aves y la sinfonía brutal del bosque al atardecer hacían sentir a Mario que aún pertenecía al mundo real de los vivos y no al de una pesadilla maldita. Las chicharras comenzaban su concierto, frotando sus patas, que no cesaría desde el atardecer y durante toda la noche.

—Más vale que te portes bien si quieres salir de esta vaina. Nos pondremos en contacto con tu amigo y, cuanto antes lleguemos a un acuerdo, antes podrás volver a tu tierra de conquistadores y asesinos. Porque eso es lo que hicieron tus antepasados con nuestra gente, matar, robar y esclavizar. ¿Estás de acuerdo? —El odio se reflejaba en el único ojo bueno del sargento, que al parecer mandaba en el grupo. Era un mestizo de rasgos andinos y color oscuro de esclavitud antigua. Ni siquiera quiso dar agua a mi hermano o saber cómo se sentía. Solo había odio y desprecio en sus palabras.

—Hace muchos siglos que los españoles llegaron a estas tierras, por tanto no son mis antepasados y sí tal vez los tuyos. —Mi hermano intentaba imprimir sosiego y amabilidad a sus palabras—. Yo a lo único que he venido es a trabajar, a atender a vuestra gente, a curar enfermedades que nadie curaba y a mejorar la vida y la higiene de vuestros hijos. No sé si seré culpable también por eso, pero no creo que la extorsión y la lucha armada sean más legítimas o más nobles que la conquista.

—Eres un español de mierda y vienes a darnos lecciones de moral. Tú y tus amigos poderosos solo explotáis a los pobres a cambio de una miseria. Pero la revolución pondrá a los ricos en su sitio y devolverá las tierras al pueblo, su único dueño, al que se le ha robado el derecho a vivir dignamente. Vas a tener mucho tiempo para pensar en lo que te digo y, si tu familia no se aviene a razones, vas a saber lo que es pasar hambre de veras.

Las prácticas de la guerrilla no siempre estaban guiadas por la lógica. A veces pedían rescates y a pesar de conseguir el dinero mataban a los prisioneros. Tenían sus propios clanes familiares y se instalaban en santuarios en medio del bosque, una vez arrasadas hectáreas de hermosos árboles. Los juicios eran orales y la plana mayor decidía el castigo en algunos casos y la libertad en otros. Contaban con informantes en todos los poblados, de manera que ni un solo movimiento de los objetivos escapaba a su control. Mucha gente humilde tenía que ocuparse de lavarles la ropa e incluso alimentarlos y nadie podía negarse a cualquier demanda so pena de recibir un severo castigo. Quien no estaba con la guerrilla era un enemigo del pueblo y no merecía vivir. Eran aleccionados con consignas marxistas que se aprendían y repetían constantemente, y su sed de venganza y violencia anulaba cualquier contenido de justa reivindicación en su discurso.

**

A los dos días del secuestro, el teléfono de la casa de Miguel sonó para cortar la angustia que la falta de noticias estaba creando en la familia Arango.

—¿Eres Miguel? —La voz sin alma del comunicante sonaba al otro lado—. Tenemos a tu amigo. No intentes ninguna acción con la policía si quieres volver a verlo con vida. Dentro de dos días a esta hora llamaremos otra vez para darles instrucciones.

Miguel no pudo preguntar ni decir nada más, porque un silencio seco se instaló en el auricular. Doña Amaranta y don Diomedes intentaban calmar a su hijo y devolverle la confianza en que todo iba a arreglarse, pero las múltiples experiencias al respecto no garantizaban en absoluto que así fuera. Amara intentaba en vano consolar a su hermano, al que estaba muy unida.

***

La primera noche fue seguramente la más dura para Mario. Había conocido el alcance del odio que esa gente era capaz de sentir, y estaba claro que ser español no era ninguna ventaja. Apenas pudo conciliar el sueño en la hamaca que pendía de la techumbre y era su lecho. El ruido del campo le obligaba a una vigilia constante, previniendo el acecho de cualquier animal o alimaña que decidiese compartir su hostil escondrijo sin ser invitada.

Los días pasaron lentamente, estableciéndose una extraña relación entre mi hermano y sus vigilantes. Algunos de origen caribeño tenían una mejor actitud. Estaban en su tierra y el carácter alegre de la gente de la costa no se había borrado del todo a pesar del adoctrinamiento. Los de origen andino tenían otra mirada, torcida y desconfiada. Seguramente estar tan lejos de sus tierras intensificaba su malestar, acrecentaba su ira y justificaba al mismo tiempo cualquier lucha sin conmiseración alguna.

Al cabo de unos cuantos días, sin diferenciación posible, Mario fue trasladado a otro segundo campamento. Su lugar de descanso era un camastro sobre grandes piedras que apenas le separaban del suelo. La comida consistía en carne de res, frijoles, arroz y yuca. De vez en cuando podía disfrutar de un poco de leche. Era evidente que contaban con ganado y cultivos en alguna parte, o bien se lo requisaban a la población en sus salidas de reconocimiento.

Poco a poco, Mario empezó a comunicarse con su carcelero de hombre a hombre.

—Mira, Pitón, déjame que te enseñe las estrellas. ¿Las has mirado alguna vez? Esa que ves allí como un cuadrado es la osa mayor y aquella que parece una eme es Casiopea. Cuando llegue la noche, en mitad de estos montes, mira al cielo de vez en cuando, él te puede dar muchas respuestas.

Pitón, que así llamaban al chaval de apenas veinte años, miraba a mi hermano como si estuviese loco. Nadie nunca le había hablado de esa manera. Nadie nunca le había mirado con tanta paz y tanta lástima a pesar de ser el cautivo.

—Pitón, te voy a contar una cosa. Yo estoy preso, pero soy mucho más libre que tú, porque me paro para mirar a las estrellas y, sobre todo, porque no tengo odio dentro. El odio es la peor cárcel para el hombre. Tú eres muy joven, coge a Manuela y márchate, que aún estás a tiempo. Hay muchas maneras de luchar y esta no es la mejor, te lo aseguro.

Manuela también llevaba uniforme. Tenía una cierta belleza totalmente eclipsada por su actitud recelosa y su mirada adusta. Era la novia de Pitón, pero era difícil adivinar amor o ternura entre ellos. En la guerrilla no hay sitio para esa clase de emociones. Hubiese sido un síntoma de debilidad, de que aún hay sentimientos que distraen del objetivo, algo que un guerrillero no puede permitirse. Es una negación total de la condición humana en su lado más comprensivo y generoso. A veces muchas guerrilleras eran obligadas a abortar para dejar claro que la guerrilla era el único objetivo y la maternidad algo secundario en una mujer que combatía. Solo los fines justifican los medios, y la única ley es conseguir la destrucción del enemigo y la creación de un nuevo orden en el que el lugar para los sentimientos es lo menos importante.

—Manuela, eres muy bonita, sobre todo cuando sonríes. —Mi hermano me contó la pena que sentía por una criatura ocultamente bella—. Si te quitaras las botas y el uniforme, serías una chica preciosa. Eres muy joven, pero estás envejeciendo antes de tiempo sin darte cuenta.

—Yo no estoy en este mundo para ser bonita ni para gustar a nadie, estoy aquí para luchar por una causa justa y para que unos dejen de explotar a los otros. Si hace falta tendré hijos, para que también sigan luchando, y si no me los quitaré de las entrañas. Hasta que no desaparezcan la desigualdad y la miseria en mi pueblo no voy a parar, Mario. Tú no lo sabes porque nunca has pasado hambre, ni has visto morir a alguien de tu familia por falta de techo o medicinas. Es muy cómodo hablar desde una buena educación y una cama limpia, pero aquí pocos tienen la oportunidad de disfrutar de esa vida.

—Hay muchas formas de revolución, Manuela, cada una a su modo. Ir a la universidad para después curar a la gente, y trabajar por encontrar soluciones a enfermedades mortales también es una forma de revolución. Yo me considero un revolucionario como tú, pero no necesito un fusil y alimentarme de odio o matar a nadie para serlo. No sé si mi familia podrá pagar mi rescate, pero soy consciente de que mucha gente me echará de menos cuando necesite un médico y no lo tenga, o cuando necesite una sonrisa y un gesto para paliar un dolor irreversible.

Efectivamente Mario tenía razón. A los pocos días de conocerse el secuestro, los habitantes de las poblaciones de los montes y los alrededores de Corozal empezaron a salir a la calle de forma silenciosa pidiendo su liberación.

La guerrilla no había medido esta vez sus acciones. Había secuestrado a un luchador que combatía de otra forma y desde otro espacio, pero al que el pueblo apreciaba, necesitaba y quería ver de nuevo libre, en su deambular diario por aldeas y caminos.

Los guerrilleros comenzaron a ponerse nerviosos, mientras mi hermano estaba cada vez más tranquilo. De vez en cuando se veían o escuchaban avionetas de reconocimiento, pero el ejército, mucho menos preparado que la guerrilla, no se atrevía a adentrarse en los santuarios recónditos y protegidos por hombres entrenados y dispuestos a dar la vida por una causa.

Mario aprendió a disfrutar de las pequeñas cosas que le rodeaban intentando acompañar la soledad con la observancia de cada hoja, cada gota de rocío por las mañanas o simplemente con el sonido del agua al caer por las cascadas. Era una especie de diálogo con el universo. Una forma de meditación que sencillamente demostraba cómo la mente y el espíritu son difíciles de encarcelar, cómo la libertad de pensamiento es el mejor antídoto contra la reclusión y el miedo, y que un fusil poco puede hacer contra una idea o un sentimiento que vuela. A veces, el silencio se rasgaba con la caída de un enorme y viejo árbol que había decidido ser alimento del suelo en el que otros crecían. El ruido entonces era ensordecedor. Luego el silencio de nuevo, para dejarte desnudo ante ti mismo, para desprenderte de los filtros que la vida cotidiana pone entre nosotros y lo que sentimos.

En uno de esos días sin fecha, Mario, quizá contagiado por el realismo mágico de esa tierra, descubrió una criatura de una inquietante belleza que le contemplaba de manera estatuaria. Un gran lagarto, mimetizado con el entorno, le hipnotizaba con su hermosa presencia. Mario comenzó a hablarle. Quién sabe si el diálogo resultaría más fácil que con sus compañeros de especie.

—Eres una criatura preciosa. Seguramente serás un príncipe y esta tierra te pertenece. A ti sí que te pertenece. Tú y los tuyos lleváis mucho tiempo habitando en ella. —Las palabras de Mario eran fruto de su necesidad de comunicación con un ser vivo, alguien que respirase y a quien pudiese mirar a los ojos, por muy extraños que esos fueran.

Lógicamente mi hermano se olvidó del lagarto, hasta que a la mañana siguiente volvió a verlo en el mismo sitio y con la misma mirada insistente. De alguna manera Mario y *Príncipe*, como él le llamaba, establecieron un lenguaje de signos que hacía que mi hermano no se sintiese tan solo en su cautiverio. El bosque tiene eso, misterio, magia, que en otra parte sería impensable. El lenguaje de la naturaleza es rico y sorprendente, y solo alguien con una mente abierta a las experiencias, a las que la más absoluta soledad te puede abocar, es capaz de descubrirlo. Mario lo descubrió hasta tal punto que, ignorante de todo lo que pasaba y tramaban sus familiares y amigos por liberarlo, decidió crear un vínculo de afecto con el único ser al que parecía importarle.

Un día, *Príncipe* comenzó a dar vueltas a su alrededor, hasta que se escabulló por unos matorrales. Mario decidió seguirlo dando por hecho que era lo que el lagarto le pedía. En la profundidad del bosque, mi hermano descubrió que *Príncipe* no estaba solo. Otro lagarto estaba a su lado, componiendo lo que seguramente era una escena de amor entre *Príncipe* y *Princesa*. Mario sonrió ante la argucia de *Prín-*

cipe para presentarle a su pareja. Eran mucho más libres que Manuela y Pitón.

Esas pequeñas cosas llenaban los días de mi hermano en cautiverio, hasta que alguien decidió llevarlo a otro campamento, cada vez más lejano y más adentrado en la montaña. Mario echaría de menos a *Príncipe* y empezaba a perder las esperanzas de salir con vida. Las caminatas eran cada vez más duras y las botas que la guerrilla le prestaba para camuflar sus zapatos al paso por las poblaciones no aminoraban las rozaduras y el cansancio. Uno de los días pararon en un poblado para reponer fuerzas. La gente les miraba de forma huidiza. A pesar del camuflaje, estaba claro que llevaban un prisionero. Mario había estado antes en ese poblado y decidió llamar un poco la atención, pidiendo agua mineral a un campesino. Lógicamente era algo inexistente y el hombre enseguida reconoció al joven médico, que intentaba hacerse notar para que dieran pistas sobre su ubicación y estado de salud. Pronto en Corozal fueron informados del paso del grupo y una cierta tranquilidad reinó en la casa de los Arango. Mario estaba con vida y aparentemente sano. Solo había que rogar a Dios para que pronto dieran las instrucciones. No habían vuelto a comunicarse. Una de sus especialidades era la de traficar con el dolor de los seres queridos y las víctimas. El mismo dolor que Lluvia llevaba en su maleta y en su alma cuando aterrizó en el aeropuerto de Cartagena de Indias, dispuesta a liberar a su hermano costase lo que costase.

Capítulo L

La niña Amara recibió a Lluvia en el aeropuerto de Cartagena de Indias en enero de 1969. Habíamos decidido esperar a que pasasen las Navidades para no despertar sospechas de que el viaje tenía otro objetivo que el de disfrutar de Colombia y abrazar de nuevo a Mario. Amara, junto al fiel Javier, esperaba impaciente la llegada de mi hermana para mostrarle su apoyo y consuelo. Doña Amaranta y don Diomedes habían querido acercarse a recibirla, pero Miguel consideró más prudente no llamar la atención. Eran muy conocidos y rápidamente los espías de la guerrilla habrían detectado la llegada de alguien destacado desde España. Mi hermana se hizo notar llevando un pañuelo azul en el cuello, pero no hubiese hecho ninguna falta porque en cuanto Amara vio salir a Lluvia se sorprendió al descubrir el enorme parecido con Mario. Ambas se fundieron en un abrazo y las lágrimas reprimidas durante tiempo se desbordaron ante el cálido recibimiento de esa niña dulce de apenas veinte años. En la costa todas las hijas de las familia eran «niñas», sin importar edad o condición. Lluvia pasaría a ser la niña Lluvia a pesar de sus veintiséis años.

Colombia y el encanto costeño atraparon a mi hermana como ya habían hecho antes con mi hermano. Atrás quedaba Cádiz, esa ciudad que ya era una sombra de sí misma, lejos del esplendor de siglos pasados. Glosada sin descanso por viajeros y poetas. Para algunos, Cádiz había sido el París de España por su lujo urbanístico, sus riquezas exhibidas en interiores y plazas y por su aire cosmopolita y burgués, también ensalzado por plumas como la de Alejandro Dumas, quien decía que nada era comparable a sus azules, sus blancos y sus verdes. Un tiempo en el que los bailes se sucedían para disfrute de la alta burguesía y los visitantes. Hay una anécdota, muy de mi tierra, de cuando se preparó un gran baile en el Hospicio en honor de lord Wellington y hubo que trasladar a los loquitos que allí estaban a otro lugar. Preguntaba un loco a otro que qué pasaba para tanto trasiego, a lo que el interlocutor contesto: «Es que van a venir unos locos muy principales». Así era Cádiz, como escribiera Lord Byron en 1800, el primer lugar del mundo, «brillante Cádiz, que te elevas hacia el cielo desde el centro del azul profundo del mar». Locura, placer, lujo y fronteras de agua que desaparecían para dejar entrar y salir a los más destacados ciudadanos del orbe.

Nada de eso quedaba en nuestro Cádiz cuando Lluvia partió a Colombia en un viaje de ultramar que en algún aspecto podía emular a los de nuestros antepasados por su condición de aventura, descubrimiento y también peligrosidad. Cádiz se había convertido en un espectro que deambulaba por las calles reflejándose en rejas, azulejos, ménsulas y oropeles pretéritos que nunca volverían, y en medio de todo lo cual mi vida seguía transcurriendo con una presencia ausente.

Amara y Lluvia emprendieron el camino a Corozal. Mi hermana quería saber todos los pormenores del secuestro y sobre todo las últimas noticias, si es que las había. La hija de los Arango intentaba tranquilizarla convencida de que todo tendría buen fin, aunque en su fuero interno nada le garantizaba semejante cosa. Nadie sabía realmente cómo pensaba la guerrilla y qué criterio seguía a la hora de buscar una solución que compaginase sus necesidades de recaudar dinero y el riesgo inesperado de tener a la población en contra. Las cosas se habían complicado más de lo que los cabecillas habían sospechado y la falta de noticias era un síntoma claro de que no sabían cómo actuar al respecto. El matrimonio Arango acogió a mi hermana con los brazos abiertos y Miguel se echó a llorar sobre ella como un niño desvalido y abrumado.

—Hija, no sabes cómo sentimos todo lo que está pasando. —El padre de Miguel era un mar de disculpas—. Nos hubiese encantado recibirte en otras circunstancias, pero los acontecimientos nos han llevado a esta situación que esperamos se pueda resolver favorablemente lo antes posible. Aún no tenemos noticias, salvo el primer comunicado. Solo sabemos más o menos en qué zona lo tienen, por campesinos que les vieron pasar, y nos tranquiliza saber que está vivo y que anda por su propio pie. No hace falta que te diga que estamos dispuestos a hacer lo necesario por liberarlo. Mi hijo mayor está en Estados Unidos, donde trabaja, y esperamos que pueda venir lo antes posible. El problema es la negociación con la guerrilla y buscar el interlocutor adecuado para que nunca se rompa la comunicación con ellos. Ahora, si quieres, puedes acomodarte en tu habitación y reunirte con nosotros más tarde para tomar algo. Me imagino que estás cansada y más con tanta tensión. Mi hija Amara te enseñará el camino y te echará una mano en cuanto necesites. Y te vuelvo repetir estamos felices de tenerte en nuestra casa, aunque sea en momentos tan duros. Miguel nos ha hablado mucho de ti.

Estas fueron las palabras de don Diomedes y mi hermana se sintió automáticamente reconfortada por ellas. Al igual que Mario, descubrió en ese hombre la sabiduría y la nobleza que nuestro padre desprendía. Quedó impresionada por doña Amaranta, una mujer de una hermosura y porte poco común pero derrochando humildad y amabilidad a su paso. El año anterior, un gran escritor colombiano, Gabriel García Márquez, había publicado *Cien años de soledad* y la protagonista, esa mujer de mestizaje noble y antiguo, tenía su mismo nombre. En medio de la tragedia, Lluvia pudo comprender qué había atrapado a nuestro hermano hasta el punto de no querer volver, quizá lo mismo que, sin ella saberlo en aquel momento, penetraría hasta lo más profundo de su alma, atándola de por vida a esa tierra.

***

Mario seguía su peregrinar monótono y extenuante por los Montes de María. Cada vez los caminos eran más cerrados y los peligros más acechantes. Había que caminar en largos recorridos, pisando las huellas unos de otros para no encontrarse con las serpientes que, aconchabadas en el subsuelo, podían salir al asalto. Una tarde, cansados de las dificultades, colgaron las hamacas de unos árboles para pasar la noche al relente. Mario cayó rendido en un sueño profundo, hasta que la luz filtrada por los árboles y el sonido del agua lograron despertarle. El espectáculo que vio mi hermano le devolvió la vida por su impactante belleza. Estaban acampados junto a un arroyo alimentado por una soberbia y cristalina catarata. La luz del sol entraba a ráfagas, creando una atmósfera irreal surcada por el brillo del agua y las hojas iluminadas por rayos de cuarzo dorado. Nadie en el campamento parecía reparar en semejante espectáculo, tal vez por conocido, o quizá por la coraza que el alma de esos pobres seres había fabricado para no dejarse contaminar ni conmover por nada que estuviese lejos del objetivo. Mario se tiró del «chinchorro» dispuesto a disfrutar del primer baño en mucho tiempo. Sin pudor alguno se despojó de la ropa y corrió a bañarse desnudo en el arroyo. Los hombres lo miraban asustados ante semejante acto de libertad. No sabían cómo reaccionar, si con un castigo o volviendo la mirada hacia otra parte, ante la inocente y deslumbrante desnudez del cautivo.

—No se puede desnudar nadie en el campamento delante de los demás, está prohibido. —Pitón estaba a punto de atacar a mi hermano, víctima de la perplejidad y el miedo a lo desconocido. Algo tan sencillo como un hombre desnudo bañándose y nadando en un arroyo, en medio del bosque.

—Pitón, soy yo, el mismo de todos estos días, simplemente me estoy bañando por primera vez en mucho tiempo. Ustedes deberían hacer lo mismo, es sano y recomendable, y sus cuerpos y sus almas lo agradecerían.

Mario siguió bañándose y disfrutando del agua ante las miradas desconfiadas de sus carceleros. Era una clase de libertad que ellos no conocían, ni sospechaban que existiese. Algo tal vez inmoral o que provocaba sentimientos incómodos que el manual de sus consignas no explicaba cómo manejar.

Mario se volvió a vestir con sus miserable ropas, sonriendo, seguro de haberles enseñado algo nuevo aquel día y aumentando la sensación de sus carceleros de que aquel secuestrado en nada se parecía a los demás. Su víctima tenía una personalidad que no entendían ni estaban capacitados para controlar.

—Sabes una cosa, españolito, te vas a pudrir en estos montes porque nadie te está buscando y tu familia no está moviendo un dedo para traer el dinero. A nadie importas, así que más te valiera aprender de nosotros y unirte a la guerrilla. Así podrías lavar las culpas de tus antepasados y curar a nuestros heridos. Piénsalo, porque de otra forma no vas a salir con vida de Colombia, tenlo muy claro. El ejército no puede con nosotros porque no están preparados para la lucha en estas tierras. Nosotros estamos entrenados y tenemos un motivo fuerte para luchar. Ellos solo lo hacen para tener techo y comida. La mayor parte son hijos del hambre, como yo y todos los que estamos aquí, la diferencia es que nosotros no nos resignamos y ellos sí, por eso no pueden ganar en esta guerra.

El sargento hablaba a mi hermano en estos términos con el único objetivo de minarle la moral y, tal vez debilitado, conseguir que se uniese a su causa. Poco conocía el espíritu libre y rebelde de Mario y el rechazo absoluto que sentía por cualquier clase de violencia, justificada o no.

A medida que pasaban los días la búsqueda se incrementaba, por lo que decidieron llevarlo al último campamento en las montañas. Había varios refugios. Seguramente en ese lugar tenían a más secuestrados y la seguridad era absoluta. A lo lejos, desde su nuevo refugio, mi hermano veía las luces de Corozal, ese lugar en el que había sido tan feliz y que ahora le parecía inalcanzable. Vislumbraba las luces desde las que tantas noches y tantas mañanas había contemplado las montañas a la inversa. Bellas estatuas contra el horizonte de verdes, pardos y claroscuros de vegetación abrigada. Qué nostalgia tan grande le invadía en aquellos momentos. Sus guardianes intentaban llevárselo, esconderle de la visión y de la emoción de saberlas lejanas y tal vez perdidas para siempre. Solo entonces resbalaban silentes lágrimas por su cara, a escondidas, para que nadie notase su debilidad de adulto y su miedo de niño. Solo entonces Mario daba rienda suelta a su imaginación tratando de adivinar entre la niebla de la memoria a Miguel, su adorado rostro, su cálida sonrisa, sus manos y sus palabras enamoradas en su oído. Solo entonces podía adivinar la mirada de mi madre, a mi padre entre las hebras del recuerdo y a su querido Cádiz, envuelto en la luminosidad del deseo, con distante impotencia. Solo en esos momentos se asomaba a lo más profundo de sí mismo para entender muchas cosas, perdonar algunas y añorar otras. Entonces se prometía que, de poder salir con vida, su dedicación a los demás se multiplicaría por miles, empezando por nuestra madre, a la que a menudo no entendía pero a la que necesitaba abrazar y proteger solo por una vez, antes de que fuera demasiado tarde.

***

Al cabo de un mes de incertidumbre y noticias contradictorias el teléfono en la casa de los Arango volvió a romper el silencio.

—¿Es usted, Miguel? Su amigo está bien por el momento, así que si todo se hace como es debido pronto lo liberaremos. El próximo lunes, a las nueve de la mañana, le hablará el comandante en jefe para dar las órdenes sobre cómo se negociará el rescate. No intenten buscarlo en los campamentos porque entonces no habrá negociación. ¿Está claro?

El clic del teléfono seco y rápido dio por terminada la conversación. Solo quedaba esperar al lunes para conocer las características del rescate y encomendarse a Dios, para que nada alterase el plan de ruta de los guerrilleros, arriesgando la vida de mi hermano.

***

Mario seguía sin contar las noches ni los días, no importaba demasiado. Solo a veces, en la oscuridad, oía los gritos desesperados de alguien que quizá no estaba corriendo la misma suerte que él, o sencillamente estaba sobrepasado por la falta de libertad y las torturas mentales a las que se veían sometidos.

Mi hermano intentaba encontrar calma y serenidad en medio de tanto dolor y tanto odio. Su capacidad de dialogar consigo mismo le estaba siendo útil a la hora de buscar argumentos que le hicieran menos penosa la espera y pusieran unas briznas de esperanza en su vida.

Un acontecimiento llegó en su ayuda una de esas mañanas casi sombrías, entre la vegetación. Frente a él, junto al árbol en el que había colgado un trozo de espejo, y en el que de mala manera intentaba afeitarse de vez en cuando, un movimiento llamó su atención. Buscó entre asustado y curioso el origen de las hojas sacudidas. Una enorme sonrisa se dibujó en su rostro. Estaba allí de nuevo. *Príncipe* estaba otra vez a su lado. Había recorrido los mismos caminos para no dejarle solo. El lagarto volvía a mirarle desde su verdor de selva y mi hermano supo que era él, que no podía ser otro. Estaba allí para acompañar su soledad y quién sabe si también para protegerlo. Mario no sabía entonces lo que *Príncipe* le contaría algún día.

Capítulo LI

El teléfono sonó el lunes a las nueve en punto de la mañana, estaba claro que la guerrilla ya había encontrado su estrategia y quería acabar cuanto antes con un asunto incómodo y que se estaba enconando más allá de lo previsto. Las órdenes eran tajantes. Una semana más tarde, el interlocutor elegido tendría que estar en los linderos de la hacienda, cerca del lugar en el que Mario había desaparecido, para ser conducido ante el comandante en jefe y comenzar la negociación. Solo podría acudir la persona en cuestión, y por supuesto ni la policía ni el ejército serían informados. Ante cualquier sospecha en sentido opuesto a las instrucciones, la negociación se daría por zanjada con terribles consecuencias para mi hermano.

Miguel soltó el auricular conmocionado por el lenguaje imperioso de los guerrilleros y su absoluta falta de flexibilidad para escuchar o rebajar el sentimiento de angustia de sus interlocutores.

—Yo voy a ir, padre, no puedo permitir que nadie más que yo se juegue la vida en esto. Mario vino aquí por mi culpa y yo tengo que sacarlo de esos montes como sea. Nadie mejor que yo conoce esta tierra, y puedo tener alguna oportunidad de huida en caso necesario. La gente del campo me conoce e incluso me puede echar una mano si me encuentro en problemas. Nadie más en esta casa debe arriesgarse y tampoco tenemos muchas opciones.

Don Diomedes se debatía entre el miedo de perder a su hijo y la responsabilidad que asumía como anfitrión de Mario y garante de su seguridad y bienestar.

—Miguel, vamos a pensar las cosas con calma, no conviene precipitarnos. Aún tenemos una semana y la decisión es delicada y conlleva un gran riesgo. Tu madre y yo queremos lo mejor para Mario, ya lo sabes, pero no podemos decidir en una negociación sobre la cuantía del rescate. No son nuestros recursos, aunque si fuera necesario estamos dispuestos a colaborar en lo que haga falta para acabar con esta situación.

—No hace falta pensar mucho las cosas, don Diomedes. —Quien hablaba con esa tranquilidad y aplomo era Lluvia—. Yo acudiré al encuentro y negociaré con la guerrilla. Es mi hermano. Son los recursos de mi familia y yo sé con lo que puedo contar. Por supuesto, para mí la liberación de Mario está por encima de cualquier prioridad, y si tenemos que vender nuestras propiedades en Cádiz, así lo haremos. Tal vez sea la única manera de soltar amarras y acabar con un pasado que ya no nos pertenece y del que ninguno de nosotros, salvo mi madre, nos sentimos herederos.

—Lluvia, eso es un disparate. —Miguel estallaba de rabia e impotencia—. No sabes de lo que es capaz esa gente. Te pueden retener y quién sabe qué cosas harían contigo. Eso que propones es inviable, y no se hable más. Iré yo al encuentro y punto.

Durante el resto de la semana Lluvia hizo un gran trabajo de persuasión. Iría con Javier, sin armas, pero con el centinela fiel que sin duda alguna la defendería con su vida. Ella era española, lo que no suponía un punto a su favor para los terroristas, pero no tenía nada que ver con la historia de explotación de siglos por parte de algunos latifundistas. En definitiva, estaba limpia de resentimiento y deseos de venganza por parte de la guerrilla, y quién sabe si el hecho de comprobar que una muchacha era capaz de cruzar el océano, con el único fin de salvar a su hermano, ablandaría las voluntades de los guerrilleros.

Miguel hacía falta en la hacienda, y era el gran apoyo de sus padres y su hermana en ausencia del hermano mayor. Su falta hubiese sido un duro golpe para la familia. Además, estaba excesivamente involucrado emocionalmente y eso podía jugarle una mala pasada. La homosexualidad no estaba bien vista ni permitida en la guerrilla y podría contar en su contra, e incluso acarrearle algún tipo de vejación o maltrato.

***

Habían pasado varios meses desde el secuestro y las noticias no eran muy tranquilizadoras. El inminente encuentro de mi hermana con la guerrilla nos mantenía con el corazón en un puño. Yo poco podía hacer desde Cádiz, salvo seguir ocultando el drama que mis hermanos vivían al otro lado del océano, y pensar con Custo cuál sería la solución en caso de que nos pidiesen una cantidad de la que seguramente no dispondríamos. Mamá vivía ajena, en su pequeño mundo. Luna seguía de cerca los acontecimientos y trataba de llenar el vacío de Lluvia, además de descargar de mis hombros la responsabilidad de estar todo el tiempo junto a mi madre. Se había convertido en una preciosa mujercita de diecinueve años, madura y con una gran capacidad de empatía. Su puesta de largo fue sustituida por una reunión de amigos en nuestra casa porque decía que eran cosas del pasado y no estaba dispuesta a que nos gastásemos el dinero en convencer a los demás de que seguíamos siendo guapas y ricas. Tía Marina y Elena y los niños eran un gran consuelo, aunque mi soledad se hacía aún más acuciante ante una situación que, en la distancia, me dejaba impotente. Una vez más veía cómo la vida pasaba, enredándose y desenredándose a mi alrededor como una madeja.

La década estaba vencida. Se estaba yendo con un hito memorable que a todos nos mantuvo en vela una larga madrugada. Los americanos ponían un pie en el metafóricamente llamado «mar de la tranquilidad» de la Luna, nuestro precioso satélite. Aquí, en la Tierra, en cambio, la palabra tranquilidad era un eufemismo.

Mi ciudad se reverdecía con la creación de los Astilleros Españoles, que traerían puestos de trabajo y desterrarían la falta de futuro para muchas familias. Corrían nuevos tiempos para la ciudad, que también contaría, por fin, con un espacio para la universidad que tanta falta hacía, evitando el éxodo de nuestra gente joven. Quizá Carlos no habría tenido que emigrar a París si se hubiese inaugurado antes. Como daño colateral tendríamos que ver derruirse el antiguo edificio de la facultad de Medicina en el que mis hermanos, mi padre y tantos otros ciudadanos habían cursado sus estudios. El futuro siempre llega ciego y sordo, llevándose muchas cosas por delante. Solo el inmenso «drago», mi árbol favorito, permaneció ajeno a la demolición, como único y silencioso testigo.

Franco, quien había afirmado que mientras Dios le diese vida seguiría al frente del Estado, nombró sucesor al príncipe Juan Carlos. Fue paradójicamente al poco tiempo de morir la reina Victoria Eugenia, rodeada de sus hijos, pero en la más absoluta soledad institucional e histórica. El destino de algunos monarcas es a veces proporcionalmente inverso al esplendor de su nacimiento en una cuna real. Era evidente que mi padre jamás se habría podido despojar de su corbata negra celebrando el fin de la dictadura.

Las noticias que me llegaban de Colombia por medio de Lluvia no eran muy tranquilizadoras. Yo intentaba no perder la calma y sobre todo que nuestra madre no sospechase nada de lo que estaba pasando.

Álvaro me acompañaba de vez en cuando a dar largos paseos por la playa de Cortadura que tantos recuerdos me traía. Notaba mi angustia creciente, pero era incapaz de arrancarme el motivo.

—Se puede saber qué te pasa, Alba, estás distraída y preocupada. Ya sé que no tengo derecho a inmiscuirme en tus asuntos y nunca lo he pretendido. Tenemos un pacto sin palabras que yo respeto, pero me horroriza verte así y me gustaría saber si puedo ayudarte de alguna manera.

—Gracias, Álvaro, no es nada importante. Solo que la economía familiar no va muy bien y tengo miedo por todos, empezando por mi madre y también por mis hermanos. No sé cuánto tiempo podremos aguantar las bodegas sin tener que vendérselas a una multinacional, que es lo último que todos querríamos. Custo me pone la cabeza como un bombo hablándome de las deudas y yo ya no sé qué decisión tomar, no tendré más remedio que reunirlos a todos para no decidir en solitario. Yo creo que las bodegas podrían mantenerse remodelando la plantilla y desarrollando un nuevo modelo comercial, más personalizado y agresivo en los mercados. Tenemos un producto de máxima calidad, casi artesanal, y nuestros caldos fueron muy cotizados en el pasado. Quizá solo tenemos que retomar los contactos con una oferta más atractiva y con un control de calidad que nos haga distinguirnos de las grandes bodegas, bastante más masificadas.

—Me encanta oírte hablar así, Alba. Tus palabras me llenan de felicidad porque significan que tienes más raíces en esta tierra de las que crees y que no te voy a perder de vista. Respecto al tema que te preocupa, tal vez yo podría ayudarte si es que decides apostar por las bodegas. No te hablo de entrar en sociedad con la familia porque es un asunto muy delicado, pero si necesitas liquidez en cualquier momento, no dudes en decírmelo. El banco te podría hacer un préstamo a muy bajo interés y a largo plazo, para algo yo soy el heredero y el gerente y tú mi mejor amiga, porque no quieres ser otra cosa…

La voz de Álvaro sonaba triste al pronunciar las últimas palabras. Sabía que era un sueño imposible conseguir que mi relación con él traspasase el terreno de la amistad, pero no obstante quería hacerme saber que sus sentimientos no habían cambiado en nada con el paso del tiempo. Lo que sí había surgido de nuestra conversación era una nueva ilusión, un nuevo estímulo que despertaba en mí la necesidad de luchar por algo, nada menos que por el patrimonio y el nombre de mi familia, algo en lo que mis hermanos apenas creían. Retomar las riendas de las bodegas, de nuestra marca centenaria, a las que había dedicado más atención en los últimos tiempos, pero con un ímpetu rejuvenecido. Quién sabe si mi nuevo amor podría ser esa transparencia líquida, criada por el viento, el tiempo y la mano del hombre. Lo que aún nos unía al Cádiz decimonónico pujante y glorioso. Una ciudad tocada por los dioses y que los hombres tan poco habían mimado. Esa ciudad de pescadores y aventureros, de comerciantes y bohemios. Esa ciudad que durante dos siglos fue el centro comercial, y el lugar en el que, antes que en ninguna parte, se conocieron los avatares políticos del planeta, en la paz y en la guerra. Lugar de paladares finos que se refrescaban en los días de más calor con el hielo traído de las montañas de Ronda. Mármoles, herrajes, galerías y patios, nostálgicos todos del antiguo esplendor, podrían reverdecer en actividad y placeres solo con que algunos gaditanos lo creyésemos posible.

Mis elucubraciones me iban llevando por terrenos excitantes, a lo mejor con el fin de rebajar mi ansiedad por la suerte de mis hermanos, pero sirvieron de acicate para un nuevo reto. Yo era Alba Monasterio Livingston, la mayor de mis hermanos, y asumiría la responsabilidad de sacar adelante a mi familia y buscar, aunque fuese debajo de las piedras, el dinero para rescatar a Mario. No solo rescataría a Mario sino también todo lo que éramos y fuimos en esta ciudad acariciada por seres mitológicos. Rescataría lo mejor de nuestras bodegas y sobre todo me rescataría a mí misma del letargo en el que me había mecido durante los últimos años. Pero antes había asuntos urgentes que atender.

Capítulo LII

Colombia

Lluvia llegó acompañada por Javier al lugar indicado por los terroristas, justo en el lindero de las tierras de los Arango. Iba a bordo de un jeep Willys verde del 57, un todoterreno habitual para las labores y desplazamientos por los caminos de tierra. No había nadie. Solo la soledad sorprendida por algún pájaro como el Cao, ave de presa negra de cabeza roja, frecuente en la zona. El miedo que Lluvia sentía no era en nada comparable al deseo de que pronto apareciese alguien, la condujese al campamento y empezase la negociación. Sabía que era arriesgado lo que estaba haciendo, adentrarse en la guarida del lobo no era plato de buen gusto. A partir del minuto en que los guerrilleros los contactasen, las garantías desaparecían de sus vidas. Se encontrarían a expensas de su suerte y al capricho de hombres sin escrúpulos y de una crueldad comprobada.

Los minutos se hicieron eternos. Javier la miraba con esa admiración que el valor despierta en un hombre y más si viene de una mujer. Los ojos oscuros y atentos de mi hermana escudriñaban el horizonte con impaciencia tratando de adivinar alguna señal que les dijera lo que estaba pasando. Al cabo de un cuarto de hora, una nube de polvo avisaba de que alguien se estaba acercando. Efectivamente, tres hombres armados se acercaban a ellos con imponente presencia. Eran tres guerrilleros con sus ropas de camuflaje y sus inseparables fusiles. Uno muy joven miraba con curiosidad a Lluvia. El segundo apenas levantaba un metro y medio del suelo y rápidamente se hizo con las llaves del jeep sin mediar palabra. El otro más curtido llevaba la voz cantante y la mirada de hierro en sus ojos.

—Bájense y acompáñennos. Dejen el vehículo aquí, no le pasará nada. Lo dejaremos en otro lugar, así que necesitamos las llaves para moverlo.

Eso fue todo, sin mediar más palabras. Mi hermana y Javier se encontraron andando por el camino, con dirección a quién sabe dónde y amenazados por un fusil. El recorrido se hizo cada vez más abrupto. Atravesaban por pequeñas poblaciones que les veían pasar con normalidad. Los vigilantes se iban turnando a medida que se acercaban al objetivo. En el pequeño poblado de Colosó, algunos se paraban para mirar de forma disimulada. Eran poblados que se encontraban en «zona roja», como Chalán y Morroa, y que sabían lo que significaba semejante paseo. La vida en ellos parecía tranquila y seguramente lo era, siempre que se cumpliesen las directrices y los deseos de la guerrilla, dueña y señora de sus voluntades y sus tierras. Eran sus libertadores, venían para salvarles del yugo y la opresión, pero su libertad lo único que hacía era cambiar de dueño.

El recorrido vino a durar unas tres horas hasta llegar al penúltimo campamento. Por supuesto los secuestradores no iban a permitir que mi hermana viese a Mario, ni siquiera que estuviese cerca de él. Había que negociar y era mejor hacerlo en un terreno más neutral y con apariencia de normalidad.

Frente a las improvisadas carpas en las que vivían los guerrilleros, una más grande hacía pensar que era el refugio del alto mando. En ella habitaba el comandante en jefe de la guerrilla. Lluvia pudo observar una mesa y unos troncos a modo de sillas. En algún punto del campamento se oía el llanto de un niño. Otros gamines, como llaman en Colombia a los niños, correteaban despreocupados y medio desnudos alrededor. Seguramente algunos, los más altos en la jerarquía, tenían a sus familias con ellos. Por un instante, Lluvia sintió que no era con la guerrilla con quien estaba tratando, sino con los habitantes de una pequeña e inocente aldea que en poco se diferenciaba, por la humildad de sus casas y la impresionante belleza del entorno, de las otras.

Solo la proliferación de hombres con uniforme y la constante amenaza de las armas hacían distinta y densa la atmósfera, sobre todo para alguien poco acostumbrado a la violencia.

El día era soleado y luminoso, pero la humedad y el calor hacían insoportable la vida en esas latitudes. Algunos hombres se habían puesto hojas de «matarratón» en sus caras y bajo los sombreros. Ese fue el primer ofrecimiento que el comandante le hizo a Lluvia.

—¿Quieres unas *maticas* para el calor? Te refrescan, chupan la humedad y son buenas para las picaduras. —De la carpa había salido un hombre fuerte, de buena estatura, tez de arena y mirada penetrante. Su leve sonrisa hizo pensar a Lluvia que realmente se trataba de un juego para ellos. Era la caza del ratón por el gato y, el gato, por supuesto, era el comandante—. Tienes mucho valor, española, tanto como tus antepasados, para llegar a estas tierras y venir a negociar con nosotros. Bastante tienes que querer a tu hermano. Es un buen hombre, pero no quiere colaborar. Sería mejor que se uniese a la guerrilla, necesitamos buenos médicos. Pero no entiende nuestra lucha y dice cosas que yo tampoco entiendo ni quiero entender. Háblame de tu tierra, allí en España. ¿Quieres agua? Aquí no tenemos muchos lujos, esos son para los de abajo, los ricos, los que mandan y se quedaron con todo.

—Sí, un poco de agua no nos vendría mal. Este es Javier, un amigo que ha querido acompañarme. —Lluvia intentaba imprimir un tono de normalidad a la situación a pesar del miedo que sentía por dentro—. Lo primero que me gustaría saber es cómo está mi hermano. Supongo que no me dejarán verlo, pero por lo menos estaré más tranquila si me cuentan algo y podré tranquilizar a mi familia y a la familia Arango. Son muy buena gente y se sienten culpables de lo que ha ocurrido. —Lluvia decidió cambiar de tercio para distender la conversación—. Mi ciudad es Cádiz, un lugar precioso, casi una isla en el Atlántico. Es una tierra de comerciantes, pescadores y gente de todas partes del mundo. Una ciudad blanca y alegre, y fue el lugar en el que se firmó la primera Constitución española, la que obliga a todos a respetar las leyes y la convivencia, no sé si sabe de qué le hablo. Los gaditanos nos sentimos muy orgullosos de ello. —El tono de Lluvia se volvió desafiante.

—Una Constitución en la que las colonias seguían siendo colonias y la máxima jerarquía era un rey. Un rey que al poco tiempo se la saltó a la torera implantando el absolutismo de nuevo. ¿Cómo se puede proclamar una Constitución aceptando que un hombre, igual que los demás, está por encima del resto y que además convierte en herederos a sus hijos, por el mero hecho de ser suyos? Es un contrasentido que lo único que hace es legitimar a los tiranos, como ese general fascista que tenéis ahora en el poder. Para eso juraron tus antepasados la Constitución, para permitir que un golpista lleve gobernando más de treinta años. Dónde están los que piensan de otra manera. Conocemos a muchos que han tenido que huir de España para que no los fusilasen. ¿De verdad crees que nosotros somos peores? No, no te envidio, muchacha, ni envidio a tu gente, porque no saben luchar por sus derechos y su libertad conquistada. —El comandante disfrutaba viendo la confusión en el rostro de mi hermana—. Te sorprende que sepa mucho de España, ¿verdad? La gente piensa que los guerrilleros somos bestias incultas. Hay de todo, pero esa leyenda es falsa. Así que cuando vuelvas, se lo cuentas a tus amigos.

—Yo no tengo por costumbre juzgar a la gente sin conocerla. Vengo de una ciudad tolerante y así me han educado. Respeto sus ideas aunque no esté de acuerdo en la manera de defenderlas. No me parece que la extorsión, el secuestro y la crueldad sean la mejores armas para mejorar el mundo. Y menos aún que secuestren a personas que solo han hecho el bien. Supongo que sabe que la gente sale a la calle y pide cada día que liberen a Mario. Esa es su gente, por la que ustedes dicen que luchan. Así que deberían hacer caso de sus súplicas. Lamento que se hayan equivocado de presa. Mi familia no tiene dinero. Tenemos algunas propiedades y poco más, así que dudo que puedan ustedes rentabilizar su error.

—Se ve que tienes la misma raza que tu hermano, peleona y rebelde. Pero me gusta la gente que habla de frente. Nosotros necesitamos dinero y esta es la única forma de conseguirlo, te guste o no. En tu caso, con un millón de dólares lo podríamos arreglar. Da gracias de que no os pidamos más y, sobre todo, de que tu hermano aún esté con vida. Ahora te vuelves y buscas la manera de encontrar los billetes. En una semana nos pondremos en contacto para cerrar la negociación. —El hombre se había quedado colgado de los ojos de Lluvia—. El próximo día a lo mejor te invitamos a comer frijoles con nosotros para que veas que somos gente hospitalaria. No me has dicho tu nombre.

—María de la Lluvia, pero todos me llaman Lluvia. Aquí me tendrá otra vez dispuesta a compartir sus frijoles. Pero desde ya le digo que no tenemos ese dinero ni por asomo. Así que vaya pensando en otra cantidad y mire a ver qué le pasa a ese niño, que no ha parado de llorar desde que he llegado. Debería preocuparse más por su gente. Los niños están desnutridos y sucios. Soy enfermera y si quiere, cuando vuelva, les echo un vistazo. Lo hago por mi hermano, él también lo habría hecho.

—Lluvia. —El comandante sonreía. Le gustaba esa chica de ojos oscuros, lástima que estuviese en el otro bando y que su prioridad fuese el dinero. No podía permitirse el lujo de meter la pata—. Es un nombre bien *chévere*. Si algún día tengo una hija se lo pondré en tu honor. Hasta pronto, Lluvia. Zorro, llévate a esta gente de vuelta.

El comando les llevó por otros caminos hasta una carretera estrecha y apartada. El jeep estaba aparcado con las llaves puestas y Javier se orientó rápidamente sobre la dirección para volver a Corozal, donde todos esperaban impacientes y preocupados la vuelta de mi hermana.

Lluvia tenía una sensación agridulce. Jamás olvidaría la experiencia que había vivido. El mundo y la vida no volverían a ser iguales para ella. Había estado en el otro lado del río, en la orilla de la marginación, la rebeldía, la precariedad vital, el peligro como sombra constante. La huida, el vivir a salto de mata, siempre escondiéndose, siempre amenazando y amenazados. Sin techo, sin hogar, durmiendo a la intemperie, sin protección salvo la de las estrellas y las ramas de los árboles. Con un futuro que era presente, por estrecho. Con una inmensa soledad de isla rodeada de enemigos e ideas opuestas. Un mundo con una fe suicida y pocas posibilidades de materializarse a corto plazo. Una fe que les había convertido en especie maldita entre las especies. Despreciada, rechazada y condenada de antemano, sin juicio posible. Una casta marcada por el odio, la marginalidad histórica y la imposibilidad de formar parte de ninguna crónica que no fuese la de sucesos. Una especie que, de ganar, pasaría al otro lado del río, a la otra orilla. Y de perder, sería borrada en poco tiempo y sin escrúpulos de los libros que los niños estudiarían en los colegios. Libros que siempre escriben los que vencen y en los que los vencidos apenas tienen derecho a un párrafo para justificar el mérito de quienes les vencieron.

Todas estas ideas se agolpaban en la mente de mi hermana. Por un instante, fue consciente de la falta de argumentos que había encontrado para rebatir los de su enemigo. No era el maldito guerrillero cruel y brutal que había dibujado en su imaginación. Era un ser con alma y capaz de sonreír, aunque su sonrisa ocultase la mueca de dolor de un cautivo. ¿Podría sentarse a su mesa, sabiendo que Mario estaba privado de libertad, en quién sabe qué zulo, gracias a su anfitrión? Lo haría, sería capaz de hacerlo, tenía que hacerlo si quería ver a Mario con vida. Casi sin hablar emprendieron el camino de vuelta. En medio de todos esos sentimientos encontrados había una amenaza evidente. Jamás podrían juntar el millón de dólares para salvar a Mario, jamás. Ante esa certeza, Lluvia no pudo reprimir sus lágrimas, lágrimas que la liberaban de la tensión y el miedo. Era un llanto de dique roto, sin freno, lastimero. Pero sobre todo era un llanto de desconcierto e impotencia, mientras la sonrisa y la mirada del comandante no dejaban de atormentarla.

Capítulo LIII

Don Diomedes no salía de su asombro ante la exorbitante cuantía exigida por el rescate. Miguel mostraba su indignación y rabia a medida que el odio hacia la guerrilla aumentaba. Habían pasado jornadas enteras caminando por las trochas y visitando a la gente en las poblaciones, para recibir ese trato de parte de los mal llamados «defensores del pueblo». Su amigo, el amor de su vida, estaba en cautiverio, quién sabe en qué estado moral y físico, y ellos se enfrentaban a la imposibilidad de encontrar semejante cantidad. No entendía si el monto era una mera excusa para no liberar a Mario. En ningún momento sospechaba la auténtica intención del comandante de incorporar a mi hermano a la guerrilla, por las malas o las buenas.

***

Los días en el último campamento iban modulando una relación extraña entre el prisionero y sus guardianes. El carácter pacífico y dialogante de Mario consiguió poco a poco vencer las barreras y la desconfianza de los guerrilleros. A menudo acudían a él, ellos y sus familias, buscando consejos y auxilios por alguna enfermedad o accidente. Mi hermano no tenía dudas morales al respecto, era médico y su obligación era curar y sanar a la gente viniera del sitio que viniera. Consiguió poner en orden el exiguo botiquín, y mandó que le buscasen algunas hierbas medicinales para ampliar los recursos. Poco a poco, la vida iba tomando visos de normalidad. Ejercer su profesión surtía un consolador efecto en su ánimo y cada vez palpitaba más profundamente su pasión por ayudar al prójimo, aunque ese prójimo le estuviese privando de lo que más anhelaba, su libertad y su amor por Miguel. El comandante le llamaba con frecuencia para charlar con él y jugar partidas interminables de damas. Era una forma de lucha soterrada, el tablero era la vida, el campo de confrontación, y ellos los contrincantes, cada uno de un color y en un lado distinto, pero mirándose de frente e intentando ganar la partida. Por supuesto, en ningún momento Caballo, que era el apodo del comandante, quien en realidad se llamaba Fabio y era oriundo de Medellín, una ciudad culta y desarrollada, y perteneciente a una familia de clase media, le habló de la negociación del rescate y menos del encuentro con Lluvia. Mario habría entrado en un estado de desesperación total al saber que su hermana estaba corriendo semejantes peligros, y eso no era bueno si quería ganárselo para la causa.

Príncipe seguía acompañando la soledad de sus horas. En ningún momento quiso marcar los días y las noches en un árbol. No hacía falta, vivía minuto a minuto, dejando que el sol y la luna orquestaran su vida. Por momentos perdía la esperanza de salir de allí. Le costaba imaginar esa situación forzada y violenta como único futuro. Sería un prisionero útil, tal vez más que el dinero que podían pedir por su rescate.

—Cuéntame algo de tu familia. ¿De qué extracción vienes y de qué lado estaba tu padre en vuestra Guerra Civil? ¿Por qué decidiste hacerte médico? Eres un líder nato. Tú conquistas a la gente con tus gestos y tu palabra. No sé si sabes que tengo que cambiar tu vigilancia constantemente para que ningún muchacho se identifique contigo hasta el punto de dejarte en libertad. Creo que alguno hasta se ha enamorado de ti, imagínate, ¡un guerrillero maricón! Tú podrías hacer muchas cosas buenas para la causa. —Fabio seguía hurgando en el alma de mi hermano. Quería debilitarlo, hacer que se tambaleara su entereza y combatir uno a uno sus principios de hijo mimado de familia burguesa.

—Mis antepasados son de origen diverso. Ingleses, italianos y de mil sitios llegaron a mi ciudad. Parte de mi familia procede de Inglaterra. Eran de la baja aristocracia y buscaron en Cádiz fortuna, fundando unas bodegas. Ahora las cosas han cambiado y casi no podemos vivir de ello. Pero mi auténtica vocación viene de mi padre, el mejor hombre que he conocido en mi vida. Él era republicano, nunca se acostumbró a la dictadura, pero atendía tanto a unos como a otros. Él me enseñó que lo importante no es ser un líder y convencer a los demás de lo que tú piensas con un discurso bien articulado, sino ayudar a quien lo necesita y respetar las ideas de cada uno, permitiéndole la posibilidad de defenderlas. Nadie puede arrogarse el derecho de llevar a jóvenes sin formación a enfrentarse con un fusil o tener que disparar el suyo contra alguien que ni siquiera conoce. Es muy fácil manipular las mentes y adoctrinar a los que no tienen formación ni comida. No tiene ningún mérito inculcar el odio en corazones que nadie ha intentado cuidar y formar. Las consignas de unos no son siempre válidas para otros, y no porque se hagan repetir una y otra vez, como papagayos, ganan legitimidad. No quiero ser un líder, responsable de las muertes de tanta gente inocente, de dejar a tantas madres traspasadas de dolor por sus hijos desaparecidos. No, Fabio, tus sentimientos y los míos pueden coincidir en muchos aspectos. A mí tampoco me gusta el mundo en el que vivimos, pero prefiero cambiarlo de otra forma, sin uniformes ni fusiles, con las medicinas y el fonendo, que me permite acercarme de verdad a la respiración de las personas.

Estas eran las conversaciones de mi hermano con Fabio, mientras Lluvia intentaba comunicarse con España para contarnos el avance de las negociaciones. La desesperación estaba minando mi ánimo. No podía hablar con nadie de lo que estaba pasando salvo con Custo y Luna, y los días y las noches, en la distancia, se me estaban haciendo eternos.

***

La siguiente llamada, un mes más tarde, avisó de que el encuentro debía llevarse a cabo en otro punto menos cercano a la finca. Lluvia y Javier se subieron de nuevo al jeep verde, siguiendo las instrucciones. Los controles se iban avisando por radio-teléfono para informar del recorrido. En un punto les ordenaron bajar del jeep para seguir a pie hasta el campamento. De nuevo el camino de tierra, la sensación de que siempre alguien vigilaba, atento a cualquier movimiento, y las dos horas interminables hasta divisar las tiendas de campaña.

En esta ocasión, mi hermana fue conducida al interior de una de ellas. Tenía un mobiliario espartano que se reducía a unos camastros y una mesa rodeada por troncos a modo de asientos. Algunos niños asomaban sus naricillas curiosas para ver a la española. La higiene no había mejorado mucho, aunque su aspecto era saludable y se les veía felices. La capacidad de un niño para sobrevivir en medio del horror es admirable, y esa era la única vida que habían conocido, salvaje y libre, aunque solo fuese una libertad aparente de animal acorralado, en medio de su selva.

—Buen día, Lluvia, ¿cómo has estado? —La pregunta era un puro formulismo, pero Caballo hizo su entrada imprimiendo a su bienvenida el tono más cordial del que disponía—. Hoy te quedarás a comer con nosotros para que pruebes los estupendos frijoles que cocinamos en el campamento.

—Gracias, comandante, si no le importa me gustaría que Javier almorzase con nosotros, el camino es largo y estamos cansados. —De nuevo la mirada y la sonrisa que habían perseguido a Lluvia desde el primer encuentro. Resultaba difícil pensar que ese hombre era un asesino y un torturador escuchando su hablar cadencioso y correcto—.

Espero que este tiempo haya servido para que reconsideren la cantidad. Nosotros no disponemos de ella y estamos muy lejos de conseguirla. No sé si su intención es que mi hermano no vuelva a casa nunca más; si es así me gustaría saberlo para ver si comparto un plato con un sádico o decido no hacerlo.

—Ya salió la raza y la mujer valiente. Eso es lo que me ha decidido a invitarte a nuestra humilde mesa. Me gusta la gente así y más si son mujeres. Hacen falta hembras de carácter y arrojo para parir hijos que también los tengan. No es una burla, Lluvia, necesitamos dinero urgentemente y tú puedes conseguirlo. Por lo que sé sois gente muy importante en España y tenéis un negocio de bodegas centenario. Además también vuestros amigos pueden prestaros parte de la cantidad si se lo requerís.

—Veo que no está bien informado. Las bodegas tuvieron su mejor momento en otra época. Ahora apenas dan para pagar a los trabajadores. Mi padre murió hace años y no contamos con sus ingresos, y además hay dos hermanos que aún están estudiando. Mario y yo nos dedicamos a la medicina y créame que tampoco es el mejor negocio, lo que pasa es que amamos nuestra profesión y no lo hacemos por dinero. También hay soñadores y luchadores fuera de la guerrilla.

—Lluvia, vamos a compartir nuestra comida y después hablaremos del dinero. Zorro, dile a las muchachas que queremos probar sus frijoles y su arroz con yuca, y a la señora le traes agua de coco para endulzarle y refrescarle la vida.

La comida estaba deliciosa y los tres disfrutaron de ella cuando consiguieron rebajar la tensión inicial. Por momentos Lluvia olvidó que estaba vigilada y perdida en mitad de unos montes, negociando con terroristas el rescate de su hermano del alma. Caballo, apodo que le habían puesto por su afición a dicho animal, que usaba constantemente en sus desplazamientos, hacía gala de sus mejores maneras. Era un gran seductor, no cabía duda, y usaba sus dotes de persuasión para atraer a su bando a las personas. La española le producía una cierta desazón. No estaba acostumbrado a tratar mujeres así, cultas, educadas y con autonomía de pensamiento y oficio, sin contar con su enorme atractivo de piel blanca y ojos oscuros tan característico de las mujeres del sur. Su interés por la negociación había cedido paso a un instinto, casi primario, de atraer a esa hembra que parecía no tenerle miedo. No era presa dócil como las mujeres que les lavaban la ropa y hacían la comida. O las que fácilmente caían bajo su yugo de macho experto. Su estirpe de comerciantes y aventureros la vacunaba contra cualquier idea de sumisión y la prueba más evidente era que estaba allí, en medio de la nada, comiendo frijoles con un hombre que se escondía tras un uniforme y un fusil. Un hombre que, en ese momento, luchaba consigo mismo y cuyas emociones no acababan de encontrar las riendas necesarias para frenarse.

—Lluvia, voy a hacer un trato contigo. Te bajo la cuantía a medio millón de dólares. De ahí ni un paso atrás, y lo hago porque me gustas, me gustáis tú y tu hermano. No somos seres sin alma como puedes ver. También sé escuchar y dialogar con los enemigos.

Fabio había bajado las defensas y mi hermana atisbó en ello una pequeña victoria. No entendía muy bien las razones del hombre, y prefería no saberlas, pero tuvo la sensación de que esa contienda había que ganarla en pequeñas batallas que ella estaba dispuesta a librar con astucia.

—Gracias por la comida, comandante, y también por el esfuerzo. Me temo que sigue siendo una cantidad imposible para nosotros. Trataré de hablar con mi familia para ver hasta dónde podemos llegar. Solo le pido que no me mienta, que me diga si de verdad está dispuesto a negociar hasta la cantidad que podamos reunir, y si hay otra opción que no sea el dinero para liberar a mi hermano. Estoy dispuesta a hacer lo que haga falta, siempre que no atente contra mi dignidad.

Los ojos de Caballo estaban llenos de respuestas que nunca pronunciaron sus labios. Sentía respeto por esa criatura y no quería decepcionarla más allá de lo que ya daba por hecho y era inevitable, su condición de proscrito y asesino.

Algo había aflorado desde su interior. Algo olvidado y escondido desde hacía mucho tiempo. Desde sus épocas de estudiante, capaz de soñar y de enamorar a las chicas. Hasta que todo se rompió en mil pedazos. Desde entonces, una parte de sí mismo se había quedado sumergida en mares de violencia y deseos de venganza.

—Está bien, Lluvia, márchate, y te prometo seguir buscando la mejor manera de terminar con esto. Para que creas en mí, te invito a brindar con aguardiente de nuestra tierra. Es lo que ayuda a nuestra gente a olvidar las penas y a soportar mejor la carga de su triste vida.

Lluvia aceptó la oferta del comandante. No le gustaba el alcohol, pero también en nuestra tierra se sellaban los acuerdos con una buena copa de jerez o se iniciaba un trato con un buen fino. Lo haría por Mario, por ella misma y, tal vez, por ver de nuevo la sonrisa en la cara de Fabio y poder marcharse tranquila.

De vuelta a Corozal junto a Javier en el jeep verde, en medio de la nube que el aguardiente había dejado en su mente, recordaba cada minuto del encuentro. Esta vez sus sensaciones eran distintas. Había una gran calma en su interior y no sabía muy bien por qué, pero confiaba en ese hombre de corazón duro y hablar dulce. Tenía la seguridad de que conseguiría salvar a nuestro hermano. Lo que no tenía claro era el precio personal que tendría que pagar, al margen del rescate.

Capítulo LIV

Me quedé paralizada. No podía ni siquiera soñar con conseguir esa cantidad. Cada día estaba más lejos la liberación de Mario, y Lluvia no me tranquilizaba en absoluto con su optimismo. Mi hermana era valiente, bastante más que yo, y al parecer tener que adentrarse en los montes para negociar con guerrilleros no era ningún problema para ella. Confiaba en la pronta liberación y sobre todo estaba convencida de poder rebajar el rescate. Yo insistía, una y otra vez, en que pusiera el tema en manos de nuestra embajada y las autoridades colombianas, pero ella manejaba una información que yo no tenía y protestaba enérgicamente cuando le planteaba otra vía de negociación. Custo se llevó las manos a la cabeza. Jamás podría encontrar una financiación tan alta, los préstamos había que pagarlos y no teníamos ingresos para ello. Mi ciudad, ajena al drama por el que pasaba mi familia, se había convertido para mí en una extraña. Provinciana y de corto recorrido, proseguía su andar, parada en el tiempo entre acontecimientos dramáticos, como el realojo de familias sin recursos en la ruinosa plaza de toros, y la desarticulación del Partido Comunista en el Puerto de Santa María, del que había sido fundador hacía muchos años Amador. Había conseguido sobrevivir en la clandestinidad, pero Franco, otra vez vitoreado en la plaza de Oriente por más de quinientas mil personas, odiaba tanto al comunismo que le hacía responsable de la Guerra Civil y no cesó jamás en su persecución por todos los rincones de nuestra geografía. La organización terrorista ETA, afincada en el País Vasco francés, otra de sus bestias negras, también fue duramente castigada, como se pudo demostrar en el llamado Proceso de Burgos en el que varios etarras fueron condenados a muerte. Sus víctimas nunca volverían a ver la luz del día. Ellos seguirían sembrando el dolor a su paso con el silencio de unos, el miedo de otros y la complicidad de muchos. Pero al general tampoco le temblaba el pulso. Por supuesto la libertad de pensamiento era inexistente, y más desde los medios de comunicación. El diario *Madrid* se cerró bajo la excusa de una irregularidad administrativa.

Mi tierra mientras seguía atada a la playa con cordeles de algas y jirones de vela. En la arena se podía escribir y leer la historia de nuestros antepasados. Historias de barcos hundidos. De tesoros enterrados y ocultos, como aquellos duros que la gente había encontrado en un tiempo y que eran los restos de un botín que se encontraba en las tripas del barco de un pirata gallego que había encallado en la costa. Monedas con dos esferas de dos mundos, acuñadas en México. Los mismos mundos con un océano de por medio, salvaje y vivo, en el que mi familia había burlado la distancia y al que volvíamos una y otra vez. En el que siempre podríamos mirarnos cuando ya no nos reconociéramos en nada. Ese océano que guardaría, sustraída del tiempo, como un valioso pecio, la memoria olvidada.

—Álvaro, me gustaría hablar contigo de un asunto, ¿tienes un rato? —Al día siguiente de mi conversación con Lluvia y viendo cómo el tiempo se nos estaba echando encima, decidí recurrir a la única persona en la que podía confiar del todo.

—Por supuesto, Alba, te recojo en un rato y comemos juntos en la venta del Chato, ¿te parece?

Álvaro me recogió con la mejor de sus sonrisas. Yo le necesitaba, y eso era maravilloso. Poco podía sospechar el motivo de mi urgencia por verle. Iniciamos la comida con un vino de la tierra, me iba a hacer falta valor para contarle a mi amigo la verdad de lo que me tenía preocupada los últimos meses, y sobre todo lo que iba a pedirle y no sabía si estaba en su mano darme.

Poco a poco, y con el ruego de que nuestra conversación no trascendiera, le narré los hechos y en qué punto nos encontrábamos de conseguir liberar a Mario.

—Alba, es terrible lo que me estás contando. Ahora comprendo tu preocupación y tu ensimismamiento de los últimos tiempos. Lo que no entiendo es cómo se os ha ocurrido que mandar a Lluvia era la mejor idea. Es un disparate. Quién sabe con qué clase de gente se puede encontrar y si ella misma no corre peligro. Comprendo que no quieras alarmar a tu madre y a tus hermanos, aunque tampoco entiendo que Rocío en México y Carlos en París permanezcan ajenos a todo lo que está pasando en vuestra familia, pero seguro que hay soluciones más seguras. Además el tiempo corre en contra. No tengo mucha información, pero por lo que sé, y por el paralelismo que hay con la banda terrorista ETA, si dejas pasar los días, corres el riesgo de no encontrar a tu hermano con vida.

Las palabras de mi amigo no me tranquilizaban en absoluto, más bien todo lo contrario. Cada minuto que pasaba, yo era consciente de que Álvaro estaba en lo cierto y que la idea de mi hermana de ir a Colombia había sido un error.

—Álvaro, tienes toda la razón del mundo, pero los que conocen el terreno saben por experiencia que movilizar al ejército o dar publicidad al secuestro no ayuda a resolver nada. Prefieren el trato directo con la familia, de forma discreta. No les interesa el descrédito internacional. Solo buscan dinero. Sus víctimas no son políticos o militares como en el caso de ETA, son civiles acaudalados que puedan reponer sus arcas para mejorar su ejército y comprar armamento. No hay marcha atrás, Lluvia solo espera ganar tiempo para rebajar la cantidad y poder reunir lo necesario. Está convencida de que ofreciéndoles una suma atractiva cederán. Mejor es algo que nada, y además se ha convertido en un rescate incómodo para ellos. Al parecer la gente de los poblados no deja de salir a la calle pidiendo su libertad. Hay mucha gente agradecida y esa gente es a la que la guerrilla considera los suyos. Está siendo muy impopular que retengan a mi hermano y eso puede volverse en su contra.

Solo quiero que me digas con sinceridad con cuánto me puedes ayudar sin comprometerte ante tu padre y el consejo del banco.

—Eso es asunto mío, Alba, tengo mis propios recursos y no puedo hacer mejor uso de ellos que ayudando a una de las personas que más quiero, que eres tú. Esperaremos un tiempo prudencial para ver en cuánto consigue Lluvia rebajar el rescate y veré cómo hacer para que lo reciban, donde y cuando ellos decidan.

—Solo te pido una cosa, Álvaro, no estaría tranquila sin que el préstamo tuviese a cambio una garantía. Te ofrezco la casa de la plaza Mina. —Álvaro intentaba rechazar mi oferta—. No, no me digas nada. Es una casa cada vez más huérfana de afectos y vivencias. Mi madre, Luna y yo podemos irnos a las bodegas. Viviremos maravillosamente y mamá no soportaría perder lo que durante siglos ha pertenecido a su familia. La convenceré diciendo que es mejor para su salud y que habrá muchas cosas de las que pueda ocuparse, como los jardines, los árboles que tanto le gustan y el recuerdo de los días felices que siempre hemos disfrutado en el cortijo. Solo así aceptaré el préstamo, con la seguridad de que si no puedo devolvértelo, tendrás una garantía. Es una casa preciosa y quién sabe si algún día podrías irte a vivir allí, si decides por fin formar una familia. Estás empezando a ser el solterón más deseado de Cádiz y eso sabes que atrae mucho a las jovencitas casaderas.

—Ja, ja, qué cosas tienes. —Mi amigo se dio por vencido, sabía que nada me haría cambiar—. No sé si sabes que no tengo ninguna intención de dejarme seducir por hijas de papá presumidas y ambiciosas. Ya me he acostumbrado a hacer lo que me viene en gana, y no te voy a negar que me encantaría formar una familia y tal vez vivir en tu preciosa casa, pero eso solo sería posible si en el mismo paquete-regalo estuvieras tú incluida, y sé que no va a ser así.

Álvaro se reía de mis ocurrencias. Sabía que en el fondo me gustaba picarle y tirarle de la lengua, hasta que empezaba a ser consciente de mi pequeña crueldad. Quería mucho a mi amigo, tanto que mi vida sin tenerle a mi lado, de forma incondicional, me parecía imposible.

—Solo aceptaré tu propuesta si me permites ofreceros el usufructo hasta que tu madre fallezca y tú y tus hermanos decidáis marcharos a las bodegas. No soportaría verte salir de tu casa a la fuerza o por saldar una deuda. Quiero ayudarte, Alba, no aprovecharme de ti y de tu familia.

—Está bien, acepto el trato. —La generosidad y la fidelidad de mi amigo nunca dejaban de sorprenderme—. No sé cómo darte las gracias. Ahora solo nos queda esperar a que la cifra que mi hermana sea capaz de pactar esté lo más cerca posible del valor de la casa, teniendo en cuenta lo alto que está el dólar y lo poco que valen las pesetas. —Ya no había camino de vuelta, perderíamos nuestra preciosa casa porque nunca tendríamos la forma de devolver el préstamo, pero al menos la disfrutaría alguien muy cercano, casi de la familia, y eso me servía de consuelo. Sin darme cuenta estaba soltando lastre, aliviando mi carga y aligerando de plomo mis alas. Quizá así, algún día, sería capaz de volar—. ¿Quieres que demos un paseo por la playa? Creo que un poco de aire me sentará bien. Jamás olvidaré lo que estás haciendo por mí, Álvaro. Espero poder corresponder algún día.

Capítulo LV

La orquídea es mi flor favorita, y la rosa es la de mi madre. Dime qué flor te gusta y te diré quién eres. La rosa es perfecta y su belleza se encuentra en el color, la forma y el aroma. Altiva, crece desnuda frente al sol sin dejarse deslumbrar por él. Egocéntrica, sus pétalos se cierran y se enroscan sobre sí mismos, ocultando su más íntima esencia. Le gusta ser admirada, que la deseen; ella en cambio solo se necesita a sí misma. Pero no te dejes engañar por su hipnótico encanto, jamás te dejará penetrar en su centro y, si intentas asirla con las manos, te clavará sus espinas para impedirlo y protegerse. La orquídea, por el contrario, abre sus pétalos al exterior, quiere que la contemples y la ames y también que la acaricies. Puede estar en cualquier parte, incluso lejos del suelo donde la rosa reina. Solo necesita humedad, calor y luz; en definitiva, amor. Pero no una luz abrasadora de sol violento, si es así se quema y languidece. Es multiforme y vuela con su semilla por el viento, como una mariposa, de ahí su nombre original. Es libre y enamoradiza, pero tremendamente frágil. Mario me contaba en sus cartas que Colombia era la tierra de las mil orquídeas, que sus raíces eran aéreas, y que no son de donde proceden sino de donde están. Ese razonamiento justificaba su desarraigo de España; como ellas, él quería tener raíces y corazón aéreos, dejarse habitar por el lugar en el que era feliz, en el que amaba. El lugar que nos hace suyos, aunque sea por un tiempo. Seguramente Lluvia iba notando también cómo sus raíces se escapaban de la tierra, liberadas por fin del subsuelo familiar y el sustrato del pasado.

La siguiente llamada se dilató en el tiempo. El ejército acosaba a la guerrilla, por lo que Caballo hubo de cambiar la ubicación del campamento de mi hermano a un lugar más alejado y seguro. Por fin la inquietante llamada. En esta ocasión, Lluvia debía ir sola, tenían la sospecha de que quizá alguien que conocía la zona estaba dando pistas sobre el punto de encuentro. Mi hermana no se arredró. Sin saber por qué motivo, confiaba en Fabio y estaba segura de que no le causaría ningún mal.

El destino juega con nosotros al escondite y de pronto decide intervenir para dar mayor emoción a los acontecimientos. Esa visita de Lluvia marcó un punto de no retorno y también cambiaría el futuro de algunas personas.

Cuando mi hermana llegó al campamento, el comandante la esperaba impaciente y con un rictus de preocupación que Lluvia desconocía.

—Amiga, si es que puedo llamarla así. Lamento las imposiciones pero no podemos correr ningún riesgo, tenemos al ejército pisándonos los talones. Sé que no ha sido su culpa pero no nos podemos fiar de nadie. Siento decirle que esto empeora las cosas. El tiempo de negociación se acaba y hay que terminar con esta vaina cuanto antes, de la manera que sea. Esta operación me está causando muchos problemas entre mi gente. Mario es un conquistador de voluntades y yo no quiero nuevas conquistas españolas. El precio acordado y último es de… —Unos gritos cortaron a cuchillo la voz de Caballo. Venía de un galpón y la mujer que gritaba, parecía romperse por el dolor.

—Comandante, es Lola, está a punto de parir y tiene dificultades. La partera dice que no puede hacer nada.

El hombre de Lola acudía a su comandante con la frente perlada de sudor y el miedo en los ojos.

—Haga algo. Se me mueren la Lola y el niño.

Lluvia se levantó como impulsada por un resorte, había ayudado a traer al mundo a muchos hijos y cuidado a muchas madres. Estaba segura de poder hacer algo por esa mujer. Caballo la vio salir como una exhalación y solo fue capaz de beber un vaso de aguardiente contra la rabia y la impotencia ante las condiciones inhumanas en las que su gente vivía. Esa no era vida, y menos lugar, para traer a otra criatura al mundo.

Mi hermana entró en la humilde y oscura vivienda y el panorama que vio le heló la sangre. Una mujer yacía en un camastro desangrándose mientras dos gamines de inmensos ojos la contemplaban invadidos por el pánico de perder el único espacio de afecto que había en sus cortas vidas. Lluvia pidió a la paralizada partera todo lo necesario para calmar a Lola, parar la hemorragia e intentar sacar al bebé de sus entrañas. Las horas eran eternas y la mujer se debatía entre la vida y la muerte. Por fin mi hermana consiguió, por uno de esos milagros que nadie se explicaría, parar la hemorragia y sacar al bebé con vida. La mujer estaba exangüe, había perdido mucha sangre y apenas podía abrir los ojos.

—Fabio. —Por primera vez le estaba llamando por su nombre y cambiando el protocolario usted por el tú—. Esta mujer está muy mal y tenemos que llevarla a un hospital. No voy a aceptar una negativa por respuesta y no tenemos tiempo, así que dile a Zorro que nos lleve al jeep lo antes posible. A ella y al niño. Que venga otra mujer conmigo para ayudarme con el crío. Nadie tiene por qué saber dónde viven. Soy enfermera y puedo visitar las poblaciones sin dar explicaciones. La fui a visitar y la encontré en muy mal estado, por lo que decidí llevarla a un hospital de urgencia. Javier me llevará, está esperándome en el punto en el que tu gente me guio hacia aquí, eso es todo. Ah, dile a la mujer que me acompañe que intente buscar una vestimenta normal, ni botas ni uniformes, rápido. Prometo hacer todo lo posible por los dos y nadie sabrá la ubicación de este campamento. Te doy mi palabra.

Lluvia consiguió llegar al hospital y no tuvo que dar muchas explicaciones. Hacía tiempo que nadie preguntaba y menos en el caso de una enfermera española, amiga de los Arango. Después de tres días y tres noches en los que mi hermana no se separó ni un minuto de Lola y su hijo, los ojos de la madre, de apenas veinticinco años, volvieron a abrirse y una tímida sonrisa iluminó su preciosa cara. Había pasado el peligro. Javier y mi hermana llevaron a un punto pactado a madre e hijo para más tarde volver a Corozal. Al entrar en su habitación, mi hermana rompió en un llanto sin paredes, convulso y cálido, capaz por sí mismo de explicar muchas cosas.

***

—*Príncipe,* se puede saber qué te pasa esta mañana. —Mario se afeitaba mirándose en el trozo de espejo apoyado en el árbol. Hacía una mañana preciosa y, como siempre, el buen tiempo mejoraba su ánimo. Contemplaba la belleza del entorno, la bonanza del clima y la luz reflejada en el riachuelo próximo que le servía de lugar de aseo, y pensaba que la vida, incluso en cautiverio, podía tener sentido. El lagarto había aparecido con una actividad inusual. Daba vueltas en torno a él y en un momento trepó a su hombro, inquieto—. Pero me puedes explicar qué te pasa. Me voy a cortar por tu culpa, deja de moverte y de saltar alrededor de mi cuello.

Príncipe seguía nervioso hasta que mi hermano vio, a través del espejo, una figura que le contemplaba. Estaba acostumbrado a los sobresaltos y el caminar silencioso de sus guardianes, pero un escalofrío le recorrió el cuerpo. Era una mirada distinta y un silencio distinto el que traía su carcelero.

—Mario, recoge tus cosas, te vamos a liberar en un rato.

No había más que decir. Mi hermano detuvo la navaja para asimilar lo que estaba escuchando. No era verdad, seguramente era una broma o una trampa que le estaban tendiendo. No podía ser verdad. Recuperar la vida, sus cosas, la libertad para ir de un sitio a otro, para reír a carcajadas, para hablar con su familia, y para ver de nuevo a Miguel y besar su sonrisa y llorar juntos por todo este tiempo perdido y plagado de angustia. Poder amar de nuevo en libertad y, lo tenía muy claro, ahora más que nunca, libre también para poder hacer su propia revolución, pacífica y necesaria, pero urgente.

***

Después de la vuelta de mi hermana a Corozal, las cosas fueron insólitamente rápidas. El teléfono volvió a sonar para que Lluvia escuchase las órdenes que el mismo Fabio le estaba dando. Esta vez llegó con Javier al campamento. Los niños se acercaron a ella con unas blancas sonrisas en su cara y las mujeres le tomaban la mano en señal de agradecimiento, para luego retirarse con humildad. Lo primero que Lluvia quiso comprobar fue el estado de Lola y el niño, que afortunadamente era bueno porque ambos se encontraban fuera de peligro. Lola lloraba de emoción al ver a mi hermana y le regaló un rústico recipiente de madera, tallado y pulido con sus manos, que Lluvia guardaría como un tesoro el resto de su vida.

—No sé cómo darte las gracias por lo que hiciste. —La voz de Caballo era cálida y tímida—. La gente del campamento quería volver a verte para demostrarte su gratitud y yo no tengo palabras ni consignas para decirte lo que siento. Se me acabaron contigo, Lluvia. No quiero prolongar más tu angustia ni la de los tuyos. Tengo que poner un precio al rescate porque si no nadie entendería qué nos está pasando. El precio son cien mil dólares, de los cuales ochenta mil nos los entregareis cuando liberemos a Mario y el resto en un mes como fecha límite. No puedo ceder más, y quiero que sepas que es el dinero que más me va a quemar en las manos cuando me lo entregues. Pero las reglas son así y no pueden cambiar si no quiero que peligre nuestra lucha y la de muchos. Ahora vete, amiga, no te voy a decir que no nos gustaría que nos visitases de vez en cuando, pero también sé que es casi imposible. Eres lo mejor que me ha pasado en mucho tiempo. Gracias, Lluvia, suerte y hasta siempre. —Los ojos de Fabio se clavaban en los de mi hermana como lenguas de fuego. Algo se fundió en ese instante, algo que ni la razón ni la voluntad pueden fundir y que posiblemente iba a cambiar la vida de mi hermana para siempre. Fabio no podría nunca quitarse a Lluvia de la cabeza, pero su misión en este mundo no permitía debilidades de las que cualquier hombre podía disfrutar y a las que él había renunciado hacía tiempo, el día que su padre se le fue entre los brazos con la bala de un *milico* borracho clavada en el corazón.

***

—Adiós, Mario, suerte, se te va a extrañar mucho.

Los veintiún guerrilleros habían llevado a mi hermano a un camino. Él debería seguir solo y así le encontrarían. Álvaro había hecho la transferencia a un banco en Colombia, a nombre de mi hermana. Ese dinero, que tenía como garantía nuestra preciosa casa, había salvado a mi hermano y creado vínculos eternos entre algunos de nosotros. Mi hermana recibió la información del día y la hora de la liberación sin poder creer que por fin la pesadilla había tocado a su fin. Pronto recibimos en Cádiz la feliz noticia y Luna y yo nos abrazamos emocionadas, libres por fin de la angustia y la incertidumbre de los últimos meses.

Mario comenzó a andar, temeroso aún de que todo fuera una trampa o un espejismo, pero no era ni una cosa ni otra. Quizá *Príncipe* lo sabía y por eso intentaba avisar a mi hermano de que algo bueno iba a pasar. Los animales aún conservan el instinto que a nosotros nos falta y sienten los acontecimientos desde la distancia, mucho antes de que nosotros ni siquiera nos demos de bruces con ellos. *Príncipe* iría a buscar a su princesa, y quién sabe si Mario volvería a encontrárselo algún día en sus incursiones en busca de plantas, que el lagarto seguramente utiliza y conoce desde hace siglos. Estaba libre, libre para pisar el polvo del sendero, para digerir todo lo que ese largo cautiverio le había enseñado. Libre para quedarse en esa tierra a pesar de todo y también para decir adiós a sus captores, sin un ápice de rencor, con una enorme y triste sonrisa. Muchos de ellos tenían sus días contados.

—Hasta siempre, Pitón, buena suerte a todos, cuidaros mucho, y ya sabéis, de vez en cuando es bueno bañarse desnudo en el río y buscar en el cielo las estrellas.

***

Al cabo de más de dos horas de andar por senderos de polvo y tierra, mi hermano pudo ver en un cruce de caminos el todoterreno que le devolvería al paraíso. Las fuerzas apenas le sostenían pero la esperanza de volver a ver un rostro querido le hizo emprender una carrera con el presentimiento de que Lluvia o Miguel estaban esperándole. Efectivamente, mi hermana no podía creer lo que veían sus ojos nublados por las lágrimas, la figura de Mario, su hermano del alma, se recortaba en el horizonte, frente a ella, casi irreconocible, delgado y con el pelo hasta los hombros, pero vivo y sonriente. Habían entregado el dinero, en la misma hora en que Mario era liberado, a un comando. Cuando mis hermanos pudieron tocarse de nuevo, el abrazo de amor y carne volvió a unirlos como el vientre de su madre los había unido hacía ya veinticinco años, dejándoles marcados para siempre con la huella de lo que nada podrá separar nunca. Se miraron y se acariciaron para estar seguros de no estar ante un espejismo; lloraron, rieron y gritaron, ante la complicidad de Javier que se dejó contagiar por su alegría. Pero sobre todo volvieron a ser felices, en medio de los montes, al otro lado del Atlántico, junto al pequeño mar de aguas templadas, y seguirían siéndolo en medio de las dificultades mientras pudiesen respirar y se tuviesen el uno al otro.

Capítulo LVI

Cuando era pequeña me encantaba subirme a los cacharritos de la feria. Girar en el tiovivo y en la noria. Dejar que el viento me azotara la cara y ver el mundo a mis pies, todo a mi alrededor. Yo volaba y las cosas permanecían estáticas contemplando mi vuelo. Con los años todo cambió, yo era la que estaba parada y todo giraba en torno a mí con mayor o menor velocidad, dependiendo del impulso que una mano mágica y a veces cruel imprimía al carrusel. Como en la ruleta, unos dedos aparentemente inocentes decidían la velocidad del giro y determinaban así dónde caería la bolita, casi nunca en mi número. Tras la liberación de Mario, nada volvió a ser igual, si es que lo había sido en algún momento. Todo empezó a suceder muy deprisa, era un efecto dominó sin posibilidad de reacción. Las piezas caían una tras otra, despiadada y fríamente. Lluvia volvió a casa, mejor dicho alguien parecida a ella. La lluvia de mi hermana se había convertido en una tormenta tropical, inestable e intensa, tanto en su copioso aguacero como en su calor pegajoso y asfixiante tras la tempestad. Cádiz había pasado a ser para ella un lugar cerrado y carente de estímulos. Ni su trabajo en el hospital ni disfrutar de la familia eran motivos suficientes para convertir ese rincón del mundo en su hogar. Desde muy pequeña había trashumado de la casa de las tías Marina y Paula a la nuestra. Tenía habitación en ambos sitios, pero en el fondo no sabía nunca adónde y a quién pertenecía. En las dos casas era bien recibida pero nadie notaba su ausencia creyéndola en cualquiera de ellas. Creo que siempre hubo un sentimiento de abandono en mi hermana. Tenía a las tías, casi dos madres que la adoraban, y era el centro de la casa de la plaza Candelaria, pero en el fondo se sentía exiliada de su sitio natural y excluida de las trifulcas y las risas del resto de sus hermanos. Sabía que mis tías la convertirían en heredera de casi todo su patrimonio, lo que le otorgaba una posición desahogada y cómoda que nosotros no disfrutaríamos, y menos aún con la pérdida de nuestra casa familiar.

Mi madre supo todo sobre el secuestro de Mario a toro pasado, cuando Lluvia volvió y narró los pormenores tranquila y minuciosamente. En casa todos nos hacíamos cruces imaginando a nuestra hermana en manos de terroristas, pero ella quitaba hierro al asunto argumentando que eran personas como las demás y que nada era blanco o negro. Una especie de síndrome de Estocolmo se había apoderado de su mente, o por lo menos eso pensábamos al escucharla. En mi interior yo le daba la razón a Lluvia. Había sufrido en mi propia piel ese afán castrador de nuestra sociedad, con unos principios morales y religiosos que no ayudaban a acortar, en absoluto, las distancias entre pobres y ricos, buenos y malos o víctimas y verdugos. La vida no podía ser tan reduccionista, y estaba de acuerdo con Lluvia en que etiquetar a las personas y encasillarlas de por vida no era sano ni justo. La idea de perder nuestra casa aún opacó más el ánimo de nuestra madre. Había sido construida con todo el mimo y cuidado del mundo y estaba plagada de recuerdos de días más felices. Me esforcé en hacerle ver que las bodegas eran un lugar maravilloso, así lo sentía, y que podríamos disfrutar de sus jardines y el frescor en verano. Eran mucho más importantes para la familia porque significaban el valor y el esfuerzo de generaciones y llevaban el nombre de Livingston a muchos rincones del mundo, y aún podían brillar más en un futuro. Todo parecía engañosamente en calma, tras el dramático episodio del secuestro. El tiempo empezó a seguir su curso en un intento de acomodar y normalizar la vida en la plaza Mina.

Una noche descubrimos que Luna, nuestra noctámbula y enigmática hermana, no había dormido en su cama. La habitación de la abuela permanecía muda y solo una penumbra respetuosa realzaba los objetos cubriéndolos con un velo de neblina. Luna jamás dormía fuera de casa. Participaba de nuestras reuniones en el patio, hablaba poco y se reía de nuestras tonterías pero solía retirarse pronto, aunque su lámpara de noche permaneciese encendida. El episodio del secuestro nos había unido enormemente hasta el punto de compartir muchas tardes y paseos. Así fue como pude descubrir en mi hermana un ser maravilloso y sensible, tal vez demasiado, y de una fragilidad que ella disfrazaba de independencia y reserva. Le gustaba leer hasta casi la madrugada. Muchas tardes se escapaba a la playa para ver anochecer. Era una costumbre que le venía desde adolescente. La luna la atraía de manera irracional, no sé si haber nacido con el astro de plata en plenitud tenía que ver con ello.

El crepúsculo le parecía el momento más bello del día y sobre todo en el punto en que la luna asomaba por oriente, mientras el sol se escondía en poniente. No sé por qué era un tema recurrente en ella. Decía que era la conjunción mágica de las fuerzas lo que hacía que pudiéramos estar, respirar y vivir sobre la tierra. Que el maridaje entre ambos daba, como fruto de esa unión, la vida. A mí me encantaba escuchar a Luna en sus disertaciones cósmicas. Era un ser distinto a todos, quiero hacer hincapié en ello porque nunca he conocido a nadie tan especial, con una inteligencia casi sobrenatural, y su espíritu traspasaba las paredes de nuestra casa para alcanzar el universo.

Su habitación estaba ordenada e intacta, y los libros apilados en varios montones sobre el suelo y en su mesa de estudio. Uno de ellos estaba escrito por Carl Sagan, un astrofísico que había revolucionado el mundo de la ciencia con sus descubrimientos y opiniones sobre la capacidad autodestructiva del hombre. El título del libro era *Vida inteligente del universo*. Era obvio qué clase de temas interesaban a Luna y por qué le resultaba tan difícil encontrar interlocutores a su altura. Mamá estaba tan preocupada por su ausencia que nos pidió que la buscásemos en casa de sus amigas, suponiendo que se le habría hecho tarde y había decidido quedarse a dormir con alguna.

Luna no apareció al día siguiente, ni al siguiente, ni al otro. La policía y la Guardia Civil se movilizaron temiendo algún secuestro o acto de violencia contra ella. De nada sirvieron los avisos por radio sobre si alguien la había visto o sabía su paradero. La búsqueda continuó intensamente y toda la ciudad se involucró de forma solidaria con nuestra familia. Nuestra pequeña sociedad aún seguía teniendo sus vínculos y lo que acontecía a unos era también preocupación del resto.

Al cabo de una semana, por fin, supimos qué le había pasado a Luna. Otra vez una llamada de teléfono, una fría y siniestra llamada telefónica. Lo inevitable había sucedido y los peores augurios se confirmaron. Luna apareció en la playa del Puerto de Santa María, en la orilla... sin vida. Estaba vestida y su rostro, a pesar de los días transcurridos, respiraba paz, paz y calma, paz y descanso, tal vez la paz que por extrañas razones no había encontrado en su corta vida. Cuando Lluvia, Custo y yo fuimos a reconocerla, acostada sobre la arena como una sirena varada de pelo negro y piel de espuma, sentimos un indescriptible dolor y una terrible sensación. Nuestra hermana estaba ahí, tendida entre las conchas y las algas, y nunca sabríamos por qué o qué la había llevado a ello. Jamás sabríamos si se había perdido entre las olas, a las que siempre había abrazado como propias, o si sencillamente había sido víctima de un accidente fortuito. Jamás sabríamos si la ausencia de la abuela o el acceso a sus secretos escondidos en los cajones de la antigua cómoda habían ayudado a Luna a tomar una decisión insospechada. Mi mente estaba extraviada y confusa. No sabía si era mejor pensar en un acto libre y voluntario o en un contratiempo desgraciado. Prefería visualizar a mi hermana feliz ante una elección libre, y quién sabe si reconfortante, y no luchando impotente con el mar y su fuerza inexpugnable. Había sido un ser asombroso, fundido con los secretos y las voces del universo, y ahora pertenecería a él, más que nunca.

De vuelta a casa, ya la noticia había corrido como la pólvora. La gente se arremolinaba en la plaza y nos resultaba difícil acceder a la puerta de entrada. Muchos amigos se acercaban a darnos sus condolencias unos, a ofrecer su apoyo otros, y con una cierta curiosidad malsana los menos. El patio era un hervidero de gente confundida, intentando ayudar con su presencia. Juana, Paca, Patro, Enedina se desvivían por atender a todos y ocuparse de mi madre. Había caído en un estado de shock del que no sabíamos cómo sacarla. Jamás había entendido, ni tal vez prestado atención suficiente, a su hija pequeña. Eran totalmente opuestas, pragmática y racionalista una y esotérica e imaginativa la otra. Ni siquiera sus colores tenían nada en común, solo la blancura de su piel las unía. Mi madre se sentía culpable por algo que en ese momento ninguno sospechábamos y la mantenía desolada.

Eran ya demasiados golpes y su resistencia estaba al límite. Sencillamente no tenía ganas de vivir. Ese día decidió no oponer resistencia para dejar de sufrir lo antes posible. Todos estábamos juntos en el duelo. Tiago había llegado con tío George y Mario había vuelto precipitadamente en cuanto supo la noticia por Lluvia. Solo Carlos estaba ausente. Había decidido hacer un paréntesis en sus estudios para viajar por el mundo, buscando documentación para lo que sería su primera novela. Nadie pudo localizarlo en su peregrinar por sabe Dios qué país. Tampoco Rocío pudo desplazarse, el año anterior había nacido Gloria María, una niña preciosa y rubia que haría honor a su bisabuela llevando su nombre. Era aún un bebe que se alimentaba de la leche materna y Rocío no creyó conveniente viajar y dejar a la niña en otras manos.

Seguramente Carlos estaría en cualquier punto del planeta, comunicándose con su hermana. No necesitaban palabras para hacerlo, y ahora me doy cuenta de que la ausencia del único ser en la familia que la comprendía, después de la abuela, había precipitado los acontecimientos, fuesen de la índole que fuese.

Decidimos soltar en la playa sus cenizas. Luna no creía en un Dios justo y misericordioso. Decía que ningún ser así sería capaz de crear un mundo lleno de dolor e injusticia. El viento de levante fue un gran aliado ese día. Las cenizas de mi hermana se dispersaron por la arena, el mar, las azoteas de Cádiz, nuestros viñedos y quién sabe si llegarían hasta el punto donde empezó todo, cuando aún ni sospechábamos que algún día existiríamos y ese polvo de estrellas se convertiría en vida.

Luna murió con apenas veinticuatro años, yo tenía treinta y seis y me parecía haber vivido un siglo. Todo iba quedando cada vez más lejos, desdibujándose en la memoria. Los acontecimientos presentes eran de tal magnitud, que no había espacio para nada más. El tiovivo giraba con tal fuerza que me iba arrastrando en su inercia. Ni siquiera mi estatismo se veía libre de su vertiginosa espiral. Ya no habría tiempo para contemplar la tarde desde la azotea, ni para pasear con descuido por la calle Ancha o el parque Genovés. Todo en casa estaba patas arriba. Mario se volvía a Colombia, habían pasado tres años desde su liberación y su vida allí colmaba todas sus necesidades. Un día Lluvia vino a comunicarme que ella también se iría. No podía aguantar más la sensación de claustrofobia que la isla le producía y no dudaba de que Custo y yo cuidaríamos de mamá mejor que nadie. Por lo menos ese era el argumento. Tiago se volvió a Londres, ya estaba trabajando en la embajada de España y no podía ausentarse mucho tiempo. Viéndole a sus veintiséis años, hecho todo un diplomático elegante y comedido, nadie habría sospechado su pasado de crápula recalcitrante. Por suerte, las cosas habían cambiado para bien en algunos de nosotros. Tío George decidió quedarse un tiempo en nuestra casa. No soportaba ver a mi madre en ese estado y tenía miedo de que hiciese alguna barbaridad. Poco quedaba de aquella muchacha deslumbrante que una mañana se bajara de un avión en Londres, dejándole con la boca abierta y su imagen grabada para siempre en la retina... Se quedaría unos meses intentando devolverle un poco de felicidad y sobre todo permitiéndose el lujo de cuidar a una de las personas que más quería, aunque jamás le había dado la oportunidad de cuidarla. Los días se volvieron de mercurio, inestables, esquivos y fríos. Era el año 1972. Cádiz era declarado monumento histórico-artístico, en su zona intramuros. Por fin el reconocimiento a una ciudad milenaria que acumulaba entre sus murallas acontecimientos históricos más allá de ninguna ciudad española. El mundo seguía sumergido en mil contiendas y mientras, en la plaza Mina, la muerte de Luna había supuesto un antes y un después. Nosotros, el país entero, estábamos a punto de protagonizar cambios profundos y esperados hacía mucho tiempo.

Capítulo LVII

Mi madre no consiguió recuperarse. La depresión no era una enemiga al acecho, sino una sombra cosida a sus talones; vivía a su lado las veinticuatro horas, dispuesta a no dejarla salir del abismo. Se alimentaba de ella, de las ausencias, de los golpes de la fortuna, de la soledad y del enorme sentimiento de culpa que la había ido minando poco a poco. Ni los niños, con sus maravillosas sonrisas, Elenita con sus flamantes diez años y Mario, que había nacido el año del secuestro, conseguían animarla. Tampoco los cuidados de tío George ni mi atención constante servían para mejorar su espíritu marchito y atormentado. Desde hacía algún tiempo, un dolor persistente se había instalado en su abdomen. Los calmantes y los somníferos acentuaban su incapacidad para luchar con los enemigos reales o imaginarios.

Los dolores y el malestar generalizado iban en aumento. Consultamos varias opiniones cualificadas que no conseguían dar con una respuesta. Se iba consumiendo en silencio y era evidente que sin oposición alguna por su parte. Por fin, tras muchas y agotadoras pruebas y análisis, consiguieron detectarle un tumor. Aún había muchas dudas sobre el origen de la enfermedad pero estaba claro que mi madre tenía algo dentro que la estaba minando poco a poco. Habría que extirparlo y averiguar si era maligno y sobre todo si no era el único. Hablábamos constantemente con Mario y Lluvia para ver qué camino tomar y en manos de quién nos poníamos. En esos días eché en falta a papá y a los mellizos. Ambos, a tenor de los informes, consideraron necesaria una intervención urgente, antes de que fuera demasiado tarde.

Mamá se puso en nuestras manos y accedió a entrar en el quirófano con la sola condición de que sería la única operación a la que se sometería, y sobre todo que volvería a casa lo antes posible para su convalecencia, en caso de que todo fuese bien. Tenía un total rechazo a los hospitales y a las enfermedades. Había visto su cara demasiado cerca. Por suerte estaba a punto de llegar la primavera, lo que evitaría el frío y la humedad del invierno.

Era el año 1974, cuando Cádiz decidió ganarle la partida al mar y robarle un trozo de tierra. El problema de la vivienda era acuciante y la necesidad de crecer urgente. En Conil fallecía el Príncipe Negro, Junio Valerio Borghese, el hombre que encabezó un golpe de Estado en Italia para reinstaurar el fascismo. Veraneaba en casa de una familia alemana, de las muchas simpatizantes con el nazismo afincadas en nuestras playas. Mi padre lo comentaba en casa a menudo sintiendo una gran frustración por que nuestras bellas costas fueran un nido de nazis. Se sentían protegidos bajo el ala del Caudillo. Franco había caído enfermo y despachaba desde la clínica con el nuevo presidente de gobierno, Carlos Arias Navarro, tras la muerte del general Carrero Blanco en un atentado de ETA que cambiaría la historia de nuestro país. A veces experimentaba ligeras mejorías, pero su salud se había ido debilitando, por lo que ya las fuerzas políticas estaban maniobrando en la oscuridad, ante el inminente fallecimiento del general. Parecía que el final de una época estaba próximo. Para bien en algunos casos y para mal en otros, como le sucedería a nuestra familia.

Mi madre fue intervenida a finales de abril. A los pocos días volvió a casa, muy débil pero más animada al verse fuera del hospital. Las noticias sobre el análisis del tumor no eran buenas. Durante un tiempo pareció recuperarse y todos nos sentimos esperanzados. Sin embargo los médicos confirmaban que no era un hecho aislado y que seguramente habría más tumores que podrían extirparse. Todo apuntaba a una metástasis que la invadía, descubierta demasiado tarde. Mamá se negó a entrar de nuevo en el quirófano, daba su vida por amortizada. Lamentablemente todos sabíamos que no viviría mucho, y con su muerte, mi mundo perdería lo que, aún sin yo saberlo, había sido mi razón de existir. Un vínculo invisible, un extraño instinto de protección, me ataban de por vida a ella, a sus deseos, a sus sufrimientos y a su soledad, esa soledad a la que su intolerancia hacía mucho tiempo me había condenado. Durante el invierno su estado de salud empeoró. Ese visitante maldito al que nadie invita y que decide presentarse por sorpresa, esa palabra que quema en los labios, cáncer, se había introducido en nuestra casa, viviendo con nosotros, formando parte de nuestras conversaciones y nuestros pensamientos de forma constante. Nos atemorizaba, nos daba de vez en cuando algún respiro para volver a apoderarse de nuevo de nuestras voluntades y del dolor de nuestra madre, postrada y vencida, invadida por su insaciable voracidad.

Antes del verano, nos dimos cuenta de que a mamá le quedaba poco tiempo. Sobrevivía a base de calmantes y pocas veces disfrutaba de la lucidez suficiente para hablar con nosotros o siquiera intentar aprovechar el tiempo que le quedaba para abrazar a sus nietos. Todos vinieron a Cádiz, incluido Carlos, que había vuelto a París para finalizar sus estudios y al que la noticia de la muerte de su hermana meses más tarde del accidente le había golpeado enormemente. Ahora le resultaba difícil por partida doble ver a su madre postrada, y entrar en el cuarto vacío de Luna. Lo primero que hizo, después de besar su frente, fue pasar unos instantes en la habitación de su hermana querida, recorriendo y acariciando cada objeto. Todo permanecía intacto, ninguno nos decidimos a cambiar las cosas. Era como si dejando la habitación en su estado habitual pudiésemos tener más a Luna, al menos durante algún tiempo. Carlos lloró recordando tantos momentos en complicidad con ella. No acababa de entender qué le había podido pasar a nuestra hermana, y se culpaba por haber estado tan lejos cuando quizá más le necesitaba.

Rocío, Gabo y los niños habían llegado a la casa de la plaza Candelaria para acompañar a la abuela y darle el último adiós. Eran dos criaturas preciosas y todos nos emocionamos al abrazar de nuevo a Alejandro, que ya era un hombrecito. Mi hermana había recuperado la luz y la alegría que la hacían única y su presencia fue un gran alivio para todos. Gabo se enfadó educadamente conmigo cuando supo del préstamo con la garantía de la casa que habíamos pedido para el rescate de Mario. Quería saldar la deuda y liberarla, a lo que todos nos opusimos. Nuestra casa tenía sentido con nosotros en ella, y lamentablemente no quedaba mucho tiempo para que mamá falleciese. En ese caso yo me iría a vivir a las bodegas por lo que mantenerla, además de costoso, ya no tendría ningún sentido. Mi cuñado nos ofreció la casa de la plaza Candelaria, que todos podríamos disfrutar en caso de que hiciera falta. Habían decidido conservarla, ahora más que nunca, para que sus hijos pudieran enamorarse de la tierra de su bisabuela y de su madre cuando fueran mayores, y quizá cursar sus estudios en la flamante Universidad de Cádiz.

Yo intentaba pasar la mayor parte del tiempo junto a mi madre, tenía la esperanza de que en algún momento de lucidez me dijese algo que me ayudase a comprenderla. Quería saber si era consciente de hasta qué punto había marcado mi vida, o si sencillamente se había olvidado de ello. Esperaba alguna señal que diera muestras de que permanecer incondicional a su lado había servido para algo. No sé, tal vez para aliviar su soledad o sentirse querida desde la falta de papá. Nunca demandaba afecto y pocas veces te lo demostraba con una caricia o un abrazo, pero jamás le di importancia porque yo los repartía por las dos. Siempre me gustó tocar, abrazar, acariciar. Seguramente lo heredé de mi padre.

Pocos días antes de morir, mi madre me regaló un momento único que me compensaría por todos los que no habíamos tenido. Era un precioso día, el sol entraba por la montera alcanzando cada rincón de la casa. El agua de la fuente, con su fluir cristalino y repetitivo, rompía la quietud que el estado de mi madre había derramado por todas las habitaciones. El viento del sur había llegado con su humedad cálida y aduladora. Acababa de acercar a los labios de mi madre un agua de limón fresca y aromatizada con hierbabuena. Apenas había bebido, pero su mirada de gratitud me encogió el alma.

—Alba, hija, no sé qué haría sin ti, siempre a mi lado, olvidada de ti misma, viviendo otras vidas y nunca la tuya. Quiero que sepas cuánto te quiero y cómo agradezco tu dedicación y apoyo incondicional. Tener una hija como tú es un privilegio, y lo que siento es no habértelo dicho más veces durante todos estos años.

—Madre, no necesitas decirme cosas que ya sé. Todo lo que he hecho y hago no representa ningún sacrificio para mí. Tú y papá habéis sido las personas más importantes de mi vida y sé que desde que él nos dejó, las cosas no te han resultado nada fáciles. Sacar a mis hermanos adelante no era tarea menor, cada uno te traíamos un problema distinto que tú intentabas solucionar, consiguiéndolo la mayoría de las veces. Yo sí creo que todos tenemos que darte las gracias por mantener el barco a flote, a pesar de las tormentas y los vientos con los que has tenido que enfrentarte.

—Alba, tú eres la más generosa de todos con mucha diferencia. Creo que tu labor en la sombra me permitía desconectarme de la realidad. Me siento culpable por mis altibajos de ánimo, por mis ausencias a pesar de estar siempre en casa, por no haber educado mejor a Tiago y por no haber dedicado más atención a Luna. Me siento responsable de lo que le pasó, hija. Ser madre no es empresa fácil. Cuando tienes hijos, ya nunca más vuelves a dormir tranquila. No basta con darles de comer, vestirles o buscarles un buen colegio o un buen matrimonio. Es mucho más que eso, escuchar, observar, acariciar y ganarte su confianza para que te cuenten lo que les preocupa y no saben cómo manejar. Hay que estar ahí día y noche, para todos y cada uno. Esto era algo que tu padre sabía hacer, a pesar del poco tiempo que le quedaba con su trabajo. Yo descansaba en su hombro, y me acostumbré tanto a hacerlo que cuando él se fue no supe reemplazar su capacidad de afecto, de comprensión y esa enorme facilidad que tenía para encontrar respuestas o ayudarte a encontrar las tuyas. He fallado Alba, una y mil veces. He hecho cosas que nunca debería haber hecho y eso me ha atormentado de por vida.

Mi madre usaba un lenguaje inusual en ella, su cara se cubría de una profunda tristeza y la urgente necesidad de descargar un equipaje demasiado pesado, con el que había caminado durante años. Me produjo una gran ternura. La acaricié y, para tranquilizarla, tomé su mano entre las mías. En ese momento, en medio de su debilidad, estaba encontrando el valor que le había faltado para hablar de lo que nos había separado tanto tiempo.

—Ya, mamá, ya está bien. Cuéntame lo que quieras, pero por favor no te atormentes. Lo hiciste lo mejor que pudiste y tampoco la abuela te ayudaba mucho. Todos hemos cometido errores. Lo importante es reconocerlos y dejarlo pasar, madre, porque si no sería terrible pensar que tu vida es solo un gran fracaso. Yo también me equivoqué en muchos momentos, o no supe pelear por lo que quería. Pero tal vez tú tenías razón y Esteban no era bueno para mí, porque si no él habría seguido luchando por nuestra relación y no lo hizo. Eso es todo, y no podemos estar martirizándonos con lo que debiéramos haber hecho y no hicimos.

—Alba, solo te pido que me perdones. No tenía ningún derecho a apartarte del amor de tu vida. Los convencionalismos sociales son estupideces que ponen el acento en el lugar equivocado. Lo malo es que me he dado cuenta demasiado tarde. Nadie o muy pocos han venido en nuestra ayuda en los duros momentos. De qué han servido los apellidos, la posición social o la doble moral. Nada de eso conforma la auténtica felicidad de un ser humano. Admiro y envidio a tus hermanos, capaces de escapar y de buscar aire para sus pulmones lejos del que se respira en calles donde la gente mira a través de los visillos para no ser vista. No, Alba, nunca debí hacerte algo así, tú que eras la criatura más guapa y alegre del mundo. Tal vez proyecté en ti mi propia cobardía, y espero que algún día me perdones. Hay cosas que tú no sabes y de las que nunca has conocido su existencia. Estoy a punto de marcharme, hija, y no quiero hacerlo sin por lo menos subsanar algo de lo que llevo años arrepintiéndome. —A mi madre le temblaba la voz de la emoción. Por fin había encontrado el valor para abrir su corazón, cerrado a cal y canto desde la muerte de mi padre, valor para decirme algo que daría un giro a mi vida de ciento ochenta grados—. En las bodegas, en tus queridas bodegas, Alba, en el almacén, hay algo que te pertenece. Cuando yo me vaya, quiero que lo busques y espero que puedas perdonarme. Te quiero mucho, hija, y siento no haber estado a tu altura, no haber sido la madre que tú te merecías.

Mi madre comenzó a llorar con un llanto cansado y tibio y yo solo pude besarla con todo el amor y la ternura de la que soy capaz, antes de que cayese en un nuevo y creo que más tranquilo sopor. Por fin había tenido el encuentro con mi madre que tanto necesitaba y, por supuesto, no era tarde, nunca es demasiado tarde.

Capítulo LVIII

Mamá murió en pleno verano, una época del año en la que siempre había brillado con su rubia melena, sus ojos de aguamarina y esa forma única de llevar trajes ligeros y faldas abanicadas al viento. A mi madre le encantaba la playa, bañarse en el mar y tostarse al sol protegiendo su piel con sombreros y pamelas. Nos llevaba a menudo de pequeños, porque decía que el aire del mar era bueno para los niños y crecían más sanos y fuertes. Había conseguido incluso arrastrar a mi padre a pasear descalzo por la arena. Él estaba dispuesto a hacer cualquier cosa por su princesa. La contemplaba mientras se zambullía en el agua, con bañador ajustado y un coqueto gorro de baño lleno de margaritas, y pensaba lo afortunado que era por tener una criatura así a su lado. Ese verano estaba siendo especialmente cálido. El viento de levante había venido dispuesto a quedarse, golpeaba los ventanales y doblegaba las palmeras con su fuerza. La playa estaba desierta y pocos se atrevían a salir de casa, tal era la resistencia que el viento ejercía sobre las personas.

Enterramos a mamá en el panteón familiar, que poco a poco iba llenando sus oquedades hambrientas. Por fin reposaba junto al hombre que había dado sentido y equilibrio a su existencia; que había cubierto sus días con las caricias que antes le habían faltado, y enseñado el lado humano y justo de la vida. Yo tenía la sensación de que mamá también había muerto un poco con él. Era como un barco que hubiese perdido el velamen en un océano sin agua. Fueron días tristes y opacos en los que nos mirábamos los unos a los otros sin saber muy bien cómo superar el dolor. Ninguno tenía un manual para afrontar un futuro lleno de ausencias y en el que la felicidad intentaría abrirse paso algún día.

Las hermanas nos repartimos en silencio sus cosas. Las joyas que había lucido en tantas ocasiones. Las perlas y los zafiros que parecían creados para ella. Sus preciosos trajes. Sus guantes, bolsos y pañuelos. Todo lo que configuraba su pequeño mundo, y que al contacto de nuestras manos cobraba vida en medio de una cascada de recuerdos. Su delicado, bello y personal universo al que solo ella tenía acceso.

Una noche, en la que apenas podía pegar ojo, me deslicé casi sin darme cuenta en su cuarto. Quería disfrutar a solas de su olor, de su presencia aún palpable, de los lugares en los que se había posado su mirada. El enorme armario *art déco*, sinuoso en curvas y formas, con puertas de espejos, había sido cómplice de su belleza, devolviéndole la imagen una y otra vez de una diosa. Nunca sabré cómo era el diálogo de mi madre con él en los últimos tiempos, cuando la imagen que este le devolvía no era tan generosa. Ese armario había permanecido siempre en la casa, desde la época de los abuelos. Era una pieza única que guardaba, en sus puertas, un sinfín de pequeños cajones que aparecían al descubierto cuando el armario se abría y exhibía todo su esplendor. En un lateral había una pieza a modo de bargueño con cajoneras adecuadas para guardar camisas y ropa interior. Nada había cambiado, todo estaba en su sitio y también la ropa de papá, que mi madre no había querido regalar o guardar. Fui acariciando uno a uno cada palmo del armario al que tan pocas veces habíamos tenido acceso. Era para nosotros un lugar mágico que, al contrario del armario de los zapatos viejos, permanecía siempre cerrado e inaccesible al resto de la casa. Solo cuando éramos niños, de vez en cuando, pedíamos a mamá que lo abriera y nos dejara contemplar sus tesoros. En uno de los cajones descubrí cartas de mi madre, muchas cartas, algunas de papá, de Rocío, de Mario..., cartas de toda una vida que dormían en la cavidad fresca del pequeño cajón. Por supuesto no me atreví a leerlas, solo las acaricié y las deposité de nuevo en su sitio. Solo que el cajón resultaba muy pequeño para el fondo del mueble, lo que me hizo pensar en algo más profundo, que tal vez se ocultaba a la vista. Presioné suavemente con los dedos y, ante mi asombro, el mecanismo cedió y un cajón secreto se desplazó hacia mí con delicadeza.

Tenía la sensación de estar violando la intimidad de mi madre. De estar traicionando su confianza depositada en mí durante tanto tiempo. Pero mi necesidad de saber vencía mi resistencia. En el interior, había un pequeño diario con tapas de nácar. Parecía muy antiguo y aún conservaba intacta su atemporal belleza. También algunas cartas de… tío George. Mi corazón latía con fuerza. Estaba a punto de tomar una decisión de la que no quería arrepentirme después. En ese pequeño objeto podía estar la respuesta a muchas cosas, a todo lo que mi madre callaba y yo intentaba constantemente adivinar. La respuesta al porqué de sus silencios, de sus miradas perdidas, de su infelicidad crónica y de lo que tanto la alejaba de nosotros y del mundo que ella y papá habían construido. No podía desperdiciar la oportunidad que se me ofrecía de acercarme a su alma. Estaba preparada para aceptar todo lo que el diario me confesase. Cuando quieres a una persona solo esperas conocerla mejor, para poder quererla más. Amarla en su totalidad imperfecta, accediendo a las zonas ocultas que no has podido amar antes.

Tomé el libro entre las manos y me senté en el sillón, junto a la ventana. Las luces de la plaza me iluminaban tenuemente, lo suficiente para poder leer con calma y sin que las palabras hirieran mis ojos. El diario se había interrumpido en un punto. Justo después de la muerte de mi padre. Las últimas palabras escritas eran para él, de una enorme ternura y humedecidas las letras por un llanto que mi madre no había podido evitar. El resto de las páginas estaban intactas y desnudas.

**

«Londres me recibió cubierto y lluvioso. Era una masa gris que en nada se parecía al cielo de mi visita anterior junto a Custo. El entierro de tía Margaret fue multitudinario. Era un referente, alguien respetado por la aristocracia británica y una de las últimas damas pertenecientes a una época que ya era historia, aunque los ingleses, con ese afán de mantener sus costumbres y su estructura social, la seguían alimentando. Mis primos estaban destrozados, en especial George. Su madre había sido el hilo de su cometa, el lugar al que siempre acudir y la persona que mejor le había entendido y aceptado, a pesar de no cumplir exactamente con las expectativas que todos tenían puestas en él como heredero. La casa de Kings Road era un gran mausoleo deshabitado y frío. Ni siquiera las alegres y cálidas tapicerías, ni el precioso jardín, conseguían compensar el enorme vacío que la pérdida de mi tía había dejado. Elsa se había ido con su marido y sus hijos a la casa de Chelsea, que ambos tenían en Kensington. Aquella chica moderna e independiente había sucumbido a los cánticos de sirena del matrimonio y la convencional vida de madre y esposa. Suponían que George estaría más tranquilo sin el alboroto de los niños y, sobre todo, con mi compañía no estaría solo. Yo había llegado justo para el entierro y pensaba quedarme tres o cuatro días.

»Me invadió una enorme sensación de precipicio al entrar en la casa. Mi vida estaba en Cádiz y yo estaba allí, en Londres, en una mansión que me resultaba enorme y desconocida, e intentando consolar a George sin saber si era capaz de hacerlo.

»Nos quitamos los abrigos mojados y decidimos entrar en el pequeño salón con chimenea, junto a la parte trasera del jardín. George temblaba de dolor y de frío. Nunca lo había visto tan frágil. De manera instintiva, busqué en el mueble bar un jerez que le ayudase a entrar en calor, y yo misma me serví otro con la esperanza de que me templase los ánimos. Nos sentamos el uno frente al otro. La chimenea estaba caldeando el ambiente, aunque George seguía en un estado de abatimiento del que yo no sabía cómo sacarlo. Me acerqué a él y le cogí las manos, estaban heladas. Se las besé con todo el cariño del que era capaz. Pero él necesitaba más, más calor, más caricias. De pronto, George me miró con los ojos llenos de lágrimas y me abrazó. De repente, sentí sus brazos que me rodeaban con una fuerza para mí hasta entonces desconocida. Me besaba, me acariciaba y yo no podía escapar a su atracción, a su pasión mezclada de dolor y tristeza. Le sentí solo, desvalido y perdido en medio de un mundo que no le entendía y al que él tampoco quería pertenecer. Su mundo era yo y lo había sido siempre, y a mí se me cayeron las defensas ante esa demostración de amor sin freno, en el que se venía consumiendo desde hacía tanto tiempo.

»No había nada más, él y yo, yo y él. Y esa necesidad el uno del otro para calmar la angustia y la soledad que habita siempre en el fondo de cualquier ser humano. Esa terrible soledad que casi nunca reconocemos y de la que no nos atrevemos a hablar con nadie. Esa soledad en la que me había sumergido desde el día en que sus palabras en la casa de campo habían, sin yo quererlo, volteado mi mundo.

»George y yo nos fundimos, nos amamos, lloramos y nos destrozamos por dentro sabiendo que nada de eso tendría sentido al día siguiente. Pero fue así. Esa noche rompimos el muro que contenía nuestros más íntimos secretos, nos vaciamos el uno en el otro. Después vino la paz, sin arrepentimientos. Amanecía en Londres. Era un amanecer de acero. La lluvia persistía dispuesta a cobijarnos bajo su brillo envolvente. George quería hablar, decirme mil cosas, pero yo no quería oír, no quería que retumbaran en mis oídos palabras que me perseguirían fuese donde fuese.

»No me quedé mucho más en Londres, decidí volver a casa a los dos días. Lo que había pasado allí era irremediable pero había que acotarlo, separarlo de la vida que continuaría para mí, igual pero distinta. Ya había entrado a formar parte de las personas que engañan y tienen que aprender a vivir con el engaño, sin que este asome nunca en la mirada».

Estas eran las palabras de mi madre. Escritas con una letra picuda y prolija que en ningún momento dejaba adivinar angustia o pesadumbre. Estaban escritas justo después de volver de su viaje a Londres, y yo podía adivinar el peso que todo lo que acababa de leer habría supuesto para ella. Intenté seguir leyendo, por encima, apresuradamente y con la congoja atenazándome. Por fin estaba descubriendo la verdad de la persona que acababa de dejarnos. No había sido capaz de hacernos partícipes de su pesada carga para ayudarla a aligerar su lastre y su culpa. Al menos yo habría podido servirle de apoyo, de auténtico apoyo, no solo en las labores cotidianas sino en las del espíritu. Continué buscando, tratando de ahondar aún más en el templo escondido de sus sentimientos. Lo que más tarde encontré me hizo comprender muchas cosas. Demasiado tarde seguramente, pero al menos a mí me servía. La verdad duele a veces, pero nos hace mejores y sobre todo nos permite liberarnos de la incertidumbre y descansar fuera de ella.

«Estoy completamente destrozada, Luna acaba de nacer y cada vez que la miro mi sentimiento de culpa aumenta. Veo a Custo abrazarla y besarla, y siento que soy la persona más indigna del mundo. Cómo pude hacer algo así, cómo pude perder el control de una manera tan absurda. Tengo una enorme pesadumbre en el pecho y no puedo librarme de ella de ninguna forma. Si pudiese por lo menos contárselo a mi madre. Si supiese que no me va a juzgar ni me echará en cara lo impropio de mi conducta y mi inmoralidad, como siempre. Ella, que accedió al lugar social que ocupa gracias a mi padre. Mi madre no soportaba a su padre. Siempre le pareció un ser zafio y vulgar y su madre una pobre mujer sometida. Y yo he tenido que pagar por ello, siendo la hija perfecta, la esposa perfecta y la madre perfecta, cuando no puedo ser ninguna de las tres cosas. Si al menos pudiese llorar en sus brazos como cuando era niña y confesarle mi culpa y hasta qué punto estoy arrepentida de lo que pasó. Pero es inútil, no lo entendería porque ella no sabe lo que significa entregarse en cuerpo y alma a una persona. Jamás lo ha hecho a pesar de tener a su lado a un hombre maravilloso. Jamás podré mirar a Custo a la cara sin sentirme el ser más despreciable del mundo.

»Espero perdonarme algún día y también que Luna encuentre en esta casa un hogar que en ningún momento la haga sospechar de su origen bastardo. George es una presencia extraña en mi vida. Desde el principio fui consciente de lo que sentía por mí. Aún recuerdo la escena en el campo, en mi primer viaje a Inglaterra, que precipitó mi vuelta a España. George siempre ha significado el lado prohibido, lo que nos seduce y nos da miedo. Tal vez me atraía su liviandad, esa manera de jugar con la vida y no perder nunca, siempre al límite. Todo lo contrario de lo que Custo representa. Él es el puerto y George el viento.

»Me despierta una enorme atracción, aunque en ningún momento se podría llamar amor. A lo mejor haber crecido en una isla, con un brazo de tierra atándome al resto, ha forjado en mí un carácter dividido entre la necesidad de riesgo y el miedo a perder la seguridad que el istmo me proporcionaba.

»Jamás cambiaría a uno por el otro. Pero en algún momento, mi yo convencional y embridado decidió romper las ataduras para convertirme en isla de verdad, a la deriva. Nunca me lo perdonaré. Y la vida tampoco me lo ha perdonado».

Quise saber qué había trastocado los planes de mi madre en su primer viaje a Londres. El diario, a través de sus páginas, me situó en esos días, relatados por ella minuciosamente y en los que quién sabe si su destino empezaba a escribirse.

No quise seguir leyendo, me parecía un acto obsceno y ya había leído demasiadas cosas. Ahora comprendía el llanto de la abuela. Seguramente mi madre no había podido resistir la necesidad de desahogarse, y solo había conseguido hacer daño a una mujer que ya no esperaba nada de la vida, y menos una terrible confesión de su hija. Ahora entendía el vínculo de afecto entre ella y Luna. Quería protegerla, compensarla de todo lo que sabía y mi hermana ignoraba. O tal vez Luna lo supo, y eso la hizo buscar en el otro lado de las cosas, donde habitan las estrellas, a salvo y lejos de lo que la hacía distinta a todos nosotros. Quizá se refugió en el mar, su amigo fiel, pidiéndole que la llevase y sabiendo que la abrazaría sin preguntas.

Capítulo LIX

La lectura del diario de mi madre, a pesar de mi predisposición a aceptar cualquier cosa, superó todas mis expectativas y dio un vuelco a mi vida. Nada era lo que aparentaba ser. Había siempre una corriente subterránea que nadie percibía, pero que realmente timoneaba lo que fluía en la superficie, tal era su fuerza en la profundidad. Desperdiciar tus años intentando ajustarte a los tiempos y a las necesidades de otros era inútil e injusto. Todo el mundo necesita su cuota de felicidad, es un derecho básico en el ser humano. Pero no siempre se sabe cuál es el camino para encontrarla o si ni siquiera, al creer alcanzarla, era la que imaginábamos y no una especie de trampantojo emocional. Mi madre vivió siempre atormentada por algo que nuestra sociedad hipócrita censuraba: estar bendecida por un matrimonio ejemplar y el hecho de haber sucumbido a esa extraña atracción que su primo ejercía sobre ella. Pero la verdad es que se autocondenó asumiendo una culpa que, en comparación con lo que otros ocultaban, era una nimiedad. Sencillamente una parte de ella no era feliz. No importa que tengas a tus pies el mundo o a la persona más maravillosa besando el suelo que pisas. Eso solo te hace sentir peor, porque entonces no tienes ninguna excusa que maquille tus actos, y el engaño es aún más sangrante y por tanto más demoledor para el que engaña.

A partir de esa noche, a solas en la habitación de mi madre y pudiendo palpar la angustia que quizá había minado también su cuerpo, tomé la decisión de cambiar la dirección de mis pasos. Comprendí que no había razón para soportar la vaciedad de una casa en la que ya nada tenía sentido. Una mañana decidí cortar el agua de la fuente que había servido para calmar las migrañas de la bisabuela. Buscaba y necesitaba el silencio para oír mis pensamientos y pactar con ellos qué hacer en un futuro. Poco a poco todos se fueron marchando. Éramos un árbol sin tronco y en el que las ramas convertidas en pájaros volaban buscando otros nidos. Yo iba y venía a la estación. Eran despedidas llenas de lágrimas, con la amenaza de no saber cuándo volveríamos a vernos y si lo desearíamos. Creo que, en el fondo, todos sentíamos que el frágil andamiaje de nuestras vidas en común se había desmoronado con la muerte de nuestra madre. Lo que era indiscutible era que cada despedida me dejaba un poco más sola.

El último en marcharse fue tío George. Algo le seguía atando a nuestra casa a pesar de que ella ya no estaba. El día de su marcha se acercó a mí con la mirada más desoladora que yo había visto jamás. Supongo que quería hablarme, desahogarse conmigo, contarme mirándome a los ojos lo que las cartas enviadas a mi madre y que no quise leer, expresaban. Su súplica de que le perdonase por aquel primer incidente tal vez. Sobre todo quería decirme hasta qué punto había amado a mi madre y el vacío que tendría que soportar el resto de su vida sin ella. Yo era incapaz de reprocharle nada. Sabía muy bien cómo duele un amor imposible. En el fondo de mí le compadecía. Lo peor que puedes hacer es perseguir lo inalcanzable. Esa obsesión vedada solo puede dejar un gran peso en tu alma y la frustración de un tiempo inútilmente perdido, que podría haber sido maravilloso. Supongo que en algún momento mamá y George debieron hablarse, a solas, antes de que llegara el último aliento. Estoy convencida de que en ese momento tío George le habría reiterado a mi madre lo que era una evidencia a lo largo de todos estos años; su amor eterno, ahora ya libre de culpa. Y puedo adivinar lo que mi madre escondía en su corazón y, con la sinceridad del que está a punto de dejar este mundo, sería capaz de confesarle. Posiblemente se habrían abrazado y ese abrazo habría iluminado por última vez el cielo de sus ojos.

—Alba, me gustaría decirte algunas cosas antes de marcharme. No sé si tengo valor para hacerlo ni si debo, pero sería un gran consuelo para mí que supieras cuánto he querido a tu madre y lo difícil que me resultará vivir ahora que ya no está, a pesar de todo lo que nos separaba. No quiero que tengas una idea equivocada de mis sentimientos y si tengo que pedirte disculpas por lo que siento, lo haré. Prefiero despedirme de ti con el corazón en paz. Eres una mujer increíble, a veces me recuerdas a tu madre por la capacidad que tienes de transformar todo lo que tocas en algo mejor y único. Solo que tú has elegido, y aunque no haya sido lo que hubieras deseado, asumes sus consecuencias con una gran dignidad.

—Tío George, no necesito que me expliques más de lo que ya sé y he intuido toda la vida. No soy ciega y tengo experiencia en amores prohibidos y ocultos. Puedes irte tranquilo porque no hay nada de lo que tengas que arrepentirte. Todo lo que has hecho por Santiago es más de lo que muchos padres hacen por sus hijos, y bien sé que te hubiese gustado que Tiago fuera hijo tuyo. Todo va a estar bien. Cada uno de nosotros debe encontrar su camino y la manera de vivir sin ese vínculo que nos mantenía unidos con redes invisibles. Todos necesitamos tiempo. Con ella se cierra una época de nuestras vidas y hay que reponer fuerzas para encarar la que ahora empieza. Aquí tienes tu casa, si no en esta plaza, en las bodegas que llevan tu apellido. Tal vez algún día me anime a visitaros de nuevo. Mi época en Londres fue una de las más bonitas de mi vida. Después todo se esfumó, como si nunca hubiera existido. —Por supuesto, en ningún momento se me pasó por la cabeza confesarle mi descubrimiento del diario de mamá. No habría servido de nada, solo para añadir más dolor a sus espaldas. Nunca sabré a ciencia cierta si mi madre le había hecho partícipe de su inesperada paternidad en algún momento. Sospecho, conociéndola, que no quiso añadir más ataduras.

Todos se habían ido. En casa una Juana completamente deshecha deambulaba por todas partes como un fantasma. Mi madre había sido mucho más que su señora. Se habían criado juntas, y habían compartido miles de cosas. La había visto crecer, enamorarse, parir y defender a Amador cuando tuvo que esconderse de las represalias de la guerra. Juana la adoraba y comprendía más que nadie sus silencios, sus tristezas y esa melancolía que mi madre arrastraba por dentro, aunque fuese totalmente ajena a sus verdaderos desvelos. Daba igual, jamás le preguntaba, ni le habría pedido explicaciones que ella no le hubiera querido dar espontáneamente. La quería como a una hermana y se conformaba con ser su soporte, al menos en las pequeñas cosas de la casa, ya que en las otras sabía que no estaba permitida la entrada.

Juana lloraba y yo la abrazaba con todo el amor con el que se puede abrazar a una madre, que es lo que ella había sido siempre para nosotros. Cuando me marchase a las bodegas, se vendría conmigo. Nosotros éramos su casa y ella era la nuestra.

Pasaron semanas hasta que todo recuperó la calma. El tiempo es el mejor aliado en estos casos y siempre acaba por difuminar los bordes, como en una acuarela, hasta el punto de que todo parezca igual que antes de cada tragedia, como si solo se tratase de una mala pesadilla. Custo y yo fuimos poniendo las cosas en orden, papeles, herencia y todo lo que convierte en prosaico el más doloroso de los acontecimientos.

La bodega simbolizaba esa herencia de mi madre que intentaríamos conservar entre todos, al menos por su memoria.

Decidí marcharme a vivir a nuestro cortijo, y Juana también me lo agradeció porque la casa se le caía encima. Nos llevamos los muebles más queridos, nuestras cosas y también las cosas de mis padres. Por supuesto el armario de los zapatos viejos, que pasó a ser el sagrado refugio de todo lo importante, al menos sentimentalmente para mí. Sus nuevos habitantes fueron: el diario de mi madre, los apuntes y las recetas de papá, algunos libros de Luna y mi caja con tapas de nácar, en la que siempre había guardado mis tesoros. El cortijo era suficientemente grande para todos, en caso de que mis hermanos vinieran a vivir o a visitarnos. Los bodegueros daban saltos de felicidad al tener a alguien de nuevo en la casa.

Aún no quería darle las llaves de la plaza Mina a Álvaro. Necesitaba tiempo para asimilar que ya no sería ese hogar en el que todos habíamos crecido y en el que mis padres habían sido felices.

Nos fuimos un sábado por la mañana, discretamente, como si se tratase de una salida de fin de semana. Pero yo no pensaba volver. Haría de las bodegas mi objetivo y nuevo espacio vital y disfrutaría de sus jardines, de los grandes hangares repletos de botas llenas con el preciado líquido.

Julián, el fiel Julián, seguía al frente de ellas, logrando con su dedicación constante que todo estuviese en su sitio. Las habitaciones esperarían ordenadas y limpias, preparadas para acoger en cualquier momento a huéspedes que hacía tiempo que no llegaban.

A las pocas semanas, una vez distribuidas mis cosas y reorganizados los muebles, decidí dar un gran paseo por todas las dependencias y los jardines. Había zonas que no había vuelto a recorrer. Los recuerdos me salían al paso y la nostalgia se adueñaba, avariciosa, de mis emociones. Era un lugar precioso, posiblemente el sitio al que debía haberme ido a vivir muchos años atrás, cuando aún me llegaban las cartas de Esteban. Recorrí cada rincón con tranquilidad, disfrutando de olores, colores, formas y sonidos. Los pájaros habían elegido ese lugar mágico y las palomas zureaban por todas partes. Los bodegueros seguían mis pasos nerviosos y felices de tener a alguien a quien rodear, buscando las caricias inocentes que los animales necesitan para sentirse queridos, supongo que igual que las personas.

Al final de una pequeña plaza, la fachada del almacén se levantó ante mí como una imagen poderosa e inesperada, a la que había llegado sin darme cuenta. Desde el desgraciado accidente de Tiago no había vuelto a traspasar su umbral. Me quedé paralizada. De pronto, las palabras de mi madre volvieron a golpear mis oídos como recién pronunciadas. No sé por qué extraño motivo las había olvidado en un intento de protegerme, arrinconándolas en la memoria. Imagino que el dolor por los últimos acontecimientos me había bloqueado hasta el punto de olvidar lo que en sus últimos instantes, tremendamente angustiada, me había pedido que hiciera. Buscar en el almacén algo que me pertenecía y que nunca, por alguna pirueta del destino, había llegado a mis manos.

Entré como una exhalación en el edificio, tropezando con mil cosas y sin saber adónde dirigirme. Y busqué, busqué por todas partes, con la urgencia del que está a punto de perder su vida y presiente que aún puede salvarse. El almacén tenía varias habitaciones y era imposible registrarlas todas en poco tiempo. Seguí separando cajas, abriendo cajones y armarios sin que nada destacable apareciese ante mis ojos.

Eran archivos, utensilios desechados y libros amontonados correspondientes a las actividades de muchos años. Finalmente, una pequeña escalera, por la que nos estaba prohibido subir de pequeños, me sacudió con un golpe de intuición. Era la empinada escalera que accedía, a través de una pequeña puerta, al desván. Ascendí por ella con una solemnidad religiosa. Sus goznes oxidados apenas me permitieron penetrar al interior. Quién sabe cuánto tiempo llevaba sin que nadie la traspasara. La empujé impaciente y con la respiración entrecortada. La vieja puerta daba paso al famoso desván que acogía en su seno, además de un mundo de telarañas y bastante polvo, objetos diversos y ordenadamente colocados. Eran muebles antiguos que en algún momento habían sido reemplazados por otros, sillones de mimbre desvencijados, un perchero y unos enormes baúles que quién sabe los caminos que habrían recorrido. Entré en su interior como en un templo, convencida de que ese era el lugar elegido por mi madre para guardar lo que fuera que me perteneciese. Recorrí los objetos intentando adivinar qué ocultaban tras su abandono. Ocultaban sobre todo olvido, desamor y memoria de otras épocas en las que formaron parte de la vida de la gente. Me senté en la vieja mecedora, era de la abuela, y en ella muchas veces habíamos acunado Rocío y yo a nuestras muñecas. Miles de imágenes volvieron a visitarme llenándome de una antigua tristeza. Los desvanes de las casas saben más de sus habitantes que ellos mismos.

Finalmente me acerqué a los baúles. Me miraban callados y amenazantes. Eran negros, con remaches que en algún momento habían sido dorados. Me llamaban desde su inmovilidad de estatuas huecas. Seguramente habían recorrido océanos y soportado tempestades y aún permanecían allí, orgullosos, imponiendo su presencia.

Levanté sus tapas con dificultad. Uno de ellos contenía cortinajes antiguos en bastante mal estado. Aún conservaban el color corinto con brocados en oro viejo. Me parecieron preciosos. Pensé en rescatarlos para la casa y así darle el calor del que adolecía después de tanto tiempo deshabitada. El otro baúl contenía cuadernos, algunos escritos con letra minuciosa, de la que utilizaban nuestras abuelas, pulcra y estilizada. En el fondo, cubierto por todo lo demás, había un gran envoltorio. Estaba protegido por un papel basto de color marrón y atado con una cuerda. Intenté sacarlo, pero era bastante pesado. Mi nerviosismo y mi curiosidad me dieron fuerzas para rescatarlo. Hice lo posible por desenvolver el objeto sin dañarlo. La cuerda había perdido su tensión y conseguí quitarla de un tirón urgente. El polvo y el tiempo de su reclusión forzosa se colaban entre mis dedos a pesar de estar al resguardo. Lo que allí se escondía estaba envuelto en papel de estraza fuerte y duro, que finalmente se quebró entre mis manos. Por fin el objeto apareció ante mí en su cruda dimensión, mostrándome su hiriente verdad. Un grito desgarrado se escapó de mi garganta. No era posible, no podía ser cierto lo que se ocultaba dentro del envoltorio. Era un precioso retrato, no era uno cualquiera, no… era mi retrato. Mi cara de hacía más de quince años, sonriente y feliz, con mi melena pelirroja cayendo sobre los hombros. Era un retrato en el que mi desnudez se veía arropada por el trazo fino y perfecto de una mano nacida para pintar, y para amar. Era un cuadro pintado con el único sentimiento que puede convertir una pintura en eterna. El sentimiento que Leonardo puso en la Gioconda y tantos grandes artistas habían dejado para la humanidad. Un sentimiento que se llama amor.

Por supuesto el cuadro llevaba en una esquina la inconfundible firma de Esteban. En ese momento tuve más que nunca la seguridad de que él había cumplido su promesa. Me había amado y lo seguiría haciendo por el resto de su vida. Me abracé al cuadro, grité y lloré hasta que las lágrimas y la voz se me acabaron. Acaricié su textura y cada trazo. Besé mi imagen para llegar a él a través de ella, y le llamé, le llamé a gritos como si pudiese escucharme al otro lado del mundo, al otro lado de la vida, donde quiera que estuviese.

«Querida Alba, no sé por qué no contestas mis cartas, no dudo de ti. Sé que tendrás algún motivo para hacerlo que nada tiene que ver con tus sentimientos. Te dije que pintaría tu retrato fuese donde fuese para que todos conociesen tu belleza. Este cuadro es uno de los muchos que he pintado durante todos estos años. Si esta muestra de amor eterno llega a tus manos, no olvides nunca que te amaré siempre, no importa lo que pase. Te lo dije hace mucho tiempo, cuando tú aún no me creías, junto a los árboles del parque Genovés.

Mi dirección en Nueva York está escrita en el ángulo inferior, por si algún día quieres venir a reunirte conmigo, como me prometiste.

Te quiero. Siempre tuyo,

Esteban».

Estas palabras estaban escritas en una carta adosada a la parte de atrás del cuadro y, efectivamente, la dirección de Esteban estaba escrita en un rincón, humilde y esperanzada.

Me quedé sentada, con la mirada perdida. Apenas podía respirar. Mi vida estaba ahí, en ese retrato, esa carta y esa dirección. Llevaba años guardada en el baúl de ese desván y nadie había tenido la compasión de sacarla a la luz. Todo lo que yo hubiera necesitado para ser feliz, nada más y tanto a la vez. Me apoyé en el baúl con el cuadro entre mis brazos, besando las palabras de Esteban. El retrato no era todo. En el interior aún se escondía otro inesperado regalo. Un enorme paquete con todas mis cartas. Las que nunca pude abrir ni leer. Las que ni siquiera nadie abrió por mí. Pude imaginar su dolor, ver sus manos escribiéndolas y su mirada angustiada y triste ante mi falta de respuestas. Adiviné también su desesperación de todos estos años, o quizá había conseguido olvidarme y rehacer su vida. No quería pensar en ello. Mi presente era lo único importante. Esteban no había cedido a mi silencio y sus cartas jamás habían dejado de llegar, una tras otra. Con la tenacidad de los que sueñan y aún no han perdido la esperanza.

Leería esas cartas mil veces, como recién escritas. Y su amor fresco y vigente, conservando la pasión que nos había quemado tantas veces, sería mi mejor y más preciado compañero.

Ni siquiera tuve un pensamiento de rencor ni odio hacia mi madre. Sentí una enorme lástima por ella, por su incapacidad para ser feliz, y su avaricia con la felicidad de otros, aunque ese otro fuese su propia hija.

—Sí, mamá, nos has fallado una y mil veces. Pero no te preocupes. Estés donde estés, quiero que sepas que te quiero... y te perdono.

Pronuncié en alto estas palabras para que me oyera aunque sabía que no podría hacerlo. Tampoco servía ya de mucho. Yo en cambio me sentía la persona más afortunada del mundo. Ahora podría refugiarme en él, en su amor inmenso y sin necesidad de horizonte. Y en la certeza de que nunca me había olvidado. Ahí estaba mi retrato como prueba de ello. Cada trazo, cada mirada, cada minuto eran míos, me los había dedicado a mí, Alba, y nadie podría robármelos jamás. Como tampoco sus cartas, sus cientos de cartas y toda la vida para leerlas, acariciarlas, besarlas y llorar en ellas, llorar hasta que mis lágrimas encontrasen el océano. Ese océano que me rodeaba y en el que nos habíamos amado. Ese océano bendito que unía nuestras dos orillas. El océano de nuestra memoria.

Epílogo

Hoy, 18 de septiembre de 1976, cumplo cuarenta años. Han pasado muchas cosas en España en estas cuatro décadas. Nada es igual ni en mi vida ni en la de quienes me rodean. Franco ha muerto y un rey inseguro y triste ha jurado como nuevo jefe de Estado. Otra vez el destino jugando con todos. Mi país empieza una nueva andadura en la que habrá que restañar muchas heridas. Nosotros, los Monasterio Livingston, también tendremos que aprender a hacerlo. Siempre hay que aprender algo y empezar de nuevo. Vivir es aprender. La gente está asustada, esperanzada y con la sensación de estar estrenando algo maravilloso. Yo también estoy estrenando mi nueva década, y la ligereza de equipaje que los últimos acontecimientos me han regalado. Hace un sol espléndido y la temperatura es suave. Todo parece darnos la bienvenida a una nueva vida, sin censura y con muchos muertos a la espalda. Los que aún vivimos tendríamos que ofrecer a los ausentes nuestro mejor homenaje en forma de ilusión, esperanza y esfuerzo para que no vuelvan a pasar determinadas cosas, para que aprendamos de los errores y demos una oportunidad al milagro de la convivencia, la verdad y el respeto. Por suerte, el nuevo aire se llevará el odio, el miedo y tantas cosas que se nos enredaban a los pies y no nos dejaban ser felices.

Por fin, esta mañana le he entregado las llaves de la plaza Mina a Álvaro. Nadie cuidará nuestra casa como él, y ojalá pronto la llene de niños junto a una mujer que de verdad le merezca y le haga feliz. Ha sido un encuentro algo triste pero lleno de afecto. También la tía Marina me ha dado un enorme abrazo cuando he pasado por su casa con unos dulces que jamás se podrán comparar a los de tía Paula. Está muy sola, aunque la segunda *Huella*, su gatita, y Paca siguen a su lado. Los niños, Elena y Custo me han invitado a comer y ha sido estupendo soplar las velas y seguir disfrutando de su hospitalidad y perfecta armonía. Son esa familia que todos hubiésemos querido tener. Sé que la bodega está en buenas manos bajo su cuidado y meticulosa administración; mi proyecto de revitalizarla tendrá que esperar.

Julián me ha dado mucha lástima. Sé que eran las órdenes de mi madre, que él cumplía a rajatabla, las que le hicieron ocultarme lo único que habría dado oxígeno a mi vida todos estos años. No le guardo rencor, se le han saltado las lágrimas de tristeza y culpa. Sencillamente no había querido destruir nada con la esperanza de que algún día todo cayera en mis manos. Esa fue su única complicidad posible y que le eximía de gran parte de culpa. Me ayudó a bajar todo del desván y a colgar mi maravilloso retrato en el salón. Ya nunca más volvería a estar oculto y todos admirarían su exquisita belleza.

Cádiz estaba precioso hoy por la mañana. Sus aguas brillaban más que nunca y el viento del sur besaba mi piel cuando fui a las salinas para mirar por última vez las paredes de la casita azotadas por el tiempo. Juana me ha dado un gran abrazo, está feliz porque me ve feliz; ella se quedará en la bodega, cuidándolo todo como siempre ha hecho. Por fin, fuera de la tormenta, a salvo en aguas tranquilas y con el viento a favor. La quiero tanto que ni ella misma es capaz de saberlo. Estoy en paz conmigo misma y con todos. Mis hermanos seguirán con sus vidas, espero que felices, y tal vez uno de ellos retome este relato desde otro espacio distinto. Empecé a escribirlo tras la muerte de mamá, cuando descubrí la verdad de tantas cosas. Sentí que tenía que hacerlo, al menos para mí y para nuestra familia. Mi madre, papá, tía Paula y Luna ya no están con nosotros, pero otras generaciones pedirán paso y habrá que dejarles sitio.

Llevo unos pantalones vaqueros azul pálido, una camiseta blanca con flores en naranja y un chaquetón de color piedra. Todo ello me hace sentir joven y llena de energía. Creo que es el mejor cumpleaños en mucho tiempo. Ya no me queda nada que contar y prefiero no tener que hacerlo. Quizá es el momento de que la vida fluya y se derrame en todas direcciones, libremente, sin testigos ni miradas al otro lado de ella. También voy a dejarme llevar, fluir, separando mis pies del suelo. Voy a dejar que mis alas vuelen muy lejos, impulsadas por la nueva fuerza que me inunda desde que el viejo almacén me devolvió la esperanza. Tengo que recoger mi equipaje de mano, sería gracioso que los nervios a última hora me traicionasen. Una voz clara y amiga está anunciando mi vuelo a Nueva York. En unos instantes estaré sobrevolando el océano, nuestro océano, Esteban. Como cuando éramos niños, tu océano y el mío, por el que navegaban tus cartas y mis recuerdos. Pronto tú y yo continuaremos escribiendo nuestra historia absurdamente interrumpida, juntos en la Gran Manzana. Yo limpiaré tus pinceles como te prometí y tú me pintarás un cuadro parecido a ese que te gustaba tanto de Klein, *Globos azules*, ¿te acuerdas? Dijiste que algún día harías uno para mí. Faltan nueve horas, Esteban… Solo nueve horas… Amor mío…

Paloma SanBasilio es sin duda una de las grandes estrellas españolas de las últimas décadas. Su talento artístico la llevó a pisar los escenarios más importantes del mundo, como el Carnegie Hall de Nueva York o el Teatro Real de Madrid. Protagonizó además inolvidables musicales en España y América. Entre los numerosos premios que recibió destaca el Grammy a la Excelencia Musical.

Es autora de la autobiografía *La niña que bailaba bajo la lluvia* (Aguilar, 2014) y ahora debuta en el panorama literario con *El océano de la memoria*, su primera novela.

www.palomasanbasilio.es
@PalomaSBoficial